KB109468

웰컴 투 항암월드

웰컴 투 항암월드

초판 1쇄 인쇄 | 2022년 3월 23일
초판 1쇄 발행 | 2022년 3월 31일

지은이 | 홍유진
펴낸이 | 박영욱
펴낸곳 | 북오션

경영지원 | 서정희
편　집 | 권기우
마케팅 | 최석진
디자인 | 민영선·임진형
SNS마케팅 | 박현빈·박가빈
유튜브 마케팅 | 정지은

주　소 | 서울시 마포구 월드컵로 14길 62 북오션빌딩
이메일 | bookocean@naver.com
네이버포스트 | post.naver.com/bookocean
페이스북 | facebook.com/bookocean.book
인스타그램 | instagram.com/bookocean777
유튜브 | 쏠쏠TV·쏠쏠라이프TV
전　화 | 편집문의: 02-325-9172　　영업문의: 02-322-6709
팩　스 | 02-3143-3964

출판신고번호 | 제 2007-000197호

ISBN 978-89-6799-665-9 (03810)

죽음의 문턱에서 마주한 신세계

웰컴 투 항암월드

홍유진
실화소설

북오션

이 글은
현실에 뿌리를 내리되
재구성이라는 줄기를 뻗어
상상의 잎을 단 실화 소설입니다.

차례

나의, 당신의, 우리의
이야기를 시작합니다.

* * *

할머니가
옳았다

나는 지금 비행을 하고 있다.

DH 111 편.

내릴 수 없는 문이 닫히고, 내 몸을 실은 비행기가 무겁게 날아오른다.

나는 그저 시간이 흐르기를 기다리며 가만히 눈을 감는다.

쉴 새 없이 돌아가는 커다란 엔진 소리 사이로,

흰 가운을 입은 기장의 안내 방송이 가볍게 울려 퍼지고,

분홍빛으로 차려입은 승무원이 틀에 박힌 미소를 띠고 다가와 주의 사항을 설명한다. 복도를 잠시 걷거나 화장실에 가는 일 말고는 제자리에만 머무르겠다는, 나의 다짐을 받고 또 받으면서.

하지만 이 비행기에서는 누구도 알지 못한다.

앞으로 얼마나 날아가야 하는지, 우리가 닿을 곳은 어디인지.

할머니는 입버릇처럼 말했다.

"사랑은 거짓부렁이요, 인생은 덧없어라."

그러면서, 세상을 다 살아 버린 눈으로 언제나 같은 말을 잇곤 했다.

"사람은 사는 게 아니요, 하루하루 죽어 가네. 오늘도 죽음에 한 발짝 다가 가는고나."

어린 나는 그때마다 세차게 도리질하며 대꾸하곤 했다.

"그런 소리 마, 할머니! 1초 뒤에 죽을지도 모르니까 지금이 더 소중하잖아!"

아직 살아갈 날이 끝없다 여겼기 때문일까, 그 말을 들을 때마다 할머니에게 언뜻 드리우는 죽음의 그림자를 지우기 위해서였을까. 어쩌면 다만… 내가 할머니를, 인생을 제대로 이해하지 못했는지도 모른다. 할머니는 내가 태어나기도 전에 두 눈이 멀었다.

이제야 알겠다. 결국은, 할머니가 옳았다. 인생은 한 줌의 기억일 뿐, 그 이상 아무것도 아니다.

대한대학교병원 111병동.

우윳빛 보호막을 휘감은 침대가 들어찬 이곳에서, 나는 지금, 죽어 가고 있다.

2013년 가을
하양의 일기에서

2

하양은 늘 바빴다.

해야 하는 일에 치이고, 하고 싶은 일에 쫓기면서, 일어날지도 모르는 일을 고민하느라 언제나 시간이 모자랐다. 매일같이 피곤에 시달렸고, 제대로 먹고 자고 싸기 위해서라도 하루가 24시간이 아니라 36시간이기를 바랐으며, 아침이면 또다시 밀려드는 일상의 파도에 몸을 맡긴 채 자신을 빼닮은 복제 인간이 나타나 삶의 짐을 나누는 헛된 상상에 매달리기도 했다.

1년 새 몸무게가 10kg 정도 빠지고, 3번쯤 토했으며, 한여름에도 가끔 몸이 으슬으슬하고 손과 발에 쥐가 났지만 깊게 생각하지 않았다. 마네킹 몸매라는 둥 들르는 옷가게마다 직원들이 침을 튀기며 늘어놓는 칭찬이나, 좀처럼 입을 수 없던 날씬한 옷을 입고 거울 앞에 선 자신을 바라볼 때의 즐거움, 거리에서 마주치는 남자들의 시선에서 느끼는 달콤함이 건강에 대한 티끌만 한 의심도 뿌리째 뽑아 버렸기 때문이다.

그렇게 반년이 더 흐른 겨울에야, 양은 병원을 찾았다. 피부과였다. 그즈음 어디에 살짝만 부딪혀도 피멍이 들고 벌에 쏘인 듯 잔뜩 부어올랐고, 마침내 양은 뭔가 이상하다고 느꼈다. 온갖 잡티와 주름을 없애러 온 비싼 고객들을 돌보느라 제대로 자리에 앉을 겨를도 없던 의사는, 진료실 문 앞에 선 채로 양의 차트와 멍 자국을 대충 훑어보더니 나무라듯 말했다.

"너무 마르셔서 그래요. 지방이 거의 없으니까 어디든 조금만 박아도 붓고 아픈 겁니다. 식사를 좀 열심히 하세요. 다이어트하지 마시고!"

"선생님, 전 평생 살을 빼 본 적이 없어요."

"나 참, 다이어트 안 하는 여자가 요즘 어디 있다고. 가급적 안 부딪치게 조심하세요. 여자들은 피부가 약해서 원래 멍이 잘 듭니다. 이런 이유로 우리 병원에 다시 올 필요는 없어요. 알았죠?"

딱 잘라 내치는 의사의 말에 딱히 반대할 이유는 없었다. 일에 파묻혀 사는 양의 생활은 스스로 생각하기에도 최고의 다이어트였다. 전문가인 의사가 괜찮다는데 굳이 다른 병원을 또 찾을 만큼 여유롭지도 못했다. 이날 양은 근처 약국에서 멍을 잘 뺀다는 비싼 연고만 하나 사서 돌아왔다.

이어진 봄, 자궁 경부암 예방 주사를 맞으려고 찾은 산부인과에서도 마찬가지였다. 깔끔한 단발머리의 의사는 접종 전 기본 검사 결과, 소변에서 단백질이 많이 나왔다며 위로하듯 말했다.

"아무런 이상이 없는 정상인도 피곤하면 단백뇨가 나올 수 있습니다. 하시는 일이 많이 힘드신가요?"

"네. 일에 눌려 죽을 거 같아요."

양은 말로나마 피로를 털어 내며 웃었다.

"그럼 아마 피곤하셔서 그렇겠네요. 1차 접종을 하고 가시고, 그래도 혹시 모르니 2차 접종 전에 소변 검사를 한 번 더 해 봅시다."

"네."

하지만 다음번에도 단백질 수치가 높았고, 체온까지 37도를 넘어서 2차 접종은 미뤄졌다.

"이번에도 단백뇨 수치가 높네요. 미열도 있으니 가까운 내과에 가 보시는 게 좋겠습니다. 필요하면 거기서 약도 처방받아 드시고, 좀 푹 쉬세요. 나머지 주사는 천천히 맞읍시다."

하지만 다른 병원에 갈 틈이 양에게는 없었다. 산부인과도 출근길에 우연히 본 인터넷 뉴스 때문에 겨우 짬을 내 찾은 터였다. 자궁 경부암에 걸리면 지독하게 아프다는 댓글에 잔뜩 겁을 먹어서였다. 내과에 다녀오라던 산부인과에서도 2차 주사를 맞으러 언제 다시 올 거냐며 묻는 간호사의 전화가 한 번 왔을 뿐, 다른 말이나 더 이상의 연락은 없었다.

그 뒤 양의 인생에 두 번의 이상한 사건이 없었다면, 이 글은 시작되지 못했을지도 모른다. 첫 번째 사건은 5월의 피부과에서 일어났다. 지난번에 10명도 넘는 사람들이 침대에 줄줄이 누워 있던 치료실을 보고 자극을 받았던 양은 다시 그곳을 찾았다. 멍이 드는 증상은 그대로였지만 치료를 위해서는 아니었다. 멍 빼는 연고는 꽤 효과가 좋았다. 이번에는 나이 서른이 넘으면서부터 하루가 다르게 시들어 가는 얼굴을 조금이나마 되살려 보기 위해서였다. 그런데 젊은 남자와 할머니 사이에 누워 차례를 기다리는 양에게 친절하게 생긴 간호사가 다가오더니 귀엣말로 물었다.

"혹시 지금 임신 중이세요? 의사 선생님이 레이저 시술에 참고해야 하거든요."

"네? 아니요!"

"어머, 죄송해요. 배를 너무 소중하게 감싸고 누워 계셔서요."

"아… 괜찮아요."

그러고 보니, 양의 두 손은 자신도 모르게 아랫배를 살포시 감싸고 있었다. 기분이 좋을 오해는 아니지만, 그럴 수도 있겠다 싶어서 양은 마음에 안 담았다. 하지만 몇 달 뒤에, 다른 곳에서 같은 이야기를 또 들었을 때, 머릿속 변두리로 사라졌던 이 일이 문득 떠오르면서 양은 왠지 나쁜 예감이 들었다.

두 번째 사건은 양이 일하던 장학재단에서 그해에 추진하던 마지막 사업을 위해 터키와 그리스로 출장을 떠나던 8월의 비행기에서 일어났다. 복도를 지나며 승객들을 살피던 승무원이 양 앞에 멈추더니 부드럽게 말을 건넸다.

"고객님, 임신하셨는데, 좌석이 좁아서 불편하진 않으세요?"

"네? 저 임신, 안 했는데요?"

처음에 양은 옆자리에 앉은 남자와 자신이 비슷한 또래로 보여서, 부부라고 착각했나 보다며 단순하게 생각했다.

"아앗, 죄송합니다, 고객님. 제가 잘못 봤습니다. 죄송합니다."

진땀을 빼며 계속 고개를 숙이는 깍듯한 승무원에게, 크게 화낼 수는 없었다. 하지만 이번에는 양도 그냥 넘길 수 없었다.

"제 배가… 임산부처럼 보이나요?"

"그게 아니라, 온몸이 마르셨는데 배만 유독 나와서요. 아니, 배가 많이 나왔다는 말씀을 드리는 게 아니라, 다른 곳이 워낙 날씬하셔서 배가 조금, 아주 조금 나와 보였던 것 같습니다. 어쨌든 정말 죄송합니다. 죄송합니다, 고객님."

지나치게 솔직한 승무원이었다. 아마 별일은 아니겠지만, 이번 출장이 끝나면 병원에 가 봐야겠어. 벌써 두 번째로 받는 오해다 보니 어쩐지 꺼림칙했다. 하지만 이스탄불에 내리자마자 시작된 바쁜 일정을 소화하느라 양은 이 일 역시 잠시 잊어버리고 말았다.

그리스 방문을 끝으로, 양이 그해에 진행하던 주요 사업이 모두 끝났다. 한국으로 돌아와 출장 보고서를 쓰고, 시차 적응을 하고 나니 추석이 코앞이었다. 어차피 늦은 여름휴가는 명절 연휴를 보낸 다음에 쓰기로 하고, 양은 이스탄불에서 산 접시와 아테네에서 산 올리브유를 들고 고향을 찾았다. 오랜만에 가족이 모두 모인 3일은 다시없이 평화로웠다. 명절을 맞아 고향에 온 부모님의 친구 가족과 함께한 점심도 즐거웠다. 하지만 추석날, 성묘를 위해 할머니의 산소로 가던 차 안에서 양은 처음 느껴 보는 고통에 시달려야 했다. 보이지 않는 누군가 분명한 악의를 가지고, 등에서부터 심장까지 긴 얼음송곳으로 내리찍고 후비는 듯했다. 아무래도, 심상치가 않았다. 조수석에서 20분 동안 신음 소리조차 못 낸 채 살인적인 통증의 손아귀에 사로잡혔다 풀려나자마자, 양은 재단의 사무국장에게 전화를 걸어 하루의 휴가를 신청했다.

이틀 뒤, 월요일의 이른 아침. 혜화동 로터리의 대학로내과 진료실에서는 감기 때문에 여러 번 본 적이 있는 의사가, 마음씨 좋은 동네 아저씨 같은 얼굴로 양을 맞았다.

"어서 오세요. 지난겨울에 감기가 심해서 자주 오셨는데, 요즘은 좀 어떠세요?"

따스한 관심이 담긴 의사의 말에, 양의 마음이 한결 놓였다.

"감기는 이제 괜찮습니다."

"다행이네요. 그래, 오늘은 어디가 불편해서 오셨어요?"

양이 증상을 설명하자, 의사가 잔잔한 미소를 지으며 말했다.

"어디, 배를 한번 볼까요?"

이때까지만 해도 양은 피부과에 처음 갔을 때처럼, 의사가 자신을 꾀병쟁이로 대할까 봐 조심스러웠다. 추석 때 양의 이야기를 들은 가족들의 반응처럼. 두 번이나 임산부로 오해받았다는 말에 가족들은 웃음을 터뜨렸다. 주먹으로 마사지하듯 배를 살살 두드리거나 윗몸 일으키기를 열심히 해 보라는 농담 섞인 충고도 나왔다. 단순히 변비나 운동 부족으로 생긴 똥배라면 얼마나 부끄럽겠는가. 동네 의사는 양의 배를 여기저기 눌러보더니 좀처럼 읽을 수 없는 표정을 지었다.

"복부 CT를 찍어 보는 게 좋겠습니다."

양은 가슴 언저리로 올렸던 블라우스를 내리면서 대수롭지 않게 물었다.

"어디가 안 좋은가요?"

"찍어 봐야, 말씀을 드릴 수 있을 것 같습니다."

이때껏 양이 겪은 가장 큰 병은 초등학교 때 앓은 폐렴이었다. 열이 40도를 넘은 탓에 2주나 병원 신세를 져야 했다. 평생 CT를 찍을 만큼 아픈 적이 없었던 양은, 최근에 의사들이 돈벌이를 위해 아무런 이상도 없는 사람들에게 CT나 MRI 같은 비싼 검사를 마구 시킨다고 비판하던 TV 뉴스를 떠올렸다. 어떤 병이 의심되는지도 모르는데, 왜 아까운 돈과 시간을 들여 몸에도 해로운 CT를 찍어야 한단 말인가. 양은 입가에 살짝 웃음을 띠고 의사의 두 눈을 똑바로 쳐다보며 말했다.

"선생님, 제가 너무 바빠서요. 꼭 찍어야 하나요?"

"그게 좋겠습니다."

웃음기가 사라진 의사의 눈은 이미 심각함을 담고 있었다. 하지만 양은 자신이 사회의 장난을 겪을 만큼 겪은 나이라고 판단했다.

"이런 동네 내과에서 CT도 찍을 수 있어요? 그런 비싼 기계가 있나요?"

"저희와 협력하는 영상의학과가 근처에 따로 있습니다. 봅시다, 오늘은 예약이 다 찼고, 내일 오전에 가시면 됩니다."

"CT를 찍을 정도로 큰 병에 제가 걸렸다면, 바로 종합 병원으로 가 볼게요."

일부러 들으라는 듯 도전적인 양의 말투에도, 의사는 기분이 나쁜 얼굴빛 하나 없이 차분하게 대답했다.

"일단은 찍어 봐야, 3차 병원에 낼 진료 의뢰서를 써 줄 수 있습니다."

의사와 대화를 할수록 양의 의심은 커져만 갔다. 먼저 시간을 벌어 두고, 그사이에 다른 내과에서 다시 진료를 받아 보는 게 좋을 듯했다.

"그럼, 토요일로 예약을 잡아 주세요. 제가 정말 바빠서요."

"토요일은 너무 늦습니다. 내일 당장 찍어야 합니다!"

생김새와 다르게 끈질긴 의사였다. 그래도 양이 시원스레 답하지 않자, 의사는 네모난 얼굴을 일그러뜨리며 어쩔 수 없다는 듯이, 되도록 담담하게 말을 꺼냈다.

"이 나이에, 이런 경우는, 암밖에 없습니다."

"암… 이요?"

"네. 정 바쁘시면 일단 혈액 검사와 소변 검사라도 하고 가세요. 하루이틀이면 결과가 나올 겁니다."

아주 잠깐, 세상이 정지한 듯 멍한 순간이 지나자, 그저 어이없는 웃음이 터졌다. 그럴 리가 없어. 이 의사가 뭔가 크게 잘못 안 거야. 혼자 속으로 되뇌면서도 양은 의사의 지시에 따라 피를 뽑히고 오줌을 눴다. 자꾸만 손이 떨려서, 오줌을 담을 종이컵을 다시 받아야 했다. 다음 진료일은 이틀 뒤인 수요일 아침이었다.

　병원을 나온 양은 머리도 정리할 겸, 천천히 걸었다. 아무런 결론 없이 도착한 종로5가에서 그동안 미루던 분갈이를 위해 커다란 화분 하나를 꽃집에 주문하고, 그릇 할인점에 들러 손바닥만 한 뚝배기도 샀다. 그러고 나니 마음이 조금 가벼워져서, 저녁쯤에는 의사가 헛다리를 짚은 거라며 자신하기에 이르렀다. 왼쪽 갈비뼈 아래로 딱딱하게 부풀어 오른 배는 양이 보기에도 분명히 정상은 아니었다. 그래도 이렇게 순식간에 암이 생길 리는 없어. 배가 슬슬 불편하기 시작한 지는 한 달쯤 전부터였다. 만약에 검사 결과, 아무런 이상이 없고 묵은똥이 잔뜩 뭉친 거라면 얼마나 우습겠는가. 새로 산 뚝배기에, 엄마가 싸 준 청국장을 끓여 먹으며 양은 느긋해지려 애썼다.

　다음날도 어김없이 양은 집에서 혜화역으로 10분을 걸어가 삼각지역까지 15분 동안 지하철을 타고 17분 동안 걸어서 재단에 출근해 하루 종일 일을 하고, 퇴근했다. 동네 의사가 던진 한마디로 양을 둘러싼 세상이 모조리 바뀌지는 않았다. 하지만 양은 사무국장을 포함한 직원 누구에게도, 병원에서 들은 말은 우스갯소리로도 안 꺼냈다. 갓 서른이 넘은 나이에 팀장 자리까지 오른 양으로서는, 어떤 일이든 뚜렷한 결과가 나오기 전에 입을 떼는 건 쓸잘머리가 없는 짓임을 잘 알고 있었다. 그래서 다음날 의사가 엷은 미소를 띤 얼굴로 반갑게 맞았을 때, 지금까지 자신의 인생이 그래 왔듯이 모든 일이 결국엔 다 잘 풀릴 거라고 마음을 놓을 수 있었다. 의사는 마치 기쁜 소식을 전하는 사람처럼 입을 열었다.
　"검사 결과가 나왔습니다."
　"저, 괜찮나요?"

"혈액 검사에서 이상이 발견돼 분석 기관에 문의한 결과, 만성골수백혈병으로 나왔습니다."

"뭐라고요?"

"만성골수백혈병입니다."

"백혈병… 이요? 제가 백혈병이라고요?"

"네. 만성골수백혈병입니다."

"만성골수, 백혈병. 확실한가요?"

"그렇습니다."

어떻게 이런 무시무시한 말을, 저렇게 아무렇지 않게 내뱉을 수 있지? 이틀 사이에 얼굴을 바꾸고 원래 그토록 무관심한 표정이었던 것처럼 시치미를 떼는 세상 앞에서, 양은 낯선 메스꺼움을 느꼈다. 하지만 양은 나이에 비해 숱한 인생의 위기를 넘어왔고, 이럴 때일수록 마음을 다잡아야 한다는 사실을 경험으로 알고 있었다. 정신을 똑바로 차려야 했다. 요즘처럼 의술이 발달한 시대에 치료법이 없을 리 없다. 분명히 길이 있을 터였다. 일단 큰 병원에 가 보면… 양의 마음이 급해졌다. 아직은 절망할 때가 아니었다. 고작 동네 내과에서 이렇게 정확하게 알 수는 없어!

"선생님, 그 결과가 언제 나왔나요? 여기의 검사 결과가 틀릴 수도 있는 거죠?"

"어제 오후에 혈액 검사 결과가 나왔는데, 백혈구의 수가 너무 많았습니다. 정상인은 1만 이하인데, 10만이 넘었어요! 그래서 혹시 백혈구의 모양이 어떤지 봐 달라고, 원래는 거기까지는 안 보는데, 제가 특별히 분석 기관에 추가로 의뢰했더니 역시나 이상하다고 답이 왔습니다. 백혈병의 종류마다 백혈구 세포의 모양이 다른데, 하양 씨의 백혈구를 살펴보니, 만성골수백혈병과 같았어요! 유해 적혈구가 100개 중에 78개나 됐고, 블라스트가 증가한 소견도…."

의사는 뭔가 대단한 의학적 발견이라도 한 사람처럼 마구 떠벌렸다. 방금 백혈병 판정을 받은 사람에게, 빌어먹을 사실을 알려 줘서 고맙다는 인사라도 바라는 건가. 양은 훔칠 새도 없이 떨어지는 눈물을 숨기려 고개를 숙이면서, 부질없는 소리라는 걸 알면서도 그저 물었다. 이런 느닷없는 불행이 닥친 것에 대해 비난할 사람이, 양에게는 필요했다.

"그럼 어제 오후에 바로 제게 전화를 주셨어야죠. 하루라도 빨리 큰 병원으로 가야 하잖아요!"

"너무 걱정하지 마세요. 이 병의 경우는 약만 꾸준히 먹으면 괜찮습니다. 고혈압처럼 평생 먹어야 하지만요. 하루를 먼저 알고 모르고가 그렇게 중요하지 않은 병이에요."

백혈병. 그 말이 담고 있는 무게에 짓눌린 양에게, 이제 막 서른을 넘어 인생의 황금기를 달리던 젊은 여자에게, 의사의 말은 그의 의도와는 달리 전혀 위로가 안 됐다. 평생, 죽을 때까지 약을 먹어야 한다는 사실은 또 하나의 치명적인 선고에 불과했다. 다시는 돌아갈 수 없는, 1초 전의 평범한 삶에 대한 사망 선고. 이 모든 일이 당신이 말하듯 편안하게 받아들일 수 있는 수준이라면… 저 의사는 왜 이다지도 놀라운 흥분에 들떠 보이는 거지? 손으로 잡을 수 있는 희망의 지푸라기가, 양에게는 필요했다.

"이 내과에 온 사람 중에 저처럼 백혈병으로 의심 받은 사람이, 또 있었나요?"

"아니오! 제가 벌써 찾아봤는데, 우리 내과가 생긴 이래 처음입니다!"

백혈병, 평생 약을 먹어야 한다, 지금까지 이곳에 온 다른 사람은 없었다… 이 모든 말이 양의 머릿속에서 비현실적으로 뒤엉켰다. 양이 더 이상 아무 말도 잇지 못하자, 의사가 자기 딴에는 위로를 한답시고 슬며시 휴지를 건네며 말했다.

"너무 실망하지 마세요. 다른 암이 아닌 게 어딥니까? 다른 암이 이 정도였으면, 벌써 죽었습니다."

하지만 양은 의사를 따라 웃을 수 없었다. 겨우 쥐어짜듯 한마디를 더 물었을 뿐이다.

"선생님, 제가 백혈병이 아닐 가능성은 정말로 없는 건가요?"

"네, 전혀 없습니다."

3

암 병원은 사람들로 붐볐다. 햇볕이 잘 들게 지어진 7층 유리 건물은, 바로 옆에 붙은 장례식장만 빼면, 산뜻했다. 양은 어딘가로 오가느라 저마다 바쁜 사람들을 헤치고 들어가 로비를 둘러봤다. 새벽 첫차를 타고 올라온 부모님을 찾기 위해서였다. 수납 창구 앞 의자에 구겨지듯 앉아 있던 하수상과 강금희가 먼저 양을 알아보고 어색하게 손을 흔들었다. 보름달이 비추는 고향집 마당을 함께 거닐던 며칠 전과는 너무나 동떨어진 상황이라서, 세 사람이 엷은 반가움을 얼굴에 띠고 서로를 바라보기까지는 어느 정도 시간이 필요했다. 그사이에 양은 동네 내과에서 받은 검사 결과지를 꺼내며 의사가 한 말을 되도록 담담하게 전하기 위해 마음을 가다듬었다.

이런 일을 예감한 건가. 양은 어렸을 때부터 갑자기 죽음이 닥친다면 어떻게 할지를 이따금 상상했다. 때로는 주변 사람들에게 미리 일러두기도 했다.

"머지않아 죽는다면, 나는 멀리 떠날 거야. 가족이나 친구, 누구도 모르게. 서운해하지 마. 어차피 죽을 텐데, 서로 슬프고 아픈 모습으로 기억되느니 그게 나아. 다시 한번 가고 싶었던 유럽을 여행하다가 아무도 나를 알지 못하는 곳에서 조용히 쓰러져 죽고 싶어."

양의 마음가짐은 이번 출장을 다녀오면서 더 뚜렷해졌다. 그리스는, 사랑하는 사람과 꼭 한번 살아 보고픈 나라였다. 그래서 동네 의사가 암이 의심된다고 말하던 순간, 양은 떠올렸다. 만약 내가 정말 암이라면, 그렇다면, 그리스의 산토리니로 가자. 아무 생각 없이 지중해에 몸을 담그고 올리브유나 실컷 먹는 거야!

하지만 이틀 뒤. 양은 자신이 백혈병이라는 사실을 알게 되자마자, 비상계단으로 나가 친오빠 하대양에게 전화를 걸었다. 금융 회사의 위기관리팀 대리인 대양은 이날, 언제나처럼 바빴다.

"오빠."

"어, 왜? 이 시간에 무슨 일이야?"

"오빠, 나…."

"짧게. 지금 좀 바쁘다."

"나… 백혈병이래."

"뭐라고?"

"지금 동네 내과에 왔는데… 만성골수백혈병이라고, 큰 병원으로 가래."

"뭐? 백혈병? 만성이라고?"

"응. 만성골수백혈병."

"부모님께는 말씀드렸나?"

"아니, 종합 병원에서도 확실하다고 하면 그때 연락하려고."

"후, 그려. 그게 좋겠음. 만성이면 괜찮을 거여. 지금은 바로 회의가 있어서 내가 정신이 없으니까 이따가 전화할게. 너무 걱정하지 말고 있어."

"응."

일단은 병원비를 계산하고, 출근도 해야 했다. 양이 빨개진 눈으로 내과로 돌아가자, 간호사가 하얀 봉투를 내밀었다. 양이 나간 사이에 의사가 휘갈겨 쓴 짧은 진료 의뢰서와 검사 결과지들이 안에 담겨 있었다.

CML이 의심됩니다. 정밀 검사를 의뢰 드립니다.

양 또래의 간호사가 안됐다는 표정 위로 부자연스러운 미소를 띠며 말했다.

"내일 아침 10시, 대한대학교병원 혈액암센터의 혈액종양내과 안심해 교수님으로 특진 예약을 넣었어요. 원래는 적어도 2주일은 뒤로 날짜가 잡히는데, 운이 좋으셨어요! 이렇게 바로 다음날이 되는 경우는 드물거든요. 한 달 가까이 기다리신 분도 있어요. 내일은 10분 전까지 1층 수납 창구로 가서 서류를 접수하고 올라가시면 돼요."

틀림없는 암이라는데, 단지 예약이 차서 아무것도 하지 못한 채 종합병원 의사의 얼굴을 보기 위해서만 2주일이 넘게 기다려야 한다면 얼마나 끔찍한 일인가. 하지만 방금 백혈병이라는 소리를 들은 양은, 운이 좋았다며 축하해 주는 간호사에게 아무말도 할 수가 없었다. 가만히 자신을 바라보고 선 간호사에게 무슨 말이라도 해야 할 것 같아서, 양은 작게 우물거렸다.

"감사합니다."

돌아서 나오는 양의 머리에, 저 간호사를 꽤 오랫동안 혹은 다시는 볼수 없을지도 모른다는 생각이 어렴풋이 스쳤다.

"그럼… 안녕히 계세요."

재단에서 일주일의 휴가를 내는 일은 그리 어렵지 않았다. 이번 해의 주요 사업을 모두 끝낸 다음인 데다, 사무국장이 건강의 중요성을 충분히 알고 있는 60대였기 때문이다. 국장은 친구들의 결혼식이나 돌잔치보다 장례식장에 갈 일이 더 많아질 나이였다. 하지만 워낙 젊은 나이의 양이기에, 국장은 가볍게 받아들이며 휴가 신청서를 결재했다.

"쉬어, 쉬어. 푹 쉬어도 돼. 하 팀장, 그동안 너무 일만 했잖아. 근데, 어디가 많이 안 좋대? 그건 아니지?"

"일단은, 가 봐야 알 것 같습니다."

"뭐가 의심된대?"

"잘… 모르겠어요."

"별일이야 있겠어? 조금 이상이 있어도 젊으니까 치료하면 될 거야. 검사 결과가 나오면 괜찮다는 연락이라도 주고."

"알겠습니다."

여전히 양은 국장에게 말할 시점은 아니라고 판단했다, 아직은. 그래도 만약을 위해, 올해 진행한 모든 사업 내용을 정리해서 이 과장에게 메일로 보내 두었다. 11월에 있을 이사회 보고서를 왜 벌써부터 준비하느냐며 툴툴대는 이 과장을 위해, 양은 간단한 설명을 덧붙였다.

"혹시, 모르니까요."

평일을 기준으로 하는 일주일의 휴가에 두 번의 주말을 더하면 10월 6일까지 쉴 수 있었다. 11일, 그 정도면 충분하겠지. 양은 생각했다.

이날, 퇴근해서 저녁을 먹고 밀린 설거지를 다할 때까지도 대양에게서는 전화가 없었다. 양은 책상에 앉아 동네 병원에서 받은 진료 의뢰서와 검사 결과지를 펼쳤다. 여러 수치가 기준보다 지나치게 높거나 낮았다. 영어로 된 각 수치의 의미를 모르더라도 몸 곳곳의 균형이 깨진상태라는 사실을 알 수 있었다. 잠시 고민하던 양은 노트북을 켜고 인터넷 검색창에 '만성골수백혈병'을 친 다음, 의학 사전의 정의부터 읽기 시작했다.

> 만성골수백혈병(CML: chronic myeloid leukemia)은 혈액과 골수, 즉 혈액세포가 만들어지는 뼈 내부의 해면 조직에 나타나는 암의 한 유형으로, 필라델피아 염색체(Ph)를 지닌 조혈모세포의 클론이 비정상적으로 확장되면서 골수 내에 미성숙한 골수구계 세포가 과도하게 증식하여 생기는 질환이다.

알 수 없는 의학 용어가 가득한, 원인에서 증상, 진단, 검사, 치료, 경과로 이어지는 긴 내용은 읽는 사람을 지치게 했다. 양은 좀 더 이해하기 쉬운 설명을 얻기 위해 검색 대상을 뉴스로 바꿨다. 그 결과 최근에 올라온 기사의 제목들만 보면, 만성골수백혈병 환자의 미래는 동네 의사의 말처럼 꽤 희망적이었다.

> "표적 항암제의 눈부신 발전, 만성골수백혈병 치료에 새 빛을 비추다!"
> "글리벡 개발, 만성골수백혈병 치료에 기념비적인 사건!"
> "이젠 백혈병도 고혈압이나 당뇨병처럼 관리하며 살 수 있어요."

양은 세 번째 뉴스를 클릭했다.

> 2001년 1세대 표적 치료제인 글리벡이 개발되면서 만성골수백혈병 환자들의 기대 수명은 크게 늘어났다. 글리벡 이전의 시대에 만성골수백혈병 환자

는 골수 이식 외에는 치료가 어려웠고, 이식 후에도 생존율이 60퍼센트 정도에 머무는 난치성 질환이었다. 하지만 글리벡 도입 이후 만성골수백혈병 환자의 5년 생존율은 이식 없이 약 복용만으로도 85퍼센트라는 엄청난 기적을 기록하고 있다. 이런 결과는 다른 백혈병의 생존율에 비해 월등히 좋은 성적으로, 이제 백혈병도 고혈압이나 당뇨병처럼 먹는 약으로 관리하며 살 수 있는 시대가 열린 것이다.

양이 열어 본 다른 기사들도 대부분 같았다. 만성골수백혈병의 치료법이 엄청나게 발전해서 환자의 생존율이 높아졌다며 들뜬 내용이 대부분이었지만, 그 안에 숨은 진실, 구세주 같은 약이 등장했음에도 불구하고 여전히 이 병에 걸린 사람 100명 중에 15명은 5년 안에 죽는다는 사실을 가리지는 못했다. 양이 85명 안에 꼭 들리란 확신은 어떤 기사에서도 찾을 수 없었다. 양이 5년을 다 채워서 살아남는다고 해도 겨우 서른일곱 살이었다. 양은 자신이 마흔까지도 못 살 거라고는 생각해 본 적이 없었다. 이건 당장 한 달 뒤에 죽는다는 말과는 또 다른 얘기였는데, 실제로 얼마나 살 수 있을지 모르는 채로 5년 이후의 삶은 계획조차 세우지 못한 채 하루하루를, 한 달을, 일 년을 살아가야 한다는 뜻이었다. 갑작스레 불안이 밀려들었다. 양은 쫓기듯 대양에게 다시 전화를 걸었다.

"어, 나 지금 회식 중. 갑자기 오늘 저녁에 잡혀서 전화를 못 했다."

"아, 나중에 전화할까?"

"왜? 짧게 말해 보서."

"나, 대한대학교병원 혈액종양내과로 내일 아침 진료가 잡혔는데, 부모님께 말해야 할 거 같아서."

"잠깐만, 나가서 받을게. 후, 결과를 보고 말씀드린다고 하지 않았나? 괜히 걱정하시지 않을까?"

"응… 그랬는데, 인터넷 뉴스를 찾아보니까 5년 생존율이 85퍼센트라고 나와. 내일 병원에서 보호자가 필요할 수도 있을 거 같아."

"몇 퍼센트?"

"85퍼센트."

"그려, 네가 많이 불안하면 그렇게 하셔. 미안한데, 나는 회사에 일이 너무 많아서 내일 같이 못 가겠다. 괜찮겠어?"

"응, 그럼. 오늘도 바쁜데 시간을 뺏어 미안하지, 내가."

양은 조심히 들어가라고 말하며 전화를 끊었다. 서운해 하기에는, 대양이 매일같이 야근을 하며, 거의 모든 주말에도 회사에 나가 원형 탈모가 올 정도로 일에 시달린다는 사실을 너무나 잘 알고 있었다.

이제 고향에 전화를 해야 했다. 잠시 고민 끝에 양은 아버지 수상의 전화번호를 눌렀다. 잃어버린 것들을 그리워하는 최백호의 노래가 귓가를 채우자, 양은 천천히 심호흡을 했다. 마침 이때 수상은 혼자였다.

"잘 있냐? 우리 딸."

"아빠, 통화 괜찮으세요?"

"오냐."

"지금 어디세요?"

"차에 다 왔다. 등산 다녀오는 길이야."

"아, 그럼 차에 들어가셔서 자리에 앉으세요. 드릴 말씀이 있어요."

"무슨 일이냐?"

"앉으셨어요?"

"그래."

"그럼, 놀라지 말고 들으세요. 저, 병원에 다녀왔는데, 만성골수백혈병이래요."

"···백혈병?"

"네, 백혈병이긴 한데, 만성이라서 요즘은 고혈압처럼 약만 잘 먹으면 괜찮대요."

"······."

"그래서 말인데요, 일단 종합 병원에 가서 정밀 검사를 해 보라면서 내일 아침 10시에 대한대학교병원의 혈액종양내과로 예약을 잡아 줬어요. 혹시 내일 저랑 같이 가 주실 수 있을까 해서요. 보호자가 필요할 수도 있을 것 같아요."

"알았다. 의사가 그렇게 말했으면 너도 너무 걱정하지 마라. 괜찮을 거야. 혹시··· 조금 안 좋다고 해도 치료하면 된다. 아빠, 엄마가 있잖아."

"···네."

"엄마한테는 말했냐?"

"아니요, 놀라실 것 같아서··· 아빠가 말씀해 주세요. 부탁드려요."

"알았다. 내일 새벽 첫차로 올라갈 테니 바로 병원에서 보자. 몸도 힘든데 버스 터미널까지 마중 나올 필요 없다. 알았지?"

"네. 감사해요, 아빠."

"그래, 아무 생각하지 말고 빨리 푹 자. 내일 보자."

아버지로서 수상은 양의 기대보다 훨씬 강했다. 양은 조금 편안해진 마음으로 집을 대충 정리한 뒤, 이른 잠을 자려고 누웠다. 하지만 이때부터 휴대폰이 미친 듯이 울리기 시작했다. 마구 흐느끼는 엄마 금희의 목소리 너머로, 우리한테 이런 일이 생길 수는 없다며 수상이 울부짖는 소리도 들렸다. 양이 다독이면 두 사람의 슬픔이 잠시 잦아들어 희망적으로 서로를 위로하고 전화를 끊었다가 몇 분도 안 돼 다시금 감정이 폭발해서 전화가 걸려오기를 반복하자, 양은 어느 순간 휴대폰을 무음으로 바꿔 버렸다. 다음날부터 어떤 일이 밀어닥칠지 전혀 모르기에 어쩌면 마지막일지도 모를 혼자만의 단잠을, 양은 포기하고 싶지 않았다. 게다가, 운다고 해서 현실이 바뀌거나 해결되는 건 아니지 않은가.

그렇게 만난 세 사람은 암 병원에서 각자 나름대로 최선을 다해 스스로와 서로를 위로하고 있었다. 특히 금희는 양에게서 눈을 떼지 못했다.

"황달 수치가 이렇게 높다니… 그러고 보니 애 얼굴이 귤껍질처럼 노랗네. 손바닥도 그렇고. 며칠 전에도 봤는데, 엄마가 돼서 내가 왜 몰랐을까? 여기저기 자꾸 멍이 들어서 아프다고 했는데, 왜 이상하다고 생각을 안 했을까?"

"너무 걱정하지 마라. 아빠가 장담해! 무슨 방법이 있을 게다. 우리나라의 의술이 얼마나 발달했냐! 다른 나라의 의사들도 배우러 오는 수준이야. 못 고칠 리가 없다."

"그냥… 혼자 오긴 불안해서 말씀드렸어요. 약만 먹으면 된다고 하니 저, 괜찮을 거예요."

셋은 수납 창구에서 진료 의뢰서와 검사 결과지를 접수한 뒤, 내키지 않는 걸음으로 4층까지 올라갔다. 4층 중앙에 자리한 혈액암센터는 널찍한 대기실의 오른쪽에 3명의 간호사가 앉은 안내대가 있고, 그 너머로 설명 간호사실, 의사의 이름이 붙은 2개의 진료실이 있었다. 양이 만날 안심해 교수의 방은 오른쪽이었다. 양은 진료실 문에 붙은 예약자 명단에서 자신의 이름과 시간을 확인하고 안내대로 가서 간호사에게 진료 카드를 냈다. 이제, 부를 때까지 기다려야 했다. 입구 쪽에 앉은 수상과 금희에게로 돌아가는 양의 눈에 대기실을 가득 메운 사람들의 모습이 들어왔다. 얼핏 봐서는 여느 동네 병원과 별로 다를 바 없는 평범한 풍경이었다. 긴 파마머리를 늘어뜨린 젊은 여자나 세련된 청바지를 입은 남자, 화려

한 스카프를 두른 아줌마들도 눈에 띄었다. 하지만 가까이 지나치며 뜯어보자, 구불구불한 머리는 어딘가 부자연스러워 가발인 티가 났고, 남자가 움직일 때마다 청바지가 감추지 못하는 앙상한 몸의 뼈대가 그대로 드러나 보였으며, 이마부터 목까지 머리 전체를 가린 스카프 아래로는 머리카락의 존재가 느껴지지 않았다. 겉이 멀쩡해 보이는 사람들에게서도 공통적으로 발견되는 특징은, 웃는 사람이 아무도 없다는 점이었다. 특히 의사를 만나고 나오는 사람들의 목소리에는 하나같이 심각하거나 절망적인 한숨이 섞여 있었다.

"매년 10만 명 중에 한두 명이 이 병에 걸리고, 발병 초기라도 심한 빈혈이 있으면 일시적으로 입원 치료가 필요할 수도 있다네?"

금희가 옆에 앉는 양에게 작은 책자를 건네며 흐린 미소를 지었다. 대한대학교 암 병원에서 만든 '만성골수백혈병'에 대한 안내서였다. 인터넷에서 찾은 의학 정보처럼 정의와 원인, 증상, 진단 및 검사, 치료 등의 순서로 되어 있었다. 여덟 쪽을 빽빽이 채운 글자 중 양의 머릿속에 들어온 내용은 원인과 증상에 관한 부분이었다.

> 만성골수백혈병의 원인을 밝히는 것은 대부분의 경우 불가능합니다. 따라서 예방법도 없습니다. 병의 원인이 되는 갑작스런 유전자 돌연변이는 정상인에게도 평생 몇 번 정도 생깁니다. 이 경우 대부분의 사람에서는 자가면역 시스템에 의해 자연스럽게 없어지는데, 왜 어떤 사람에게서는 사라지고 어떤 사람에게는 남아서 만성골수백혈병을 일으키는지는 밝혀져 있지 않습니다. 다만 환자의 5퍼센트 정도에서 강한 방사능에의 노출이 원인일 가능성이 있고, 부모에서 자녀에게 유전되는 부위와는 다른 염색체 위치에 있기 때문에 유전적인 요인은 없는 걸로 밝혀져 있습니다. (…) 만성기를 지나 가속기, 급성기로 진행되며, 만성기에는 일반적으로 뚜렷한 증상이 없는 경우가 많습니다. 병이 진행됨에 따라 피로, 발한, 체중 감소, 빈

혈, 비장 비대로 인한 소화 불량 및 좌측 갈비뼈의 통증이 나타나며 (…)
원인을 알 수 없는 열이 계속 나는 경우, 예후가 안 좋은 경우가 많습니다.

에둘러 표현했지만, 이 안내서는 죽음의 가능성을 분명하게 전달하고 있었다. 이때 간호사가 양의 이름을 불렀고, 거의 동시에 대양이 대기실로 들어왔다.

"아무래도 마음이 쓰여서, 회사에 출근했다가 반차를 내고 왔어요."

"그래, 아들. 잘 왔다. 아무렴, 동생 일인데 와야지."

네 사람이 함께 진료실로 들어서자, '안심해'라고 수놓인 흰 가운을 입은 의사가 기다리고 있었다. 심해는 양에 대한 진료 의뢰서와 검사 결과지가 뜬 컴퓨터 화면을 보고 있었다. 평생 공부만 했을 법한 고운 손을 가진 중년의 남자 의사였다. 든든한 응원군처럼 뒤에 버티고 선 가족들 앞에서, 양은 등받이 없는 둥근 의자에 앉아 자신이 왜 여기까지 오게 됐는지를 짧게 설명했다. 컴퓨터만 바라보며 말없이 이야기를 다 들은 의사는 양의 배를 직접 한 번 만져 보지도 않고, 선이 가늘어서 여린 느낌을 주는 말간 얼굴로 부드럽게 말했다.

"백혈병일 가능성이 높습니다. 혈액 검사를 하고 다시 한번 보지요."

조금 전에 양의 이름을 불렀던 간호사가 다가와 말했다.

"나가 계시면, 안내해 드릴게요."

안내에 따라, 양은 다시 수납 창구에 들렀다가 채혈실로 갔다. 두 곳 모두 대기자가 많아서 번호표를 뽑고도 한참 기다려서야 피를 뽑았다. 그러고도 1시간 정도 지나서 검사 결과가 나와야 의사를 만날 수 있었다. 암 병원에서는 무엇을 하든 오래 걸렸다. 암에 걸렸거나 암이 의심되는 사람이 이렇게 많은 줄 누가 알았겠는가. 네 사람은 어딜 가나 넘치는 사람에 부대껴 금세 녹초가 되었지만, 병원 카페에 모여 앉아 긍정적인 기대감을 가졌다.

"양이의 몸이 며칠 전보다 좋아졌어야 하는데. 애가 치료만 조금 받으면 나을 정도면."

대양이 금희의 말에 힘을 실었다.

"어머니 말씀이 맞아. 검사 결과가 동네 병원과는 다를 수도 있다. 참, 보험은 들었나? 실비 보험 같은 거."

"아니, 나한테 이런 일이 일어나리라고는 생각도 못 했어."

"보통은 보험 회사에 들어간 친구들이 들어 달라고 하잖아?"

"그러니까. 어째 나한텐 보험에 들라는 사람이 하나도 없었지? 보험 회사에 들어간 친구도 없어. 근데 이상하게, 몇 달 전부터 TV를 보다 보면 암 광고가 눈에 띄더라고. 평생 암에 걸릴 확률이 국민 3명 중 1명 꼴이라고. 설마 내가… 하면서도 어쩐지 들고 싶더라니."

"우리 딸, 축 처져 있지 말고 기운 내! 의사가 가능성이라고 했다. 아닐 가능성도 있다는 말이 아니겠냐?"

수상의 말에 동의하듯 고개를 끄덕였지만, 양은 속으로 채혈실에서의 짧은 대화를 떠올렸다.

"피가 왜 이렇게 느리게 나오지? 이상하네."

"원래는 더 빠른가요?"

임상 병리사는 속말을 들킨 사람처럼 당황하더니, 대충 얼버무렸다.

"아니요, 네네. 다 비슷해요."

하루에도 수백 번, 전문적으로 피를 뽑는 사람이 특별히 다르다고 느꼈다면 양의 피가 정상은 아니라는 뜻이었다. 하지만 양은 가족들에게 말하지 않고 의사의 진단을 잠자코 기다렸다. 피가 나오는 속도가 조금

느리다는 사실이 여전히 뭔가를 확실하게 의미하는 건 아니었다.

2시간여 만에 다시 찾은 혈액암센터 대기실에는 사람이 더 많아져서, 이제는 다들 다닥다닥 붙어 앉아 있었다. 끊임없이 밀려드는 아픈 사람의 물결에 지쳐서인지 깔끔하게 빗어 넘겼던 의사의 머리카락이 약간 흐트러져 있었다.

"하, 양 씨? 피 검사는 하고 오셨나요?"

"네."

"볼까요? 흠. 3일 전에 백혈구의 수가 10만 정도였는데, 오늘은 16만을 넘었습니다. 백혈병일 가능성이, 더 높아졌습니다."

할 말을 잊은 네 사람은 아랑곳없이, 어깨를 조금 늘어뜨렸을 뿐인 의사는 문득 궁금하다는 듯이 양의 뒤에 서 있는 대양을 가리키며 물었다.

"이 분은 환자와의 관계가 어떻게 되지요?"

심해로서는 이미 앞날을 내다보고 묻는 질문이었지만, 그 자리에 있던 나머지 네 사람은 의사가 지금 이 상황에서, 뜬금없이 그걸 왜 궁금해하는지 짐작조차 할 수 없었다. 서로가 물끄러미 얼굴만 쳐다보는 사이, 금희가 멍하니 대답했다.

"치… 친한, 친구예요!"

그러자 양이 작은 웃음을 터뜨렸고, 대양이 얼른 사실 관계를 바로잡았다.

"어머니, 왜 그러세요? 저는 양이의 친오빱니다, 선생님."

"아, 그래요? 잘 알겠습니다. 하, 양 씨는 입원 치료가 필요합니다. 입원 수속실에서 신청하면 오래 기다려야 해서 너무 늦으니, 지금 당장 응급실로 가십시오."

간호사가 다가와 또다시 친절하게 말했다.

"나가 계시면, 안내해 드릴게요."

4

응급실은 양을 단숨에 환자로 만들었다. 젊은 의사는 차트를 보자마자 그 자리에서 양을 휠체어에 태우더니 간호사에게 수혈을 지시했다. 혼자 충분히 걸을 수 있다며 양이 일어서려 하자, 의사는 피곤에 절은 혀를 내두르며 야단을 쳤다.

"괜찮다니! 지금 무슨 소리 하는 거예요? 환자 분은 혼자 걸어 다닐 수 있는 상태가 아니에요! 이 몸으로 돌아다니면 큰일이 난다고요! 여자의 혈색소 정상 수치는 12에서 16 사이예요. 보통 8 밑으로 내려가면 빈혈이 심각하다고 보고 수혈을 하죠. 근데 환자 분의 경우는 5.4예요! 무슨 말이냐면, 피에 헤모글로빈, 그러니까 산소가 거의 없어서 벌써 쓰러지고도 남았을 상태라는 뜻이라고요!"

"네? 저, 어제까지도 정상적으로 출근했어요. 출근길에 두 번, 퇴근길에 한 번… 숨이 차서 중간에 서서 쉬긴 했지만요."

"아이고. 아주 서서히 빈혈이 진행되다 보면 몸이 그 상태에 적응하는 경우가 어쩌다 있어요. 그래도 환자 분은 언제 뒤로 넘어가도 하나도 이

상할 게 없어요. 지금부터는 휠체어에서 절대로 내려오시 마시고, 환자가
화장실을 갈 때도 보호자가 항상 따라 들어가도록 하세요. 아시겠어요?"

양은 피를 맞고 또 맞았다. 빨간 피 1봉이 몸으로 다 들어가려면 1시간
반이 넘게 걸렸고, 다음 피가 준비되는 틈틈이 소변 검사와 혈액 검사에
CT 촬영도 해야 해서 양의 손목으로 마지막 핏방울이 들어갔을 때는 이
미 어둑어둑한 저녁이었다. 그사이에 회사를 다녀온 대양이 수상과 금희
를 데리고 늦은 저녁밥을 먹으러 나갔다. 세 사람은 양을 혼자 두지 않으
려 번갈아 다녀오겠다고 했지만, 양이 억지로 등을 떠밀어 모두 보냈다.
어제까지 모든 일을 스스로 하던 젊은 딸이 휠체어에 앉힌 채로, 85도 각
도로 고정된 불편한 응급실 의자에 앉아 자신을 하염없이 바라보는 늙은
부모의 촉촉한 눈길을 마주해야 하는 현실을 받아들이기는 힘들었다. 잠
시 혼자가 된 양은 그제야 스르르 무너졌다. 한참 동안 고개를 숙이고 눈
물을 떨구던 양은 이럴 줄 알았다는 듯이 쓸쓸하게 웃었다.

"이번에도, 또 어긋났어."

추석이 지나면 보자고 허세하와 약속한 지 일주일도 안 됐다. 거의 일
년 만의 약속이었다.

"이건 해도 해도 정말 너무하잖아? 백혈병이라니! 안 만나, 다신 안
만나!"

양은 하늘에 대고 들으라는 듯 소리쳤다. 일 년 만에 얼굴 한번 보겠다
는데, 백혈병이라니… 이건 너무 심하잖아!

양과 세하는 지독하게 엇갈리는 인연이었다. 인생은 타이밍이라고 믿
는 양의 관점에서 보자면, 두 사람은 절대로 사랑할 수 없었다. 만나려고
만 하면, 빠지기 힘든 회식이 양에게 갑자기 잡힌다던지, 양을 만나려면
타야 하는 기차를 세하가 눈앞에서 놓친다거나, 예보도 없이 100년 만의

폭우가 쏟아져 지하철이 멈추고 비행기가 못 떠서 함께하려던 일정까지 취소됐다. 양이 이전에 일했던 회사에서 아르바이트를 하던 세하와 세 달 동안 매일 봤던 시간이 안 믿길 정도로, 세하가 휴학을 끝내고 대학에 돌아간 뒤로 두 사람이 만나려면, 50년 만의 폭한 정도는 그러려니 해야 할 정도였다. 하늘이 말리는 건가. 그런 느낌에 양은 용기를 내 진심을 표현하려던 마음을 접었다.

그래, 일 년에 한 번도 안 된다면 어쩔 수 없지. 양은 겨우 마음을 추스르고 휴대폰을 꺼내 세하에게 메시지를 보냈다.

"이번 주에 보기로 한 약속, 못 지킬 거 같아. 나 오늘 병원에 왔는데, 입원 치료가 필요하대. 미안."

백혈병이란 말은 차마 할 수가 없었다. 아직 스스로도 믿기 어려울 만큼 얼떨떨한 데다 이 모두가 도무지 현실감 있게 받아들여지지 않았다. 세하는 바로 답을 보냈다.

"밥이야 다음에 먹으면 되지 뭐. 어디가 많이 안 좋은 건 아니지? 입원하면 알려 줘. 면회 갈게."

과연 우리에게 다음이 있을까…? 양은 휴대폰을 손에 쥔 채로 잠시 멍하니 바닥을 바라봤다.

기나긴 수혈이 끝나고도 피 검사는 계속 이어졌다. 간호사는 1시간마다 꼬박꼬박 양의 피를 뽑아 갔지만, 결과에 대한 설명은 없었다. 수상과 금희로서는 기껏 피를 4봉이나 맞히더니, 이제 와서 다시 다 빼 가는 상황을 이해할 수 없었다. 밤이 되자 주삿바늘 자국은 양의 두 손등부터 손목을 거쳐 팔꿈치 안쪽까지 핏줄을 따라 이어져 빨간 길을 만들었다. 어릴 때부터 주사가 싫어 병원에 안 가며 버티던 양이기에, 피를 뽑힐 때마다 느끼는 두려움과 무력감은 더욱 컸다. 주삿바늘을 새로 찌를 때마다 실랑이가 생기기 시작했고, 결국 간호사와 양은 왼쪽 손목에 일주일 정도를 사용할 수 있는 굵은 주삿바늘을 하나 새로 박기로 결론을 모았다. 바늘에 수도꼭지처럼 생긴 기구가 연결되자 신기하게도 간호사가 작은 손잡이를 돌리기만 하면 피가 흘러 나왔다.

그렇게 밤늦도록 간호사는 피를 뺐고, 양은 응급실을 벗어날 수 없었다. 입원할 병실이 언제 나올지 모르기 때문이었다. 환자가 응급실을 비운 사이에 차례가 지나가 버리면 얼마나 기다려야 다시 기회가 돌아올지 알 수 없었다. 모두가 서서히 기다림에 지쳐 갔다. 드라마나 영화에서는 응급실로 들어간 사람이 바로 침대에 눕혀졌기 때문에, 이렇게 오랫동안 대기실에서 휠체어 신세를 질 줄을 양은 상상조차 못 했다. 그나마 양은 사정이 나은 편이었다. 주변에 앉은 대부분의 환자는 딱딱한 의자 위에서 허리도 편하게 못 편 채 각자 짧게는 몇 시간부터 며칠 밤을 버티고 있었다. 안에서 컴퓨터로 검사 결과를 본 의사가 내린 지시에 따라 간호사가 부르거나 전화를 하면 그때그때 들어가서 응급 처치를 받는 상황이었다. 참다못한 금희가 도대체 얼마나 더 기다려야 하느냐며 따지듯 물었으나, 간호사에게서 돌아오는 대답은 싸늘했다.

"그쪽 병실은 잘 안 빠져서, 보통 최소 사흘은 기다리셔야 해요."

"응급실에서 가는 데도요?"

"네. 응급실이라서 엄청 빠른 게 그 정도예요. 입원수속실을 통하면 보통 한 달은 걸려요."

"그럼, 응급실 침대에라도 누울 수 없나요? 애가 힘든데."

"지금은 응급실에 빈 침대가 하나도 없어요. 자리가 나면 저희가 알아서 부를 거예요."

이 말을 끝으로 간호사는 바쁜 걸음으로 사라졌다.

어느덧 밤 12시가 넘어 다음날에 출근해야 하는 대양을 보내고 모두가 말이 없어질 즈음, 심해가 응급실로 양을 찾아왔다. 파란 마스크로 두부처럼 허연 얼굴을 반쯤 가린 젊은 의사와 함께였다.

"하, 양 씨? 좀 어떤가요?"

"수혈을 받고 나니 피로감이 좀 줄어든 거 같아요."

"양호합니다. 불편한 곳은 없으신가요?"

심해가 양의 어깨를 두드리며 부드럽게 묻자, 금희가 나섰다.

"의사 선생님, 응급실에라도 빈 침대가 언제쯤 나올지 알 수 있을까요? 병실이 나려면 적어도 사흘은 걸린다는데, 이렇게 아픈 애를 휠체어에서 재울 수도 없어서요. 피도 수혈할 땐 언제고 아무런 설명도 없이 계속 뽑아가네요."

"흠."

심해가 곤란하다는 표정을 짓자, 수상이 금희를 말리며 끼어들었다.

"그런 말씀을 왜 드려! 그보다도 교수님, 우리 딸은 괜찮습니까?"

"제가 여러 검사 결과를 계속 보고 있는데, 투석을 하는 게 좋겠습니다."

"투석…이요? 그건, 신장에 문제가 생겼을 때 하는 거 아닌가요? 우리 딸의 신장이 안 좋습니까?"

"나쁜 피가 지금 몸 안에 너무 많아서, 아무래도 투석을 해서 걸러 내는 게 좋겠습니다. 그래서 왔습니다."

심해와 수상의 대화를 듣던 양이 물었다.

"선생님, 투석은 어떻게 하는 건가요?"

"목에 관을 삽입해서 진행합니다."

"제 목에, 관을… 꽂는다고요?"

온갖 주사에 찔리며 시달리다가 이번에는 관이 박힌다는 말에 시선이 흔들리는 양을 보고, 수상은 반대 의사를 분명히 했다.

"교수님, 지금 투석까지 하면 우리 딸에게 정신적인 충격이 너무 클 겁니다. 어떻게든 약을 써서, 가능하면 투석은 안 하는 방향으로 최대한 부탁드리겠습니다."

"흠. 그러면, 많이 위험할 수 있습니다."

"죄송합니다. 보호자로서 투석에는 동의할 수 없습니다."

수상은 물러서지 않았다. 결국 심해는 수상을 설득하지 못하고 돌아갔다. 대신 그때부터 양에게 작은 알약이 나오기 시작했고, 1시간 정도 더 지나자 드디어 응급실 안으로 들어갈 수 있었다. 응급실의 문 안으로는 보호자가 1명만 따라 들어갈 수 있어서 수상은 대기실에 남았다. 양의 자리는 응급실 안 복도로, 중환자실 건너편에 놓인 이동 침대였다. 침대 발치에 보호자를 위한 플라스틱 의자가 덩그러니 세워져 있었다. 양과 금희가 당황스러운 눈빛을 감추지 못하자, 간호사는 인상을 찡그리더니 신경질적으로 쏘아붙였다.

"교수님이 말씀하셔서 이 자리도 겨우 만든 거예요! 싫으면 밖에서 더 기다리실래요?"

"아니요, 좋아요! 여기 좋아요!"

그곳은 응급실의 명당이었다. 면회가 제한되는 중환자실 앞이라 지나다니는 사람이 거의 없어 조용했다. 어쩌다 중환자의 상태와 장례에 관해 수군거리는 사람들의 무리가 모여들었지만 금세 흩어졌다. 양에게 열이 나기 시작한 건, 몇 번째인지는 몰라도 간호사가 손목의 수도꼭지를 돌려 피를 뽑아간 직후였다. 열은 39.8도까지 빠르게 올랐다. 지나친 수혈 때문이 아닐까 추측만 할 뿐, 양과 금희로서는 원인을 알 수 없는 고열이었다. 가슴까지 내려오는 양의 긴 머리카락은 끝없이 솟아나는 땀으로 흠뻑 젖었고, 가끔 반짝 눈을 뜨고 자신을 지켜보느라 잠 못 이루는 금희를 걱정하는 말을 웅얼거리기도 했으나 양은 방금 자신이 뭐라고 했는지 기억하지 못했다. 금희는 플라스틱 의자에 제대로 앉지도 서지도 못한 채 자꾸만 쥐가 나서 오그라드는 양의 두 다리를 주무르며 밤을 지새웠다.

새벽녘에 먹은 해열제 덕인지 아침이 되자 열은 신기루처럼 사라졌다. 체온계는 다시금 36.5도를 가리켰다. 아침에 교대한 간호사가 피를 뽑으러 왔다가 양이 아직도 바깥옷을 입고 있다는 사실에 놀라며 환자복을 가져다줬다. 마른 옷으로 갈아입고 축축한 머리칼을 뒤로 올려 묶은 양은 공기의 변화를 느끼며 수상이 사 온 전복죽을 먹었다. 중환자실 앞 복도는 밤새 더 밀려든 4개의 이동 침대와 그만큼 늘어난 환자와 보호자들로 한층 북적이고 있었다. 누군가 가늘게 코를 고는 가운데, 양의 종아리에 여전히 쥐가 난다는 점 말고는 특별한 일 없는 오전이 지나갔다.

점심 무렵, 또 다른 의사가 찾아와 골수 검사를 해야 한다며 긴 동의서를 내밀었다. 의사는 A4 3장짜리 동의서에서 나머지 부분은 대충 건너뛰고 형광펜으로 미리 표시해 온 부분만 손으로 짚으며 꼼꼼히 읽더니, 모든 검사가 그렇듯이 이것도 좀 위험할 수 있다면서 각 장의 마지막 문장 밑에 그어진 선에 서명을 하라고 재촉했다. 양은 위에 적힌 모든 내용에 대해 자세히 설명을 들었으며 충분히 이해했고 완전히 동의한다는 문장 아래마다, 총 3번의 이름을 썼다. 잠시 뒤 어딘가 그늘진 얼굴의 남자가 나타나 양의 이름을 확인하더니 침대를 밀고 어디론가 들어갔다.

골수 검사는 응급실 안 병실에서 이뤄졌다. 정사각형의 공간에 벽을 따라 침대가 다닥다닥 붙었고, 중앙에는 서로 마주보게 놓인 침대 9개가 한 줄에 5개, 4개로 나뉘어 놓여 있었다. 남자는 깡마른 몸으로 침대가 4개인 줄의 끝, 빈자리에 양이 탄 침대를 세우더니 뒤도 안 돌아보고 서둘러 나갔다. 얇은 커튼 한 장이 침대와 다른 침대를 구분하는 전부였다. 병원식이 안 나오고 외부 음식을 들여오기에 아무런 규제가 없는 응급실의 특성으로 인해 온갖 냄새가 뒤섞이는 바람에 공기는 머리가 아플 정도로 탁했고, 수십 명의 아픈 사람들과 그만큼의 보호자가 좁은 공간에서 떠드는 통에 정신이 빠질 만큼 시끄러웠다.

양의 맞은편 침대에 누운 대머리 남자는 배가 아프다며 목까지 환자복을 걷어 올리곤 아내에게 사이다를 가져오라 계속해서 조르고 있었다. 얼굴을 찌푸린 금희가 남세스럽다며 남자의 알몸이 안 보이도록 커튼을 치자, 어느 틈에 간호사가 달려와 다시 열어젖혔다.

"이러지 마세요! 여기는 다 응급 환자뿐이라서 언제든 우리가 모든 사람의 상태를 한눈에 확인할 수 있어야 되거든요? 커튼은 옆 침대랑 구분하는 정도만 쳐야지, 전체를 가리면 절대로 안 돼요!"

눈을 안 감는 한, 양은 다른 환자들을 쳐다볼 수밖에 없었다. 안쓰러울 정도로 사이다만 찾는 남자의 옆자리에선 머리가 하얗게 센 할아버지가 떨리는 손으로 입가며 환자복에 줄줄 흘리며 홀로 팥죽을 떠먹고 있었고, 커튼 너머 옆 침대에서는 가래가 끓는 소리 사이로 토하는 듯한 기침 소리가 들려왔다. 이런 분위기 속에서 양은 자신과는 평생 관련이 없으리라 여겼던, 말로만 듣던 골수 검사를 기다렸다. 곧 자그마한 의사가 손수레를 밀고 오더니, 그 위에 보기에도 겁나는 의료 도구들을 풀어 놓으며 양에게 검사 과정과 주의 사항을 간단히 설명했다.

"주변 살에 마취를 충분히 하겠지만, 굵은 주삿바늘이 뼈를 뚫고 골수까지 들어가기 때문에 아플 수 있어요. 혹시 못 참겠으면 바로 말씀하세요. 그만 넣을 테니까요. 끝나면 4시간 동안은 검사 부위에 모래주머니를 댄 채로 그대로 꼼짝 않고 누워 있어야 하니, 화장실이 가고 싶으시면 지금 다녀오세요."

양이 얼른 화장실을 다녀와 의사가 지시하는 대로 엎드리자 곧바로 검사가 시작됐다. 엉덩이뼈 위쪽 곳곳에 맞은 마취 주사 덕분인지 주사기가 들어갈 때는 크게 아프지 않았다. 주사기가 점차 뼈를 뚫고 들어가 의사가 골수를 뽑기 시작하자, 양은 엉덩이 아래의 뼈들이 덜거덕거리면서 몸속 깊숙이 잠들어 있던 영혼까지 빨리는 느낌이 들었지만 그래도 견딜 만하다고 생각했다. 그러나 의사가 골수의 조직을 긁어내려고 주사기를 더 집어넣었을 때, 양은 제발 그만하라며 자신도 모르게 흐느끼고 있었다. 의사는 알겠다고 말하면서도 필요한 만큼 얻은 다음에야 아주 천천히 주사기를 뺐고, 검사가 끝났다. 양은 모래주머니 위에 얹혀 침대에 탄 채로 다시 복도로 옮겨졌지만, 뼛속을 긁히던 아픔이 가라앉지 않아 결국 가장 강한 진통제인 모르핀까지 계속해서 맞아야 했다. 4시간이 막 지났을 무렵, 소변 검사를 하라는 지시가 내려왔다며 간호사가 통을 가져왔다. 양은 알겠다고 답했지만, 통증 때문에 당장 일어날 수가 없었다. 간호사는 10분 만에 다시 오더니 비어 있는 통을 보자 득달같이 화를 냈다.

"왜 아직도 오줌을 안 내세요?"

"골수 검사를 받은 데가 아파서, 조금만 더 있다가 가려고 했어요."

"벌써 4시간이 지났잖아요! 제가 하양 씨, 한 사람만 돌보는 사람은 아니거든요?"

"…지금 바로 다녀올게요. 엄마, 저 좀 일으켜 주세요."

"됐어요! 우리가 오줌 줄로 빼는 게 빨라요!"

"지금 바로 갔다 온다니까요?"

"바쁘니까, 잔말 말고 속옷 내려요. 당장!"

간호사의 닦달에도 양은 골수를 뺀 곳이 아파 엉거주춤했다. 간호사는 인상을 쓰며 시트를 획 들어 올리더니 양의 바지를 잡아끌어 내리고 요도에 줄을 꽂았다. 그러자 양의 의지와는 아무런 관계없이 노란 오줌이 줄을 타고 통으로 떨어지는 모습이 보였다. 간호사는 원하는 만큼 얼자 거침없이 줄을 뽑았고, 양은 화끈거리는 아랫도리뿐 아니라 처음 겪어 보는 모욕감과 함께 남겨졌다. 환자가 된다는 건, 내 뜻과 상관없이 자신의 몸에 대한 결정권을 잃고 시키는 대로 할 수밖에 없는 약자가 된다는 의미였다.

붐비는 응급실 중환자실 앞 복도에서 하룻밤을 더 머무르고서야 수납에서 금희를 찾는 연락이 왔다. 금희는 응급실 진료비로 100만 원이 넘는 돈을 내고 돌아왔음에도, 병동에 자리가 났다는 소식에 마냥 기뻐했다.

"111병동 1107호야. 사흘 만에 자리가 난 것도 그렇고, 응급실에서 바로 6인실로 가는 경우도 거의 없다네? 병실료가 싸니까 다들 6인실로 가고 싶어 해서 우리 같은 사람은 보통 1인실이나 2인실로 일단 들어가서 6인실이 날 때까지 무작정 기다려야 하나 봐. 간호사의 말이, 운이 좋았다고 하네!"

골수 검사를 하러 갈 때의 우울한 남자가 어디선가 다시 나타나더니, 양이 탄 침대를 밀고 111병동으로 향했다. 11층에 도착해 병동 간호사실에서 비밀번호가 걸린 차단 문을 열어 주기를 기다리는 잠깐 동안이 어쩐지 어색해서, 양은 말없는 남자에게 여기에 환자를 자주 데려오느냐고 물었다. 그러자 그는 슬퍼 보이는 얼굴을 가늘게 흔들더니, 묻지 않은 말까지 답해 주었다.

"아니요. 여긴 장기 입원 환자들이 많아서⋯ 111병동은⋯ 일단 들어가면 쉽게 빠져나올 수가 없어요. 죽으면 몰라도."

이때 문이 열렸고, 남자는 묵묵히 양이 탄 침대를 밀었다. 불안한 걸음으로 따르는 금희와 수상의 등 뒤로, 불투명한 유리문이 하나, 둘. 소리 없이 닫혔다.

5

격리 병동은 지금까지의 삶에서 양을 송두리째 떼어 놓았다. 두꺼운 비닐과 그 안의 하얀 면 커튼. 이중 차단막으로 둘러싸인 침대에 오도카니 앉아, 양은 자신이 지금 어디에 있는지를 외면하려 애썼다. 금희와 수상은 대양과 저녁을 먹으러 가고 없었다. 이번에는 함께 가라며 양이 떠민 게 아니었다. 세 사람은, 양이 혼자 남는다는 사실에 대한 별다른 고민 없이 나란히 병실을 나섰다. 그들은 응급실에서의 3일에 지쳐 있었고, 그곳을 드디어 벗어났다는 데서 오는 안도감은 그만큼 컸다. 그사이에 긴 머리를 뒤로 틀어 올린 간호사가 와서 양의 이름을 확인하더니 혈압과 체온을 쟀다. 다시, 열이 나기 시작하고 있었다.

"혈압은 97에 55로 좀 낮긴 해도 괜찮으신데, 체온이 38.2도세요. 하양 님, 열이 나서, 혈액 배양 검사를 하셔야 될 것 같아요. 혹시 열이 나는 이유가, 몸속에 균이 있어서인지, 있으면 어떤 균인지를 알아보는 검사예요."

양이 손목의 수도꼭지를 내밀자, 유치원 선생님처럼 다정한 말투의 간호사는 빙그레 미소를 짓더니 천천히 고개를 저었다.

"하양 님, 이 검사를 위해서는, 왼쪽과 오른쪽 팔꿈치의 안쪽에서 주사기로 직접 피를 뽑아야 한답니다."

3일 동안 온 팔이 만신창이가 된 양은 더 이상 참지 못하고 아이처럼 울음을 터뜨리고 말았다.

"너무 아파요. 흑, 아프다고요, 흐흑. 전 피가 너무 느려서 잘 멎지도 않아요. 두 팔에서 다 빼면 혼자서 지혈할 수도 없어요. 흐흐흑, 가족들이 올 때까지 조금만, 조금만 있다가 하면 안 될까요?"

"그럼, 얼마나 있다가 올까요? 30분? 1시간? 1시간이면 괜찮겠어요?"

어린 아이를 달래듯 다독이는 간호사에게 양은 그저 고개를 주억거렸다.

간호사는 정확히 1시간 만에 다시 왔다. 가족들이 곧 돌아오리란 기대에 양은 마냥 기다렸지만, 세 사람의 저녁 식사는 길어졌다. 마음을 가라앉히기에는 충분한 시간이었기에 양은 더 버티지 않았다. 병원에선 의료진이 하겠다고 마음먹은 일은 결국 벌어지고 말았다. 차라리 고분고분히 따르는 게 낫다는 사실을 양은 이제 알고 있었다.

간호사는 피를 뽑은 자리에 알코올 솜을 대고 반창고로 두 번씩 단단하게 감아 지혈하기 쉽도록 최대한 고정시켜 주었다. 양은 제대로 힘이 안 들어가는 두 손을 서로 엇갈리게 해서 반대편 팔의 솜을 누르고서, 신경을 다른 곳으로 돌리려 안간힘을 썼다. 양은 침대에 앉은 채로 두 눈을 감았다. 아까부터 거슬릴 정도로 윙윙거리는 소리가 머리 위에서 나고 있었다. 차가운 공기를 쉴 새 없이 내려보내는 장치가 천장에 달려 있었다. 주위가 커튼으로 막혀서인지, 소리는 비행기를 탔을 때처럼 컸다. 여긴 마치 이코노미석 같아. 가림막에 온통 에워싸여 겨우 몸 하나 누일 침대만이 온전히 자신의 공간임을 깨달으며, 양은 비행기의 3등석에 앉았을 때처럼 옴짝달싹할 수 없는 기분을 느꼈다. 2인실은 비즈니스석이고 1인실은 퍼스트 클래스겠지? 그러면서 양은 의사가 기장이고, 간호사는 승무원이며, 환자들을 태운 격리 병동 전체가 어딘가로 날아가는 비행기라는 상상에 빠져 들었다. 머릿속에서 양은 날개 쪽에 앉아 창 너머로 아스라이 펼쳐진 하늘을 바라보고 있었다.

"똑똑."

이때 현실을 일깨우듯 누군가 입으로 내는 소리가 났고, 양은 퍼뜩 눈을 뜨며 침대 위로 돌아왔다.

"똑똑."

끝에서부터 커튼이 살짝 걷히더니, 파란 마스크를 쓴 남자가 얼굴을 들이밀었다. 심해와 함께 응급실로 양을 찾아왔던 젊은 의사였다. 그는 들어오면서 양의 뒤쪽을 손으로 가리켰다. 양이 돌아보자, 침대 머리맡에 붙은 환자 정보가 보였다.

성별	여자
나이	만 31세
혈액형	AB+
전담의	안심해
주치의	사원석

얼굴이 허연 의사는 친근하면서도 힘 있게 말했다.

"하양 씨죠? 저는 하양 씨의 치료를 함께할 주치의, 사원석입니다. 이 방의 주치의기도 합니다. 응급실에서 하양 씨를 보고 나서 그날 밤에 한숨도 못 잤어요. 저랑 나이가 같으시더군요. 꼭 내 친구가 아픈 것만 같아서 제가 괴로워하니까 교수님께서 이만큼 두꺼운, 영어로 된 책을 주셨습니다. 이번 기회에 백혈병에 대해서 공부 좀 하라고 말씀하시더군요. 제가 열심히 읽을 테니까, 뭐든지 궁금한 게 있으면 언제든지 물어보세요. 제가 모르면 알아내서라도 가르쳐 드리겠습니다."

말을 마친 원석은, 심해가 줬다는 책의 두께를 설명하느라 위 아래로 크게 벌린 두 손을 그대로 멈춘 채로 웃었다. 마스크에 가려 입가는 안 보였지만, 양은 따스하다고 느꼈다.

"제가 도와드릴까요?"

그러더니 원석은 대답할 틈도 없이 성큼성큼 다가가 자신의 두 손을 지혈 중인 양의 손 위에 올렸다. 건강한 성인 남자의 힘이 실린 손아귀는 수도꼭지가 박힌 양의 손목까지 사정없이 짓눌렀다. 양은 얼굴을 찡그리면서도 원석의 낯선 친절에 위로를 받는 자신에게 조금 놀랐다.

"아, 이런! 아파요? 살살 누를까요?"

"저, 혼자 할 수 있을 거 같아요."

"그래요? 좀 전에 여기 다녀온 간호사 말이, 혼자서는 지혈도 못한다고 엉엉 울었다던데? 그럼, 내가 가고 나서 울면 안 돼요!"

장난스런 발걸음으로 돌아서는 원석의 뒷모습을 보며, 양은 작게 중얼거렸다.

"좀 이상해. 독특한 의사야."

이날 밤, 양의 맞은편 환자가 열이 오르며 기침을 했다. 간호사들이 X-ray 기계를 몰고 와 찍고 밤새 살피며 오가느라 금희를 포함한 온 병실의 사람들이 잠을 설쳤지만, 양은 세상모르고 잤다. 균 검사 후 간호사가 가져다 준 해열제 덕분이기도 했고, 월요일에 동네 내과를 방문하면서부터 시작된 일들의 무게가 양의 의식을 통째로 집어삼켰기 때문이기도 했다.

다음날인 일요일. 이른 아침, 원석은 양의 앞에 다시 나타났다. 맛이라 곤 찾아볼 수가 없는 병원식을 양이 반도 못 먹고 내놓은 직후였다.

"잘 잤어요?"

"네."

"얼굴을 보니, 정말로 잘 잔 것 같군요. 아, 이런. 그것보다 골수 검사 결과가 중요한데, 그제 응급실에서 했죠? 2~3일 정도면 기본 결과가 나 오니까 곧 치료 방향이 정해질 겁니다. 하양 씨의 경우는 지역 내과에서 만성골수백혈병으로 결과가 나왔으니, 바뀔 가능성은 거의 없을 겁니다. 만성은 보통, 먹는 약으로 치료해요. 4~5일 정도 지나야 나오는 골수 조 직 검사 결과에서 나쁜 암세포의 비율이 20퍼센트만 안 넘으면, 아마 집 에 갈 수 있을 겁니다. 다행히 만성은 20퍼센트가 넘는 경우가 거의 없 어요."

"20퍼센트를 넘는지 아닌지가 그렇게 중요한가요? 만약에 21퍼센트면 요? 1퍼센트의 차이로 치료법이 완전히 달라지면 억울하잖아요?"

"어쩔 수 없어요. 그 1퍼센트의 차이가 어마어마하게 중요한 겁니다."

"아… 네."

"그럼 쉬고 있어요. 이따가 교수님께서 회진 돌 때 다시 올게요."

"네."

이 병동의 의사들은 일요일에도 안 쉬나? 심해의 회진이 있으리란 말 에 양은 문득 궁금증이 일었다.

1시간 뒤에, 회진이 있었다. 진료실에서 받았던 첫인상과 달리 다부져 보이는 심해가 뒤에 원석을 세운 채 양에게 물었다.

"하, 양 씨? 오늘은 좀 어떤가요?"

"어제 열이 솜 났는데, 해열제를 먹었더니 내렸어요. 그거 말고는 괜찮습니다."

"양호합니다. 골수 검사 결과를 기다려 보지요."

"네, 감사합니다."

다른 환자에게 가기 위해 심해가 돌아서자, 진지한 표정으로 서 있던 원석이 양에게 눈을 찡긋하더니 얼른 뒤따라갔다. 금희는 심해에게 인사하기 위해 허리를 굽히느라 원석의 윙크를 보지 못했다. 양은 원석이 지금까지 만난 의사들과는 정말 다르다고 생각하면서, 금희에게 한 가지 부탁을 했다.

"엄마, 골수 검사 결과가 다 나오려면 4일에서 5일은 걸린다니까, 앞으로도 며칠은 더 여기에 있어야 하나 봐. 집에 가서 내가 읽던 책하고 일기장 좀 가져다주세요. 책상 위에 있어요."

"그래, 아버지께 말할게."

"그리고… 책상 옆 프린터 안에 든 종이 사이를 보면 제 예금 통장이 있으니, 엄마가 보관해 주세요."

"그걸 왜 나한테 맡겨. 난 싫어."

"엄마, 다른 뜻은 아니야. 아직 결과를 봐야 안다잖아요, 일단 이번에 치료비도 꽤 나올 텐데, 그걸로 내세요. 내가 가지러 갈 수가 없어서 그래요."

"그래도 난 싫어. 이번 치료비는 엄마, 아버지가 알아서 해. 그러니 쓸데없는 소리 마."

"그럼 통장이 거기에 있다고만 알고 계세요. 내가 잊어버릴까 봐."

"알았어."

금희는 19퍼센트와 21퍼센트의 운명을 가르는 20퍼센트라는 의학적 잣대에 의문을 품고 양과 이야기를 나누다, 수상과 늦은 아침을 먹기 위해 나갔다. 응급실처럼 격리 병동에서도 보호자는 한 사람만 머물 수 있었기 때문에 주로 금희가 안에 있고 수상은 대한대학교병원 근처인 양의 옥탑방과 111병동 바깥의 휴게실을 오갔다.

점심 무렵, 수상이 양의 일기장과 책을 가져왔다. 양은 병원에 온 뒤로 못 쓴, 밀린 일기를 쓰려고 했으나 오른손 손등에 꽂힌 수액용 주삿바늘 때문에 손이 저려서 포기했다. 6인실에 들어온 뒤로 온종일 커튼을 친 채로 지낸 탓에 이날도 금희는 보호자용 간이침대에 앉아 양의 얼굴만 쳐다보고 있었는데, 양은 그런 금희의 걱정스런 눈동자가 솔직히 부담스러웠다. 애정 어린 눈길에 깃든 불안은 양으로 하여금 불행이 이미 바싹 다가와 있을지 모른다는 두려움을 불러일으켰다. 그래서 오후 내내 양은 책 속으로 도망쳤다. 다행히 달리 시선 둘 곳을 못 찾던 금희가 어젯밤의 피로에 곯아떨어지면서 양은 책에 집중할 수 있었다. 그래서 원석이 어제와는 달리 입으로 노크하지 않고 조용히 커튼을 젖혔을 때, 잠시 동안 알아차리지 못했다. 문득 달라진 공기를 깨달은 양이 고개를 들자, 열린 커튼 사이로 언제부터인지 모르게 서 있던 원석이 보였다. 원석은 양과 눈이 마주치자 친한 친구들끼리 인사하듯 반갑게 손을 흔들며 들어왔다. 당황한 양은 거리감을 두려 깊숙이 고개를 숙여 인사했다.

"뭐 해요?"

그렇게 물으면서 원석은 이미, 양의 무릎에 놓여 있던 책을 집어 들어 표지를 보고 있었다.

"《팜 파탈(Femme Fatale)》? 아, 이런! 누구를 페이털(fatal)하게 하려고 이런 책을 읽어요?"

"네? 아하!"

이번에는 양의 입꼬리도 살며시 올라갔다. 양은 보통 때의 자신처럼 자연스레 원석의 농담을 받았다.

"이거, 선생님이 생각하는, 그런 책이 아니에요. 꾕! 장! 히! 인문학적인 책이거든요? 근데, 남자니까 좋아하실 수도 있겠네요. 꽤 야하거든요!"

"오호! 그래요?"

원석은 양의 말이 끝나기가 무섭게, 만화 주인공처럼 눈을 마구 굴리면서 책장을 빠른 속도로 처음부터 끝까지 넘기며 열심히 훑어보는 척했다.

"이거, 별로 안 야한데요? 다음에 더 볼! 만! 한! 인문학 책을 읽으면 알려 주시죠."

"아하, 기억할게요! 근데… 무슨 일이 있나요? 회진도 아닌데 오셔서요."

"아, 이런. 아침에 중요한 말을 잊어서 왔습니다."

"혹시, 제 결과가 안 좋은가요?"

이때 두 사람의 말소리에 깬 금희가 눈을 비비며 일어났다. 원석은 금세 의사의 자세로 돌아가 금희와 예의 바르게 인사를 주고받더니, 말을 이었다.

"아니오, 결과는 아직. 비장 때문에요. 하양 씨의 비장이 엄청나게 커진 상태니까, 움직이거나 걸을 때 배가 어디에 안 부딪치게 조심하시란 말씀을 드리러 왔습니다."

"비장…이 뭐예요? 저, 평생 처음 들어봐서요."

"지라는 들어봤어요?"

"네."

"비장이 지라예요. 쉽게 말하면, 세균을 잡은 백혈구나 오래된 적혈구 같이 불필요한 피를 처리하는 기관인데, 하양 씨는 병 때문에 비정상적인 피가 폭발적으로 증가하면서 비장이 그걸 다 감당할 수가 없으니까 점점 커진 겁니다. CT 영상을 확인했는데, 내 평생 그렇게 큰 비장은 처음 봤어요! 거의 이만해요. 35센티미터 정도!"

원석은 장난스럽게 눈을 희번덕거리며 두 손을 자기 어깨너비만큼이나 벌렸다.

"비장 크기가 원래는 어떤데요?"

"정상인이면 주먹 크기 정도? 13센티미터 미만이에요. 위 뒤쪽에 있어서 손으로 배를 눌렀을 때 잘 안 만져지죠. 아, 이런! 하양 씨는 3배는 되는군요? 뱃속을 다 차지하니 다른 장기들이 엄청 비좁았겠는데요?"

"아… 혹시, 그래서 화장실에 자주 갈 수도 있나요? 맥주를 한 잔만 마셔도 화장실에 가고 싶었어요. 다른 사람들은 안 그런데, 저만 들락날락하니 이상하긴 했어요. 저도 예전엔 안 그랬거든요."

"맞아요. 비장 때문이었을 겁니다. 그동안 안 아팠어요? 비장 쪽 갈비뼈가 다 휘었던데요? 뼈가 부러지기라도 했으면! 생각만 해도 끔찍하군요. 비장이 이렇게 어마어마한 상태에서는 잘못해서 살짝 건들리기만 해도 바로 터질 수가 있어요! 터지면 죽을 수도 있습니다. 그러니까 걸을 때도 이렇게 허리를 숙이고 두 팔을 몸에 바싹 붙이고 조심조심 걸어 다녀야 됩니다! 알았죠?"

"네. 조심할게요."

다 큰 남자가 허리가 꼬부라진 할머니처럼 지팡이를 짚고 걷는 것 같은 자세를 흉내 내자, 틀림없이 심각한 상황임에도 불구하고 양과 금희는 웃음을 참을 수 없었다. 원석은 달랐다. 환자를 인간적으로 대하는 의사였다.

"그럼, 어디 그 어마어마한 비장 좀 만져 봅시다!"

원석이 시키는 대로 양은 누워서 두 다리를 모으고 무릎을 반쯤 구부렸다. 원석이 양의 배로 오른팔을 뻗다가 손끝을 과장해서 부들부들 떨더니 얼른 거두었다.

"어휴, 터질까 무서워서 만질 수가 없어요. 다음에 봐야겠군요."

그렇게 셋이 웃고 있는데, 양의 옆자리에서 원석을 부르는 소리가 들렸다.

"하이고, 배야! 선생님, 저도 좀 봐 주세요! 거기만 계시지 마시고!"

원석은 금희에게 정중하게 인사를 하더니, 양에게는 올 때처럼 손을 흔들며 나갔다. 이번에는 양도 답하려고 무심코 손을 어깨쯤 올리다가 내리고선 고개를 꾸벅 숙였다. 우리는 친구가 아니야. 원석은 의사고 양은 환자였다.

"재미있는 의사네?"

금희가 미소를 지으며 말했다.

오후 늦게 원석은 다시 왔다. '졸라덱스(Zoladex)'라는 주사를 놓기 위해서였다.

"혹시 암세포가 20퍼센트를 넘을 경우를 대비해서 이 주사를 놓으라고 교수님께서 지시하셨습니다. 항암제가 암세포로 착각해서 공격하지 못하게 난소를 잠재우는 주삽니다. 항암제는 빨리 자라는 세포를 죽이는데, 난자와 머리카락이 대표적입니다. 그래서 난자가 크지 못하게 하는 거예요. 아마도 그럴 리는 없겠지만 만약을 준비하는 거니 너무 걱정은 마십시오."

"…주삿바늘이 엄청 크네요?"

"이 주사는 바늘을 아랫배에 찔러 넣은 뒤 뱃속에서 피부 쪽으로 다시 한번 찔러야 하거든요. 두 번을 찔러야 하니 길고, 도중에 바늘이 휘어지면 안 되니까 주사 중에 바늘이 제일 굵은 축일 겁니다. 무서운 비장을 건드릴까 겁나니 안전하게 오른쪽 아랫배에 맞읍시다. 잠깐만 참아요."

주사를 맞고 1시간이 지나도 피가 안 멎고 계속 조금씩 거즈에 스며 나오자, 금희는 원석을 불렀다.

"이럴 줄 알았습니다. 피가 너무 느리고 찐득찐득해서 그래요. 내일까진 멎을 겁니다."

원석의 말에도 금희는 밤새 걱정하며 양의 배를 들여다봤지만, 양은 주사를 맞느라 긴장했던 몸이 풀리면서 화장실도 안 가고 푹 잤다. 피는 원석의 예측대로 새벽녘이 되자 거의 멎었다.

9월의 마지막 날. 골수 검사를 한 지 4일째 되는 날 아침, 아침도 먹기 전에 원석이 찾아왔다.

"결과가 만성으로 나왔어요! 이제 마의 20퍼센트만 안 넘으면 집에 갈 수 있어요! 아마, 그럴 겁니다. 그럼 이따가 또 봅시다."

하지만 점심 무렵 회진을 온 심해의 얼굴은, 뒤에서 싱긋거리는 원석과 달리 어제와 같았다.

"하, 양 씨? 오늘은 좀 어떤가요?"

"괜찮습니다."

"골수 검사 결과가 만성으로 나와서, 오늘 아침부터 약을 글리벡으로 바꾸었습니다. 문제없이 잘 먹었나요?"

"네."

"글리벡의 부작용으로 구역질이나 설사, 근육통 등이 흔하게 나타납니다. 8알이면 좀 고용량인데, 괜찮은지요?"

"아… 다른 사람들은 보통 몇 알을 먹나요?"

"4알에서 8알까지 처방합니다."

"제가 양이 좀 많은 편이네요? 그래도 전, 아직은 아무렇지도 않아요."

"양호합니다. 힘을 내세요."

"네, 감사합니다."

오후에는 산부인과 진료가 있었다.

"졸라덱스가 난소를 잘 잠재웠는지 확인하는 겁니다."

원석의 설명대로였다. 산부인과 의사는 양의 속살을 비집고 들어간 카메라를 통해 난소의 상태와 주사의 효과를 확인했고, 결과에 만족스러워하며 피임약이라는 안전장치를 추가로 처방했다. 백혈병은 골수 검사와 수혈처럼 양에게 첫 경험을 잔뜩 만들어 주었는데, 피임약 역시 마찬가지였다. 평생 처음으로 먹는 피임약이 남자 때문이 아닐 줄은 상상도 못 했어. 양은 쓴웃음을 지었다.

양이 숨쉬기가 힘들어진 건 산부인과를 다녀온 뒤부터였다. 가만히 앉아 있는데도 자꾸만 숨이 찼다. 증상을 들은 간호사는 모니터가 달린 기계를 양의 엄지손가락에 연결하더니 원석에게 전화로 수치를 보고했다. 잠시 뒤, 간호사는 작은 물통 세트를 들고 돌아왔다.

"하양 님, 산소 호흡기예요. 이 통에 깨끗한 물을 넣고 콘센트에 꽂은 다음에 이 줄을 목에 걸고 코에 끼우면 되세요."

"산소… 호흡기요?"

"네."

"간호사님, 우리 애한테 무슨 일이 있는 건가요?"

"일시적으로 산소 포화도가 떨어져서 그래요. 이걸 하고 계시면 괜찮아지실 거예요. 대신 잘 때도 하고 계셔야 해요."

이날 밤 11시가 넘을 무렵, 세하에게서 메시지가 왔다.

"몸은 좀 괜찮아? 입원한 병원이 어딘지 알려 줘. 면회 갈게."

뭐라고 해야 할지 몰라서, 양은 한참을 고민했다.

"세하야, 여기… 면회가 안 돼. 어쩌면 곧 퇴원할 수도 있으니 마음만 받을게. 고마워."

"응? 면회가 안 된다고? 심각한 건 아니지? 별일이 아니길 바랄게."

"응… 나도 그랬으면 좋겠어."

양은 잠을 이루지 못하고 뒤척이다 뜬눈으로 격리 병동의 밤을 맞았다. 어둠 너머로 흐린 불빛이 커튼에 어른거리는 가운데, 맞은편에서 젊은 여자가 앓는 소리와 속이 타서 간호사실과 환자를 오가는 보호자의 종종걸음 소리가 들렸고, 또 다른 누군가 훌쩍이는 소리가 구석에서 눈치 보듯 새어 나왔다. 양은 자신이 완전히 다른 세계에 들어섰음을, 아파서 고통받는 사람들에 대해 그동안 지나치게 무심하게 살아왔음을 문득 깨달았다. 이제는 이곳을 벗어나더라도 지금까지의 삶과는 같을 수 없으리란 예감이 들었다.

불과 며칠 전까지만 해도, 양은 정신이 몸을 지배한다고 믿었다. 강한 의지가 있다면 아무리 어려운 길이라도 헤쳐 나갈 수 있다고 믿었기에, 몸을 변명거리로 삼는 사람들을 이해할 수 없었다. 결국은 정신력의 문제가 아닌가. 사람은 쉽게 죽지 않아! 양은 그런 가치관을 자신의 삶에서 스스로 증명하고자 몸이 보내는 신호들을 엄격하게 다스렸고, 젊은 나이에 남들이 부러워하는 많은 결과를 얻을 수 있었다. 그러다 올 것이 온 거야. 이건 몸의 자살 시도나 다름없어. 암도 결국은 우리 몸이 만들어낸 세포가 아닌가. 비로소 성찰의 시간이 찾아왔다.

맨 처음 머리를 스친 건 술이었다. 양은 술을 즐겨 마셨다. 한국 사회에서 술은, 단순한 기호품을 넘어선 사회적인 매개체였다. 타인과 어울리기에 술자리보다 좋은 곳은 없었다. 대학 시절엔 친구들과 새벽까지 자유롭게 술잔을 기울이면서 서로의 고민과 진심을 나눌 수 있었고, 사회 생활에 뛰어들면서는 짧은 시간에 되도록 많이 오가는 술잔의 끝에 상대로부터 필요한 정도의 신뢰와 협력을 얻어낼 수 있었다. 돌이켜 보면 벌써 10년이 넘도록 몸에 딱히 좋을 게 없는 술을 들이부은 셈이었다. 술이 담배처럼 위험한 1급 발암 물질이란 기사들이 심심찮게 나왔지만 설마설마했다. 세계보건기구(WHO)나 국제암연구소(IARC), 대한간암학회(KLCA)에서 아무리 떠든들 담배에 하듯 국가가 나서서 끔찍한 사진을 붙이진 않잖아. 그래서 양은 가끔 퇴근한 뒤에 혼자 캔 맥주를 마시며 머리를 식히기도 했다, 남들처럼.

그러면서 식사에는 소홀했다. 양은 재단 사람들과 함께 먹는 점심 외에는 삼각김밥이나 컵라면, 샌드위치나 도시락으로 간단히 때우는 경우가 잦았다. 아침은 출근 시간에 쫓겨 자연스레 굶을 때가 많았고 저녁엔 간단하고 편리하다는 이유가 컸지만, 솔직히 경제적인 사정도 무시할 수는 없었다. 월급에서 매달 집세에 전기세, 가스비, 통신비처럼 고정적으로 나가는 비용을 빼고 나면 양이 손에 쥘 수 있는 돈은 빠듯했다. 그런 양에게 혼자 먹는 밥값은 생활비에서 가장 크게 차지하는 부분이자 줄이기 쉬운 사치였다. 더구나 자신의 몸에 한국식 밥이 그렇게 중요하다고 생각한 적이 없었기에, 나물과 국이 어우러진 한 끼를 갖추어 먹는 일은 드물었다. 과일 역시 마찬가지였다. 혼자 사는 사람이 꾸준히 챙겨 먹기에 과일은 지나치게 비쌌다.

그런데도 즐겨한 운동이라고는 숨쉬기가 전부였다. 출근하고 퇴근할 때 지하철을 타기 위해 걷는 시간, 하루에 30분에서 1시간. 그 정도면 충분하다 여겼다. 젊으니까 몸을 어떻게 다뤄도 괜찮을 거라는 막연한 기대였던가. 백혈병은, 청춘의 자만에 빠져 몸을 돌보지 않은 죄의 대가였다. 이제 여기서 나가면 앞으로는 생활을 완전히 바꿔야지. 양은 새로운 다짐들로 뒤척이다 새벽 4시쯤 겨우 잠이 들었다.

10월의 첫날은 놀람의 연속이었다. 먼저 아침에 원석이 들러 양의 백혈구 수가 엄청나게 줄었음을 알려 주었다.

"오호, 오늘은 백혈구가 4만대까지 내려갔군요! 병원에서 치료한 지 며칠 안 돼서 이 정도의 반응이면 좋은데요? 처음에 왔을 때는 16만 개가 넘게 득실거렸어요. 다 어디 갔죠?"

"와! 진짜요? 걔들은 찾지 마세요. 다신 안 왔으면 좋겠어요."

녹색 신호는 심해의 회진에서도 나타났다.

"하, 양 씨? 오늘은 좀 어떤가요?"

"괜찮습니다. 주치의 선생님이 잘 돌봐 주셔서요."

양이 원석과 눈을 마주치고 웃으면서 답하자, 심해도 부드럽게 미소를 지었다.

"양호합니다. 오늘은 비장을 한번 볼까요?"

양이 자세를 잡자, 심해가 양의 왼쪽 갈빗대와 배의 사이를 꾹꾹 힘주어 눌렀다. 원석은 머리를 기울여 심해의 손가락 움직임과 양의 반응을 꼼꼼히 관찰했다.

"여기, 아픈가요?"

"아니요."

"여기는 어떤가요?"

"괜찮아요."

"다행입니다. 비장도 많이 줄었습니다. 앞으로 지켜봅시다."

"감사합니다!"

심해가 가고 얼마 안 돼서, 원석이 다시 들어오더니 짧은 말을 던지곤 부리나케 나갔다.

"이거, 아쉬운데요? 산소 포화도만 높아지면 아마 내일쯤 퇴원할 수 있을 겁니다. 조금이라도 빨리 전해 주고 싶어서요. 그럼 남은 회진 때문에 이만."

양과 금희는 손뼉을 마주쳤고, 금희는 서둘러 수상과 대양에게 소식을 전했다. 모두가 해방감에 휩싸이고 있었다. 이제 하루만 기다리면 다 같이 지난날의 일상으로 돌아갈 참이었다. 양은 들뜨지 않으려 애쓰면서도 기쁨을 숨길 수 없었다. 양은 차분하려고 책을 읽으며 보냈다. 오후에 빨간 피 2봉을 맞고 나자 산소 포화도가 높아져 호흡기도 뺄 수 있었다. 양은 혹시 원석이 들를까 이따금 복도에 귀를 기울였지만, 이제 마음을 놓은 탓인지 그는 나타나지 않았다.

이윽고 저녁이 가까워지자, 첫날의 다정하던 간호사가 들어와 양의 손등에 연결돼 있던 수액까지 떼어 냈다.

"하양 님, 주치의 선생님이, 내일 퇴원할 거라고 하시던데요? 축하드려요."

"감사합니다. 손등에 꽂힌 주삿바늘은 아직 안 빼나요? 손이 자꾸 저려서요."

"내일 아침에 혈액 검사 결과를 보고, 혹시 또 빈혈 수치가 낮으면 수혈을 받고 퇴원하셔야 해서요. 늦어도 내일 오전 중으로는 뺄 테니까, 불편하셔도 조금만 참으셔요."

이날따라 조용한 저녁이었다. 건너편 환자도 오늘은 잠잠했고, 이중 커튼마저도 양의 퇴원 소식에 숨죽여 귀를 기울이는 듯했다. 질투 섞인 부러움을 머금은 병실의 평화로운 침묵은 잠 못 이루던 어젯밤의 기억을 양에게서 지우는 듯했다. 하지만 이날 밤이 채 되기도 전, 저녁에 새로 교대한 간호사가 오더니 새로운 수액을 양의 손등에 다시 연결했다.

"저, 내일 퇴원할 거라서 아까 다른 간호사님이 빼셨어요. 혹시 못 들으셨어요?"

"알아요, 근데 다시 연결하라는 지시가 내려와서요."

"왜…요? 퇴원 일정이 바뀌었나요?"

"내일 주치의 선생님께서 직접 말씀해 주실 거예요."

이상한 밤이었다. 양은 잠에 빠져드는 듯했지만, 몇 번이나 깨어나 금희가 옆에 있는지 확인하곤 했다.

다음날, 새벽같이 원석이 찾아왔다. 잠을 설쳤는지 푸석푸석한 얼굴이었다.

"아, 선생님! 저 오늘 퇴원하는 거 아니었나요?"

"어떻게 말해야 할지 모르겠군요. 오늘 퇴원시킬 예정이었습니다. 그런데, 어제 퇴근하고 집에 갔는데 연락이 왔어요. 골수 검사의 결과가 추가로 나왔더군요. 22퍼센트였습니다. 처음에 말했죠? 암세포의 비율이 20퍼센트를 넘느냐가 중요하다고 말입니다."

"22퍼센트라고요? 제가요?"

"네. 하양 씨는 만성골수백혈병의 블라스트 크라이시스(blast crisis)입니다. 이걸 한국어로 뭐라고 하는지 갑자기 생각이 안 나는데, 한마디로 말해서."

거기까지 말한 원석은 잠시 골똘히 표현을 골랐다.

"골수가 미쳐서 제멋대로 날뛰는 겁니다! 보통은 만성골수백혈병으로 의심되면 골수 검사만 하고 환자를 집에 보냈다가 2주 뒤쯤 외래 진료에서 결과를 보는데, 안심해 교수님께서 워낙에 촉이 좋으셔서, 하양 씨가 만성의 가장 위험한 상태라는 걸 알아보신 겁니다! 이 경우는 집에 갈 수가 없어요. 당장 항암 치료를 시작해야 합니다."

"항암…이요?"

"네. 안 그래도 제가 밤새 하양 씨의 항암 치료 계획을 짜고 있었어요. 곧 알려드리겠습니다."

양은 원석이 감탄해 마지아니하는 심해의 날카로운 직감을 고마워해야 할지 탓해야 할지 판단이 서지 않았다. 적당한 말을 찾지 못한 양이 일단 알겠다는 뜻으로 고개를 끄덕이자 원석은 기다렸다는 듯이 나갔다. 아침밥을 거의 그대로 물리고 나서 양과 금희는 각자 생각에 잠겨 심해를 기다렸다. 아직은, 확인이 필요했다.

심해는 지금까지와 다르게 이날 회진의 마지막 순서로 양에게 들렀다.

"하, 양 씨? 오늘은 좀 어떤가요?"

"잘… 모르겠어요."

"흠. 아무래도 골수 이식을 준비하는 게 좋겠습니다."

"골수 이식이요? 꼭… 해야 하나요?"

"그게 좋습니다. 가족 중에서 기증해 주실 분이 있는지 찾아봅시다. 부모님보다는 형제나 자매 사이에 유전자가 일치할 확률이 더 높습니다. 아버지와 어머니에게서 유전자를 반씩 받기 때문에 부모와 일치하는 유전자의 비율은 보통 50퍼센트 정도입니다. 100퍼센트가 일치할 확률은 부모의 경우가 2퍼센트, 형제의 경우가 25퍼센트, 타인의 경우는 2만분의 1퍼센트입니다. 그러니 지난번에 진료실에서 본 친오빠부터 검사해 보지요."

양이 아무런 대답도 하지 못하자, 심해는 격려하는 의미로 양의 어깨를 살짝 짚더니 돌아서 나가며 금희를 불렀다.

"보호자 분, 잠깐 밖에서 보실까요?"

심해의 말에 핏기가 사라진 금희가 비틀거리며 따라 나갔다. 양이 귀를 곤두세웠지만, 심해가 뭐라고 하는지는 잘 들리지 않았다. 다만 갑자기, 금희의 목소리만이 낮은 비명처럼 복도에 울려 퍼졌다.

"선생님! 우리 애 좀 살려 주세요! 제발 살려 주세요!"

양은 뜨거워지는 눈을 감으며 입술을 깨물었다. 당장 돌아와 무슨 말이든 해 주길 기다렸지만 금희는 오래도록 자리를 비웠다. 한참만에야 돌아온 금희는 병원에 온 이래로 가장 밝은 표정과 목소리로 말했다.

"엄마는 이제 너랑 웃기만 할 거야. 우리, 앞으로 무슨 일이 있어도 웃자!"

"교수님이… 뭐라고 하셨어요?"

"응? 아… 골수 이식을 꼭 해야 한다네? 그냥 그 말만 했어."

양은 금희의 목소리에 숨겨진 떨림과 두려움을 알아차리고, 원석을 불러 달라고 부탁했다.

"주치의는 왜?"

"물어볼 게 있어요."

양의 항암 계획을 짜다가 불려온 원석은 바쁜데 왜 찾느냐는 표정을 감추지 않았다. 양은 원석을 똑바로 바라보며 물었다.

"선생님, 궁금한 게 있으면 뭐든지 물어보라고 하셨죠? 솔직하게 대답해 주실 수 있나요?"

"정말로, 있는 그대로 듣고 싶어요?"

"네."

"양아, 왜 그래? 선생님, 말하지 마세요!"

"엄마, 엄마가 그러면 내가 물어볼 수가 없어."

"저, 어머님께서는 잠시만 나가 계시죠."

주치의의 지시였기에, 금희는 안 떨어지는 발걸음을 옮길 수밖에 없었다. 하지만 차마 멀리 가지 못하고 하얀 커튼 뒤에 멈춰 섰다.

"정확히 알고 싶어서요. 제가 항암 치료를 하다가 죽을 수도 있나요?"

"항암을 시작하고 한 달 안에 환자의 10퍼센트가 죽습니다."

"한 달 안에 10퍼센트…면, 시간이 지날수록 죽을 확률은 더 높아지겠네요?"

"아, 이런! 하양 씨, 지금 무슨 생각을 하는 겁니까? 여기 병실의 다른 사람들을 봐요. 다들 죽을 각오로 목숨을 내놓고 들어와 있는 겁니다. 살려고 말입니다!"

양은 눈물이 맺히고, 천천히 흘러내리는 걸 느꼈지만 그대로 원석의 눈을 바라봤다. 가슴을 치며 내뱉는 금희의 한숨 소리가 두 사람 사이로 파고들었다. 하지만 양은 물음을 멈출 수 없었다. 올바른 선택을 하기 위해서라도, 제대로 알아야 했다.

"그럼 저는… 정확히 어떤 상태인가요?"

"하양 씨는 지금, 만성이지만 병이 많이 진행돼서 급성백혈병의 성격을 보이는 말기입니다. 나쁜 암세포가 폭발적으로 쏟아지기 때문에 먹는 약을 통한 표적 치료로는 도저히 다 막을 수가 없어요! 이젠 좋은 세포든 나쁜 세포든 센 항암제로 모조리 다 죽이고 골수 이식을 하는 수밖에 없습니다."

"골수 이식은… 위험하다던데, 꼭 해야만 하나요? 하면… 얼마나 살 수 있나요?"

"하양 씨, 내 말 잘 들으세요. 이식은 선택지가 아닙니다. 지금은 그것밖에는 답이 없어요! 그것도 6개월 안에 해야 삽니다! 문제는, 하양 씨의 단계에서는 항암 치료에 대한 반응도가 낮아서 만성보다 훨씬 위험한 급성백혈병에 비해서도 5분의 1 수준이라는 겁니다. 골수 이식을 꼭 해야 하느냐고 물었죠? 솔직히, 거기까지 갈 수 있을지조차 의문입니다."

양은 가늘게 몸을 떨었다.

"…혹시 이 병원에 저 같은 환자가, 또 있었나요?"

"안 그래도 저도 궁금해서 찾아봤습니다. 1명이 있더군요."

"지금까지… 1명이요?"

"네."

"그 1명은, 어떻게 되었나요?"

"2010년, 응급실에서 기록이 끊겼습니다."

"끊겼다는 말은…."

"…네."

겨우 태연함을 쥐어짜서, 양은 원석에게 인사를 했다.

"…알려 주셔서… 감사합니다."

"아닙니다."

원석은 잠시 멈칫거렸지만, 곧 바쁜 걸음으로 떠났다. 이 사람을 살리기 위해서라도, 서둘러야 했다. 원석이 나간 자리로 들어오던 금희는 멈칫했다. 양은 눈을 뜨고 있지만, 눈동자가 텅 비어 있었다. 양은 검은 구름 바다가 이어진 밤하늘에서 홀로 끝없이 떨어지고 있었다. 이렇게 죽음을 마주하고서야, 지금까지 자신이 죽음에 대해 전혀 모르고 있었음을 깨달은 까닭이었다. 어쩌면 죽음은 언제나 양의 관심 밖에 있었다. 그야말로 오만에 대한 벌이 아닌가. 한낱 인간에 불과하면서 죽음이 닥쳐도 나만은 다르리라고 자신만만하던 자, 나만은 죽음을 피해 가리라 외면하던 자에게 인생이 내리는 벌이었다. 이제 죽음은 더 이상 머릿속 추상이 아니었다. 고통을 동반한 실재였다. 양은 온몸으로 죽음을 느낄 수가 있었다. 삶은 살아가는 것이 아니라 하루하루 죽어 가는 과정이라는 점에서, 더할 나위 없이 부조리했다. 죽음에 저항하라던 카뮈의 외침이 비로소 와닿는 양이었다. 결국은, 할머니가 옳았다.

그렇게, 누구도 그 끝을 알 수 없는 비행이, 이제 막 시작되고 있었다.

2

* * *

항암월드로
초대합니다

1

하얀 커튼을 걷자, 신세계였다.

단물난 환자복을 걸친 까슬까슬한 민머리들이 병실 곳곳에서 거울처럼 양을 쳐다봤다. 가슴에 깊숙이 박힌 관을 그대로 꽂은 채 자칫하면 죽을 운명까지 닮은 이들은 무서운 동질감을 불러일으켰다. 그랬다. 우리모두는 본디 한 자매요, 형제였다. 문득 마주친 깨달음이 양의 발길을 투명한 비닐 커튼 뒤에 세웠다. 새로운 세계로 들어서려던 마음은 다시 멈추었다. 망설이는 양을 건너편에서 물끄러미 바라보던 누군가 소리를 질렀다. 가운데 침대의 나이 든 자매 중 한 사람이었다.

"타 버려쪄요! 호라 타 버려쪄요!"

"……?"

"나도… 나도 이써느디! 호라다!"

양의 침대를 가리키는 주름진 손짓은 계속 이어졌다. 양이 뒤를 돌아봤지만 무슨 말을 하려는 건지 제대로 알아들을 수가 없었다.

"저요? 지금 저한테 하는 말씀 맞으세요?"

"으, 으. 치내 니네 저거! 나도, 나도 이써느디!"

양이 침대 밑을 내려다보자, 나이 든 자매의 보호자 침대에서 젊은 아가씨가 부스스 일어나며 말을 덧붙였다.

"거기, 그거요."

"네?"

"병원에서 나눠 준 노란 플라스틱 대야 말이에요."

"좌욕기요?"

"네. 화장실에서 똥 싸고 나면 따듯한 물 받아서 거기에 엉덩이 담그고 있잖아요."

"네. 근데 이걸 왜…?"

"지난번에 병원에서 받은 좌욕기를, 항암 치료가 끝나고 나서 집에 가져갔었거든요. 쓰려고. 그런데 불이 나서… 집이 다 타 버렸어요."

"아….."

"근데 엄만 갑자기 그걸 왜 저 분한테 얘기했어? 저 분의 침대 아래에 있는 걸 보니까 문득 생각났어?"

"으, 으."

"후후. 그랬어? 우리, 이번에도 꼭 가지고 가자. 새집으로."

다정스레 말을 주고받는 두 사람은 엄마와 딸이었다. 양의 또래로 보이는 아가씨는 어린 딸을 대하듯 살갑게 자신의 엄마를 챙겼다.

"저기, 이해하세요. 우리 엄마가 1차 항암 치료를 받고 언어 장애가 와서 말투가 좀 달라요. 아이 같죠? 후후. 늘 이렇진 않고 왔다갔다해요."

"아… 항암 치료로 말이 어눌해지기도 하나 봐요."

"네."

"속상하겠어요. 그래도… 괜찮아지시겠죠?"

"그러길 바라는데, 항암제 부작용이라서… 쉽지가 않은가 봐요. 전 상관없어요. 평생 말투가 이래도 우리 엄마가 오래 살기만 하면 좋겠어요."

"네… 꼭 나으시길 저도 바랄게요."

"감사합니다. 환자 분도 얼른 나으세요."

이 말에 양은 퍼뜩 자신의 상황으로 돌아왔다. 나이 든 자매를 돌보는 딸은 긴 간병 생활 탓에 피곤이 어려 있긴 했지만, 민머리에 환자복을 입은 자신과는 달리 긴 생머리에 운동복을 입은 건강한 정상인이었다. 다시금 어린아이처럼 혀 짧은 소리를 내는 60대의 아주머니에게서 눈을 떼지 못하며, 양은 항암 치료를 시작한 지 한 달 안에 환자의 10퍼센트가 죽는다던 원석의 말을 떠올렸다. 나, 잘 선택한 거야?

백혈병 말기로 시한부 판정을 받던 날, 양은 치료를 포기할 생각이었다. 머리가 빠져서 가슴에 관을 꽂은 채로 병원을 오가다 삶을 끝내기는 죽기만큼 싫었다. 치료를 받든 안 받든 당장 내일이라도 죽을 수 있는 상태라면, 굳이 인생의 마지막에 며칠이라도 더 살아보겠다고 온갖 고통을 당하고 싶지는 않았다. 차라리 인간답게 인생을 정리하는 게 나아. 그러나 의사도, 가족도 양을 이대로는 보내 줄 생각이 없었다. 결국 양이 자유로워질 수 있는 길은 죽음뿐이었다. 가족과 의료진의 눈을 피해 옥상으로 달아나 15층 아래로 몸을 던진다. 그러면 끝.

그제야 병으로 괴로워하다 자살한 사람들이 이해가 갔다. 하지만 양보다 앞서 움직인 사람들 때문에, 대한대학교병원의 옥상은 사람의 키도 넘는 높은 난간 아래를 깊고 좁은 발코니가 겹겹이 둘러싼 구조로 바뀌어 있었다. 지금 양의 몸으로는 겨우겨우 하나를 넘더라도 삶의 끝은커녕 옥상 끝까지도 다다르지 못하고 죽지는 않을 만큼 다칠 게 뻔했다. 이제는 다른 선택권이 없었다. 받아들이는 수밖에는. 운명에 대한 거부권은 이미 사라졌다.

바로 밀어닥친 항암 준비 과정도 양을 빼도 박도 못하게 만들었다. 양은 침대째 이리저리 옮겨졌다. 가장 먼저 실려 간 곳은 심장 검사실이었다. 죽음에 이르게 할 수도 있는 강한 항암제를 과연 양의 심장이 버틸수 있을지 알아보는 심전도 검사와 심장 초음파 검사가 기다리고 있었다. 왼쪽으로 비스듬히 누운 상태에서 1시간 가까이 지시에 따라 숨을 쉬었다 멈췄다를 반복하느라 눈앞이 하얘질 즈음에야 검사는 끝났다. 의료진은 모니터를 바라보면서 양의 심장에 대해 자기들끼리 의학 용어로 의견을 나누었다. 심장에 물이 찼다는 말을 어쩌다 알아들은 양이 캐물었지만 그들은 입을 꼭 다물고 못 들은 척했다.

마지막으로, 영상의학과가 기다리고 있었다. 히크만 카테터(Hickman catheter)는 링거 주사를 꽂거나 피를 뽑을 수 있는 관으로, 두 개의 구멍이 달린 모양이 이어폰과 닮은 의료 기구였다. 백혈병 치료를 위해 쓰이는 항암제는 손목이나 팔로 맞으면 혈관이 다 타서 죽어 버릴 정도로 독했다. 몸에서 가장 튼튼하고 굵은 심장 정맥에 히크만 주삿바늘을 박는이유였다. 응급실에서 목에 꽂힐 뻔했던 관과 비교도 할 수 없이 무서웠지만, 더 이상은 피할 수 없었다.

양의 히크만은 무뚝뚝한 젊은 의사의 손으로 넣어졌다. 까무잡잡한 얼굴의 의사는 동료와 시시껄렁한 잡담을 나누는가 하면 히크만 삽입 같은 간단한 시술을 도대체 왜 자기네 과가 맡아야 하느냐며 짜증스런 불만을 떠들었다. 양은 차가운 수술대 위에서, 젊은 남자 의료진 앞에 누워 가슴과 배의 맨살을 다 내놓은 채로, 그 모든 이야기를 제발 그만두길 부탁하는 표정으로 오들오들 떨었다. 그러나 그들에게 양은 퇴근을 위해 처리해야 할 또 하나의 환자일 뿐이었다.

"자, 이제 시작합니다. 간단한 시술이고 주변에 마취를 하니 별로 아프지 않을 텐데, 절대로 말하거나 움직이면 안 됩니다."

"네."

드디어 양의 오른쪽 가슴과 쇄골 위에 2개의 십자가가 메스로 그어졌다. 어깨가 딱 벌어진 의사가 달라붙어 끙끙대며 히크만을 심장 정맥에 밀어 박는 동안, 양은 죽은 듯이 있으려고 이를 악물었다. 하지만 시간이 길어지자 저절로 신음이 새어 나왔다.

"윽. 으윽."

아픔을 견디다 못한 양이 한참을 끙끙거리자 그는 그제야 심드렁하게 물었다.

"아파요?"

"네! 네!"

"엥? 10군데도 넘게 찔러서 그럴 리가 없는데? 마취제가 잘 안 드나? 어쩔까요, 거의 다 했는데 지금 또 마취 주사를 놔 봤자 아프기만 하고 효과가 나기도 전에 끝날 텐데. 마취 주사를 맞을 만큼만 바늘로 꿰매면 되는데 참을래요?"

그야말로 생살을 찌르는 고통이었다. 2시간이 넘게 모래주머니를 얹어 놓아도 지혈이 안 돼 간호사가 땀을 뻘뻘 흘리며 30분 정도 손으로 힘껏 누르고서야 양은 격리 병동으로 돌아올 수 있었다. X-ray 촬영 결과, 다행히 히크만은 구부러진 모양으로 잘 자리 잡고 몸의 일부가 돼 있었다. 그러나 병동에 돌아와서도 오른쪽 가슴의 십자가에서는 여전히 피가 배어났다. 간호사에게 보고를 듣고 온 원석은 얄미울 정도로 담담했다.

"이럴 줄 알았습니다."

"네? 또 이럴 줄 알았다고요?"

"네. 하양 씨의 피가 너무 찐득찐득하고 느려서 지혈이 잘 안 되는 겁니다."

"아… 이대로 피가 계속 안 멎을 수도 있나요?"

"그렇게 안 되게 할 겁니다. 며칠이 걸리겠지만요."

이제 상황은 바뀌었다. 죽음은 너무나 쉬워졌다. 이대로 피가 안 멎으면, 히크만의 뚜껑만 살짝 열려도 양은 죽을 수 있었다. 가만히 있어도 죽을 판이 되면 살고 싶어진다. 죽음의 얼굴을 한 인생이 마구잡이로 총을 쏴 대면 누구나 달아나듯이. 양도 마찬가지였다.

가슴에서 여전히 피가 나는 상태에서, 항암 치료가 시작되었다. 양이 항암제를 맞으며 누워 있는데 메시지가 왔다. 세하였다.

"아직 입원 중이야? 잠깐이라도 볼 수 없어?"

"응. 아직 병원이야. 이 병동은 면회 금지라서… 미안해."

"알겠어. 별일이 아니길 어젯밤에 소원으로 빌었어. 힘내."

"응… 고마워."

보고 싶어. 사실은 나 너무나 무서워… 차마 솔직하게 말할 수는 없었다. 눈물이 흐를 듯해서 양은 금희의 반대편으로 고개를 돌렸다.

저녁이 되자, 대양이 왔다. 서둘러 퇴근하고 오는 길이었다. 보호자는 한 사람만 머물 수 있기 때문에 금희는 병실을 나와서 수상이 있는 휴게실로 갔다. 양은 계속 기분이 가라앉은 상태였지만 티내지 않으려 웃었다.

"오빠, 왔어?"

"어."

"저녁은?"

"부모님을 모시고 나가서 먹으려고. 우린 걱정 말고. 네가 걱정이다. 밥을 잘 안 먹는다며?"

"병원 밥이 너무 맛이 없어. 진짜로, 심각해."

"그래도 몸을 생각해서 먹어야지."

"몸 생각… 그치, 몸 생각해야지. 근데 오빠, 나… 이렇게 되고 돌아보니 서른이 넘도록 이룬 게 하나도 없더라. 내가 돈을 많이 벌었어, 결혼을 했어, 애를 낳았어? 죽더라도 남는 게 아무것도 없는 거야. 그게 너무… 슬픈 거 있지."

대양은 얼른 주먹으로 두 눈을 비볐다. 회사 일 때문에 자주 못 들르지만, 금희를 통해 양의 상태에 대해서는 계속 듣고 있었다. 세상에 하나밖에 없는 동생이었다. 어떻게든 살려야 했다. 그러니 양 앞에서는 절대로 약한 모습을 보일 수 없었다.

"너, 안 죽어…. 그러니까 그런 소리하지 마. 오늘 내가 피 검사 받고 간다. 애들 엄마고 내 아내니까 서희한테 지금 전화로 의견을 들어는 보겠지만, 안 된다고 해도 난 할 거야. 어머니께선 본인이 골수를 주겠다고 하시는데 내가 말렸어. 일반적으로 부모와는 50퍼센트밖에 안 맞지만, 남매끼리는 100퍼센트까지도 일치할 수 있다니깐."

"아니야, 오빠! 그랬다가 오빠 몸에도 안 좋으면 어떡해…. 항암 치료가 잘 되면… 어쩌면… 골수 이식을 안 해도 될 거야."

"쉿! 기다려 봐. 지금 전화를 걸고 있으니깐. 여보세요? 어, 여보. 나 양이한테 골수 이식을 해 줘야겠어. 오늘 검사를 받으려고. 당신한테 미리 말을 해야 될 것 같아서. 당신이 안 된다고 해도 나는… 뭐? 서희야, 정말 고맙다…. 아니야, 일단은 내가 먼저 검사를 받아 볼게. 어, 이따가 집에서 봐."

전화를 끊는 대양의 표정이 한결 부드러웠다.

"서희가… 무슨 말이냐며, 당연한 걸 물어본다고 그런다. 오히려 자기도 같이 검사를 받겠대. 혹시라도 내가 안 맞으면 자기라도 주겠다고."

"아… 다들 진짜… 나는 가족들한테 해 준 게 없는데… 너무 미안해서 어떻게 받아…. 못 받아, 난."

양은 결국 눈물을 쏟았다.

"양아. 내 말 잘 들어. 지금 이 순간부터 누구에게도 미안해하지 않는 거야! 네 탓이 아니야! 이건 그냥… 길을 건너다가 교통사고를 당한 것 같은 일이야. 누구에게나 일어날 수 있는, 나쁜 운에 하필이면 내 동생이 걸린 거야. 암 병원의 책자에도 나와 있었잖아. 만성골수백혈병의 원인은 알 수 없다. 유전되는 병도 아니다. 강한 방사선에 노출되면 생길 수 있다는 정도만 밝혀져 있다. 난 갑자기 소름끼치는 생각이 들었다. 1945년, 일본 히로시마에 원자 폭탄이 떨어졌지, 1986년에는 러시아 체르노빌에서 방사능 유출 사고가 있었지, 2006년부터 작년까지 북한은 줄기차게 핵실험을 했지, 2011년에는 일본 대지진으로 후쿠시마에서 방사능이 유출됐지. 우리나라에 있는 원자력 발전소만 해도 20개가 넘어. 세계적으로는 2천 개 가까이 돼. 한반도를 둘러싼 이런 살인적인 환경에서 방사능에 영향을 안 받는 사람이 더 이상할 지경이란 말이지. 그런 의심도 들었다? 우리나라처럼 거의 전 국민이 휴대전화를 사용하는 국가는 없으니깐. 너희 집 근처에 있는 통신사 기지국. 거기서 나오는 전자파가 나쁜 영향을 준 건 아닐까. 전자파 때문에 벌들이 떼죽음을 당한다는 기사도 나오잖아. 분명히 몸에 좋을 리가 없어."

대양은 세상이 온갖 음모로 둘러싸여 있다고 보는 경향이 있었다. 하지만 오늘 양은 대양의 말이 그다지 터무니없게 느껴지지 않았다.

"근데… 이렇게 보다 보면 한도 끝도 없다. 그렇다고 기지국 근처에 사는 사람이나 한반도에 사는 우리가 전부 다 백혈병에 걸린 건 아니니까. 아무튼 네가 뭘 잘못해서는 절대로 아니지만, 어쨌든 지금까지 네가 살아온 결과로 이런 일이 생긴 건 맞는 거야. 지금까지의 네 삶에 대한 종합 성적표가 아닐까? 그렇다면 이제부터는 너 자신을 바꿔야 돼. 지금 네가 할 수 있는 최선은 밥을 열심히 먹는 거고. 밥맛이 있든 없든 무조건 먹어! 그것만이 네 몸을 위해 할 수 있는 최선이니깐."

"응, 그럴게."

그나마 좋은 소식이, 밤부터 들려왔다. 이날 심해는 회진이 아닌데도 양에게만 한 번 더 들렀다.

"하, 양 씨, 항암 치료를 시작했는데, 몸은 좀 어떤가요?"

"히크만을 넣은 자리에서 계속 피가 나는 거 말곤 괜찮아요."

"곧 멎을 겁니다."

"그렇게 말씀하시니 마음이 좀 놓여요. 감사합니다."

"속이 메스껍거나 울렁거리진 않나요?"

"네. 아직은요."

"양호합니다. 혹시라도 불편하면 말씀하세요. 구토방지제를 처방해 드리겠습니다."

"네."

"흠. 하, 양 씨의 골수 검사 결과를 살펴보니, 유전자의 돌연변이는 없었습니다."

"네? 필라델피아는요? 그 돌연변이가 이 병의 원인, 아닌가요?"

"필라델피아 염색체의 BCR-ABL 유전자 외에 다른 돌연변이 유전자는 없다는 말입니다."

무슨 뜻이지? 양은 어리둥절해서 원석을 바라봤다. 그러자 심해가 알아듣기 쉽게 한마디로 설명했다.

"좋은 겁니다."

"아, 네! 감사합니다!"

"미리 너무 걱정하지 마세요. 하, 양 씨의 경우는, 치료를 하다가 약에 내성이 생겨서, 그러니까 약에 대한 저항성이 생겨서 약이 더 이상 안 들는 급성기가 아니기 때문에 비관적으로 보지 않습니다."

"…네."

"힘을 내세요."

심해는 양의 어깨를 가볍게 두드리고 나갔다. 원석이 남아서 하얀 종이를 1장 내밀었다.

"하양 씨의 항암 치료 계획을 다 짰습니다. 오늘부터 시작해서 치료부터 퇴원까지 28일, 4주를 예상합니다. 글리벡을 매일 먹으면서, '다우노루비신'이란 주황색 항암제를 첫 3일 동안 맞고 '아라씨'란 항암제를 동시에 시작해서 7일 동안 밤낮으로 투여할 겁니다. 다우노루비신 때문에 4일 동안은 붉은 소변이 나올 수 있으니 놀라지 마십시오. 구토와 발진, 신장독성 등은 1주에서 2주까지 심할 수 있고, 구내염은 1주 뒤부터 탈모는 2주 뒤부터 나타날 수 있습니다. 그 외에도 어떤 증상이 언제 얼마나 심하게 올지는 사람마다 다릅니다. 이번 치료의 목표인 골수기능 저하, 즉 골수에서 나쁜 놈들을 싹 다 쓸어버리는 효과는 2주에서 3주 사이에 집중적으로 일어납니다. 그러면 몸 안의 거의 모든 백혈구가 없어져서 면역력이 0, 제로(Zero)를 쳤다가 정상으로 회복되는 과정을 거칠 겁니다. 궁금한 거 있어요?"

"아니오. 지금은, 무슨 말인지 다 잘… 모르겠어요."

"아, 이런. 낯선 용어들이라 어려울 겁니다. 하나만 기억하세요! 이번 치료의 목표는 관해입니다. 암세포가 5퍼센트 이내로 줄어들면 리미션(Remission), 관해가 왔다고 봅니다. 그러면 치료가 성공한 거예요! 희망이 있어요!"

"후… 22퍼센트에서 5퍼센트까지 줄어들까요?"

"겁먹지 말아요, 하양 씨. 처음 병원에 왔을 때 16만이 넘던 백혈구가 일주일 만에 4만대로 떨어졌어요. 센 항암 치료를 하기 전인데도 약이 어느 정도 들은 겁니다. 급성백혈병 환자 중에는 암세포의 비율이 하양 씨보다 훨씬 높은 50퍼센트, 60퍼센트인 경우에도 관해가 와요. 관해만 되면 지금의 급성기를 만성기로 돌릴 수 있어요. 몸 상태를 만성기로 되돌려서 골수 이식을 하면 이식 성공률이 80퍼센트로 높아집니다!"

"혹시… 관해가 안 되면요?"

"퇴원 없이 바로 다음 항암 치료로 들어갑니다. 관해가 올 때까지 계속 이어서 받아야 합니다. 병원을 나갈 수가 없어요."

"…결국 관해가 안 돼서 그대로 이식을 하는 경우도 있나요?"

"급성기에 이식하면, 이식 성공률이 10퍼센트도 안 돼요. 다른 생각은 하지 맙시다. 우리의 목표는 관해입니다! 알겠죠?"

"…네."

"주치의들은 6주마다 과가 바뀌는데, 하양 씨가 입원한 때쯤 저도 혈액종양내과에 왔어요. 남은 4주 동안 우리 같이 최선을 다해 보는 겁니다! 알았죠?"

"네."

앞으로 한 달. 주치의가 바뀌기 전에 꼭 나가는 거야. 양은 이상하게 용기를 주는 남다른 의사와 함께한다는 사실에 어쩐지 힘이 났다.

다음날인 목요일, 갑자기 시작된 생리 말고 별다른 일은 없었다. 아침 회진을 돌고 6인실에서 나가는 원석을 복도에서 누군가 불렀다. 점잖은 남자의 목소리였다.

"선생님."

"아, 보호자님, 무슨 일이세요?"

"잠시만 조용한 데로 가서 이야기를 나눌 수 있을까요?"

"…여기서 말씀하시죠."

"아 _그게_… 저, 이거."

"이게 뭐죠?"

"약소합니다. 반대로 교수님께 좀 전해 주세요."

"하아. 저희 병원에선 이런 봉투를 안 받습니다."

"그러지 마시고… 우리 손자, 이식 좀 앞당길 수 있게 제발 잘 부탁드립니다."

"안타깝지만 그건 저희가 할 수 있는 일이 아닙니다. 골수은행에 등록한 기증자 중에서 손자분과 맞는 사람이 나서야 되는 겁니다."

"그래도 교수님께서 신경을 써 주시면 아무래도 더 빨라지지 않겠습니까? 우리 손자가 3대 독자예요. 지 애비가 먼저 가고 이 녀석만 남았는데 이렇게 손도 못 쓰고 손자까지 앞세울 수는 없어요. 그러니 제발… 도와주십시오."

"할아버님… 마음은 이해합니다. 하지만 이 병동에서 안 절박한 분은 없을 겁니다. 하나뿐인 가족의 소중한 생명이 달린 일이니까요."

"압니다, 알아요. 크흑, 저라고 왜 모르겠습니까…. 그래도, 그래도 이렇게라도 해야… 지금 전 썩은 지푸라기라도 잡고 싶습니다."

"할아버님, 골수은행 쪽에 제가 계속 확인해 보고 있습니다. 맞는 공여자가 나오기만 하면 저도 전화해서 최대한 설득해 보겠습니다. 요즘은 해외에서도 적합한 골수가 찾아지는 경우가 많기 때문에 긍정적입니다. 국내에선 골수를 기증하겠다던 사람들 중에서 막상 자기와 골수가 맞는 환자가 있으니 해 주겠느냐고 물으면 마음을 바꿔서 거절하는 경우가 많죠. 맞는 골수가 없는 경우도 문제지만 맞는 골수는 많은데도 기증을 안 해 줘서 못 받는 경우가 더 어렵습니다. 그런데 해외 기증자들은 달라요. 특히 중국이나 대만, 홍콩 쪽 기증자들은 아무런 대가 없이 일주일씩 일정을 비우고 비행기를 타고 와서 기증을 하고 갑니다. 생명을 살리는 일의 가치를 아는 거죠. 그런 면에서 보면 저희보다 선진국입니다. 그러니 같이 기다려 보시죠. 저도 최선을 다해 보겠습니다."

"감사합니다, 선생님. 크흑! 정말 감사해요."

복도가 조용해지자 근심스러운 얼굴로 금희가 양에게 물었다.

"우리도 교수님께 뭐 좀 드려야 하지 않을까? 잘 부탁드린다는 의미로."

"응? 안 받는다잖아요?"

"앞에선 그러고 뒤에서 받는 거 아닐까?"

"우리 주치의나 안심해 교수님이 그러진 않을 거 같아요. 괜스레 창피만 당할 수도 있으니… 엄마가 정 마음에 걸리면 항암 치료를 다 받고 나갈 때, 그때 감사한 마음을 담아 작은 선물이라도 드려요."

"그래, 그러자."

금요일 오후에 양은 금희에게 간호사를 불러 달라고 했다. 머리를 밀기 위해서였다. 어떠한 대의명분도 없는 삭발이었다. 그저 살아남기 위한.

"양아, 정말이야? 그래도 괜찮겠어?"

금희는 눈물을 글썽이며 자꾸만 되물었다. 양은 말없이 고개를 끄덕였다. 간호사는 비용을 알려 주고 현금으로 준비하라며 말하고 나갔다.

금희가 돈을 찾아오자 곧 나이 든 이발사가 불려왔다. 면역력이 낮아 병동 밖으로 나갈 수가 없는 양을 위해 병실 침대에 누운 채로 삭발이 이루어졌다. 바리캉에 사정없이 밀려 나가는 머리카락을 느끼며, 양은 뒤늦게 깨달았다. 내가 쉽게 나갈 수 없으리란 걸 간호사들은 알았을지도 몰라. 격리 병동에 들어오던 날부터 화가 날 정도로 끈질기게 삭발을 권했기 때문이다. 양은 계속 거부했다. 처음엔 곧 여기서 나가리란 기대, 그 뒤엔 머리를 민 채로 숙진 않겠다는 다짐, 어제까지는 항암 치료에도 불구하고 자신의 머리카락만은 안 빠지고 그대로 남아 있길 바라는 아주 가냘픈 희망이었다. 하지만… 머리카락이 있고 없고는 더 이상 중요하지 않았다. 이제는 살기 위해 최선을 다해야 했다. 양은 삶을 선택했다.

머리가 새하얀 할아버지 이발사의 조심스러운 손길로 이발은 마무리됐다. 양의 머리카락은, 신문지 위에 떨어진 흔적으로만 남았다. 머리끈이 묶인 말총머리 모양 그대로였다. 일주일이 넘게 못 감아 떡이 진 머리카락은 마치 하나의 무거운 투구 같았다. 금희는 신문지에 고이 싸서 수상에게 건넸다.

"집에 잘 챙겨 두세요. 우리 양이가 퇴원하면 가발로 만들어 줄 거예요."

나쁘지 않아. 거울을 들여다보며 양은 스스로를 위로했다. 무엇보다 일단 머리가 시원해! 그럼 된 거지. 머리도 밀었으니 나가 보자. 관을 꽂고 항암 치료를 시작했음에도 불구하고 머리를 밀고서야 비로소 양은 받아들였다. 이제는 여기서 살아가야 했다.

투명한 커튼 뒤에 서서 지난 이틀을 떠올리던 양은 고개를 끄덕였다. 잘한 선택인지 아닌지는 알 수 없었다. 그저 발을 내디뎠으니 앞으로 나아가는 수밖에는. 항균 마스크를 쓴 양은 커튼을 젖히며 병실의 제일 안쪽, 화장실 옆에 붙은 자신의 자리에서 나왔다. 양을 본 건너편 창가 자리의 보호자가 열려 있던 커튼을 닫았고, 나이 든 자매는 여전히 노란 좌욕기를 그리워하고 있었으며, 그 옆 문가 자리엔 투명 커튼 너머로 곤하게 잠든 젊은 자매가 보였다. 양은 하얀 커튼으로 가려진 자신의 옆 침대들을 조용히 지나쳤다.

병실 문을 나서자 바로 앞에 간호사 데스크가 있었다. 전화를 받던 단발머리 간호사가 무슨 일이냐고 입 모양으로 물었다.

"그냥, 복도를 좀 걸으려고요."

"넘어지면 위험하니 무리하지 마세요."

"네."

양은 원석이 말해 준 커다란 비장을 떠올리며 아주 천천히 걸었다. 늦은 오후라서인지 복도에는 아무도 없었다. 양은 병동에 오던 첫날, 우울한 얼굴의 남자가 차가운 진실을 말해 주던 유리문 안에서부터 시작해 복도를 세 바퀴 돌았다. 문 바로 오른쪽의 비소독물질실부터 4인실, 휠체어를 두는 장비실, 간호사 데스크와 주치의들의 자리, 약 제조실과 수간호사실을 지나자 2인실, 1인실이 나왔고, 그 맞은편부터 2인실 2개, 6인실 3개, 2인실 2개가 이어져 있었다. 방마다 문 옆에 환자의 이름이 적힌 종이들이 꽂혀 있었는데, 읽어본 결과 111병동에는 1인실 1개, 2인실 5개, 여자 4인실 1개, 남자 6인실이 2개, 여자 6인실이 1개로 모두 33명의 환자가 있었다. 빈자리는 없었다. A팀부터 E팀까지 이름이 붙은 간호사 카트도 세워져 있어 총 5개의 팀이 있음을 알 수 있었다. 양은 6인실에 들어오는 간호사의 얼굴을 머릿속으로 세어 보았다. 승무원 머리를 한 친절한 간호사, 말끝마다 늘 한숨을 폭폭 내쉬는 간호사, 밤에 환자들을 안 깨우려 손전등을 켜고 들어오는 조심스런 간호사, 그와는 반대로 밤에도 병실의 전체 전등을 켜고 늘 큰소리로 인사를 하며 환자들의 잠을 다 깨우는 간호사, 긴장한 탓에 손에 힘이 잔뜩 들어간 인턴까지 다섯 명이 있었다. 팀마다 비슷하다면, 33명의 환자를 20에서 25명가량의 간호사가 3교대로 돌보는 셈이었다.

한 바퀴 더 돌지 양이 고민할 즈음, 남자 6인실에서 나이 든 형제 중 한 사람이 나와 복도를 걷기 시작했다. 50대로 보였지만 민머리에 환자복

차림이라 정확히 가늠할 수는 없었다. 양은 그만 돌아섰다. 가까이에 유리문이 보였다. 저 문으로 나가야 해. 양은 뭔가에 홀린 듯 불투명한 문으로 다가섰다. 이때 문이 열리며 금희가 들어왔다. 금희는 복도에 선 양을 보더니 깜짝 놀라 병실 쪽으로 끌어당겼다. 양은 마지못해 발길을 돌렸다. 다시 병실로 돌아오는 양과 금희를, 원석이 어느 틈에 봤는지 뒤따라오며 말을 걸었다.

"아, 이런! 머리통이 페이털(fatal)하게 예쁜데요?"

"자꾸 근질근질해서 확 밀어 버렸어요."

"잘한 겁니다. 머리가 빠지기 시작하면 세균이 번식해서 감염 위험이 있어요. 항암 치료로 머리에 뾰루지가 날 수 있는데 머리카락이 있으면 약도 바르기 불편할 겁니다."

"아하. 진작 밀 걸 그랬나요? 시원해서 좋아요!"

웃으며 말을 주고받는데, 또 양의 옆자리에서 커튼 너머로 원석을 불렀다.

"하이고, 배야! 선생님, 저도 좀 봐 주세요! 맨날 거기만 계시지 마시고!"

"아, 이런! 갑니다."

원석은 금희에게 허리 숙여 인사하더니 양에게 손을 흔들며 나갔다. 금희는 원석의 등을 보며 미소 지었다. 원석은 양을 웃게 만든다. 그것만으로도, 말하지 말아 달라던 시한부 판정을 기어코 양에게 알린 원석에 대한 미움은 풀리고 있었다.

이날 저녁, 혈압을 재러 온 승무원 머리의 간호사가 설명 간호사 제도를 이용하겠느냐고 물었다.

"하양 님, 의사 선생님들께선 치료하기만도 너무 바쁘셔서, 환자들에게 하나하나 자세하게 설명해 줄 시간이 없으세요. 그래서 저희 병원에서는, 설명 간호사 제도를 운영한답니다. 원하시면 말씀하세요. 경험이 많으신 간호사 선생님께서, 자료를 가져와서 하양 님이 걸린 병에 대해 설명해 주실 거예요. 신청하시겠어요?"

"네."

양과 금희 모두 궁금한 점이 많았다. 심해와 원석이 해 준 말들은 알아 듣기 어려운 부분이 있었다.

"그런데 이 제도는, 별도로 비용을 내셔야 해서요."

"네? 얼만가요?"

"5만 원이요."

"네? 그렇게 비싸요? 병원에서 운영하는 제도고 병에 대해 의사를 대신해서 설명하는 데도요?"

"그렇게 생각이 드실 수 있어요. 하지만 처음에 한 번만 비용을 내면 저희 병원을 이용하는 동안 몇 년이 지나도 언제든지 궁금한 내용이 있을 때 설명 간호사님을 만날 수 있답니다."

"…네."

"어떻게 하시겠어요?"

"어떻게 할까, 엄마?"

"들어보는 게 좋지 않을까? 교수님과 주치의가 해 주는 말은 나한테 좀 어렵네?"

"음, 그러면 신청할게요."

"네, 전달할게요. 그런데 이 비용은 현금으로 주셔야 해요. 치료비에 합산이 안 돼서요."

"에? 그것도 좀 이상하네요."

"시스템상 그래서요. 그래도 신청하시겠어요?"

"음… 그럴게요."

당연히 들어야 할 의료 정보를 의사가 아닌 간호사에게, 그것도 현금을 건네야 들을 수 있다니 뭔가 찜찜했다. 하지만 현실이 그렇다는데 어쩌겠는가. 아픈 순간부터, 환자는 약자였다. 금희가 돈을 찾아와 간호사 데스크에 건네자 설명 간호사가 병실로 찾아왔다. 옆집 아주머니처럼 푸근한 느낌의 중년 여자였다.

"하양 님, 저는 111병동의 교육전담 간호사예요. 설명 간호사 제도를 신청하셨죠? 반갑습니다."

"네, 안녕하세요."

"이쪽은 어머님이신가요?"

"네."

"하양 님이 걸리신 만성골수백혈병에 대해 파워 포인트 자료를 보면서 설명을 드리려고 하는데, 혹시라도 궁금한 내용이 있으시면 바로 물어보셔도 돼요."

"네."

"그럼 시작합니다. 혈액암은 피와 골수, 림프 기관에 생기는 암으로, 종류가 140가지나 됩니다. 크게 보면 백혈병과 림프종, 다발 골수종으로 나눌 수 있고, 그중에서 백혈병은 피가 만들어지는 뼈 내부의 해면인 스펀지(Sponge)에 생기는 암입니다. 뼈를 잘라 보면 스펀지처럼 생겼거든요. 백혈병은 진행 속도에 따라서 급성과 만성, 암세포의 종류에 따라서 골수성과 림프성으로 나누어집니다. 따라서 만성골수백혈병은 먼저 만성, 오랫동안 느리게 진행되는 암으로 골수, 암세포의 종류가 골수성의 모양과 성격을 가진 백혈병이라는 뜻입니다. 이해가 가세요?"

"네."

"그럼 만성골수백혈병은 왜 생길까요? 유전자 돌연변이 때문입니다.

어떤 과정을 통해 유전자 돌연변이가 생기는지는 지금까지의 연구를 통해 밝혀졌습니다. 필라델피아 염색체 때문이죠. 우리 몸에는 46개의 염색체가 있습니다. 1번부터 22번까지 두 개가 한 쌍을 이루고 있고, 성별을 결정하는 X와 Y 염색체가 있죠. 그중 원인을 알 수 없는 이유로 9번 염색체와 22번 염색체가 깨지면서, ABL 유전자를 지닌 9번 염색체의 아랫부분과 BCR 유전자를 가진 22번 염색체의 윗부분이 결합하면서 비정상적인 염색체가 만들어집니다. 필라델피아 염색체라고 불리는 거죠. BCR-ABL 융합 유전자를 지닌 필라델피아 염색체는 이상한 단백질을 만들어서 비정상적인 티로신 키나아제를 증가시켜요. 티로신 키나아제는 세포의 신호 전달에 쓰이는 효소이기 때문에 여기에 이상이 생기면 혈액 세포들의 정상적인 성장과 죽음이 방해를 받게 됩니다. 그 결과, 비정상적인 암세포가 몸에 쌓이게 됩니다."

"아…."

"전체 백혈병의 15퍼센트 정도를 차지하는 만성골수백혈병은 만성기, 가속기, 급성기로 진행됩니다. 만성기는 별다른 증상 없이 보통 5에서 6년 동안 유지되고, 가속기는 유지 기간이 6에서 9개월, 급성기는 3에서 6개월입니다."

"그럼 제 병이 벌써 그렇게 오래전에 시작되었단 건가요?"

"그럴 가능성이 크지만 아닐 수도 있습니다. 드물지만, 만성기 중에서도 초기시던 분이 갑자기 급성기로 진행되는 경우도 있거든요. 그런 분에게선 또 다른 유전자 돌연변이가 생긴 경우가 많아요."

"다른 유전자 돌연변이요?"

"네. T315I, Y253F, E255V 등 수십 가지의 다른 돌연변이 유전자가 보고되었어요. 9번과 22번 외에 8번, 17번, 19번 염색체에 이상이 추가로 발견되기도 합니다. 다른 유전자 돌연변이나 염색체 이상이 생기면 글리벡 같은 표적 치료제가 잘 듣지 않을 수 있습니다."

"그렇게나 많아요? 교수님께서 제겐 필라델피아 염색체 외에 다른 돌연변이 유전자는 없다고, 좋은 거라고 하셨는데 정말 다행이었네요!"

"그렇담 진짜! 행운이네요! 만성기에서도 T315I 같은 유전자 돌연변이가 생긴 분들이 있거든요. 그런데 하양 님은…."

"그러게요…. 제 경우는요, 더… 그러네요. 음, 그럼 급성기는 3개월에서 6개월이 지나면… 죽는 건가요?"

"하양 님, 이 숫자는 표적 치료제를 포함해 아무런 치료도 안 받을 경우의 평균 생존 기간입니다. 글리벡을 먹고 항암 치료를 받거나 골수 이식을 한다면 결과는 달라질 수 있습니다."

이래서 주치의가 6개월 안에 골수 이식을 해야만 한다고 말했구나. 양도, 금희도, 설명 간호사도 양이 급성기라는 사실을 모르는 사람처럼 조심했지만 모두가 알고 있음을 서로가 느끼고 있었다. 만성기의 증상 등 일반적인 설명이 이어졌지만, 급성기로 항암 치료를 받는 양에게는 그다지 와닿지 않았다. 다시 귀를 기울인 부분은 혈액 검사에 대한 설명이었다.

"병원에 입원한 동안은 자주 혈액 검사를 받게 됩니다. 혈액에 이상이 생긴 병이기 때문에 피 검사로 상태를 확인하는 거예요. 히크만을 하셨으니 매일 새벽에 인턴 의사가 와서 히크만으로 채혈을 할 거고, 그래도 매주 화요일과 목요일에는 팔에서 직접 채혈을 합니다."

"네? 히크만을 했는데도요?"

"네. 혹시 심장의 중심 정맥에서 뽑은 피와 손이나 발과 같은 말초 혈액에서 뽑은 피의 결과에 차이가 날 수도 있어서 그렇습니다.

"아…."

"혈액 검사 결과, 중요한 수치는 백혈구와 과립구, 혈색소와 혈소판이에요. 백혈구는 면역력을 담당하기 때문에 백혈구 수치가 떨어지면 여러 가지 문제가 생길 수 있어요. 백혈구 수치는 정상인의 경우, 4천에서 1만 사이인데, 항암 치료 중에는 0까지 떨어졌다가 올라오고, 퇴원하시더라도 치료가 완전히 끝나기 전까지는 2천에서 4천 정도로 낮을 거예요. 그러니 감염을 조심해야 합니다. 손도 항상 깨끗이 씻으시고, 마스크도 꼭 쓰세요."

"네."

"과립구는 백혈구의 일부인데, 직접 세균과 맞서 싸우는 친구들이라 중요합니다. 과립구 수치가 1천 이하로 떨어지면 생과일을 아예 드시면 안 돼요. 1천이 넘더라도 치료 중에는 껍질이 두껍고 몸이 단단하면서 긁히거나 벌레 먹은 상처가 없는 과일만 드시는 게 좋습니다."

"네."

"혈색소는 몸에 필요한 산소를 운반하는 친구로, 이 수치가 떨어지면 빈혈이 심해집니다. 여자의 경우 정상은 12에서 16이에요. 혈소판은 피가 나면 응고시켜서 멈추는 역할을 해요. 정상은 13만에서 40만이지요. 항암 치료는 혈색소와 혈소판에도 영향을 줍니다. 혈색소 수치가 떨어지면 어지러워서 넘어질 수 있기 때문에, 혈색소 수치가 8보다 낮아지면 빨간 피를 수혈해 드려요. 혈소판 수가 줄어들면 코나 잇몸에서 피가 날 수 있고 어디든 피가 나면 안 멎을 수 있기 때문에 아주 작은 상처도 안 나도록 조심하셔야 합니다. 혈소판 수치가 2만 이하로 떨어지면, 가만히 있어도 장기에 출혈이 일어날 수 있어 위험하기 때문에 노란 피를 수혈해 드립니다. 이 네 가지 수치는 굉장히 중요하기 때문에 혈액 검사 결과를 매일 간호사가 적어드리고 있어요."

"네? 어디에요?"

"여기 침대 발치의 메모판에요. 자, 보세요."

"아. 간호사가 가끔 뭘 적던데 뭔지 몰랐어요. 오늘 설명을 안 들었으면 거기에 그런 중요한 숫자가 있는지… 백혈구, 과립구, 혈색소, 혈소판은 뭐고 또 그 옆의 숫자들이 뭘 의미하는지 하나도 몰랐을 거예요. 감사합니다."

"도움이 되셨다니 다행이에요. 앞으로도 치료 과정에서 궁금하신 내용이 있으면 여기 마지막 페이지에 적힌 111병동 교육전담 간호사실로 전화를 주세요."

"네, 감사합니다."

어째서 이런 전문적인 설명을 의사가 직접 해 주지 않지? 여전히 이해할 수 없었지만, 많은 궁금증이 풀렸다. 지금은 이 정도로 충분했다.

설명 간호사가 나간 뒤, 양과 금희는 메모판의 숫자를 들여다봤다. 신기했다. 지난주에 응급실로 들어올 때 16만이 넘었던 백혈구는, 이틀 뒤인 9월 28일에 5만대로 떨어져 7만대로 올랐다가 글리벡을 먹으면서 4만대로 떨어졌고 항암 3일째인 이날은 3만대로 내려가 있었다. 격리 병동에 온 뒤로 혈색소는 하루만 빼곤 8이 넘었고 혈소판은 14만에서 11만 사이를 오르내렸다. 아직까지는 나쁘지 않아 보였다. 양은 자신의 운명이 쓰여 있기라도 한 듯, 종이가 끼인 플라스틱판을 소중하게 쓰다듬었다.

어느덧 주말이 다가왔다. 재단에 냈던 일주일의 휴가가 끝나가고 있었다. 예정대로면 다음 주부터는 다시 출근해야 했다. 이제는 알릴 시간이었다. 양은 국장에게 전화해서 백혈병에 걸렸다고 말했다. 재단을 그만두겠다는 말과 함께.

"백혈병이라고? 그럴 리가. 하 팀장…."

물에 잠긴 것 같은 목소리로 국장은 되물었다. 휴가 기간 내내 양의 연락을 참을성 있게 기다리던 국장은 이런 소식을 듣게 될 거라고는 상상조차 못했다. 국장은 쉽사리 말을 잇지 못했다. 양은 준비한 말로 국장의 침묵을 덮었다.

"이렇게 돼서 죄송해요, 국장님. 오래 함께 일하고 싶었는데… 아쉽습니다."

"아니, 그게… 하 팀장! 그만두는 건 급하지 않아! 그 문제는 우리가 알아서 처리할 테니까 하 팀장은 얼른 나아서 돌아오기만 하면 돼. 알았지? 하 팀장…."

"…감사합니다, 국장님…. 그런데 저, 아무래도 치료가 길어질 것 같아서요. 이사장님께도 죄송하다는 말씀을 전해 주세요. 올해 제가 담당한 업무는 이번 해에만 실시하는 특별 사업들이었으니 인수인계는 사업별로 이미 제출했던 계획서와 진행 회의록, 결과 보고서로 대신하겠습니다. 제 업무와 관련해서 궁금한 내용은 언제든지 전화 주세요. 제가 여기서 나갈 수가 없어서… 죄송합니다."

"어어, 그래. 여긴 걱정 말고. 이사장님께 보고를 드리고 면회 갈게."

"아니요, 국장님, 이 병동은 면회가 안 됩니다. 죄송해요…. 그동안 정말 감사했습니다."

"자꾸 마지막처럼… 다시 연락한다니까…."

"죄송합니다. 건강하세요."

미련을 안 남기는 편이 나아. 양이 빠지면 이 과장이 혼자서 짊어져야 할 일이 너무 많았다. 최소한의 인력으로 운영되는 재단 사정상, 양이 그만둬야 새로운 직원을 뽑을 수가 있었다. 재단 정리 끝.

그보다… 훨씬 어려운 일이 남았다. 세하에게도 말해야 했다. 양은 복잡한 마음을 지우고 단순하게 메시지를 보냈다.

"나, 백혈병 판정 받았어."

보내자마자 바로 답이 왔다.

"지금 어디야, 하양!"

"아직 병원이야. 입원이 길어질 거 같아."

"병원이 어디야? 당장 큰 병원으로 가야지! 병원이라도 알려 줘."

"대한대학병원에 있으니 너무 걱정 마, 세하야. 이제야 말해서 미안해."

세하는 더 이상 말이 없었다. 양은 답을 기다리다 잠이 들었다.

항암 치료 4일째, 오줌의 붉은색이 사라졌다. 다우노루비신은 붉은 주황색이라 혐오감을 느끼는 환자들이 많다며 간호사들이 갈색 비닐을 덮어씌우는 항암제였다. 하지만 어차피 다 가릴 수는 없었다. 가슴까지 이어진 주황색 링거 줄. 그러나 양에게 색깔은 색깔일 뿐이었다. 오히려 이름 때문인지 양은 자꾸만 노루가 생각났다. 언젠가 동물원에서 봤던 귀여운 노루. 호기심 넘치는 노루가 양의 온몸을 뛰어다니고 있었다. 몸 여기저기에 노루의 발자국 같은 부스럼이 벌겋게 일어났다. 특히 허벅지는 노루가 가장 좋아하는 놀이터였다. 참기 힘든 가려움이 퍼졌다. 심해가 처방한 로션을 바르면 그럭저럭 견딜만 했지만 오래 가진 못했다. 틈나는 대로 계속 덧발라 줘야 했다. 양은 스스로도 놀랄 정도로 빠르게 적응하고 있었지만, 여전히 이곳은 낯선 신세계였다.

여기서 환자들은 왼쪽 손목에 찬 민트색 비닐 팔찌로 존재했다. 가위로 자르기 전에는 절대로 뺄 수 없도록 손목에 단단히 매인 이 팔찌로, 모든 것이 이루어졌다. 양은 환자 번호 9324128, 1107호실의 3호였다.

새벽 6시. 눈도 뜨기 전에 인턴 의사가 온다. 반은 잠든 채로 피를 뽑힌다. 청소하는 사람이 와서 바닥을 밀대로 닦고 휴지통을 비운다. 간호사가 들이댄 체중계에 올라 몸무게를 재고 나면 주치의의 아침 회진.

오전 8시. 병원식이 도착해 30분에 걸쳐 환자들의 침대로 옮겨진다. 밥과 약을 먹고 줄을 서서 이를 닦고 화장실에 다녀오다 보면 교수의 회진. 화장실에 있느라 차례가 지나가면 그날의 회진을 놓치기에 담당 교수의 얼굴을 보기 위해 볼일을 꾹 참고 기다리는 환자도 있다. 어디가 어떻게 아픈지 내 입으로 말하고 보여 주려 다들 열심이다.

"괜찮습니다."

"힘내세요."

"지켜봅시다."

의사의 한마디는 환자들이 1시간을, 반나절을, 다음 회진까지의 하루를 버티는 힘이 된다.

오전 10시. 삶은 계란 한 알이나, 구운 감자, 떡 같은 간식이 오고, 12시에 점심. 뭐든 먹고 나면 바로 이를 닦고 가글을 해야 한다. 가글은 할 때마다 한 획씩 바를 정자(正)를 완성시켜 하루에 최소한 5번은 했는지 간호사에게 검사를 맡는다. 먹는 것도 마찬가지다. 15:10, 보리차 50ml. 이런 식으로 정확하게 표시해야 하며, 먹은 양과 나온 양이 적절한지 틈틈이 확인을 받는다. 간호사는 엄한 선생님 같은 표정으로 계산기를 두드리며 잔소리나 칭찬을 한다.

오후 1시가 지나면, 그날 새벽에 뽑은 혈액 검사 결과를 적어 준다. 오늘 빨간 피나 노란 피를 몇 봉씩 맞아야 하는지 드디어 알게 되는 시간이다. 피는 이미 주치의의 지시에 따라 준비돼 있다. 이어지는 수혈. 빨간 피는 1봉에 1시간 반, 노란 피는 1시간 정도 걸린다. 그날의 빨간 피와 노란 피 모두를 피해 갈 수 있는 사람은 거의 없다.

피를 맞다 보면, 오후 3시쯤 오렌지 주스나 식혜 같은 음료수가 간식으로 나온다. 모두 살균된 캔 음료다. 뜨거운 오렌지 주스를 먹어 봤는가.

맛이 궁금하다면 이곳으로 오라.

오후 6시. 저녁밥이 온다. 비로소 평화가 찾아오기엔 아직 이르다. 이 윽고 불이 꺼져 낮의 부산함이 떠나고 나면 밤의 고요와 눈물과 신음 소 리가 찾아든다. 모두 저마다 다른 걱정에 사로잡혀 똑같은 두려움과 싸 우는, 어두운 시간이다.

양의 밤은 낮만큼 바빴다. 시간마다 일정한 투여량을 유지해 주는 기 계를 통해 매일 밤낮으로 항암제가 몸에 들어갔기 때문이다. 이 똑똑한 기계는 항암제 1병이 끝나면 엄청나게 큰 소리로 삑삑 울어 대서 간호사 를 불렀다. 항암제와 수액 탓에 양은 끊임없이 화장실을 들락거렸는데, 침대를 나갈 때는 반드시 마스크를 쓰고 금희를 깨워 분무기에 넣은 알 코올 소독제로 변기를 소독한 뒤 앉아야 했다. 오줌은 녹색 소변기에 봐 서 눈금이 표시된 투명한 소변 통에 부어 양을 재고 기록해야 했다. 똥은 더 번거로웠다. 대변을 보면 아무리 늦은 밤이라도 반드시 노란 좌욕기 에 앉아 15에서 20분은 엉덩이를 담그고 앉아 있어야 했다. 졸린 상태에 서 일을 보고 나면 반드시 손을 씻어야 했고 큰 것이든 작은 것이든 바를 정자(正) 표시로 횟수와 상태, 시간까지 기록해야 했다. 그뿐인가. 밤새 2 시간마다 간호사가 돌면서 혈압과 체온을 쟀다. 그러나 양의 밤을 무엇 보다 힘들게 한 건, 끝없는 땀이었다.

매주 수요일 오전 9시. 쓰던 담요와 시트를 내놓으면 10시에 새것을 받을 수 있었다. 그러나 양은 일주일을 기다릴 수가 없었다. 응급실에서 부터 존재감을 드러낸 땀이 항암 치료를 시작하면서 걷잡을 수 없이 쏟 아졌기 때문이다. 매일 저녁 무렵, 이마에 맺히기 시작한 땀방울은 밤새 양의 속옷과 환자복, 시트를 흥건하게 적셨다. 마치 깊이를 알 수 없는 샘 이 온몸의 땀구멍에 틀어박힌 듯했다. 밤낮없이 천장에서 쏟아지는 바람은 땀에 젖은 환자복을 차갑게 해 양의 잠을 끊임없이 깨웠다. 어떤 날인가, 양은 자다 깨다를 되풀이하다 밤새 속옷과 환자복을 네 번이나 갈아입기도 했다. 실은 그 정도로도 부족했지만. 간호사 데스크에서 1명에게 내어 주는 환자복의 최대치가 네 벌이었기에 어쩔 수 없었다. 예순이 넘은 금희는 다 자란 딸을 위해 피곤한 몸을 이끌고 간호사 데스크를 오가느라 함께 잠을 설쳤다. 밤을 담당하는 간호사가 바뀔 때마다 새로운 설득이 필요했다. 간호사들의 따가운 눈총과 부라림은 빨래를 한 듯 흠뻑 젖은 환자복이 2, 3번 이어져야 풀리곤 했다.

"지금까지 이 병동에서 이렇게 땀을 흘리는 환자는 없었어요!"

간호사들에게서 놀라움이 담긴 말과 함께 안쓰러운 이해를 받기까지는 꽤 시간이 걸렸다.

출혈 예방을 위해,
머리 오랫동안 숙이지 말기
코 힘껏 풀지 말기
변 힘주어 보지 말기
타박상 주의

감염 예방을 위해,
손, 발톱 깎지 말기(손톱이 길면 줄로 밀어서 짧게 만들기)
귀나 코를 손가락으로 후비지 말기
여드름 짜지 말기

살아남기 위한 주의 사항은 끝이 없었다. 이 모든 하나하나를 빈틈없이 해 나가기 위해서는 그야말로 정신을 똑바로 차려야 했다. 단 한 번의 실수가 자칫 감염으로, 죽음으로 이어질 수 있었다. 그래서 양은 인생의 어느 때보다도 바빴고 지쳤다. 매일 밤, 수없이 깨면서도 다시 눕자마자 양이 잠으로 곯아떨어진 이유였다.

그렇게 정신없이 일주일이 지나자 가슴에 새겨진 십자가의 피가 멈췄다. 항암제 끝. 이제 기다려 보는 수밖에 없었다.

2

항암 2주 차.

신세계가 서서히 본모습을 드러냈다. 겪어 봐야만 아는 항암월드.

생리가 일주일째 계속되고 있었다. 고장 난 수도꼭지에서 물이 새듯 새빨간 피가 끊임없이 흘러내렸다. 노루의 발자국은 다리를 넘어 몸과 얼굴로 올라왔다. 무엇보다도 여전한 땀. 땀은 저녁마다 찾아와서 새벽까지 소나기처럼 쏟아지다 아침이면 거짓말같이 멎었다. 울렁거림도 갈수록 심해졌다. 구토억제제를 맞고 진토 패치까지 붙이자 살짝 나아졌지만 아침의 찐 밥 냄새는 점점 견디기가 어려웠다. 살아남으려면 먹으라는 대양의 말을 떠올리며 어떻게든 꾸역꾸역 밥숟가락을 밀어넣는 데도 한계가 있었다. 이번 주부터는 밥그릇의 뚜껑을 열기만 해도 메스꺼워서 양은 손사래를 쳤다. 그렇기에 빵식의 발견은 대단한 행운이었다.

이따금 병원식이 담긴 쟁반에 손바닥만 한 종이가 놓여 있었다. 처음에 양은 그릇이 가리지 못한 윗부분만 보곤 일주일 동안의 메뉴를 설명한 종이라 생각하며 지나쳤다. 어떤 메뉴든 밥은 언제나 찐 밥이고 소금

간이 거의 안 된 반찬들은 지독하게 맛이 없다는 점에서 같았다. 그러다 종이의 아랫부분이 밖으로 보이게 끼워진 날이 있었다. 그곳에는 메뉴보다 훨씬 작은 글씨로 빵식과 곰탕식, 미음식 신청자는 간호사실에 이야기하라고 적혀 있었다. 병원에서 빵식이라니! 상상도 못한 일이었다.

다음날, 처음으로 아침밥이 기다려졌다. 도대체 어떤 빵이 올 것인가.

드디어 도착한 빵식은 기대 이상이었다. 햄과 계란, 옥수수 알이 버무려진 먹음직한 치즈 토스트! 따끈따끈한 크루아상과 오믈렛에 딸기 잼! 케첩과 커다란 소시지가 곁들여진 베이글 등이 매일 아침, 양을 행복한 식사로 이끌었다. 양은 접시에 흘린 빵 부스러기까지 남김없이 먹었다. 왜 이제까지 빵식을 신청한 사람이 주변에 없는지 이상할 정도였다.

용기를 낸 양은 곰탕식에 도전했다. 곰탕은 한 그릇당 만 원으로 일반 병원식보다 몇 배나 비쌌다. 먹어 보고 별로면 바로 취소하면 되지. 생활을 위해 늘 밥값을 아끼던 양이었지만 죽음을 앞둔 지금, 그럴 마음은 없었다. 금희는 양의 변화가 반가웠다. 약할 대로 약해진 양의 몸이 항암 치료를 버틸 수 있을지가 걱정이었기 때문이다. 어떻게 애가 이 지경이 되도록 몰랐을까? 어디든 조금만 부딪쳐도 멍이 들고 아프댔는데… 금희는 스스로를 괴롭도록 탓했다. 병원에 와서 보니, 양은 뼈가 배겨 어디로 누워도 불편할 정도로 살이 빠진 상태였다. 금희가 알기로, 곰탕은 예부터 간을 보호하고 기운을 북돋아서 약한 사람들에게 좋았다. 양과 대양이 어릴 때, 겨울마다 곰탕을 끓였던 이유다. 금희는 곰탕에 은근히 기대를 걸었다. 하지만 곰탕 역시 주위에 먹는 사람이 없었기에 양은 일단 저녁 식사로만 신청했다.

결과는 대만족!

병원 밥은 맛이 없다는 편견을 완전히 날려 버리는 맛있는 곰탕이었다. 만 원이 전혀 아깝지 않은 요리였다. 변함없는 찐 밥이라도 곰탕에 말면 한 그릇이 금세 비워졌다. 곰탕 덕인지 양의 울렁거림도 덜해졌다. 노루의 발자국도 주춤거리며 물러나는 느낌이었다. 여기에 덧붙여 찾은 점심 특식은 빵식과 곰탕식과 더불어 그야말로 항암월드의 오아시스였다.

점심 특식에 대한 안내지도 분명히 왔을 텐데, 양은 그동안 본 기억이 없었다. 빵식을 맛보며 식사 쟁반에 담겨 오는 종이들을 찬찬히 살피기 시작했고, 그런 노력의 결과로 점심 특식에 대한 안내지를 찾을 수 있었다. 병원 밥을 먹는 사람은 누구나 그 가격, 그대로 화요일과 금요일에 특별한 점심을 선택할 수 있었다. 짜장면이나 카레라이스, 비빔밥 등이 가능했다. 달콤한 짜장면부터 맵고 짭짜름한 고추장을 섞은 비빔밥까지 먹을 수 있다니! 이렇게 점심까지 모두 해결되었다. 양은 이제 병동에서 밥을 가장 잘 먹는 환자가 되었다. 그러자 구내염, 신장 독성 등 항암제의 많은 부작용이 양을 살짝 비껴갔다. 죽여야 할 암세포가 너무 많아서 항암제의 부작용이 적은 건가? 이런 의문이 들기도 했지만, 시간이 흐를수록 그저 엄청난 축복이라는 사실을 양은 알 수 있었다. 양이 머무는 6인실의 사람들만 둘러봐도 그랬다. 한 끼도 안 먹고 노란 영양제에 의지해 하루 종일 잠만 자는 1호 자매, 노란 치즈를 얹거나 의사 몰래 끓인 컵라면 국물을 부어 찐 밥을 억지로 삼키는 2호 자매, 머리에 큰 부스럼이 잔뜩 나서 언제나 군만두를 찾는 4호 자매, 하루 종일 혀 짧은 소리와 멀쩡한 말투를 몇 번이나 오가는 5호 자매, 밥만 먹으면 토하느라 비쩍 마른 6호 자매를 보라.

심해가 미소를 지으며 돌아서는 날이 이틀째 이어졌다.
"하, 양 씨? 오늘은 좀 어떤가요?"
"괜찮습니다."
"불편한 곳은 없나요?"

"네."

"양호합니다."

한숨이 트인 금희는 배선실에 나가기 시작했다. 배선실은 보호자와 간병인을 위한 공간으로, 111병동으로 들어가는 유리문의 바깥쪽에 있었다. 전기 설비를 관리하는 곳이라는 뜻의 '배선실'이라는 이름이 어째서 이곳에 붙었는지는 알 수 없다. 여기에는 전기밥솥과 전자레인지, 작은 개수대와 1인용 샤워실이 있었다. 배선실은 한 달에 만 원을 내야 이용할 수 있는데, 보호자 중에서 총무를 뽑아 돈을 관리했다. 총무는 주로 커피와 쌀 등 공동 먹을거리를 구입하는 역할을 맡았다. 금희는 격리 병동에 들어오면서부터 배선실에 나오라는 말을 여러 번 들었다. 처음에는 곧 양의 손을 잡고 병원을 나가리라 생각해서, 그 뒤에는 잠시라 해도 양의 옆을 비울 마음의 여유가 없어서 거절하던 금희였다. 그러다 2주가 지났다. 1박 2일로 예상했던 금희의 서울 방문은 언제 끝날지 모르는 병원 생활로 바뀐 지 오래였다. 이제는 금희도 보호자들의 세계에 적응할 필요가 있었다.

금희가 자리를 비운 사이, 분노가 2호 지혼자를 들쑤셨다. 아무렴. 더 이상은 못 참아! 대한대학교병원의 후원자야, 내가. 더군다나 이 혈액종양내과에서 제일 유명한 교수인 반대로가 내 아들의 친구고. 그런데 세상 물정 모르는 젊은 주치의가 자신보다 3호를 더 챙기고 있었다. 게다가 3호는 분명히 백혈병 말기로 판정을 받았는데, 상태는 자신보다 훨씬 좋지 않은가. 혼자는 자신을 돌봐 주는 동생에게 이야기하듯 자연스럽게 입을 열었지만, 일부러 목소리를 높였다. 커튼 너머의 양에게 잘 들리도록.

"자네도 알다시피 내가 이 병으로 치료를 받은 지가 6년째 아닌가. 하도 병원을 들락거리다 보니 이제는 내가 반은 의사야. 내 병에 대해서 나

보다 더 아는 사람이 어디 있나? 없지. 인턴이나 레지던트, 모자란 의사들이 하는 실수까지 다 알아서 틀렸다고 가르쳐 줘, 내가. 지금 옆에서 아픈 곳이 줄어든다고 좋아하는데, 그거 다 몰라서 신나하지, 실은 나쁜 표시인 줄 모르고, 쯧쯧."

"그렇수?"

"아무렴! 항암제가 몸을 돌면서 암세포를 몰아내려고 싸우면서 일어나는 게 부작용이야. 아픈 곳곳이 실은 암세포와 약이 싸우는 전쟁터인 셈이지. 하이고, 그런데 전쟁이 없다는 건 무슨 말이겠나? 치료가 제대로 안 되고 있다는 뜻이야. 그걸 모르고 저렇게 좋아하니, 쯧쯧."

"역시! 우리 언니는 의사셔, 의사!"

이 부분에서 혼자는 갑자기 목소리에 무게를 실었다.

"두고 보게. 3호가 우리 병실에서 제일 위험한 중환자야."

이때 양은 책을 읽고 있었다. 엄마가 자리를 비워서 다행이야. 좋은 말도 아닌데 들으면 괜히 마음만 안 좋지. 양은 이 일을 금희에게 말하지 않기로 했다. 감정싸움으로 번질까 걱정스러운 마음도 컸다.

지난주부터 탐탁지 않은 물건들이 2호에서 넘어오고 있었다. 혼자가 코를 푼 휴지 뭉치나 치즈를 싸고 있던 비닐 같은 쓰레기였다. 침대 바로 아래에 개인 쓰레기통이 있는데도 혼자는 아무렇게나 바닥으로, 옆으로 획획 내던졌다. 병실을 청소하는 직원들이 혼자를 대놓고 싫어하는 이유였다. 처음에 쓰레기는 금희의 침대 아래로 굴러들어왔다. 혼자의 침대와 커튼을 사이에 두고 그보다 50센티미터 정도 낮은 곳에 금희의 보호자 침대가 있었기 때문이다. 안 먹은 약봉지 같은 것을 발견해 건넨 적도 벌써 여러 번이었다.

"하이고! 이거 고마워서 어쩌나!"

처음에는 그래도 미안한 투의 대답이 돌아왔기에, 금희는 웃으며 괜찮다고 말했다. 그러나 2~3일에 한 번이던 실수가 며칠 전부터는 하루에도 몇 차례로 잦아지고 있었다. 그러다 어제 오후에는 보호자 침대에 누운 금희의 머리 위로 꾀죄죄하게 얼룩진 혼자의 메밀 베개가 떨어지기까지 한 상태였다. 과연 정말 실수인가. 금희의 의심은 짜증으로 이어졌다. 게 다가 혼자는 늘 머리 쪽 침대 난간에 불안하게 기대앉아 금희의 신경을 긁었다. 힘도 없는 노인이 얇은 커튼을 사이에 두고 당장이라도 이쪽으로 굴러떨어질 듯 앉았으니 금희의 곤두선 신경은 당연했다. 그러니 쓸 데없는 말은 양이 알아서 안 옮기는 편이 나았다.

하필이면 이날 오후, 양의 혈액 검사 결과가 안 좋았다. 핏기를 잃은 입 술이 아침부터 위험성을 알렸듯, 빈혈 수치는 8 밑으로 떨어진 7.8을 기 록했다. 혼자의 말이 귀를 맴돌며 양의 불안감을 키웠다. 그런데다 이날 따라 오후 4시가 넘도록 양이 맞을 피가 안 왔다. 어느새 다른 사람들의 수혈은 다 끝나가고 있었다. 그제야 한숨 간호사가 오더니 뒤늦은 설명 을 했다.

"후. AB형 혈액이 부족해서 기다리고 있어요. 오는 대로 줄게요."

힘들다고 헉헉거리며 밖으로 나가는 한숨 간호사의 옆으로 원석이 들 어와 손을 흔들었다.

"간호사한테 들었죠?"

"네."

"하양 씨, 불안해하지 말아요. 가끔 헌혈된 혈액이 부족해서 늦어지는 경우가 있어요."

"아… 대학로를 지나다 보면 AB형 혈액 구함! 같은 푯말을 든 사람이 헌혈 카페 앞에 서 있곤 하던데, 누군가 저 같은 경우였나 봐요. 이런 줄 알았으면 주삿바늘이 아무리 무서워도 건강할 때 헌혈을 많이 할걸 그랬어요."

"겪어 봐야 아는 일이 있는 겁니다, 누구나 그래요. 너무 걱정 말아요. 여차하면 내 피를 줄 겁니다."

"네? 선생님, 말씀만으로도 정말 감사합니다."

"말씀만이 아닙니다! AB형에 RH+. 혈액형도 저랑 같더군요. 기다릴 필요 없이 내가 지금 당장 뽑겠다고 팔을 걷었더니 간호사들이 단체로 말리는 겁니다. 내 이상한 성격을 옮긴다면서. 그래서 정말, 겨우! 참았습니다!"

"아하!"

"그 '아하'는 무슨 뜻이죠? 아, 이런! 설마 하양 씨가 보기에도, 내가 정말로 사차원이라는 겁니까?"

"조금은요? 하하. 여차해도, 선생님이 계시니까 든든해요. 정말… 감사합니다! 정말이요. 아, 그런데요, 선생님."

"말씀하세요."

"구토나 부스럼이나… 저처럼 항암제로 인한 부작용이 적으면, 치료가 잘 안 되고 있는 건가요?"

"도대체, 누가 그런 말을 합니까?"

양은 말없이 2호 쪽 커튼을 가리켰다.

"아, 이런. 말도 안 되는 소립니다! 항암제가 나쁜 암세포를 죽이면 몸이 나아지는 게 정상입니다. 구토나 신장 독성과 같은 부작용이란 게 뭡니까? 그야말로 부수적으로, 없으면 더 좋은데 일어나는 작용이에요. 항암제의 원래 역할은 암세포를 죽이는 겁니다. 모든 약은 제 역할만 하고 몸 밖으로 나오는 게 가장 좋아요. 그런데 그 약이 제 할 일을 넘어서서 정상적인 장기를 공격하거나 있어야 하는 유익한 세균 같은 것들까지 죽여서 생기는 게 부작용이에요. 부작용은 하양 씨처럼 적을수록 좋은 겁니다. 밥을 잘 먹고 화상실에 살 가니까 항암제가 제 역할만 하고 밖으로 빠져 나오는 겁니다."

"정말요?"

"그럼요. 부작용이 커야 치료가 잘 된다! 아플수록 잘 낫는다! 가끔 그런 오해를 하는 환자 분들이 있는데, 사실과 다릅니다. 부작용은 적을수록 좋고, 아프다고 해서 치료가 잘되는 게 아니에요. 부작용이 적어도 치료가 잘된 분들이 많이 있습니다. 오히려 부작용이 커서 그것 때문에 나빠지는 경우가 많습니다. 항암 치료 과정에서 병의 악화만큼이나 부작용으로 인한 각종 합병증 때문에 돌아가시는 분들이 많아요. 앞으로 어디서 무슨 말을 듣든 반드시 의사인 제게 확인하세요. 알겠죠?"

"네! 감사합니다, 선생님."

원석이 올 때마다 불러 대던 2호가 이번에는 조용했다. 다행히 혈액이 곧 도착했고, 양은 무사히 수혈을 받을 수 있었다.

빈속을 달랠 겸, 배선실에서 마시는 믹스 커피 한 잔.

달콤한 설탕 맛이 입안에 진하게 퍼질 때면 금희는 답답하던 속이 탁 풀어지는 기분을 느꼈다. 배선실은 알토란 같은 정보의 마당이라는 점에서도 도움이 됐다. 111병동의 다양한 병실 사람들이 모이는 만큼 온갖 뒷이야기가 돌기 때문이다.

"복도에 젊은 군인들이 병문안을 한가득 왔더라. 알아보니 군대에 갔다가 백혈병 판정을 받은 청년이 2인실에 있대."

"엄마랑 아들이 동시에 암 치료를 받는 사람들이 있어. 엄마는 여동생이, 아들은 아버지가 돌본다는데 환자복을 입은 아들이 환자복을 입은 엄마의 휠체어를 밀고 가는 모습을 봤어. 마음이 짠하더라. 유전은 아니고, 아들이 먼저 희귀한 암에 걸렸고, 엄마는 나중에 백혈병 판정을 받았다더라."

"승무원처럼 머리를 올려서 예쁜 간호사 있지? 그 간호사는 모든 환자들에게 그렇게 친절하다네? 그래서 별명이 나이팅게일이래."

시간이 갈수록 금희의 관심은 양에게 좋은 것과 나쁜 것에 모아졌다. 금희는 방앗간을 드나드는 참새처럼 부지런히 정보를 물어 날랐다. 소소하지만 쓸모 있는, 항암월드의 꿀팁이었다.

"아침으로 나오는 빵의 치즈가 굳으면 맛이 덜하잖아? 배달해 주길 기다리지 말고 보호자가 가서 복도에 세워진 밥차에서 직접 쟁반을 들고 오면 따끈따끈하게 먹을 수 있대."

"속이 너무 울렁거려서 밥도 먹기 어려울 때는 식사 대신으로 뉴케어란 음료를 하나씩 마시면 좋대. 지하의 의료기 상사에 판다는데, 검은콩 맛, 딸기 맛에 커피 맛까지 다양하대. 마셔 볼래?"

"치료 중에는 생과일이나 야채를 못 먹으니까, 전자레인지를 이용해서 고구마나 토마토를 찌더라. 제대로 될까 했는데, 토마토는 속에서 김이 펄펄 나고 국물이 흘러나올 정도로 푹 익더라. 숟가락으로 떠먹으면 된대. 해 줄까?"

"항암 치료로 신장이 나빠지는 사람이 그렇게 많다네? 신장에 좋은 옥수수차를 끓여서 자주자주 많이 마시래. 배선실에서 다들 전기 포트 뚜껑을 열어 놓고 끓이더라. 그러면 끓는 시간이 지나도 전원이 안 꺼져서 20분 정도 팔팔 끓일 수가 있어. 자, 여기 있으니 오늘부터 틈날 때마다 마셔."

보호자들은 하루에도 몇 번씩 배선실의 전기 코드와 전자레인지 앞에 줄을 서서 옥수수차를 끓이고, 토마토를 익히고, 고기를 구웠다. 소중한 사람을 살리기 위해서였다. 그러느라 정작 자신의 생활을 돌보지는 못했다. 짧아도 한 달인 항암 치료 기간 동안 보호자는 환자 곁에 머물되 모든 식사는 바깥에서 알아서 해결해야 했다. 간호사들은 복도에 놓인 환자용 냉장고를 가끔씩 열어 보고 안에 든 음식을 모조리 내다 버렸다. 원칙적으로는 맞았다. 냉장고 안의 음식은 환자의 가글을 오염시키거나 벌레를 부를 가능성이 있었다. 하지만 집이 멀거나 환자와 보호자가 지방에서 올라온 경우, 환자 곁을 오래 비울 수 없는 상황 속에서, 원칙은 현실을 따라가지 못했다. 식사도 샤워도 빨래도 힘든 이곳에서, 보호자들은 제대로 먹지도 씻지도 못한 채 팔걸이도 없는 낮은 의자 겸 침대에 모로 누워 쪽잠을 잤다. 배선실을 이용하는 사람들은 이따금 모여 배달 음식을 시키거나 밥을 해 먹기도 했지만 대부분은 컵라면이나 빵으로 끼니를 때웠다. 이렇게 항암월드에서는 보호자의 건강도 서서히 무너져 갔다.

금희나 수상은 그래도 사정이 나았다. 병원 근처에 양의 집이 있었기 때문이다. 하지만 길어야 이틀 정도 머물 거라고 예상했던 서울 방문이 벌써 2주가 넘어가면서 갈아입을 속옷도, 겉옷도, 이불도 모두 문제가 되기 시작했다. 양의 살림은 혼자인 삶에 맞춰져 있었다. 금희는 일단 양의 여름 이불을 가져와 겹겹이 덮으며 버텼다. 한 채뿐인 겨울 이불은 바람이 파고드는 옥탑방에서 지낼 수상에게 떠밀었다. 양을 두고 집에 가서 음식을 할 정신이 없었기에 병원 구내식당에서 수상과 함께 밥을 사 먹곤 했는데, 하루 3끼의 식사비도 차츰 만만치 않은 부담으로 다가왔다. 배선실에서 얻은 정보로 금희는 6인실을 청소하는 정 여사에게 구내식당용 식권을 사기 시작했다. 정 여사에게는 한 달에 20장의 식권이 직원용으로 나왔다. 정 여사는 도시락을 싸다 먹으면서 10장당 3만 원을 받고 식권을 팔았다.

"정 여사도 한 달에 6만 원을 벌고, 우리도 한 끼에 천 원씩 싸니 서로 이익이네."

금희와 정 여사 모두 이 거래에 매우 만족스러워했다. 곧 금희는 정 여사의 단골이 됐다. 정 여사가 식권을 팔려고 하는 다른 청소 직원들을 금희에게 소개하면서, 이제 정 여사는 양의 자리를 특별히 더 깨끗이 정성들여 청소하기 시작했다. 결과적으로 양에게도 남는 장사였다.

병원에서 맞는 세 번째 주말이 찾아왔다. 보호자와 환자, 의료진들 모두가 바쁜 111병동이지만, 주말만큼은 나름의 평화가 감돌았다. 토요일이 되면 간병인들은 고운 옷으로 갈아입고 1박 2일의 휴식을 즐기러 병동을 떠났다. 심해와 원석을 빼면 다른 교수나 주치의의 회진도 없었고, 당직 의사와 간호사들 말고는 의료진도 대부분 자리를 비웠다. 병원이 나른한 잠으로 빠져드는 순간, 환자 옆의 빈자리를 채우는 것은 가족과 친척, 지인이었다. 면회를 금지하는 감시의 눈초리가 느슨해지는 날이기도 했다. 사람들은 보호자를 바꾼다는 핑계로 한 명씩 번갈아 들어왔다. 나갈 사람과 들어올 사람의 교대가 곧바로 안 이뤄지는 경우가 더 많았기 때문에 때로는 두셋씩 환자 옆에 모여 앉아 그동안 못다 한 이야기와 그리움과 소식을 나눴다. 정다운 말소리가 도란도란 이어졌고, 죽이 잘 맞아 보이던 환자와 간병인이 서로에 대한 하소연을 보호자에게 몰래 늘어놓는 반전이 일어나기도 했다. 그렇게 하루가 지나고 일요일이 다가오면 조금씩 말이 줄어들고, 남겨질 환자들은 더 외로워지는 오후가 찾아온다. 각자 일상으로 돌아갈 시간이다. 주말의 방문자들은 다시 병원 밖의 일상으로, 환자들은 회진과 검사 결과에 하루에도 몇 번씩 천국과 지옥을 오가는 현실로.

일요일 오후에 나온 혈액 검사 결과, 양의 백혈구 수치가 조금 올랐다. 백혈구는 처음에 대한대학교병원에 왔을 때의 16만대에서 3천대까지 떨어졌지만, 며칠째 주춤하더니 오늘은 조금이지만 높아졌다. 거의 0까지 없어져야 할 숫자가 오르다니! 양의 생리가 좀 덜한지 확인하러 온 원석에게 금희가 물었다.

"선생님, 백혈구 숫자가 5,350, 4,410, 3,920으로 사흘째 잘 떨어지다 오늘은 다시 4,010으로 올랐네요? 우리 애, 괜찮을까요? 항암 치료를 시작한 지 2주 정도 지나면 백혈구가 거의 0으로 떨어진다고 하셨는데, 아직 너무 멀어보여서요. 오늘이 12일째인데. 이러다 관해가 안 되는 건 아닌지…."

"어머님, 너무 걱정하지 마십시오. 이 정도의 숫자 변화는 올랐다고 볼 수 없습니다. 4천대에 잠깐 머무르고 있다고 생각하시면 됩니다. 그리고 관해가 되든 안 되든 항암 치료를 하면 보통 2주 뒤에 백혈구와 과립구가 0에 가깝게 떨어집니다. 백혈구는 0이 안 될 수가 있어도, 과립구는 반드시 0을 칩니다."

"그러고 보니 과립구는 어제보다 내렸네요. 그래도 4일째 2천대예요. 아직 2,206인데 언제 떨어질지… 빨리 0이 돼야 할 텐데 초조하네요."

"하아. 하양 씨도 마음이 급해요? 서두르지 말아요. 과립구가 0으로 떨어지면 지금까지와는 비교도 못 할 무시무시한 후폭풍이 불어닥칠 겁니다."

"후폭풍…이요?"

"아, 이런! 미리 겁먹지는 말아요. 열이 펄펄 끓고 설사가 죽죽 나고 폐렴에 걸려서 가래가 그렁그렁하거나 등등 여러 가지 일이 벌어지겠지만, 제가 옆에 있으니까요. 그럴 때 도와드리려고 의사인 제가 여기에 주치의로 있는 겁니다."

"아하! 감사합니다. 매우 위로가 되네요. 하…하."

후폭풍… 원석이 무슨 말을 하는 건지 양은 감도 안 잡혔다. 병원에 간혀 작은 숫자들에 울고 웃는 자신의 상황이 그저 서글펐다. 하지만 여기에서는 모든 환자들이 양과 같았다. 혼자가 아니라는 사실이, 양에게 조금이나마 위로가 되었다.

원석이 나간 뒤, 양은 늦가을의 지는 햇살을 쬐기 위해 하얀 커튼을 걷고 침대 발치에 눈을 감고 앉았다. 화장실이 양의 침대 대부분을 가리기에 비스듬하게라도 햇빛이 들어오는 곳은 거기뿐이었다. 금희 역시 보호자 침대 발치에 앉아 양의 그림자를 품은 햇볕을 받으며 졸기 시작했다. 5호 영원희가 풋잠에서 깨어 눈을 떴을 때, 딸인 천사랑은 보호자 침대에 웅크리고 잠들어 있었다. 원희는 마음으로 딸을 다독거리고 투명 커튼 너머로 눈을 돌렸다. 처음에는 양의 침대 아래에 놓인 노란 좌욕기를, 잠시 뒤엔 검은 머리가 비죽비죽 돋는 양의 머리통을 바라보았다. 내 딸 같은 안쓰러움이 밀려들었다.

"거기, 젊은 아가씨는 어쩌다 여기에 왔누?"

이번에도 양은 자신에게 하는 말인지 알아듣지 못했다. 지난밤의 악몽을 걷어 내려 애쓰던 중이었고, 지난번에 들었던 5호의 혀 짧은 소리가 아니었기 때문이다.

"3호 아가, 자냐?"

"네? 저요?"

"응, 응. 아가, 어쩌다 여기까지 왔냐? 여긴 아가가 올 곳이 못 되는디."

"그게…."

양의 목소리에 깨어난 금희가 얼른 대답했다.

"우리 애가 배가 좀 아프고 불편해서요, 동네 병원에 갔더니 암이 의심된다고 피 검사를 해 보자네요? 설마설마했는데, 백혈병이라고 큰 병원으로 가래서 오게 됐어요. 아주머니는 어떻게 여기에 오시게 되셨어요?"

"우리 엄마는 사진을 찍으셨어요. 아버지랑 같이 사진관을 하셨는데,

작년부터 가슴이 눌리면 아프고 자꾸 어지러워서 검사를 받았다가 급성 골수백혈병 판정을 받으셨어요. 찾아보니 이 분야에서 반대로 교수님이 제일 유명하셔서 여기로 왔고요."

어느 틈에 일어난 사랑이 원희를 대신해 대답했다.

"어머님께서 연세가…?"

"올해 63세예요."

65세인 금희와 단 두 살 차이였다. 금희는 속으로 꽤 충격을 받았다.

"내가 이런 병에 걸릴 줄은 꿈에도 몰랐는디. 평소에 건강만은 자신했거든? 매일 새벽에 조깅을 했어. 감기 말고는 큰 병에 걸린 적도 없고."

"저도요! 저도 감기 말고는 아픈 적이 없었어요."

뜻밖의 공통점을 찾은 양이 놀라 맞장구치자 사랑이 덧붙였다.

"너무 속상해요. 우리 엄마처럼 착한 사람이 이렇게 나쁜 병에 걸리면 안 되는 거잖아요? 우리 엄마는 주말마다 경로당이나 양로원에 다니면서 영정 사진도 무료로 찍어드리고, 가난한 부부들한테는 웨딩 사진도 그냥 찍어 줬는데… 왜 이런 일이 우리 엄마한테 생긴 건지 모르겠어요."

"사랑이 말처럼 내가 죄 안 짓고 정말 열심히 살았는디. 쉬지도 못하고 1년 365일, 남들을 위해 돌아다녔는디. 이 나이에 몹쓸 병에 걸려서 미용사로 잘나가던 우리 사랑이꺼정 이 병실에 주저앉혔으니…."

"엄마, 그런 말 마. 난 엄마랑 이렇게라도 같이 있을 수 있어서 다행이야. 나랑 우정이가 골수도 이식해 줄 거야. 엄만 걱정 말고 치료만 잘 받으면 돼."

"그런 말 말어. 둘 다 앞길이 구만린데, 그랬다 몸에 탈이라도 나면 어쩌려고. 시집들도 가야 하는디 나한테 뭐하려 헛돈을 써."

"헛돈이라니! 엄마가 없으면 돈이 다 무슨 소용이야? 나 미용실에 다니면서 돈 많이 모았어. 그런 걱정 말고 잘 낫기만 해."

"집에 불이 났잖어. 새 집도 구해야는디."

그림처럼 보기 좋은 모녀라고 생각하면서 양이 물었다.

"아, 지난번에도 말씀하셨는데… 집에 불은 어쩌다 나셨어요?"

"우리 엄마, 이번이 2차 항암 치료세요. 한 번씩 치료를 받을 때마나 병원비가 수백만 원은 나오니까, 이번에는 마침 끝나는 예금도 있고 해서 미리 천만 원을 준비해 뒀거든요. 그런데 가족끼리도 다 알고 친하게 지내는 엄마 친구 부부가 갑자기 돈이 필요하다면서 그 돈을 빌려 달라는 거예요. 다른 것도 아니고 엄마 병원비를요! 전 반대했는데, 한 달 뒤에 꼭 갚겠다고 아줌마랑 아저씨가 번갈아가며 하도 조르니까 엄마가 그 말을 믿고 빌려 주셨어요. 친한 친구인 데다, 어차피 그 돈은 퇴원할 때 낼 거였으니까요. 그런데 한 달이 지나도 말이 없는 거예요. 이제 곧 엄마가 퇴원해야 하는데요! 그래서 제가 전화해서 빨리 돌려달라고 했어요. 그랬더니 하루 이틀을 계속 미루기만 하다가, 지난주부터는 아예 전화를 잘 받지도 않고 받으면 대뜸 욕을 하는 거예요! 어렵히 알아서 갚을 건데 어린년이 어른을 도둑 취급을 한다면서요. 어이없죠?"

"그래서 내가 직접 전화를 했는디, 글쎄 이것들이 나한테도 지금은 못 갚는다, 늦어지는 만큼 이자를 챙겨 준다는 데 뭐가 문제냐, 이렇게 나오는 거여! 이번에 쓸 내 병원비인 거 잘 알지 않느냐고, 돌려달라며 오히려 내가 부탁을 했어. 그래도 배 째라, 모르쇠인 거여! 오냐, 그렇게 나오면 경찰에 신고하겠다고 했는디… 그날 밤에 우리 집에 불이 난 거여."

"그 불로 집이 다 탔어요. 동생 우정이랑 둘이서 몸만 겨우 빠져나왔어요. 그날따라 늦게 들어오신 아버지가 자고 있던 우리를 깨워서 겨우 살았죠. 아니면 셋 다 자다가 죽었을 거예요. 경찰 말로는, 방화가 의심된다는데 CCTV가 없는 집 뒤의 사각지대에서 불이 시작된 거라 범인을 잡기가 어렵대요. 정말 죽여 버리고 싶을 정도로 화가 나요! 우리 엄마랑 그렇게 친했으면서… 흑, 어떻게 다른 돈도 아니고 우리 엄마의 병원비를… 그것도 단돈 천만 원 때문에 30년의 우정을 버리고 친구 집에 불을 지르다니 용서할 수 없어요. 제가 엄마를 돌보느라 지금은 참지만 엄마가 다 나으면 절대로 가만히 안 있을 거예요! 엄마, 우리 꼭 건강해져서 그 사람들이 땅을 치고 후회하게 만들자!"

"그려! 내가 아프니까 혹시 잘못되면 그냥 떼먹으려고 빌린 거 같은디. 지들 맘대로 안 된다고 내 새끼들을 죽이려고 들어? 내가 꼭 나아서 둘 연놈을 혼쭐을 내야지! 억울해서라도 이대로는 못 죽는다! 억울해서!"

"저도요!"

차르륵. 갑자기 원희 옆의 커튼이 활짝 열리더니 6호 함복수가 끼어들었다.

"저도 억울해서 이대로는 못 죽어요!"

"이궁. 애 엄마도 무슨, 억장이 무너지는 일이 있었수?"

"네. 저도 지금까지 눈물 나도록 착하게 살았거든요. 어려서 부모님을 잃고 친척집을 옮겨 다니며 자랐지만, 부모 없는 아이라서 저렇다는 소리를 안 들으려고 더 악착같이 바르게 살려고 노력했어요. 사무직으로 일하면서 또박또박 돈을 모았고, 착한 신랑을 만나서 아이도 둘 낳았어요. 다섯 살인 딸이랑 세 살인 아들을 기르면서 이제 좀 행복해지려나 싶었는데… 이런 불행이 왜 하필이면 나한테… 너무 끔찍해요!"

"언니는 암인 줄 처음에 어떻게 아셨어요?"

사랑이 물었다.

"어린 애를 둘이나 키우다 보면 정말 미친년처럼 정신이 없고 힘들거든요. 그래도 주말이면 애들을 시댁에 맡기고 남편이랑 등산도 다닐 만큼 건강했어요. 딱히 어디가 아프다고 느낀 적도 없어요. 그런데 올 초에 목에 작은 멍울이 생겼어요. 점점 커지길래 갑상선이 안 좋은가? 하고 동네 이비인후과에 갔더니 조직 검사를 해 보자더라고요. 다행히 단순한 염증이라고 해서 떼어 버렸는데 몇 달도 안 돼서 목의 다른 쪽에서 또 그런 멍울이 만져지는 거예요! 뭔가 불안해서 이번에는 좀 더 큰 지역 병원에 갔는데 조직 검사를 하더니 대한대학교병원으로 가라고 해서 왔다가 알게 됐어요.”

“그럼 언니는 림프종이세요?”

“네. T세포림프종이래요. 양다리 교수님이 그러시더라고요. 골수 이식을 해야 하는데, 아직 일치하는 사람을 못 찾았다고요. 제 상태론 평균적으로 1년 정도밖에 못 산다고요. 말이 돼요, 이게? 아직 애들이 다섯 살이고 세 살인데! 내 나이가 이제 서른일곱이에요. 평생 열심히만 살다가 이제 겨우 삶을 즐길 여유가 생겼는데, 행복이 이런 건가 싶었는데… 신이 있다면 나한테 왜 이러는지 달려가서 멱살이라도 쥐고 따지고 싶어요, 정말!”

“이긍, 속상해서 어쩌누….”

“그럼 언니는 이번이 몇 번째 항암이세요?”

“이번이 세 번째 항암이에요. 지금까지 관해가 안 돼서… 이번에는 꼭 암세포 비율이 5퍼센트 밑으로 떨어져야 하는데!”

주치의가 우리의 목표라던 관해! 양이 물었다.

“관해가 안 된 거면 지금 암세포 비율이 몇 퍼센트세요?”

“1차 항암을 하고 골수 검사를 하니 15퍼센트 정도가 남아서 퇴원을 못 하고 바로 2차 항암을 이어서 했어요. 관해가 됐으면 집에 가서 남편이랑 아이들도 보고 다음 항암을 위해서 한 달 정도 몸을 만들 시간을 가졌을 텐데 그러질 못했어요. 1차가 끝나고 일주일 만에 더 세게 2차 항암을 받았는데도 여전히 8퍼센트 정도가 남았대요. 관해가 돼야 보험이 적용된 골수 이식을 받을 수 있는데… 관해가 안 되면 골수 이식을 해도 실패할 확률이 높으니까, 이식하기 일주일 전부터 이식하고 2주 뒤까지 3주나 의료 보험에서 지원을 안 해 줘요. 그럼 이식비만 4천만 원 가까이 들거든요. 그것도 형제자매 중에 맞는 골수가 있을 때의 경우고, 저는 혼자라서 골수 은행에서 찾아야 하는데 아직은 저와 일치하는 사람이 없어요. 맞는 사람을 찾는다고 다 되는 것도 아닌 게, 기증 의사를 가지고 골수 은행에 혈액 샘플을 냈다가도 막상 실제로 전화가 가면 마음을 바꾸는 사람이 그렇게 많대요. 주겠다는 기증자들도 대부분이 직장에 다니거나 대만, 중국, 홍콩 등 해외에 있는 경우가 많아서 다들 하던 일을 멈추고 휴가를 내서 비행기를 타거나 기차를 타고 오고 가며 건강 검진을 받은 뒤에 골수를 뽑는 2~3일간 병원에 머물러야 하니 일정을 맞추기가 보통 어려운 일이 아니죠. 우리는 모두 1분 1초가 급한 사람들인데… 맞는 골수를 찾고도 공여자가 시간을 낼 수 있는 일정을 기다리다 죽는 사람도 봤어요."

"아…."

"근데 골수 이식을 받는 것도 난 겁나요. 여기 병원에서 이식 부작용으로 다시 입원한 사람들을 여럿 봤거든요. 1차 항암 때 4인실에서 내 앞에 있던 사람은 아랫니하고 윗니가 모조리 빠졌었고, 손톱이랑 발톱이 몽땅 빠진 사람도 봤어요. 으."

"그래도… 1차에서 2차 사이에 7퍼센트나 떨어졌으니까 이번에는 꼭 관해가 되실 거예요. 같이 힘내요, 우리."

진심을 담아 양이 말했다. 남의 일 같지 않은 마음은 모두가 같았다. 사랑도 따뜻한 응원을 건넸다.

"그래요, 언니. 아가들이랑 다시 건강하게 사셔야죠! 힘내세요!"

"고마워요, 다들… 남편은 회사랑 아이들 때문에 경기도의 집에 있고, 친정 부모님은 안 계시니 혼자 투병하면서 외로웠는데… 여기서 가족들이 간병해 주는 분들을 보면 부럽더라고요. 서럽기도 하고. 특히 3호 아가씨는 어머님이 돌봐 주시니 얼마나 좋아요. 옆에서 보면서 친정 엄마가 많이 그리웠어요."

금희가 조용히 눈물을 훔쳤다. 사랑이 안타까운 얼굴로 말했다.

"간병인이라도 두지 그러세요, 언니? 항암 치료 중에는 혼자서 화장실을 가기도 어렵잖아요. 병실에서 쓰러지는 사람도 많이 봤어요."

"남편이 그러자고 했는데, 내가 말렸어요. 차라리 그 돈으로 아이들을 돌봐 줄 이모님을 부르라고 했어요. 아직 어려서 엄마의 손길이 많이 필요한데… 어떻게 될지도 모르는 나한테 그렇게 돈을 쓰면 아깝잖아요. 우리 아이들한테 빚만 남기고 죽은 엄마가 되기는 싫어요."

"이궁… 어떻게든 살 생각을 해야는디."

"2차 항암이 끝나고 골수 검사 결과가 나오니까 교수님이 그러시더라고요. 80일 동안 고생이 많았으니 휴가를 주시겠다고요. 관해가 안 됐는데도 퇴원을 시켜 준다길래 전 그래도 이 정도면 많이 좋아졌나 보다 하고 뛸 듯이 기뻤어요. 근데 그게 아니라… 10일 동안 가족들과 행복한 시간을 보내고 아이들에게도 인사하고 오래요. 이번이 마지막이라 생각하고 마음을 단단히 먹고 들어오라고요… 그래도 제겐 너무나 소중한 10일이 주어진 거니까… 울면서 보내기엔 너무 아까운 시간이니까, 남편과 아이들에게 웃는 모습으로 기억되고 싶어서 가족들이랑 캠핑도 가고 사진도 찍고 정말 즐겁게 보냈어요. 아이들에게도 엄마가 옆에 없어도 마음으론 언제나 함께할 테니 아빠 말 잘 듣고 씩씩하게 지내야 한다고 손가락 걸고 도장 찍어서 약속했고, 남편한테는 내가 죽으면 좋은 사람을 만나서 재혼하라고 부탁했어요. 우리 아이들을 위해서라도, 엄마가 필요하잖아요. 다만 한 가지 마음에 걸리는 건, 아이들이 너무 어려서… 나를… 엄마를 아예 잊어버릴까 봐… 우리가 함께한 기억이 흐려져서 나처럼 엄마를 평생 그리워하면서 살까 봐… 그게 너무 마음이 아파요."

모두가 말이 없었다. 무슨 말을 건네도 위로가 안 된다는 사실을 알기에.

"…그래서 말인데, 만약에 이번에도 관해가 안 되면 정말 억울해서 가만히 안 있으려고요! 이대로는 못 죽어요! 엿 같은 이 세상에, 신한테 한 방 먹여야 속이 시원할 것 같아요. 병원을 탈출해서라도 뉴스에 나올 만큼 깽판을 치고 죽을 거예요. 다들 TV에서 절 보더라도 너무 놀라지 마세요. 호호."

"그래요, 언니! 그 마음가짐으로! 다시 건강해지는 걸로 우리, 세상과 신에게 복수해요! 파이팅!"

사랑의 다부진 말에 복수가 고개를 끄덕이며 작게 따라했다.

"파이팅!"

"파이팅!"

누군가 우렁차게 외쳤다. 1호 조용녀였다. 드르륵. 용녀의 커튼이 걷혔다. 간병인 김 여사와 잠깐씩 이야기를 나눌 때 말고는 하루 종일 잠만 자는 용녀였기에 모두가 놀랐다. 화장실도 늘 소리 없이 다녔기에 양은 용녀의 얼굴을 보는 것도 이날이 처음이었다.

"이모, 너무 오랜만에 얼굴을 보여 주는 거 아니에요? 후후."

사랑이 말했다. 사랑은 이모로, 언니로, 함께 병실을 쓰는 환자들을 다정하게 대했다.

"내가 좀 그랬지? 에이, 아파서 퉁퉁 부은 얼굴을 자주 봐서 뭐해? 가끔 봐야 반갑잖아. 안 그래? 크."

"그래서 그런가, 얼굴 보니 좋은디?"

원희가 헤벌쭉 웃었다.

"6호 동생, 동생이라고 불러도 되지? 이번에 가족들한테 행복한 기운을 잔뜩 받고 왔으니 좋은 결과가 있을 거야, 기운 내. 멀리 있어도 남편과 아이들이 얼마나 애타게 기다리고 있겠어… 나도 1차 때는 관해가 안 돼서 걱정을 많이 했는데, 2차에는 관해가 왔어. 화장실에 다녀올 때 말고는 밥도 안 먹고 영양제를 꽂은 채로 잠만 자는데도, 크. 그러니 나보다 젊은 동생은 분명히 나을 거야."

"고마워요, 언…니. 왜 나한테 이런 일이 닥쳤는지… 왜 내게만 이런 불행이 쏟아지는지 너무 답답하고 화가 나서 하루에도 몇 번씩 돌아 버릴 것 같았는데, 오늘 털어놓고 나니 힘이 많이 나요."

"그래그래. 사연 없는 무덤이 어디 있나, 가서 물어봐. 내가 여기서 만난 사람 중에 안 억울한 사람이 없어. 갑자기 마른하늘에 날벼락을 맞았는데, 그럴 확률이 얼마나 되겠나? 그러니 누군들 안 그렇겠어? 내가 이런 일을 당할 만큼 나쁘게 살진 않았는데, 도대체 왜 이런 일이! 하필이면 나한테 생겼을까? 하고 말이야."

"맞아요!"

복수가 고개를 세차게 끄덕였다.

"나는 매년 건강 검진을 꼬박꼬박 했고, 이제까지 별다른 이상이 발견된 적도 없을 정도니 당연히 건강하다고 생각했어. 근데 착각이었던 거지. 젊은 시절에 가진 거 하나 없는 남편한테 반해서 인권 변호사가 되고 싶단 꿈을 이뤄 주려고 식당일에, 파출부에, 바느질에 안 해본 일 없이 밤낮으로 뒷바라지를 하다 보니, 남편이 사법 고시에 떨어지고 떨어지던 끝에 법원 서기가 돼서 살림이 나아졌는데도 하던 버릇이 남아 집에서 편하게 쉴 수가 없더라고. 줄줄이 딸린 시동생에 셋이나 되는 애들을 키우려니 공무원의 수입으로는 여전히 빠듯하기도 했고. 그래도 내가 같이 뛴 덕에 우리 남편이 바라던 떳떳한 공무원이 될 수 있었지. 우리 집의 가보는 남편이 은퇴할 때 받은 '청렴한 공무원' 상이야. 그래도 계절마다 꽃놀이, 단풍놀이도 다니고, 지역 축제도 찾아다니고 재미나게 살았어. 그런데 작년에 갑자기 한여름에 감기가 오더니 한 달이 넘도록 안 떨어지는 거야. 그냥 몸이 좀 약해졌나 하고 홍삼도 챙겨 먹고 몸에 좋다는 건강식품도 사다 먹다 보니 어물쩍 넘어갔어. 근데 겨울이 되니까 약을 먹고 동네 병원에 가서 주사도 맞고 치료를 받는 데도 좀 덜한가 싶으면 다시 심해지고를 반복하다가 두 달이 넘도록 감기가 안 떨어지는 거야. 이미 병이 와 있었던 거지."

"이모도 우리 엄마처럼 급성골수백혈병이죠?"

"응. 급성골수백혈병 안에도 종류가 많으니까. 나는 전골수성이라서 이식을 안 하고 항암 치료만 해도 된다는 M3인데, 항암도 어디 쉬운 일인가? 초기에는 오히려 M3가 급성골수백혈병 중에서 제일 위험하대. 그래도 5호 언니나 나나, 우리는 결혼도 하고 애도 낳아 보고 살만큼 살았어. 아직 앞날이 창창한 6호 동생이나 3호 아가씨, 4호 아가씨가 잘 나아야지."

"이궁. 내 옆에 20대 아가도 갑자기 쓰러져서 왔다는디, 안쓰러워 죽겠어, 아주."

"그러게 참, 4호는 무슨 백혈병이래요? 아버지가 간병하는 거 같던데?"

복수가 묻자마자 4호 커튼이 쫙 열리더니 보호자 이기대가 나왔다.

"그런 무서운 말 하지 마세요! 우리 연두는 백혈병이 아니에요! 골수이형성증후군이라고, 골수 기능에 잠깐 이상이 생긴 것뿐이에요! 항암도, 안심해 교수가 딱 한 번만 받으면 된다고 설득해서 들어왔습니다. 지금 약혼한 상태라 이번에 나가면 곧바로 결혼식도 올려요. 여기에 오래 있을 아이가 아닙니다."

"아빠…."

다른 환자들과 선을 긋는 기대를 말리는 4호 이연두의 가냘픈 목소리가 커튼 너머로 들렸다.

"천만다행이네요. 그런데 제가 처음 들어 봐서요… 골수이형성증후군? 처음에 어떻게 병원에 오셨어요?"

금희가 물었다.

"특별한 증상은 없었지, 연두야? 내 생각에는 연두가 요즘 너무 무리해서 그런 것 같습니다. 20대 초반부터 화장품 회사에서 오래 일했어요. 최근에 능력을 인정받아서 대리로 승진도 했습니다. 일하는 곳이 인천의 지점에서 서울의 본사로 바뀌다 보니 멀리 출퇴근하게 됐고 소속된 팀도 바뀌어서 업무에 새로 적응하느라 애먹었죠. 동시에 결혼 준비까지 하면서 다이어트도 심하게 했고. 너, 다이어트를 너무 지나치게 한다고 아빠가 말렸었지?"

"웨딩드레스가 안 맞는 걸 어떡해. 결혼식 날에 예뻐 보이고 싶었단 말이야, 힝. 남이 보고 싶다!"

불행은 너무나 일상적이다. 회사에서 스트레스를 안 받고 결혼 전에 살을 안 빼는 여자가 얼마나 되겠는가. 평범한 하루하루를 살다가 그런 날을 더 이상은 맞을 수 없는 어느 날의 시작. 어쩌면 다시는 어제와 같은 일상이 없으리라는 비극을 받아들여야 하는, 커다란 불행조차 그랬다.

"안 그래도 배 서방이 모레 오기로 했으니까 이틀만 참아."

"정말?"

"그래."

"와, 신난다!"

"으이그. 그렇게 좋아?"

"사랑하니까! 그래도 아빠만큼은 아니구우."

"신남이는 사위 될 녀석이에요. 자기가 연두를 돌보겠다고 그렇게 우겼는데, 내가 안 된다고 했습니다. 아무리 결혼할 사이라도 이렇게 아픈 노습을 보여서 좋을 것도 없고… 뭣보다 아직은 결혼 전이고 내 딸이니 나랑 아내가 책임져야죠. 아무튼 우리 연두는 백혈병이 아니고 일시적인 증후군이라서 곧 여기서 나갑니다."

"부럽네요, 정말."

금희가 말했다.

"전 단계, 배혀벼 저 다계래쪄요."

조금 전까지도 멀쩡하던 원희의 말투가 어린아이로 변하며 갑작스레 어눌해졌다.

"뭐라고요?"

기대가 인상을 찡그리며 짜증 섞인 소리를 질렀다.

"아저씨! 우리 엄마, 말투가 이럴 때도 문자를 치거나 글을 쓰면 아무렇지 않거든요? 울 엄마의 머릿속은 완전히 정상이니 그렇게 야단치듯 소리치지 마세요!"

"아니… 난 그냥… 잘, 못 알아듣겠어서. 미안합니다."

"엄마, 이제 그만 쉬자."

휙. 사랑이 커튼을 닫았다. 커튼 사이로 중얼거리는 원희의 목소리가 새어 나왔다.

"배혀벼이 되 수도 이느디… 조시, 조시해야 하느디요."

"알아, 엄마. 백혈병으로 진행될 수도 있는 거. 그래도 저 친구는 괜찮을지도 모르고, 미리 알려 준다고 고마워할 일도 아니니까 우리끼리만 알고 있자."

"으, 으. 아라쪄요."

어색해진 분위기 속에 복수는 다시 드러누웠고, 용녀는 녹색 소변대와 투명한 소변통을 챙겨 화장실로 갔다. 기대의 겸연쩍은 뒷모습을 보며 양도 하얀 커튼을 닫았다.

모두가 어제까지 평범한 하루를 살던 사람들이었다. 나에게 이런 일이 생기리라고는 상상도 못한 채 건강을 자신하던. 10만 명 중에 한두 명이라는 확률에 포함되기에는 착한 사람들. 연쇄 살인범도 아니고, 테러리스트도 아니고, 질 나쁜 사기꾼도 아니다. 그렇다면 우리는 왜 여기에 왔는가. 아무런 이유 없이 그저 인생의 제비뽑기에 운 나쁘게 걸린 건가. 신의 짓궂은 장난인가. 이날 양은 6인실에 모인 사람들의 이야기에서 하나의 공통점을 발견했다. 주어진 삶을 열심히 산 사람들. 그러나 모두가 지나치게 최선을 다하며 살았다. 자기 몸을 돌보지 않고.

첫 직장에 들어갔을 때 대학 은사인 정우성 교수가 한 말이 양에게 떠올랐다.

"회사는 어때? 일은 잘하고 있어?"

"네. 최선을 다하고 있습니다!"

"하하. 이거, 이거 크게 잘못하고 있구만? 회사일은 최선을 다하는 거 아니야. 적당히 하는 거지."

"네? 적당히요?"

"그래. 적당히. 하하."

"적당히. 그게 제일 어려운 것 같아요, 교수님."

"그렇지? 잘 모르겠으면 그냥 무리하지 마. 대부분의 일은 조금 더 잘 되거나 조금 못 되거나, 그 정도의 차이야. 무리하면 언젠가 탈이 나."

그때의 양은, 사회로 첫발을 뗀 제자의 긴장을 풀어 주려는 스승의 배려 섞인 말이라고 받아들였다. 하지만 뒤돌아보니 그 말이 맞았다. 적당히, 무리하지 말아야 했다. 살아서 여기를 나간다면 양은 이제 더 이상 최선을 다해 살지 않으리라 다짐했다.

덧붙여 깨달은 또 하나. 스스로 생각하기에 양은… 저들과 달랐다. 나는 저 사람들처럼 착하게 살아오진 않았어. 그렇다고 나쁜 사람은 아니라고 믿고 싶지만. 세상을 배우면서부터, 비겁하게는 살지 말자고 다짐했던 양이었다. 어쩌면 그로 인해 누군가에겐 건방지고 못된 인간이 되기도 했다. 하지만… 내가 옳다고 믿었던 길이 정말 옳았을까? 최선이라고 골랐던 길이 과연 최선이었을까? 양은 이제 확신할 수 없었다. 때로는 후회할 줄 알면서도 돌아설 수 없는 갈림길을 만나기도 했다. 그중에서도… 양은 호수의 심장을 산산조각 낸 죄만으로도 어쩌면 이런 벌을 받을 만하다고 생각했다. 죽기 전에, 더 늦기 전에 진심으로 사과해야 할 사람들이 있었다. 양은 호수의 번호를 찾았다. 어느새 병실에 어둠이 내리고 있었다. 저녁이었다.

"호수야."

한참을 고민하던 양은 짧게 메시지를 보냈다. 조금 기다리자 답이 왔다.

"왜?"

"나."

"응?"

"백혈병이래."

잠시 침묵하던 호수에게서 말이 쏟아졌다.

"뭐?"

"……."

"네가 왜!"

"……."

"진짜야?"

"……."

"너한테 왜 그런 일이 생겨? 말도 안 돼! 뭔가 잘못된 거 아니야?"

양은 그제야 대답했다.

"너한테 잘못해서 벌을 받나 봐, 나. 내가 너한텐 심장이라고 했었는데… 그렇게 아프게 하고 돌아서서… 미안해."

"넌 나한테 그런 말 안 해도 돼. 미안하다는 말 안 해도 돼, 넌."

"그러면 내가 더 미안하잖아… 정말 미안해."

"다 괜찮아, 난. 너니까."

그래, 호수는 이런 사람이었지… 양은 눈물이 핑 돌았다. 호수는 양에게 약속된 운명이었다. 세하가 다가오기 전까지는.

"더 늦기 전에… 꼭 직접 말하고 싶었어. 넌 좋은 사람이니까 나보다 착한 여자 만날 거야. 행복해야 해."

호수는 말이 없었다. 양은 어떤 일이 있어도 절대로 호수를 떠나지 않을 사람이 나타나기를 진심으로 빌었다.

1시간쯤 지났을까. 호수가 SNS로 신문 기사를 하나 보내왔다. 백혈병 치료 분야에서 권위자라는 의사의 인터뷰였다.

"이 사람한테 간 거지? 찾아보니 이 병원이 백혈병 치료를 잘한다."

"아니… 난 지금 대한대학교병원이야. 이미 항암 치료로 들어가서 바꾸기가 어려워."

"의사가 누구야?"

"안심해 교수님. 혈액종양내과 전문의야."

"안심해… 환자에 따라 맞춤 치료가 중요하다고 생각하는 의사구나."

"아, 그래? 찾아봐 줘서 고마워."

"항암 치료라… 많이 심각한 거야?"

"말기… 너무 늦게 왔나 봐. 나한테 이런 일이 생길 줄은 꿈에도 몰랐는데."

"양아, 손 쓸 방법이 아예 없는 건 아니지?"

"좀… 어려운가 봐. 6개월 안에 골수 이식을 해야 살 수 있다는데… 거기까지 갈 수 있을지도 잘 모른대."

"어떤 의사가 그런 무책임한 말을 해! 넌 반드시 살 거야. 치료가 힘들어도 이를 악 물고 견뎌 내. 알았지?"

"……."

"내 골수를 줄게. 넌 아무 걱정하지 마."

"뭐? 그런 소리 마. 내가 어떻게 너한테 골수를 받아… 그럴 수는 없어!"

"난 건강하니까 괜찮아. 골수 좀 많이 빼서 너 줘도. 그러니 치료 잘 받고 있어. 내가 알아서 할게."

"아니야. 그러지 마! 우리 오빠가 주기로 했어. 마음만으로도 정말… 정말 너무 고마워."

"내가 안 괜찮아."

그 말을 끝으로 호수는 말이 없었다. 양이 잠시 멍하게 앉았는데 대양에게서 전화가 왔다.

"오빠, 이 시간에 왜 전화했…?"

"호수한테 말했다며? 왜 그랬어!"

병을 알고 나서 처음으로 대양은 양에게 화를 냈다.

"그 사람… 내가 죽은 줄도 모르고 혹시라도 날 기다릴까 봐. 그래서, 그래서 이젠 정말 마음을 정리하라고… 말한 거야. 사랑했던 사람이잖아. 헤어지면서 미안하다는 말도 제대로 못해서… 냉정할수록 서로를 위한 거라고 생각해서 그런 건데 너무 못되게 굴어서. 마지막 인사도 하고 싶었어."

"…그래도 이건 네가 잘못한 거다. 그냥 모른 채로 살게 됐어야지. 자기가 골수를 주겠다, 어떻게 하면 되느냐, 지금 당장 골수 검사를 받겠다고 나한테 전화가 왔다. 골수가 아니라 피 검사로 확인이 가능하고, 내가 이미 검사를 받았으니 일단 기다려 보라고 겨우 말렸다."

언제나 양의 편이지만 그렇기에 솔직하게 말하는 대양이었다. 3년 전, 호수와 헤어진 양에게 자신은 그래도 계속 호수와 형과 동생 사이로 지낼 거라던 대양이었다.

"네가 서운해도 어쩔 수 없다!"

양에게 화가 나서 그러나 진심으로 대양은 말했다. 대양만큼은 아니었지만 양의 선택에 다른 사람들도 모두 충격을 받았다. 세하에 대한 양의 흔들림을 느꼈던 절친 중 누구도 양이 정말로 호수와 헤어지리라 예상한 사람은 없었다. 모두가 듣고도 믿지 못했고, 그래서 세하를 미워했다. 그때, 함께하던 호수보다 혼자일 세하에게 더 마음이 쓰이던 그 순간부터, 내가 어떻게 해야 했을까. 양은 여전히 답을 찾지 못했다.

"자?"

이날 밤늦게 도착한 호수의 메시지에 양은 놀랐다. 뭐라고 해야 하나 고민하는데 양이 읽었음을 확인한 호수가 말을 이었다.

"나 지금 대한대학교병원 벤치야."

"뭐? 왜 왔어! 이렇게 늦은 시간에."

"그냥 집에 가만히 있을 수가 없어서."

"…여긴 면회가 안 돼."

"알아. 넌 마음 쓰지 마. 내가 오고 싶어서 온 거니까."

"네가 이러면 내가 말하지 말 걸 후회되잖아…."

"아냐. 잘 말했어. 그런 생각하지 마."

"……."

"양아, 힘내. 이 말, 하러 왔다. 얼굴은 못 보지만 가까이에서 말하고 싶어서."

"……."

"힘내! 내가 헌혈을 더 열심히 할 테니까."

"헌혈?"

"너 수혈을 많이 받아야 하잖아. 기사에서 봤다. 내가 O형이고 넌 AB형이니까 여기 대학로 헌혈카페에서 하면 너한테 갈 수도 있잖아. 그래서 전혈도 시작했어."

"전혈?"

"특정 성분만 뽑는 거야. 4시간 정도가 걸리고 노랗던데?"

"아… 그거 혈소판이라고 해. 마음은 고마워. 근데 그러지 마."

"내 피니까 내가 알아서 할게."

"아니, 네 피가 내게 오진 못해. 나도 병원에 와서 알았어. O형은 다른 혈액형의 사람 모두에게 피를 줄 수 있고, AB형은 다른 모든 혈액형의 피를 받을 수 있다던 네 말, 사실이 아니었어. 각자 자기와 같은 혈액형의 피만 수혈받을 수 있어. 나는 RH+ AB형의 피만 맞아. 더구나 같은 혈액형의 피도 미리 내 피와 반응시켜서 안 부딪치고 문제가 없는 피만 맞고. 그러니까 그러지 마. 그러면 내가 너무…."

"그만. 넌 낫는 것만 생각해. 알았지? 헌혈은 내가 알아서 할게."

"그래도…."

"늦었다. 얼른 자. 난 그냥 여기에 좀 더 앉아 있다 갈게."

잘못했나? 난 그저… 진심으로 미안하다는 말을 꼭 하고 싶었던 것뿐인데… 내가 준 상처가 조금이라도 아물었으면 해서… 호수의 골수는 절대로 안 받아! 받을 수 없어! 그리고 받을 수조차 없을 거야. 아마도 나는… 그전에 죽을 거야. 양은 뒤늦게 후회했다. 차라리 호수가 모르는 게 나았을지도 모르겠어. 호수를 걱정하며 양은 또 다른 악몽으로 빠져

들었다.

    월요일. 병원이 다시 살아 움직이고, 검사 결과에 울고 웃는 환자들의 하루도 돌아왔다. 메스꺼움과 노루 발자국은 거의 사라졌다. 땀은 원인을 알 수도 없고 해결할 방법도 없었기에 남은 문제는 생리였다. 시작하고 일주일 안에 끝을 맺는 보통의 경우와 달리, 12일째 생리가 이어지고 있었다. 손전등 간호사가 밤새 양이 사용한 생리대 수와 흘린 피의 양을 적어서 돌아가자 곧 원석이 왔다. 양은 원석의 얼굴을 보자 안심이 되면서도 부끄러웠다. 아무리 의사라고는 하지만 또래의 남자에게 생리대의 숫자가 일일이 보고되고 관찰당하고 있다니. 그래도 아직까지는 원석이 간호사들처럼 양의 소변이나 대변, 생리대를 직접 들여다보진 않으니 그나마 다행이었다.

    "선생님! 저 생리가요."

    "네, 얘기 들었습니다."

    "이대로 괜찮을까요?"

    "아직은 걱정할 단계는 아닙니다. 이 병동의 2인실에는 한 달째 생리를 하는 20대의 여자 환자도 있어요."

    "한 달이요? …거기에 비교하면 전 아직 양호하네요."

    "그렇죠?"

    "네. 근데 20대 여자 환자면 한창 귀엽고 어릴 땐데… 힘들겠어요. 백혈병에 걸리다니. 선생님께서도 아무래도 마음이 더 쓰이시겠어요."

    "글쎄요, 전 30대 밑으로는 여자로 안 보여서요."

    "네? 아, 네."

    "생리가 길어지면 안 좋은 건 사실이니까, 지혈제를 처방해 드리겠습니다. 하루에 약 한 알을 더 먹는 거지만, 확실히 생리는 줄어들 겁니다.

다만 자칫하면 혈관 내 혈액까지 응고될 수가 있기 때문에 교수님께 상의 드려서 복용량을 신중하게 결정하겠습니다."

"네. 감사합니다!"

점심부터 지혈제가 나왔다. 캡슐에 반쯤 채워진 약간의 가루를 더 먹을 뿐인데, 과연 효과가 있을지는 기다려 보는 수밖에 없었다.

이날 오후, 배선실에 다녀온 금희가 말했다.

"간병인들이 한턱내라고 어제부터 난리야. 응급실에서 사흘 만에, 2인실도 안 거치고 바로 6인실로 오는 건 엄청난 행운이라고 말이야. 다른 보호자들의 얘기를 들어보니 응급실에서만 일주일 가까이 기다린 사람도 있긴 하더라. 여기 와서 6인실에 자리가 날 때까지 또 2주일 넘게 기다린 사람들도 많다네? 1인실이나 2인실에 들어와서 기다리는 사람부터 4인실이나 6인실로 갈 자격을 주니까 비싸도 미리 들어와 있을 수밖에 없대. 6인실은 의료 보험이 돼서 하루에 병실비가 만 원 정돈데, 2인실은 10만 원이 넘고, 1인실은 40만 원 가까이 하니까 우리가 운이 좋았어."

행운이라는 말. 운이 좋았단 말. 동네 내과에서부터 여러 번 들은 표현이었다.

"그러게, 행운인가? 엄마, 내 신용카드를 드릴 테니까 식사라도 한번 내요."

"괜찮아. 돈은 나한테도 충분히 있어. 그보다 나는 그 사람들이 별로 마음에 안 드네? 간병인들이 환자 옆에는 안 있고 노상 자기들끼리 모여서 웃고 떠들고 밥 먹고 하더라. 환자가 밥을 안 먹으면 어떻게든 먹이려고 애를 쓰는 게 아니라 기다렸다는 듯이 그 밥을 가지고 나와서 자기가 먹어. 환자들이 밥을 거의 남기니까, 대부분은 아예 자기 밥을 안 준비하고 그냥 그걸 먹는 거야. 그러니 환자들이 밥을 안 먹을수록 자기들의 입장에서는 더 반갑지. 보호자라면 그러겠어?"

"에? 환자들은 면역력이 약해서 폐렴이나 장염처럼 전염병에 걸린 사람도 있는데, 환자가 남긴 밥을 먹는다고?"

"그래! 심지어 반쯤 남은 국까지 다 마시더라고. 나는 비위가 약해서 옆에서 보는 데도 싫더라. 다른 보호자들 중에도 자기 환자가 남긴 밥을 먹는 사람도 있긴 하더라만, 그건 가족이니까. 근데 그것도 경쟁이 심하대. 가끔 노숙자들이 와서 간병인들이 나중에 먹으려고 챙겨둔 밥을 몰래 훔쳐 먹고 간다더라."

"환자가 남긴 밥을 먹으려고 노숙자들이 여기 11층의 배선실까지 올라온다고?"

"그래. 그래서 바로바로 다 먹어야 된대. 24시간 근무긴 하지만 주말에는 쉬고 평소엔 환자 옆에서 누워 자거나 TV를 보거나 배선실에 왔다갔다 수다를 떨면서 한 달에 200만 원씩 받아. 보호자들은 한 달에 몇백만 원씩 나오는 병원비에다 간병비까지 버느라 허리가 휜다는데… 우린 간병인을 안 쓰길 잘했다 싶더라! 하는 행동들을 보고 나니까 이제는 더욱 양이 너를 간병인한테 맡길 수가 없어. 힘들어도 내가 끝까지 돌볼 거야."

"아… 엄마, 그래도 계속 조른다면서… 괜히 불편하잖아. 그냥 밥 한번 사세요. 그분들도 하루 종일 환자 옆에만 있으면 얼마나 답답하겠어. 가족도 아닌데. 게다가 누구든 형편이 좋으면 세균이 득실거리는 병원에 틀어박혀 아픈 사람 옆에서 시중들거나 굳이 남이 남긴 밥을 먹겠어? 직업이라고 생각하면, 간병인들도 이해는 가. 남인데 가족처럼, 보호자처럼 하기를 기대할 수는 없지. 사람에 따라서도 다 다르고. 조용녀 아줌마를 돌보는 분은 거의 자리를 안 비우시잖아. 도란도란 얘기도 나누시고. 좋은 분도 계셔."

"듣고 보니, 1호 간병인은 배선실에서 한 번도 못 봤네? 그래, 겪어 보니 아픈 사람을 돌보는 게 쉬운 일은 아니더라…. 어쨌든 고생하는 사람들이 족발 좀 사달라는데, 한 번 시키지 뭐. 생각난 김에 지금 바로 갔다 올게. 마침 오후니까 출출하겠네."

"잘 생각했어. 다녀와요."

혼자 남은 양이 책을 읽기 시작하는데, 조용해서 자는 줄 알았던 2호의 목소리가 들렸다. 이쪽 커튼에 대고 얘기하는지 소리가 울렸다.

"동생, 그날 기억나나?"

"언제 말이우?"

"왜 그날 말이야. 이 병실에서 사람이 죽어 나가던 날!"

"으. 그날 정말 무서웠수, 언니. 난 벌벌 떨었잖수."

"숨이 끊어지기 전까지도 난리였지만, 사람이 죽었는데 새벽이라 못 옮긴다고 시체를 옆에 두고 하룻밤을 자라는 게 말이 되나? 하이고. 내가 그날만 생각하면 아직도 오금이 저린다니까?"

"간호사, 지들이 송장 옆에서 자 보라지. 의사들도 다들 도망칠걸?"

"아무렴. 아무리 대기자가 줄줄이 기다리던 6인실이라도 그 자리에 들어올 사람이 누가 있겠는가? 없지. 제정신이 박힌 사람이면 오늘 병자가 죽어 나간 자리로 올 사람은 없네. 그런 소식은 병동 안에 곧바로 퍼지거든. 그러니 어쩌겠는가. 아무것도 모르는 3호를 응급실에서 데려다 채운 거지. 그것도 모르고 행운이랍시고 한턱을 내러 간다니, 얼마나 어리석은가. 쯧쯧. 내가 보기엔 이 병실에서 3호가 제일 중환자라니까?"

사람이 죽어 나간 자리에 들어온 중환자. 이건 누가 봐도 양에게 들으라고 하는 말이었다. 내가 오던 그날에 사람이 죽었다는 거지? 지금 내가 앉아 있는 바로 이 침대에서. 흠칫, 양의 몸이 떨렸다. 의료진이 달려오고 숨이 넘어가고 가족들이 달라붙어 울면서 아무리 불러도 말없이 누워 있는 시체가 눈앞에 생생하게 떠올랐다. 이건 분명한 적의였다. 양을 괴롭히려는. 이유가 무엇이든 이 싸움에서 져서는 안 됐다. 양은 냉정하게 마음을 가다듬었다. 이성적으로 생각해. 그래서 뭐? 달라지는 건 없어. 솔직히 이 병동에서 사람이 안 죽어 나간 자리가 어디 있겠어? 단지 그게, 내가 오던 그날이었을 뿐이야. 양은 스스로를 설득했다. 그러자 하나의 고민이 남았다. 그런 사실을 다 알면서도 운이 좋았으니 한턱내라고 금희를 들볶은 간병인들을 어떻게 용서할 것인가. 일단은 할 수 있는 일부터 처리하자. 커튼에 귀를 대고 이쪽의 반응을 기다리는 자를 불편하게 만드는 방법은 침묵이었다. 양은 눈을 박고 무섭도록 책에 집중했다.

1시간쯤 지나자 금희가 돌아왔다.

"내길 잘했어. 글쎄, 족발이 오니까 배선실에서 먹으면 다른 사람들한테 나눠 줘야 하니 얼마 못 먹는다고, 비상계단으로 가자는 거야. 간병인 서너 명이서 거기 계단에 쭈그리고 앉아서 걸신들린 듯이 먹는데, 안됐더라. 나더러도 먹으라고 권하는데 많이 먹으라 하고 나는 그냥 몇 점 맛만 봤어."

그래, 이미 끝난 일이야. 양은 혼자만 알고 묻기로 했다.

"잘했어. 다시 또 조르지는 않겠지. 그래도 그분들하고 친하게 지낼 필요는 없을 거 같아."

"응? 왜?"

"그냥. 안 그래도 힘든 보호자한테 밥을 사라고 조른다는 게 좀 그래."

"그러네. 알았어. 적당히 거리를 둘게."

이날 밤, 양은 지독한 악몽에 시달렸다. 말기 판정을 받으면서부터 시작된 악몽은 잊을 만하면 찾아와 양을 괴롭혔다. 처음에 양은 정글 속 버려진 정거장에 홀로 서서 오지 않을 열차를 기다렸다. 살짝만 움직이면 닿을 거리에서 뱀들이 온통 주위를 둘러싸고 혀를 날름거렸다. 큰 뱀, 작은 뱀, 징그러운 무늬가 있는 뱀부터 독이 있는 살모사까지. 온갖 종류의 뱀이란 뱀이 뒤엉켜 양을 노려봤다. 어떤 날은 사막 한가운데에 있는 유리통에 갇혔다. 팔다리에 털이 숭숭한 축구공만 한 거미들이 바깥에 우글거렸다. 양의 키 높이를 살짝 넘긴 유리통의 위쪽은 덮개가 없어서 거미들이 유리를 타고 올라오면 양의 머리 위로 떨어질 판이었다. 거미들이 하나둘 다가와 유리벽을 두드리기 시작했다. 온몸에 돋는 소름의 감촉까지도 너무나 생생한 꿈이었다. 어제는 병원 침대에 누워 있는 양의 팔과 다리, 얼굴과 가슴, 온몸의 피부에서 검은 무당벌레가 돋았다. 금세 양은 온몸이 검은 벌레로 뒤덮인 거대한 벌레로 변신했다. 끔찍했다. 그렇게 그동안은 꿈에서 늘 옴짝달싹 못하던 양이었다.

그런데 이날은 그나마 처음으로, 움직일 수는 있었다. 여전히 벗어날 수 없는 손아귀에서 달아나는 신세였지만. 을씨년스러운 회색 시멘트 건물이 어둠 속에 덩그러니 서 있었다. 지하 몇 층 어딘가에서 양은 사람들의 비명을 들으며 어디론가 달리고 있었다. 어떻게 알았는지는 몰라도, 이 건물 어딘가에 칼을 휘두르는 살인마가 있었다. 어디로 가도 검붉은 피로 물든 사람들이 신음을 하거나 무서운 모습으로 쓰러져 있고… 양은 건물 밖으로 나가야 살 수 있다는 생각을 했다. 마침내 바깥으로 뛰쳐나왔을 때, 양은 4층 꼭대기까지 건물 앞면 전체를 덮으며 쌓여있는 시체 더미를 보았다. 사람들에게서 흘러내린 피가 끈적한 웅덩이를 이루고 있었다. 양이 도망가려면 발을 내딛어야 할 바로 그곳에. 스르륵, 다리에 힘이 빠지는 순간, 얼굴이 가려진 검은 옷의 남자가 나타나 초승달 모양으로 생긴 큰 칼을 양의 머리 위로 치켜들었다.

헉! 양은 소스라치게 놀라 깨어났다. 온몸은 언제나처럼 땀으로 흠뻑 젖은 상태였다. 여기는 수용소야! 죽음이 마구잡이로 칼을 휘두르는 곳. 누가 언제 어떻게 사라질지 모르는 죽음의 수용소. 빅터 프랭클의《죽음의 수용소에서》가 떠올랐다. 빅터는 2차 세계대전 때 아우슈비츠로 끌려갔던 유대인이었다. 그도 이런 마음이었을까? 아우슈비츠에서는 사람들의 머리를 밀고 이름 대신 부를 번호를 팔뚝에 문신으로 새겼다. 그곳에서 죽음은 언제나 모두의 곁에 도사렸다. 대학 시절, 빅터의 이야기를 읽었을 때 양은 인류의 비극으로 가슴 아프게 받아들였다. 그러나 나의 일이라고 온전히 느끼지는 못했다. 거리감이 충분했기 때문이다. 책을 읽던 그때의 양은 건강했고 편안한 방에 앉아 안전한 하루하루를 살고 있었으니까. 그러나 지금… 죽음이 매 순간 노리고 있다는 점에서, 양도 빅터와 같았다. 그가 어떻게 하루하루를 버텼더라? 기억이 흐릿했다. 버리지 않았다면 분명 옥탑방의 어딘가에 있을 거야. 빅터는 결국 살아남았지. 그 책을 찾아야 해. 양은 빅터를 생각하며 가까스로 꿈에서 벗어났다.

천장에서 쏟아지는 찬바람에 불현듯 온몸이 떨려 왔다. 축축해서 이대로는 다시 잠들 수가 없었다. 땀에 전 환자복은 물론 속옷까지 갈아입어야 했다. 하루에 다섯 벌. 이즈음 양이 받을 수 있는 환자복의 최대치였다. 땀이 나기 시작하는 저녁부터 새벽까지 시간을 잘 나눠야지, 자칫하면 젖은 옷으로 다음날을 보내야 했다. 양은 이미 저녁에 한 번 갈아입었고 네 번의 기회가 남아 있었다. 침대 옆 탁자에는 잠들기 전에 금희가 미리 받아 온 환자복이 하나 놓여 있었다. 히크만 때문에 옷을 갈아입으려면 도움이 필요했다. 금희를 깨울지 말지 고민하며 양은 시간을 보기 위해 폰을 열었다. 새벽 2시 14분. 몰랐는데, 어젯밤 12시가 다 된 시간에 메시지가 하나 와 있었다. 세하였다.

"이번에 퇴원하면 누나 고향으로 같이 여행 한번 다녀오자."

진심이라고 해도, 예의라고 해도, 연민이라고 해도… 세하의 말이 양을 뒤흔들어 꾹꾹 참았던 슬픔을 터트렸다. 과연 우리가 다시 볼 수 있을까? 함께 그곳에 갈 수 있을까? 눈물이 땀에 젖은 양의 얼굴을 적셨다. 한참을 소리 없이 울고 나서 양은 세하 대신 이준호에게 메시지를 보내기로 했다. 준호가 양에 대해 세하에게 얼마나 자세히 들었는지는 알 수 없었다. 1년 만에 보기로 했던 세하가 어떤 마음인지 모르기에 양은 조심스레 메시지를 썼다.

"준호야, 나 하양이야. 늦은 시간에 미안해. 아침에 이 메시지를 보면, 세하 좀 챙겨 줄래…? 들었는지 모르겠는데, 내가 백혈병 진단을 받았어. 세하는 밝고 강한 사람이니까 흐트러짐 없이 자기 생활을 잘 알아서 하겠지만… 그래도 가까이 알았던 사람이 갑자기 큰 병에 걸려서 아프다고 하면 마음이 안 좋을 수 있으니까, 걱정이 돼서… 가능하면 세하 옆에 자주 같이 있어 줘. 그리고 혹시라도 내가 잘못되면… 너무 힘들어하지 않게… 세하를 잘 부탁해."

새벽 4시가 가까운 시간이었음에도 준호에게서 답이 와서 양은 놀랐다.

"누나, 세하한테 누나가 아프다는 말을 듣고 엄청 놀라고 슬펐어. 세하는 걱정하지 마세요. 제가 옆에 있을게요. 세하는 아마… 괜찮을 거예요. 지금은 세하보다 누나를 걱정할 때인 것 같아요. 힘내세요!"

"응, 고마워."

준호는 세하의 가장 친한 친구였다. 준호의 답을 거듭 읽을수록, 양에 대한 세하의 마음은 한때 알았던, 아꼈던, 좋아했던 사람에 대한 동정심처럼 느껴졌다. 더구나 준호의 말이 맞았다. 양이야말로 말기 암 환자가 아닌가. 걱정할 사람은 바로 자신이었다. 내가 오지랖이 넓었어. 세하는… 그래, 아마 괜찮을 거야. 절친인 준호가 그렇게 말하잖아. 양은 금희를 깨워 차가워진 환자복과 속옷을 갈아입고 다시 침대에 웅크리고 누웠다.

과연 캡슐 한 알의 힘은 대단했다. 지혈제를 먹은 지 하루 만에 생리가 반으로 줄었다. 밤새 뒤척여 부스스한 양의 얼굴과 달리, 심해의 회진 결과도 여전히 양호했다. 이제는 소변 양도 안 재고 뭘 먹었는지 일일이 보고할 필요도 없어졌다. 한고비를 넘겨 긴장이 풀린 양은 오전 내내 밀린 잠에 빠졌고, 금희는 배선실과 수상이 있는 휴게실을 오갔다. 정보가 필요해서였다. 며칠 전부터 병원에 심상치 않은 분위기가 감돌고 있었다.

지난 주말, 격리 병동이 자리한 본관 바로 앞에 파란 천막이 들어섰다. 병원장과의 대화를 요구하는 천막이었다. 일요일 밤부터는 총파업에 대한 5일 간의 노조원 투표도 그곳에서 시작됐다. 환자와 보호자들은 눈앞에서 벌어지는 뚜렷한 움직임들을 보면서도 근거 없이 낙관했다.

"설마 정말로 파업에 들어갈까."

"아픈 사람들을 볼모로 그럴 리가."

"곧 대화로 해결되겠지."

새로 부임한 병원장이 적자로 인한 비상 경영을 선언하며 자기 입맛에 안 맞는 직원들을 무더기로 해고하면서 벌어진 이 사태는, 병원장이 서울노동위원회의 조정안까지 거부하면서 더 거세졌다. 5년, 10년이 넘게 일하던 병원에서 하루아침에 내쫓긴다면 누군들 가만있겠는가. 그것도 가족들이 모인 추석 명절에 '내일부터 출근하지 마라, 짐은 퀵으로 보냈다'는 문자가 도착한다면.

화요일 새벽, 짧은 파마머리의 인턴 의사가 6인실에서 피를 뽑는 내내 침을 튀기면서 설명한 말은 누가 들어도 공감이 갔다.

"함복수 님, 실제론 적자가 아니라 흑자예요! 7백억이나 비자금을 쌓아 놨다고요! 회계 장부를 조작해서 적자로 만들어 놓곤 임금을 동결하고, 비용을 10퍼센트나 절감하라면서 의료 재료를 값싼 저질로 바꾸라고 압박하고, 환자들이 굳이 안 받아도 되는 검사도 일단 시키고 보라고 지시하고, 그것도 모자라 항의하는 직원들을 막 자르고 있어요! 정말로 돈이 없으면 어떻게 병원하곤 상관도 없는 호텔을 사들이고 수천억을 들여서 건물을 넓히느냐고요! 진짜로 적자가 심각하다면 그런 짓부터 그만둬야 하잖아요?"

"이연두 님, 의사 성과급제는 또 어떻고요! 예전에는 교수님들을 보면서, 나도 국립 병원 의사로서 양심에 따라 공공 의료를 실천하리라! 그런 자부심이 있었어요. 병원 안에서도 치료를 잘 하시는 교수님께서 존경을 받았죠. 국립 병원 의사를 실적으로 평가하다니, 이게 말이 되냐고요? 의사 성과급제가 시작되면서 병원이 싹 바뀌었어요! 이제는 무조건 환자 수와 수술 건수가 많은, 그래서 돈을 얼마나 많이 버느냐로 의사의 가치와 파워가 정해진다고요! 협력해서 치료해도 모자랄 판에 같은 과의 교수님끼리는 물론이고 과마다 실적 경쟁을 하느라 피가 터지게 싸워요. 돈이 되는 환자 수를 늘리려다 보니 진료 시간이 3분으로 짧아질 수밖에요. 그나마도 모니터로 검사 결과를 읽고 처방하다 보면 의사가 환자의 얼굴도 한 번 못 쳐다보고 내보내는 경우가 수두룩해요. 이게 말이 되냐고요! 그런데도 늘 진료 시간은 예정보다 지연돼서 30분, 1시간 정도 기다리는 건 일상이에요. 초진 환자는 선택 진료비의 100퍼센트가 의사의 호주머니로 들어가요. 그러니 초진 환자의 예약을 최대한으로 받죠. 그럼 그 피해를 누가 보겠어요? 고스란히 다른 환자들이 입는 거예요. 새벽같이 첫차 타고 지방에서 올라와 검사 받고 몇 시간씩 기다리시는 몸도 마음도 아픈 중증 환자들이요! 재진 환자들은 이미 치료를 받고 있기 때문에 불만이 있어도 다른 병원으로 쉽사리 옮기지도 못해요!"

"하양 님, 그뿐인 줄 아세요? 수술실은 어떻고요. 수술, 특히 야간이나 주말처럼 업무 시간 외에 하는 수술은 의사한테 떨어지는 돈이 더 많아요. 그러다 보니 교수 한 명이 환자 세 명의 수술을 동시에 하는 경우까지 있어요! 수술방 서너 개를 약간의 시간차를 두고 열어서 교수는 핵심적인 수술만 하고 수술방을 왔다 갔다 해요. 이게 얼마나 위험한 일인 줄 아세요? 그러다 수술이 잘못되거나 의사로 인해 감염이 될 수도 있어요! 말은 그럴듯하죠. 후배들이 직접 수술할 기회를 줘야 한다, 안 해 보면 어떻게 배우겠느냐. 하지만 환자나 가족들로서는 자기 가슴을 여는 사람이, 자기 머리를 꿰매는 사람이 내가 믿고 목숨을 맡긴 교수가 아니라 경험이 훨씬 적은 다른 의사들이라는 사실을 과연 알고나 있는 걸까요? 당연히 허락 따윈 안 받았으니, 다음 환자를 수술하는 동안 앞 환자가 깨어나면 왜 교수님이 없냐고 문제라도 일으킬까 봐 마취과에서 푹 재웁니다. 필요한 수술 시간보다 더 재우는 거예요. 무리하게 수술을 잡으니 회복실 앞에 수술한 환자 침대가 줄을 서는 건 당연하고, 새로운 수술 환자를 받으려고 아직 관찰이 필요한 수술 환자들을 피 주머니나 배액관이 달린 채 퇴원시키는 경우도 숱해요. 암 환자도 마찬가지예요. 다음 환자를 받아야 한다며 무리하게 퇴원시키고 나면 하루, 이틀 만에 그 환자가 다시 응급실로 실려 와요. 열이 펄펄 끓어서요. 이미 암 병동은 꽉 찼으니 면역력이 낮은 암 환자를 일반 병동으로 보낼 수밖에 없고요. 주말에는 응급 환자의 수술을 위한 최소한의 인력이 일하는데 주말에도 돈 버는 수술을 하다 보니 오히려 응급 환자가 닥치면 덜 급한 환자의 수술이 끝날 때까지 발만 동동거리며 기다리는 상황이라고요! 성과급제가 아니면 교수님들이 왜 그렇게 죽기 살기로 일하겠어요! 대한대학교병원에서 연봉이 2억을 넘는 의사들이 60퍼센트나 돼요. 병원 수입에서 의사들이 벌어들이는 선택 진료비 수익이 6백억이나 되고요. 이런 수준이면 국립 병원으로서 공공 의료를 하겠다는 대한대학교병원이 돈벌이 의료를 하는 일반 병원과 다른 게 뭐냐고요?"

"와… 진짜 열정적이시네요! 선생님을 국회로 보내드려야겠어요! 연설

하게요."

양의 말에 신이 난 인턴 의사는 오른 주먹을 머리 위로 힘껏 들어올리며 외쳤다.

"가자, 국회로!"

"…그럼 이번에 파업을 하면 선생님도 참여하시겠네요?"

"저야 당연히 함께하죠, 마음만. 이번 파업엔 의사들은 빠지거든요. 마음만 달려갑니다."

"아, 네. 아쉬우시겠어요."

"엄청요! 환자 분의 말씀대로 전 국회로 가서 1인 시위라도 해야겠어요. 가자, 국회로! 가자, 국회로!"

인턴 의사는 하늘을 찌를 듯이 오른 주먹을 치켜세우고 병실을 나갔다. 휴, 다행이야. 의사들은 파업을 안 해서. 양은 그제야 마음이 놓였다.

그러나 아침부터는 6인실을 청소하는 정 여사와 박 여사도 '파업 지지, 비정규직 철폐!'라거나 '응답하라! 하산낙 병원장!'이 쓰인 종이를 등에 붙이고 다니기 시작했고, 들리는 말로는 노조원들의 파업 찬성표가 물밀듯 이어지고 있었다.

이날 오전에, 금희는 지하 1층 비상계단으로 허겁지겁 도망가는 한 남자를 보았다. 평소처럼 늦은 아침을 먹으러 수상과 구내식당에 가던 길이었다. 로비를 메우고 있던 노조원들이 몰려들자 양복을 빼입은 그 남자가 뒷걸음치며 거칠게 소리쳤다.

"문 닫아! 빨리 닫아!"

그러자 남자를 뒤따르던 흰 가운을 입은 나이 든 의사들이 우르르 앞으로 나섰다.

"저놈들 막아! 병원장님을 지켜!"

얼굴이 번드르르한 그가 병원장인 모양이었다. 아무래도 쉽게 해결될 상황이 아니었다.

"왜 하필이면 지금, 이런 일이 생기나."

"나라면 파업 때문에 손해 볼 돈으로 노조의 요구를 들어 주겠네."

금희와 수상은 걱정스런 한숨을 내쉬었다.

다행히 파업이 시작되기 전에 병원을 나가게 된 사람도 있었다. 이날 검사 결과로 5호 원희의 퇴원이 결정됐다. 이미 회복기에 있었던 원희는 드디어 새집으로 돌아갈 수 있게 됐다. 처음으로 혈소판이 2만 이하로 내려가 우울하던 양도 퇴원 소식에 신이 난 그림 모녀를 보자 기분이 한결 나아졌다. 4호 연두에게도 변화가 있었다. 말로만 듣던 약혼자의 첫 방문이었다. 늘 꽁꽁 닫혀 있던 4호의 커튼이 이날은 마주한 양에게 보일 정도로 빠끔 열렸다. 그곳으로 4호의 감출 수 없는 설렘이 뿜어져 나왔다. 듬성듬성 자란 머리카락 사이로 흰 연고를 덕지덕지 바른 연두의 얼굴이 자꾸만 바깥을 기웃거렸다. 곧 잘 그을린 피부의 젊은 남자가 기대에게 이끌려 커튼 안으로 들어섰다. 체육대학을 나온 듯 몸이 탄탄한 남자는, 조금 긴장돼 보였다. 싱글벙글한 표정의 기대가 둘이서 얘기하라며 병실 밖으로 나가자 곧이어 연두의 들뜬 목소리가 울려 퍼졌다.

"남아!"

"어… 어."

"나 안 보고 싶었어?"

"…보고 싶었어."

"나도, 힝. 근데 왜 그렇게 멀리 서 있어? 여기 와서 좀 앉아. 내 걱정 많이 했어? 아버님, 어머님은 잘 계셔?"

"어, 어. 난 서 있어도 괜찮은데."

"내가 보고 싶어서 그래, 힝."

"그럼… 앉을게."

배신남은 보호자 침대의 중간쯤에 엉거주춤하게 앉았다.

"거기서 나 올려다보려면 불편하지? 안 불편해?"

"아니, 여기가 편해. 너야말로 몸이 불편해 보이는데, 나 신경 쓰지 말고 편하게 있어."

"어? …응."

어쩐지 4호에게 미안해져서 양은 하얀 커튼을 쳤다. 그래도 여전히 두 사람의 말소리는 들렸다. 드문드문 이어지던 대화를 어색한 침묵이 채우다 연두가 속삭였다.

"남아, 나 좀 봐. 왜 계속 폰만 들여다 봐."

"아, 게임 좀 하느라고."

"게임?"

"어, 어. 아, 벌써 시간이 이렇게 지났나? 오늘은 그만 가야겠다. 의사랑 만나기로 해서."

"의사? 누구?"

"여기 주치의. 걱정도 되고 아빠, 엄마한테도 상황을 말해야 하니까 내가 보자고 했어."

"…응."

"또 올게. 나오지 마. 몸도 불편한데. 나, 갈게."

그렇게 신남은 뒤돌아 나갔다. 연두 곁에 머무른 시간은 1시간이 채 안 됐다. 양은 그가 원석과 무슨 얘기를 나눌지가 궁금했지만, 알 수 없는 일이었다. 아직 일어나지 않은 남의 일까지 생각하기에는 항암월드의 하루하루가 너무 피곤했다.

3

항암 3주 차. 후폭풍은 거침없이 다가왔다.

이틀 동안 양의 면역력은 곤두박질쳤다. 1천대이던 과립구가 403으로 줄더니 목요일에는 251로 낮아졌다. 항암 치료를 시작한 지 16일만이었다.

그사이, 투표율 90.3퍼센트, 찬성 94퍼센트로 파업이 통과됐다. 노조는 일주일 뒤인 23일까지 최대한 대화를 시도하겠다는 입장을 밝혔다. 그럼에도 불구하고 병원장이 꼼수를 쓰며 숨바꼭질을 계속한다면 노조원 1500여 명 중에서 응급실과 중환자실에 배치된 필수 유지 인력만 두고 24일 오전 5시부터 대규모 총파업에 들어가겠다고 예고했다. 노조의 요구사항은 의사 성과급제와 선택 진료제의 폐지를 비롯한 의료 공공성 강화, 호텔 매입 철회, 비정규직의 정규직화를 통한 인력 충원, 임금의 13.7퍼센트 인상 등이었다.

병실에도 변화가 있었다. 5호 원희의 퇴원이었다. 그럼 모녀가 있던 자리에는 80대의 늙은 자매가 들어왔다. 양처럼 응급실에서 6인실로 바로 들어왔다는 얘기가 돌았지만 확실치는 않았다. 남들이 뭐라고 묻든 새로운 5호 채송화는 가타부타 말이 없었다. 다만 오른쪽 눈두덩을 넘어 이마까지 뒤덮은 시커먼 멍이 뭔가 예사롭지 않은 일이 있었음을 보여 주었다. 송화는 커튼을 활짝 열어 놓은 채 멍하니 앉아 있었는데, 누군가를 기다리는 듯도 아닌 듯도 했다.

가족도 없이… 저렇게 아픈 노인을 혼자 뒤도 되는 걸까? 친정 엄마를 닮은 모습에 금희는 자꾸만 눈길이 갔다. 그러다 송화와 눈이 마주쳤고, 금희는 멋쩍게 웃었다. 이때 갑자기 송화가 힘없는 손짓으로 금희를 불렀다. 무슨 일인가 싶어 다가가자 송화는 자신의 얼굴 근처로 더 가까이 오라며 손짓했다. 목소리가 잘 안 나오는 듯했다. 송화는 금희에게만 들릴 정도로 겨우 입술을 달싹거렸다. 금희는 고개를 끄덕이곤 양의 자리로 와서 종이컵에 물을 따르더니 다시 돌아가 송화의 입에 대 주었다. 한 잔을 더 마시고서야 송화는 천천히 입을 열었다. 나중에 금희가 송화를 대신해 양에게 말해 주었다.

"충청도의 종갓집에 시집 온 중국 동포시래. 남편이 돌아가시자 하나뿐인 딸은 미국인하고 결혼해서 떠나 버리고 혼자서 쓸쓸하게 종갓집을 지키다가 한밤중에 쓰러져서 실려 오셨대. 조카며느리가 간병하러 곧 온다는데 그때까지는 엄마가 좀 도와드려야 할 것 같아. 괜찮지?"

안 괜찮아. 마음속 말을 꾹 누르고 양은 고개를 끄덕였다. 금희는 사연을 들은 일요일 오후부터 복수를 틈틈이 챙기고 있었다. 양의 밥을 받아 준 뒤, 밥그릇을 열어 보지도 않는 복수의 옆으로 가 숟가락에 반찬을 얹고 따뜻한 말을 건네며 식사를 도와주었다. 거기다 5호 할머니까지? 밥도 잘 먹고 상태가 좋다고는 해도 나는 말기 판정을 받은 암 환자야! 뭐가 억울한 기분이었다. 그래도… 이해해야 했다. 속 좁게 굴지 말자. 내가 엄마라도 당연히 6호 언니와 5호 할머니를 도왔을 거야. 그래도 마음 한편엔 서운함이 남았다. 엄마가 지금의 내 상황이라면 선뜻 도와주라고 했을까? 양은 금희가 그런 생각을 해 보기를 바랐다.

하루가 다르게 병실 곳곳이 전쟁터로 변하고 있었다. 혼자는 계속해서 배가 아프다며 원석을 불러 댔고, 복수는 하루 종일 토하느라 기운이 빠져 침대에 널브러져 있었다. 양보다 며칠 먼저 항암 치료를 시작한 연두는 4일째 열이 40도 가까이 오르면서 각종 검사를 받느라 비상이 걸렸다. 면역력이 0으로 떨어져 침대 밖으로 나가기 힘든 연두를 위해 X-ray 기계와 각종 검사 장치들이 밤새 병실을 들락거렸다. 어수선한 분위기 속에서 얕은 잠에 들었던 양은 새벽 3시쯤, 복도를 울리는 고함 소리에 놀라서 깼다. 연두의 아버지, 기대의 목소리였다.

"이 개새끼야, 네 딸이라면 그럴 수 있어? 열이 펄펄 끓는데 온갖 검사를 다 시켜 놓고 의사라는 놈들이 자빠져 자냐? 이 씨팔놈아! 너, 이 새끼, 당장 안 튀어 오면 내 손에 뒤질 줄 알아!"

으르렁거리는 기대의 입에서 쏟아지는 쌍욕이 누군가의 멱살을 잡고 주먹을 휘둘렀다. 놀란 간호사들이 뜯어말리는 소리가 들리고 분을 삭이지 못한 기대가 간호사 데스크에 발길질을 하며 식식거렸다. 잠시 뒤 부스스한 얼굴의 당직 의사가 달려와 연두를 살피면서, 그제야 기대는 멈추었다. 복도는 아무 일도 없었듯 조용해졌다. 양은 땀에 젖은 환자복을 갈아입고 누웠지만 쉽사리 잠들지 못했다.

새벽 6시. 졸린 상태로 양이 채혈을 당하는데, 원석이 처음 보는 의사와 함께 들어와 송화의 침대 앞에 섰다. 원석만큼이나 젊어 보이는 의사는 송화를 쳐다보며 자기의 말소리가 들리느냐고 물은 뒤, 큰소리로 말했다.

"환자 분! 48시간 남았습니다! 준비하세요! 보호자가 아무도 없어요? 큰일이네."

그는 말을 마치자마자 그대로 몸을 돌려서 휘적휘적 걸어 나갔다. 원석이 움찔 놀라며 얼른 그를 뒤따라갔다. 의사는 병실 문 앞에 서서 얼굴을 찌푸리며 원석에게 말했다.

"48시간 안에 오줌이 안 나오면 죽습니다. 백혈병이 뇌까지 침투해서 가망이 없어요. 보호자가 필요하니 누구라도 부르세요. 간호사한테 지시하면 됩니다. 그럼 전 바빠서 이만."

잠시 송화를 돌아보며 멈칫거리던 원석의 발목을 혼자가 재빨리 붙들었다.

"하이고, 선생님! 선생님… 저 좀 봐 주세요! 나 죽는다, 아야, 아야, 아야."

"하아. 그러게 제가 어제 요구르트 제품은 안 먹는 게 좋겠다고 보호자 분께 말씀드렸습니다만, 배가 아프면서도 결국 드셨군요!"

"안 먹는 게 좋겠다고 하셨지, 먹으면 안 된다고 하지는 않았다면서요… 하이고, 나 죽는다. 아야, 아야, 아야, 아야, 아야."

"어디가 아픈지 손으로 짚어 보십시오."

"여기요오."

"여기요?"

"하이고오오오오… 거기요, 거기! 나 죽는다. 아야, 아야, 아야."

"아, 이런! 일단 검사를 좀 해 봐야겠습니다. 결과가 나올 때까지는 꼭 음식을 가리십시오! 병원에서 나오는 것들 외에는 하아, 제발! 아무것도 드시지 마십시오!"

옆에서 듣던 양도 저절로 한숨이 나왔다. 지혼자 할머니는 왜 자꾸 저러지? 4호나 5호 할머니, 6호 언니처럼 정말 심각한 사람들 앞에서… 자칭 의사라면서 몸에 해로운 행동만 하고.

혼자는 요즘 낮에 자고 밤에 깨어 있는 생활을 하고 있었다. 밤새 동생과 떠드느라 낮에는 피곤해서 곯아떨어진다는 말이 더 맞지만. 과일을 깎아 먹고 과자를 나눠 먹고 컵라면에 치즈를 곁들여 온갖 수다를 떨면서 쓰레기는 그대로 내버려 뒀다. 111병동에 있어서는 안 되는 일이었다.

격리 병동인 이곳은 독립적인 공기 관리 시스템을 통해 일정한 온도와 습도를 유지하며, 침대마다 하나씩 천장에 설치된 필터를 통해 깨끗하게 거른 공기만 내려보냈다. 백혈병에 걸리면 면역력에 문제가 생기고, 치료 과정에서도 몸의 면역력을 완전히 없앴다가 다시 회복시키는 강한 항암 치료를 받아 감염이 잘 되기 때문이다. 백혈병 환자는 공기 중에 떠다니는 아주 약한 세균으로도 폐렴에 걸릴 수 있다. 원석의 표현대로면, 면역력이 0이 된 상태에서는 균이 옆을 스치기만 해도 죽을 수가 있었다. 따라서 원칙적으로 이 안에서 보호자나 간병인은 무엇도 먹어서는 안 됐다.

혼자와 동생은 지난 6년 동안 격리 병동을 자주 들락거려서 이곳에서 지켜야 하는 규칙과 해서는 안 되는 행동을 잘 알고 있었다. 그런데도 깡그리 무시했다. 시끄러운 수다는 기본이고 썩어가는 과일 껍질에, 먹다 남은 과자 봉지, 국물이 담긴 컵라면을 뚜껑도 안 닫고 그대로 놓아두었다. 그러다 보니 이젠 병실에 하루살이까지 날아드는 지경이었다. 그렇게 됐다가 다시 먹으니… 양이 보기에, 혼자의 배는 아플 만했다.

2호에서 나오던 원석이 양에게 손을 흔들었다.

"하양 씨는 어때요? 어젯밤에 시끄러워서 잘 못 잤죠?"

"아, 선생님도 들으셨어요?"

"네. 그런 일이 종종 있습니다. 어때요, 하양 씨는? 이제 슬슬 후폭풍의 기운이 느껴지나요?"

"아직은…요?"

"마음을 단단히 먹어야 할 겁니다."

"네, 선생님만 믿어요. 그런데요, 선생님. 저…."

"말씀하세요."

양은 속삭이듯 목소리를 낮췄다. 원석이 한걸음 다가섰다.

"저… 5호 할머니가 48시간 선고를 받으신 건가요?"

"안타깝게도 그런 것 같습니다."

"그런 말을, 원래 환자를 바로 앞에 두고 하나요? 처음 봐서, 잘 몰라서요."

"아니오! 저도 깜짝 놀랐습니다. 채송화 씨뿐 아니라 하양 씨를 비롯해서 앞에 계신 다른 환자 분들도 뵙기가 죄송하더군요."

"아… 정말로 48시간이 지나면… 나빠지시는 거예요?"

"중환자실에서 온 의사의 전문적인 판단이니 아마도 그럴 가능성이 큽니다. 일단은 최선을 다해 볼 겁니다."

48시간. 아직 스스로 숨 쉬고 눈을 맞추고 이야기도 나눌 수 있는 사람이 잠시 뒤면 세상에 없다? 양은 실감할 수 없었다. 의사들은 도대체 사람이 죽을 시간을, 한 사람의 영혼이 몸을 떠날 시간을 어떻게 그렇게 정확하게 계산해 내는 걸까? 아니, 어떻게 그렇게 확신을 가지고 단정해서 말하는 걸까? 아직 살아 있는 사람을 앞에 두고. 양은 알 수 없었다.

잠시 뒤, 환자들이 아침을 다 먹기도 전인 이른 시간. 굳은 표정의 심해가 원석과 함께 병실로 들어왔다. 심해는 반가워하는 기대의 마중을 받으며 곧바로 연두의 자리로 가 말을 건네며 한참을 머물렀다.

"이, 연두 씨. 몸은 좀 어떤가요?"

"밤에 열이 나서 많이 놀랐지요? 면역력이 제로로 떨어지면서 일어나는 자연스러운 열입니다. 그래도 만약을 위해 혈액 배양 검사와 X-ray 촬영에 이어 항생제 처방까지 내렸으니, 힘을 내세요."

"저도 딸이 하나 있는데, 이, 연두 씨의 또랩니다. 남의 일 같지 않은 마음으로 치료하고 있습니다."

"이건 제가 쓴 백혈병에 대한 책인데, 한번 읽어 보세요."

심해답지 않게 말이 많았고, 말들이 겉놀았다. 연두는 거의 말이 없었다. 5분 정도 지나 4호를 나와 양에게 오는 심해의 얼굴은 다정스럽게 들리던 말투와는 달리 꽤 지쳐 보였다. 심해는 혈액 수치가 0을 향해 잘 떨어지고 있다며 양호하다는 짧은 말을 남기고 1호 용녀에게로 갔다. 양의 자리를 서둘러 벗어나려는 듯 보였다. 뭐지? 왜 4호에게만 친절하지? 이상하게 가라앉던 양의 기분은 아침을 먹은 뒤 배선실에 다녀온 금희의 설명을 듣고서야 풀렸다.

"양아, 오늘 안심해 교수님이 4호한테 만성골수백혈병에 대한 책을 주셨는데, 너한테는 안 줘서 서운했지? 회진도 빨리 끝내고 가 버리고."

"응."

"오늘 배선실에 4호 아버지가 와서 자랑을 하더라. 안심해 교수님이, 자기 딸한테만 책도 주고 응원도 많이 해 줬다고. 낯부끄럽지도 않나 봐? 그런 말을 자기 입으로 하는 걸 보면."

"응? 왜?"

"새벽에 난리가 났었다며? 나는 자느라 몰랐는데, 배선실 사람들이 말해 주더라. 4호가 면역력이 떨어지면서 열이 나고 아프니까 이기대 씨가 몸이 달아서 안심해 교수님께 전화를 걸었나 봐. 원래 의사들의 연락처는 안 가르쳐 주는데, 교수님께 자기 딸의 상태에 대해 지금 당장 꼭 물어볼 게 있다고 사정사정했더니 알려 주더래. 그런데 전화를 걸자마자 난리를 쳤나 봐."

"아… 그게 안심해 교수님이랑 통화하는 소리였어? 세상에!"

"이기대 씨의 말로는 자기는 불안해 죽을 지경인데, 잠이 덜 깬 안심해 교수의 목소리를 들으니 화가 나서 참을 수가 없더라던데… 그 마음은 이해가 가지만 그래도 그건 아닌데 싶더라. 하여튼 이기대 씨의 결론은, 오늘 안심해 교수의 달라진 태도를 보니 자기가 그렇게 한 보람이 있었다는 거야. 그러면서 다들 자기처럼 해야 한다며 충고를 하더라. 그러겠다고 해야 할지, 난 잘 모르겠더라."

금희의 말을 들으며, 양은 심해 앞에서 조용하던 연두의 마음을 생각했다. 따뜻하게 다독여 주고 싶었다. 아프기 전이었다면 분명히 먼저 다가갔을 양이었다. 그러나 지금은 자신의 위로가 그저 안쓰러워 보일 수 있음을 양은 잘 알았다. 자기 앞가림도 못하는 마당에 누가 누굴 응원한단 말인가. 연두에게 나는 제 코가 석자인, 누구보다 심각한 상황에 빠진 말기 암 환자일 뿐이야. 양은 조금이나마 느껴지기를 바라며 마음으로만 연두의 어깨를 토닥였다.

점심을 먹고 나자 피 검사 결과가 나왔다. 과립구는 221로 어제와 별 차이가 없었지만 혈소판이 또 2만 아래로 떨어져 노란 피를 맞아야 했다. 복수는 1차 항암 치료 때 혈소판이 연결된 주삿바늘을 꽂자마자 쇼크가 와서 기절했었다며 다 맞을 동안 안전하게 침대에 머무르라고 금희를 통해 조언해 줬다. 양이 잔뜩 긴장한 상태로 노란 피를 맞고 있는데, 원석이 병실로 들어왔다. 원석은 송화에게 다가가 꾸벅 인사를 하더니 기쁜 목소리로 말했다.

"채송화 씨, 지금 따님이 미국에서 오고 있습니다! 조금 전, 비행기 표를 끊었어요! 사는 지역에서 한국으로 바로 연결되는 비행기가 없어서 비행기를 타고 큰 공항으로 가서 다시 한국행 비행기로 갈아타고 와야 해서 언제 도착할지는 확실치가 않습니다. 그러니까, 따님이 오실 때까지 온힘을 다해서 버티셔야 합니다! 아셨죠? 저도 최선을 다해서 도와드리겠습니다."

"어… 어떻게?"

송화가 쉰 목소리로 힘겹게 물었다. 듣고도 못 믿겠는지 두 눈이 깜빡거렸다.

"보호자 연락처에 있는 조카며느님께 따님의 미국 전화번호를 물어봤습니다. 채송화 씨가 꼭 만나고 싶으실 것 같았습니다. 갑자기 병원에서 걸려온 전화를 받으면 따님이 너무 놀라실 것 같아서 제가 직접 찬찬히 설명을 드렸습니다."

송화가 느리게 고개를 끄덕였다. 멍든 눈에 눈물이 고여 반짝거렸다.

"참, 조카며느님도 곧 오시기로 했습니다. 아무래도 혼자 계시기는 힘드실 겁니다. 바로 옆에서 도와줄 사람이 필요합니다. 어제 오려고 했는데, 어린 아기가 아파서 출발이 늦어졌다고 하시더군요. 늦어도 오늘 저녁까지는 도착하실 겁니다. 따님이 오기 전까지 옆에 계시기로 했습니다."

"의사 양반… 고마워요."

"의사로서 제 할 일을 한 것뿐입니다. 그러니 채송화 씨도 계속 힘내주십시오! 무엇보다 따님을 보겠다는 채송화 씨의 의지가 가장 중요합니다. 환자의 굳센 마음은 의사의 예측을 틀리게 만들 때가 있습니다."

내 딸이… 꿈에 그리던 아이가 날아오고 있다! 송화는 고개를 끄덕였다. 원석은 깊게 고개 숙여 인사하고 연두에게로 갔다. 원석을 맞는 연두의 밝은 목소리가 울렸다.

"선생님! 오셨어요?"

"이연두 씨, 오늘 몸무게가 55킬로그램을 찍었던데요? 드디어 제가 바라던 몸무게가 됐습니다!"

"쉿! 선생님, 목소리가 너무 커요! 힝! 제 키에 이 정도 몸무게면 돼지란 말이에요!"

"누가 그럽니까? 딱 보기 좋아요! 처음 왔을 때는 너무 말라서 사람 같지 않았습니다만."

"너무해요, 힝."

"이 정도 몸이면 항암 치료를 잘 이겨낼 수 있을 겁니다. 지금은 다른 건 생각하지 말아요. 다시 건강해지는 거, 그게 목푭니다. 알겠죠?"

"네!"

4호를 나온 원석은 혼자에게 들렀다.

"지혼자 씨, 배는 좀 어떠세요?"

"하이고, 선생님! 갈수록 더 아파요오. 아야, 아야, 아야. 나 죽는다아."

"오전에 사진을 찍었으니 곧 결과가 나올 겁니다. 힘드시겠지만 조금만 참으세요. 비장이 워낙 커져서 그동안 계속 크기를 확인하고 있었습니다만, 아무래도 더 이상 두면 위험할 것 같습니다. 이번에는 검사 결과에 따라서 결국 수술을 해야 할 수도 있습니다."

"하이고, 반대로 교수님이 계셨으면… 반 교수는 귀국했나요오?"

"미국 학회 일정이 아직 며칠 더 남으셨습니다."

"하이고. 내가 이렇게나 아픈데 이번 주 내내 회진도 안 오다니… 아들 친구가 아무리 유명하고 잘난 의사라도 소용이 없구나아. 아플 때 옆에 있어야 좋은 의사지. 아야, 아야, 아야."

"미국에 계셔도 실시간으로 문자와 이메일, 전화로 모두 보고받고 지시하고 계셔서 지혼자 씨의 증상이나 변화를 다 알고 계십니다. 저희는 내과라서, 비장 수술은 외과 의사들이 진행하기 때문에 반대로 교수님께서 계셔도 직접 수술을 하시는 건 아닙니다. 결과가 나오면 바로 교수님과 상의해서 말씀드리겠습니다."

"하이고, 하이고."

2호를 나온 원석은 손을 흔들며 양에게로 걸어왔다.

"하양 씨, 오늘은 책 안 읽어요?"

"네. 조금 긴장돼서요. 함복수 언니의 말씀이, 처음에 혈소판을 맞았을 때 노란 피가 팔로 들어가자마자 쇼크가 와서 쓰러지셨대요. 그래서 꼭 침대에 기대서 정신을 똑바로 차리고 있으라고 하더라고요. 전 다행히 정신은 멀쩡한데 얼굴이 좀 화끈거리는 거 같아요."

"보기에도 좀 울긋불긋한데요?"

"앗. 정말요? 거울이 어디 있지?"

"여기에 있군요?"

원석이 웃으며 양 발치의 거울을 들어 건네주었다.

"그런 분들이 많이 있습니다. 다음부턴 혈소판을 놓기 전에 예민 반응을 줄여 주는 약을 먼저 놓으라고 하겠습니다. 후끈거림이 좀 나을 거예요."

"감사합니다. 그리고… 채송화 할머니의 일도 진심으로 감사드려요. 제 코가 석자니까 남을 걱정할 때는 아니라고 생각하실 수 있지만, 마음이 많이 쓰였거든요… 따님이 오고 계시다니 정말 잘됐어요! 고생 많으셨습니다, 선생님!"

"하양 씨처럼… 내가 힘들 때 다른 사람까지 배려하는 사람은 드물죠. 저도 제 마음을 따랐습니다. 따님을 꼭 만나게 해 드리고 싶었거든요. 제가 채송화 씨의 아들이라면 어머니를 못 보면 평생 후회로 남을 것 같았습니다. 근데 이렇게 하양 씨의 칭찬까지 받으니 기분이 좋은데요? 전화기가 뜨겁도록 붙들고 있길 잘했군요? 시차 탓인지 전화를 안 받아서 오전 내내 걸어댔습니다만."

"아하. 그런데 병원에서 국제 전화로 그렇게 오래 통화해도 괜찮으세요? 선생님께 통화료 청구서가 어마어마하게 날아오고 그러는 건 아니겠죠? 하하."

"안 그래도 원무과의 잔소리에 귀가 따가울 것 같아서 아예 제 개인 휴대폰으로 했습니다만. 하양 씨의 말을 들으니 이번 달의 전화 요금이 벌써부터 걱정되네요. 아, 이런! 간호사들이 또 엉뚱한 짓을 했다며 사차원이라고 놀리겠는데요?"

"괜찮아요, 선생님. 이번엔 멋진! 사차원이세요!"

원석과 양은 함께 웃었다. 그러다 원석이 갑자기 진지한 표정으로 말했다.

"물어볼 게 있습니다."

"저한테요?"

"네. 중요한 질문입니다만."

"뭔데요? 말씀하세요."

"남자 친구가 있으신가요?"

"네?"

양으로선 예상치 못한 질문이었다. 기대감으로 반짝일 금희의 눈빛이 느껴졌다. 금희는 언젠가부터 원석이 오면 그 자리에 없는 사람처럼 굴었다. 문득 급한 볼일이 생각났다며 자리를 비우든지 자는 척을 하든지 먼 산을 보며 두 사람의 이야기를 못 들은 체했다. 물론 그럼에도 다 듣고 있다는 사실은 양도 알고 있었다. 하지만 어느 순간부터 원석과 양은 금희가 옆에 있어도 의식하지 않고 둘만 대화하는 데 익숙해졌다. 그래도 설마… 민머리에, 가슴에는 관을 꽂고 말기 암 판정을 받은 나야. 머리를 못 감고 샤워도 못한 지 벌써 3주가 넘었다고! 병동안내문에선 매주 2회 이상 간호사의 도움을 받아 샤워를 하라고 나와 있었다. 그러나 가슴에 꽂힌 히크만에 감염이라도 생길까 무서워서 양은 안 하기로 결정했다. 대신 매일 금희가 뜨거운 수건으로 양의 머리와 몸을 닦아 주었다. 그러니 양이 생각하기에, 원석이 자신을 여자로 볼 리는 없었다. 양은 가벼운 농담으로 받아쳤다.

"왜요? 면회 오는 남자도 하나 없고, 불쌍해 보이세요? 하하."

"말을 돌리시는군요? 찾아오는 남자는 코빼기도 안 보여도 아끼는 남자가 없기에는 머리통이 어마어마하게 페이털합니다만."

"하… 하하. 제 민머리를 그렇게 봐 주신다니 영광이네요."

"결국 대답을 안 하시는군요."

"선생님, 은근히 끈질기시네요? 지금 사귀는 사람은, 없어요. 아직 마음에서 정리 못 한 남자는 있고요. 아, 남자들…인가? 하하. 대답이 됐나요?"

"그렇군요. 이미 마음에 들어온 사람을 지우기는… 어렵죠."

"이제 선생님이 대답해 주세요. 그게 왜 궁금하신 거세요?"

"하아. 제가 물어본 이유는."

"네."

"사실 그 이유는…."

"네."

"그러니까, 그게, 항암 치료를 하면 불임이 될 수 있기 때문입니다."

"네?"

"하아… 이런 말은 안 드려도 되는데 말이 나온 김에 드리자면, 백혈병 치료에 쓰는 항암제는 일반 다른 고형암 수술 후 외래로 다니며 맞는 항암 주사와는 비교도 안 되게 셉니다. 일반 항암 주사는 보통 병원을 방문해서 몇 시간 동안 맞으면 집에 돌아가서 생활할 수 있습니다. 그 정도로도 머리가 빠지고 온몸이 아프고 토하고 치료 횟수가 늘어날수록 약이 들어간 혈관들이 죽어 버려서 팔에서 더 이상 피를 뽑을 수가 없을 지경이죠. 다리나 발에서 혈관을 찾아야 하는데 그것도 쉬운 일은 아닙니다. 그러니 보통 5일에서 7일 정도 밤낮으로 투여해서 면역력을 제로로 만들 정도인 백혈병 환자의 항암제는, 아무리 졸라덱스를 맞고 피임약을 먹어도 불임이 될 가능성이 큽니다. 그래서… 그래서 물어본 겁니다."

"불임이 될 가능성이 큰 것과 남자 친구의 존재가 무슨 상관이 있는 거예요?"

"아, 이런! 그게, 그러니까… 그렇기 때문에 젊은 여성의 경우 남편이, 특히 미혼이라면 남자 친구가 의사에게 가장 많이 물어보는 질문이 불임의 가능성이거든요. 치료가 끝나면 임신이 가능하냐. 임신을 하더라도 정상적인 아이의 출산이 정말로 가능한 거냐."

"네? 내 여자를 낫게 하기 위해서 내가 할 수 있는 일이 뭐라도 없냐, 내 아내를 살릴 더 좋은 치료 방법은 없냐가 아니라, 그저 임신이 가능하냐? 출산이 가능하냐…라고요?"

"네. 안타깝게도 그렇습니다. 얼마 전에도 그런 일이 있어서, 혹시나 하양 씨도 그런 일이 생기면 상처받진 않을까 마음이 쓰이기도… 아, 이런."

"아하. 남자 친구는 없으니 제게 그런 상처가 날 일은 없겠네요. 그런 이야기를 들으니 기분이 좋지는 않지만, 그래도 솔직하게 알려 주셔서 감사합니다."

"하아. 네. 그럼 전 이만… 가 보겠습니다."

원석은 할 말을 못다 한 사람처럼 돌아섰다. 양은 원석의 뒷모습을 바라보며 웃었다. 양의 슬픈 미소에 금희는 다시금 원석이 미워졌다. 안 그래도 힘든 애한테 왜 불임까지 들먹이면서 상처를 줘, 왜! 나쁜 놈의 의사 같으니라고!

"스스로도 굳이 안 해도 될 말이라면서 왜 한대? 양아, 신경 쓰지 마. 의사들은 항상 최악을 얘기한대. 자기들이 책임을 안 지려고 말이야. 그까짓 불임이 되든 안 되든 요즘 같은 세상에 무슨 상관이 있어? 일부러 아이를 안 낳고 여행 다니면서 재미나게 사는 사람들도 많아. 나이가 들어서 혹시 쓸쓸하면 입양을 하거나 고양이를 길러도 돼."

"응. 맞아. 그러는 엄마야말로 괜찮아?"

"그럼! 엄만 걱정 안 해. 우리 양인 완전히 나을 거야. 나는 한 번도 의심해 본 적이 없어. 불임 가능성이 높다는 말이 꼭 불임이 될 거란 말도 아닌데 뭐. 그러니 너도 마음 편하게 생각해."

"헤헤. 엄마가 괜찮으면 됐어. 난 진짜 아무렇지도 않아. 지금은 불임을 생각하면서 우울해하기엔 다른 문제가 너무 크잖아. 일단은 살아야지. 나머진 그 다음이고."

"…그래."

양은 스스로도 놀랄 정도로 담담했다. 물론 원석의 말은 충격적이었다. 하지만 아이를 낳고 못 낳고는 어쩐지 사소한 문제처럼 느껴졌다. 당장 죽고 사는 문제는 아니잖아. 원석이 말했듯, 거기까지 갈 수 있을지조차 의문이었다.

양과 금희가 각자 생각에 잠긴 사이, 노란 피의 수혈이 끝났다. 이때 낯익은 얼굴이 병실로 들어왔다. 연두의 엄마였다. 오늘은 금요일인데? 병원 근처에 일이 있어서 들르셨나? 양은 고개를 갸웃했다. 연두의 엄마는 일주일에 한 번 왔다. 보통은 주말에 왔는데, 병원에 머무는 기대를 대신해 돈을 벌어야 했기 때문이다. 지방을 오가며 작은 사업을 하던 기대는 연두가 쓰러지자 일을 접고 딸 옆을 지켰다.

"엄마!"

"연두야!"

반갑게 서로를 부르는 목소리에 이어 안부를 묻는 인사가 오가고 곧 말소리가 도란도란 들렸다.

"차라리 잘됐다, 연두야. 그런 놈은 어차피 살다 보면 돌아선다? 지금이라도 알았으니 다행이라고 생각하자."

"응, 엄마. 나도 그렇게 생각해."

"그래, 그래. 불쌍한 내 새끼. 내 마음이 이런 데 넌 오죽하겠니?"

"아니야, 엄마. 나 정말 괜찮아."

"아후, 아후! 이것아, 괜찮기는! 으흐흑. 배 서방이 그럴 줄 누가 알았겠니? 그런 놈을 매형이라고 불렀다며 연하가 울고불고 난리다. 그런 놈은 사람들 앞에서 먼지 나게 맞아야 정신을 차린다면서 흠씬 패 주려고 했더니 전화도 안 받고 피한다고 열불이 나서 하루 종일 씩씩거려. 저러다 뭔 일을 내지 싶어 걱정이다. 그런다고 뭐가 달라지겠니? 바깥사돈이랑 안사돈… 아니, 그 자식의 부모란 인간들까지 결혼을 깨자며 너희 신혼집의 전세금까지 빼 버렸는데! 신남이 그놈도 지가 맞아 죽고도 남을 짓을 한 건 아는지, 우리가 찾아갈까 무서워서 그런지 그놈의 새끼가 휴가를 내고 회사에도 안 나온단다. 사는 집도 쥐새끼 한 마리가 없을 정도로 조용해. 아주 작정을 하고 다들 어디로 날랐나 봐. 아후! 아빠도 배신감이 엄청나. 배 서방이 그럴 줄은 몰랐다고…."

"……."

"아휴, 내가 지금 뭐하는 거니? 네 속이, 속이 아닐 텐데… 다 잊어버리자, 연두야. 사람이 오래 같이 살다 보면 정말 온갖 일이 다 생긴다? 너는 아직 어려서 잘 모르겠지만… 어디 인생이 늘 좋은 날만 있겠니? 흐린

날, 궂은 날, 바람 부는 날이 오히려 더 많아. 솔직히, 네 아빠의 뒤통수를 한 대 탁 아프게 때려 주고 싶을 만큼 얄미울 때도 많다? 부부가 된다는 건, 그 모든 날을 함께하겠다는 약속인 거야. 그러니 지금 돌아설 놈이면 결혼을 하더라도 언젠가는 떠날 놈인 거야. 살다가 신남이 지가 지금 너처럼 아플 수도 있는 거다? 두고 봐라, 틀림없어! 남의 눈에 눈물 내면 제 눈엔 피눈물이 흐를걸?"

그랬구나, 그래서 주치의가… 그런 말을 했구나. 이해가 가는 양이었다.

똑똑똑… 양은 한 방울씩 끊임없이 떨어지는 수액을 바라봤다. 그러자 복잡하던 마음이 차츰 고요해졌다.

어느새 잠이 든 양을 깨운 건, 다급하게 움직이는 사람들의 발소리였다. 혼자의 침대에 원석과 손전등 간호사가 와 있었다. 검사 결과가 나온 모양이었다.

"지혼자 씨, 지혼자 씨. 제 말 들리세요? 아, 이런! 보호자께서 얼른 깨워 보세요. 검사 결과가 나왔습니다."

"언니, 언니! 일어나 보슈!"

"아……야. 왜들 호들갑이야?"

"지혼자 씨, 검사 결과가 나왔습니다. 비장 비대로 인한 통증이 맞았습니다. 문제는 더 이상 두고 볼 수 없는 상태라는 겁니다! 지혼사 씨는 연세가 많아서 장기의 탄력성이 떨어진 상태라 이 정도의 크기로도 비장이 터질 수 있습니다. 반대로 교수님께 보고를 드렸더니 외과와 협의해서 비장을 줄이는 수술을 하라고 지시하셨습니다. 내일 아침으로 수술을 잡았으니 지금부터 그때까지 철저하게 금식하셔야 합니다. 절대로, 물 한 모금도 드시면 안 됩니다!"

"수술…? 하이고… 그러게 내가 뭐랬어? 아프다고, 죽는다고 했는데 귓등으로 넘기고 제대로 들은 척도 안 하더니만. 하이고, 나 죽는다, 아야, 아야, 아야. 야, 숙자야. 애들 불러라. 엄마가 다 죽어간다고 빨리 좀 와 보라고 해, 응?"

"알았수, 언니."

"특히 둘만이! 둘만이 친구인 반대로 교수도 자리에 없는데 대수술을 한다니, 이게 웬 말이냐? 새파랗게 젊고 경험도 없는 주치의 나부랭이의 손에 이 병원 후원자인 나를 맡기다니, 이게 될 법한 소리냐고 둘만이한테 당장 전화해!"

"지혼자 씨, 수술은 반대로 교수님의 지시 사항입니다. 검사 결과로 나온 모든 수치 변화와 영상까지 다 교수님께 보내드렸고 꼼꼼히 살펴보시고 결정하셨습니다. 그리고 비장 수술은 외과의 영역이라 저희 내과는 반대로 교수님께서 여기에 계신다 해도 직접 수술하진 않습니다. 저도 지혼자 씨가 걱정돼서 외과에 부탁해 수술실에는 함께 들어가기로 했으니 너무 걱정하지 마십시오."

"야야, 숙자야. 둘만이 불러. 반 교수랑, 병원에 얘기해서 제일 좋은 외과 의사로 배정해 달라는 전화 넣으라고 말이야!"

"알겠수!"

"금식! 지키셔야 합니다. 수술이 미뤄지면 비장에서 출혈이 일어나 손 쓰기가 어려워질 수 있습니다!"

"숙자야! 의사 선생, 가신단다. 인사해라."

"하아. 그럼 다시 오겠습니다."

다시 누우려는 양의 눈에 송화 곁에 앉은 낯선 여자가 보였다. 딸이 벌써 왔을 리는 없고, 조카며느린가? 근데 왜 조카는 얼굴도 안 비추고 조카며느리가 와서 간병을 하지? 아픈 아기가 엄마를 찾을 텐데… 그런 궁금증을 가지며 양은 다시 잠들었다.

이날 저녁, 혼자의 아들 안둘만과 며느리, 맏딸 안일녀와 막내딸 안세녀가 불려왔다. 말로만 듣던 혼자의 아들, 딸의 방문은 양이 입원한 뒤로 처음이었다. 동생 숙자가 있는 채로 아들과 며느리, 딸들이 둘씩 교대로 들어왔다. 면회 금지. 보호자 1명이 원칙인 병동에서, 환자까지 4명이 몇 시간째 양의 자리 바로 옆에 머무는 셈이었다. 혼자의 자리는 사람으로 가득 찼다.

"바로 옆에 면역력이 낮은 애가 있는데 저러면 어쩌자는 거래? 그나마 수술 때문에 2호가 금식이라 다행이네. 안 그럼 밤새 다섯이 들락거리며 여섯이서 먹고 마시고 떠들었을 텐데."

금희는 신경이 바짝 곤두선 상태로 그들이 떠나기만을 기다렸다. 누군가 신고했는지 간호사가 여러 번 와서 보호자는 1명만 머물러야 한다고 주의를 줬지만, 소용이 없었다. 어머니가 수술을 앞두고 있으니 어느 정도는 이해가 가는 상황이었다. 문제는 혼자의 자식들이 격리 병동에 대해 잘 모른다는 사실이었다. 얼굴도장만 찍고 돌아간 괘씸한 며느리를 욕하는 어머니 곁에서, 둘만은 혼자의 푸념이 끝나기를 기다리며 아내 대신 버티는 벌을 섰다. 참다못해 누나와 여동생을 부르러 나오던 그는 병실 안에서 화장실을 발견했고 소변이 급했음을 깨닫고 급히 달려갔다.

"안 돼욧! 거긴 환자 화장실이에욧!"

가시 돋친 금희의 목소리가 공기를 가르며 둘만의 뒤통수를 때렸다.

"아, 죄송합니다. 제가 너무 급해서. 이번만 쓰겠습니다."

둘만은 뒤도 안 돌아보고 그대로 화장실로 다가갔다. 화가 난 금희가 뛰쳐나가 화장실 문 앞에서 둘만을 몸으로 막았다.

"안 된다구욧! 환자들만! 쓰는 화장실이라니까욧? 면역력이 약한 환자들한테 병이라도 옮기면 어떻게 책임질 거예욧?"

"휴. 너무 급한데…."

금희의 눈빛이 사납게 번뜩였다.

"…알겠습니다."

서슬 퍼런 금희에게 눌린 둘만은 발을 동동거리며 병실 밖으로 뛰쳐나갔다. 그러자 신경질적인 혼자의 목소리가 커튼 너머의 양에게로 날아왔다.

"지가 뭔데 내 아들한테 소리를 지르고 지랄이야? 그까짓 환자 화장실 한 번 쓰는 게 뭐가 어때서! 하이고. 다 죽어 가는 중환자들이 병을 우리 아들한테 옮기면 옮겼지, 건강한 내 아들이 뭘 옮긴다고 저 지랄이냐고오!"

금희가 듣지 못해 다행이었다. 요즘 금희와 혼자 사이에는 견디기 힘든 긴장감이 끓어오르고 있었다.

이날 밤, 양은 여느 때처럼 잠에 들었지만 두 번이나 악몽을 꿨다. 모두 양의 눈앞에서 멀쩡하던 사람이 뇌가 터져 죽는 꿈이었다. 두개골이 뭉개지며 붉은 피 위로 하얀 뇌가 쏟아져 바닥에 흩어졌다. 그때마다 양은 소스라치게 놀라서 깨어났고, 땀에 젖은 환자복을 갈아입으며 두려움에 떨었다. 죽음도, 죽음을 보는 일도 아직은 양이 감당할 수 있는 일이 아니었다.

다음날인 토요일, 금희의 신경은 더 날카로웠다. 일녀와 세녀, 혼자의 수다가 밤새 이어졌기 때문이다. 그나마 아침에 혼자가 수술실로 옮겨가서 다행이었다. 점심에 나이팅게일 간호사가 적은 양의 과립구는 104. 이틀째 맞았는데도 혈소판은 여전히 2만을 넘지 못했다. 그럼에도 아침 회진에선 심해가 양호하다는 말만 되풀이했기에, 금희는 가슴이 답답했다. 보호자가 무르기만 해서는 안 된다던 기대의 입바른 말도 떠올랐다. 불안감은 곧 현실이 됐다. 오후 간식을 먹고 평소처럼 이를 닦던 양의 잇몸에서 피가 났기 때문이다. 윗니 중앙에서 살짝 내비치는가 싶던 빨간 점은 순식간에 길어졌다. 핏물이 세면대로 뚝뚝 떨어지기 시작했다. 놀란 양이 금희를, 금희가 간호사를 불렀고, 원석이 달려왔다. 원석의 침착한 지시에 따라 나이팅게일 간호사가 지혈제가 든 유리병을 가져와 큰 거즈에 적셔 양의 앞니에 대 주었지만, 금세 온통 빨갛게 물들 뿐 쉽사리 멎지 않았다. 결국 지혈제 1병을 다 쓰고서야 피는 잦아들었다. 핏물이 밴 거즈를 입에 댄 양을 보며 원석이 중얼거렸다.

"이런 모습은… 처음 보는군요."

혼잣말처럼 나온 이 말이 양을 아프게 찔렀다. 그래, 이게 내 현실이야. 몰랐어요? 난 말기 암 판정을 받은 백혈병 환자라고요. 그래도 그런 말을 굳이 할 필요는 없잖아요? 옆에서 어쩔 줄 모르던 금희가 원석에게 따지듯이 물었다.

"선생님! 우리 애가 정말 양호한 거 맞아요? 이렇게 피가 나는데 안심해 교수님은 계속 괜찮다는 말만 하시네욧!"

"혈소판이 2만 이하로 내려가면 이럴 수 있습니다. 이제 이를 좀 더 살살 닦으십시오. 몸 내부에서 출혈이 일어나면 큰일이니 움직일 때도 더 조심하셔야 합니다. 복도 걷기는 이제 금지합니다."

"백혈구도 1,230이던 어제보다 오히려 조금 올랐는데요?"

"어머님, 지난번에도 말씀드렸지만, 이 정도의 변화는 올랐다고 보지 않습니다. 머무르고 있다고 보는 겁니다. 백혈구는 0까지 안 떨어질 수도 있습니다. 과립구가 0이 되는 것이 중요합니다. 항암 치료를 시작한 지 오늘로 18일째죠? 다른 사람보다 조금 느리긴 하지만 과립구가 0을 향해 떨어지고 있기 때문에 교수님께서는 양호하다고 보시는 겁니다. 조급해하시면 하양 씨에게도 안 좋습니다. 어려우시겠지만 마음에 여유를 가지시고 조금만 더 기다리십시오. 반드시 0을 치게 돼 있습니다."

금희는 입을 다물었지만 여전히 불안한 표정을 감추지 못했다. 대신 양이 입에 거즈를 문 채로 고개를 살짝 끄덕였다.

잠시 뒤, 수술을 받은 혼자가 병실로 돌아왔다. 곧 원석도 들어왔다. 마취에서 잘 깨어났는지 확인하기 위해서였다. 아까는 위에 가운을 입고 있어 몰랐는데, 원석은 양이 처음 보는 푸른 수술복 차림이었다.

"아야, 아야, 아야, 아야, 아야."

"지혼자 씨, 제 말 들리세요? 지혼자 씨!"

"아야, 아야, 아야."

"언니! 괜찮수?"

"엄마! 제 말 들려요?"

"하이고. 시끄러워. 왜 이리 호들갑이야."

"지혼자 씨, 깨어나셨군요. 수술은 잘됐습니다. 말씀드린 대로 제가 직접 지켜봤으니 안심하십시오. 비장의 한쪽 귀퉁이를 묶어서 자연스럽게 그쪽이 죽어서 쪼그라들도록 만들었기 때문에 당분간 통증은 계속될 겁니다. 만약 많이 아프면 혹시 수술 부위에 문제가 생겼을 수 있으니 바로 간호사에게 말씀하십시오."

"감사합니다. 선생님."

"감사는 무슨! 둘만아, 반 교수가 있었으면 내가 이런 수술까지 가지도 않았어!"

"어머니, 제발요. 비장 비대는 며칠 사이에 생긴 게 아니잖아요. 몇 년 동안 대로가 온갖 치료 방법으로 애썼는데도 막을 수 없던 일이에요. 선

생님, 죄송합니다. 저희 어머니가 원래는 이런 분이 아닌데, 병에 오래 시
달리다 보니 너무 지쳐서 그래요. 이해하세요."

"하이고오, 배야. 아야, 아야, 아야."

"이해합니다. 보호자 분도 힘내십시오. 지혼자 씨, 당분간은 침대에만
누워 계셔야 합니다! 절대로 돌아다니지 마세요. 보호자 분, 수술 부위가
아물 때까지는 화장실을 출입할 수 없으니 성인용 기저귀를 사용하셔야
할 겁니다. 그 뒤로도 한동안은 대소변을 받아 내야 합니다. 곧 간호사가
안내해 드릴 겁니다."

원석이 나가자 불편한 침묵이 2호를 채웠다. 누가 혼자의 기저귀를 채
우고 뒤처리를 할 것인가. 떠밀리듯 먼저 말을 꺼낸 건 일녀였다.

"이모, 둘만이는 출근해야 하고 세녀는 곧 그림 전시회를 앞두고 있
고… 난 집을 비울 수가 없으니, 지금까지처럼 엄마 좀 잘 부탁할게요."

"그래요, 이모. 내가 전시회가 코앞만 아니면! 아휴, 몇 주 뒤에 전시회
만 무사히 끝나면 내가 계속 당번 설게요."

"……."

숙자는 말이 없었다. 그러자 둘만이 옆에서 조심스레 거들었다.

"이모님, 고생이 많으시겠지만, 저희가 누구를 이모님처럼 믿고 어머니
를 맡기겠어요? 좀 부탁드리겠습니다."

입을 꼭 다물고 있던 숙자가 갑자기 일어나더니 가방을 챙기고 겉옷을
입으며 말했다.

"아유, 언니… 내가 언니를 간병하느라 벌써 몇 주 동안이니 집을 비웠
잖수. 이젠 여기에 언니 애들도 와 있고, 나도 좀 쉬어야 되겠수. 얘들아,
알다시피 내 나이도 벌써 칠십이야. 요즘 들어 사는 게 부쩍 힘에 부쳐."

"아휴, 이모가 고생하는 거 왜 몰라요, 그래서 우리가 매달 간병비를 섭
섭잖게 챙겨 드리잖아? 그걸로 부족하세요?"

"언니도 알겠지만, 이게 어디 쥐꼬리만 한 돈을 몇 푼 쥐여 준다고 될 문제우?"

"이모님, 돈이 문제시면 저희가 좀 더 넉넉히 챙겨드리겠습니다. 그러니⋯."

"너희가 자식이잖아! 니들 어미가 대수술을 했어, 이놈들아!"

숙자가 꽥 소리를 질렀다. 금희는 깜짝 놀라 자세를 고쳐 앉았다.

"일을 하면서도 자기 손으로 똥오줌 기저귀를 갈아 가며 물고 빨고 새끼 셋을 키운 니들 어미라고! 우라질 연놈들!"

지혼자 할머니의 마음이 어떨까. 양은 마음이 쓰였다. 어쩐지 이 모든 대화를 듣고 있다는 사실만으로⋯ 미안했다.

숙자의 지청구 이후로 말없는 미루기가 수없이 오가는 사이, 혼자의 한마디가 사태를 마무리지었다.

"세정 애미야. 네가 있어야겠다. 아들이라고, 내 재산의 반은 둘만이한테 주기로 했으니 너도 이 정도는 할 수 있겠지? 둘만이는 대학교에서 애들을 가르쳐야 하니 강의를 빠질 수도 없고, 일녀랑 세녀는 일이 있고, 너밖에 더 있냐? 숙자는 그동안 고생했다. 몇 주 동안 여기서 지내느라 힘들었을 텐데 집에 가서 좀 푹 쉬어라."

"어머님, 저도 세정이를 신경 써야 하고 집안일도 많은데요⋯."

"세정이를 왜 들먹거려! 뉴욕에 유학 가서 잘 지내는 애를! 그래서, 지금 못 하겠다는 게냐?"

"어머니, 집사람한테만 그렇게 밀어붙이실 일이 아니라⋯."

"그래? 그럼 나도 유언장을 다시 써야겠구나."

묘한 침묵을 깬 건 숙자였다.

"그럼 언니, 나 가우! 자주 보러 올게."

"그래, 살펴 가."

"이모!"

"이모님! 그렇게 가 버리시면…."

"한숨 자야겠으니 조용히들 해. 일녀랑 세녀는 그만 돌아가고. 오늘밤은 세정 애미가 있을 테니."

"응, 엄마. 우린 그럼 가우."

"새언니, 엄마 잘 부탁해요."

"아, 아가씨들… 휴우."

2호가 조용해지자 다른 소리들이 들리기 시작했다. 4호에선 누군가와 통화하는 기대의 목소리가 터져 나왔다.

"아니, 식탁을! 주문할 때 적어 준 주소가 아니라 지금 불러 준 주소로 갖다 달라니까? 갑자기 배달지가 인천에서 서울로 바뀌면 어쩌냐니. 내가 왜 받는 주소를 바꾸는지까지 당신한테 설명해야 해? 뭐, 인마? 너한텐 고객이고 뭐고 없냐? 해보자는 거야, 어? 내 딸이 들어가 살려던 신혼집을 사위 놈이 멋대로 팔고 날아서 그렇다, 왜!"

"아빠…."

가냘픈 연두의 목소리가 울렸다. 기대는 아차 싶었는지 사과하며 전화를 서둘러 마무리했다.

"이봐요, 어쨌든 번거롭게 해서 미안합니다. 원래 배송할 날짜가 아니어도 괜찮으니 방금 전에 말한 주소로 배달해 주세요. 부탁합니다."

"…아빠, 괜찮아?"

"휴… 그까짓 식탁이 와도 더 들어갈 데도 없는데. 네 신혼집으로 미리 보냈던 가구들이 전부 우리 집으로 돌아왔다. 배 서방, 아니 그 자식이 보낸 사람에 제 이름을 떡하니 적었다. 에라이! 회를 떠도 시원찮을 놈의 새끼!"

162

"…미안해."

"아냐, 아냐. 우리가 전부 사람 보는 눈이 없었던 거다… 아직 세탁기, 냉장고, 청소기… 새로 주문해 뒀던 가전제품의 배달 주소를 바꿔야 돼. 아빠가 나가서 하고 올게. 여기서 할 통화가 아니었는데, 갑자기 전화가 걸려 와서… 미안하다."

"괜찮아. 아빠, 힘내!"

"그래, 그래."

토닥토닥… 연두 씨도 힘내요! 응원하는 마음을 보내며 양은 눈길을 돌렸다. 조카며느리가 건네는 옥수수차를 마시는 송화의 모습이 보였다. 금희가 정성껏 끓인 차였다. 48시간 선고를 받은 지 35시간이 지나도록 송화는 아직 오줌을 누지 못했다. 계속 마신 차와 최대한으로 투여한 이뇨제 때문에 송화의 얼굴은 안쓰러울 정도로 퉁퉁 부어 있었다. 채송화 할머니의 신장아, 잘 버텨야 해! 할머니가 딸을 볼 수 있게 조금만 더 힘을 내 줘! 양은 바랐다. 6호선 복수가 아이들과 영상 통화 중이었다.

"엄마, 엄마! 언제 와?"

"엄마, 너무 보고 싶어!"

"엄마, 나도, 나도."

"엄마, 지난주에 할아버지랑 공원에 갔는데…."

"엄마, 엄마, 어제 어린이집에서…."

알록달록한 스카프를 머리에 두르고 폰에 바짝 붙은 복수의 얼굴은 밝았다. 역시 아이들이 있으면 다르구나. 힘이 나는구나. 양이 생각하는 사이, 복수가 서둘러 통화를 끝내더니 침대에 풀썩 쓰러졌다. 깜짝 놀란 양이 금희를 부르려는 순간, 복수가 마구 흐느끼며 머리의 스카프를 끌어 내렸다.

"으흐흐흑. 이것들을 두고 내가 어떻게… 어떻게… 어떻게… 죽어…

흐흐흑. 살려 주세요, 제발… 누구라도 좋으니, 어떤 신이라도 듣고 있다면, 제발… 저 좀 살려 주세요. 뭐든지, 살려 주기만 하면… 뭐든지 다 할 테니까, 제발요….”

다행이야. 남자 친구가 없어서, 결혼을 안 해서, 남편과 아이들이 없어서 다행이라고, 양은 생각을 바꾸었다. 상상만으로도 끔찍했다. 만약 남자 친구가 나를 버린다면, 그것도 내가 죽을병에 걸렸다는 이유로. 난 연두 씨처럼 견디지 못했을 거야. 아이들도… 아이가 있는데 볼 수 없고 만질 수 없고, 무엇보다 내가 죽고 난 뒤에 아이들이 엄마 없이 살면서 겪을 세상을 생각하면 하루하루가 지옥일 거야. 아무리 지방에 살고 남편이 직장을 다니며 아이들을 돌봐야 한다고 해도, 아무리 내가 오지 말라고 했더라도 가족을 위해 간병인도 없이 홀로 입원하고 몇 주가 지나도록 남편이 한 번도 안 온다면, 나는 이해하지 못할 거야. 복수 언니와는 달리… 상처받을 거야. 연두와 복수, 두 사람이 애써 마음을 누르고 있음은 양도 알고 있었다. 자신이 무너지면 모두가 부서져 버릴 걸 알기에… 가족이 모르게 혼자 가슴으로 우는 사람들. 양도 그들과 같았다.

저녁 식사 시간. 금희가 잠깐 나갔다 온다며 가자, 대양이 병실로 쑥 들어왔다. 원석을 만나고 들르는 길이었다. 반가워하는 양에게 대양은 놀라운 소식을 전했다.
“양아! 이제 됐어! 유진자 김사 결과가 나왔는데, 내가 너랑 100피센트 일치해!”
“에?”
“안 믿겨? 내가 방금 사원석 주치의한테서 직접 듣고 오는 길이야! 원래는 A, B C, D. 4개 유전자의 조직적합성항원 검사만 하는데, 너랑 나

164

랑 4개가 다 일치하니까 안심해 교수님께서 E와 F까지 다 확인해 보라고 해서 봤고, 그랬더니 그것까지도 같았다, 6개 중에 6개가 모두 일치해요! 축하합니다! 라면서 사원석이 손을 내밀고 악수를 청하더라! 나도 얼마나 기쁜지 그 손을 덥석 잡고 감사하다며 계속 인사를 했다?”

“아… 오빠. 정말 골수를 뽑아도, 괜찮겠어?”

“당연한 말을 입 아프게 한다!”

“…엄마랑 아빠도 아셔?”

“어. 그러니까 너는 지금부터 무조건 잘 먹고 네 몸에 최선을 다하는 거다! 항암 치료만 잘 이겨 내면 되는 거야! 알았나? 빨리 이 밥 다 먹어!”

대양은 웃으며 원석과의 만남에 대한 뒷이야기를 해 주었다. 원석에 대한 첫인상과 느낌, 순식간에 쌓인 신뢰와 우정까지. 대양의 말을 듣느라 살짝 식어 버렸지만 곰탕은 오늘따라 더 맛있게 느껴졌다. 양은 금세 한 그릇을 비워 대양을 기쁘게 했다.

대양도 돌아가고 모두가 잠들 준비를 하던 밤 10시 무렵. 원석이 바쁜 발걸음으로 들어왔다. 저 의사는 도대체 언제 쉬는 걸까? 송화를 찾은 원석은 어쩐지 들떠 보였다.

“채송화 씨! 방금 따님이 인천공항에 도착했습니다! 바로 병원으로 오는 택시를 탄 답니다!”

“아… 아아.”

송화는 말을 잇지 못했다. 뭔가 말하려는 손짓으로 자꾸 어딘가를 가리켰다. 그 소리에 보호자 침대에서 잠들었던 조카며느리가 부스스 일어나 송화를 이리저리 살폈다.

“채송화 씨? 괜찮으세요? 왜 그러세요? 어디가 불편하세요? 아, 이런! 소변을 보셨군요! 정말, 정말 잘하셨어요! 지금 당장 다시 의사를 불러오겠습니다! 잠깐만, 잠깐만 기다리십시오!"

원석이 기쁘게 뛰어나갔다. 어제 송화에게 48시간이란 선고를 내렸던 중환자실 의사가 다시 불려와 송화 앞에 섰다. 어제보다 더 피곤해 보이는 의사는 작게 고개를 끄덕였다.

"신기하네요. 소변이 나오다니. 48시간 선고는 취소합니다. 환자 분, 일단 살았어요!"

병실 문 앞에서 그는 어제보다는 자신 없는 목소리로 원석에게 말했다.

"일시적인 호전입니다. 뇌까지 들어간 백혈병이 나을 가능성은 없습니다. 보호자에게 준비를 시키세요. 그럼 이만."

그래도 양은 기뻤다. 신도 아닌 사람인 의사가 아직 살아 있는 한 인간의 사망 시간을 정확하게 예측하던 의학의 세계도 신기했지만 그 무자비한 예상을 뒤엎은 송화의 의지와 몸은, 놀랍도록 신비했다. 송화가 죽음의 선고를 받은 지 40시간 만이자, 비극을 8시간 앞둔 시점이었다. 문득 따뜻한 손길이 양을 감싸는 기분이 들었다. 그렇다면 나도…라는, 어렴풋한 희망이었다. 그래, 여기는 아우슈비츠와 달라. 밤낮으로 덤벼드는 죽음 앞에 갇혀 있다는 점은 수용소와 다를 바 없지. 하지만 여기에는 나를 살리려는 사람들이 있어. 이건 엄청난 차이야! 양은 오랜만에 악몽 없이 깊은 잠에 들었다.

일요일 새벽. 후폭풍을 알리는 바람이 불어닥쳤다. 양의 목이 처음으로 부었다. 양은 아파서 자다가 몇 번이나 깼다. 물을 삼키기도 어려워서 아침밥을 넘길 때는 그야말로 찢어지듯 목구멍이 아팠다. 오전에는 왼쪽 다리까지 부으면서 온몸에 열이 나기 시작했다. 38도가 넘는 고열이었다.

항암 치료를 시작한 지 19일째인 이날 양의 과립구는 0. 원석의 말이 맞았다. 백혈구가 910인데도 과립구는 0을 찍었다. 드디어 시작이었다. 그러나 이날따라 무슨 이유에선지 심해가 회진을 안 왔고, 원석 역시 자리에 없었다. 양은 낯선 당직 의사의 지시에 따라 혈액 배양 검사를 당하고 해열제와 항생제를 처방받았다. 의사는 두꺼운 안경을 고쳐 쓰면서 심각하게 말했다.

"아니길 바라지만 패혈증도 검사해 봐야 합니다. 열이 계속 안 내리면 큰일이에요. 이젠 책도 읽지 마세요."

양과 금희는 떨었다. 부어 오른 목 앞에서 해열진통제는 별다른 힘을 못 썼다. 목은 여전히 아팠고 열도 저녁이 오고 땀이 나면서야 겨우 내렸다.

"원인을 알 수 없는 열이 계속 나는 경우, 예후가 안 좋은 경우가 많습니다."

죽음을 에두른 암 병원 안내지의 글.

"지금까지 이 병동에서 이렇게 땀 흘리는 환자는 없었어요!"

놀라던 간호사들의 말.

이 둘은 하나로 묶여 양의 무의식에 두려움을 심었다. 씻지도 못하는 상황에서 걷잡을 수 없게 쏟아지는 땀은 또 얼마나 괴로운가. 양은 늘 하루빨리 땀이 사라지기만을 바랐다. 그런데 면역력이 0을 치면서 생각이 바뀌었다. 어쩌면 열을 낮추려고 몸이 스스로 땀을 내는 건지도 몰라. 내 몸은 자살 시도를 하는 게 아니야. 살아남으려고 발버둥치고 있어! 밤새 환자복을 여러 번 갈아입는 일은 더 이상 수고가 아니었다. 땀은 양에게 고마운 존재였다. 이런 생각을 하는 양의 옆에서 금희가 투덜거렸다.

"이번에도 배선실 사람들이 한 말이 맞았네? 의사들은 언제나 최악을 얘기해."

송화의 딸 예진이 그 말을 알아듣고 동의하듯 미소를 지었다. 어젯밤 늦게 도착한 예진은 잠시도 엄마 곁을 떠나지 않았다. 조카며느리는 아침 일찍 자기 아이에게로 돌아갔고, 예진이 송화의 곁을 지켰다. 예진은 잠시 뒤 양의 자리로 찾아와 미국에서 가져온 과일차를 건넸다. 송화의 소식에 정신이 없었을 가운데에도 챙겨 온 배려가 느껴졌다.

"아주머니, 감사합니다. 저희 엄마가 아주머니께서 끓여 주신 옥수수차 덕분에 살았다고 계속 말씀하세요. 꼭 인사드리라면서요. 제가 엄마를 볼 수 있게 도와주셔서 정말 감사드려요. 큰 도움, 받았습니다."

금희와 예진은 어느새 손을 맞잡고 함께 눈물을 글썽였다.

"내가 뭘 한 게 있나. 어머니가 예진 씨를 보려고 기다리신 거지. 다행이야."

"…아버지가 돌아가시곤 줄곧 엄마랑 저 둘 뿐이었거든요. 문중 사람들은 종갓집 재산이 어디로 넘어가는지만 관심이 있지, 엄마한텐 저밖에 없어요. 그런데 제가 미국으로 떠나 버려서…."

"아휴. 이렇게 왔으니 됐지. 이게 어디 쉬운 일인가."

"…네."

"그나저나 미국에 남편과 아이를 두고 왔으니 곧 다시 돌아가야 할 텐데, 얼마나 머무를 계획이에요?"

"실은, 5일을 생각하고 왔어요. 주치의 선생님께 전화로 말씀을 듣고… 어머니의 마지막 가시는 길에 장례식까지 제 손으로 치르고 재산을 정리하면 되겠다 싶었거든요."

"그렇구나. 그래요. 잘 생각했어요."

"네, 그럼 당분간 계속 신세 좀 지겠습니다."

"아휴. 신세는 무슨. 어머니가 내 친정엄마를 닮으셔서 남 일 같지 않아요. 지내다 궁금하거나 어려운 일이 있으면 언제든 얘기해요."

정다운 송화 모녀와 달리, 혼자는 외로웠다. 혼자의 며느리는 하룻밤 만에 두 손, 두 발을 다 들고 뒤로 자빠졌다. 그뿐인가. 수술한 자리가 아파서 앓고 누운 혼자가 듣든 말든 바로 옆에서 당당하게 전화를 걸었다. 재산이고 뭐고 다 필요 없다, 시어머니의 똥 기저귀 수발은 못 하겠다며 혼자의 자식들에게 똑 부러지게 쏴붙였다.

"세정이 큰고모, 나한테 그렇게 말하지 마세요. 아가씨들도 어머님의 유언장에 불만이 많았잖아요? 이번 기회에 와서 점수 좀 따지 그래요? 이런 일은 아들이라고 세정 아빠랑 나한테 미루면서 재산은 똑같이 달라는 거, 좀 염치없지 않아요?"

"지금 뭐라고 했어요? 작은 아가씨, 엄밀히 말하면 당신들의 엄마 아니에요? 자식들도 마다하는 어머님의 똥오줌을 지금 누구한테 받아 내라는 거야?"

"여보, 난 어머님의 성격 도저히 못 맞춰. 간호사실에 간병인을 구해 달라고 했으니 그런 줄 알아. 그리고 저녁에는 당신이 좀 와 봐. 오늘은 일요일이잖아! 강의 핑계 대지 말고 당신 어머니한테 얼굴이라도 비추라고!"

금희가 아침을 먹으러 나간 사이, 양이 책을 읽고 있는데 2호에서 소곤거리는 소리가 들렸다.

"… 대신 …했다는 거지?"

"…네."

누군가 낮게 다그치자 다른 누군가가 기어들어가는 목소리로 대답했다.

"제 잘못이니… 일단 보호자에게 말해야….."

"쉿! 조용히 해. 인턴 주제에 어떻게 책임을 진다는 거야."

"그래도….."

"이 주사는 …밀리리터 정도 맞아도 생명에 지장 없어. 아무 일도 없었던 거야. 그럼 큰 문제없을 거야. 알았어? 아니면 이대로 옷 벗을래?"

"…아니요!"

잔뜩 겁먹은 목소리. 두 간호사는 잠든 혼자를 두고 살그머니 빠져 나갔다. 그러니까, 어제 비장 수술을 한 백혈병 환자에게 놓아야 할 주사가 아닌 다른 주사를 잘못 놓았고, 숨기자는 얘기였다. 남 일이 아니었다. 이 병실의 누구에게나 일어날 수 있는 일이었다. 송화나 복수, 연두나 용녀였다면 바로 알렸을 양이었다. 하지만… 혼자였다. 이런 이야기를 들으면 길길이 날뛸, 혼자였다. 정확히 어떤 주사 대신 무슨 주사를 얼마만큼 놓은 건지도 모르는 상황에서 말을 전해 봤자 오히려 양의 말을 안 믿고 간호사들에게 일러 양만 미움을 받을 수도 있었다. 큰 문제는 없다니까… 지켜보자. 만약 혼자에게 나쁜 일이 생긴다면 당연히 증인으로 나설 양이었지만, 다행히 그런 일은 생기지 않았다.

며느리의 바람과는 달리, 혼자의 간병인은 쉽사리 구해지지 않았다. 오전에 서너 명의 지원자가 왔지만 혼자 옆에 잠시 있어 보곤 하나같이 손사래를 치고 돌아갔다. 안 그래도 지킬 게 많아 일하기 까다로운 격리 병동에서, 돈을 더 주는 것도 아닌데 똥오줌까지 받아야 하는 환자를 돌보기는 싫다는 이유였다. 나중에, 혼자의 며느리는 돈을 더 주겠다며 왔다 간 간병인들에게 일일이 전화했지만 하겠다는 사람은 없었다. 혼자의 성격에 대한 소문이 이미 퍼져서 아무도 안 맡으려 한다는 이야기가 배선실에 돌았다.

오후 늦게야 하겠다는 사람이 겨우 하나 나타났다. 연변에서 온 중국 동포였다. 배선실 사람들은 심 여사가 격리 병동에서 일한 경험이 없을 뿐 아니라 간병 일을 시작한 지도 얼마 안 된 초짜라서, 뭘 몰라서 온 거라며 숙덕거렸다. 세정 엄마는 그런 심 여사에게 혼자를 떠넘기고 홀가분하게 집으로 돌아갔다. 물론 혼자를 잘 돌봐 달라는 부탁은 남겼다.

111병동에 다른 중국 동포 간병인들은 없었다. 간병인들은 소속된 회사에 따라서 분홍색, 보라색 등 다른 옷을 입고 일했다. 심 여사의 옷은 빨강색으로, 회사도 달랐다. 그래서인지 심 여사는 다른 간병인들과 어울리는 대신 혼자의 마음에 들려고 열심이었다. 내 환자에게 정성을 다하는 간병인, 좋았다. 하지만 지나친 열정은 곧 문제를 일으키기 시작했다.

중간 자리라 좁다며 혼자가 투덜거리자, 심 여사는 자신의 보호자 침대와 혼자의 침대 사이를 밀어서 공간을 넓히기 시작했다. 틈날 때마다 은근슬쩍 일이 이루어졌기 때문에 처음에는 아무도 몰랐다. 저녁때쯤 돼서야 양은 금희의 보호자 침대와 자신의 침대 사이가 부쩍 가까워졌다는 사실을 알아차렸다. 이때쯤 용녀에게서도 불만이 터져 나왔다.

"왜 이리 좁아졌지? 2호 간병인, 그만 좀 밀어요. 편하게 잠을 잘 수가 없잖아요! 왜 자꾸 침대가 흔들리나 했네!"

심 여사도 만만치 않았다.

"아니, 처음부터 그쪽이 자리를 너무 많이 차지해서 우리가 좁았다고요!"

금희와 양은 조금 좁아졌지만 그 정도는 참기로 했다. 사실 입구 쪽 벽에 위치한 용녀와 화장실 옆에 자리한 양에 비하면 보호자 침대와 환자 침대가 모두 커튼에 의지한 혼자는 불편함이 있었다. 그동안은 혼자의 입장에서 생각해 본 적이 없었음을 양은 이번에 깨달았다. 늘 떨어질 듯 불안하게 금희 쪽 침대 난간에 기대 앉아 있던 혼자의 행동도, 이제야 이해가 가는 부분이 있었다. 하지만 밤이 가까워지면서 간호사 카트가 들어오지도 못할 정도로 자리가 좁아지자 금희도 더 이상은 봐줄 수가 없었다. 곧 1호와 2호, 2호와 3호 사이에 침대 밀기와 실랑이가 끊임없이 이어졌다. 모두에게 굉장히 피곤한 일이었다. 그나마 용녀는 몸이 거의 회복돼서 퇴원할 날을 기다리는 상태였지만, 금희는 말기 암 판정을 받고 항암 치료로 면역력이 0으로 떨어진 딸을 돌보고 있는 엄마였다. 안 그래도 팽팽한 금희의 긴장감이 슬슬 한계를 넘어서고 있었다.

그런 가운데, 또 다른 갈등이 시작됐다. 수술로 꼼짝도 못 하고 누워 있으니 온몸이 쑤신다는 혼자의 말에, 심 여사가 혼자의 침대로 올라갔기 때문이다. 심 여사는 근육을 마사지할 겸 욕창도 막는다며 환자 침대 위에서 자기의 손이며 발로 혼자를 1시간이 넘도록 밟고 주물렀다. 생각해 보라. 어제 수술을 한 70대 노인이 누운 침대 위에 40대의 간병인이 올라가서 이리저리 걸어다니는 모습을. 커튼 한 장을 사이에 두고 혼자의 침대 바로 옆, 50센티미터 아래에 누운 금희는 또 어땠겠는가. 혼자의 침대가 두 사람의 무게를 못 이기고 위험하게 흔들리며 삐걱거렸다. 양이 보기에 금희는 혼자의 침대보다도 위태로웠다.

이날 밤, 둘만이 혼자를 찾아왔다.

"어머니, 저 왔어요. 몸은 좀 어떠세요? 아, 새로 오신 간병인이시군요? 저희 어머니를 좀 잘 부탁드립니다."

심 여사가 꽤 마음에 들었는지 혼자는 침이 마르도록 칭찬을 늘어놓았다.

"우리 심 여사가… 거기 비하면 세정 애미는 시어미한테 그러는 거 아니다."

심 여사에 대해 칭찬하는 말끝마다 며느리에 대한 악담과 저주가 양념처럼 얹혔다. 1시간이 넘게 묵묵히 아내에 대한 험담을 듣던 둘만은 슬그머니 일어섰다. 조금 더 있다 가라며 혼자가 잡았지만, 둘만은 내일 아침에 강의가 있다며 자리를 털고 나갔다. 그 뒤를, 금희가 재빨리 뒤따랐다. 금희는 5분 정도 지나서 들어오더니 양에게 조그맣게 속삭였다.

"이제 됐어. 아들은 사람이 점잖고 그래도 말이 통하더라. 간병인은 좋은 의도로 한 거겠지만 어제 수술을 받은 백혈병 환자한테 무리하게 안마를 하다가 어디가 잘못되면 어쩌느냐고, 같은 보호자로서 걱정이 돼서 말하는 거라고 했더니 바로 알아듣더라. 침대를 자꾸 밀어서 옆 사람들이 불편하다는 얘기도 했어. 간병인에게 조심해 달라고 듣기 좋게 말하겠대."

잠시 뒤, 심 여사가 둘만의 전화를 받는 소리가 들렸다.

"네, 네. 네."

심 여사의 볼멘 대답 소리에 궁금해진 혼자가 물었다.

"둘만이가 뭐래?"

"아드님이 이제 마사지를 해 드리지 말라네요."

"뭐야? 그리고?"

"침대를 양옆으로 밀지 말라고요."

"하이고. 지가 뭘 안다고. 어미가 수술을 했는데도 이제야 1시간 앉았다 간 녀석이… 자리가 좁아서 내가 얼마나 불편하고 온몸이 쑤시는지 지가 뭘 알아! 병원비 아끼려고 제 어미를 6인실에 처박아 놓고선."

"그래도 아드님이 그렇게 말씀하시니까, 저도 어쩔 수가 없네요."

그 말을 끝으로 심 여사와 혼자는 조용해졌다. 자리 밀기와 침대 위 마사지도 일단은 멈췄다.

월요일. 새벽부터 설사가 양을 깨웠다. 병원에 온 뒤로 처음이었다. 양은 화장실을 들락거리느라 심해의 아침 회진도 놓칠 뻔했다.

"잠깐만요, 교수님!"

양이 화장실에서 소리치자 심해가 화장실 앞으로 다가와 말했다.

"서두르지 마세요. 다시 들르겠습니다."

그래도 양은 뛰쳐나왔고 심해는 회진을 끝내고 나가려다 다시 돌아왔다.

"하, 양 씨, 설사가 심한가요?"

"아직은 견딜 만해요."

"배가 아픈가요?"

"아니오. 배는 괜찮아요."

"흠. 항생제 때문에 그럴 수 있습니다. 목은 어떤가요?"

"많이 아파요. 너무 부어서 뭘 삼키기가 힘들어요."

"발목도 한번 볼까요?"

"아야!"

"아프지요? 이럴 수 있습니다. 그래도 양호합니다. 지켜보지요."

X-ray를 찍고 뭔가 문제가 발견되는 다른 환자들과 달리 난 아직 괜찮은 수준인가 봐. 양은 안심했다. 하지만 설사는 시간이 갈수록 심해졌다. 곧 배가 뒤집어지듯 아프면서 설사가 쉴 새 없이 이어졌다. 바로 옆이 화장실이 아니었다면 가는 길에 못 참고 몇 번이나 실수했을지도 모른다. 화장실을 나서는 양의 다리가 후들거리고 손이 떨렸다.

"오전에만 벌써 여섯 번째네요."

손전등 간호사가 말했다. 내 변기통을 들여다보고 설사 횟수를 기억하는 사람… 간호사였다. 양은 새삼 간호사들에게 존경심을 느꼈다. 보고를 받은 원석이 와서 양의 배를 여기저기 눌러 보더니 말했다.

"어디 이상이 생긴 건 아닌 것 같군요. 장에 균이 들어갔을 수도 있습니다. 균이 들어간 거면 설사를 해서 자연스럽게 밖으로 나오게 하는 게 제일 좋습니다. 하는 데까지 해 봅시다."

"아… 선생님, 너무 힘들어요. 엉덩이가 쓰라려요."

"아, 이런. 조금만 더 참아 봐요. 보통은 나올 만큼 나오면 괜찮아집니다. 지금 약을 쓰면 오히려 균이 못 나와서 배가 더 아플 수 있습니다."

"…네."

설사가 이어지면서 황당한 사건도 일어났다. 이젠 더 나올 것도 없는 물을 빼고 양이 일어서려는데, 갑자기 뭔가가 변기로 떨어졌다. 검붉은 덩어리였다. 크기는 엄지손가락만 했다. 뭐지? 너무 순식간인 데다 아무런 느낌이 없어서 양은 자기 몸에서 떨어진 건지 아닌지도 알 수가 없었다. 놀란 양은 화장실 안 비상벨을 눌렀다. 손전등 간호사가 달려와 양의 이야기를 듣고 변기 속을 한참 들여다보더니 차마 꺼내지는 못하고 양에게 말했다.

"이렇게 봐선 뭔지 잘 모르겠네요. 다음에 또 이런 일이 있으면 변기로 떨어지기 전에 손으로 받아서 제게 주세요."

"네? 손으로요?"

"네. 자세히 봐야 뭔지 알 수 있어요. 알아야죠!"

"…네."

설사에, 복통에, 뭔지 모를 덩어리까지. 긴장한 금희는 누가 살짝 건드리기만 해도 터질 정도로 아슬아슬했다. 그런 가운데 눈앞에서 못 볼꼴이 일어났고, 금희는 폭발하고 말았다.

"지금 뭐하는 거예욧!"

"수건 빨잖아요. 왜요?"

"아니, 환자용 세면대에서 2호의 똥오줌을 닦은 수건을 빨면 어쩌자는 거예욧?"

"환자 수건이니 환자용 세면대에서 빠는 건데, 왜 난리래? 어디 법으로 환자용 수건은 여기서 빨면 안 된다고 정해져 있기라도 해요?"

"그럼요! 정해져 있죠!"

"그런 법이 있으면 가져와 봐요, 어디!"

그러자 4호에서 기대가 뛰쳐나오며 소리를 질렀다.

"아니, 이 아줌마가 미쳤나? 여기 환자들도 쓰기 전에 알코올로 소독하고, 쓰고 나서도 다음 사람을 위해 소독하는 덴데, 그 더러운 걸레를 지금 어디다 대고 빠는 거야! 당신, 간병인 맞아? 제정신이야?"

기대까지 나서서 펄펄 뛰자 심 여사는 그제야 꼬리를 슬쩍 내렸다.

"아니, 아저씨… 그럼 이런 건, 어디서 빨아요?"

"이 아줌마야, 그건 저기 입구 쪽 비소독물질실에 가서 빨아야지! 누굴 감염시키려고 이래! 우리 연두가 저 세면대 쓰고 나서 아프면 당신이 책임질 거야? 어?"

"그러니까 말이에요! 아휴. 진짜 불안해서 못 살겠네."

시끄러운 다툼에, 서로를 바라보던 송화와 예진 모녀, 늘 누워 있는 복수와 용녀까지 고개를 빼고 내다봤다. 모두의 시선이 몰리자 심 여사는 머쓱했는지 중얼거리면서 병실 밖으로 물이 흐르는 수건을 들고 나갔다.

"다른 병동에선 다 여기서 빨던데, 여긴 뭐가 다르다고 이 난리야, 난리가. 내가 조선족이라고 이러나? 내 참 서러워서."

심 여사가 나가는 길을 따라 다툼의 흔적이 남았다. 덜 짠 수건에서 떨어진 물 자국이었다. 금희가 알코올 분무기를 들고 가 세면대에 뿌리고 박박 문지르는 사이, 예진이 조용히 일어나더니 심 여사의 뒤를 따라가며 바닥의 물기를 엎드려 닦았다.

휴. 양은 한숨을 내쉬었다. 살얼음판이 따로 없었다. 양은 금희를 이해하고도 남았다. 금희가 잘못된 지적을 한 것도 아니었다. 하지만… 꼭 그렇게 당장이라도 맞붙어 싸울 듯이 부딪쳐야 하는지, 양은 답답했다. 심 여사가 이 병동의 규칙을 잘 몰라서 그런 거니, 좀 더 부드럽게 알려 줄 수도 있잖은가. 언제 또 무슨 일이 터질지 몰라서 양은 불안했다.

이날 양의 과립구는 14.

"선생님, 우리 애가 어제 0을 친 지 하루 만에 0을 벗어났네요? 괜찮나요?"

"어머님, 14면 아직 0이나 같습니다."

원석의 말이 금희를 다독였다.

"미리 말씀드리자면, 하양 씨는 0을 치는 기간이 그렇게 길지 않을 수 있습니다. 젊은 환자들은 아무래도 체력이 좋아서 몸이 빨리 회복되기 때문에 보통 3~4일 정도 0을 치죠. 짧다고 나쁜 게 아닙니다. 0을 쳤다는 게 중요한 겁니다. 일주일이 넘게 0에서 못 올라오는 환자 분들도 있는데, 그러면 여러 가지 감염이나 합병증이 생길 수 있기 때문에 오히려 위험할 수 있습니다. 그래서 일반적으로 과립구가 0을 치면 저희가 촉진제를 씁니다. 몸이 빨리 회복되게 도와주는 겁니다. 다만 하양 씨처럼 나쁜 세포의 비율이 높은 경우에는, 촉진제로 인해서 남아 있는 나쁜 암세포까지 급성장할 수 있기 때문에 안 쓰기로 했습니다. 이해가 가시죠?"

"네."

"오늘은 혈소판이 딱 2만이네요. 어제 8천까지 내려가서 노란 피를 2봉이나 맞아서 그나마 이 정돕니다. 어차피 내려갈 테니 오늘은 1봉만 맞읍시다."

"네."

양이 노란 피를 맞는데 반갑지 않은 목소리가 병실을 울렸다. 혼자의 동생 숙자였다. 숙자의 손에는 온갖 과자가 한가득 담긴 큰 비닐봉지가 들려 있었다. 3일 만에 온 숙자는 앉자마자 시끄럽게 과자 봉지를 뜯더니 심 여사와 함께 혼자의 옆에서 아작아작 과자를 먹었다. 금희가 자리를 잠시 비워서 다행이었다.

"그러니까, 이게 말이 되냔 말이야. 하이고… 동생이 있을 때는 이 지경은 아니었는데."

"나만 믿으슈. 언니, 내 이년을 가만두지 않겠수!"

"안마해 드리면 얼마나 시원하다고 하시는데 글쎄, 그것도 못하게 하더라니깐요?"

"걱정 마우. 안 그래도 내가 오는 길에 둘만이한테 따끔하게 가르쳤슈. 남의 말만 듣고 간병인이나 언니한테 그러는 거 아니라고! 죄송하다니, 이젠 안 그러겠지. 내가 요년을 박살 내 버릴 테니 좀만 기다리슈!"

분명히 금희를 노린 말들이었다. 엄마한테 병실로 오지 말라고 해야 하나? 그러면 이유를 설명해야 하고 그게 오히려 엄마를 더 자극할 수도 있어… 양은 가시방석에 앉아 메시지를 쓰다 지웠다 했다. 이때 금희가 예진과 함께 이야기를 나누며 병실로 들어왔다.

"정말 잘됐어요! 잘 결정했어요!"

"그동안 저희 어머니를 따뜻하게 돌봐 주셔서 감사합니다."

"아이구, 내가 한 일이 뭐가 있나. 떠나기 전에 우리 또 차 한 잔, 해요."

금희는 눈시울이 살짝 붉어진 채로 돌아왔다.

"예진 씨가 어머니를 요양 병원으로 모셔 가기로 했대. 처음에 주치의한테 전화를 받았을 때는 워낙 위중한 상태라고 해서 장례를 치르고 정리하는 시산까지 5일 정도 생각하고 들어왔는데, 지금 사흘이 지나도 어머니가 괜찮으시니 어머니와 좀 더 함께하려고 휴가를 더 늘렸다더라. 자기가 다시 돌아가고 나면 아무도 없는 대한대학교병원에 혼자 남으시니까, 고향집 근처의 요양 병원에 계시는 게 어머니께도 나을 것 같대. 어머니가 돌아가시면 종갓집 재산을 다 넘기는 조건으로 근처에 사는 조카랑 조카며느리가, 지난번에 왔던 아기 엄마 말이야, 자주 들여다보기로 했나 봐. 가시기 전에 딸 얼굴도 눈에 담고 또 예진 씨가 직접 모시고 내려간다니 채송화 할머니에게도 참 잘 되었지? 예진 씨가 곧 아가랑 남편까지 데리고 다시 어머니를 보러 올 거래. 살아 계신다면 만나 보실 텐데… 치료가 되는 상황이 아니니 아무래도 이번에 보는 게 마지막이지 않겠나 하더라."

"응… 그래도 다행이다. 채송화 할머니는 그럼 언제 가시는 거야?"

"이틀 뒤래. 아휴, 좋은 일인데 왜 이리 눈물이 나지?"

"이제 채송화 할머니를 못 본다니 서운해서 그렇지. 나도 맘이 이런데, 엄만 오죽하겠어."

이런 말들을 주고받느라 양은 잠시 혼자와 숙자를 잊었다. 이때 숙자는 숨죽이며 공격할 틈만 찾고 있었다.

"저년은 다른 사람들한테는 하나같이 살살거리면서 우리 언니한테만 못살게 굴고 지랄이라니까? 내 오늘 저년의 몹쓸 버릇을 싹 뜯어고쳐 놔야지!"

"그러니까. 나랑 전생에 무슨 원수가 졌나? 하이고. 저년은 우리가 지 얘기를 하는 줄도 모른다니까, 동생?"

"귓구녕이 막혔으면 뚫어야 안 되겠수? 이년아! 이 몹쓸 년아! 네가 둘만이한테 거짓말로 고자질을 하고! 모자 사이를 이간질을 시켜 놓고도 발 뺑고 자냐, 이 썩어 빠진 년아! 아직도 지 얘기 하는 줄도 모르는 멍청한 년아!"

커튼 너머로 어찌나 고래고래 소리를 지르는지, 연두의 머리에 난 종기를 살피던 인턴 간호사가 깜짝 놀라 두리번거릴 정도였다. 양의 얼굴이 하얗게 질렸다. 그제야 금희는 자기를 향한 공격이라는 사실을 깨닫고 이를 악물었다.

"엄마, 엄마! 일부러 싸움을 거는 거야! 휘말리면 지는 거, 알잖아. 참아."

"그래, 사람 같지 않은 인간들을 상대해서 뭐해."

"응. 엄마, 신경 쓰지 말자."

"사람 같지 않아? 누가? 네가? 하이고. 네 어미뻘 되는 사람한테 할 소리냐, 그게? 네 이년!"

"흥, 난 당신 같은 엄마를 둔 적 없거든?"

"엄마, 대꾸하지 마."

"그래, 똥이 더러워서 피하지, 무서워서 피하나? 실컷 떠들어 봐라. 난 하나도 안 들려. 아. 아. 아."

"하이고, 더러워? 누가 더러워? 하루 종일 설사를 해대는 게 누군데 지금 누가 누구한테 더럽다는 거야? 누가 누구한테 병을 옮긴다는 거냐고! 동생, 건강한 우리 둘만이가 뭐라도 옮기겠는가? 둘만이가 설사하는 백혈병 환자한테 뭘 옮으면 올랐지, 안 그래?"

"언니 말이 다 맞수. 저 빌어먹을 년. 에라이, 빌어먹을 년아! 아가리 닥쳐라."

혼자가 양을 건드리자, 금희의 눈빛이 흔들렸다. 말릴 사이도 없이 금희는 뛰쳐나갔다.

"뭐야? 지금 뭐라는 거야?"

그러자 기다렸다는 듯이 숙자가 싸움닭처럼 달려나왔다.

"오냐, 이년아, 너 오늘 질 걸렸다! 우리 언니한테 무슨 억하심정이 있어서 사사건건 걸고넘어져? 걸고넘어지길!"

"누가 누굴 건다는 거예욧?"

"몰라서 물어? 면회자가 많다고 간호사실에 일러바치질 않나, 멀쩡한 간병인을 이상하다고 둘만이한테 일러바쳐서 모자 사이를 갈라놓질 않나, 또, 급해서 그깟 화장실 좀 잠깐 쓰려던 둘만이한테 죽일 듯 달려들질 않나, 또… 또… 이거 말고도 내가 아는 게 셀 수도 없이 많아, 이년아!"

"나 참. 병실에서 보호자는 아무것도 먹으면 안 되는데도 매일 과자에, 컵라면에, 치즈에 온갖 걸 먹고 그대로 내버려 둬서 하루살이까지 꼬이게 하고! 보호자가 환자만 사용하는 화장실에 들어가려고 하질 않나, 간병인은 환자도 소독하고 쓰는 세면대에다 똥오줌을 닦은 수건을 빨려고 하질 않나, 하루 종일 침대를 밀어 대서 양쪽 옆자리에 간호사 카트도 못 들어올 지경인 데다, 금방 수술한 백혈병 환자를 안마한다고 침대에 올라가서 손이며 발로 주물러 대니 당신 언니를 생각해서 말해 준 건데 고맙다곤 못할망정 뭐요? 침대가 무게를 못 이기고 내려앉기라도 하면 어쩌려고 그래요?"

"침대가 내려앉든 말든 네가 무슨 상관이냐고! 우리가 지랄발광을 하든 말든 네가 무슨 자격으로 참견이냐고! 이년아!"

"우리 애가 당신들 옆에 있으니까! 하루살이가 여기까지 날아오고 화장실도 세면대도 다 우리 애가 사용하는 거니까! 이 병실에 당신들만 있는 줄 알아? 그렇게 제멋대로 사용하고 싶으면 1인실로 가지, 왜 여기서 다른 사람들한테 피해를 줘? 그리고, 2호에 면회자가 우글거리든 어쨌든 난 간호사실에 말한 적 없어! 하도 시끄러우니 다른 환자가 신고했나 보네!"

"오냐, 그렇게 나올 줄 알았다! 당장 나와, 간호사실에 가서 물어보자고! 네년이 거짓말을 하는 거면 오늘 나한테 작살날 줄 알아라!"

"가, 가! 가자고! 누가 겁낼 줄 아나? 아니면, 내가 아니면, 당신, 나한테 사과할 거야?"

"사과는 얼어 죽을! 그게 아니더라도 요년아, 오늘이 네년의 제삿날인 줄 알아라!"

숙자와 금희는 서로 물어뜯을 듯이 병실을 나갔다. 양이 아무리 금희를 불러도 이 순간 금희의 눈과 귀에는 아무것도 보이지도 들리지도 않았다. 이 상황을 해결하지 못하는 지금의 나… 병원 침대에 갇혀 버린 나… 양은 울고 싶었다.

커튼이 쳐진 4호를 뺀 예진과 송화, 복수, 용녀와 김 여사까지, 어느새 모두가 나와 눈이 휘둥그레진 채 바깥을 내다봤다. 복도에서는 온 병동이 들썩거릴 정도로 시끄러운 말소리가 울렸다.

"이년이지? 우리 자리에 사람이 많다고 매번 일러바치는 게?"

"간호사님, 너무 억울해요! 누구예요? 누가 신고한 거예요?"

"죄송하지만 신고하신 분이 누군지는 알려드릴 수 없어요."

"아니, 간호사님, 나 아니잖아요! 누군지 말 못해도 그건 말해 줄 수 있잖아요!"

"네, 아니에요."

데스크에 앉은 간호사의 대답은 싸움을 말리기는커녕 더 키우고 말았다.

"네년이면 네년이라고 하겠어? 이 상황에? 오냐, 이년아! 이것 봐라! 이래도 네가 오리발을 내밀 거냐?"

"그럼 당신들이 내미는 건 오리발보다 더한 닭발이네?"

"죽어라, 이년아! 오늘 너 죽고 나 살자!"

숙자가 잡아 뜯을 듯이 달려들자 금희도 머리로 마구 들이받았다. 면역력이 거의 0인 양이 마스크를 쓰고 복도로 나갔을 때는, 다른 병실의 사람들까지 고개를 빼고 내다보는 가운데 간호사들이 양쪽에서 두 사람을 뜯어말리고 있었다. 양은 울면서 금희를 뒤에서 끌어당겼다.

"엄마, 엄마, 나를 봐서라도 제발 그만해."

"이거 봐! 세상에 이런 적반하장이 어딨어? 나이만 먹는다고 다 어른이 아니야. 어른이 아닌데 어른 대접을 할 필요가 뭐가 있어?"

"엄마…."

금희는 울부짖는 양을 뿌리치고 다시 숙자에게 달려들었다.

이때 예진이 금희를 가로막았다.

"아주머니, 아주머니, 따님을 생각하세요."

그제야 금희는 양을 바라보았고, 씩씩거리면서도 차츰 흥분을 가라앉혔다. 나 어떡해? 어떻게 해야 해? 이미 온 얼굴이 눈물범벅이 되도록 울고 있는데도 양은 계속 울고 싶었다.

한바탕 소동이 지나가자 병실은 다시 조용해졌지만, 평소와는 달랐다. 모두가 입 밖엔 안 내지만 금희와 혼자를 신경 쓰고 있었다. 해결할 방법을 찾아야 해. 이대로는 안 되겠어. 양은 저녁을 먹고 복도로 나와 대양에게 전화를 걸었다. 복도 운동이 금지된 상태였지만, 어쩔 수가 없었다. 대양에게 상황을 설명하고 도와 달라고, 2호 때문에 너무 힘들다고, 금희를 좀 말려 달라고 부탁했다. 대양은 야근 중이었지만 바로 달려왔고 병실 앞에서 혼자에게서 불려온 둘만과 마주쳤다. 대양은 둘만과 잠시 이야기를 하고 오더니 복도에서 기다리던 양에게 고개를 저었다.

"저 사람도 말이 안 통한다. 그쪽 이모가 그렇게까지 한 건 미안한데, 자기 어머니의 말을 듣고 보니 우리가 너무 못살게 군다고 하더라고. 말로 풀릴 문제는 아닌 것 같다. 사원석 주치의하고 얘기해 보면 어때?"

"안 그래도 나도 그 생각을 했어. 근데 아… 고자질도 아니고… 오빠, 나 사실 너무 부끄럽고 창피해. 엄마가 나 때문에, 나를 위해서 더 못 참는다는 건 알지만 아무리 말려도 자꾸 부딪치니까. 나 때문에 날카로워진 엄마 모습을 보기도 너무 힘이 들고. 휴, 아무래도 주치의를 만나 보는 방법밖에 없겠지? 병실을 옮겨 달라고 하려고. 2인실로. 오빠 생각은 어때?"

"신청하면 옮길 수는 있나?"

"아마 그럴 거야. 다들 6인실에 오고 싶어 하거든. 2인실은 많이 비싸서."

"그럼 그게 좋겠다. 혹시 돈이 모자라면 내가 보탤 테니 그렇게 얘기해 봐."

"응, 고마워, 오빠. 나도 모아둔 돈이 있으니 걱정 마. 마음만 받을게."

대양이 다시 회사로 돌아가자, 양은 금희의 의견을 물었다.

"엄마, 저 사람들은 앞으로도 저럴 거야. 그럼 안 부딪칠 자신 있어?"

"아니. 솔직히 너무 짜증나. 참아 보긴 할 텐데 자신이 없네."

"그럼 엄마, 우리 2인실로 옮길래?"

"2인실로?"

"응, 오빠랑 이야기했는데 아무래도 여기 그대로 있다가는 엄마가 너무 스트레스를 받을 거 같아서. 나도 그렇고… 엄마가 괜찮다면 오늘 주치의하고 상의해 볼게. 병실비가 부담되면 내가 통장에 모아 놓은 돈 있어. 그 돈, 지금이 아니면 언제 쓰겠어? 돈은 이럴 때 써야지. 내가 주치의랑 얘기할게."

"그 코 묻은 돈을 지금 왜 써…. 나중에 네가 그걸로 살아야지. 엄마랑 아버지한테 돈 있어. 걱정 마. 아무튼 그러자. 나 정말 너무 힘들어."

양에게는 차마 말할 수 없었지만, 금희는 주저앉고 싶을 만큼 지쳐 있었다. 양에게 뭐라도 옮길까 봐 바싹 붙여 쓴 마스크는 24시간 내내 숨통을 조였고, 무너져 버린 수상의 모습도 볼 때마다 금희의 기운을 뺐다. 수상은 아침 8시면 격리 병동 바깥에 위치한 휴게실로 와서 밤 11시까지 하루 종일 망부석처럼 앉아 있었다. 구두를 신은 채 제자리에서 꼼짝 않는 발에는 무좀이 심하게 도졌고, 누구와도 말을 안 섞는 입에선 군내가 날 정도였다. 금희가 배선실에서 믹스 커피를 타서 나눠 먹으려고 가지고 나가면 수상은 그제야 고개를 들고 양의 상태를 물었다. 병원에서 돌아간 뒤에는 밤새 줄곧 우는지, 금희가 빨랫감을 들고 집에 가면 온 집안에 눈물과 콧물 범벅의 휴지 뭉치가 굴러다녔다. 그러나 무엇보다 견디기 힘든 수상의 행동은 양에 대한 꾸지람이었다.

"그까짓 재단이 뭐가 중요하다고, 병원을 안 가서… 병원을 빨리 갔어야지! 병원을 빨리 갔으면, 그랬으면 약만 먹어도 되잖아! 아이고, 이 바보 같은 녀석아."

수상의 원망은 4호 연두가 백혈병이 아니라 가벼운 증후군이라는 말을 전해 들은 뒤부터 걷잡을 수 없이 깊어졌다. 수상의 말 속에는 부모로서 딸이 이 지경이 되도록 뭘 했느냐는 스스로에 대한 나무람과 한스런 후회가 담겨 있었다. 같은 마음이기에 금희는 그 말들을 듣기가 더 괴로웠다.

밤 11시가 넘어 혼자와 숙자가 수다를 시작하고 모두가 잠든 시간, 양은 금희에게 눈짓을 하고 조용히 병실을 나와 원석을 찾았다. 원석은 간호사 데스크 옆에 마련된 의사들의 자리에서 환자 자료를 살펴보고 있었다.

"선생님, 잠깐 저랑 말씀 나누실 수 있으세요?"

한밤에 찾아온 양을 보고도 원석은 놀라지 않았다. 기다렸다는 듯이 자연스럽게 회전의자를 뒤로 빙그르르 돌려 양을 마주했다. 원석은 둥근 탁자에 앉아 양을 올려다보며 말했다.

"앉으세요. 이 밤에 무슨 일입니까?"

남자 친구가 있냐고 물어본 그날부터, 원석은 어쩐지 양에게 거리를 두는 느낌이었다. 양을 보는 눈빛이 살짝 달라졌다든지, 더 이상 팔을 흔들며 인사하지 않는다든지, 이전에는 회진할 때 양에게서 눈을 떼지 않았는데 이젠 심해가 양과 대화하는 중에도 동료 여의사와 장난을 친다든지, 그런 식의 아주 사소한 변화였다. 지금 이 순간에도 양은 분명히 느꼈다. 그래, 사원석은 의사로서 날 보고 있어. 이제 주치의를 또래 친구처럼 착각하지 말아야 해. 나는 주치의에게 의사로서의 전문적인 의견을 들으러 온 거야. 양은 철저하게 의사와 환자의 관계로 원석을 대하기로 마음먹었다.

"2인실로 옮기면 어떨지, 주치의 선생님의 의견을 여쭤 보고 싶어서요."

마스크를 벗은 원석을 보는 건 처음이었다. 가려졌던 부분이 드러난 원석의 얼굴은 양이 받았던 그동안의 인상과는 다른 느낌이었다.

"오후에 있었던 일 때문인가요?"

"…네. 들으셨어요?"

"네."

"시끄럽게 해서 죄송합니다."

양은 앉은 채로 고개를 깊숙이 숙여 사과했다.

"아닙니다. 그런 일이 종종 일어납니다. 가족이, 특히 자식이 아프면 부모님들은 자신도 모르게 투사가 되죠. 보호자 간의 싸움이 커져서 경찰을 부르는 경우도 있습니다."

"이해해 주셔서… 감사합니다. 저희 엄마도 저 때문에 그러신 거예요. 그래서 병실을 옮겼으면 하는데, 면역력이 0인 제 몸 상태에서 이동이 가능할까요?"

"마스크를 쓰고 휠체어에 타고 빨리 이동하면 괜찮을 겁니다. 여긴 격리 병동이라 복도도 깨끗한 공기로 유지되고 있으니까요."

"아! 가능은 하네요?"

"사실, 백혈병 환자에게는 2인실이 더 좋습니다. 해외에서는 우리처럼 백혈병 환자가 6인실을 쓰는 건 상상도 못해요. 환자 여섯 명에 보호자가 한 명씩만 있어도 12명이 한 공간에 24시간 365일 우글거리는 데다, 보호자 1인 원칙은 시도 때도 없이 어겨지니까 말입니다. 함께 쓰는 화장실이나 세면대를 통한 감염이나 오늘 일 같은, 온갖 문제가 생기죠."

"아! 그렇겠네요. 그런데 2인실에 제가 갈 자리가 있을까요?"

"2인실에서 6인실로 오려는 사람은 줄을 서 있으니, 내일이라도 당장 옮길 수 있을 겁니다."

"다행이네요!"

"그런데 2인실로 한번 가면 다시 4인실이나 6인실로 오기는 힘들 겁니다. 아직 치료 기간이 꽤 남았고 비용 차이가 큰데 그래도 괜찮겠어요?"

"네. 마음이 편한 게 우선인 것 같아요. 사실 저도 지혼자 할머니네 때문에 너무… 힘들거든요. 병원에서 병이 아니라 사람과 싸워야 할 줄은 몰랐어요."

"그게, 참 어려운 부분이죠. 병실 이동은 수간호사님께서 담당하시니 제가 아침 일찍 진행되도록 메모를 남겨 두겠습니다."

"감사합니다! 바쁘신데 이렇게 시간 내 주셔서도 정말 감사드려요."

"아닙니다. 조심히, 들어가세요."

"네."

양이 일어서자, 원석도 일어서서 양을 바라봤다. 원석의 키가 생각보다 작아서 양은 조금 놀랐다. 양은 그동안 이렇게 똑바로 서서 원석을 본 적이 없었음을 깨달았다. 응급실에서부터 늘 침대에 앉거나 누워서 마주했고, 서 있을 때에도 큰 비장 탓에 조심하느라 늘 몸을 구부린 상태였기 때문이다. 의사 가운을 벗은 사원석과 병원이 아닌 곳에서 마주친다면 못 알아볼 수도 있겠어. 비로소 양은 처음으로 원석과 동등해진 기분이었다. 다시 내 삶의 결정권을 찾은 느낌. 양은 홀가분하게 돌아섰다. 이날 밤 양은 정말로 오랜만에, 자유로워진 마음으로 편안하게 잠들었다.

다음날인 화요일, 처음 보는 40대의 남자 간호사가 아침 일찍 양을 찾아왔다. 수간호사였다. 산전수전 다 겪은 얼굴의 수간호사는 직업적 부드러움을 얹어 조심스레 양을 불렀다.

"하양 님?"

"네?"

"저는 111병동의 수간호사예요."

"아, 네. 안녕하세요?"

"안녕하세요? 반갑습니다. 주치의 선생님을 통해 2인실을 신청하셨죠?"

"네."

"이야기는 들었습니다. 이런 이유로 2인실로 한번 이동하면 4인실이나 6인실뿐 아니라, 다른 2인실로도 다시 이동은 어렵습니다. 그래도 가시겠어요?"

양과 금희는 서로를 바라보며 고개를 끄덕였다.

"알겠습니다. 6인실 대기자들에게 물어보고 다시 오겠습니다."

"네."

이날도 여전히 양호하다는 심해의 회진이 끝나고 오전 간식을 먹고 있는데, 수간호사가 미소를 지으며 들어왔다.

"여기로 오시겠다는 분의 자리는 1103호예요. 이쪽 라인의 방들 중, 제일 끝 방입니다. 어떠세요?"

"아, 1인실의 맞은편 방, 말씀인가요?"

"네. 자리는 창가 쪽이 아니라 복도 쪽인데, 괜찮으세요?"

"네! 상관없어요!"

"그럼, 진행하겠습니다. 그쪽에서 6인실로 오실 분은 아직 이번 차 항암 치료 전이세요. 면역력이 괜찮은 상태시니 미리 짐을 빼고 복도 의자에서 기다리기로 하셨어요. 그쪽 자리의 정리와 소독이 끝나면 휠체어를 타고 이동하시겠습니다."

"네! 저도 얼른 짐을 싸야겠네요!"

"천천히 하셔도 돼요. 그쪽 분도 정리하려면 시간이 걸리니까요. 그럼 준비가 되면 알려드리겠습니다."

"감사합니다."

금희와 양은 서둘러 물건들을 챙겼다. 어디든 여기보다는 낫겠지. 두 사람의 공통된 바람이었다. 예진이 와서 금희를 도와주었다. 연두가 남긴 간식 그릇을 들고 나오던 기대가 그 모습을 보곤 깜짝 놀라더니 물었다.

"무슨 일 있어요?"

"저희, 2인실로 이사 가거든요. 이 방에서 좋은 분들도 많이 뵈었는데 아쉽네요."

"저기 때문에?"

기대는 사나운 눈길로 2호를 가리켰다.

"그렇게 됐네요."

"세상에, 무슨 이런 법이 있어요! 왜 피해를 본 사람이 쫓겨 가야 합니까?"

"절이 싫으면 중이 떠나야죠. 1103호니까 오며가며, 배선실에서도 또 뵈어요."

기대는 2호 앞에서 잠시 씩씩거렸다. 다 들었을 텐데, 혼자는 쥐 죽은 듯이 조용했다. 기대는 제풀에 지쳐 다시 4호로 들어가 버렸다.

금희와 예진이 짐을 다 싸고 2인실 청소가 끝나기만 기다리는데, 갑자기 양의 몸에 열이 오르기 시작했다. 조금씩 계속 오르던 체온은, 점심에 나이팅게일 간호사가 피 검사의 결과를 적어 주러 왔을 때는 이미 38도가 넘었다. 혹시나 2인실로 못 가게 될까 봐 열이 오르는 걸 느끼면서도 참았던 양이었다. 이날 양의 과립구는 다시 0. 피해갈 수 없는 혈액 배양 검사를 당하고 해열제를 먹으며 양은 자신의 몸과 대화를 시도했다.

"열아, 제발, 제발, 제발, 떨어지자. 안 그럼 우리 2인실로 못 갈지도 몰라. 부탁해, 몸아."

다행히 열이 곧 내렸고, 원석의 허락을 받아 양은 2인실로 가는 휠체어를 탔다. 송화와 복수, 용녀는 침대에 앉은 채로 아쉬운 인사를 건넸다. 특히 송화는 휠체어를 타고 다가간 양의 손을 오래도록 잡고 있었다.

"힘내요. 꼭 나을 거야."

"…감사합니다. 할머니도… 행복하세요."

2인실로 가는 길에, 짐 가방을 옆에 놓고 복도 의자에 앉아 속닥거리는 환자와 보호자가 보였다. 사이좋은 자매 같았다. 아주머니 덕분에 6인실을 벗어납니다. 고맙습니다. 저희와는 안 맞았지만 아주머니와는 잘 맞을 수도 있으니 행운을 빌어요. 그들을 지나칠 때 양은 살짝 고개를 숙여 인사했다.

4

항암 4주 차. 후폭풍은 죄다 쑥대밭으로 만들었다.

병실을 옮긴 지 이틀째, 양의 과립구는 21. 2인실이 병과의 전쟁까지 막지는 못했다. 원인을 알 수 없는 높은 열과 찢어지듯 아픈 목, 디딜 때마다 비명이 절로 나오는 발목은 모두 그대로였다. 그래도 사람과의 싸움은 일단 멈추었다.

2인실은 분위기부터 사뭇 달랐다. 무엇보다 자리가 널찍해서 다툴 필요가 없었다. 드나드는 간호사 팀도 바뀌었다. 새로운 간호사들은 양을 방해하지 않으려 조심했다. 6인실에서는 누군가 늘 한 사람은 아팠고 그래서 앓는 소리와 바쁘게 오가는 온갖 기계음과 의료진과 보호자의 말과 움직임 속에 다른 환자에 대한 배려를 기대하기 힘들었다면, 여기는 아예 간호사가 잘 안 왔다. 원석도.

어쩌면 이 방에 다른 환자가 없기 때문일 수도 있었다. 창가 쪽 침대는 어제 양이 왔을 때부터 줄곧 비어 있었다. 탁자 위에 놓인 전기 포트로 봐서, 빈자리는 아니었다. 무슨 일이지? 양은 궁금하지만 참았다. 사람에 시달린 뒤라 지금은 이대로 충분히 좋았다. 금희가 자리를 비우면 양은 오롯이 혼자였다. 그러면 잠시나마 현실을 잊을 수 있었다.

저녁에 금희가 나간 사이, 양은 절뚝거리며 창가로 갔다. 어둠이 내린 병원을 조용히 내려다보던 양은 가슴으로 떨어지는 눈물을 느끼고서야 자신이 울고 있음을 알았다. 바보 같이… 얼마 만에 찾은 평화인데, 이 좋은 밤에 왜 이러지? 마음을 추스르려 고개를 돌리다 양은 보았다. 캄캄한 어둠 속에서도 존재감이 뚜렷한 암센터와 바로 옆에서 빨간 빛을 내뿜는 장례식장 간판. 부르르, 몸이 떨렸다. 추웠다. 창가에 머무른 지 5분 남짓. 이 정도도 무리였던가. 양은 아픈 다리를 끌며 자리로 돌아왔다. 하지만 침대에 누워서 두꺼운 이불까지 끌어다 덮었는데도 몸은 점점 더 떨렸다. 양이 금희에게 전화했을 때는, 너무 추운 나머지 이가 딱딱 마주쳐서 말이 제대로 안 나오는 상태였다.

"어, 엄마! 어, 어디, 야! 나, 나 지금… 빨, 빨…리 좀!"

"양아! 무슨 일이야! 엄마, 지금 가! 가고 있어!"

금희는 날듯이 뛰었다. 드디어 병실에 도착해서 문을 열자 억지로 웃는 양의 일그러진 얼굴이 보였다. 이불 아래의 몸은 제멋대로 꿈틀거리고 있었다. 금희는 곧바로 비상벨을 눌렀다. 간호사들이 달려와 혈압기를 팔에 둘렀지만 몸이 계속 들썩이는 바람에 소용이 없었다. 딱딱딱딱딱딱. 양의 이가 부딪치는 소리가 금희의 심장을 때렸다. 간호사들도 긴장한 표정으로 빠르게 말을 주고받았다.

"안 되겠어! 손으로 재!"

"맥박이 너무 빨라요!"

"신경안정제! 빨리!"

"네!"

주사가 들어가자 차츰 몸의 떨림이 멈췄다. 혈압도 곧 정상으로 잡혔다. 간호사들은 침착하게 자리로 돌아갔다.

"엄마, 미안… 놀랐지?"

"가슴이 철렁했어! 다음부턴 무슨 일이 생기면 나한테 전화하지 말고 비상벨을 눌러! 내가 어디에 있을 줄 알고! 어디든 오는데 시간이 걸리잖아! 1초가 급한데!"

"응. 앞으론 그럴게."

"창가에도 다시는 가지 말고."

"응."

아무리 외면하려 해도 죽음은 여기에 있었다. 양의 곁에.

다음날인 목요일 아침, 마침내 머리카락이 빠지기 시작했다. 항암 치료를 시작한 지 23일 만이자, 탈모가 시작될 거라고 원석이 알려준 날보다 10일이나 뒤였다.

처음에는 우연 같았다. 이날 아침도 금희는 뜨겁게 적신 수건으로 양의 머리를 닦고 있었다. 히크만 때문에 고개를 숙여 머리를 감거나 목욕을 하기 힘든 양을 위한 금희의 노력이었다.

"엄마, 살살해. 아파."

"조금만 참아, 이래야 머리에 세균이 안 생겨."

밤새 땀을 흘린 양의 머리가 걱정돼 깨끗하게 닦으려고 금희가 힘을 준 순간, 양이 버럭 소리를 질렀다.

"아얏!"

"아파?"

"아프지! 그렇게 세게 하는데 어떻게 안 아파!"

양은 짜증을 내며 따끔한 부분을 손으로 막았다. 어쩐지 느낌이 이상했다.

"에?"

"양아….'

"왜!"

금희가 내민 수건에 짧은 머리카락이 소복이 붙어 있었다.

"아….'

"미안."

"엄마가, 엄마가! 너무 세게 닦아서 그래! 안 빠질 수도 있었는데! 오늘따라 왜 그랬어! 머리 닦는 내내 얼마나 아팠는지 알아?"

"…미안."

금희의 잘못이 아니었다. 양도 잘 알았다. 그래도 인정하기가 싫어 자꾸만 눈물이 쏟아졌다.

"탈모는 2주 뒤부터 나타날 수 있습니다."

항암 치료를 시작하며 원석이 말했던 순간, 양은 받아들였다. 그래서 머리를 밀 때도 담담했다. 항암 치료를 받은 지 2주가 지나면서부터는 오히려 머리카락이 빠지기를 기다렸다. 어차피 있어야 할 증상이라면 제때 시작되기를 바랐다. 그런데… 그날이 하루, 이틀 지나자 어쩌면 이대로 아무 일 없이 지나기를 기대하고 말았다.

이날, 양의 과립구는 40. 혈소판 1만 2천, 빈혈 수치도 7.4로 여전히 낮았다. 원인을 모르는 열은 오늘도 이어졌고 목과 발목이 욱신거리는 가운데, 빨간 피와 노란 피를 모두 맞아야 했다. 양이 기운 없이 누워 있는데, 간호사 둘이 들어와 창가 쪽 침대를 소독하기 시작했다. 분무기에 든 알코올을 뿌리고 침대와 탁자를 수건으로 닦는 수준으로 금세 끝났다.

간호사들이 나가고 보니, 어느 틈에 전기 포트가 사라지고 없었다.

"엄마, 여기 누가 오려나 봐."

"응, 오늘 새로운 환자가 들어온대."

"아, 엄마는 알고 있었어?"

똑똑똑. 말이 끝나기도 전에 누가 병실 문을 두드렸다.

"네."

금희가 대답하자 동그란 얼굴이 닮은 중년 부부가 병실로 들어왔다.

"안녕하세요?"

불안하게 웃으며 인사를 건네는 여자와 남자의 손에는 커다란 짐 가방이 하나씩 들려 있었다. 멀쩡한 머리카락을 봐선 누가 백혈병 환자인지 알 수가 없었다.

"이미자라고 해요. 잘 부탁드립니다."

"아, 네."

"그럼, 저흰 이만."

남편이 꾸벅 인사를 하더니 아내를 뒤따라가 커튼을 쳤다. 곧 짐을 푸는 소리와 말소리가 들렸다.

"여보, 속옷은 여기, 수건은 저기 넣자."

"알았어."

"으휴, 자리는 넓은데 짐 넣을 공간이 생각보다 작다. 한 달 정도 걸린다기에 긴 해외여행을 가는 정도로 준비했는데… 여보, 우리 짐을 너무 많이 싼 거 아닐까?"

"그러게 말이야. 이런 일은 처음이라 뭘 알아야 말이지."

"으휴, 그런데다 하필이면 오늘부터 파업할 건 뭐람!"

"그러게 말이야. 빨간 옷 입은 사람들 수백 명이 모여서 주먹을 흔들고 소리를 지르니 이거 원 여기가 병원인지 어딘지 참… 무시무시하더란 말이지."

"나도 그랬어, 여보. 치료받는 데 문제는 없을까?"

"글쎄… 아무래도 영향이 없을 수는 없을 거야."

금희와 양은 서로를 쳐다보았다.

"저, 정말로 파업인가요?"

양의 물음에 미자 쪽 커튼이 쫙 열렸다.

"아직 모르셨어요? 오늘 새벽부터 시작됐어요! 6년 만의 총파업이래요. 의사가 항암 치료를 당장 안 받으면 큰일 난다고 해서 들어오긴 했는데 이런 상황이니 너무 걱정돼요. 마음이 불안해서 그런가, 몸도 더 아프다니까요?"

"아…."

"알아보고 올게."

말을 마친 금희는 서둘러 나갔다. 병원을 둘러보고 배선실에 다녀온 금희에 따르면 병원장은 끝까지 어떤 대화나 사과도 거부했다. 노조는 밤을 새워서라도 대타협을 하겠다며 기다렸지만 이날 새벽 3시까지 이어진 막판 협상에도 병원장은 안 나타났다. 결정권자가 빠진 상태에서 노사 간 입장차가 좁혀질 리 없었다. 결국 노조는 총파업을 시작했다. 단체교섭을 계속하자는 입장에 병원은 답이 없었다. 응급실과 중환자실, 수술실과 분만실처럼 멈추면 안 되는 곳과 환자들의 밥을 담당하는 식당의 노조원은 일단 대부분 제자리를 지킨다는 소식이었다.

"1층 로비가 아수라장이야. 노조원들로 발 디딜 틈이 없더라. 왜 병원 안에서 이러느냐고 환자랑 보호자들이 화가 나서 따지고 난리야."

금희가 무거운 표정으로 말했다. 양은 말없이 TV를 지켜봤다. 화면 속에서는 빨간 '접근 금지' 띠로 로비 중앙을 둘러막은 노조원들이 모여 구호를 외치고 있었다.

"돈벌이 의료 중단하라! 중단하라!"

"의료는 상품이 아니다! 아니다!"

"공공 의료 실천! 투쟁!"

노조원들은 '단결 투쟁'이 새겨진 빨간 티에 '공공 의료'라고 적은 하얀 피켓을 들고 흔들었다. '비정규직 철폐'라고 흘려 쓴 빨간 띠를 이마에 두른 사람, '임금 동결 NO!'란 피켓을 든 사람도 여럿 보였다. 카메라는 눈을 감고 수납 창구에 앉았거나 귀를 막고 지나가는 사람들을 비추다, 불안한 눈빛으로 노조원들을 바라보는 휠체어 탄 남자에게 멈추었다. 두 다리에 흰 붕대를 감은 노인은 한눈에 보기에도 몸이 불편한 환자였다.

"평소에는 간호사실에 얘기하면 휠체어를 밀어 주는 사람이 바로 왔는데, 오늘은 검사 시간이 다 돼도 안 와서 내가 이 불편한 몸으로 직접 휠체어를 끌고 왔습니다. 근데 검사도 한 시간이 넘게 더 기다려야 한다네요? 내가 이 병원을 10년째 다녀요. 6년 전 파업 때도 휠체어를 밀어 줄 사람이 없어서 고생이 이만저만이 아니었는데… 그래도 그땐 6일 만에 끝났어요. 이렇게까지 파업을 하는 노조도 이유가 있겠지만… 환자 입장에서는 정말 너무 힘듭니다."

팔을 걷어붙이고 삿대질을 하는 중년 남자도 보였다.

"공공 의료 실천, 좋아하네! 결국은 월급을 올려달라는 소리잖아, 아니야? 떼거지로 몰려와서 환자들이 불안하게 병원 안에서 시끄럽게 떠들고, 이게 니들이 말하는 공공 의료냐? 수술한 환자들한테 마음의 안정이 얼마나 중요한지 몰라? 이러다 내 아내가 잘못되기라도 하면, 니들이 어떻게 책임질 거야? 어? 입이 있으면 말을 해 봐!"

온몸이 바싹 마른 암 환자의 인터뷰도 이어졌다.

"…결국은 아픈 사람들을 볼모로 이러는 거 아닌가요? 공공 의료를 외치는 저 사람들 눈에는 우리가 왜 안 보이는지… 도대체 누구를 위한 파업인가요? 당신들이 자리를 비워서 한 명의 환자라도 잘못된다면 평생 씻을 수 없는 죄를 짓는 거예요."

대한대학교병원 노조의 파업은 뉴스에서 길게 다룰 만큼 사회적으로도 엄청난 사건이었다. 심상치가 않았다. 양의 몸뿐 아니라 병원에도 엄청난 후폭풍이 휘몰아치고 있었다.

금요일, 어수선한 기분으로 양은 일찍 깼다. 지나치게 조용한 아침이었다. 평소처럼 청소하는 정 여사가 들어오기를 기다렸지만 아무도 안 왔다. 몸무게를 재는 간호사도 안 와서 금희와 양이 체중계를 가져와 직접 몸을 달았다. 새벽같이 찾아오던 인턴 의사도 늦었다. 국회로 가자고 외치던 20대 인턴 의사의 얼굴은 하루 사이에 10년은 늙어 보였다. 파마머리를 질끈 동여맨 인턴은 양의 히크만에서 피를 뽑다가 실수로 흘리기도 했다. 지금까지는 없던 일이었다.

그런 가운데 정체를 알 수 없는 덩어리가 또 나왔다. 5일 전에 처음 발견한 뒤로 3번째였다. 지금까진 화장실 변기에 떨어져서 확인이 어려웠지만 이번은 달랐다. 회진을 기다리며 침대에 앉은 양의 아래로 뭔가 쑤욱 빠지는 느낌이 났다. 살그머니 속옷을 내려 보니 생리대에 새끼손가락만 한 검붉은 덩어리가 있었다. 양은 얼른 비상벨을 눌렀다. 달려온 간호사 옆에서 금희가 불안한 표정을 감추지 못하고 서성였다.

"저, 이런 거 본 적 있으세요?"

양이 덩어리가 놓인 생리대를 내밀자, 손전등 간호사는 심각한 얼굴로 한참을 들여다보더니 말했다.

"아니오. 이런 건 처음 봐요. 주치의 선생님께 보고하고 실험실에 보내서 분석을 해 봐야 할 것 같아요."

간호사는 투명한 용기를 가져와 덩어리를 넣어서 가지고 나갔다. 뭐지? 도대체 내 몸에 무슨 일이 벌어지는 거지? 주치의는 알지도 몰라. 덩어리를 본 원석이 뭐라고 할지… 양은 궁금했다.

이날은 교수 회진도 계속해서 늦어졌다. 점심 직전, 원석만 양이 생각지도 못한 이유로 찾아왔다.

"하양 씨? 어디 아픈 곳은 없습니까?"

"네? 없는데요?"

"정말 없어요?"

"네. 저, 어디가 아파야 하나요?"

"이상하군요. 잠깐 등 좀 봅시다."

"네."

원석은 조그만 나무망치로 양의 등을 이곳저곳 신중하게 두드렸다.

"아픕니까? 안 아픕니까?"

"안 아파요."

"여기는요? 여기는 안 아픕니까?"

"윽! 그렇게 두드려 대는데 어떻게 안 아프겠어요? 망치로 때려서 아픈 거 말고는 하나도 안 아파요!"

"아, 이런! 이제 다리를 굽히고 누워 보시죠."

원석은 손끝으로 양의 배를 여기저기 꾹꾹 힘주어 눌렀다.

"아픕니까? 안 아픕니까?"

"안 아파요."

"솔직하게 말해야 합니다."

"정말 안 아파요!"

"이상하군요. 아무 이상이 없습니다!"

"선생님? 무슨 일인지 이제 설명을 좀 해 주시겠어요?"

"하아. 오늘 피 검사에서 빈혈 수치가 5.8로 나왔어요! 어제 7.4라서 피를 2봉이나 맞았으니 오늘은 9가 넘어야 정상입니다. 보통 2봉을 맞으면 3~4일은 8 위로 유지되죠. 그런데 어제에 비해 오히려 피 2봉이 사라진 결과가 나온 겁니다! 그럼 결과적으로 피 4봉, 이 쓰레기통 반 정도의 피가 사라졌다는 말인데, 장기에 구멍이 나거나 어딘가 출혈이 생겨서 몸 안에 고이지 않고서는 불가능한 숫잡니다!"

"네?"

"근데 그 정도의 출혈이면 이미 하양 씨가 쓰러졌거나 아파서 데굴데굴 굴러야 하니 도대체 무슨 일인지 모르겠군요."

금희의 얼굴이 새하얗게 질렸다. 아찔해지는 정신을 붙들며 양이 물었다.

"저, 혹시 선생님… 혈액 검사 결과가 틀릴 가능성은 없나요?"

"지금까지 그런 일은 본 적이 없습니다."

"아… 그런데 아침에 인턴 의사가 피를 뽑다가 흘렸거든요."

"그런다고 결과가 바뀌지는 않습니다."

"네. 그런데 침대뿐만 아니라 방금 피를 뽑은 주사기에도 2방울을 흘렸어요. 인턴 의사가 얼른 닦기는 했지만 피가 뜨거우니까 혹시나 결과에 영향을 주진 않을까 싶었거든요."

"그런 일이 있었군요. 파업 때문에 간호사가 하던 드레싱 업무까지 나눠 평소의 두세 배로 병실을 도느라 정신이 없을 겁니다. 일단 모든 가능성을 열어 두고 다시 피 검사를 하겠습니다. 그래도 만약의 경우를 위해서 빨간 피를 처방했으니 일단 맞으면서 검사 결과를 기다려 보시죠."

"네."

"하아. 정신이 하나도 없네요. 그럼."

곧 인턴 의사가 다시 왔다. 아침보다 더 흐트러진 얼굴로 이번에는 안 흘리고 깔끔하게 피를 뽑았다. 검사가 끝나자 빨간 피도 바로 도착했다. 원석이 미리 지시한 덕이었다. 양은 피를 맞으며 눈을 감고 머리부터 발끝까지 찬찬히 둘러보았다. 몰랐던 곳 중에 아픈 곳은 없었다.

1시간 뒤, 원석이 다시 왔다.

"결과가 나왔나요?"

"네. 빈혈 수치는 9.3이었습니다."

"에? 그럼 아무 이상이 없었던 건가요?"

"네, 그렇게 보입니다. 하양 씨의 말대로, 아침에 한 피 검사의 오류인 겁니다. 이런 일도 생기네요! 놀라게 해서 미안합니다."

금희가 발끈했다.

"그럼 아무 이상이 없는데도 우리 애가 수혈을 받은 거네요? 잘못하면 죽을 수도 있어요! 수혈은 안 할수록 좋은 거라던데! 그래서 수혈할 때 온갖 부작용에 대한 동의서에 사인도 받잖아욧?"

"정말 죄송합니다."

원석이 깊숙이 고개를 숙였다.

"그럼 이미 맞은 피 1봉은 거의 다 들어갔으니 어쩔 수 없고, 나머지 1봉은 안 맞게 물러 주세요!"

"어머님, 그게… 이미 하양 씨 이름으로 주문한 거라 취소가 어렵습니다."

"뭐예욧? 이게 무슨 소리야!"

"엄마… 엄마, 그만해. 선생님의 잘못이 아닌 걸요. 별일이 아니라서 정말 다행이에요! 파업 때문에 바쁘실 텐데 어서 가세요."

"죄송합니다. 그럼….'

원석은 무슨 말을 하려는 듯 망설이다, 돌아서서 나갔다.

머리카락이 빠진 티가 나나? 양은 조심스레 머리를 쓰다듬었다. 살짝 스쳤을 뿐인데, 손끝에 머리카락이 오소소 묻어났다. 양은 잠시 바라보다 조용히 손바닥을 털었다.

토요일, 양의 빈혈 수치는 11. 양의 몸에 피가 새는 곳이 없음이 다시 한 번 증명되었다. 이날 과립구는 230. 어제의 130에 이어 또 조금 올랐다. 원석의 말대로 양이 젊어서인지 촉진제를 안 쓰는데도 금세 0을 벗어났다. 그러나 펄펄 끓는 열도, 부은 목과 발목도 아직은 여전했다. 어젯밤에는 열이 40도까지 올랐고 오늘도 오전부터 39도를 넘어서기 시작했다.

문제는 열이 나는 원인을 모른다는 점이었다. 의사가 혈액 배양 검사를 지시하는 까닭이었다. 열이 나는 이유가 혹시 몸에 나쁜 균이 들어가서인지 확인하기 위해서였다. 격리 병동에서는 누구든 한 번이라도 체온이 38도를 넘으면 무조건 받아야 했다. 예외는 없었다. 6인실에서는 혈액 배양 검사를 두고 매일같이 다툼이 일어났었다. 환자와 보호자들은 이 검사가 두 팔을 직접 주사기로 찔러서 피를 뽑는 방식인 데다, 말 그대로 피 속의 균을 키워서 확인하는 검사라서 짧게는 이틀에서 길게는 일주일까지 지나야 결과가 나온다는 사실 때문에 화를 냈다. 면역력이 낮은 상태에서는 열이 끝도 없이 났으므로 앞의 검사 결과가 나오기도 전에 같은 검사를 계속하는 상황이었다. 더구나 항암 환자의 경우 혈관이 약해져서 잘 안 잡히다 보니 인턴 의사의 실력이나 컨디션에 따라 근육을 잘못 찌르는 경우도 많았다. 근육에서 피가 나올 리 없고, 바늘에 싶숙이 찔린 근육은 혈관과는 비교도 안 되게 오래도록 아팠다. 양도 하루에 3번이나 근육을 찌른 인턴 의사에게 버럭 화를 낸 적이 있었다. 그래도 피를 뽑혀야 해열제를 받을 수 있었다. 면역력이 0으로 떨어진 뒤로는 해열제를 먹어도 금세 열이 다시 올랐지만. 후폭풍 속에서는 저녁이 오고 땀이

나도 열이 안 내렸다.

이미 지난주부터 양은 하루에도 몇 번씩 38도를 넘었고, 균 검사 두세 번은 기본 일과였다. 양의 팔은 온통 주삿바늘 자국투성이로 변했다. 견디다 못한 양과 금희는 검사를 피하려 눈물겨운 노력을 했다. 체온이 37.5도를 넘어가기 시작하면 몸을 식히려 이불을 걷었다. 환자복도 젖히고, 양말도 벗어 보고. 그래도 결국 38도가 넘었을 때는 1시간만, 아님 30분만, 10분이라도 기다려 보자고, 분명히 열이 내릴 거라고, 햇볕을 너무 오래 쏘여서거나 아니면 수혈을 받아서 지금 잠시 몸이 뜨거워진 거라며 간호사를 설득했다. 그렇게 우기다 1시간이 지나도 열이 안 내린 이날, 양은 결국 아이처럼 엉엉 울고 말았다. 손전등 간호사는 어쩔 수 없이, 우는 양의 팔에 주사기를 찌르고 피를 뽑아 갔다. 어쩌다 내가 지금 여기까지 온 거지? 왜 하필 나야? 왜 내가 이런 고통을 당해야 해? 그래, 내가 끔찍한 일을 저질렀어. 호수의 심장을 찌르고… 세하의 진심을 할퀴었지. 넌 어려. 넌 아니야. 넌… 양은 자신의 마음을 잡으려 세하에게 상처를 줬다. 그러다 결국 뒤늦게 세하를 향한 돌이킬 수 없는 마음을 인정하고 말았을 때, 세하는 양을 밀어냈다. 난 아니야. 난 아니라고 했잖아. 난 잘 모르겠어. 이미 흔들린 마음으로 호수에게 돌아갈 수도, 너무 늦어 굳게 닫힌 세하의 마음을 다시 열 수도 없던 양이었다. 어디로 가야 할지 몰라서 양은 길을 잃었다. 어지러운 방황 속에서 양은 시련을 당했을 뿐 아니라 자신 역시 누군가에게 시련이 되기도 했다. 그렇다고 이렇게까지… 내가 지은 죄가 무거웠을까? 답 없는 미로에 갇혀 양은 눈물을 흘렸다.

보다 못한 금희가 대양에게 연락했다. 이번 주말에도 어김없이 회사에서 일하던 대양은 못 오는 대신 월 정액 사이트에 가입해 양이 아이패드로 드라마와 영화를 마음껏 볼 수 있게 해 주었다. 응원 전화와 함께. 그 동안 밤낮없이 일하느라 놓쳤던 드라마를 아무 생각 없이 실컷 보고 나니 양의 기분이 슬며시 나아졌다. 어느새 3시간이 훌쩍 지나 있었다.

"엄마, 거울 좀. 나 눈이 뻑뻑해. 너무 오래 봤나 봐. 좀 부은 것도 같아."

"양아!"

"응?"

"눈이 너무 빨개! 간호사를 부를게!"

양이 거울로 보니 툭 불거져서 붕어눈 같았다. 두 눈동자에 온통 빨간 핏발이 서 있었다. 처음 보는 간호사가 왔다 가자 원석이 왔다.

"선생님! 저 드라마를 오래 봐서인지 붕어눈이 됐어요."

"아, 이런! 진짜군요! 봅시다."

양의 눈을 들여다보던 원석이 말했다.

"혈소판이 낮아서 일어난 현상 같습니다. 어제 노란 피를 2개나 넣는데도 워낙 낮은 상태라서 이 정도도 무리였던 겁니다. 오늘은 4개를 드려 보죠. 그래도 눈이 안 가라앉으면 안과 진료를 의뢰하겠습니다. 다른 이상이 있을 가능성도 확인해야 하니까요. 지금부턴 TV도 금집니다!"

양은 가만히 눈을 감고 혈소판을 맞았다. 열이 나서 어질어질한 머리와 불편한 눈, 쑤시는 목, 저린 발목으론 할 수 있는 일이 없었다. 세 번째로 노란 피가 다 들어갔을 무렵 수액도 거의 떨어졌다. 간호사가 들어와 모두 새로 갈고 나가자, 양은 잠깐 잠이 들었다. 시간이 지나 다리가 저려서 깬 양은 병실에서라도 움직이려고 커튼을 열고 나섰다. 이때 뒤에서 자지러지는 금희의 목소리가 들렸다.

"피! 피! 피! 양아, 피!"

양이 돌아보자 걸어온 길을 따라 새빨간 피가 떨어져 있었다. 양이 멈춘 자리는 가슴에서 나온 피가 흘러내려 고이고 있었다. 금희가 재빨리 비상벨을 누르고 살펴보니, 수액에 연결된 링거 줄이 빠져 있었다. 양의 침대 옆 바닥에는 수액이 질펀했다. 아무래도 샌 지 오래 같았다. 그런데도 벨소리에 달려온 간호사는 아무런 설명도 미안한 표정도 없이 새 줄을 가져와 기계적으로 링거 줄을 갈았다. 금희는 화가 났다.

"아까 수액을 갈 때 잘못한 거죠?"

"링거 줄이 덜 끼워졌던 것 같아요."

"근데 그렇게 줄만 갈아도 되는 거예욧? 수액이 이렇게 많이 흐르고 피가 이렇게 떨어질 만큼 줄이 바닥에 한참 닿았잖아욧? 줄을 따라 히크만에 세균이라도 들어갔으면 어떡할 거예요? 질질 흐르던 수액은 또 어떻고요? 그걸 그냥 쓴다고욧?"

"보호자 분! 괜찮을 거예요! 압력 차이 때문에 몸 안의 피가 내려온 거라서 바깥의 균이 들어갔을 가능성은 없어요!"

"확신해욧? 히크만이 얼마나 중요한데! 이런 일이 없어도 히크만을 통해 감염이 되는 사람이 얼마나 많은지 잘 아는 간호사면서! 히크만은 심장 정맥에 바로 연결돼서 위험하다는 거 몰라욧?"

"그렇게 걱정되시면! 수액까지 다 갈아 드릴게요! 기다리세요!"

간호사는 신경질적인 손길로 링거 줄과 수액을 챙겨 나갔다. 바닥을 어지럽힌 수액과 피를 치우는 일은 금희의 몫이었다.

"지가 잘못해서 이 지경을 만들어 놓고! 미안하다는 말 한마디가 없네! 이게 무슨 경우래? 지금까지는 이런 일이 없었는데! 나 참, 무슨 간호사가 저래? 병원장이 문제야! 맘에 안 든다고 사람들을 다 자르고 대화도 거부하니, 어제까지 일하던 직장에서 내일부터는 나오지 말라는 문자를 받은 사람들의 마음이 어떻겠어? 나라도 파업하겠네! 아니, 대화를 안 할 거면 제대로 된 간호사라도 불러 놓던지, 이게 뭐하는 짓이래? 파업이 길어지면 안 되는데 큰일이네, 큰일이야!"

일요일이 되자, 파업의 바람은 더 거세졌다. 3일 동안의 파업 효과가
노조의 기대에 못 미쳤기 때문이다. 병원장은 위기를 기회로 삼았다. 이
참에 문제의 싹을 다 뽑아 버리겠다며 입맛에 맞는 대체 인력을 부르고
꿈쩍도 안했다. 화가 난 노조는 최대한 많은 노조원을 불러들였다. 환자
들의 밥과 병실 청소를 담당하던 직원들까지 자리를 박차고 시위 현장으
로 떠났다. 로비는 빨간 띠를 두른 사람들로 빼곡하고 굳게 쥐어진 주먹
은 더 높이 올라갔으며 노동가는 더 크게 울렸다. 상황은 걷잡을 수 없이
나빠졌다. 병실마다 쓰레기가 쌓이고, 점심부터는 외부 도시락이 들어온
다는 얘기가 돌았다.

"오늘부턴 식당에 설거지할 사람도 없답니다."

"설마 우리한테까지 그럴까요?"

"격리 병동 환자들은 면역력이 낮아서 쇠로 된 숟가락과 젓가락도 뜨
겁게 소독해서 은박지에 싸서 들어오는 형편인데 설마 그럴라고."

"환자를 위해서, 더 좋은 의료 환경을 만들려고 파업을 한다는 사람들
이 설마 환자들을 위험에 빠뜨리겠어요? 그럼 우리 애더러 죽으란 소린
데요!"

배선실 사람들의 반응이었다. 111병동 사람들은 병원 노조가 아픈 환
자를, 살아 있는 사람을, 누군가의 가족을 죽음으로 내모는 행동은 하지
않으리라 믿었다. 그러나 바람과는 달리 점심부터 정말로 외부 도시락이
들어오기 시작했다. 이날 양의 과립구는 671. 1회용 종이그릇에 담긴 밥
과 된장국에 반찬 몇 가지, 비닐에 싸인 플라스틱 수저. 먹어야 할지 말아
야 할지 양은 조심스러웠다.

"밥 냄새가 이상해. 국 맛도. 상한 거 아니야? 그만 먹으면 안 돼?"

양의 물음에 금희의 주름이 깊어졌다.

"약 먹으려면 밥 먹어야지. 그래도 한번 먹어 보자. 설마 못 먹을 걸 줬겠어?"

금희의 말에 마지못해 양은 손으로 코를 막고 몇 숟갈을 더 먹었다.

"윽. 더 이상은 진짜 못 먹겠어! 어떡하지, 엄마? 계속 이런 밥이 들어오면?"

"정말 걱정이네… 일단 약부터 먹자. 자, 여기 약, 물."

"싫어. 지금은 물도 못 마시겠어. 이따가 먹을게."

한참 지나서야 양은 금희가 챙겨 둔 피임약을 먹었다. 산부인과 의사가 매일 같은 시간에 먹어야 한다고 강조했기 때문에 더 이상 미룰 수는 없었다. 이미 평소보다 30분이나 늦었다.

"…웩! 웩, 웩, 웩!"

약을 먹은 지 20초도 안 돼 양은 토했다. 화장실로 달려갈 틈도 없었다. 바닥이 엉망진창이 되면서 병실에 메스꺼운 냄새가 번졌다. 금희가 정신없이 바닥을 닦는 사이, 양은 죽을힘을 다해 걸어가 세면대를 잡고 더 나올 게 없을 때까지 게웠다.

"죄송해요! 정말 죄송해요!"

"괜찮아요. 그럴 수도 있죠."

"항암 시작하셔서 힘드실 텐데 냄새가 심해서… 세면대도 제가 금방 뚫고 치울게요. 조금만 참아 주세요."

금희는 옆자리의 미자에게 계속해서 사과했다. 양에게 괜찮으냐고 묻거나 등을 두드려 주지도 못하고 다른 사람에게 미안하다고 말하며 빨리 치워야 하는 상황이 금희와 양을 지치게 했다. 금희는 급한 마음에 맨손으로 세면대의 토사물을 휴지통에 마구 쓸어 담았다. 금희의 속까지 뒤집을 정도로 시큼한 냄새가 코로 파고들었지만 다른 방법이 없었다. 넋이 나간 양이 침대에 앉아 있는데 이번에는 설사의 기운이 몰려왔다. 양은 아픈 다리를 끌며 최대한 빨리 화장실로 갔다. 설사가 쏟아지는데도 변기에 소독약을 뿌려서 닦고 앉아야 하는 자신의 상황에 기가 막혔다. 좍좍 이어지는 설사로 일어서지도 못하고 양은 변기에 앉아 울었다. 한차례 폭풍우가 지나가고 화장실을 나설 즈음에는 다리가 후들거리면서 몸에 경련까지 일었다. 그러다 배가 아프기 시작했다. 누군가 몸속에서 내장을 비틀고 쥐어짜는 듯했다. 이런 통증은 처음이었다. 저절로 애원이 나왔다.

"아악! 아악! 엄마, 엄마! 나, 배가 아파! 너무 아파! 나 좀 살려 줘! 빨리 의사 좀 불러 줘! 살려 줘!"

금희가 미친 듯이 비상벨을 눌렀다. 보통의 한 번이 아니라 끊임없이 울리는 비상벨에 바로 원석이 달려왔다.

"무슨 일입니까!"

"서, 선생님! 저 배가 너무 아파요! 죽을 것 같아요! 저 좀 살려… 주세요! 살려 줘요! 엉엉."

원석은 놀랐다. 양의 이런 모습은 또 처음이었다. 원석은 마음을 추스르고 침착하려 애썼다.

"어디가, 어떻게 아픕니까?"

"여기, 여기요! 아랫배가… 뒤틀어지는 것처럼 아파요! 죽겠어요!"

미처 다 치우지 못한 개수대의 건더기와 냄새에 원석은 양이 토했음을 알았다.

"혹시 하양 씨가 토했습니까?"

"네, 점심 맛이 이상하다더니 갑자기 애가 토했어요. 그러더니 설사에, 경련에, 배가 아프대요. 도시락이 잘못된 걸까요?"

"하양 씨, 배 좀 봅시다. 아프더라도 조금만 참아요."

"악! 아아아악! 누르는 데마다 다 아파요!"

"아무래도… 장에 탈이 난 것 같습니다."

"도시락 때문이죠?"

"어머님, 지금으로선 알 수 없습니다. 항암제가 장 안의 정상적인 세균까지 다 죽여 버리면 이럴 수도 있습니다. 그런 거면 다행인데… 일단 복부 X-ray를 찍어 보겠습니다. 결과를 봐서 CT 촬영도 할지 고민해 보죠."

"선생님, 뭐든지 빨리! 빨리 진행해 주세요. 너무 아파요."

"지금 바로 가서 지시하겠습니다. 조금만 참아요."

"잠깐만요! 선생님, 피임약은요? 다시 먹여야 할까요? 애가 먹자마자 토했거든요!"

"바로 토했으면 위까지 안 내려갔을 가능성이 큽니다. 다시 드시죠."

"네. 양아, 엄마가 간호사한테 말해서 다시 받아올게. 조금만 기다려."

"뭐예요? 피임약이 없다니 무슨 소리예요! 우리 애가 지금 먹어야 한다고욧!"

생각지도 못한 금희의 성난 목소리가 양의 병실까지 들렸다.

"죄송한데, 아무리 찾아봐도 없어요. 맡겨 둔 거 맞으세요?"

"이 사람들이 정말! 당신들이, 피임약은 병원에서 못 주니 약국에서 사오라고 했잖아욧! 이해가 안 가는데도 내가 군말 없이! 혹시 몰라 한 통을 더 사다 줬는데 그걸 잃어버려요? 무슨 일을 이렇게 하냐구욧!"

"저희가 관리하기 어렵기 때문에 매달 한 통씩만 사오라고 하는 건데요…."

"뭐예요? 그럼 지금 한 통을 더 사다 준 내 잘못이라는 거예욧? 온갖 약이 다 있는 종합 병원에서, 왜 피임약만 보호자더러 매달 약국에 가서 사 오라는 거예요? 그리고! 오늘처럼 애가 토하거나 바닥에 약이라도 떨어뜨리면! 피임약은 순서에 따라 요일 별로 정해진 약을 먹어야 하니까 새 통에서 그날에 해당하는 알을 골라 먹여야 하는데 예비약이 없으면 어쩌라는 거죠? 날짜와 시간을 맞춰서 먹으라고 그렇게 강조를 하면서! 입이 있으면 말을 해 봐요, 간호사라는 사람들이!"

"말씀이 좀⋯."

"심하다고 생각해욧? 나 참, 사람들 말대로 파업 때문에 이 지경이면 이게 무슨, 환자만 죽으란 파업이네! 환자를 위한답시고 파업하느라 환자를 이렇게 애먹이니, 세상에 무슨 이런 생떼가 있어!"

금희는 씩씩거리며 돌아왔다.

"피임약을 잃어버렸대. 일요일이라 오늘은 약국도 안 하니까 배선실에 가서 다른 보호자들한테 빌려 볼게."

"응."

"나가는 길에 쓰레기통도 비워야겠다. 병동 안 쓰레기통은 다 찼어. 휴게실에 가서 버리고 올게."

토사물이 담긴 쓰레기봉투를 들고 나서는 금희의 뒷모습을 보는 양의 마음은 뒤집히는 뱃속만큼 아렸다. 알아. 엄마가 싸우는 건, 저렇게 예민하게 구는 건, 투사가 된 건 나 때문이야. 금희에 대한 미안함과 안타까움, 이러다 병원에서 진상 환자로 찍히는 게 아닌가 하는 부끄러움과 걱정이 겹쳐서 눈물이 나왔다. 병원도 실망스럽긴 마찬가지였다. 혈액 검사 오류에, 줄줄 흐르는 수액에, 피임약까지 잃어버리고 실수해도 모르쇠를 잡으니! 온갖 생각에 휩싸여 우는 동안에도 배는 아팠고 설사는 계속됐다. 조금 지나자 눈이 아팠다. 붕어눈으로 안과 진료를 받아야 할 수 있다는 원석의 말이 떠올라 양은 억지로 울음을 그쳤다. 이제는 우는 것조차 마음껏 할 수 없었다.

다행히 배선실에서 금희가 피임약을 빌려 왔고, 복부 X-ray에선 이상이 없었다.

"아무래도 정상균이 죽어서 그런 것 같아요. 일단 지사제를 처방해 드릴 겁니다. 이러다 사람이 죽겠어요. 사람부터 살리고 봐야죠."

"감사합니다."

월요일 아침, 수간호사가 미자를 찾아왔다.

"이미자님, 4인실을 희망하셨죠? 자리가 났는데 옮기시겠어요?"

"네, 갈게요! 혹시 창가 자리인가요?"

"아니요. 자리는 출입문 쪽이에요."

"그래도 갈게요!"

"그럼 가시는 걸로 알고 4인실이 정리되면 다시 알려드리러 오겠습니다."

"네!"

미자와 말을 끝낸 수간호사가 양에게 들렀다.

"하양 님? 저 기억하시죠? 옆자리 분이 4인실로 이동하게 되셨는데, 여기로 새로 오실 분이, 지혼자 씨예요."

"네?"

양과 금희 모두 소스라치게 놀랐다.

"그 할머니가 왜 2인실을요?"

"6인실은 너무 시끄럽다고 2인실을 쓰고 싶다고 하셨어요."

"……."

"지난번에, 그분과 불편함이 있어서 여기로 오신 걸로 기억하는데, 맞으시죠?"

"네! 말도 안 돼요. 그 사람 때문에 6인실에서 2인실로 온 건데요!"

양의 목소리가 흔들렸다.

"네, 당연히 그렇게 생각되시죠. 안 그래도, 그래서 저희가 확인하는 겁니다. 그런데 오늘 다른 2인실은 비는 곳이 없어서… 그럼, 하양 씨는 지혼자 씨가 옆에 오는 게 절대로 싫으시단 거죠?"

"네!"

"알겠습니다."

"아마… 그 사람도 제 옆에 오는 건 싫을 걸요?"

"지혼자 씨는 괜찮으시답니다."

"네? 제 옆자리도 좋다 했다고요?"

"네."

"그럴 리가 없어요. 다시 물어보세요. 아무튼 전 절대로 싫어요! 그렇게 안 되게 해 주세요, 수간호사님."

"뜻을 잘 알겠습니다. 최대한 노력해 보겠습니다. 그런데… 만약 2인실 중에 비는 곳이 여기 밖에 없으면 저희도 곤란해서요."

금희가 폭발했다.

"무슨 이런 법이 있어욧! 우리가 왜 비싼 돈을 주면서까지 2인실로 왔는데욧! 도대체 무슨 일을 이렇게 처리해욧!"

"보호자 분, 심정은 이해하지만 병원은 병원대로의 사정과 원칙이 있습니다. 일단 더 알아보고 다시 오겠습니다."

수간호사가 차가운 표정으로 나갔다.

"끈질긴 악연이다, 엄마. 그치?"

"무슨 이런 일이… 양아, 엄마가 알아보고 올게."

잠시 뒤, 금희가 숨을 헐떡이며 들어왔다.

"양아! 양아! 지혼자 할머니, 말야!"

"응?"

"자기 발로 나오는 게 아니라 쫓겨나는 거래!"

"그게 무슨 소리야?"

"6인실의 환자랑 보호자들이 도저히 같이 못 지내겠다고 수간호사를 찾아갔나 봐. 그 노인네의 성격이 어디 가? 우리가 점잖으니까 그만큼이라도 참은 거지. 우리도 어디 무서워서 피했어? 더러워서 피했네! 왜, 우리가 여기로 오면서 6인실로 간 아줌마 있지?"

"응, 나랑 자리를 바꿔 주신 고마운 분."

"그날 봤지? 환자랑 보호자가 자매야. 둘이 엄청 친하고 둘 다 성격이 보통은 아니거든. 지혼자 할매가 제대로 걸린 거지."

"어떡하지… 2인실이 여러 개 나는 날도 있더니, 오늘따라 딱 하나라서… 옆자리 분이 4인실로 안 가시면 좋을 텐데!"

양은 미자의 마음이 움직이길 바라며 옆자리까지 들리도록 크게 말했다. 미자는 아까부터 숨소리도 없이 조용했다. 하지만 조심스레 돌아눕는 소리로 봐서, 양의 이야기를 들은 건 분명했다.

오전 10시께, 미자가 TV를 트는 소리가 났다. 양과 금희도 하얀 커튼을 걷었다. 국회에서 열린 교육문화체육관광위원회의 국립대병원에 대한 국정 감사가 실시간으로 나오고 있었다. 이날의 뜨거운 감자는 대한대학교병원의 총파업 사태였다. 시작부터 하산낙 병원장에 대한 교문위 소속 국회의원들의 뭇매가 쏟아졌다.

한껏 눈을 치켜뜬 한 의원이 물었다.

"하산낙 병원장은 눈도 없고 귀도 없습니까? 언론이고 노조고 다들 응답하라며 찾고 난린데, 애도 아니고 언제까지 한심하게 숨바꼭질만 하면 되겠어요? 내 말에도 산 낙지처럼 요리조리 빠져나가며 대답을 안 할 겁니까?"

"안 그래도 국정 감사가 끝나는 대로 오늘 오후 1시께 노조 대표와 만나서 단체교섭 일정을 잡기로 했습니다."

잔뜩 인상을 쓴 다른 의원이 소리쳤다.

"일정만 잡으면 뭐합니까. 해결을 해야지, 해결을! 문제를 이렇게 시끄럽게 키워 놓고, 나 참. 지금 대한대학교병원은 총체적 난국이에요! 압니까? 가짜 적자 논란에! 또….'

"위원님, 송구하지만 가짜가 아니라 진짜로 저희 병원은 적잡니다. 제가 부임해 보니 올해 6월까지 거의 500억이 마이너스 상태였습니다. 신뢰도 높은 외부 기관에서 임금 동결을 포함한 비상 경영이 필요하다는 자문도 받았습니다."

탁! 하던 말이 중간에 잘린 의원이 인상을 찌푸리며 쓰고 있던 안경을 탁자로 내던졌다.

"뭐요? 지금 내 말이 다 끝나지도 않았는데 토 다는 거요? 이 사람 이거, 혼쭐이 나야지 안 되겠구먼?"

다른 의원이 재빨리 끼어들었다.

"그러니까~ 왜 병원과 상관도 없는 호텔을 사들이고 멀쩡한 병원을 확장하느라 헛돈을 쓰냐고요!"

"위원님들, 송구하지만 제대로 살펴 주시길 바랍니다. 저도 고민을 많이 했습니다. 제가 오기 전에 병원이 사들인 호텔을 막대한 손해를 보면서까지 노조의 요구대로 다시 팔아야 하는가, 이미 실계가 승인된 병원 확장 공사를 여기서 멈춰야 하는가. 도대체 이걸 어떻게 해야 하나."

"그럼 지금이라도 공사 설계를 바꾸던지 해서 축소를 해야지요, 축소를! 새로 넓히는 공간에는 주로 외부 음식점이나 카페를 받아서 돈벌이하려는 거 아닙니까!"

"아닙니다. 새로 넓히는 공간의 주목적은 내과와 같은 주요 진료과의 이동입니다. 지금 본관에는 공간이 부족해서 다닥다닥 붙은 과마다 기다리는 환자들로 넘쳐납니다. 의자는 부족하고, 환자들이 시장통처럼 서서 지나다니기도 어려운 실정입니다. 물론 음식점과 카페도 들어옵니다만, 그것도 환자와 의료진을 위한 선택이었습니다. 현재 저희 병원에는 밥을 먹을 식당이 직원 식당과 스카이라운지, 2곳뿐입니다. 진료하기에 바쁜 의사나 간호사들은 식당에 줄서서 기다릴 시간도 없어서 매일 샌드위치로 때우고, 새벽부터 지방에서 차를 타고 올라온 아픈 환자도 검사를 하고 진료 시간까지 기다리면서 편하게 밥 먹을 곳이 하나 없습니다. 저희 병원 바깥에 있는 가장 가까운 식당도 10분은 걸어야 하지요. 암 환자들은 걸을 힘도 없어 병원 편의점에서 산 빵과 우유로 허기를 채우거나 대기실의 의자에 누워서 차라리 굶습니다. 이런 안타까운 상황을 해결하기 위해 이전 병원장과 이사회가 결정한 사안이라고 저는 이해했습니다."

"흠흠. 그렇다고 국립 병원이, 호텔을 운영하고 건물을 키우느라 의료비를 절감하라면서 검사 실적을 5퍼센트나 올리라고 지시하고, 의료 재료를 저질로 바꾸라고 강요하는 게 말이 됩니까?"

"그런 지시를 내린 적, 없습니다."

"지시를 받은 사람들이 있는데, 계속 거짓말할 거요?"

"맹세코, 저는 그런 적이 없습니다."

"이 사람, 이거, 정말 안 되겠구먼? 여기가 어딘 줄 알고!"

의원들이 한마디씩 떠들어 대며 회의장이 시끄러워졌다. 탕탕탕탕. 위원장이 의사봉을 두드리더니 말했다.

"하산낙 병원장, 여기서 거짓말하면 어떻게 되는지 몰라요? 신중하게 대답하세요. 말도 많고 탈도 많은 선택 진료비하고 의사 성과급제, 이건 어떡할 겁니까? 나랏돈 받는 국립 병원이 돈벌이 의료를 해서야 쓰겠어요?"

"위원장님, 송구합니다만 선택 진료비는 치료가 필요한 중환자를 조금이라도 더 빨리 발견하기 위해, 의사 성과급제는 능력 있는 의사를 지키기 위해 필요합니다."

"초진 환자를 받으면 선택 진료비의 100퍼센트를 의사에게 주니 의사들이 초진 환자 예약을 우선 배치해서 재진 환자들의 치료가 뒤로 밀리고 진료 시간이 5분도 안 되는 문제를 일으키고 있는 게 아닙니까!"

"그런 부작용이 생길 수도 있습니다. 그러나 송구하지만 만약 위원장님께서 암이 의심된다는 말을 동네 병원에서 들었다고 생각해 보십시오. 정확한 확인과 제대로 된 치료를 위해서는 종합 병원에서의 진료와 검사가 반드시 필요합니다. 그런데 예약이 밀려서 한 달, 두 달, 세 달까지 기다려야 한다면 그것만으로도 하루하루 피가 마르지 않겠습니까? 중한 병도 초기에 발견하면 치료 성과와 생존율이 높아집니다. 이런 문제를 해결하기 위해 초진 환자에 대한 선택 진료비의 100퍼센트를 의사에게 주기로 한 겁니다. 병원으로서는 아무런 이익이 없는 제도지요. 초진 환자의 선택 진료비 100퍼센트를 의사에게 주는 건 정말로 환자들을 위해 만든 제도입니다. 진심을 헤아려 주시길 부탁드립니다."

이 말은 양에게도 와닿았다. 대한대학교병원의 예약이 늦어졌으면, 어쩌면 나는 아마 이유도 모르고 죽었겠지.

"흐음."

위원장이 공감하는 듯 살짝 고개를 끄덕이자, 내년졌던 안경을 다시 고쳐 쓴 의원이 흥분하며 따졌다.

"그럼 성과급제는 뭐요? 국립 병원 의사들이 돈 벌려고 시작 시간만 한두 시간 정도 다르게 해서 3시간, 5시간 걸리는 수술을 3건이나 동시에 진행한다는 게 말이 돼? 돈 되는 수술하느라 응급 환자들의 수술이 밀리는 국립 병원이 어디 있어? 이 자료를 보고도 할 말이 있어? 당신이 그러고도 의사야?"

"…위원님께서 지적하신 성과급제의 문제점은 저도 최근에 파악해서 개선 방안을 모색하고 있습니다. 하지만 국립 병원 의사들이 근무 시간에만 일하면 수술이 필요한 환자들의 대기 시간이 길어지는 문제도 있습니다."

"개선? 폐지가 아니라 개선이라고?"

"저보다 위원님들께서 더 잘 아시겠지만, 연봉 수준이 낮고 일은 많은 국립 병원의 특성상 실력 있는 의사들을 지키기란 참 어렵습니다. 경험이 많고 뛰어난 의사들에게 사명감만으로 머물라고 하기에는 다른 병원에서 제시하는 조건들이 비교도 안 되게 좋습니다. 그러다 보니 인재들은 자꾸 떠나고, 남은 인력은 출퇴근 시간에 맞춰 틀에 갇혀 움직이느라 열정적인 진료 태도가 부족한 상황입니다. 결국은 환자에게 손해로 돌아가지요. 저희 대한대학교병원은 단순히 값싼 공공 의료가 아니라 고품질의 공공 의료를 신속하게 제공하기 위해 최선을 다해 노력하고 있습니다. 선택 진료비와 의사 성과급제는 실제로 의료진들을 더 열심히 움직이게 하고 있습니다."

여기저기서 의원들의 고성과 야유가 쏟아졌다.

"변명은 집어치워요! 국립 병원 중에 대한대학교병원의 병원 내 감염률이 제일 높아요! 그게 하산낙 병원장이 얘기하는 고품질 공공 의료의 수준이오?"

"위원님, 송구하지만 그건 그만큼 저희 병원에 중환자가 많이 와서 그렇습니다."

"그럼 계속 높겠단 뜻이오? 중환자가 몰려도 감염률을 낮춰야, 그게 진짜로 실력 있는 국립 병원 아니오?"

"송구합니다, 위원님. 저는 다만, 병원 내 감염 방지를 위한 정부의 예산 지원은 전혀 없는 실정에서, 정부에서 의료 보험 수가를 원가에도 못 미치도록 낮게 규제하는 상황이라 대한대학교병원의 자체적인 노력만으로는 해결이 어렵다는 말씀을 드리고자…."

눈이 아팠다. 끝없는 말다툼은 보는 사람도 지치게 했다. 양은 눈을 껌벅이다 스르르 잠이 들었다.

양이 감은 눈을 떠 보니 어느덧 점심 무렵이었다. 잠깐 나갔는지 금희는 안 보였다. 이때 조용히 문이 열리더니 수간호사가 들어와 미자에게 갔다. 양은 질끈 눈을 감았다.

"이미자님, 4인실의 정리가 끝났습니다. 지금 옮기시겠어요?"

"4인실에 난 자리가 어디라고 하셨죠?"

"출입문 앞이오."

"아시겠지만, 저는 창가 자리를 원했거든요. 2인실에서 창가 자리에 있어 보니 참 좋아서요."

"아깐 괜찮다고 하셨는데요?"

"네, 그런데 다시 생각해 보니 출입문 쪽은 너무 어두울 것 같아서요. 다음에 창가 자리가 나면 옮겨도 될까요? 창가 자리면 4인실도 6인실도 다 좋습니다."

"알겠습니다."

"마음을 바꿔서 죄송해요."

"아닙니다."

병실을 나서는 수간호사의 표정은 뜻밖에도 부드러웠다. 커튼에 가려 미자에겐 안 보이겠지만, 양은 고개를 숙이며 진심으로 감사한 마음을 건넸다.

"저… 정말 감사드려요. 덕분에 살았습니다!"

차르륵. 둘 사이의 하얀 커튼을 걷으면서 미자가 웃는 얼굴을 내밀었다. 하얀 털모자를 쓴 모습이었다.

"별말을요. 도움이 됐다니 다행이에요."

"그 사람이 다시 옆에 오면 어떡하나, 정말 끔찍했는데… 아, 그렇다고 지흔자 할머니가 엄청 이상한 사람은 아니에요. 그냥… 저희랑은 안 맞았어요. 근데 이번에 안 가셨다가 4인실이나 6인실에 창가 자리가 얼른 안 나면 죄송해서 어떡하죠?"

"언젠간 나겠죠, 뭐. 안 그럼 항암 치료도 시작된 김에 그냥 여기서 쭉 지내면 되죠, 뭐. 훗훗."

듣는 사람을 어루만지는 웃음이었다. 양도 따라 웃게 만드는. 미자가 말을 이었다.

"본인 때문이라고 생각하지 말아요. 난 정말로 창가 자리를 기다리니까. 그나저나 고생이 정말 많아요. 옆에서 보기 안쓰러워 죽겠어요. 면역력이 제로로 떨어지면 나도 그럴까요? 아가씨가 겪는 일들이 남 일 같지가 않아서 벌써부터 무서워요. 으휴, 머리카락이 벌써 이렇게 뭉텅이로 빠질 건 뭐람!"

슬며시 털모자를 벗는 미자의 머리는 양보다 더 듬성듬성했다. 보기에 괜찮다는 말은 차마 할 수가 없었다.

"아가씨는 아직도 머리카락이 그대로 같은데, 나는 항암제가 들어가면서부터 이렇게나 빠지네요. 미는 게 좋을까요?"

"저도 정말 안 밀고 싶었는데, 머리를 오래 안 감으면 세균이 생긴대요, 주치의의 말이요. 그래서 밀고 나니 시원하고 좋더라고요. 하하."

"으휴, 그럼 나도 밀어야겠다."

이때 금희가 들어왔고, 미자는 커튼을 닫으며 인사했다.

"그럼 다음에 또 얘기해요."

"네. 정말 감사합니다!"

금희가 무슨 일이냐며 눈짓으로 물었다.

"엄마, 엄마! 옆자리 분이 4인실에 안 가신대! 너무 잘됐지?"

"정말?"

"응! 창가 자리가 나면 가기로 하셨어."

"정말 너무 감사하네!"

"응응! 이제 걱정 놨다. 그치?"

"그래그래. 실은 엄마도 수간호사를 만나고 왔어."

"응? 왜? 또 화낸 건… 아니지?"

"아니야. 물론 화는 나지만! 어쩌겠어, 우리가 부탁해야 하는 입장인데."

금희는 수간호사와 나눈 이야기를 전해 주었다. 그동안 소란을 피워서 미안하다, 다 내 잘못이다, 지훈자가 못 오도록, 딸애의 마음이 힘들지 않게 도와 달라, 우리 딸을 제발 좀 살려 달라고… 금희의 말을 들으며 젖어든 눈가를 보자 양도 눈물이 차올랐다. 엄마가 자신을 위해 그렇게 차분하게, 스스로를 버리고 눈물로 부탁했다는 사실에. 병원 생활에서 오는 짜증을 엄마에게 풀고 싶을 때, 오늘을 기억하자. 양은 자신에게 속삭였다.

화요일, 양의 과립구는 899. 어제의 911에 비해 살짝 내렸지만 머무른다고 봐야 했다. 지난주 화요일에 0이었으니 일주일 만에 확실히 높아진셈이었다. 기분 탓인지 양은 목도 발목도 덜 아프게 느껴졌다. 안과 의사가 다녀간 결과, 눈도 혈소판이 올라가면 곧 회복되리란 진단을 받았다. 정체를 알 수 없는 덩어리는 핏덩어리로 밝혀졌다.

"하, 양 씨. 지혈제의 부작용입니다. 핏덩어리가 몸 안에서 혈관을 막으면 부정맥이 발생할 수 있는데, 밖으로 나와서 다행입니다. 오늘부터 지혈제의 양을 줄였으니 지켜보지요. 너무, 걱정하지 마세요."

언제나처럼 심해는 양호하다는 말을 남기고 나갔다.

5

항암 5주 차. 퇴원이 눈앞에 보였다.

"일주일 안에 퇴원을 할 수도 있겠습니다."

이틀째 과립구가 1,000을 넘자, 원석이 말했다.

"퇴원이요? 정말요?"

"아, 이런! 그렇게 좋아요? 서운합니다만."

"선생님을 못 뵙는 건 아쉬워요. 그래도, 신나요!"

"하하. 어차피 저도 이번 주가 마지막 줍니다만."

"아⋯ 벌써 그렇게 됐나요?"

"제가 혈액종양내과에 온 지가 어느새 그렇군요."

"다른 과로 가시는 건가요?"

"강남에 있는 분원으로 갑니다."

"아⋯ 그럼 이제 못 뵙겠네요, 정말."

"일단⋯ 내일 오후에 골수 검사를 할 겁니다."

"네? 골수 검사를 또 한다고요?"

"항암 치료의 효과가 있는지 확인해야죠. 결과가 좋으면 퇴원할 겁니다."

"정말 받기 싫은데… 아! 그럼 혹시 골수 검사의 결과가 아주, 아주 좋게 나오면, 이식을 안 해도 되는 건가요?"

"아니오. 하양 씨가 골수 이식을 받아야 한다는 점에는 변동이 없습니다."

"결과가 아무리 좋게 나와도요?"

"네."

"암세포가 하나도 없이 사라져도요?"

"그럴 리는 없습니다. 지금도 팔에서 뽑은 말초 혈액에서 나쁜 세포들이 보여요."

"아….."

"역시 하양 씨에게는 촉진제를 안 쓰길 잘한 것 같군요."

"…네."

양은 자신의 느낌을 믿었다. 설명할 순 없지만 분명히 암세포는 사라지고 있었다. 관해가 될 거야. 0에 가까울 정도로. 믿지만 누구에게도 말할 수는 없었다. 나를 비웃거나 불쌍해할지도 몰라. 금희도 대양도 수상도 양이 나아서 다시 살아갈 날들을 이야기하면 모두가 입을 다물었다. 말로는 아니라고 하지만 모두가 양의 내일에 대해 의문을 품고 있었다. 대양은 양 앞에선 늘 용기를 주고 웃었지만 병실을 나서면 언제나 울면서 돌아갔다. 꼭 0이 나와서 사람들이, 특히 사원석과 같은 의사들이 자기가 틀릴 수도 있다는 가능성을 고민해 보길 바라. 양은 믿음을 지키려 애썼다. 이날 밤, 대양이 병실을 찾아왔다.

"주치의의 말은 신경 쓰지 마. 주치의는 아직 배우는 중인 수련의일 뿐이니까. 사원석이 지금까지 한 폭탄 발언은 대부분 어긋났잖아?"

사실 주치의의 말이 그렇게 틀린 적은 없어, 오빠. 이렇게 생각하면서도 양은 잠자코 고개를 끄덕였다. 믿음이 중요했다. 38도의 언저리를 오르락내리락하던 열도 어제부터는 37도 아래에 머물렀다. 긍정적인 신호였다. 양은 불안감을 털고 잠에 들었다.

새벽 5시쯤, 문득 뭔가 양을 깨웠다. 알 수 없는 답답함은 일어나 앉으면 조금 덜하다가 누우면 더하길 반복했다. 그러다 졸음이 쏟아져 양은 잠들어 버렸다. 얼마 안 가 엄지손가락에 연결된 기계가 시끄러운 경고음을 내기 시작했다. 모니터에도 빨간 불이 들어왔다. 산소 포화도가 떨어지고 있었다. 금희는 잠결에도 얼른 비상벨을 눌렀다. 간호사가 달려와 살펴보더니 양의 코에 산소 호흡기를 달았다.

"몸 안의 산소량이 줄어들어서 숨쉬기가 힘드실 거예요. 호흡기를 쓰실게요."

"호흡기요?"

"네. 지난번에 해 보셨던 코에 끼우는 거요."

"…네."

만성골수백혈병이라 먹는 약으로 치료하는 줄 알고 퇴원을 준비하던 날 밤이 양의 기억을 두드렸다. 갑자기 간호사가 산소 호흡기를 다시 씌우고 나서 퇴원이 취소됐던 그날. 안 좋은 예감에 사로잡혀 양은 원석을 기다렸다. 곧 원석이 달려왔다.

"하아. 오늘 오후로 잡혔던 골수 검사 시간을 오진으로 당겼습니다."

"골수 검사를 당긴다고요?"

"네. 안심해 교수님께서 그렇게 지시하셨어요."

"…네."

"괜찮아요?"

"네?"

"일단 산소 포화도는 나아졌군요. 내일까지 지켜보고 계속 이러면 검사를 해 보죠. 호흡기는 당분간 씁시다."

느낌이 안 좋았다. 퇴원 이야기가 나오자마자 또다시 산소 호흡기 신세라니…. 뻐근하게 아픈 골수 검사를 끝내고 마약성 진통제인 모르핀까지 맞으며 한숨 자고 나서야 양은 좀 살아났다. 누군가 메시지를 보냈는지 무음으로 해 둔 휴대폰에서 불빛이 반짝였다. 양은 한숨을 쉬었다. 괜찮으냐는 걱정스런 말들에 답을 하는 일만큼 어려운 일도 없었다. 지금의 양에게는 그랬다. 휴대폰을 보니, 사람들과 마지막으로 연락을 나눈 지 2주가 지났다. 안 읽는 동안 쌓인 말들이 많았다.

"지금 뉴스 보니까 병원이 총파업에 들어갔던데, 넌 괜찮은 거야?"

호수의 물음.

"괜찮아?"

"오늘은 좀 어때?"

"힘내. 하루하루 더 나아질 거야."

"산책을 하다 본 꽃이다. 보면서 힘을 내렴."

"내 아들 사진이야. 나는 이 사진 보면 힘이 나더라. 너도 보면서 힘내."

"면회를 못 가서 미안해. 내가 그런 상황이었다면 언니는 어떻게 해서든 나를 만나러 왔을 사람인데… 이 일은 내 평생에 한으로 남을 거야."

"영접 기도. 하나님 아버지, 지금까지 예수님을 믿지 않고… 이제는 나의 죄를 위해 십자가에 죽으시고 부활하신 예수님을 나의 주인으로 영접합니다. 예수님의 이름으로 기도 드립니다. 아멘. 양아, 이 기도를 계속 반복해서 드려. 읽기만 해도 돼. 하나님이 너를 구원하실 거야. 꼭 해. 기도할게."

종교적인 도움이 절실한 누군가에겐 필요한 손길일 수도 있었다. 하지만 양에겐 아니었다. 솔직히, 이 중에 어떤 말도 위로가 안 됐다. 도리어 화가 치미는 말도 있었다. 이렇게까지 모르나? 내가 어떤 상황인지, 어떤 마음일지. 세상에는 절대로 해서는 안 되는 말도 있어. 어떤 사람들의 말에는 양이 죽으리라, 혹은 죽을 수도 있다는 포기가 깔려 있었다.

"괜찮지 않아."

"몸도 마음도 엉망이야."

"돌아 버릴 것 같아서 대화방을 나가요."

"나아지면 좋겠습니다, 저도 정말."

안 괜찮은데 괜찮다고 말하는 건 이제 신물이 났다. 이해나 배려, 예의 따윈 남들한테나 주자. 이러면 더 이상 귀찮게 안 하겠지. SNS를 없애야겠어. 양은 내키는 대로 답을 하며 마음먹었다. 이때 고라미에게서 전화가 왔다. 라미는 예전에 일하던 직장에서 알게 된 친구였다. 양은 잠깐 고민하다 받았다.

"양아! 전화는 받는구나!"

"응, 답 못해서 미안."

"아냐, 전화라도 받아 줘서 고마워! 골수 이식을 해야 한다고 했지? 네게 맞는 골수는 구했어?"

"응. 친오빠가 주기로 했어. 마음 써 줘서 고맙다."

"있잖아, 내가 대신 주면 안 될까? 나 정말 널 살리고 싶어. 내 골수를 줄게. 응?"

"뭐? 괜찮아. 다행히 우리 친오빠랑 100퍼센트가 일치해서 그럴 필요가 없어."

"그래도 내가 정말 주고 싶어서 그래."

진심이 느껴지는 라미의 말에 양은 따뜻해졌다. 내가 완전히 잘못 살진 않았구나. 골수를 주겠다는 가족에, 친구까지 있으니.

"정말 고마워. 네 마음, 기억할게. 근데 우리 오빠가 주기로 해서 정말로 괜찮아. 혹시 오빠의 상황이 어려워지면 말할게."

"응, 그럼 꼭 말해 줘!"

휴대폰을 닫기 전에 마지막으로 양은 세하의 SNS 프로필을 확인했다. 거기엔 아무런 사진 없이 글만 하나 적혀 있었다.

"두 개의 심장?"

인터넷에 검색하자, 심장병으로 시한부 판정을 받은 여자가 나오는 로맨스 소설의 제목이었다. 너는 무슨 생각이지? 퇴원하면 고향에 다녀오자던 말을 끝으로 세하는 침묵을 지켰다. 내가 답을 했던가? 기억나지 않았다. 준호에게서 나와 주고받은 이야기는 들었겠지. 이 소설은 가볍잖아. 이 정도로 받아들이는 거야, 너는. 그러고 보니 세하는 양에게 골수를 기증해 줄 사람을 찾았느냐고 물어본 적이 없었다. 준호의 말이 맞았어. 세하는 괜찮을 거야. 양은 SNS를 탈퇴하고, 휴대폰의 메시지함도 통째로 지워 버렸다.

11월의 첫날. 병원에 오고 두 번째로 달이 바뀌던 날, 밤을 양은 이렇게 보냈다.

토요일, 양의 과립구는 1,519. 지금까지 중 최고였다. 그러나 숨쉬기는 여전히 힘들었다. 핏속의 산소량을 의미하는 빈혈 수치는 어제의 8.9에서 8.4로 내렸다. 호흡기를 하고 있으면 몸속의 산소 포화도가 100퍼센트에 가까이 올라가지만, 호흡기를 떼면 금세 90퍼센트 밑으로 떨어졌다. 결국 원석은 심전도 검사를 지시했다. 인턴 의사가 들어와 양의 가슴과 심장 쪽에 여러 개의 검사 장치를 붙이고 그래프를 뽑아 가자 곧 원석이 왔다.

"검사 결과는 괜찮군요. 골수 검사의 결과를 기다려 보죠. 혈색소도 지난번에 2봉을 수혈 받은 뒤로 8일 동안 8 이상이었으니 이제 떨어질 때가 된 겁니다. 너무 걱정하지 말아요."

"네."

이날 오후엔, 미자가 6인실로 떠났다. 이연두가 퇴원하면서 난 창가 자리였다.

"드디어 창가 자리가 나서 다행이네요. 우리 애 때문에 너무 늦어지셔서 정말 죄송했습니다."

"별말씀을요. 항암제를 맞는 동안 옮겨야 하면 힘들어서 어쩌나 했는데, 하양 씨 덕분에 오히려 일주일 동안 다 맞고 갈 수 있어서 잘된 걸요. 거기다 창가 자리고요. 바라던 바예요. 훗훗."

따라서 미소 짓게 만드는 웃음이었다.

"치료 잘 받으셔서 꼭 다시 건강을 찾으시길 바라겠습니다."

"그래요, 아가씨도 얼른 나아서 우리 다시 행복하게 살아요. 꼭!"

미자는 밝은 얼굴로 떠났다.

잠시 뒤, 인공호흡기를 쓰고 침대에 누운 노인이 미자의 자리에 들어왔다. 의식이 없는 채였다.

"저 할머니는 70대의 급성 백혈병 환자시래."

"아…."

옆자리는 금세 사람들로 북적였다. 어두운 표정의 나이 든 남자와 여자가 바쁘게 오가고 나머지 한 무리의 남녀는 병실 문 밖에 어두운 표정으로 모여 있었다. 깊은 얼굴 주름과 거친 손, 낡은 옷가지와 신발에 그들의 고단한 삶이 묻어났다. 겉모습은 하나같이 초라했지만 아픈 사람의 손을 잡고 울먹이는 구부정한 등 너머로 어머니를 위하는 진심이 느껴졌다.

"아들딸이 다 효자, 효녀시다. 그치, 엄마?"

"그러네. 마음은 이해가 가는데, 너무 드나드니 걱정이네. 병실문도 저렇게 활짝 열어 두고."

"나 이제 면역력이 좀 높아졌으니 괜찮겠지. 조금만 참아 주자."

"그래도 계속 이러면 안 되는데."

"나아지겠지."

"그래야 할 텐데."

금희는 걱정에 빠져 오후를 보냈다. 옆자리의 보호자에게 이야기해서 병실문은 되도록 닫아 두기로 했지만, 이날 저녁까지도 병실 안에는 늘 두세 명의 사람이 번갈아 들어와 복작거렸다. 양에게 설사가 찾아온 건, 밤이 다가올 무렵이었다. 사람들이 여전히 모여 앉은 모습을 보며 양은 화장실과 침대를 오갔다. 세 번째인가 다녀오던 길에, 양은 사람들 사이로 낯익은 물건을 발견했다.

"엄마, 근데 저 전기 포트… 우리가 왔을 때 창가 자리에 있던 거랑 비슷하지 않아?"

"실은… 그거야. 그때, 우리가 오기 전날 밤에 이 할머니가 여기서 중환자실로 내려가셨어. 마음이 안 좋을 것 같아서 말 안 하려고 했는데, 알아 버렸네?"

"아…."

"다시 돌아오실 줄 몰랐는데… 중환자실에서 손 놓은 환자를 다시 병실에 데려다 놓으면 어째… 우리는."

"…그래서 가족들이 저렇게 많이 와 있구나, 밖에."

이때 병실로 옆자리 환자의 주치의가 들어왔다. 가족들이 우르르 몰려드는 바람에 화장실을 다녀오던 양과 금희는 엉겁결에 병실 문 쪽으로 물러났다. 딸 하나에 아들 셋이 침대를 둘러싸고 사위와 며느리, 손주가 발치에 선 가운데 20대의 젊은 의사가 말했다.

"준비하시기 바랍니다. 오늘밤을 넘기기 어렵습니다."

자식들이 어머니를 부르며 울부짖었다. 그들에게, 지금 어머니의 곁을 떠나라는 말은 차마 할 수 없었다. 금희와 양은 조용히 병실을 나와 문 옆 의자에 앉았다. 잠시 기다려 줘야 했다.

그러니까, 그런 거였어. 여기, 2인실에 있던 아주머니가 6인실의 내 자리와 바꿔 준 이유는. 우연이나 행운이 아니었다. 죽음에서 되도록 멀리 피하려던 서로의 선택이 맞물린 결과였다. 하지만 두 사람 다 미처 알지 못했다. 이곳에서는 어디로 가도 죽음의 손아귀에서 벗어날 수 없다는 사실을. 결국 인생은 나에게 죽음을 보게 할 의도인가. 양은 여전히 옆자리의 할머니가 회복될 수도 있다는 생각을 떨치지 못했다. 아직 살아 있어. 아직 살아 있다고요. 포기하지 말아요! 아무도 듣지 못할 말이 누군가에게 닿기를 바라며, 양은 속으로 외쳤다.

다음날인 일요일은 시작부터 우울했다. 양의 몸은 지금까지 흘린 중 최고로 많은 땀을 하룻밤 사이에 뿜어냈다. 밤새 다섯 벌의 환자복을 갈아입고도 모자라 양은 위아래에 면으로 된 티와 바지를 입고 그 위에 축축한 환자복을 걸쳐야 했다. 금희가 집에 가져가 세탁하려고 일회용 비닐에 넣어 둔 땀에 젖은 속옷과 수건을 본 양은 울컥했다. 아침부터 걸려 온 전화도 한몫했다.

"종로5가 꽃집인데요, 한 달이 지나도록 주문하신 화분을 안 찾아가셔서요. 이미 비용은 내셨는데 어떻게 처리할까요?"

"아… 제가 지금 찾으러 갈 수가 없어요. 그냥 쓰시겠어요?"

"알겠습니다."

전화는 그대로 끊겼다. 화분도 찾으러 못 가는 신세. 한 치 앞을 모르고 화분을 주분한 어리석은 인간. 어쩌다, 내가 지금, 왜 여기에 있는 거지?
양은 자기 연민의 늪에 빠져들었다.

창가 자리는 이른 오전에 갑작스레 비워졌다. 옆자리의 노인이 침대째
실려 나갈 때 양은 눈을 감았다. 잠시 뒤, 비닐봉지를 든 아들이 찾아와
꾸벅 인사했다. 그의 손에 들린 투명한 봉지에는 며칠 새 눈에 익은 전기
포트가 덩그마니 담겨 있었다.

"그동안 여러 가지로 폐가 많았습니다. 저희 때문에 불편하셨을 텐데
이해해 주셔서, 정말로 감사했습니다."

나이 든 아들이 깊숙이 허리를 숙여 사과했다. 금희와 양도 얼른 고개
를 숙이며 인사를 받았다. 어제를 넘기기 어렵다던 옆자리의 노인은 어
쩐 일인지 밤을 넘겼다.

"어머님께선 다시 중환자실로 가시는 거세요?"

"아닙니다. 저희는 이제 집으로 갑니다. 어머니께선 늘 집에서 돌아가
시고 싶다 하셨거든요. 병원에 와선 아팠던 기억밖에 없다며 절대로 여
기서 죽게 하지 말라고… 의식을 잃기 전까지 몇 번이나 부탁하셨지요.
의사들도 더 이상 해 줄 치료가 없다고 하고, 보셨다시피 저희가 식구들
이 많아서 옆자리의 아가씨나 어머니께 이 이상 피해를 주면 안 되겠다
싶어, 그래서 모시고 갑니다. 그동안 정말로 죄송하고, 감사했습니다."

아들은 다시금 허리를 숙였다. 금희와 양도 진심으로 고개를 숙였다.

"그럼 이만 가보겠습니다."

"네, 조심히 가세요. 어머님께서 가시는 길… 편안하시기를 바라겠습
니다."

아들은 엷은 미소를 띠며 조용히 걸어 나갔다.

자박자박. 발걸음이 멀어져 가는 소리가 울렸다. 곧이어 밀려든 이상하

리만치 고요한 공기는, 멀리서 들려오는 왁자지껄한 소리에 깨졌다. 드르륵, 병실의 미닫이문이 열리는 소리에 이어 웅성거리는 소리, 뭐라고 하는지는 알 수 없으나 누군가의 말이 끝나면 다시금 반복되는 소리는 병동 입구 쪽에서부터 성큼성큼 다가오며 점차 또렷해졌다.

"우리 젊은 의사 선생님이 없으면 아쉬워서 어쩌누."

"아이고. 선생님이 잘 돌봐 주셨는디 이제 가면 나는 어쩐다요?"

"선생님, 안 가시면 안 되나요? 보고 싶을 거예요!"

병실 복도를 타고 울리는 떠들썩한 소리는 빠르게 다가왔다.

"그동안 아껴 주셔서 감사했습니다."

"새로운 선생님이 오셔서 저보다 잘 도와 드릴 겁니다."

"제가 없어도 약을 꼬박꼬박 챙겨 드셔야 합니다."

그러니까, 이날이 그날이었다. 원석이 떠나는 날. 그동안 다른 병실의 환자들과 원석의 관계가 어떤지 몰랐던 양은 오늘에야 환자 한 사람, 한 사람 모두에게 원석이 특별한 의사였음을 느낄 수 있었다. 조금 아쉬우면서도 뿌듯했다. 원석이 다음 방으로 옮겨가면 그 이전 방은 순식간에 조용해졌기에 병동 전체가 사원석이라는 의사와의 이별을 아쉬워하며 그의 마지막 말에 귀를 기울이는 듯했다. 후련함이 섞인 원석의 목소리가 가까워질수록 양은 마음을 가다듬었다. 뭐라고 해야 할지, 무슨 말을 하고 싶은 건지 생각해야 했다. 이윽고 발소리가 양의 병실 앞에서 멈추었다. 드르륵. 문을 열며 원석이 들어섰다. 양은 코에 씌워진 호흡기를 뺐다. 원석은 잠시 양을, 양의 손에 들린 호흡기를 바라보다 말했다.

"드디어 오늘이 마지막이군요. 이런 날이 오네요."

밝은 목소리였다. 양도 웃으며 준비해 둔 말을 건넸다.

"선생님이 제 첫 주치의라서 다행이에요. 그동안 정말 감사했습니다."

양이 꾸벅 인사하고 고개를 들자 원석의 표정이 어딘지 바뀌어 있었

나. 목소리도.

"…하양 씨."

"네."

"반드시! 생존해 계십시오."

"네? 당연히! 생존해 있을 건데요? 하하."

"…5년 뒤에 제가 찾아볼 겁니다."

"5년 뒤면, 그때는 제가… 저를, 선생님이 기억이나 할까요?"

"안 잊어요. 꼭 찾을 겁니다. 그러니… 반드시 살아 계세요."

"…네. 애써 볼게요."

양은 천천히 호흡기를 다시 썼다. 원석은 고개를 살짝 끄덕이곤 뒤돌아 나갔다. 원석은 마지막까지 노력하는 의사였다. 잘 가요. 양은 원석의 뒷모습에 대고 말없이 인사했다.

원석이 떠나고 양은 남은 이날, 혈색소 수치는 8.7. 어제의 8.4보다 높았다. 혈색소가 수혈을 안 받고 자기 힘으로 오른 건 처음이었다. 백혈구는 2,520. 과립구는 1,509. 혈소판이 1만 1천으로 여전히 2만보다 낮아 노란 피를 맞아야 했지만, 숨쉬기도 한결 나아져 호흡기를 뺄 수 있었다.

비었던 옆자리는 늦은 오후, 머리가 새하얀 노부부로 채워졌다. 짐은 배낭 하나가 다였다. 서로를 살뜰하게 챙기는 늙은 부부의 모습은 양이 자신의 미래이길 바라던 풍경, 그대로였다. 마지막 배경이 111병동이라는 점은 비극이지만.

"아유, 이런 데는 처음이라 뭐가 뭔지 잘 모르겠수."

"아이쿠. 당장 자네가 마실 물도 하나 없네그려. 옆에다 좀 물어볼까?"

차르륵. 커튼이 열리고 평범한 두 노인의 얼굴이 양과 금희를 들여다봤다. 양은 얼른 항균 마스크를 썼다.

"반가워요, 우린 의정부에서 왔어요."

"안녕하세요? 저는 딸애가 아파서 시골에서 올라왔어요."

"아유. 엄마가 애가 타겠어. 얼른 나아야지."

"시~계바늘처럼~ 돌고 돌~다가~ 가는 길을."

갑자기 어디선가 흥겨운 트로트가 울렸다. 바깥노인의 휴대폰이었다. 노인은 지그시 화면을 보더니 폴더를 열어 전화를 받았다.

"그래, 우리는 잘 도착했다. 병실도 좋고 엄마도 오늘은 괜찮아. 그래, 여긴 걱정 말고 회사일 봐라. 저녁에 보자."

열린 커튼에 신경이 쓰이는 금희였지만 바로 닫기엔 애매했다. 다행히 노인은 짧게 통화를 끝냈다.

"안어른이, 아프신가 보네요?"

"아이쿠. 어떻게 알았나?"

"통화를 들으니 그런 것 같아서요."

"눈치가 빠르구먼. 급성백혈병이라는데, 우리는 그게 뭔지도 잘 몰라. 이 사람이 80대라 치료가 힘들 거라는데, 걱정이야."

"급성도 종류가 많대요. 그중에서 뭔지 들으셨어요?"

"M… 뭐라던데? 의사들의 설명은 죄다 어려워서 당최 알아들을 수가 있어야지. 저기, 미안한데 물 좀 한 잔 얻을 수 있을까?"

"그럼요, 어르신. 여기요."

"아유, 고마워요."

"안어른은 이제 끓인 물만 드셔야 하니 이런 전기 포트를 하나 사셔서 배선실에서 끓여 오시면 되고, 바깥어른께선 보호자라서 이 안에서 아무 것도 드시면 안 되니 나가서 드시면 됩니다."

"아이쿠. 아무것도 모르고 실수할 뻔했구먼. 알려 줘서 고마우이."

"이따가 애비한테 전기 포트를 하나 사 오라고 해야겠어요."

"내가 지금, 문자를 넣음세."

노인은 돋보기안경을 꺼내 쓰고 폴더폰을 열어 문자를 쳐 나갔다. 자판이 큰 효도폰이었다. 호로록. 옆에서 안노인이 목을 축였다.

"아유, 차 맛이 참 좋아요."

"옥수수차예요. 끓여 놓고 자주 드시면 신장에 좋…."

금희의 말은 노부부의 주치의가 들어오는 바람에 끊겼다.

"아, 주치의 선생님이 오셨나 보네요. 쉬세요."

오래 열어두면 양에게 안 좋을까 싶어 이 기회에 슬그머니 커튼을 닫는 금희에게 노인들은 고갯짓으로 고마움을 표시했다. 바깥노인이 일어나 깍듯하게 인사를 하자 날카로운 얼굴의 젊은 의사가 물었다.

"보호자 분, 결정하셨어요?"

"그게, 아직. 너무 갑자기라…."

이때 휴대폰이 또 울렸다.

"시~계바늘처럼~ 돌고 돌~다가~."

"아이쿠, 죄송합니다. 애비야, 지금 주치의 선생님과 말씀을 나누는 중이다."

노인은 서둘러 전화를 끊은 다음, 고개를 연신 숙이며 부탁했다.

"선생님, 저희에게 하루만 더 시간을 주세요."

"흐읍. 가급적 빨리 결정해 주세요."

"네. 감사합니다."

의사는 아무런 표정 없이 나갔다. 노부부가 걱정스레 나누는 이야기를 들어보니 항암 치료를 안 받겠다는 안노인을 바깥노인이 설득하는 분위기였다.

"아이쿠, 이 사람아. 치료를 받으면 낫는다잖아. 왜 미리부터 포기를 하나."

"난 살 만큼 살았어요. 살아서는 못 만났으니 이제라도 저 세상에 가서 우리 언니도 보고, 이북에 남은 아부지랑 어무이, 오라버니도 만날랍니다."

"자네는 어찌 자네 생각만 하나? 내 생각은 안 해? 우리 애들은?"

"아유, 그러니 가족들한테 고생 안 시키고 가려고 그러는 거 아니유."

"어허, 이 사람이."

말문이 막힌 노인을 효도폰이 도왔다.

"시~계바늘처럼~ 돌고 돌~다가~ 가는 길을 잃~은 사~람아."

"그래, 애비야."

바깥노인은 목소리를 낮추며 복도로 나갔다.

"병실에서 벨소리로 해 두시면 안 되는데."

금희가 혼잣말처럼 중얼거렸다. 그러고 보니, 격리 병동에 들어온 뒤로 처음 듣는 벨소리였다. 여기선 모두가 무음이나 진동으로 해 두었기 때문에, 오랜만에 구수한 트로트를 들으니 오히려 양은 기분이 산뜻하고 좋았다.

바깥노인은 한참 만에야 돌아왔다. 그사이에 잠든 안노인을 확인하자 그는 양의 자리로 오더니 금희에게 말을 걸었다. 양은 얼른 다시 마스크를 썼다.

"몇 번째 항암인가?"

"우리 애도 이번이 처음이에요."

"시작할 때 고민이 많았겠구먼. 그래도 젊으니까, 잘 이겨 내겠지?"

"그래야 하는데, 항암 치료라는 게 정말 쉽지가 않네요."

"으흠. 우리 집사람이 올해 81세요. 실은, 의사가 보호자인 나만 불러서 그럽디다. 급성백혈병으로 항암 치료를 안 받으면 두 달 남았다고… 받으면 조금 연장되는데 어떻게 하겠느냐… 내가 도저히 입이 안 떨어져서 아직까지 집사람한테 말을 못했어. 빨리 결정해야 한다고 다그치길래 반대로 교수한테 내가 물어봤소. 당신의 아내면 어쩌겠냐고. 우물쭈물하며 바로 대답을 못하더구먼."

"맞으세요, 내 문제가 되니 참 어렵네요. 어르신, 자제 분들과는 상의해 보셨어요?"

"내가 자식이 넷이오. 우리가 낳은 아들딸에, 전쟁 통에 부모를 잃은 남매를 거둬서 넷 다 우리가 낳았다 하고 키웠지. 다행히 다들 모나지 않고 잘 커 줬어. 넷 중 둘이 서로 정이 들어 결혼을 시켰으니 이젠 법적으로도 정말로 한 가족이고. 그러니 아이들은 넷 다 울고불고 난리지…. 엄마가 죽는다는데…. 평생 남한테 욕먹을 일을 안 하고 살아왔는데 왜 이런 일이 우리한테 생기는지…, 흐음."

"안어른이 평소에 건강은 괜찮으셨어요?"

"아무렴은. 아주 건강했지. 근데 최근에 마음이 힘든 일을 겪었어. 그게 컸지… 우리 집사람이 이북에서 내려왔거든. 6·25전쟁이 터지기 전에 사촌 언니랑 서울 공장에 일하러 왔다가 전쟁이 나면서 가족들하고 생이별하고 말았지. 38선이 쳐지고 나를 만나기 전까진 사촌 언니랑 둘이서 의지하며 지냈고. 근데 그렇게 한평생을 자매처럼 지내던 사촌 언니가 반년 전에 갑자기 뺑소니 교통사고를 당해 눈도 못 감고 죽고 말았어. 그 뒤로 매일 울고 괴로워하더니 기어코 따라가는구먼. 나는 도저히 이대로 보낼 수는 없으이…. 항암 치료라도 해 봐야 후회가 없겠는데, 받으면 싹 낫는다고 해도 집사람이 저렇게 싫다네그려."

양이 조심스레 말했다.

"저, 할아버지. 할머니께 사실대로 말씀드려야 하지 않을까요?"

"으흠."

"항암 치료가 얼마나 힘든지… 모르시죠? 저는 알아요. 치료를 받다가 언제 어떻게 죽을지도 몰라요. 자기 목숨이 달린 일인데 아무것도 모르고 낫는 줄 알고 시작하면 안 되는 거잖아요? 끝까지 뭐라도 해 보고 싶은 가족들의 마음도 알겠고, 그래야 남는 사람들에게 후회가 적으리란 생각도 들어요. 하지만, 결국은 본인이 선택할 문제라고 생각해요, 저는."

"흐음."

"애가 참. 어른들끼리 이야기하는데."

"아가씨가 똑 부러지는구먼. 여기에 있긴 아까워."

바깥노인의 말을 타고 밀려드는 침묵을 벨소리가 깨뜨렸다.

"시~계바늘처럼~ 돌고 돌~다가~ 가는 길을 잃~은 사~람아. 미련 따위 없는 거야~ 후회~도 없~는 거야."

"아이쿠, 전화가 또 왔구먼. 받아야지."

그렇게 말하면서도 바깥노인은 발걸음이 안 떨어지는 듯했다. 그사이에도 벨소리는 구성지게 울렸다.

"아아아~ 아~아아~아~아 세상살이 뭐, 다 그런 거지~ 뭐. 세상살이 뭐, 다 그런 거지 뭐."

"아유, 시끄러워. 얼른 이리 와서 전화 좀 받아요, 여보."

언제 깼는지 모를 안노인의 홀쩍거리는 목소릴 듣고서야 바깥노인은 허둥지둥 달려갔다.

"가네, 가."

안노인의 잔소리에 결국 바깥노인은 휴대폰을 진동 모드로 바꾸었다. 아쉬웠다, 양은. 사라진 노랫가락이 귓가며 입가에 자꾸만 맴돌았다. 나야. 시계바늘처럼 돌고 돌다가 길을 잃어버린 사람. 여기 있는 우리 모두가 다 그렇지. 그래, 미련이나 후회 따위 말자. 모두 내려놓자. 두려운 건 죽음이 아니다. 고통이다. 죽음에 대해 제대로 안 사람은 소크라테스뿐이야. 소크라테스는 죽음을 모르면서 무서워하는 건 알지 못하면서 안다고 생각하는 무지라고 말했어. 어쩌면 죽음은 가장 좋은 것일 수도 있다면서. 맞아, 우리는 죽음에 대해 모르지. 그래서 두려워하는 거야. 하지만… 끝없이 고통스러운 삶은 죽음보다 무서워. 결론을 내리자 삶에 대한 집착이 가벼워졌다. 몸이 나아지고 있다는 믿음은 그대로면서도 반드시 살아야 할 이유가 사라지면서, 양은 아무래도 좋다고 생각하며 잠들었다.

이날 밤 꿈에서 양은 자신이 아는 모든 사람의 기억 속에서 지워졌다. 금희도, 수상도, 대양도, 세하도, 호수도 아무도 양이 누군지 알아보지 못했다. 양은 오히려 잘됐다고 생각했다. 기억을 못하면 안 슬프겠지. 내가 죽는다면 차라리 이게 낫겠어. 양은 그런 마음으로 잠에서 깼다.

다음날 아침, 새로운 주치의가 나타났다. 방글방글 웃는 30대 남자였다. 원석과는 전혀 다른 느낌이었다.

"안녕하세요? 오늘부터 제가 주치의를 맡게 됐습니다. 하양 님은 이미 골수 검사까지 끝나서 제가 특별히 할 일은 없을 것 같네요. 저는 골수 검사의 결과가 나올 때까지 별다른 이상 없이 지내실 수 있도록 잘 살펴보겠습니다."

"네. 감사합니다."

옆자리에선 노부부가 항암 치료를 받기로 한 결정을 자신들의 주치의에게 말하고 있었다. 주치의는 알았다며 고개를 끄덕이곤 바깥노인만 데리고 나갔다. 금희도 늦은 아침을 먹으러 나간 사이, 커튼이 스르륵 열리더니 안노인이 얼굴을 내밀었다.

"아가씨, 자?"

"아니요."

"항암 치료, 힘들지?"

"…네. 괜찮으시겠어요?"

"글쎄… 자식들 때문에. 죽은 사람의 소원도 들어준다잖어? 내가 치료도 안 받고 가면 내 새끼들의 가슴에 한이 될까 봐…, 그래서."

"…네."

"돌아보면 그렇게 착하게 살지도 못했어. 그동안 지은 죄가 새록새록 떠오르는 게… 정말 잘못 살았구나 싶기도 하고."

"…저도 그래요."

"아유, 내가 왜 쓸데없이 이런 소리를 하누. 쉬어요."

안노인은 눈가를 훔치며 커튼을 닫았다. 커튼콜. 양은 환자들끼리 커튼을 열고 이야기하는 시간이 커튼콜 같았다. 인생이란 무대에서 퇴장한 사람들이 다시 나와 마지막으로 인사를 건네는 시간. 커튼 너머, 서로의 존재가 그들에겐 자신을 부르는 관객이자 무언의 박수였다. 사람들은 보호자가 옆에 있을 때와는 사뭇 다른 속마음을 드러냈다. 비로소 자기답다고 해야 할까? 아프게 된 원인에 대해서도, 지금의 자신에 대해서도, 살아온 인생에 대해서도 보호자가 말하는 이야기와 스스로 삶을 돌아본 사람이 말하는 이야기는 닮았으면서도 조금씩 달랐다. 6인실에선 누구하나가 커튼을 걷으면 잇따라 여기저기서 커튼이 젖혀지면서 각자가 자기 이야기를 풀어내 마치 연극이나 뮤지컬 같은 분위기도 났지만, 2인실에선 단둘이 대화하는 느낌이라 단출했다. 안노인의 나이, 81세. 아마도 양이 닿을 수 없을 나이였다. 안 서러운 죽음이 어디 있겠냐만, 양은 이제 알았다. 훨씬 어린 나이에 죽어 가는 수많은 사람들이 있었다. 그들에 비하면 살 만큼 산 나이였다. 자신이 저 할머니라면 어떤 결정을 내렸을지, 양은 잠시 고민했다.

이날 양의 과립구는 백혈구가 1,980에 과립구는 1,010으로 둘 다 어제에 비해 500 가까이 떨어졌다. 혈색소는 8.3에 혈소판은 1만 7천. 오늘도 누군가의 노란 피가 필요했다.

저녁 식사를 앞둔 무렵, 금희가 수상과 커피를 마시러 간 사이, 누군가 노크를 하더니 들어와 양을 찾았다. 살짝 흥분한 표정의 30대 의사였다.

"하양 씨죠? 저는 이 병동의 펠로우(Fellow)예요."

"펠로우요?"

"네. 주치의들을 돕는 선배라고 보시면 됩니다."

"아, 네. 그런데 무슨 일로 저를…?"

"하양 씨의 골수 검사 결과, 가결과가 나와서 전해드리려구요!"

"결과가 나왔어요? 근데, 가…결과라고요?"

"네! 완전히 확정되려면 조금 더 시간이 걸리지만 실제 결과와 다른 경우는 많지 않아요."

"…네. 어떻게, 나왔나요?"

"좋은 소식이에요! 가결과, 하양 씨의 암세포 비율은 0퍼센트로! 리미션이 온 걸로, 저희는 보고 있습니다!"

"0퍼센트요?"

"네! 0퍼센트요!"

"아, 네. 감사합니다."

의사는 생각지 못한 양의 반응에 당황했다. 22퍼센트였던 급성기 환자의 암세포 비율이 첫 번째 항암 치료 뒤 0퍼센트로 관해가 됐는데, 자기가 이렇게 놀라서 달려왔는데 어째서 이 환자는 이렇게 무덤덤한가.

"축하드려요! 안 기쁘세요? 골수 이식의 실패율도 20퍼센트로 낮아졌어요!"

"아, 기쁘죠, 엄청 기뻐요. 근데⋯."

"네! 말씀하세요!"

"0퍼센트면, 골수 이식을 안 해도 되나요?"

"아니오. 이건 일시적인 상태라서 골수 이식은 해야 돼요. 이식을 안 하면 재발률이 50퍼센트예요."

"50퍼센트⋯ 알려 주셔서 감사합니다."

의사는 눈치를 못 챘지만, 양은 진심으로 기뻤다. 손이 떨려서 읽던 책을 놓칠 만큼 놀라운 소식이었다. 0퍼센트! 내가 바라던 숫자가 정확하게 이루어지다니! 하지만 한편으로는 골수 이식을 받아야 한다는 사실이 그대로라서 실망스러웠다. 골수 이식을 하면 성공률이 80퍼센트, 이식을 안 받으면 재발률이 50퍼센트, 항암 치료 한 달 만에 죽을 확률은 10퍼센트, 처음 병원에 왔을 땐 급성 백혈병 생존율의 5분의 1인 10퍼센트⋯. 모든 게 확률에 따른 숫자놀음이 아닌가. 그런데 그 확률은 양의 상태에 따라 고무줄처럼 바뀌었다. 지난번처럼 뒤통수를 맞을지도 몰라. 만성골수백혈병이라 퇴원하라더니 급성기라서 시한부 판정을 내렸지. 완전한 결과를 기다려 보자. 양은 자신을 달래며 금희에게 전화를 걸었다.

금희는 전화를 받자마자 한달음에 달려왔다.

"정말이래? 정말 0퍼센트래?"

"응, 엄마. 방금 펠로우라는 사람이 다녀갔어. 주치의 위에 있는데, 굉장히 기뻐하더라."

"이럴 줄 알았어! 나는 내 딸이 잘못될 거란 생각을 해 본 적이 없어!"

"아직, 실감이 안 나. 확정된 결과가 나오고 안심해 교수님께 직접 들어야 믿길 거 같아."

"그래도 너무 좋다! 아버지도 정말 기뻐하셨어. 안 믿기는지 0퍼센트라고 몇 번을 다시 말해 줬다니까!"

"그랬어? 근데 이랬다가 결과가 바뀌면 어떡하지?"

"그럴 리 없어! 대양이한테도 당장 전화하자."

밤에 찾아온 주치의의 말을 다시 듣고서도, 양은 여전히 떨떠름했다.

"고생 많으셨어요. 축하드립니다."

"감사합니다. 완전한 결과는 언제 나오나요?"

"아마 내일 아침까진 나와서, 안심해 교수님께서 회진을 도실 때 말씀하실 거예요. 하지만 이 결과가 바뀔 가능성은 거의 없으니 너무 걱정하지 마세요."

"네, 감사합니다."

"저는 한 일이 없는 걸요. 이전 주치의 선생님이 아시면 정말 기뻐하실 텐데요."

"그럴까요?"

"그럼요! 제가 전해드릴까요?"

"내일 결과가 나오면, 전해 주세요."

"알겠습니다. 그럼 쉬세요."

다음날인 화요일 아침에, 양의 퇴원이 결정됐다.

"하, 양 씨. 골수 검사의 결과가, 아주, 양호합니다. 내일, 퇴원하지요."

안심해 교수는 밝은 얼굴로 양의 어깨를 두드리고 나갔다. 이날 양의 과립구는 1,068, 백혈구가 2,090으로 어제보다 살짝 올랐다. 혈색소도 8.1에 혈소판은 2만 6천으로 수혈도 피해 갔다. 지난밤에는 땀도 덜 흘려서 환자복을 세 번만 갈아입어도 될 정도였다. 오전에 혈압을 재러 온 간호사의 축하까지 받자 이제 하룻밤만 지나면 정말로 집에 가는 듯했다.

"하양 님, 0퍼센트가 나왔다면서요?"

"네."

"와, 진짜구나! 정말 축하드려요!"

"감사합니다. 근데… 0퍼센트가 나오는 경우가 드문가요?"

"음… 교과서적으로는 가능한 숫자예요."

"교과서적으로는요?"

"네. 교과서적으로는, 모든 항암 치료의 목표가 바로 0퍼센트니 치료가 아주 모범적으로 잘된 거죠. 하지만 아시겠지만, 인생이 교과서적으로 흘러가는 경우는 거의 없잖아요? 여기, 111병동에서는 더 그렇죠."

"아…."

드르륵. 커튼이 열렸다. 옆에서 이야기를 듣던 안노인이었다.

"아유, 정말 잘됐어요! 그럼 이제 퇴원해서 몸만 잘 추스르면 낫겠어."

"아가씨, 축하해. 어머님도 참 고생이 많으셨어. 우리도 저렇게만 된다면야…."

바깥노인이 안노인의 몸으로 들어가는 항암제를 안쓰럽게 쳐다보며 말했다.

"할머니께서도, 힘내세요."

"고마우이."

이틀 새 더 늙어버린 노부부의 진심 어린 축하에 양은 자기도 모르게 울었다. 기쁨과 슬픔이 뒤섞인 눈물이었다.

"진짜였어, 진짜!"

간호사가 아직도 믿기 어렵다는 듯 혼잣말을 중얼거리며 나갔다.

이날 밤, 오랜만에 세하에게서 연락이 왔다.

"하양, 내가 기도하고 있어."

짧지만 깊은 마음을 담은 메시지였다. 천주교가 모태 신앙인 세하는 맞벌이하는 부모를 대신해 자신을 돌봐 주던 할아버지가 세상을 떠나면서 믿음을 잃었다. 매일 성당에 가서 두 손을 모아 기도했지만, 뇌종양 수술을 한 세하의 할아버지는 끝내 세하를 다시는 알아보지 못했다. 그때 신을 버렸다고, 세하는 언젠가 양에게 지나가듯 말했다. 불교에 마음이 기운 아버지와 교회 목사인 고모부, 대부분이 유교인 집안 친척들 사이에서 신에 대한 자유로운 시각을 가지고 살아온 양으로서는 어쩌면 당연한 결론으로 보였다. 신이 있다면 세상이 이럴 수는 없어. 니체 말이 맞아. 신은 죽었어. 아니면 잠들어 있거나. 만에 하나, 신이 살아 있다고, 깨어 있다고 하자. 신이라고 언제까지 사람의 정신을 세상에 잡아둘 수 있겠는가. 하지만 곧 그런 생각을 지워 버렸다. 할아버지를 위해 기도한 어린 세하의 마음이 너무나 애틋하게 와닿았기 때문이다. 그렇게 믿음을 잃었던 세하가⋯ 기도를 시작했다, 다시. 양의 가슴이 벅차면서도 뻐근하게 아팠다. 뇌종양도 암이 아닌가. 인생에서 가장 아끼던 사람을 암으로 잃어 본 세하에게 또 암 환자라니⋯. 믿음을 버릴 만큼 힘든 시간을 또다시 겪게 만들다니⋯. 세하의 기도와 달리 나마저 죽는다면 세하는⋯. 아니야, 복잡하게 생각하지 말자. 신을 버렸다던 말에서조차 양은 신에 대한 세하의 어렴풋한 애정을 느꼈었다. 세하는, 제자리로 돌아간 거야. 그냥 그런 거야. 세하의 기도에 담긴 마음, 그건 어떤 의미로든 세하에게 양은 여전히 소중한 사람이란 뜻이었다. 양은 그 마음을 있는 그대로 받아들이기로 했다.

"나 내일 퇴원해. 기도, 고마워."

세하는 바로 답장을 보냈다.

"오오, 너무 잘됐다! 그럼 우린 언제 볼 수 있어?"

지금 당장 보고 싶어. 그렇게 쓰려다 양은 까슬까슬한 머리를 쓰다듬었다. 심장정맥에 연결된 관이 꽂힌 오른쪽 가슴과 끝없는 생리, 40일도 넘게 씻지 못해 냄새나는 몸… 만나지 못할 이유가 차고 넘쳤다.

"당장은 어려워. 조금 나아지면, 연락할게."

"그래그래. 언제든 말해. 내가 혜화로 갈게! 휴… 걱정 많이 했는데, 퇴원한다니 정말 다행이다!"

"응, 고마워."

너를 만나면, 어떻게 대해야 하지? 양은 고민하다 세하가 SNS 프로필에 올렸던 책,《두 개의 심장》을 주문했다.

이날 밤, 13일에 걸친 대한대학교병원의 파업이 끝났다. 노사는 월 1만 5천원의 임금 인상, 장기 계약직의 내년 내 정규직 전환 등에 잠정 협의했다. 공공 의료의 실천을 위해 부르짖던 의사 성과급제 폐지나 병원의 확장 공사 철회에 대해서는 별다른 소식이 없었다.

11월 6일 수요일, 양은 아침 일찍부터 옷을 갈아입고 퇴원할 준비를 마쳤다.

"하, 양 씨, 오늘 피 검사 결과를 보고 퇴원하세요."

아침 회진에서, 안심해 교수가 미소를 지으며 말했다. 양은 점심 환자식을 취소해 버렸다. 여기서는 이제 한 끼도 더 먹고 싶지 않았다.

이날 양의 혈소판은 1만 8천으로 낮았다. 그러나 더 큰 문제는 과립구였다. 일주일 동안 1천 이상을 유지하던 과립구가 735로 떨어졌기 때문이다. 과립구가 1천 이상이어야 격리 병동 밖에서 생활이 가능했다. 옷을 너무 일찍 갈아입었어. 밥도 취소하지 말걸. 양은 후회했다. 지금 환자복을 다시 입는 건 괜찮지만, 집에 갔다가 병원으로 실려 오면 충격이 클 양이었다.

"환자복으로 다시 갈아입을까요? 이러면… 퇴원이 어려운 거죠?"

"수혈을 받고 퇴원하는 환자 분들도 많아요. 주치의 선생님께 여쭤 볼게요."

잠시 뒤 주치의가 찾아와 말했다.

"수혈을 받으면 오늘 퇴원하셔도 됩니다."

"네? 그래도 괜찮아요? 과립구가 이렇게 낮은 데도요?"

"대신 글리벡의 복용을 잠시 중단하겠습니다. 그럼 과립구도 오를 겁니다. 아무래도 글리벡은 면역력을 낮추는 기능이 있어서요."

"네? 글리벡은 매일매일 정해진 시간에 꼭 먹어야 한다고, 안 그러면 병이 변화할 수 있다고 안심해 교수님이 그러셨거든요. 정말로 괜찮은가요? 아침마다 8알이나 먹다가 하나도 안 먹어도요?"

"안심해 교수님께서 그러라고 하셨어요."

"…네."

"너무 걱정하지 마세요. 삶의 질을 보자면, 병원과 집은 비교할 수가 없어요. 집에 가서서 잘 드시고 푹 쉬시면 다시 올라갈 거예요. 대신 교수님의 외래 진료를 5일 뒤로 잡아 뒀으니 그때 오셔서 피 검사해 보시고 다시 복용하면 됩니다."

"네, 감사합니다."

이제 정말로 퇴원이었다. 노란 피를 맞고 나자 벌써 오후였다. 대양이 사다 준 털모자에, 두꺼운 점퍼에, 마스크까지 써서 단단히 감싸고 양은 병실을 나섰다. 응급실을 통해 입원한 지 42일 만이었다. 파업의 무대였던 병원 로비와 파란 천막은 언제 무슨 일이 있었냐는 듯 치워지고 없었다. 바깥에는 차가운 빗방울만 끝없이 떨어지고 있었다. 어느덧 겨울이었다.

3

* * *

우리는 모두
시한부 환자다

1

마녀는 화장실에서 나타났다.

응? 세수를 하다 말고 양은 고개를 갸우뚱했다. 잘못 봤나? 다시 얼굴에 물을 끼얹으려는 순간, 거울에 비친 분홍 타일이 꿈틀거렸다. 뭐지? 자세히 들여다보자 무늬는 일그러지고 뭉치더니 하나의 모양으로 바뀌었다. 손바닥에 올릴 수 있을 정도로 작은 마녀였다. 왜 이래? 뒤돌아보아도 그대로인 마녀 앞에서 양은 애꿎은 눈을 비볐다. 내 눈이 이상한가? 이럴 리가 없잖아.

집에 돌아온 지 6일째, 마녀가 찾아왔다. 참을 수 없는 끈질긴 불안과 함께.

그저 감동이었다. 집에 다시 돌아왔다는 사실만으로도 처음에는. 김이 모락모락 오르는 밥상을 마주한 금희와 양은 끝내 눈물을 쏟았다. 새벽에 깰 때마다 눈앞에 펼쳐지는 익숙한 방 안 풍경에, 이제야 비로소 살아 있다는 실감이 나는 양이었다.

"눈을 떠도 병원이 아니야! 오늘 날씨도 누나를 위해 화창한 듯!"

마음을 딱 읽은 세하의 메시지도 반가웠다. 44일 만에 혼자서 머리를 감고 샤워를 했고, 후들거리는 손으로 도로 땀범벅이 되면서 히크만의 소독도 해냈다. 며칠을 들여 집도 정리했다. 돌아오자 하나하나 다 눈에 밟혔다. 내 손으로 정리할 시간이 주어져서 다행이야. 양은 감사했다.

시간은 주관적으로 흘렀다. 병원에선 하루하루가 길되 날수가 정신없이 갔다면, 집에선 하루가 지나치게 빠른데도 날짜는 천천히 갔다. 그럼에도 양에겐 지금의 모든 순간이 너무나 아까웠다.

5일 만에 이뤄진 피 검사 결과는 좋았다. 11월 11일, 이날 양의 과립구는 1,378. 백혈구는 3,420. 혈색소는 8.1, 혈소판은 2만 1천으로 수혈이 필요한 선을 가까스로 넘었다. 컴퓨터를 보며 안심해 교수는 말했다.

"양호합니다. 글리벡을 다시 복용하지요. 일단 4알만 드세요."

"네."

"혹시 모르니 수혈도 받고 가세요."

"네."

"흠. 그럼 12월에 이식하겠습니다."

"12월에, 이식…이요? 암세포가 0퍼센트가 돼도… 이식을 해야 한다는 사실은 그대로인가요?"

"네. 일주일 뒤에 다시 오세요."

"…안녕히 계세요."

심해와의 만남은 금세 끝났다. 말로만 듣던 3분 진료였다. 금희, 수상과 함께 진료실에서 나오는 양의 옆으로 벌써 다음 환자가 들어섰다. 대기실에도 환자는 가득했다. 수혈을 받으러 주사실로 올라가는 에스컬레이터에서, 수상이 말했다.

"안심해 교수는 의사를 그만둬야 해."

"왜요?"

"컴퓨터 마우스를 쥔 손을 파르르 떨더라고. 아무래도 건강에 이상이 있어. 하루 종일 방 안에서 아픈 환자들만 줄줄이 보니 그렇겠지. 저러다 죽어. 의사를 그만둬야 살아."

양이 보기에도, 오늘의 안심해 교수는 위태로워 보였다. 3분마다 1명씩, 1시간에 20명의 환자가 끊임없이 들어온다. 대부분이 암 치료를 받는 중증 환자. 3분 안에 검사 결과를 읽고 약과 주사를 처방하고 다음 검사를 지시해야 한다. 어느 하나라도 자칫하면 생명을 흔들 수 있다는 부담감을 안고, 하루에 50명에서 100명까지 환자를 본다. 이 정도면 의료 머신(Machine)이다. 양도 심해가 걱정됐다. 하지만 수상이 그런 말을 할 때는 아니었다. 심해가 아니면 양이 누구에게 치료를 받는단 말인가. 아득해지는 양의 표정을 본 금희가 수상의 옆구리를 쿡 찌르며 말했다.

"안심해 교수님이 우리 양이를 치료해 줘야 하는데, 그만두면 어떡해요?"

병원에 다녀온 뒤 하루는 괜찮았다. 글리벡을 다시 먹기 시작했지만, 열도 안 나고 소화도 놀랄 정도로 잘 됐다. 다만 문제는, 피임약을 하루에 2알로 늘렸는데도 갈수록 생리 양이 늘어난다는 사실이었다. 오늘은 밑이 심하게 당기면서 끊임없이 피가 떨어지는 느낌이 났다. 중형 생리대가 한두 시간 만에 흠뻑 젖어서 넘칠 정도였다. 오후부터는 일어설 때마다 머리가 핑 돌며 어질어질했다. 빈혈이 심해졌어! 도대체 내 몸에서 무슨 일이 일어나는 거지? 응급실에 가야 하나? 양은 점점 날카로워졌다. 저녁이 되자 생리는 좀 줄어들었지만, 이젠 열이 나기 시작했다. 왜 이렇게 열이 나지! 어디가 나빠졌나? 몸에 대한 집중은 양의 온 신경을 들쑤셨다. 24시간, 의료진의 보살핌을 받던 병원을 벗어난 데서 온 당연한 결과였다.

안타깝게도 금희는 양의 불안을 제대로 이해하지 못했다. 암 병원에서 마주한 귤처럼 노랗던 손, 응급실 침대에 누운 배에 앙상하게 드러나던 갈비뼈… 1차 항암 뒤 더 말라 버린 양의 팔다리가 자꾸만 눈에 밟히는 금희에게는 어떻게든 먹여야 산다는 생각밖에 없었다. 하루 세 끼를 듬뿍듬뿍, 사이사이에 과일이나 빵 같은 간식까지 세 번씩 더 챙겨 먹이느라 금희는 바빴다. 최선을 다하고 있는데, 왜 자꾸 애가 짜증을 부릴까? 왜 늘 화가 나서 씩씩거릴까? 실제로 양은 병원에서와 다르게 스스로 느끼기에도 못되게 굴었다. 금희가 보기에는 별거 아닌 일들이었다. 설거지를 하다 실수로 밥그릇을 깨뜨리자 벼락같이 소리를 질렀고, 요리를 하느라 양을 등진 금희가 잠깐만 마스크를 벗어도 신경질을 내며 다시 쓰라고 지적했다.

양에게도 이유는 있었다. 금희가 깬 밥그릇은 양이 오랫동안 쓰던 밥그릇이었다. 깨진 밥그릇은 순식간에 부서진 자신의 인생 같기도 했고, 암세포가 0퍼센트인 현재의 상황이 언제든 망가질 수 있다는 가슴속 불안을 건드리기도 했다. 건강할 땐 이런 사소한 일에 신경도 안 쓰던 양이었다. 하지만 지금의 양에겐 작은 일 하나하나가 엄청난 의미로 다가왔다. 마스크 역시 면역력이 낮은 양에게는 반드시 필요한 안전 장치였기에 자꾸만 벗는 금희를 이해할 수 없었다. 금희의 침 안에 있는 정상적인 세균도 자신에게는 위험하게만 느껴졌다. 하루 종일 마스크를 쓰는 금희의 불편에 대한 배려까지는 하지 못했다. 딸이 죽을 수도 있어. 내가 엄마라면 아무리 답답해도 철저하게 쓰고 있을 텐데. 자기중심적 판단만이 양을 휩쌌다. 금희는 냉정한 양의 태도가 못내 서운했다. 이상하네. 내 딸이 낯설어. 하긴 대학을 보내면서 10년이 넘게 떨어져 살았네…. 나이 서른을 넘기자마자 시한부 판정을 받은 양은 이제 더 이상 금희가 알던 고등학교 때까지의 어린 딸이 아니었다.

깊어지던 양과 금희의 갈등은 결국 콩으로 폭발하고 말았다.

"밥에 왜 콩을 넣었어? 난 콩 안 먹는단 말이야!"

"콩을 왜 안 먹어? 몸에 얼마나 좋은데! 먹어야 낫지."

"그냥 콩이 싫어. 안 먹는다고! 골라낼 테니 이젠 넣지 마!"

"안 돼! 먹어! 콩처럼 몸에 좋은 걸 안 먹으니까, 이런 병에 걸린 거 아니야! 음식을 골고루 먹어야지!"

"내가 콩을 안 먹어서 백!혈!병!에 걸렸다는 거야, 엄마?"

"그런 말은 아니지만… 편식도 영향은 있었겠지."

"콩 때문에 암에 걸렸다는 말은 내 평생, 처음 듣는다. 내가 왜 콩 때문에 엄마한테 이런 소리를 들어야 해? 내가 왜? 왜!"

양은 마구 소리를 질렀다. 금희는 어리벙벙해서 양을 쳐다봤다. 할 말이 없었다. 말문이 턱 막혔다.

"그러니까 내가 아픈 게, 암에 걸린 게 나 때문이라는 거 아냐, 지금. 그 말이지? 안 먹어. 밥 치워! 치우라고!"

그러더니 양은 깔아놓은 이불에 엎어져서 엉엉 울었다. 엉덩이뼈가 배겨서 바닥에 앉지 못하는 양을 위해 금희가 펴 둔 이불이었다.

"왜 그래…. 양아, 울지 마."

"안 그래도… 흑, 도대체 어디서부터 잘못된 선시, 흐흑… 내 인생을… 슬프게 돌아보고 있는데… 흑, 왜 나를 탓해! 흑흑흑흑."

그제야 금희는 양을 조금 이해했다. 사실 그동안 양은 병원에서 지나치리만큼 침착했다. 양이 죽음을 앞두고 있다는 의료진의 말이 거짓말처럼 느껴질 만큼. 저렇게 정신이 또렷한 애더러 죽는다니… 말도 안 된다고 고개를 젓던 금희였다. 하지만 강인한 듯 보인다고 아무렇지 않은 사람은 없었다. 양에게 시한부 판정은, 영혼이 산 채로 몸에 갇힌 시간을 견딘다는 의미였다. 금희는 이때부터 잠시도 양에게서 눈을 뗄 수 없었다. 마트에 장을 보러 갔다가도 최대한 빨리 돌아왔다. 그사이에 양이 히크만을 뽑아 버리거나 잘못된 선택을 할까 봐 마음이 안 놓였다. 이런 금희의 마음을 모른 채 양은 다 큰 딸을 어린애처럼 돌보는 나이 든 엄마가 부담스러웠다.

"엄만 왜 하루 종일 나만 쳐다 봐? 책이라도 좀 봐. 내 책장에 많잖아."

"봐도 돼?"

"뭘 그런 걸 물어봐. 마음에 드는 책이 있으면 봐."

"그래."

양의 말에 책을 펴 들었지만, 눈길이 글자에 오래 머물지 못하고 자꾸만 양을 맴도는 탓에 금희는 금세 덮곤 했다.

"왜 자꾸 책을 읽다 말아?"

"…눈이 침침해서 잘 안 보여. 돋보기안경이 없으면…. 다음에 가져와야겠네."

하루가 다 지나도록 양은 꽁해 있었다. 자기가 하고 싶은 말이 아니면 금희가 말을 걸어도 대답도 안 했다. 그러다 밤에 책상에 앉아 일기를 쓰기 위해 그날 일을 돌아보고 그제야 놀랐다. 그까짓 콩이 뭐라고. 내가 왜 이렇게 화가 났지? 그제야 양은 깨달았다. 인간은 자기가 살아온 인생을, 선택을 정당화하려는 경향이 있었다. 적어도 양은 그랬다.

생각에 잠긴 양의 뒷모습을 물끄러미 바라보던 금희가 혼잣말처럼 중얼거렸다.

"서울 생활 10년에… 얻은 건, 병뿐이로구나."

다시 화가 치민 양이 휙 돌아보자, 금희가 두 눈에 눈물이 가득한 채로 말했다.

"양아… 엄마가, 엄마가 더 건강하게 낳아 주지 못해서 미안해…. 정말 미안."

어느새 집에 온 지 10일이 지났다. 양은 여전히 감정의 우물에 가라앉아 있었다. 정신 차리자. 바닥을 쳤으니 이젠 딛고 올라와야지. 자기 연민은 세상에서 제일 초라한 독약이야. 벗어나야 해. 그래, 책을 읽어야겠어. 절망의 바다에서도 희망을 노 삼아 살아난 사람들의 이야기가 필요해. 양은 책장에서 카뮈의 《페스트》를 뽑았다. 죽음의 병, 페스트가 휩쓰는 도시에 갇혀 옴짝달싹할 수 없는 사람들의 이야기라는 점이 마음에 와닿았다.

이즈음 시작한 산책도 기분 전환에 도움이 되었다. 매일 1시간, 마로니에 공원으로의 가벼운 외출. 처음에 양은 열도 나고 귀찮아서 안 나가려고 떼를 썼지만 금희에게 떠밀려서 공원의 나무 벤치에 앉아야 했다. 한동안 양은 털모자 아래로 짧게 삐죽삐죽 비치는 머리를 사람들에게 보이기 싫어서 잔뜩 움츠러들어 바닥만 봤다. 먹이를 찾는 비둘기들이 발치까지 다가와서 구구거리면, 양은 발을 까딱여 쫓았다.

"저리 가! 전염병이라도 옮으면 어떡해! 이래서 여기 안 온다니까 왜 데려와?"

양이 투덜거렸지만 금희는 빙그레 웃기만 했다. 그렇게 며칠이나 지났을까. 겨울이지만 한낮의 공원은 따스하고 평화로웠다. 서서히 긴장이 풀어지면서 졸음이 양을 덮쳤다. 사람들의 웃음소리가 멀어질 때 금희의 혼잣말이 들렸다.

"졸리나 보네…. 여기 참 좋다. 왜 양이가 건강할 때 이렇게 같이 안 다

넜을까? 서울에노 좀 더 자수 와서 늘여다봤으면 어땠을까….."

말끝에 묻어나는 금희의 후회가 양의 엉킨 마음을 가만히 풀어 주었다. 양은 눈을 감은 채로 스르르 금희의 어깨에 머리를 기댔다.

집에서 두 번째로 맞는 일요일 밤. 첫눈을 알리는 일기 예보가 나왔다. 양에게는, 어쩌면 마지막 눈이 될 수도 있는 첫눈이었다. 양은 눈을 기다리며 잠을 뒤척였다. 내일은 혈액종양내과에 산부인과까지 진료가 잡혀 있었다.

월요일, 정말로 첫눈이 내렸다. 양은 조심스레 눈길을 밟으며 금희의 손을 잡고 대한대학교병원으로 갔다. 수상도 함께였다. 혈액종양내과 진료를 보려면 언제나 적어도 1시간 전에 채혈실에서 피 검사를 해야 했다. 좀처럼 피가 안 멎는 손목을 눌러 주는 금희에게 양은 기댔다. 미끄러질까 조심하며 걸었더니 금세 피곤했다. 눈을 감은 양의 앞쪽 의자에 누군가 앉더니 두 사람이 훌쩍이는 소리가 들려왔다. 보다 못한 수상이 물었다.

"휴지라도… 드릴까요?"

"아닙니다. 그저 이 상황이 기가 막혀서요. 동네 병원에서 머리에 이상이 있대서 대한대학교병원으로 왔어요. 그런데도 의사 얼굴을 1분밖에 못 봤지 뭡니까. 우린 두 달이나 기다려서, 오늘도 부산에서 첫차를 타고 올라왔는데 말입니다. 게다가 이번에도 예약이 찼으니 한 달 뒤에 검사를 두 개나 하고 다시 일주일 뒤에 오랍니다."

중년 남자의 설명에, 옆에 앉은 아내가 바닥이 꺼져라 한숨을 쉬었다.

"그럼 다행히 큰 이상은 없는 거 아닐까요? 당장 하루가 급한 상태면 응급실로 보냈을 텐데요."

수상의 말에 남자의 목소리가 다시 젖어들기 시작했다.

"아니오. 분명히 문제가 있답니다. 그런데 뭔지는 말을 안 해 줘요. 문제가 뭔지 알기 위해서 기다리는 시간만 세 달하고도 일주일이에요. 내가 아주 속이 바짝바짝 타서, 없던 병도 생길 지경이에요. 하루하루 피가 마릅니다."

15분 정도 지나서야 양의 피가 멈췄다. 중년 부부와 헤어져 혈액암센터의 대기실로 가자 하나같이 힘든 표정의 사람들이 한가득 모여 있었다. 양과 금희도 그 틈에 끼어 눈 덮인 창경궁을 바라봤다. 고즈넉한 기와지붕으로 흰 눈이 꽃잎처럼 내려앉고 있었다. 이때 메시지가 왔다. 세하였다.

"이제 퇴원했으니 볼 수 있지?"

"아직은 어려워. 미안."

"그럼 언제 볼 수 있어? 내가 만나러 갈게!"

"음… 12월이 되기 전에?"

"금방이네! 알겠어. 나으면 내가 밥부터 술까지 전부 다 살게!"

"진짜? 와, 이 메시지를 영원히 보관해야겠다!"

"얼마든지! 잘 낫기만 해. 알았지?"

"…응."

눈발은 더 굵어져 어느새 함박눈이 창밖을 어지럽히며 흩날렸다. 하얀 눈 커튼에 가로막혀 창경궁이 눈앞에서 서서히 사라졌다. 첫눈에 대한 말은 한마디도 안 나눴지만, 양은 세하와 함께 눈을 바라보는 기분이었다. 수상과 금희는 집으로 돌아갈 길이 벌써부터 걱정이었지만, 양은 지금만 생각했다. 지치기에는 일렀다. 오늘의 병원 진료는 이제 시작이었다.

예약 시간을 30분도 더 넘기고서야 양은 심해를 만날 수 있었다.

"하, 양 씨? 좀 어떠셨나요?"

심해는 엷게 미소를 지으며 양의 얼굴을 흘긋 봤다. 손은 책상에 놓인 양의 진료 번호를 컴퓨터에 입력하느라 바빴다.

"생리가 계속 났는데 조금 덜하고, 열도 조금 있었는데 지금은 괜찮아요."

모니터를 들여다보며 심해가 말했다.

"흠, 양호합니다. 오늘 과립구는 1,243. 백혈구는 3,140. 빈혈은 7.7. 혈소판은 4만 4천입니다. 빈혈이 조금 심해졌네요. 빨간 피를 맞고 가시고 일주일 뒤에 다시 오세요."

"네. 감사합니다."

이번에도 진료는 3분도 안 걸렸다. 수상은 이날도 심해가 의사를 그만둬야 산다고 말해서 금희에게 핀잔을 들었다. 자꾸만 그런 말을 하는 수상에 대한 양의 마음도 불편해졌다.

"이제부터 병원은 엄마와 둘이 다닐게요. 어차피 진료실에 들어가도 아버지는 한마디도 안 하시는데 굳이 셋이 우르르 와서 고생할 필요가 없잖아요."

자신도 모르게 가시 돋친 말을 내뱉곤 양은 아차 싶었다. 하지만 이미 나온 말을 주워 담기는 싫었다. 아무런 대답도 못 하고 우두커니 앉은 수상과 금희를 두고 양은 혼자 주사실로 들어갔다. 창가 자리의 침대에 누워 피를 기다리는데, 어디선가 아작아작하는 소리가 들렸다. 소리를 따라 건너편 침대를 살피던 양은 자기도 모르게 재빨리 커튼 뒤로 몸을 숨겼다. 모두가 조용히 힘든 시간을 보내는 주사실에서 이렇게 신경을 긁을 정도로 크게 과자를 씹어 먹는 늙은 자매는, 양이 알기로 지혼자와 숙자밖에 없었다. 길에서도 마주치기 싫은 얼굴들이었다. 이내 간호사가 피를 가져와 연결하기에 양은 속삭이듯 물었다.

"혹시… 저 건너편 침대에서 주사를 맞으시는 분의 성함이, 지혼자 아닌가요?"

"맞을 걸요? 어떻게 아셨어요?"

"…제가 아는 사람 중에 주사실에서 이렇게 크게 과자를 먹을 사람들은 저 분들밖에 없어서요."

"저 사람들은 매번 저래요."

고개를 절레절레 흔들며 자리로 돌아가는 간호사를 보며 양은 느꼈다. 역시 사람은 쉽게 변하지 않아. 그 사실이 슬프면서도 어쩐지 마음이 놓이는 건 왜일까. 빨간 피를 맞으며 양은 창문 너머로 자유롭게 춤추는 눈송이에게 물었다. 과연 내가 세하와 다시 술을 마실 수 있을까? 아니, 너를 몇 번이나 더 볼 수 있을까? 나도 모르겠어.

시간은 빠른 듯 더디게 흘렀다. 병원에 다녀온 뒤로 눈이 부어올랐고, 생리는 산부인과에서 맞은 주사 덕인지 피임약을 1알로 줄였는데도 멈췄다. 양은 무기력증에서 벗어나려고 조금씩 더 움직였다. 마트도 가고, 커다란 양이 그려진 운동복도 사고, 금희를 위해 편한 옷과 함께 안경도 사주었다.

"엄마, 이제 나만 보지 말고 책도 좀 봐."

"후후, 그래. 10년 만에 새 안경이 생겼네? 고마워, 양아."

"에? 10년 만이라고?"

"그때쯤 맞춘 돋보기안경이 마지막이었어. 세상에, 이렇게 잘 보이네!"

금희는 어린아이처럼 즐거워했다.

"…엄마, 더 필요한 건 없어?"

"아니, 아니. 옷에다 안경까지, 충분해."

"음… 혹시 있으면 다음에라도 말해. 사 줄게."

"야, 신난다! 우리 딸이 최고네!"

이날 밤, 양은 머리만 한 장미꽃과 온갖 아름다운 식물이 어우러진 돌계단을 올라갔다. 어디선가 불어온 바람이 살랑거리며 양의 긴 머리카락을 어루만졌다. 몸도 마음도 더할 나위 없이 상쾌했다. 오랜만에 찾아온 행복한 꿈이었다.

11월 25일, 세 번째 외래 진료에는 좋은 소식과 나쁜 소식이 따라왔다.

"아주 양호합니다. 오늘 과립구는 1,391. 백혈구는 3,180. 빈혈은 8.3. 혈소판은 8만입니다."

"와, 감사합니다."

"흠, 수치가 잘 오르고 있으니 항암 치료를 한 번 더 하고, 이식을 하지요."

"네? 항암을 또 한다고요?"

"네."

"교수님, 꼭 해야 하나요? 전 이제 암세포도 없고 면역력도 잘 오르니까 바로 이식하면 안 되나요?"

"암세포가 없어 보이는 상태는 일시적인 성과입니다. 항암 치료를 한번 더 해서 상태를 안정되게 유지한 뒤에 이식을 해야 성공률이 더 높습니다."

"그걸 공고 요법이라고 해, 양아."

"엄만 알고 있었어?"

"배선실 사람들이 말해 주더라. 관해가 돼도 공고 요법을 두 번 정도 더 한다고."

"아… 왜 말 안했어?"

"너도 그럴지는… 몰랐어."

"하, 양 씨, 오늘 입원 신청을 하고 가시고요, 그 전에 입원하라는 연락이 안 오면 2주 뒤에 여기로 오세요. 그땐 글리벡 복용량도 다시 8알로 늘리겠습니다."

"나가 계시면, 안내해 드릴게요."

어깨가 늘어진 양에게 간호사가 말했다.

"한 달이오?"

"네, 입원 신청하시고 보통 그 정도 기다리셔야 합니다. 대기자가 워낙 많아서요."

"그럼 입원일이 정해지면 며칠 전에 알려 주시나요?"

"되도록 하루 전에 연락을 드립니다. 근데 환자 분들의 퇴원 상황에 따라 달라지기 때문에 대중없어요. 당일에 연락을 드리는 경우가 많아요."

"지방에 사는 분들은 못 올 수도 있잖아요. 그럼 다음날에 와도 되나요?"

"아니오. 병실을 비워둘 수 없기 때문에 그날에 바로 입원하실 수 없으면 다음 차례의 사람에게로 넘어갑니다."

"아…."

"그래서 보통은 한 달이라고 말씀드리지만 일주일 만에 연락이 갈 수도 있고, 당장 내일일 수도 있어요. 언제든 들어오실 수 있게 준비해 두는 게 좋습니다."

다음날, 양은 일하던 재단에 전화를 걸었다. 앞으로 적어도 한 번의 추가 항암 치료에 이식까지. 이제는 완전히 정리해야 했다. 재단은 양의 사직서를 유급 병가로 처리한 상태였다.

"국장님, 오랜만에 연락드려 죄송합니다."

"아아… 하 팀장! 통화가 가능한 거야? 좀 어때?"

"항암 치료를 끝내고 집에 와 있습니다."

"아아, 고생했어! 그럼 언제 볼 수 있나? 이사장님께도 말씀드려야…"

"그런데요, 국장님. 곧 2차 항암 치료를 받아야 하고 3차도 받을지 모릅니다. 아마도… 제가 재단으로 돌아가기는 어려울 것 같습니다. 그래서 제 사직서를 이제 그만 처리해 주셨으면 합니다. 이런 소식을 전해 드려 죄송합니다."

"아니야, 무슨… 근데 하 팀장, 유급 병가가 두 달로 끝나도 무급 휴가를 계속 연장할 수 있으니까, 재단을 그만두고 아니고는 나중에 생각하면 어때? 우리는 하 팀장이 필요해."

지금 제겐 재단이 필요하지 않아요. 사실 양은 이번 해까지만 다니고 재단을 그만둘 계획이었다. 하려던 일, 꿈을 더 이상은 미룰 수 없었기 때문이다. 진심을 삼키고 양은 말했다.

"따뜻한 말씀, 정말 감사합니다. 하지만 제가 이대로 있으면 새 직원을 뽑기 힘들고 이 과장의 업무량이 늘어나 벅찰 겁니다."

"그런 걱정은 안 해도 돼. 올해에 특별 기획 사업이 많아서 하 팀장이 고생했지, 내년부턴 기본 장학 사업뿐이니 이 과장은 할 일이 적어."

"국장님, 기본 업무만 해도 생각보다 일이 많습니다. 이 과장이 혼자서 하려면 힘들 거예요. 그러니까 고생한다고 많이 말씀하면서 다독여 주세요."

"아니, 하 팀장… 왜 자꾸 그런 말을 하나…. 나아서 돌아와야지, 내 자릴 하 팀장이 이어야지."

"저는 그럴 사람도, 상황도 못 됩니다. 무엇보다도, 제가 돌아갈 수 없을 가능성이 큽니다. 죄송해요. 일단 재단에서 제 짐을 빼겠습니다. 이 과장에게 따로 전화해 부탁할게요. 인사는 나중에… 찾아뵐 수 있으면 그때 드리겠습니다."

"하 팀장….'

"그동안 정말 감사했습니다. 건강하세요, 국장님."

양이 먼저 전화를 끊었다. 옆에서 다 들었을 이 과장이었다. 양은 바로 이 과장에게 전화를 걸었다. 이번에는 국장이 옆에서 듣고 있었다. 신호음이 울리자마자 이 과장이 받았다.

"과장님, 다 들었죠?"

"네, 팀장님."

"재단 서류를 빼고 나면 제 개인 짐은 안 많을 거예요. 죄송하지만 오늘 시간이 날 때 정리해서 저희 집으로 보내 주실 수 있을까요? 퀵 비는 여기서 제가 낼게요."

"그런 걱정은 마십시오."

"고마워요. 혼자서, 고생 많죠? 미안해요."

"아닙니다. 팀장님께서 늘 제 핵우산이셨죠. 힘든 일은 다 막아 주셨는데 그러다 아프셔서… 이제라도 재단은 걱정 마시고 건강만 생각하십시오. 돌아오실 때까지, 그게 언제든 재단을 잘 지키고 있겠습니다."

"감사합니다. 그럼 잘 지내요."

저녁에 도착한 짐은 작은 택배 상자 하나였다.

다음날은 눈이 많이 왔다. 눈에 따라온 강추위는 산책도 나갈 수 없이 모두를 집에 틀어박히게 만들었다. 화장실의 마녀는 슬며시 셋으로 늘어났다. 하지만 양은 마녀에 대해 아무에게도 말하지 않았다. 하염없이 내리는 눈에 갇혀 그저 《백 년 동안의 고독》을 꺼내 들었다. 대를 이어 복작거리며 살아가는 인물들을 그린 이야기로, 내용과는 다소 동떨어진 제

목이었다. 하지만 그 의미를 양은 가슴으로 느낄 수 있었다. 백혈병은 고독한 병이었다. 죽음이 곁을 맴도는 자의 고독이었다. 함께 죽어 가는 자들만 아는 고독이었다. 이 지독한 고독은 산 자들의 틈에서 더 두드러졌다. 볼 수 없게 된 세상을 40년이나 더 살아 낸 할머니의 깊은 고독을, 이제야 조금은 이해할 듯한 양이었다. 양을 에워싼 백 년 동안의 고독 속에서, 잠시 식었던 양과 금희의 다툼이 다시 끓어올랐다. 이번에는 목도리가 문제였다. 얼룩덜룩한 털목도리를 바닥에 집어던지며 양이 소리를 질렀다.

"하얀 털목도리를 청바지랑 같이 삶아 버리면 어떡해! 온통 시퍼렇게 보기 싫어졌잖아! 거기다 이렇게 쭈글쭈글해진 걸 어디다 써!"

"이런, 내 정신머리 좀 봐! 그냥 돌린다는 게 삶아 버렸네."

"엄마, 진짜 왜 그래? 이런 때일수록 정신을 똑바로 차려야지! 이거 어떡할 거야, 엄마가 홍콩에 가서 사 올 수도 없고, 어쩔 거야!"

금희는 이해가 안 갔다. 털목도리를 청바지랑 같이 삶아 버린 자신도, 그렇다고 목도리 하나에 이렇게 발까지 구르며 화를 내는 양도.

양은 울었다. 이제 내 인생에서 다시는 홍콩을 못 간다고, 너무나 마음에 들던 이 털목도리도 다시는 살 수 없다고, 내 인생은 이제 저 털목도리처럼 완전히 망가져 버렸다고… 차마 금희에게 말할 수는 없었다. 그저 하늘이 무너진 사람처럼 쓰러져 울었다.

수상도 양의 분노를 피할 수 없었다. 수상은 양이 퇴원한 뒤로 대양의 집과 동생의 집을 오가며 머물고 있었다. 작은 베란다를 빼면 단칸방인 양의 옥탑방에서 셋이 지내기는 어렵다는 금희의 판단이었다. 더구나 마스크를 쓰고 지내야 하는 생활을 수상은 버티지 못했다. 오랜 교사 생활의 후유증으로 수상은 천식을 앓고 있었다. 40년 가까이 분필 가루를 마신 탓이었다. 금희는 자신도 기관지가 안 좋지만 수상을 더 걱정했다. 사실 하루 종일 마스크를 쓰는 건 누구에게도 쉬운 일이 아니었다. 수상은 금희와 자주 통화하며 2~3일에 한 번씩 금희와 양을 만나러 왔는데, 그때마다 다툼이 일어났다. 수상도 자기 자신에게 빠져 있었기 때문이다. 양의 시한부 판정은, 일흔을 바라보는 나이에 수상이 당한 어처구니없는 불행이었다. 수상은 대양의 집이 불편하다며 일주일 만에 동생의 집으로 옮겼지만 그곳도 편치 않다며 불평을 늘어놓았다. 가만히 들어보면 몸과 마음이 너무나 힘든 자신을 누구도 제대로 안 돌봐 준다는 얘기였다. 양은 실망했다. 죽음을 앞둔 딸 앞에서 너무나 이기적이지 않은가. 원래부터 이런 사람이었을까. 아니면 변한 걸까. 양이 알던 수상이 아니었다. 세상에서 가장 아끼던 딸이 시한부 판정을 받으면서 수상의 세계가 얼마나 무너져 내렸는지, 자신의 눈앞에 들이닥친 죽음 앞에서 수상이 얼마나 두려워졌는지… 양은 알지 못했다. 나약한 아버지의 모습이 한심스러울 뿐이었다.

금희는 금희대로 양을 돌보면서 수상의 뒤치다꺼리까지 하느라 지쳐갔다. 안 그래도 딸이 죽을지도 모르는 상황 속에서 반드시 살려야 한다는 부담감으로 돌아버리기 직전인 금희였다. 모두에게 쉼표가 필요했다. 양은 눈이 걷히자마자 친구와 약속을 잡고 금희와 수상에게 휴식을 주었다. 이한결은 양이 병원에 있는 동안 힘내라는 메시지를 꾸준히 보내 왔었다. 양이 제대로 답을 안 해도. 20년이란 세월을 함께한 초등학교 친구. 혹시나 죽는다면, 한 번은 만나야 했다.

11월의 마지막 날, 한결이 대학로로 왔다. 양은 평소에 잘 안 가던 카페로 골랐다. 아는 사람과 마주치기 싫어서였다. 차를 시킨 둘은 아무 일도 없는 듯 말없이 서로를 바라봤다. 따뜻한 실내로 들어가자 머리에 땀이 나서, 양은 털모자를 벗었다. 짧은 머리카락이 삐죽삐죽 올라온 양의 머리를 보자 한결의 눈동자가 흔들렸다. 양은 천천히 입을 열었다. 자신이 걸린 백혈병과 시한부 판정을 받은 현재의 상태에 대해. 빨라졌다 느려졌다 하던 설명의 끝에 양은 울먹이고 말았다.

"이런 모습… 정말 안 보이고 싶었어. 그래서 연락에 답도 안 했는데…."

"괜찮아, 양아. 네가 그렇게 아팠는데 내가 몰라서… 너무너무 미안해. 8년이나 다니던 직장을 그만두고 공무원 시험을 준비한다고 신림동으로 들어가면서 널 제대로 챙기지도 못했잖아. 네가 보자고 해도 늘 공부해야 한다고 미루기만 하고. 작년에 오랜만에 봤을 땐 네가 살이 너무 많이 빠져서 걱정했는데 그러고도… 나, 요즘 공부하면서 힘들 때마다 널 생각해. 양이는 더 큰 시련도 씩씩하게 이겨 내니까 나도 할 수 있다고."

양은 울 것 같아서 웃었다. 눈가가 촉촉해진 한결은 말을 이었다.

"네 마음, 다는 모르겠지만… 나도 조금은 알아. 나 고등학교 때부터 다리가 아팠잖아."

"맞아, 그랬지, 참! 결아, 아직도 아파? 그때 너, 병원에 다니면서 치료받는다 하곤 그 뒤로 말이 없어서 다 나은지 알았어."

"실은 그때 큰 병원에서 난치병 판정을 받았어. 희귀병이라서 치료법이 없었어. 아직도 그렇고. 평생 약을 먹어야 한다는 말을 들은 엄청난 고등학생이었잖아, 나. 하핫."

"…몰랐어. 미안."

"아냐. 나, 누구도 몰랐으면 했거든. 다리가 아플 때마다 정말 괴롭고 힘들었어. 무엇보다 외로웠고. 또래 애들 중에 나처럼 희귀병에 걸린 애는 없었으니까. 이런 내 고통, 내 마음을 아무도 모른다는 마음이 들어서 그게 제일 슬프더라. 누구에게도 이해받지 못하는 느낌. 부모님도 희귀병 판정을 받은 딸이 있는 거지, 고등학생인데 그런 판정을 받은 건 아니잖아. 백혈병이란 네 연락을 받고 어쩌면 양이 너도 지금 마음이 제일 힘들지 않을까… 싶었어. 근데 지나고 보니 이제는 그런 생각이 들어. 말을 안 했을 뿐, 나처럼 꼭 다리가 아니더라도, 몸이 아니더라도 다른 아픔을 가진 친구들이 있었겠구나. 아니, 어쩌면 누구나 자신만의 아픔을 견디며 살아가고 있구나… 하고."

이어진 한결의 이야기는 새로웠다. 오랜 친구인 한결에 대해 실은 잘 모른 채 살아왔음을 깨닫는 시간이었다. 양이 알던 한결이 맞으면서도, 양이 모르던 또 다른 한결이 있었다. 양은 문득 깨달았다. 누구도 내 마음을 모른다는 생각에 이토록 화가 나고 서운했는지도 모르겠어. 그래, 나뿐 아니라 다른 사람들도 다 자기만의 슬픔이 있겠지. 엄마도 벌써 환갑이 넘은 할머니인데 얼마나 힘들겠어… 한결의 지나온 삶을 듣는 양의 머릿속에 여러 사람의 얼굴이 스쳐지나갔다.

"…그래서 양아, 네가 얼마나 힘들지 난 감히 상상도 못 하지만, 그래도 네가 혼자라는 생각으로 더 아파하지 말았으면 해서 내 얘길 했어. 그때 내게도 너랑 은혜가 있어서 힘이 됐어. 지금 네게도 우리가 있잖아. 넌 혼자가 아니야. 알지?"

말을 마친 한결은 눈물을 글썽였다. 같이 울어 주는 친구, 한결. 이대로 충분했다. 양은 고개를 끄덕였다.

헤어지면서 한결은 양을 살짝 끌어안았다.

"병에 지지 말자, 우리. 꼭 다 나아서 오래오래 봐야 해. 또 봐, 곧."

터벅터벅 집에 돌아오니 금희와 수상이 바쁘게 움직이고 있었다. 베란다 창문에 뽁뽁이를 붙이는 중이었다. 헐거운 틈으로 들어오는 찬바람을 막고자 수상은 의자를 놓고 올라서서, 금희는 아래에서 함께 애쓰는 모습이 느껴졌다. 금희가 뒤돌아보며 뿌듯한 표정으로 말했다.

"일찍 왔네? 거의 다 끝났어. 조금만 기다려. 이제 덜 추울 거야."

"응… 이젠 훨씬 따뜻하겠다. 고마워요, 엄마 아빠."

온몸이 먼지투성이가 된 금희와 수상에게 양은 허리 숙여 진심으로 인사했다.

평화로운 나날이었다. 하루는 수상까지 셋이서 영화를 보고 맛있는 삼계탕을 사 먹고, 다른 날엔 다 같이 마로니에 공원 벤치에 앉아 졸다가 빵집이나 만두집에 들러 출출한 배를 채우기도 했다. 수상은 며칠을 함께 지내다 고향집으로 내려갔다.

퇴원한 지 한 달, 집으로 손님이 찾아왔다. 배려희였다. 려희는 양이 자주 가던 대학로 카페의 바리스타로, 알수록 성격이 비슷해서 다른 손님이 없을 때면 깊은 속마음도 나눈 적이 있지만 안 지는 3년 남짓. 적어도 10년 지기인 양의 친구들에 비해서는 그리 오래 안 된 지인이었다. 작년에 결혼해서 얼마 전 아기를 낳은 려희가 귤 한 상자를 사 들고 양의 집 초인종을 눌렀다.

"누구세요?"

"언니!"

"려희 씨! 갑자기 웬일이에요!"

양이 급하게 털모자를 찾아 쓰려 하자 려희가 말렸다.

"바로 갈 거예요. 귤만 주고 가려고 들렀어요. 나오지 마세요."

"아… 고마워요, 정말."

려희는 따스한 눈빛으로 금희에게도 인사를 건넸다.

"고생이 많으시죠, 어머님? 건강도 챙기며 힘내세요. 우리 양이 언니, 잘 부탁드립니다."

"고마워요. 이렇게 보내면 안 되는데, 들어오라고 할 수가 없네요."

"괜찮습니다. 언니, 저 갈게요. 남편이 차에서 시동 걸고 기다려요."

려희는 재빠르게 계단을 내려가 차에 타고 양에게 전화를 걸었다.

"언니!"

"아, 려희 씨. 그렇게 가서 어떡해요!"

"전혀 신경 쓰지 마세요. 언니가 면역력이 약하니 혹시 제가 오래 있으면 안 좋을까 봐 바로 돌아섰어요."

려희의 다정한 목소리 너머로 아기가 칭얼거리며 우는 소리가 났다.

"아, 아가가 울어요."

"괜찮아요. 남편이 안고 있어요. 그보다 언니, 우리 엄마가 언니한테 꼭 전해 달라는 말씀이 있어요. 언니의 이야기를 일부러 한 건 아니고 내가 혼자 걱정하는 말을 들으셨나 봐요."

"아…."

"실은 언니, 우리 엄마가 4년 전에 자궁암으로 시한부 판정을 받으셨거든요. 몸이 안 좋으셔서 제가 병원에 모시고 갔는데, 의사가 준비하라면서 살 확률이 20퍼센트 정도밖에 안 된다고 말했어요."

"네?"

"진짜 눈물이 핑 돌더라고요. 듣고도 안 믿겼어요. 엄마도 받아들이기 힘들어 하셨고요."

"아… 려희 씨, 힘들었겠어요."

"저보다 엄마가 마음고생이 심하셨죠. 누가, 어떻게 그 마음을 알겠어요. 어느 날 갑자기 이제 곧 죽는다는 말을 들은 사람이 안 돼 보곤 아무도 모르겠죠. 티도 안 내시고 혼자 냉가슴만 끙끙 앓으셨어요. 근데 6개월이 지나서 다시 병원에 모시고 갔더니 의사가 깜짝 놀라더라고요! 암이 엄청나게 줄어들었다고. 도대체 어떻게 하신 거냐고 묻더라고요. 이젠 지료가 가능하다면서요."

"정말요? 진짜 다행이에요. 기적이에요!"

"그죠? 저도 너무 신기해서 엄마한테 물어봤어요. 도대체 어떻게 한 거냐고. 그랬더니 엄마가 그러더라고요. 제가 사 준 책들이 도움이 됐다고요. 제가 아무리 안쓰러워도 옆에서 할 수 있는 일이 없잖아요. 긍정적으로 생각하면서 마음을 편하게 다스리시라고 밝은 책들을 선물해 드렸는데, 그 책들을 보고 즐겁게 지내려고 엄청나게 노력하셨대요. 엄마가 읽으셨는데, 뇌는 우리가 억지로 웃어도 웃는 상태로 인식한대요. 그래서 하루 종일 코미디나 재미있는 프로그램을 틀어 놓고 일부러 하하하하 큰 소리로 웃으셨대요."

"아… 그럼 지금 어머님께서는…?"

"언니에게 응원을 전할 정도로 건강해지셨어요. 요즘은 몇 달에 한 번 병원 진료만 받으면서 지내세요."

"와… 정말 잘됐어요! 다행이에요, 진짜!"

"우리 엄마가 전해 달래요. 자신도 해냈으니 언니도 할 수 있다고요. 의사가 뭐라고 하건 스스로를 믿고 나아가라고요. 의사들은 항상 최악을 말한다면서요. 절대로 쉬운 일이 아닌 거 알아요, 우리 엄마를 옆에서 봤기 때문에요. 그래도, 내가 아는 언니라면 해낼 수 있어요. 언니도 자신을 믿고 절대로 포기하지 말아요."

"아… 고마워요, 정말."

"뭘요, 귤이 감기 예방에 좋다고 해서 샀어요. 먹고 힘내요, 언니."

12월도 벌써 일주일이 흘렀다. 입원을 신청한 지 2주가 다 되도록 아직 연락은 없었다. 양은 기분 전환도 할 겸 금희와 영화관에 들렀다. 이틀 전에 개봉한 영화가 있었다. 시간을 되돌릴 수 있는 남자의 인생 이야기였다. 세상을 구할 수는 없지만 자신의 선택 정도는 바꿀 수 있는 소소한 능력자였다. 〈어바웃 타임〉 포스터는 양에게 물었다.

WHAT IF EVERY MOMENT

IN LIFE CAME WITH

A SECOND CHANCE?

인생의 모든 순간에 두 번째 기회가 있다면 어떻게 하겠어요? 지금 양에게 가장 간절한 바람이 아닌가. 도대체 어쩌다가, 언제부터, 어디서부터 잘못됐을까? 되돌릴 수 있다면…! 수없이 되묻는 시간… 양은 주인공팀과 함께, 지나온 삶의 순간들을 다시 살아 보면서 뒤늦은 후회에 몸을 맡겼다.

설명 간호사는 말했다.

"만성골수백혈병은, 만성기, 가속기, 급성기로 진행됩니다. 만성기는 별다른 증상 없이 보통 5에서 6년 동안 유지되고, 가속기는 유지 기간이 6에서 9개월, 급성기는 3에서 6개월입니다."

그러면서 만성기에서 바로 급성기로 뛰어넘는 경우가 있긴 하지만 매우 드물다고 했다. 급성기의 유지 기간이 3에서 6개월이니, 병이 빨리 찾아와서 느리게 진행됐다고 계산하면 만성기 6년에 가속기 9개월을 더해 거의 7년. 그렇다면 호수와 함께할 때 이미 병이 찾아왔다는 뜻이다. 병에 걸리기 전으로 돌아가자. 아니면 아예 아무런 걱정도 없던 어린아이로… 양은 문득 궁금해졌다. 엄마는 인생의 어느 시점으로 돌아가고 싶을까? 그게 언제든 내가 아프기 전이겠지. 나라도 그럴 거야.

영화가 끝날 무렵이 되자, 양은 더 이상 선택할 수 없었다. 7년 전으로 돌아가면 새언니와 쌍둥이 조카들이, 세하가, 려희가 양의 세상에서 사라진다. 어릴 때로 돌아가면 결이가, 호수가, 대학 시절까지 다 사라진다. 과거가 바뀌면 지금의 나도 없어. 지나온 모든 순간이 스스로의 선택이었다. 잃기엔 너무 소중한 시간들이었다. 눈물겨운 기억도 나름의 의미가 있었다. 지금 아는 모든 것을 배우기 위해 다시 이 모든 일을 겪어야 한다면, 다시 하라면 양은 자신이 없었다. 무엇보다, 아무리 이런 상황이라도 학교에 다니며 공부하기는 싫었다. 못해! 꿈에서라도 돌아간다면 이젠 완전히 공부와 담 쌓은 날라리로 살아야지. 지금과는 완전히 다르게 살아 볼 거야. 똑같은 삶은 한 번으로 충분해. 양은 상상하며 배시시 웃었다. 금희가 물었다.

"왜 혼자 히죽히죽 웃어? 영화가 마음에 들었나 보네?"

"아, 응. 하하. 엄마는 시간을 언제로 돌리고 싶었어?"

그러고 보니 양은 금희의 인생에 대해 잘 알지 못했다. 분명히 양이 아프기 전이겠지만, 구체적으로 금희가 돌아가고 싶을 만큼 행복했던 때가 인생의 언제인지는 짐작이 안 갔다.

"…글쎄."

잠시 생각에 잠겼던 금희가 말했다.

"그보다, 결말이 참 마음에 들어."

뜻밖이었다. 나와 같은 생각이야, 엄마? 묻는 대신 양은 고개를 끄덕였다. 과거로 돌아가는 건 어차피 현실에선 불가능하니까.

"엄마의 마음에도 들어서 다행이다. 다음에 또 영화 보러 오자."

"그래."

두 사람은 마주보고 웃었다.

이날 저녁, 양은 다시 SNS에 가입했다. 삶을 함께했던 사람들이 보고 싶었다. 그중에서도… 세하의 SNS 프로필 글이 바뀌어 있었다. 생각지도 못한 말이었다. 나를 위한 기도를 부탁하는 걸까? 설마… 양은 세하에게 메시지를 보냈다.

"계속 기도해 주세요? 세하야, 무슨 일 있어? 기도가 필요해?"

세하는 바로 답을 보냈다.

"누나를 위한 헌정 메시지야."

"아… 고마워. 난 혹시 너한테도 무슨 일이 있나 했어."

"으이구. 당연히 나한테도 무슨 일이 있는 거지! 중의적 의미기도 해!"

계속. 이 말은 이전에도 기도해 달라고 부탁했다는 뜻. 할아버지가 돌아가신 뒤로 믿음을 잃었던 세하가 기도를 시작했고 사람들에게도 부탁했다, 나를 위해. SNS를 살리길 잘했어. 양은 세하가 그리웠다.

"세하야, 내일 나 보러 올 수 있어?"

"당연하지! 어디로 가면 돼?"

마지막 만남이 될 수도 있었다. 그럴 가능성이 컸다. 오래도록 사라지지 않을 곳에서 보고 싶었다. 자신이 사라져도 그곳은 남아 세하가 양을 기억할 수 있는 곳.

"학림에서 보자. 1956년부터 있던 다방인데 최근에 카페 분위기로 바뀌어서 느낌이 있어. 혜화역 3번 출구로 나와서 1번 출구 쪽으로 조금 올라가면 왼편에 있어. 2층이야. 괜찮아?"

"물론이지. 시간은 언제가 좋아? 내가 맞출게."

"오후 2시쯤 어때? 그때가 따뜻해서."

"알았어. 내일 오후 2시. 학림에서 봐."

"응."

"곧 봐."

이날 밤, 양은 좀처럼 잠을 이루지 못했다. 내일 세하를 만나면 무슨 말을 해야 할지 상황별로 준비하다 보니 머리가 복잡했다. 절대로 울면 안 돼. 아픈 얘기를 늘어놓지도 말자. 세하가 불쌍한 눈빛으로 본다면 견딜 수 없을 듯했다. 세하에게만큼은 지금의 무너진 모습을 정말로 보이고 싶지 않았다. 세하를 보고 싶으면서도 만날 수 없었던 이유이기도 했다. 뜬눈으로 밤을 샌 양은 새벽부터 다시 쏟아지는 생리 때문에 약속을 취소할지 고민했다. 1시간 만에 넘치도록 차 버리는 생리대를 보면 속이 울렁거리고 어지러웠다. 양이 화장실을 들락거리자 금희도 잠이 깼다.

"괜찮아?"

"아니. 엄마, 생리가 안 멈춰. 내 몸 안에 피란 피는 다 나오려는 거 같아. 흐흑….."

이불에 풀썩 엎드린 양의 등이 들썩였다. 바싹 말라서 살 한 점 없는 다리를 보자 금희는 가슴이 미어졌다. 이렇게 눈동자가 또렷한 애가 죽는다니… 믿을 수가 없었다.

"그놈의 생리가 왜 안 그칠까? 왜 우리 양이를 이렇게 힘들게 괴롭힐까. 엄마가 쫓아 줄게. 걱정하지 마."

금희는 어린 양을 달래듯 그렇게 손으로 양의 등을 쓸며 부드럽게 다독였다. 금희의 손길 아래, 울음이 잦아들자 양은 다시 고민을 떠올렸다. 세하를 만났다가 실수하면 어쩌지? 세하가 알았던, 아끼던 나로 기억되고 싶어. 마지막 모습은 정말로 예전과 같은 자신이고 싶었다.

수요일 오후 2시. 양은 학림으로 가는 좁은 나무 계단을 조심스레 올랐다. 웃는 얼굴로 헤어지자. 양은 자꾸만 굳는 얼굴을 느끼며 묵직한 나무 문을 열었다. 양을 본 세하가 반갑게 손을 흔들었다. 오른쪽에서 두 번째, 창가 자리였다.

양이 알아봤는데도 세하는 계속 크게 손을 흔들다 뒷자리에 앉은 여자의 머리를 치고 말았다. 어쩔 줄 모르며 사과하는 세하의 모습을 보자 연습했던 모든 말이 사라지고 머리가 비워졌다. 예상치 못한 상황이었다. 맞아, 세하는 이런 사람이었지. 덕분에 양은 밝게 웃으며 세하의 얼굴을 바라볼 수 있었다. 이렇게 생겼구나, 이 사람의 얼굴이, 어깨가, 웃는 표정이. 1년 만에 보는 세하는 낯익으면서도 달라져 있었다.

"어떻게 지냈어!"

걱정스런 세하의 말투에 양은 흔들렸다. 웃어, 웃자.

"나? 암에 걸린 거, 죽을지도 모른다는 거… 그게 다야. 내 얘긴 아니까… 네 얘기부터 해 봐. 넌 어떻게 지냈어?"

양은 열심히 생글거리며 말을 돌렸다. 그러자 세하는 스스로도 알 수 없는 표정을 짓더니 곧 차가운 눈빛으로 바뀌었다.

"…누나한텐 누나의 인생이 중요하지만, 나한테는 내 인생이 중요하잖아?"

"응… 그건 그렇지."

가슴에 꽂힌 관이 무겁게 양을 찔렀다. 양은 세하가 눈치채지 못하게 아무렇지 않은 척 자신을 감췄다.

"나, 작은 시민 단체에 들어갔었어. 좋은 일을 하는 곳이야. 근데, 월급이 너무 적더라고. 나도 이제 나이가 있잖아? 장가도 가야 하는데 한 달에 백만 원도 안 되는 돈으론 살 수가 없겠더라고. 그래서 정말 미안하다고 하고 나왔어."

"아… 그래, 결혼도 하고 생활을 해야 하니까. 가정을 꾸릴 생각도 하는구나, 넌."

"그럼! 나도 이제 곧 서른이야."

그러니까, 너는 내가 없는 미래를 그리고 있구나… 그랬어. 맞아, 난 내일이 없는 사람이지. 오늘만 있어, 난. 자꾸만 서글퍼지는 자신을 숨기려 양은 말을 던졌다.

"결혼할 사람은 있는 거야?"

"결혼이 뭐 어렵나? 지금까지 여자 친구는 끊임없고 썸은 수도 없었어. 즐겁게 연애하다가 결혼할 때 되면 조건 맞춰서 적당한 사람이랑 선보면 되지. 안 그래?"

"아… 너 그렇게 생각해? 몰랐어."

"뭐, 다들 그렇게 살아가지 않나? 그렇게 결혼하고 살다가 지겨우면 바람피우고 지지고 볶고 싸우고."

"…그런 사람도 많지."

"누나는? 누나는 만나는 사람, 없어? 누나 결혼식 때 내가 사회 봐 줄게. 솔직하게 말해 봐."

뭐라고? 지금 백혈병으로 시한부 판정을 받은 나에게 묻는 거야? 언제 죽을지 모르는 사람한테? 설사 이런 상황이 아니라고 해도 좋아했던 남자에게 결혼식 사회를 맡길 생각은 없어. 양은 세하의 태도에 충격을 받았다. 그러니까 나는 세하의 수도 없는 사람 중 하나였어. 바보였구나, 나.

"내 결혼식 사회를 네가 왜 봐! 남편의 친구가 봐야지. 사회를 봐 줄 친한 친구도 하나 없는 남자랑 결혼하고 싶진 않아. 내가 결혼할 사람이면 그런 친구도 하나 없을 것 같지도 않고."

이런 대화를 바란 건 아니었다. 더 이상은 할 말이 없었다. 그만 일어나 집에 가고 싶어서, 양은 고개를 돌려 싸늘한 창밖을 바라봤다. 또 눈이 오려는지 날씨가 흐려지고 있었다. 얇은 유리 너머로 찬바람이 술렁거렸다. 창가라서 다행이었다. 안쪽 자리면 더워서 한결을 만날 때처럼 털모자를 벗어야 했을 거야. 양은 창문 쪽으로 더 다가앉았다. 잠시 말이 없던 두 사람의 침묵을 깬 사람은 세하였다.

"나으면 누나, 더 예뻐지겠다."

"뭐라고?"

"나으면 더 예뻐지겠다고."

"갑자기. 그게 무슨 소리야."

양은 털모자를 매만졌다. 속머리가 보여서 세하가 위로해 주는 건가? 신경이 쓰였다.

"그냥 그런 생각이 들어서."

"그래, 그렇게 봐 줘서 고마워. 나으면, 말이지."

"나을 거야. 나는 누나가 잘못되리라고 생각한 적이 없어."

"…그렇구나."

"정말이야! 누나가 혹시라도 잘못되면… 여기에 올 때마다 누나를 기릴게."

"그래, 고맙다. 나도 네가 죽으면 찾아가서 꼭 널 기릴게."

다시금 둘 다 말이 없었다. 어색한 침묵이 불편해서, 양은 일어섰다. 생리 때문에 불안해서라도 화장실에 다녀와야 했다.

역시나 생리대는 가득 차 있었다. 비좁은 화장실에서 생리대를 갈며 양은 울었다. 몸이 망가져서 이런 지경인 나야. 뭘 기대한 거야. 나와 상관없이 세하가 꿋꿋이 자기 인생을 산다면 잘된 거지. 웃는 모습은 충분해. 이제 그만 가자고 해야겠어. 눈물을 꼼꼼히 닦고 양이 나가자 세하가 메뉴판을 보고 있었나.

"케이크 하나 안 먹을래? 맛있는 거, 사 주고 싶어서 그래."

"아… 난 괜찮은데."

"메뉴판 봐봐. 맛있는 요구르트 케이크도 있다."

"난 괜찮아."

"그럼 차라도 한 잔 더 시킬까? 다 마셨네, 누나."

"아니, 이제 그만 가자. 날이 추워진다. 사실 이 자리, 좀 추웠어."

"아! 창가에 괜히 앉았다. 미안."

"아니야. 창가 자리라서 좋았어. 근데 오래 앉아 있으니 춥다."

계산하는 세하를 기다려 양은 함께 학림을 나섰다. 좁은 계단을 내려가던 양이 발을 헛디뎌 살짝 미끄러지자 뒤에서 세하가 얼른 붙들었다.

"집까지 바래다줄게."

"괜찮아. 여기서 금방이야."

"내가 그러고 싶어서 그래."

"그래… 고마워."

마지막이니까. 이렇게 둘 다 앞을 보고 걸으니 아무 일도 없는 듯 착각이 들었다. 양은 조금 마음이 놓였다.

"세하야, 너 키가 컸나?"

"그럴 리가. 성장판은 이미 닫힌 나이야."

"근데 왜 너랑 키 차이가 이렇게 많이 나지?"

"원래도 나보다 누나가 훨씬 작았거든?"

"아닌데? 참, 그리고 보니 내 키가 줄었어. 원래 163센티미터 정도였는데 병원에 들어갈 때 잰 키는 161센티미터더라. 아파서 살이 빠져서 그런가 보다 했어."

"그런데도… 누나, 아픈 줄 전혀 몰랐어? 예전에도 일하느라 자기 몸을 잘 안 돌보긴 했지만… 어떻게 그럴 수가 있지? 이렇게 아프면서."

"그러게. 나도 내가 바보 같아."

"…아무런 증상도 없었어?"

"지금 돌아보면, 증상이 있었지. 그땐 몰랐지만."

"어떤 증상?"

"배가 좀 나왔었어. 임신했냐고 사람들이 물어볼 만큼. 그러니까 너도 배가 나오면 조심해. 그냥 똥배라 생각하지 말고 꼭 병원에 가 보고."

"그래야겠다."

세하가 자기 뱃살을 움켜쥐며 말해서 양은 웃었다.

함께 걷는 길은 짧았다. 집 앞엔 현실이 기다리고 있었다.

"데려다줘서 고마워 …잘 가."

"들어가는 거 보고 갈게."

"응, 그럼 나 먼저 간다. 고마웠어."

세하는 양의 뒷모습을 바라봤다. 세하의 시선을 느끼면서도 양은 뒤돌아보지 않았다. 양이 사는 건물엔 층마다 큰 유리창이 있어서 양이 올라가는 모습이 아래에 있는 세하에게 보였다. 그러리란 사실을 알았지만, 양은 걸음을 멈추지도 돌아보지도 않았다. 세하가 그 자리에 있으면 달려가 끌어안을까 봐 겁났다. 세하가 그 자리에 없다면 이대로 무너져 내릴까 두려웠다. 그렇게 한 걸음 한 걸음에 꼭꼭 감정을 억누르던 양이 옥탑방 앞에서 내다봤을 때, 세하는 없었다.

참길 잘한 건가. 내가 붙잡고 울기라도 했으면 세하가 얼마나 당황스러웠겠어. 준호의 말이 맞아. 내가 죽는다고 세하가 휘청대는 일은 없겠어. 다행이야. 세하가 힘들어하지 않아서. 이런 생각을 하는 자신에게 양은 놀랐다. 나, 세하를 이만큼이나 아끼는 건가. 너무 늦어 버렸는데… 어쩌면 양의 몸은 이미 알았는지도 모른다. 양은 몰랐지만 죽어 가고 있을 때, 죽음을 앞둔 몸이 떠올린 사람은 세하였다. 그래서 매운 갈비찜이 먹고 싶었나? 그저 세하를 다시 보고 싶었던 건가, 나? 갈비뼈에서 살을 발라 내 앞에 산처럼 쌓아 주던 그때, 세하의 그 따스한 웃음이 그리웠나 봐…. 내가 죽어도 아프지 않을 거란 사실이 기쁠 정도로 나는, 너를 사랑하는지도.

지금까지 양은 사랑에 대해 안다고 생각했다. 세상과 인생, 자신의 몸에 대해서도. 하지만 실은 무엇도 제대로 알지 못했다. 자신의 몸에 대해서도, 사랑에 대해서도, 세상에 대해서도, 인생에 대해서도. 무엇보다 자신의 마음에 대해서.

사랑하니까 헤어질 수 없다. 사랑하니까 헤어진다. 뭐가 더 사랑하는 걸까. 말장난 같기도 한 이 말을 놓고, 한때 양은 심각하게 고민했다. 호수는 언제나 흔들림이 없었다. 사랑하는데 왜 헤어져? 어떻게든 잡아야지. 세상에서 한 사람한테만은 자존심 따위 없어도 돼. 하지만 호수의 한 사람이었던 양은 정작 늘 자신이 없었다. 만약 내가 할머니처럼 눈이 멀게 된다면, 혼자서 움직이지도 못할 만큼 다친다면, 불치병에 걸린다면 너를 보내 주는 게 사랑이 아닐까? 양은 마음 한 편에 늘 그런 생각을 품고 있었다. 시간이 흐르고 사랑하게 됐던 바로 그 이유 때문에 호수가 미워질 때마다, 양의 마음엔 의심이 피어나곤 했다. 사랑한다면서 이렇게 힘들어 하는 나를 왜 놓아 주지 않지? 정말로 나를 사랑하는 거 맞아? 그저 사람에 따라 다르다는 사실을 비로소 깨닫는 양이었다. 둘 다 사랑이었다. 사랑해서 헤어질 수 없는 사람도, 사랑하니까 헤어지는 사람도. 이제야 내 답을 알겠어. 양은 사랑하기에 헤어지는 사람이었다.

이날 밤, 호수에게서 오랜 만에 연락이 왔다.

"치료받느라 힘들어도 이 악물고 이겨 내. 알았지?"

"응."

"병원 생활하느라 고생이겠다."

"나, 병원 아니야. 퇴원해서 집에 왔어."

"아! 1차 항암 치료가 끝난 거야?"

"응. 어떻게 알았어? 우리 오빠한테 물어봤어? 아, 그럼 내가 퇴원한 걸 모를 리가 없구나."

"백혈병 치료에 대해 알아봤다. 이렇게 얘기하는 것도 피곤할 텐데 얼른 쉬어. 2차 항암 치료도 잘할 수 있어, 넌. 힘내, 알았지?"

"응… 고마워."

그러고 보면 호수는 지금까지 만나자는 말을 꺼낸 적이 없었다. 내가 병원에 있다 생각해서일까? 아니, 호수는 이런 사람이었다. 호수와 세하는 참 달랐다.

다음날 아침부터 감기 기운이 있었다. 아무래도 학림이 너무 추웠나봐. 양은 오들오들 떨며 반성했다. 금희는 걱정이 늘어졌다. 애가 누구를 만나고 왔길래 저렇게 축 처져 있을까.

"오늘이 마침 안심해 교수님께 진료를 보는 날이라 망정이지, 어쩔 뻔했어?"

"그러게. 나 바본가 봐."

"바보가 맞네! 추운데 왜 나가서! 감기나 걸려서 오고! 얼마나 위험한지 몰라?"

"…알아. 미안해."

양이 고분고분해서 속이 더 상한 금희가 한참 잔소리를 하는데, 전화벨이 울렸다. 병원이었다.

"하양 씨의 보호자 되시죠?"

"네! 무슨 일이 있나요?"

"병실이 나왔습니다. 그런데 111병동이 아니라 101병동입니다."

"101병동이면… 이식 병동이 아닌가요? 왜…?"

"111병동에 자리가 안 나서요. 들어오실 건가요?"

"자리가 어디죠?"

"6인실, 창가 자리입니다."

금희와 양은 동시에 서로를 쳐다봤다. 6인실의 창가 자리가 비었다면, 그 의미는 하나였다. 누군가의 죽음. 옆에서 양이 고개를 끄덕이자, 금희가 대답했다.

"들어갈게요."

"그럼 오늘 안으로 101병동의 간호사실에 가서 안내를 받으시면 됩니다."

금희가 인사를 하고 통화를 끊는 사이, 양은 여행 가방을 꺼냈다. 다시, 짐을 쌀 시간이었다.

2

어디든 누군가 죽어 나간 자리였다. 병원은 그랬다.

101동 17호실. 양의 자리도 마찬가지였다. 6인실 창가엔 오늘도 죽음이 얼씬거렸다. 양이 간호사실에 들른 사이, 침대 하나가 중환자실로 내려갔다. 양이 시선으로 묻자 상냥한 간호사가 말했다.

"17호실, 5호 분이세요."

양의 옆자리 사람이었다. 흐트러진 빈자리를 보며 양은 짐을 풀고 침대에 앉아 늘 거기 있던 사람처럼 병원 밥을 먹었다. 누가 실려 나가도, 옆에서 줄똥을 싸도 살기 위해 내 밥숟가락을 떠 넣어야 하는 곳. 여기는 항암월드였다.

입원 첫날 밤, 양은 금희를 집으로 보냈다. 혼자 조용히 마음을 다잡고 싶었고, 옆자리에 드리워진 죽음의 그림자를 보며 불안에 떨 금희도 걱정됐다. 보호자 침대에서 쪼그려 자는 금희를 볼 때마다 양은 마음이 약해졌다. 알코올을 뿌리고 변기에 앉아야 하는 번거로움은 싫지만 병원 화장실엔 마녀가 안 나타나서 좋았다. 물론 안 보인다고 해서 없다는 뜻은 아니지만. 멈추지 않고 멋을 듯 변덕을 부리는 생리와 중환자실로 내려간 여자를 대신해 옆자리를 차지하고 코를 고는 남자 보호자들이 밤새 양을 괴롭혔다. 너무 시끄러운 고독의 밤이었다.

이튿날 오후, 2차 항암이 시작됐다. 심해는 말했다.

"아라씨를 하루에 두 병씩, 5일 동안 격일로 쓰지요. 이번에는 12시간이 아니라 4시간에 한 병이 들어갑니다."

"4시간에 한 병이면, 지난번보다 용량이 적은가요?"

"한 병당 용량은 같습니다."

"그럼 우리 애의 몸에 약을 들이붓는다는 뜻이네요?"

금희가 걱정스런 얼굴로 물었다.

"지난번에는 다우노루비신까지 같이 써서 일주일 동안 맞았지만 이번에는 이 약만, 실제로는 3일을 쓰니 너무 걱정하지 마세요."

믿어야 했다. 심해는 백혈병 치료의 전문가였다. 이날 아침에 한 양의 피 검사 결과는 과립구 2,749에 백혈구가 4,160. 혈색소는 9에 혈소판이 4만 5천이었다. 5만 정도이던 백혈구가 0에 가까워지기까지 19일이 걸렸던 1차 항암에 비추어 보면, 4천에서 0으로 내려가니 훨씬 수월하리란 기대가 자연스레 생겼다. 오후부터 항암제가 들어가기 시작했지만 아직 울렁거림은 없었다.

중환자실로 간 지 3일째 되던 날, 옆자리 사람이 죽었다. 주먹으로 눈물을 훔치는 50대 남편과 고등학생 아들을 남기고.

"다발 골수종이었대."

"다발 골수종?"

"배선실 사람들 말로는 최근에 늘어나는 혈액암이래. 암이 몸 여기저기의 뼈를 녹여서 엄청 아프대."

"아…."

"다발 골수종은 자가이식을 한다네? 다른 사람의 골수를 기증받는 게 아니라 항암 치료를 해서 암세포를 죽인 다음, 깨끗해진 골수를 자기 몸에서 뽑아서 다시 넣는대."

"골수 기증자가 없어도 되니 항암 치료만 잘 되면 큰 걱정을 덜겠다. 근데 어쩌다가 이 아주머니는…?"

"신부전증하고 당뇨가 있었고 부정맥이 왔다더라. 너는 아직 젊어서 다른 병이 없으니 행운이래. 나이 든 사람들은 다들 당뇨나 혈압, 신장이나 간이 안 좋아서 보호자들이 걱정하더라."

그러는 사이, 옆자리에 새로운 사람이 들어왔다. 50대 여자였다.

"안녕하세요? 5일 동안 응급실에서 대기하다 여기 오니, 이제야 좀 살 것 같아요. 잘 부탁드립니다. 강하늬예요."

생글거리며 인사하는 여자는 몸이 좀 마르긴 했지만 아픈 사람으론 안 보였다.

"하양이에요. 저도 잘 부탁드립니다."

"어머~ 아직 어려 보여요. 까까머리 너무 귀엽다~ 후훗, 우리 잘 지내 봐요."

콧노래까지 흥얼거리며 짐을 정리하던 하늬가 울음을 터트린 건, 잠시 뒤 남편과의 전화 통화에서였다.

"그러니까 자기야, 우리 엄마한텐 절대로 내가 백혈병이라 말하지 마. 엄마는 70대 노인이잖아. 나 아픈 거 알면 울기만 할 거야. 안 그래도 마음이 여린 양반이시잖아. 아버지가 돌아가신 지도 얼마 안 됐는데… 그래. 그리고 참, 우리 건이랑 강이 말이야. 당분간 하나가 맡아 주기로 했어. 안 놀라게 잘 보내. 이따가 하나 오면 침대로 올라가는 강아지용 계단도 꼭 챙겨서 같이 보내고. 그거 없음 다리 짧은 우리 건강이, 침대에 못 올라가. 알지? 우리 건강… 흐흑, 침대에서 나랑 놀다 자는 걸 얼마나 좋아하는데… 이제 나 없음 잠도 못 자고 낑낑거릴 텐데 불쌍해서 어째… 흐흑. 아냐, 이만 끊을게."

재빨리 눈물을 닦은 하늬가 커튼을 걷으며 양에게 말했다.

"아오~ 미안해요, 동생. 3남매 중에 장녀라서, 나 잘 안 우는데… 우리 건강이 생각하니 갑자기 눈물이 나서… 6년 전에 걸렸던 유방암도 말끔히 이긴 난데, 백혈병은 두려움의 차원이 다르네요. 병실의 분위기도 그렇고. 겁나서 죽겠어요!"

"힘내세요, 언니. 얼른 나으셔서 건강! 만나셔야죠."

"맞아요! 우리 건강이를 생각해서라도 나, 기운 낼 거예요! 고마워요, 동생!"

하늬는 이날 저녁, 급성골수백혈병 판정을 받았다. 양다리 교수가 직접 찾아와 설명했다.

"다행입니다! M3예요. 이 유형은 급성전골수백혈병으로 비교적 착한 암입니다. 출혈 위험이 커서 초기에는 오히려 위험하지만 이 시기만 잘 넘기면 골수 이식을 안 하고 항암만으로도 치료가 가능합니다. 강하늬 환자, 우리 힘내서 잘해 봅시다."

"감사합니다, 교수님. 감사합니다, 하느님."

하늬는 웃으면서 울었다.

12월 12일. 항암 치료 3일째, 아라씨 2병이 추가로 들어갔다. 이날 양의 피는 과립구 1,428에 백혈구가 1,700. 혈색소는 7.2에 혈소판이 1만 7천으로, 모든 수치가 빠르게 떨어지고 있었다. 이유를 알 수 없는 열이 올라서 혈액 배양 검사와 복부 CT를 촬영했고, 잇몸이 내려앉듯 욱신거려 치과 의사도 다녀갔지만 별다른 치료 방법은 없었다. 어느새 머리가 자라서 이번에도 침대에 누운 채로 양은 두 번째로 머리를 밀렸고, 오른손에 물집이 생기고 왼쪽 손목에는 CT 촬영을 할 때 박힌 굵은 주삿바늘 자국이 며칠이 지나도 안 아물어 쓰라렸다. 생리는 여전했고 울렁거림은 심해져서 밥을 못 먹을 지경이었다. 진토제(구토 완화에 사용하는 약물)를 맞아도 소용이 없어 만 원이 넘는 진토 패치를 사서 팔에 붙이자 그제야 좀 나아졌다. 항암제와 수액이 들어가면서 화장실에 다니느라 종종거리는 하루가 지나고 나면 어제 무슨 일이 있었는지 까마득한 양이었다.

12월 14일. 항암 치료 5일째의 밤을 넘기며 마지막 아라씨 한 방울까지 모두 들어갔다. 이제 면역력이 제로가 되기를 기다려야 했다.

다음날, 양의 피는 과립구 1,413에 백혈구가 1,570. 무슨 이유인지 백혈구와 과립구가 4일째 주춤거리고 있었다. 밤마다 폭풍우처럼 몰아치는 살인적인 땀… 아무런 생각 없이 시간이 흐르기만 바라는 나날이었다.

12월 16일. 어느새 입원한 지 일주일이 지났다. 이날 과립구는 275, 백혈구가 610. 하루 사이에 1천이 넘게 곤두박질쳤다. 제로 상태가 가까워 보였다. 땀과 생리, 아픈 잇몸은 그대로였지만 양은 정신을 가다듬고 다시 책을 들었다. 이번엔 시집이었다. 장미 가시에 찔려 죽은 시인. 릴케가 백혈병을 앓았다는 사실을, 양은 며칠 전에야 알았다.

> 나는 마치, 신이 낸 문제의 해답을
> 남몰래 엿본 듯한 그런 느낌,
> 국화꽃의 숨결이 나를 취하게 한 것인가,
> 시인의 책이 나를 취하게 한 것인가?

릴케가 지금처럼 가깝게 느껴진 적은 없었어. 단어와 문장에 스민 릴케의 영혼은 양을 부드럽게 어루만지며 가슴 한구석에 밀어 둔 사람들을 떠올리게 했다. 답이 없어도 변함없이 메시지를 보내오는 라미와 묵묵히 배려해 주는 려희… 잔잔하게 응원하는 호수. 입장이 바뀌었다면 나는 그럴 수 있을까? 요즈음 양은 자신이 이토록 깊은 진심을 받을 만큼 좋은 사람이었는지 스스로에게 묻곤 했다. 헛된 인생은 아니었어. 감사할 따름이었다.

안타깝게도 릴케와의 대화는 자주 방해를 받았다. 문제는 TV였다. 6인실에 1대뿐인 TV는 하필 창가에 붙어 있었다. 양의 발치에서 1미터 정도밖에 안 떨어진 자리였다. TV는 아침 7시부터 밤 11시까지 틀어져 양의 신경을 긁었다. 소리는 왜 또 그렇게 큰지. 볼륨은 자꾸만 올라갔다. 환자들이 보면 그래도 이해할 수 있다. 그러나 TV 리모컨을 쥔 사람들은 간병인이었다. 평소에 환자들은 대부분 다 아파서 자거나 침대에 누웠고, 간병인들이 자기 환자의 침대 앞에 플라스틱 의자를 내놓고 앉아서 TV를 보며 자기들끼리 수다를 떨었다. 간병인의 TV 시청을 방해하지 않으려고 6호 안들임은 한 손으로는 링거대를 끌고 다른 손으로는 좌욕기를 들고 혼자 힘겹게 화장실을 다녀오기도 했다. 이번 주엔 더 볼썽사나웠다. 다른 병실의 간병인들까지 불러 모아 병실의 한가운데를 차지하고 TV 드라마를 보면서 그동안 맡았던 환자나 보호자에 대한 뒷말을 하며 시끄럽게 떠드는 통에 환자들은 낮잠도 편히 이루지 못했다.

"저, 저 못된 년! 딱 저 여시 같은 년을 닮은 것들이 있어. 얼굴은 반반한 젊은 것이, 병실에 나중에 들어왔으면 나이 든 어른을 보고 먼저 인사를 해야지, 모른 척하더라니까?"

"간병인이?"

"아니, 환자 말이야."

"그런 애들, 많아. 싸가지 없는 애들."

"야, 윤주야. 1호 간병인! 너도 좀 나와서 입 좀 털어 봐."

"지금 윤주, 나가고 없어."

"웬일이래? 맨날 환자 옆에만 붙어사는 애가?"

"그러니까. 윤주처럼 하면 안 된다니까? 걘 지가 돌보는 환자가 잘못될까 봐 걱정하다 탈모까지 왔다니까?"

"윤주 고거, 지난번에 맡았던 환자가 죽고 나서 온 우울증이 아직도 안 나았다지? 쩝, 무슨 부귀영화를 보겠다고 그렇게 지극정성이래?"

"그러니까. 그래봤자 지만 힘들지!"

금희는 혀를 찼다.

"간병인을 안 쓰길 잘했네. 저런 인간들한테 우리 애를 맡겼음 어쩔 뻔했어!"

병실의 주인은 간병인인가. 양은 이런 이유로 창가 자리를 떠나고 싶을지는 생각지도 못했다. 1차 항암 치료 때는 병실에서 TV를 보는 사람이 없었다. 그러고 보면 이번에도 문제는, 사람이었다.

164, 121, 13. 항암 치료 10일 만에 과립구가 0을 기록했다. 백혈구는 350으로 1차 항암의 제로 상태 때보다 낮았다. 오후에 주치의가 찾아와 말했다.

"과립구가 0을 쳤으니 오늘부터 촉진제를 쓰겠습니다."

"네? 촉진제를요? 저, 1차 때는 촉진제를 안 썼거든요. 주치의 선생님께서 나쁜 세포도 같이 증가할 수 있다고 해서요."

"지금은 나쁜 세포가 하나도 없으니 맞아도 됩니다."

"그래도 전… 안 맞으면 안 될까요? 지난번에 금방 수치가 올랐거든요,

사원석 주치의 선생님의 말씀대로요."

의사보다는 모델이 더 어울릴 정도로 잘생긴 주치의의 얼굴이 굳어졌다.

"1차 때 주치의의 판단이 어땠든 2차 때는, 제가 결정합니다."

"저, 그럼 하루만 기다려 주시면 안 될까요?"

"후. 알겠습니다."

주치의는 언짢은 표정으로 돌아섰다. 닫히는 커튼 너머로 누군가 던진 말이 날아들었다.

"선생님, 저런 말에 신경 쓰지 마세요. 의사가 시키면 하라는 대로 하는 거지, 지가 뭐가 특별하다고 안 한다, 못한다야? 흥! 우리 멋진 주치의 선생님, 얼굴이 찌푸려지게 만들어, 만들길!"

"주치의를 좋아하는 환자가 우리 병실에 있나 보네."

금희의 말을 듣고 양도 고개를 끄덕였다.

저녁 8시께, 야근을 하느라 저녁도 못 먹은 대양이 병실로 들어섰다. 보통은 금희가 병동 밖으로 나가 대양과 인사하는 방법으로 한 사람만 머물렀지만, 오늘은 대양과 금희, 양 셋이 함께 이야기할 필요가 있었다. 금희는 대양이 오고 나서도 자리에 머무르며 소곤소곤 고민을 나눴다.

"그러니까, 이번 주치의는 촉진제를 쓰겠다는 말이죠? 지난번 주치의는 촉진제를 쓰지 말자고 했고, 그래서 결과가 좋았고요."

"그렇지. 배선실 사람들의 말로는 나쁜 암세포가 안 보인다고 해도 몸에 백혈병 세포가 1억 개 이상 남아 있다네? 여기저기에 숨어 있어서 완치 판정을 받아도 재발이 많은 이유가 그래서래."

"근데 어머니, 배선실 사람들이 의사는 아니잖아요. 그 사람들은 우리보다야 경험이 많겠지만 수백 명, 수천 명을 다루는 의사처럼 전문가는 아니고요. 지난번 주치의였던 사원석이 내린 결정 중에 안심해 교수의 지시가 아닌 결정이 없었으니, 이번 주치의가 촉진제를 쓰려는 결정도 안심해 교수의 지시가 아니겠어요? 그러면 의사들의 판단을 따라야 하지 않을까요? 양아, 네 생각은 어때?"

"음, 만약에 안심해 교수님의 지시라면 그 판단을 믿어야지. 엄마 생각은 어때?"

"듣고 보니 내 생각도 그러네."

"오빠, 그럼 내일 아침 회진 때 교수님께 한 번 더 확인해서 교수님도 촉진제를 맞으라고 하시면 그럴게."

"그래, 그게 맞지 싶다."

금세 의견이 모아져 금희가 나가려고 일어서는데, 커튼이 걷히더니 간호사가 얼굴을 들이밀었다.

"하양 님! 여러 명의 보호자가 계시면 안 돼요!"

"죄송해요. 지금 엄마가 나가시려던 참이에요."

"네! 서둘러 주세요. 지금 다른 환자에게서 불편하다는 신고가 들어왔습니다!"

"에? 신고요?"

"네. 그러니 어서 나가 주세요!"

금희는 서둘러 나서며 병실을 둘러보았다. 대양이 들어온 지 5분 남짓. 누가 신고를 한 걸까? 어쩐지 께름했다.

다음날 아침 회진에서 심해는 촉진제를 맞으라고 말했다.

"대신, 몸이 회복되는 속도를 보면서 놓는 시기를 정하지요."

"네. 알겠습니다."

"하, 양 씨, 기운을 내세요."

심해는 양의 어깨를 두드리고 나갔다.

과립구가 0이 되고 3일… 묵묵히 흐르는 시간 속에서 양은 삶이 지나가는 모습을 바라봤다. 4일째 새벽. 드디어 목이 붓고 열이 오르며 후폭풍이 시작됐다. 하늬를 비롯해 17호실의 환자 대부분이 면역력이 제로인 상태라서 모두가 줄줄이 균 배양 검사를 받는 신세였다. 혼자가 아니라는 사실이 이번에도 그나마 위로가 되었다.

"하, 양 씨. 오늘부터 촉진제를 쓰지요."

면역력이 0이 된 지 5일. 아침 회진에서 심해가 말했을 때, 양은 반가운 마음에 고개를 주억거렸다.

"촉진제를 맞으면 감기 몸살처럼 온몸이 뻐근하고 나른할 수 있습니다. 어떤 환자는 두드려 맞은 것처럼 아프다고도 하세요. 세포가 급성장을 하는 과정에서 자연스러운 느낌이니 너무 심하면 말씀하세요. 진통제를 처방해 드리겠습니다."

주치의가 덧붙였다.

영양제와 항생제, 촉진제에다 진통제까지 달고 양은 크리스마스이브를 맞았다. 땀과 생리와 열과 함께. 호수가 크리스마스 인사로 보낸 춤추는 루돌프 동영상이 양에게 잠깐의 휴식을 주었지만, 또다시 두 팔을 바늘로 찌르는 균 배양 검사가 이어졌다. 새벽녘, 인턴 의사를 기다리다 빠져든 쪽잠 속에서 양은 세하를 만났다. 어딘지 모를 거리를 걷는 양의 옆에 세하가 있었다. 세하는 할 얘기가 있다며 사람들이 없는 곳으로 양을 이끌었다.

"그러니까 내가 정말로 하고 싶었던 말은…."

세하가 진지한 눈빛으로 말을 꺼내는 순간, 어디선가 시끄러운 원숭이 떼가 나타나 양을 못살게 굴었다. 세하는 양에게 달라붙는 착한 눈망울의 어린 원숭이를 험상궂게 떼어 냈다. 원숭이는 바닥에 축 늘어지더니 일어나지 못했다.

"뭘 그렇게까지 화를 내."

양의 말에 세하는 돌아서 가 버렸다. 원숭이를 일으킨 양이 세하에게 연락하려 했지만, 휴대폰의 연락처에도 통화 기록에도 세하는 없었다. 어쩔 줄 몰라 세하를 찾으러 다니다 허우적거리며 꿈에서 깨고 보니 어두운 저녁, 병실이었다.

"세하야, 메리 크리스마스."

메시지를 보낸 양이 멍하니 앉았는데, 갑자기 복도 쪽에서 수런대는 소리가 들렸다. 마침 금희가 해쓱한 얼굴로 들어오기에 양은 물었다.

"엄마, 어디 갔었어?"

"화장실."

"아… 근데 밖에 무슨 일 있어?"

"그게…."

"응."

"조금 전에 복도에서 사람이 쓰러졌어."

"뭐?"

"내가 병동 바깥의 보호자 화장실에 갔다가 유리문으로 다시 들어오는데, 그 앞 의자에 앉았던 아저씨 하나가 갑자기 옆으로 스르르 기울어시대? 어지간히 피곤해서 조나 보다 하고 지나치는데, 그 옆에 앉았던 아주머니가 막 흔들더라. 왜 저러지? 하는데 아저씨가 못 일어나… 정신을 잃었대."

"아, 어쩌시다가? 괜찮으셔?"

294

"모르겠어. 간호사들이 달려오길래 나는 왔어. 못 보겠더라. 지난주에 골수 이식을 받은 12호실 환자의 아버지래. 아들이 백혈병 판정을 받아서 항암 치료를 한 번만 받고 급하게 기증자를 찾아 이식했대. 신체검사를 통과해서 멀쩡하게 군에 갔던 아들이 갑자기 아파서, 그것도 백혈병에 걸려서 당장 이식을 안 받으면 죽는다는데 얼마나 마음을 졸였겠어. 이제 막 일병을 달았대."

"아….."

"남의 일이 아니야, 남의 일이."

이마를 짚는 금희는 오늘따라 유난히 피곤해 보였다. 지칠 만도 하지. 갈아입을 속옷 한 장 없이 서울에 올라와서 응급실, 격리 병동으로, 병원 생활로… 금희가 안쓰러웠지만 양은 말로 표현하지 못했다.

슬픈 크리스마스였다. 양의 과립구는 여전히 0. 백혈구는 어제의 310에서 200으로 오히려 줄어들었고, 세하는 답이 없었다.

점심을 먹고 나자 커다란 바구니를 든 수녀 둘이 병실에 들어왔다. 휴일이라 환자마다 보호자가 찾아오고 간병인이 휴가를 가서인지 TV가 꺼져 병실은 오랜만에 조용했다.

"여기에 기도가 필요한 천주교 자매님이 계신가요?"

"네! 제가 가톨릭 신자예요, 수녀님!"

강하늬가 얼른 몸을 일으키며 소리쳤다. 수녀들은 반가운 얼굴로 다가와 크리스마스 인사를 건넸다. 세 사람은 함께 손을 맞잡고 기도를 했다. 수녀들이 머무는 동안 금희가 작은 소리로 양에게 물었다.

"안 불편해? 그만 나가 달라고 할까?"

"괜찮아. 5호 언니에게 위로가 되잖아. 기다려 주자."

"알았어. 그래도 가톨릭 수녀님들은 점잖으시네? 다른 방에선 종교 때문에도 갈등이 많대."

"왜?"

"여기엔 온갖 종교를 믿는 사람들이 다 오잖아. 그러고 보면 병은 종교를 안 가리나 봐. 16호, 남자 6인실에는 스님이 계신대. 스님은 늘 빙그레 웃으시고 좋은데, 문제는 다른 스님들이래."

"다른 스님들? 환자인 스님이 또 있어?"

"아니. 스님이 아프니까 스님을 찾아오는 스님들이 많다네? 대부분의 스님들은 절이나 암자에 계시고 산에 머물잖아. 이분들이 바랑을 메고 산을 내려와 여기까지 오니 신발뿐 아니라 발목이나 옷에도 흙이 묻었을 거 아냐. 전국 곳곳의 흙이 병실에 날아다닌다는 거야, 보호자들의 걱정은."

"아, 그럴 수도 있겠다! 우린 공기 중의 세균만으로도 감염이 될 수 있으니까, 또 그런 걱정이 있겠구나."

"우리 건너편인 19호는 또 어떻고. 2인실인데 옆 사람이 교회에 다닌대. 아침부터 밤까지 기독교 방송을 틀어 놓고 일요일이면 교회 사람들이 우르르 들어와서 다같이 30분이 넘게 울면서 기도를 하니… 해도 해도 너무한다고 하소연하더라. 이번에 111병동에선 보호자들끼리 몸싸움이 붙어서 경찰까지 부르고 난리도 아니었대."

"세상에! 지혼자 할머니는 거기에 비하면 그래도 양반이었나?"

"지혼자 할매… 우리한테 그렇게 못되게 굴더니, 나중에 결국 다른 환자들한테 쫓겨났지… 그 뒤로 상태가 안 좋나 보더라. 그러게 의사 말을 하나도 안 듣고, 먹으면 안 되는 컵라면에, 치즈에, 과자까지 먹더니."

"아… 별일이 다 있구나, 여긴. 그래도 지혼자 할머니, 안 됐다."

"그렇지? 나도 그 말을 들으니 마음이 안 좋더라."

그사이에 곰살궂은 인사 소리가 나더니 수녀들이 일어섰다. 둘 중 키가 자그마한 수녀가 하늬의 배웅을 받으며 병실을 나서다 말고 돌아오더니, 양의 발치에 수면 양말을 두 켤레 내려놓았다.

"어, 전 천주교가 아니에요."

"압니다. 그래도 주님께선 자매님의 곁에 계십니다. 이 포근한 양말처럼요. 양말 신고 편안한 성탄절 보내세요."

"감사합니다."

양말은 따뜻했다. 양은 자기가 한 켤레를 신고 나머지 하나는 금희에게 주었다. 발을 꼼지락거리며 빨간 피에 이어 노란 피를 2봉이나 맞으며 침대에 늘어진 양의 귀에 건너편의 3호 진성자가 여동생에게 하는 말이 들려왔다.

"기억나? 돌아가신 우리 시어머니가 입버릇처럼 달고 살던 말. 인생은 참말로 인과응보다! 한 사람의 생애에서 안 이루어지는 것처럼 보여도, 틀림없다고 하셨지. 죄 지은 놈들이 떵떵거리며 사는 것 같아도 그놈이 아니면 그 자식이, 그것도 아니면 더 아랫대에라도 반드시 벌을 받더라! 우리 어머님이 99세로 돌아가셨잖어? 백 년 가까이 산 어른이 암만 살아도 인생은 알 수가 없는데 그거 하난 확실하다고, 살아 보면 언젠가 알 일이 있을 거라 하시니 겁이 나대⋯. 그래도 그때는 내 인생에 한창 훈풍이 불 때고, 크게 남을 해하는 일 없이 살아왔다고 믿어서 이런 날이 오리라고는 생각도 못했어. 근데 어머님이 돌아가시고 얼마 안 가 네 형부 사업이 부도나고 달랑 한 채 남은 집으로 일본에 유학 갔던 아들 찬양이까정 암에 걸려서 돌아오니⋯ 내가 지은 죄가 새록새록 기억이 나대? 엄마 뱃속에서 지은 죄까정."

예전에 엄마가 말했던 사람이 3호 아줌마였구나. 함께 암 치료를 받고 있다던 엄마와 아들. 양은 귀를 기울였다.

"돌아보면 내 죄가 얼마나 무거운지… 나 살겠다고, 맛있다고 고기는 또 얼마나 먹었냐. 곰곰이 세 봤어. 지금까지 내가 목숨을 앗은 동물들이 몇 마리나 될까. 가늠도 안 될 만큼 엄청난 그 삶의 무게를 느낀 적이 있었나. 셀 수 없는 생명을 죽인 값어치를 하고 살았나. 생존을 위해 필요한 이상을 탐내는 건 우리, 인간뿐이잖어? 내가 가졌던 모든 것들은 주님께 나아갈 땐 훌훌 벗어던질 무거운 껍데기일 뿐. 이렇게 되고야 알다니… 내 안에 온갖 욕심이, 악한 마음이 이렇게나 많았던가. 자연스레 깨달아지더라. 과연 나는 이런 벌을 받을 만한 죄인이구나. 오죽하믄 쓰러져서 응급실로 실려 올 때 기도를 안 했냐, 내가. 하나님, 감사합니다. 제발 저를 이대로 데려가 주세요."

"알제, 암만. 내 언니 맘, 다 알제."

"나는 죄인입니다. 죄를 짓고 살았다는 사실조차 모르고 좋은 사람이라고 착각하고 산 큰 죄인입니다. 이런 일을 당해 마땅한 저를 그만 데려가 주세요. 나는 지금도 그렇게 기도해."

"에효, 언니 같은 사람이 세상 천지에 어디 있다고… 남들한테 해코지도 안 하고 참말로 열심히도 살았잖어. 하나님이 언니를 안 데려가신 이유가 있으니 살려고 애를 써야제. 언니는 그래도 주님 앞에 회개할 기회를 얻었잖어. 언니와는 비교도 할 수 없이 수많은 진짜 죄를 짓고도 죽기 전까지 알지 못하고 아무런 부끄러움 없이 천국 가길 바라는 인간도 많아. 속죄의 눈물로 투명해진 눈으로만 천국을 볼 수 있단 걸 모르는 거제."

백혈병을 겪을 만큼 스스로가 죄인이라고 말하는 사람은 처음이었다. 양은 생각에 잠겼다. 돌아보면 지금껏 행복하게 크리스마스를 보낸 기억이 없었다. 하필 양이 호수를 떠난 날도 크리스마스였다. 옳다고 판단한 길로만 가겠다며 다른 사람들과 부딪치며 상처를 주고받고, 누군가에게는 평생 아물지 않을 흉터를 남기기도 했다. 무엇보다도, 영원히 함께 하자던 약속을 지키지 못한 호수에게 지은 죄가 컸다. 무슨 일이 있어도 내 옆을 지키리란 믿음. 한 사람의 타인에게 그런 믿음이 생기기까지 어떤 시간이 흘렀던가. 양은 호수와의 시간을, 약속을 과거의 강 속으로 내 던지고 말았다. 어떻게… 그렇게 까맣게 잊고 말았을까. 우리가 함께했던 시간을. 자신이 놓아 버리고 말았던 순간들에 대한 후회. 이건 이제 양이 언제까지나 혼자 감당해야 할 몫이었다. 역시… 지금의 고통은 내 죄에 대한 벌인 건가. 호수야, 미안해… 내 마음을 나도 어쩔 수가 없었어. 정 말 미안해.

자매의 대화는 이어졌다.

"언니, 60년을 넘게 살아 보니 그렇지 않소? 겉으로 보기엔 멀쩡해도 걱정이 없는 집이 하나도 없어. 가족 중에 누가 아프거나 돈이 없거나 다 툼이 있거나."

"맞아. 그건 정말 그렇대?"

"그러니까. 잠시 언니가 엄청난 시험에 들었어. 신의 뜻을 인간인 우 리가 알 수는 없으니 최선을 다해서 이겨 내 보자고. 내가 옆에 있잖어. 언니를 끔찍이 아끼는 형부랑 첫째 찬송이도 있고. 뭣보다 언니가 이렇 게 가면 막내 찬양이가 자기 때문에 엄마가 잘못됐다 하고 얼마나 가슴 을 치겠어. 자기가 아파서, 자기를 돌보느라 동동거리다 언니가 쓰러졌으 니… 자기가 빨리 나아서 언니를 돌보겠다고 그 힘든 항암 치료도 꿋꿋 이 웃으며 받는 앤데. 그러니 힘을 내야제."

"내가 대신 갈 테니 우리 찬양이만은 하나님께서 꼭 살려 주셨으면… 하나님 아버지, 제 기도가 들리시나요? 제 눈물이 보이십니까? 주님께서 이끈 소명의 길로 최선을 다해 걷던 찬양입니다. 제발 제 아들을 살려 주 십시오… 예수 그리스도의 이름으로 기도드립니다, 아멘."

설사… 내 죄가 아니라 해도 마찬가지야. 양이 보기에, 가족이나 할아버지, 얼굴도 모르는 윗대 조상이 저지른 죄에 대한 대가라 해도 이 집안에서 이런 불행을 견딜 사람은 자신뿐이었다. 불행 앞에서 모래성처럼 허물어진 수상과 이를 악물고 버티는 가여운 금희, 두 사람의 아들이자 한 여자의 남편이고 두 아이의 아버지인 대양, 그가 사랑하는 아내 서희와 아직은 너무나 어린 쌍둥이 조카들… 누가 이런 불행을 온몸으로 짊어지겠는가. 피할 수 없는 일이라면, 누군가 겪어야 한다면, 그건 나뿐이야. 비극도 운명이었다. 양은 받아들이기로 선택했다.

어슴푸레한 밤이었다. 목에 엉성하게 꿰맨 수술 자국이 난 호수가 양에게 말했다.

"양아, 나, 갑상선암이래."

"뭐? 네가 왜! 진짜야? 얼마나 심한 거야? 누가 수술을 이따위로 했어?"

"의사가 열어 봤는데 손을 쓸 수가 없어서 그냥 닫았대. 이미 췌장에도 암이 전이됐다. 널 혼자 안 보내도 돼서, 다행이야."

"무슨 그런 바보 같은 소리를 해! 넌 어떻게든 살아야지!"

"양아, 남자는 평생 세 번 울어야 한다는데 나는 벌써 백 번은 운 것 같아. 눈물이 암이 되었대도 괜찮아… 네가 죽으면 나는 살아도 못 살아."

"…나 때문에, 나 때문에 네가… 흑, 용서해 줘. 나를 용서해."

"그럼 지금이라도 내게 돌아와, 양아. 다시 시작하자, 우리."

"…내가 어떻게 돌아가… 이제 와서…."

"난 다 괜찮아, 네가 어떤 모습이라도."

"미안해. 정말 미안해. 그러면 안 될 것 같아. 나, 아직도 마음에 다른 사람이 있어. 그 사람이 여태 떠나질 않아. 그런데, 다른 사람이 있는데, 네게 돌아갈 수는 없어. 그건 네게 더 큰 배신이니까."

슬픈 눈빛의 호수가 뭐라고 말을 했지만, 꿈에서 깼을 때 그 뒤는 기억 나지 않았다. 다만 양의 얼굴은 온통 눈물로 젖어 있었다.

촉진제를 맞고 3일째, 과립구는 그대로 0. 백혈구 수는 310에서 촉진 제를 맞은 다음날에 200으로 오히려 줄었다가 이날은 350으로 나왔다. 0이 되고 하루 만에 14로 살짝 움직였다 다시 0을 쳤다 3일 만에 21, 40, 130으로 오르기 시작한 1차 항암과 비교하면 2차 때의 면역력은 벌써 일 주일이나 0이었다.

촉진제를 맞고 5일째. 0이 된 지 9일이 지났다. 면역력이 사라진 양의 몸은 제멋대로 날뛰기 시작했다. 열, 땀, 잇몸에 이어 배가 아팠고 검사 결과, 1차 항암 치료 때와 같은 장염으로 밝혀졌다. 곧바로 간호사가 양 의 침대 앞 창가에 카트를 가져다 두었다.

"이게 뭐예요, 간호사님?"

"하양 님의 치료에 쓸 장갑 등 모든 의료 기구는 이제부터 따로 마련한 이 카트에 보관합니다."

"네?"

"장염은 전염력이 강한 질병이에요. 이번 달부터 병원 내 감염 예방을 위한 조치가 강화됐답니다."

"혹시 지난번에 있었던 국정 감사에서 감염에 대한 지적을 받아서 바 뀐 건가요?"

"네."

분명 잘된 일이었다. 금희의 기분은 안 좋았지만. 이건 격리 병동 안에 서의 또 다른 격리였다. 우리 딸은 장염이 있어요! 여기를 조심하세요! 광고라도 하는 건가. 하지만 양은 오히려 잘됐다고 받아들였다. 아직 검사를 통해 밝혀지진 않았지만 다른 환자들에게도 어떤 전염병이 왔을지 모르잖은가. 입장을 바꿔 면역력이 약한 다른 환자나 그들의 보호자라 생각하면 마땅히 해야 할 배려이기도 했다. 양이 오전 내내 시달린 지독한 설사를 다른 사람에게 옮길 수는 없었다. 설사의 영향인지 생리가 더 쏟아지면서 엄청난 핏덩어리들까지 몸을 비집고 나오는 상황이었다.

오후에는 간호사가 링거 줄을 헐겁게 끼우는 바람에 좌욕을 하고 나오려다 바닥에 한가득 고인 피를 보고 놀라 비상벨을 누르는 사고도 일어났다. 1차 항암 치료 때도 간호사의 실수로 링거 줄이 덜 잠겨 수액이 샌 적이 있었지만, 그때는 그래도 병실 바닥이었다. 이번에는 링거 줄이 한참 동안이나 모두가 쓰는 화장실 바닥에 닿아 있었기에 금희의 화는 당연했다.

"아니, 장염이라 전염된다고 따로 카트에다 격리소를 차리고 난리를 치더니 본인들의 일부터 제대로 해야 되는 거 아니예욧? 진짜 무서운 감염은 이런 데서 생기는 거 아니냐고욧! 애가 면역력이 제로인데 어쩌자는 거예욧!"

양은 불안에 떨었다. 화장실에 있는 병균이 링거 줄을 타고 올라왔음 어쩌지? 끝없는 TV 소리가 양을 들볶아 더 우울하게 만들었다. 오후부터 7시간이 넘게 TV가 켜진 통에 양은 정신이 하나도 없었다. 병실에 갇힌 사람들은 딱히 할 다른 일이 없어서, 혹은 자신의 상황을 잊기 위해서 온갖 채널을 돌려가며 드라마란 드라마는 다 틀고 뉴스란 뉴스는 다 봤다.

"엄마, TV 소리가 내 머리를 콕콕 찔러. 하루 종일 시끄럽게 떠드니까 골치가 지끈지끈 쑤셔서 미치겠어! 편히 쉬질 못하니까 몸도 더 아픈 거 같아."

양은 질질 울었다. 보기도 싫은 TV 소리를 계속 들어야 하니 짜증스러웠다. 몸은 물론이고 인생의 무엇도 자기 마음대로 할 수 없는 상황이 지겨웠다. 금희가 커튼을 열고 내다보니 6호 간병인이 혼자서 TV를 보고 있었다. 대부분의 환자들은 벌써 불을 끄고 잠자리에 들 준비를 하고 있었다. 이미 밤 10시가 넘은 시간이었다.

"이제 그만 TV 좀 끕시다. 환자들은 다 자는 거 안 보여요?"

힘든 하루를 보내고 예민해진 금희이기에 말이 곱게 안 나갔다. 금희와 비슷한 나이의 간병인은 혼잣말처럼 들리도록 낮게 투덜거리는가 싶더니 TV를 끄고 자기 환자 옆으로 돌아갔다. 그사이에 성자의 동생과 옆자리의 간병인이 서로 자리가 좁다며 침대를 밀고 당기며 자리다툼을 했다. 환자가 아프면 보호자들은 날카로워지기 마련이었다. 엄마가 내 옆에 있어서 다행이야. 양은 감사했다.

촉진제를 맞고 일주일째. 백혈구가 230으로 다시 줄어들었다. 과립구는 0, 면역력이 0이 된 지 벌써 11일이 지났다. 양은 여전히 하루 종일 설사를 했다. 저녁을 먹자마자 9번째 설사를 하고 나오는 양의 다리가 후들거렸다. 양은 자꾸만 눈물이 나려 해서 눈을 감고 누웠다. 금희는 양이 잠든 줄 알고 잠시 나갔다. 수상과 어제 못다 한 이야기를 해야 했다.

뒤척이던 양은 설사와 울렁거림을 동시에 느껴 벌떡 일어났다. 얼른 링거대를 끌고 서둘렀지만 화장실까지 가기도 전에 토하고 말았다. TV 아래의 바닥에 커다랗게 얼룩이 지면서 불쾌한 냄새가 퍼졌다. 어쩔 줄 모르는 양에게 2호 간병인이 다가왔다. 늘 의자를 내놓고 TV를 보던 이 여사는 양의 쓰레기통을 가져오더니 망설임 없이 맨손으로 토사물을 치우기 시작했다.

"얼른 가 봐요, 여긴 내가 치울 테니."

"가… 감사합니다."

기어들어 가는 목소리로 대답한 양은 다시 토할 것 같아 화장실로 움직였다. 몇 번을 더 토하고 10번째로 설사까지 하고 나서야 양의 몸은 누그러졌다. 양은 비틀거리며 화장실을 나섰다. 어느새 말끔히 치우고 물티슈로 마무리를 하던 이 여사가 물었다.

"엄마는 어디 가고?"

"모르겠어요. 잠깐 나가신 것 같아요. 하필 이럴 때 없어서… 죄송합니다."

"아니야. 그럴 수도 있지. 하양인 아프잖아."

"…이해해 주셔서 감사합니다."

"있잖아, 이런 말은 어떻게 들릴지 모르겠지만… 가족에게 너무 기대지 말아요. 백혈병은 치료 과정이 아주 어렵고 오래 걸리는 병이야. 긴 병에 효자 없다고, 가족도 사람이니까 지치거든. 이 병을 겪으며 사람에게 기대려 하면 결국은 서로 힘만 들더라고. 그러니 어떻든 자기가 스스로 힘을 내야 돼요."

이때 금희가 들어왔다.

"엄마!"

"양아, 왜 거기 서 있어!"

"아, 내가 속이 너무 안 좋아서 화장실에 가다가 못 참고 여기에 토했는데, 2호 간병인 아주머니가 손으로 치워 주셨어."

"고마워서 어째… 고마워요, 정말!"

"별말을요."

이 여사는 손을 씻으러 나갔다.

"간병인은 간병인이구나. 그것도 맨손으로 치우다니! 정말 고맙네."

"그러게. 나도 정말 놀랐어. 감사했고."

금희는 침대에 엉거주춤 앉은 양을 찬찬히 살폈다.

"괜찮아?"

"응. 10번이나 설사한 데다 토하기까지 했으니 이젠 더 나올 것도 없어."

"큰일이네. 엉덩이도 다 헐었겠다. 아프지?"

"괜찮아. 근데 어디 갔다 왔어?"

"아, 아버지하고 의논할 게 있어서."

"뭔데? 무슨 일 있어?"

"옥탑방의 전세를 빼고 이사를 가기로 했어."

"뭐?"

"도저히 이렇게는 살 수가 없어. 아버지도 나도 일흔을 바라봐. 가만히 있어도 아플 나이에 나는 이렇게 보호자 침대 신세고, 아버진 아침 일찍 휴게실에 와서 밤 12시까지 하루 종일 꼼짝 않고 망부석처럼 앉아 있어. 나랑 밥 먹을 때 말곤 어디에 가지도 않고 웃지도 않고 말도 안 해. 얼굴은 말할 수도 없이 상했고, 살도 10킬로그램은 빠진 것 같아. 네 속옷을 들고 빨래하러 집에 가 보면, 방바닥이며 쓰레기통에 휴지가 한가득해. 밤새 우나 봐… 나도 매일 보호자 침대에서 이불도 변변찮게 자다 보니 허리가 부러질 듯이 아프고. 얼마 전에 복도에서 쓰러진 보호자, 알지? 그 사람, 지금 중환자실에 있대. 남의 일이 아니더라고. 네가 퇴원하면 아버지가 또 혼자 고향집에 내려가야 하는데, 거기 가면 밥에 된장찌개만 해서 매일 하루에 한 끼만 먹고선 하루 종일 천장만 보고 가만히 누워 있대. 그러다 한 번은 거실에서 쓰러졌는데 정신을 차려 보니 등이 까지고 안경까지 깨져 있었고, 서울에 오려고 기차를 타러 오다가는 기운이 없어 우산을 지팡이처럼 짚고 내리는 데도 다리가 휘청거려서 넘어졌고. 얼마 전에는 쌀 사러 마트로 가던 길에 뒤에서 트럭이 받아서 크게 사고까지 났어."

"뭐? 그럼 바로 병원에 가서 치료를 받아야지, 여기에 와 있으면 어떡해!"

"그러니까. 근데 겉보기에 피도 안 나고 해서 사고를 낸 사람을 그냥 보냈다는 거야. 빨간불에 제대로 서 있는 아버지의 차를 못 보고 뒤에서 받은 건데도 말이야."

"왜?"

"너를 생각해서 그랬대. 좋은 일을 하면 네게 좋은 결과가 있을까 싶어서. 미련하게… 그게 부모의 마음이야. 하여튼 그때부터 귀에 이명이 와서 잘 안 들리나 봐. 머리도 울리고. 병원에 가라고 해도 안 가고 저렇게 매일 휴게실에 와서 버티고 앉아 있어. 이러다 줄초상이 나겠구나 싶어서. 그건 막아야지, 안 그래?"

"…응."

"이런 상태에서, 이번에 너 퇴원하면 아버지가 혼자 고향집에 내려가 있다가 또 쓰러지기라도 하면 어떡하나 싶어서. 옥탑방을 정리하고 우리 셋이 다 같이 살 수 있게 방이 2개 이상 되는 집을 구하기로 했어. 이젠 대양이네도 동생네도 다 가기 싫다니 어쩌겠어. 내 팔자야!"

"이사, 가야겠다. 근데 이런 일이 생길 줄 모르고 나 여름에 집주인이랑 계약을 연장했는데 어떡하지?"

"진짜로 인생은 앞일을 알 수가 없네…. 일단 집주인한테 얘기해서 부동산에 내놓자. 새로 들어올 사람이 하루라도 빨리 구해지길 바라는 수밖에 없네."

"응. 알았어."

"네 상태를 봐서 내일부터 틈틈이 이사 갈 집을 알아보러 다닐게."

잘한 결정이었다. 다 알지만, 그럼에도 불구하고 양은 조금씩 지쳐가는 금희의 마음이 느껴져 아쉬웠다.

다음날은 12월 31일. 한 해의 마지막 날이었다. 여전히 과립구는 0. 과립구 수치가 조금 움직여서 재확인 과정을 거치고 있다며 조금 더 기다리라던 간호사의 말이 그나마 위로가 됐다. 결과는 0이었지만, 움직임이 보이는 듯했다는 사실만으로도 양은 기뻤다. 설사도 어제에 비해서는 횟수가 줄었다. 오후에 부동산을 다녀오던 금희가 가져온 배선실 정보는 더욱 희망적이었다.

"양아, 며칠 전에 쓰러져서 중환자실로 실려 간 보호자의 아들, 기억나?"

"응, 군대에서 백혈병 판정을 받았다는 일병?"

"그래! 그 청년이 이식받은 골수가 잘 살아나고 있다더라. 배선실 사람들의 말이, 젊은 사람들은 주로 미니 이식으로 진행하고 예후가 좋대."

"미니 이식?"

"골수 이식을 할 때 약을 쓰는 강도가 좀 약한 이식을 그렇게 부른대. 그러면 항암제의 부작용이나 이식 과정의 위험성도 그만큼 덜하대. 아! 미니 이식과 달리 완전 이식을 하게 되면, 환자가 격리된 방에 들어가서 의사도 간호사도 안 들어가고 혼자서 주사를 놓고 피를 뽑고 모든 처리를 다 해야 한다더라! 누구든 들어가려면 보호복에 모자에 장갑까지 다 써야 하고 그러고도 아주 잠깐만 볼 수 있고."

"진짜? 난 나 혼자 주사 놓고 피 뽑는 거 절대 못 해, 엄마!"

"그러니까 이게 훨씬 낫지. 미니 이식은 지금처럼 보호자가 옆에서 도와 줄 수도 있고, 1인실에 자리가 안 나면 여기, 101동 이식 병동에 있는 지금 이 자리에서도 할 수 있다더라."

"진짜? 나도 꼭 미니 이식을 했으면 좋겠다!"

"그래그래. 희망이 보이네."

"응. 이제 밥 더 열심히 먹어야지!"

하지만 저녁부터 양은 목이 막힌 것처럼 아파서 물도 마실 수가 없었다. 손도 못 댄 저녁을 금희가 가지고 나가 수상과 나눠 먹는 동안, 양은 침대에 누워 TV 소리를 들었다. 금희가 간병인에게 귀에 거슬리는 소리를 한 뒤로 이전처럼 밤늦게까지는 아니었지만 TV 소리는 여전히 서너 내내 병실을 채웠다. 6호 안들임에게 일이 생긴 건 8시에 시작한 저녁 드라마가 끝날 무렵이었다. 매일 귀로 듣다 보니 양도 이 드라마의 마지막 장면은 궁금해져서 하얀 커튼을 살짝 걷는데, 이때 화장실 문을 열고 나오던 들임이 갑자기 걸음을 멈추었다. 처음에, 양은 어떤 상황인지 알아채지 못했다. 들임이 천천히 뒤로 넘어가며 허물어지듯이 화장실 바닥으로 나동그라지자 양은 그제야 쓰러졌다는 사실을 깨달았다. 양은 비상벨을 누르며 소리쳤다.

"6호, 6호 언니가! 화장실에서 쓰러졌어요!"

드라마를 보던 간병인들이 달려갔다. 2호 간병인은 화장실 변기 옆에 놓인 들임의 머리를 감싸 안았고 5호 간병인은 다리를 주물렀다. 6호 들임의 간병인은 자리를 비우고 없었다. 간호사들이 재빨리 달려와 환자의 이름을 불렀다.

"안들임 님! 안들임 님! 정신 좀 차려 보세요!"

"안들임 님! 안들임 님! 안들임 님! 제 말이 들리세요?"

"…여기가, 어디예요?"

들임이 가늘게 눈을 뜨며 말했다.

"병원이에요!"

"아… 왜 다들, 모여 있어요?"

"안들임 님께서 화장실에서 나오다 쓰러지셨어요! 정신이 좀 드세요?"

"네, 네. 괜찮아요. 그대로 죽었어도 좋았을 텐데… 후."

"자, 잡아드릴 테니 일어나 보세요."

간호사들이 들임을 휠체어에 태워 자리로 옮겼다. 2호 간병인과 5호 간병인은 자기 환자에게 돌아가 바깥이 안 보이게 하얀 커튼을 쳤다. 들임이 자리로 실려 가는 모습을 보며 양도 하얀 커튼을 쳤다. 할 수 있는 일이 더 이상 없기도 했지만, 들임이 어떻게 되는지 지켜보기가 겁났다. 남의 일이 아니야. 나도 요즘 자주 어지러워…. 실제로, 병실의 누구에게나 일어날 수 있는 일이었다.

30분쯤 지났을까. 저녁을 먹고 온 금희에게 양이 들임이 쓰러졌던 얘기를 하는데, 커튼 밖에서 목소리가 들렸다.

"잠깐 들어가도 될까요?"

"누구세요?"

"저 6호예요."

"아… 들어오세요."

큰 키에 비쩍 마른 들임은 5호 쪽 커튼을 보며 하양에게 말했다.

"제가 쓰러지는 걸 보고 비상벨을 누른 사람이 하양 씨라고 들었어요. 정말 고마워요."

"당연한 일인 걸요. 그때 저라도 봐도 다행이었어요."

"난 화장실을 나오던 순간까지만 생각나요. 그 다음은 기억이 안 나는데, 우리 간병인 아주머니께서 알려 주셨어요. 하양 씨가 사람들한테 막소리를 질렀다고. 자기가 저녁을 먹으러 나간 사이에 그런 일이 생겨 정말 미안하다고요."

"이젠 좀 괜찮으세요?"

"네, 덕분에요."

"다행이에요, 정말. 뒤로 넘어가셔서 변기에 머리라도 박을까 봐 엄청 놀라고 걱정했어요."

"항암제 때문에 속이 안 좋아서, 2주일 내내 밥을 못 먹고 토해서 그런 거래요. 아시겠지만 영양제를 맞아도 밥을 먹는 거하곤 비교가 안 되잖아요. 아아, 이런. 제가 너무 오래 방해했네요. 정말 고맙다는 말, 하고 싶었어요. 고마워요."

내내 눈을 안 마주치던 들임이 양을 보며 꾸벅 인사했다. 들임이 나가자 금희가 작은 목소리로 설명했다.

"6호, 오른쪽 귀가 잘 안 들린대. 그래서 너한테 왼쪽 귀를 기울이고 말한 거야. 백혈병을 치료하다가 면역력이 0인 상태에서 결핵에 걸렸대. 결핵 병동으로 가서 겨우겨우 낫긴 나았는데 청력을 잃었다더라. 백혈병 환자에게 결핵은 폐렴보다 무서운 병이래. 여기서 결핵 병동으로 갔던 사람 중에… 살아 돌아온 사람은 거의 없다더라. 어찌 보면 산 것만으로도 대단해."

병원에서도 연말은 연말이었다. TV에서는 내년이 청마해라며 신이 나서 계속 떠들었다. 려희와 한결이 푸른 말들이 힘차게 뛰어다니는 그림과 함께 새해 인사를 보내서 양도 답하고 있는데, 세하에게서 연락이 왔다.

"누나, 별일 없지?"

"무슨 일 있었어? 크리스마스 인사에 답도 없고."

"좀 아팠어."

"어디가 얼마나? 이젠 괜찮아?"

"응. 나 다 나아서 강원도야. 스키장에서 아르바이트하러 오늘 왔어. 여기선 기숙사 생활이라 알바가 끝날 때까진 보기 어려울 것 같아."

"응… 그렇구나."

"날이 춥다. 밥 잘 챙겨 먹어!"

"너도. 새해 복 많이 받고."

스키장이 문 닫을 때까지 일한다면… 아마도 못 보겠구나, 다신. 운명의 실타래는 언제나 우리를 멀어지게 만들지. 아니, 이건 세하의 선택이야. 양은 그 선택을 받아들이기로 마음먹었다.

우울한 밤이었다. 병실 안의 모두가 아팠다. 양은 폭풍우처럼 퍼붓는 땀 때문에 자다 깨다 지쳐 새해를 맞았다.

시한부 판정을 받은 지 세 달. 해가 바뀌었다. 양의 면역력은 이날도 10으로 잡히나 했더니 결과적으로 0이었다.

"직접 눈으로 보면서 하나하나 세기 때문에 바뀔 수 있어요."

간호사는 설명했다.

1월 2일. 땀이 사라졌다. 땀이 멈추기만을 바라던 양은 후회했다. 열이 올랐기 때문이다. 해열제를 먹어도 소용이 없었다. 높은 열을 잡기 위해 더 많은 항생제가 들어가자 주춤하던 설사가 다시 고개를 들었다. 하루에 5번 정도이던 설사가 다시 10번도 넘게 이어졌다.

"항생제를 쓰면서 지사제는 안 쓰는 게 장염으로 인한 설사의 치료 방법입니다. 장에 생긴 나쁜 균이 밖으로 다 나와야 합니다. 힘들어도 참아보세요."

주치의의 말에, 양은 사람을 먼저 살리고 보자며 지사제를 주던 원석이 떠올랐다.

1월 3일. 무시무시한 설사 속에서 드디어 과립구가 모습을 드러냈다. 11. 면역력이 0으로 된 지 15일 만이었다. 백혈구는 270으로, 460이던 그제와 340이던 어제에 이어 3일째 줄었지만 열이 해열제에 반응해 내리기 시작했다. 금희는 겨우 한시름을 놓고 양을 돌보랴, 이사 갈 집을 알아보라 발바닥이 부르트도록 뛰어다녔다. 수상은 여전히 휴게실에 붙박이 의자처럼 앉아 어디도 가지 않고 무엇도 하지 않았다. 집안 내림으로 50대처럼 젊던 수상의 얼굴과 몸은 4개월 만에 빠르게 무너져 내렸다. 인생은 공평하게도, 멈춘 것만 같던 지난 세월을 칠십에 접어드는 수상의 얼굴에 고스란히 새겼다. 살아야겠어. 내가 살아야 엄마가, 아버지가 살아. 양은 다짐했다.

  1월 4일. 잡히는 듯하던 열이 하루 만에 껑충 오르더니 양의 몸을 휩쓸었다. 6일까지 3일 내내 계속되는 혈액 배양 검사에 가슴과 배를 찍는 CT 촬영의 결과, 양은 폐렴 판정을 받았다. 장염에 폐렴까지 걸린 백혈병 환자. 양은 병실 안에서도 이중으로 격리 대상이 되었다. 타오르는 열이 양은 물론 항암 치료의 후폭풍이 불어닥친 병실 전체를 날름거리며 집어삼켰다. 모두가 폭발 직전이었다. 환자가 아프니 보호자는 시퍼렇게 날이 섰고 간병인은 골골대는 환자를 두고 자리를 비울 수 없어 점점 더 TV에 매달렸다. 결국 금희는 또다시 듣기 싫은 소리를 하고 말았다.

  "아니, 도대체 무슨 TV를 이렇게 하루 종일 틀어 놓는 거예욧? 나도 이렇게 머리가 딱딱 아픈데 환자들은 어떻겠어욧! 적당히 좀 봅시다, 적당히!"

  뾰족한 금희의 말에, 의자를 내놓고 TV를 보던 2호, 5호, 6호 간병인의 얼굴색이 바뀌었다. 6호 간병인이 말했다.

  "아니, 우리가 뭘 얼마나 TV를 봤다고 그래요? 지난번에 난리쳐서 그 뒤론 눈치를 보느라 제대로 보지도 못하는구만."

  "그러니까! 자기네가 병실을 전세 냈나? 보기 싫음 안 보면 되지, 왜 다른 사람들까지 보지 말라고 난리야, 난리가?"

  5호 간병인도 보탰다. 그러자 금희가 짜증스럽게 말했다.

"여기 와 보고 말해욧! TV 소리가 침대를 쩌렁쩌렁 울리는데 자기 환자가 이런 상황이면 좋겠어요? 당신들이 환자도 아니고, 지금 TV를 보는 환자는 하나도 없네!"

"뭐가 이렇게 시끄러워! 이봐요, 아줌마! 그럼 나랑 바꾸던지! 좋은 자리를 차지하고 앉아선 왜 남들까지 TV도 못 보게 하냐고! 다른 환자들? 다들 아파서 TV를 보는 게 낙인 사람들인데, 4호 말고 누가 싫대? 말은 바로 해야지! 옛말에 있어. 강 씨랑 최 씨가 제일 고집이 세다고! 누가 강씨, 아니랄까 봐."

환자인 2호 안선녀가 거들고 나오자 금희는 말문이 막혔다. 양은 마스크를 쓰고서, 씩씩거리는 금희의 어깨를 잡아 뒤로 살짝 끌어당기곤 TV 앞으로 나섰다.

"저 때문에 죄송해요. 그런데 TV 소리가 불편한 사람이 정말로 저뿐인가요?"

병실에 침묵이 흘렀다. 하늬가 잠시 고민하다가 침대 발치로 나와 말했다.

"실은 저도 그래요. 늘 그런 건 아니지만, 너무 오래 틀어져 있을 땐 머리도 아프고 힘들더라고요. 제 자린 그래도 TV에서 좀 떨어져 있는데도 거슬릴 때가 있어요. 그래서 하양 씨의 마음이 이해가 돼요."

간병인들이 입을 닫고 서로의 얼굴만 쳐다봤다. 그러자 선녀가 외쳤다.

"아니, 도대체 저 TV 소리가 뭐가 크다고 그래? 여기선 잘 들리지도 않는구만!"

양은 이해한다는 표정으로 고개를 끄덕였다.

"소리에 대해 느끼는 정도는 사람마다 다를 수 있을 것 같아요. 제 탓입니다. 제가 너무 젊어서, 아직 귀가 너무 좋아서, 너무 잘 들려서 문제인 것 같습니다."

성자가 피식 웃었다. 문득 어디선가 성자를 본 듯했지만 가물가물하던 기억은 금세 사라졌다. 양은 부드럽게 말을 이었다.

"저, 괜찮으시면 TV 볼륨을 평소처럼 시작점인 7에 놓고 2호 아줌마께서 한 번 제 자리로 와 보시겠어요? 다른 분들도 누구든 와 보셔요."

선녀가 대뜸 앞으로 나서고 성자와 여동생, 주로 TV를 보는 3명의 간병인들이 뒤를 따랐다. 성자가 말했다.

"크긴 크다? 내 자리는 화장실 때문에 조금 더 먼데, 이렇게 차이가 나나?"

선녀가 인상을 쓰며 큰소리쳤다.

"이 정도는 뭐, 참을 만하구만! 내 자리는 말할 것도 없고, 뒤로 가 봐! 이 정도로는 귓구멍에 들리지도 않아!"

선녀의 말을 들은 양이 6호 자리로 갔다. TV에서 3미터 정도밖에 안 떨어졌는데도 무슨 소린지 못 알아들을 정도로 작아졌다.

"정말로 소리가 확 작아지네요! 1호 아줌마랑 6호 언니의 자리에선 잘 안 들려서 불편하시겠어요. 그래서 자꾸 볼륨을 올리시는군요. 이제 이해가 가요."

"거 봐! 이러니까 소리를 키울 수밖에 없는 거야! 이 여사, 소리 좀 올려 봐요! 볼륨 7하고 10이, 뭐가 얼마나 차이가 난다고 그래?"

TV 아래에 선 선녀가 당당하게 말했다. 그러자 양의 자리에 선 2호 간병인이 리모컨을 눌렀다.

"저는 한마디로 통일은 대박이다. 이렇게 생각합니다."

갑자기 우렁차진 대통령의 목소리에 모두가 놀랐다.

"깜짝이야! 소리가 왜 이렇게 커!"

2호 간병인이 자기도 모르게 내뱉었다. TV 아래와 양의 자리에 모여 있던 다른 사람들도 놀라는 표정을 감추지 못했다. 선녀가 눈살을 찌푸리자 양은 말을 이었다.

"저… 이 문제는 다 같이 결정해야 하니, 다른 분들도 말씀을 주시겠어요? 그런데 간병인이나 보호자 분들의 의견보다는 환자들의 의견을 먼저 배려해 주셨으면 좋겠습니다. 아픈 사람들이니까요."

말없이 듣고 있던 들임이 고개를 끄덕였다.

"우리는 TV 보는 걸 좋아해요. 하지만 그 소리로 인해 더 아프고 불편한 사람이 있다면, TV 보는 시간을 줄이는 게 맞다고 생각합니다."

성자의 말에 이어 늘 닫혀 있던 1호의 커튼이 쫙 열리더니 누가 얼굴을 내밀었다. 1차 항암 때 양과 같은 병실을 썼던 용녀였다.

"아줌마, 주무시는데 깨워서 죄송해요."

용녀가 미소로 인사를 대신했다.

"난 뭐, 늘 거의 잠을 자기 때문에 TV 소리는 커도 상관없어요. 근데 그렇기 때문에 TV 소리가 클 필요도 없어요. 난 TV를 안 보니까요. 우리 김 여사님께서도 제 옆에서 저를 살피거나 책을 보셔서 TV는 안 보시고요."

늘 용녀 옆을 지키며 어떻게든 밥을 먹이려 애쓰는 김 여사가 동의하는 눈빛을 보냈다. 양은 들임의 의견이 궁금했다. 사실 TV 소리가 줄어들면 가장 불편할 수 있는 사람은 귀가 안 좋은 들임이 아닌가.

"6호 언니는 어떻게 생각하세요?"

"나는… 난 사실 오른쪽 귀가 잘 안 들려요. 그래서 TV는 가끔 화면으로만 보고 자주 안 봐요. 그러니 많은 분들이 결정하시는 대로 해도 괜찮아요. 그런데… 어쩌면 잘 안 들리는 저를 신경 쓰시느라 저희 간병인 언니가 소리를 키웠을지도 몰라요. 그동안 하양 씨가 그렇게 힘들었다니, 내가 미안하네요."

"아니에요! 제가 더 견디면 되는데, 몸이 아프니까 더는 참을 수가 없어서, 정말 죄송합니다."

양은 허리를 깊숙이 숙여 사과했다.

"자, 그럼 환자 6명 중에 5명이 TV 소리와 보는 시간을 줄이자는 의견
이니 앞으로 그렇게 합시다. 4호 하양 씨가 나서서 이야기하느라 고생했
어요. 다들 얼굴이 안 좋아 보이니 그만 쉽시다."

용녀가 상황을 깔끔하게 정리하곤 자리로 들어갔다.

"이해해 주셔서 감사합니다."

못마땅한 얼굴로 돌아가는 선녀에게 양은 진심을 담아 인사했다.

"양아, 얼굴이 빨개. 괜찮아?"

"휴우, 엄마, 나 체온계 좀. 다리도 후들거려서 혼났어."

"38.1도! 큰일이네! 얼른 윗도리 벗어. 열 내리자. 안 그럼 4일 연속으
로 혈액 배양 검사에, 또 CT 촬영할지도 몰라."

"으아! 제발 내려 줘. 열아! 그래도, TV 문제가 해결돼서 다행이다.
그치?"

"잘했어, 우리 딸."

"아냐, 아줌마들이 이해해 주셔서 다행이었어. 뒤로 가 보니 정말로 잘
안 들리더라. 왜 자꾸 소리를 키우는지 이해가 갔어. 다들 내 편이 되어
주실 줄 몰랐는데, 그래서 더 감사하다."

"이렇게까지 말했으니 TV를 가지고 더 이상은 부딪치지 말자. 이제부
턴 죽이 되던 밥이 되던."

"응, 그러자."

다행히 간호사가 체온을 재러 오기 전에 열이 내렸다. 사람들 앞에서
이야기하느라 긴장한 탓에 잠깐 솟구친 모양이었다. TV 소리는 차츰 작
아지더니 잠시 뒤 10시가 되기 전에 꺼졌다. 성자가 리모컨을 가져가 자
기 침대의 발치에 두었다. 양은 오랜만에 편안한 잠에 들었다.

다음날부터 병실 분위기는 어딘가 모르게 달라졌다. TV를 보는 쪽도, 안 보는 사람들도 서로에 대해 조심하는 자세가 생겼다. TV 소리가 조금 커진다 싶으면 환자나 간병인 중 누군가 나와서 낮췄다. 또 소리가 너무 작아서 뒤에서 안 들리겠다 싶으면 양이 먼저 말하기도 했다.

"저는 괜찮으니 소리를 더 높이셔도 돼요."

서로를 향한 불만을 드러내는 사람은 없었다. 가끔 신경질적으로 TV 리모컨을 내던지는 선녀만 빼곤.

그날 이후, 선녀는 자꾸만 양을 찾아와 시비를 걸었다.

"무슨 처녀가 화장실을 이렇게 자주 가?"

"밤에 손 좀 씻지 마! 물소리가 시끄러워서 잠을 잘 수가 있어야지! 자기를 배려해 달라면서 남들에 대한 배려는 없나 봐?"

"이봐, 휴지 좀 아껴 써! 화장실을 혼자서 전세 냈나?"

며칠째 선녀에게 시달린 금희가 양에게 잔소리를 하면서 결국 둘 사이까지 벌어졌다.

"양아, 오늘은 손 안 씻고 자면 안 돼? 다른 사람들도 밤에 화장실을 다녀올 땐 그냥 자잖아. 아니면 5호처럼 비닐장갑을 끼고 들어갔다 나오면 장갑만 벗어 버리면 되는데."

새벽에 화장실에 다녀오며 세면대에서 손을 씻는 양에게 금희가 말했다.

"그러면 안 깨끗해. 더구나 난 장염에다 폐렴인데, 사람들한테 옮기기라도 하면 어쩌려고 그래? 대신 물을 좀 살살 틀게, 그럼."

엄마 말이 맞아. 무심코 한 내 행동이 누군가의 단잠을 깨웠을지도 몰라. 다 아는 양이지만 금희에게 쌓이는 서운함은 어쩔 수 없었다. 그러다 내가 감염이라도 되면 어쩌려고 그러는 거야, 엄마는. 양은 꿋꿋이 손을 씻었다.

금희는 화장실에서 손에 휴지를 둘둘 마는 양에게도 말했다.

"양아, 휴지 좀 아껴 써. 하루에 2롤밖에 안 채워 주는데 네가 그렇게 많이 쓰니까 매일 모자라잖아. 사람들이 휴지가 모자란다고 불평하고."

"엄마, 나 생리가 계속 쏟아지니까 이렇게 두껍게 안 하면 손에 다 묻는다고! 설사도 그렇고. 휴지가 모자라면 우리가 사서 여기에 두면 되잖아."

"엄마랑 아부지의 밥값도 모이니까 큰돈이라, 한 푼이라도 아껴 보자고 청소하는 정 여사한테 식권을 사는데… 휴지 값이 어디 애 이름이야? 그냥 조금만 아껴 써."

"엄마! 내가 오늘 죽을지 내일 죽을지도 모르는데, 휴지까지 아껴 써야 해? 내가 모아 둔 돈을 쓰라고! 그걸로 휴지를 잔뜩 살 수 있잖아! 왜 내 돈도 못 쓰게 하면서 나한테 휴지까지 아끼라고 해, 왜!"

양은 바락바락 소리를 질렀다. 그만큼 화가 났다. 이날 하루 종일, 금희와 양은 눈길도 안 맞추고 꼭 필요한 말을 빼고는 안 했다.

선녀의 괴롭힘으로 금희와 불편한 가운데에도, 첫발을 뗀 양의 면역력은 일주일 동안 더디지만 꾸준히 올랐다. 11, 30, 78, 113… 450. 어느덧 입원한 지 한 달. 면역력이 올라가자 설사도, 기침도 눈에 띄게 줄어들었다. 어제는 지금까지 나온 모든 핏덩어리를 모은 정도로 많은 핏덩어리가 생리대에 떨어졌지만 그럼에도 불구하고 몸은 나아지고 있었다.

"아마도 낮은 혈소판이 원인으로 보입니다. 생리가 아니라 실은 하혈인 거죠. 혈소판이 회복되면 핏덩어리도 줄어들 겁니다."

산부인과 의사가 와서 말했다.

지난밤부터는 땀도 다시 돌아오면서 열이 떨어졌다. 새벽에 혼자 일어나 축축한 환자복을 갈아입는 양의 눈에 금희가 들어왔다. 팔도 제대로 펼 수 없는 좁다란 보호자 침대에서 마스크를 낀 채 쪼그려 자는 뒷모습, 희끗희끗한 머리가 올라온 정수리가 보기에 딱했다. 엄마가 아니면 누가 나를 지금 이렇게 챙겨 줄까? 내가 엄마에게 너무 못되게 굴었어. 사과하자. 양은 반성했다.

아침에 일어나자마자 양은 솔직한 진심을 말했다. 금희는 금세 마음을 풀었다.

"양아, 엄마는 네 몸 밖의 과립구고 백혈구야! 그러니까 너한테 오는 공격을 막느라 최선을 다해 싸우고 있어. 내 걱정 말고 힘을 내! 얍! 얍!"

금희가 사방에서 날아오는 공격을 되받아치는 시늉을 하며 말했다. 그 모습이 너무 재밌고 따스해서 양은 웃었다.

이날 오후, 이사할 집이 정해졌다. 혜화역 근처의 방이 3개 딸린 다세 대주택 3층이었다. 이사를 가면 옥탑방의 화장실 마녀는 사라지겠지. 양은 기대했다.

"이사는 언제 해?"

"12일 일요일. 포장 이사로 예약했고, 마무리 청소는 대양이가 와서 도와주기로 했어."

"응. 오빠한테 고맙다고 전해 줘."

"그동안 집 알아보느라 자리를 많이 비워서 미안해. 이제 편안한 집도 마련했으니 우리 딸이 면역력만 잘 회복되면 돼. 힘내자! 아자! 아자! 면역력아, 올라라!"

이른 저녁에는 들임이 비관해 판정을 받았다. 반대로 교수가 직접 찾아와 말했다.

"안들임 씨, 이번 항암 치료에서는 관해가 되지 않았어요. 아무래도 결핵 치료를 받고 오느라 항암제 복용을 중단한 영향이 컸던 것 같습니다. 여러 가지 이유로… 보호자와 상의가 필요한 상황이니 연락해 주세요."

귀가 안 좋은 들임이 못 알아듣자 간병인이 귀에 대고 크게 말해 줬다.

"남편 분이 보호자시죠?"

"들임 씨의 남편은 강원도의 산속에 있어서 연락이 잘 안 돼요. 친정어머니에게 연락드릴게요."

간병인이 대신 대답했다.

"알겠습니다. 빠를수록 좋으니 부탁드립니다."

"…그동안 애써 주셔서 감사합니다, 교수님."

들임이 부서질 것 같은 목소리로 인사했다. 반대로 교수가 안타까운 얼굴로 돌아서서 나가자 손톱을 깎던 선녀가 들으라는 듯이 비아냥거렸다.

"흥! 남을 못되게 하더니 벌 받았지! 그렇게 마음을 곱게 써야지, 사람이!"

2호 간병인이 선녀를 말렸지만, 이미 화가 난 6호 간병인이 뛰쳐나온 뒤였다.

"뭐야? 지금 뭐라 그랬어?"

"아휴! 언니, 참아. 환자잖아."

2호 간병인이 나와 6호 간병인을 말렸다.

"너 저리 안 비켜? 나 말리지 마. 아무리 환자라도 할 말이 있고 안 할 말이 있어! 누가 누굴 못되게 했다는 거야, 어?"

선녀가 발톱을 깎기 시작하며 태연스레 대답했다.

"빌어먹을 결핵을 옮겨서 사람을 죽다 살게 만들어 놓고. 누가 큰소리야, 큰소리가?"

6호 간병인이 삿대질을 하며 따졌다.

"입이 삐뚤어져도 말은 똑바로 하라고 그랬어! 그게 들임 씨가 옮긴 거냐? 지가 창가 자리를 탐내서 들임 씨가 결핵 병동으로 가자마자 간호사가 안 된다고, 안 된다고, 규정상 같은 병실 안에서 다른 자리로 옮길 수 없다고, 그렇게 말리는데도 무턱대고 옮겨 놓고! 들임 씨에게서 결핵균이 나왔다는 말을 안 해 준 간호사나 의사한테도 아니고, 왜 자꾸 우리 불쌍한 들임 씨한테 주구장창 막말을 퍼붓고 못살게 구는 거냐고!"

양과 금희는 이제야 알았다. 장례식장이든 중환자실이든 다른 병동이든 어딘가로 실려 나간 사람의 자리에 아무도 안 가려 하는 이유는 단지 불길해서가 아니었다. 어떤 균이 옮을지 모르는 위험이 도사리기 때문이었다.

보다 못한 들임이 나와서 6호 간병인을 말렸다.

"언니, 저 괜찮아요. 싸우지 마세요."

"흥! 듣지도 못하는 귀 병신이 나서기는! 저렇게 맹탕이니 서방이 강원도로 도망가서 연락도 안 받지. 잘한다!"

6호 간병인은 선녀를 끌어내 바닥에 패대기치기 직전이었다. 하지만 자기가 그럴수록 선녀가 들임에게 상처 주는 말을 더 퍼부을 걸 알기에 겨우 참았다. 어쨌거나 선녀는 환자가 아닌가. 차마 때릴 수는 없었다.

"인간 같지 않은 것과 싸워 뭐해. 야, 2호야. 너 환자를 잘 가려서 간병해라. 아무리 돈도 좋다지만 이건 아니지 않니?"

"언니, 무슨 말을 그렇게 해. 우리 선녀 씨가 결핵 병동에 가기 전까진 얼마나 순했다고. 거기서 3개월 동안 숱한 고생을 하고 살아나오느라 치여서 그래. 알잖아? 거기서 온몸에 보호복을 입고 하루 24시간, 매일 자길 돌봐 줬다고 나한테 얼마나 잘했어. 나랑 자매 같은 사람이야. 그러지 마."

잠자코 지켜보던 5호 간병인이 커튼을 치며 말했다.

"그만들 해. 우리끼리 이게 무슨 꼴이람! 선녀 씨도 들임 씨한테 그러는 거 아니고. 같은 안 씨끼리 왜 못 잡아먹어서 안달이야. 안, 강, 최라더니. 안 씨야말로 만만찮아."

6호 간병인은 선녀를 노려보며 돌아섰다. 이때부터 병실 분위기는 또 한바탕 바뀌었다. 간병인들이 다 같이 모여 TV를 보거나 수다를 떠는 일은 이제 없었다. 들임이 밥을 남기면 바로 들고 나가 먹던 6호 간병인도, 운동을 갔다 온다며 배선실에 들락거리던 5호 간병인도, 하루 종일 TV를 보며 앉았던 2호 간병인도 모두가 자기 환자를 중심으로 움직이기 시작했다. 간병인들 사이에선 이전보다 다툼이 자주 일어났다. 2호 간병인이 선녀가 일찍 잠들었다며 9시도 안 돼 병실의 불을 다 끄자 5호 간병인이 어둡다며 나와 불을 켰다. TV는 물론 병실 내의 햇빛을 조절하는 블라인드를 2호 간병인이 내리면 6호 간병인이 나와 올리는 식이었다. 싸움에 안 끼려고, 양과 금희는 다른 사람들이 어떻게 하든 조용히 입을 다물었다.

토요일, 늦은 오후. 6호 들임의 보호자가 찾아왔다. 잘 차려입은 70대 후반의 친정엄마였다. 가지런한 쪽머리의 노인은 자줏빛 꽃무늬 재킷 아래로 두꺼운 금반지를 낀 손을 늘어뜨리며 신세타령을 늘어놓았다.

"워매, 추운 것! 무릎이 시큰시큰하는구면. 들임아, 이것아. 이 불쌍한 것아…. 진생에 우리가 무슨 죄를 지었길래 이렇게 서러운 팔자를 타고나서, 너는 너대로 고생이고 나는 나대로 고생이냐. 의사가 이제 그만 데려가라는데 남 서방은 어데 가고 연락도 안 되냐. 내가 이 늘그막에 다큰 딸년의 수발을 들고 살 수도 없고, 사람은 말년에 복이 있어야 최고라는데 이 나이에 딸년을 앞세우고 어찌 살꼬. 불쌍토다."

"······."

들임은 가타부타 말이 없었다. 못 들었나? 들임이 귀가 잘 안 들려서 다행이라고 양은 생각했다. 심장을 파고드는 저 모진 말들이 다 들린다면 가슴이 얼마나 미어지겠는가.

"부처님도 무심하시지. 차라리 나를 데려가시지."

들임 엄마의 넋두리는 이렇게 끝이 났다. 건너편에서 귀를 기울이던 선녀는 외로워서 심술이 났다. 그래도 들임 옆엔 엄마가 있잖은가. 선녀의 곁엔 아무도 없었다.

"이 여사도 집에 가 버리고. 하필이면 이 여사의 남편, 그 빌어먹을 주정뱅이가 또 술을 처먹고 엎어져서 뒤통수가 깨질 건 뭐야. 일생을 펑펑 놀면서 마누라의 등골이나 빼먹는 놈! 사고라도 치지 말던가. 밥버러지 같은 놈!"

양은 선녀의 혼잣말을 듣고 금희에게 말했다.

"2호 간병인 아줌마, 남편이 다쳤나 봐."

"그래? 그러고 보면 여기 간병인들도 참 안 됐어. 월화수목금, 일주일에 5일씩 하루에 24시간을 꼬박 아픈 사람들이 있는 곳에 꼼짝도 못하고 들어앉았잖아. 가 봐야 배선실이고, 병원 안이지. 그렇게 매여서 받는 돈이 한 달에 200만 원인데 대부분이 용역 계약자라 파견한 업체에 10퍼센트나 떼인대. 그럼 손에 쥐는 건 180만 원 정도네? 병원비에 허덕이는 보호자한텐 부담스런 큰돈이지만 간병인들이 일하는 상황을 보면 많은 돈은 또 아닌 거야. 돈만 있으면 누가 이런 일을 일부러 하려고 하겠어. 안할 수가 없으니까 하는 거지. 간병인들의 얘기를 들어 보면 대부분 경제적으로 힘든 사정이 있더라. 그러니 밥값이라도 아끼려고 환자들이 먹다남긴 밥을 가져가서 식사를 때우고, 그러다 보니 자기 환자들이 밥을 안먹고 남기기를 바라게 되고…. 여기 환자들은 면역력이 약해서 장염에,

폐렴에, 결핵에 온갖 전염병이 오잖아. 검사 결과가 나오기 전까지는 언제 뭐가 걸렸는지도 모르고. 근데도 환자가 반쯤 먹다가 남긴 국을 먹는 거야. 처음에는 보는 내 비위가 다 상했어. 나중에는 물었지. 참 넉살도 좋다, 병 옮을까 안 무서워? 그랬더니, 자긴 건강해서 괜찮냐면서 환자가 남긴 간 묻은 밥알을, 그릇에 붙은 마지막 한 알까지 부지런히 떼서 입에 넣는 거야. 그제야 이해가 좀 가더라."

"듣고 보니 마음이 아프다. 간병인 아줌마들도 다르게 보이고."

"그렇지? 2호 간병인은 자식들의 대학 등록금을 버느라고 남들이 다 집에 가는 주말에도 되도록 안 가고 남아서 지킨대. 주말에 받는 돈은 업체에 안 뜯기고 자기가 가질 수 있어서. 결핵 병동도 실은 돈을 벌려고 따라간 거래. 한 달에 350만 원을 주겠다고 해서. 거긴 전부 결핵 환자가 버글버글해서 간병하려면 보호복에, 장갑에, 마스크를 24시간 쓰고 있어야 한대. 간병인들이 아무리 돈이 궁해도 아무도 안 가려 하는 데가 결핵 병동이라더라. 근데도 돈을 많이 준다니까 안 갈 수가 없더라는 거야."

"아…."

"2호도 알고 보면 안 됐어. 잘나가는 보험왕이었다는데…. 그러니 자기 보험을 오죽 많이, 잘 들어 놨겠어. 백혈병으로 암 보험금만 5억을 받았다는데, 돈이 다 무슨 소용이야? 2호가 죽으면 나오는 사망 보험금이 10억이라 남편이 죽을 날만 기다린다더라. 결핵 병동에서 그 고생을 할 때도 한 번을 안 와 보더래. 그야말로 남의 편이지. 벌써 젊은 여자랑 바람도 났다더라고. 중학생인 늦둥이 딸이 하나 있는데 이런 모습을 보이기 싫어서 오지 말라고 했대. 그러다 보니 딸도 전화가 뜸해졌고. 아픈 사람만 억울하지…. 건강이 복이야."

이때 선녀가 양의 커튼을 홱 열었다.

"4호! 생리대 좀 잘 버려. 화장실에 갈 때마다 휴지통에 시뻘건 피가 보이니 구역질이 나서 살 수가 있나.”

“네, 그럴게요. 정말 죄송해요. 앞으론 안 보이게 잘 싸서 치울게요.”

양이 시원스레 대답하자 오히려 선녀가 한발 물러섰다.

“그… 그래. 그럼 신경 좀 써 줘요.”

“네. 불편을 드려서 정말 죄송합니다.”

“아니, 뭐 그렇게까지 미안할 건 없고. 서로서로 조심하자고.”

“네.”

선녀는 머쓱해하며 자리로 돌아갔다. 양의 깍듯한 태도에 금희는 놀랐다.

“2호, 지금 일부러 시비를 건 거야. 엄마가 한마디 할까?”

“알고 있어. 그래서 그냥 넘긴 거야. 부딪칠 필요가 없으니까. 그리고… 사실 내가 그동안 잘 안 보이게 못 버린 건 맞거든. 여기선 다들 울렁거리고 속도 안 좋으신데… 나는 계속 생리가 나니까 피를 보는 데에 익숙해져서 거기까진 신경을 못 썼어. 앞으로 조심해야지.”

“많이 컸네, 우리 딸.”

금희와 양이 서로를 보며 웃는데, 다시 커튼이 팩 열리더니 선녀가 불쑥 얼굴을 들이밀었다.

“왜 비명을 질러?”

“네?”

“4호, 왜 비명을 지르느냐고. 어디가 아파?”

“저, 비명… 안 질렀는데요?”

“무슨 소리야. 방금 엄청나게 크게 들렸는데.”

“어… 전, 아니에요. 누구지? 다른 병실인가? 엄만 혹시 들었어?”

“아니, 나도 못 들었는데?”

“어쨌든 저는 아니에요. 안 질렀어요.”

"그럴 리가 없는데? 알았어!"

돌아서는 선녀의 눈빛이 어쩐지 이상했다.

"정신이 온전치가 않나, 왜 저래? 시비도 참 이상하게 거네."

"모르겠다. 왜 저러시지?"

고개를 젓던 양의 가슴에, 문득 어떤 느낌이 쿡 박혔다. 결국은 선녀도 몸과 마음이 아픈, 외로운 사람이었다. 그러자 선녀가 다르게 보이기 시작했다. 들임에게 퍼붓는 독한 말들은… 어쩌면 선녀가 자기 자신에게 하는 말일지도 모른다고, 양은 느꼈다.

1월 12일 일요일. 드디어 이삿날이 왔다. 금희는 수상과 함께 아침부터 옥탑방을 비우느라 바빴다. 양은 병실에서 혼자 조용히 책을 읽었다. 점심 무렵, 병실을 돌며 피 검사 결과를 알려주던 간호사가 양의 수치를 적다가 고개를 갸웃거렸다.

"이상한데요?"

"왜요? 안 좋게 나왔나요?"

"그게 아니라… 혈소판이 23만 8천이 나와서요. 어젠 2만 5천이셨는데?"

"네? 2만 3천8백이 아니라 23만 8천이라고요?"

"네. 분명히 숫자가 그래요."

"와! 대박이네요! 제 몸에 무슨 일이 생긴 걸까요?"

"가끔, 아주 잘 맞는 사람의 혈소판을 받으면, 이렇게 수치가 오르는 경우가 있어요. 신기하죠?"

"와! 저, 이 분을 찾아야겠어요! 환자들이 이렇게 딱 맞는 혈소판을 맞을 수 있음 엄청난 도움이 될 텐데요!"

"그죠. 근데 혈소판은 일반 헌혈과 다르게 뽑는데 시간이 오래 걸려서 기증자가 적어요. 혈액형만 맞는 혈소판을 구하기도 빠듯한 현실인 거, 아시잖아요."

"아… 이 수치가 오래오래 그대로면 좋을 텐데요!"

"그렇진 않을 거예요. 피는 계속 새로 만들어지고 오래된 피는 사라지니까요."

"그래도 일단 좋아요!"

"축하드립니다."

이날 양의 과립구는 886. 백혈구는 1,610에 빈혈이 9.4로 과립구와 백혈구가 모두 어제에 비해 2배 가까이 올라 양을 기쁘게 했다. 다만 며칠 전에 들렀던 산부인과 의사의 말과 달리, 혈소판이 정상인의 기준인 13만을 훨씬 넘은 23만을 찍었는데도 생리 양에는 차이가 없었다. 오후에만도 핏덩어리는 2개나 나왔다. 나의 땀과 생리는 현대 의학의 미스터리인가! 의사들도 원인을 찾지 못하니까. 땀이 열을 내리듯 생리도 혈전을 막거나 몸이 스스로를 살리기 위해 움직이는 결과라고 생각하자. 그나저나 목욕을 못한 지가 벌써 32일째야. 온몸에서 쉰내가 풍기기 시작했어! 매일 밤 땀으로 목욕을 하니 그럴 수밖에. 샤워를 위해서라도 양은 이제 그만 집에 가고 싶었다.

"어때? 여기가 네가 쓸 방, 여기가 엄마랑 아빠 방. 저기 작은 방은… 짐을 넣는 방으로 쓸까?"

이사를 끝내고 저녁에 병원으로 돌아온 금희가 물었다.

"짐보다는 옷을 넣는 방 어때?"

"좋네!"

새집은 양의 마음에 들었다. 비록 사진으로만 봤지만, 어쩐지 지금까지의 삶과는 많이 달라질 듯한 예감이 들었다.

다음날인 월요일. 과립구 1,277에 백혈구가 2,060. 회진을 온 심해가 밝은 표정으로 말했다.

"하, 양 씨. 양호합니다! 수치는, 더 오를 겁니다. 지난번 항암 치료의 결과가 좋았기 때문에, 이번에는 골수 검사 없이 퇴원하지요."

"정말요? 와! 진짜 감사합니다, 교수님!"

"힘을 내세요."

심해가 양의 어깨를 두드리고 나가자 주치의가 말했다.

"항생제와 촉진제는 오늘까지만 놓겠습니다. 촉진제를 끊고도 면역력이 지금처럼 유지되면서 열이 안 나고 복부 초음파 검사에 이상이 없으면 퇴원할 예정입니다. 그럼."

"와! 감사합니다!"

양과 금희는 눈빛으로 손뼉을 쳤다. 금희는 기쁜 소식을 안고 어제 미처 다하지 못한 집 정리를 하기 위해 나갔다.

화요일. 촉진제를 중단한 지 하루가 지났지만 양의 면역력은 더 올랐다. 과립구 1,871에 백혈구가 2,430. 빈혈도 8.6. 그제 23만까지 올랐던 혈소판이 다음날 8만 7천을 찍더니 이날은 1만 6천으로 떨어져서 다시 노란 피를 맞아야 했지만, 그래도 기분 좋은 경험이었다. 양은 마음껏 책을 읽었다. 병실은 이제 조용했다. TV도 아침 드라마나 정오 뉴스처럼 프로그램에 따라 한두 명이 잠깐씩 틀었다 껐다. 그러다 보니 서로의 소리가 지나치게 잘 들리는 문제가 생기긴 했지만.

저녁에 어디선가 휴대폰 진동이 울렸다. 안 받는데도 진동은 끈질기게 이어졌다. 6호 간병인의 목소리가 들렸다.

"들임 씨, 전화 왔어."

"…알아요."

"안 받아?"

"신랑…이에요. 뭐라고 할지 몰라서…요."

그사이에 진동은 끊어졌다 또 울리기 시작했다.

선녀가 짜증스레 소리쳤다.

"시끄러워! 얼른 받던지 전원을 끄던지 해!"

곧 진동이 멈췄다.

"여보세요? 여보세요?"

상대방이 크게 외치는 소리가 양에게까지 다 들렸다. 선녀가 또 한마디를 했다.

"코끼리를 삶아 먹었나. 뭐한다고 저렇게 소리를 질러?"

"거 참! 남의 통화에 일일이 토 달지 말고 신경 끄셔! 들임 씨가 귀가 안 좋으니까 잘 들리라고 그러는데 왜 참견이야!"

6호 간병인이 더 참지 못하고 쏘아붙였다. 이런 다툼 속에서도 들임은 말없이 귀를 휴대폰에 대고 가만히 있었다.

"여보, 여보! 여보! 들임아!"

"…응."

"들임아, 나야!"

"알아."

"장모님께 들었어. 장모님이랑 간병인이랑 병원에서 여러 번 전화를 했다더라. 그동안 강원도 숲속에 들어와 있어서 몰랐지 뭐야. 여기선 매일 눈코 뜰 새 없이 바빴던 데다 전화가 안 터졌어."

"응, 그랬구나."

"…내 말, 안 믿는구나?"

"아니야."

"내일, 데리러 갈게. 그 말을 하려고 전화했어."

"내일… 온다고?"

"왜, 안 믿겨?"

"아니… 왜 갑자기 오나 해서."

"할 말이 있어서."

"무슨 말? 지금 해도 돼."

"전화로? 전화로는 할 수가 없는 말이야."

"무슨 말을 하려고?"

"만나서 봐야 알아."

"…전화로 듣는 게 나을 거 같아. 그냥 해."

"설마… 당신, 오해하는구나? 그래, 그럴 만도 하지. 당신은 내 상황을 알 리가 없으니까."

"듣고 있어."

"그동안 당신한테 못한 말이 있어."

"무슨…?"

"집이 드디어 완성됐어!"

"집?"

"그래, 우리 새집! 당신을 데려오려고 강원도 숲속에 암 환자한테 좋다는 나무로 내가 직접 지었어. 하루라도 빨리 완성해서 여기로 당신을 데려오려고 서두르다 보니 시간이 이렇게 흘렀다. 여기서 맑은 공기 쐬고 햇님약 잔뜩 먹고 살아 보자. 당신이 결핵에 걸린 순간부터 의사는 나더러 마음의 준비를 하라고 했어. 하지만 난 그럴 수가 없었거든. 당신은 반드시 살 거야. 내가 그렇게 만들 거고. 의사가 포기해도, 장모님이 포기해도, 나는 당신, 절대로 포기 안 해! 못 해!"

"아아… 흐흐흑."

"울지 마. 들임아, 울지 마. 네가 울면 내 마음이 무너진다…. 아냐, 울어. 우리 울자. 오늘까지만 울고, 내일부터는 매일 같이 웃자."

"아아아아, 흑흑흑."

"들임아, 들임아… 저, 간병인 아주머님, 옆에 계신가요?"

"네."

"들임이를 좀, 잘 다독여 주십시오. 다 제가 못난 탓입니다."

"아유, 좋은 집을 지어서 이제라도 데리러 온다니 천만다행이에요. 우리 착한 들임 씨, 이제 좀 행복해지겠어. 내일 꼭 와요, 내일은 연락이 안 되면 안 됩니다!"

"그럼요! 들임아, 내일 새벽같이 데리러 갈게. 하룻밤만 자고 보자."

"응 …내일 봐."

겨우 대답한 들임은 전화를 끊고도 한동안 흐느꼈다. 옆에서 간병인이 다독이는 소리가 들렸다.

"흥! 이게 말이 돼? 오늘내일하는 마누라를 두고 혼자 강원도 산속에 들어가서 집을 지었다고? 다 죽어 가는 마누라랑 살려고? 누가 봐도 말이 안 되지…. 내일도 올지 안 올지 봐야 안다니까?"

선녀가 트집을 걸었지만 말소리는 제풀에 작아졌다. 들임 언니의 남편이 내일은 꼭 왔으면 좋겠다. 바라며 양은 잠이 들었다.

수요일. 아침 회진을 온 심해가 빙그레 미소를 지으며 말했다.

"하, 양 씨? 오늘 피 검사 결과를 봐서 괜찮으면 오후에 퇴원해도 좋습니다."

"정말요?"

"네. 치료가 잘돼서, 결과가 좋아 나가는 거예요. 이식 시기는 오늘 한 유전자 검사 결과를 보고 알려드리지요."

"와! 감사합니다, 교수님!"

심해가 나가자마자 금희와 양은 집에 가기 위해 짐을 쌌다. 하늬의 혈압을 재러 왔던 간호사가 퇴원 준비를 하는 양에게 물었다.

"골수 검사도 안 하고 나가세요?"

"안심해 교수님께서 저는 결과가 좋아서 안 해도 된다고 하셨어요."

"정말이요?"

"네. 정말이요! 하하."

간호사가 놀라며 축하해 줬다. 기분이 한껏 좋아진 양은 침대에 앉아 피 검사 결과를 기다리며 성자가 틀어 놓은 TV 뉴스를 봤다. 한 달 뒤로 다가온 동계 올림픽에 대한 보도가 이어졌다. 러시아의 소치에서 열리는 이번 올림픽을 위해 4년간 준비해 온 선수들의 노력을 다루고 있었다. 굳은살과 상처로 가득한 발로 스케이트를 신는 스피드스케이팅 선수. 가속도를 높이기 위해 하루에 8끼씩 먹으며 30kg를 늘린 봅슬레이 선수. 양쪽 발목에 1.5kg 모래주머니를 달고 자는 쇼트트랙 선수. 도마 선수에게 점프 비법을 배워 프리 스타일로 스키장을 내려오는 모굴스키 선수. 하얀 스키장을 보자 세하가 떠올랐다. 스키장의 세하는 어떤 모습일까. 보고 싶은 사람들이 TV에 나오면 좋겠어. 평생 처음으로 양은 그런 생각이 들었다. 지금까진 그랬다. 보고 싶으면 보면 되지. 다음에 봐. 다음에… 언제나 다음이 있을 거라 여기며 살았다. 하지만 인생은 가르쳐 주었다. 다음은 없을 수도 있었다. 누구에게나 그랬다. 양은 SNS를 열고 세하의 프로필을 읽었다.

계속 기도해 주세요

인생은 쓴맛

You

skiing with you

11월에 양을 위한 메시지를 올렸던 세하의 프로필은 이제 다른 누군가에 대한 메시지로 바뀌어 있었다. 세하의 'You'가 양일 리는 없었다. 나는 세하와 함께 스키를 탈 수 없으니까. 누군가를 만나게 됐는지도 몰라. 잠시 한 점에서 만났던 두 선이 엇갈려 다시는 만날 수 없게 멀어질 뿐이라고, 세하에겐 잘된 일이라고, 생각하려 양은 애썼다.

점심 무렵에 나온 피 검사 결과는 과립구가 2,643. 백혈구는 3,150. 빈혈이 8.6에 혈소판도 4만 6천으로 수혈 없이 퇴원이 가능했다. 입원한 지 35일 만이었다. 양은 옷을 갈아입고 나가면서 병실 사람들에게 인사했다. 가까운 하늬부터 맞은편의 성자, 들임의 순이었다.

"언니, 항암 치료를 잘 받으셔서 다시 건강이를 만나시길 응원할게요."

"아드님을 생각하셔서 더 힘내서 치료를 받아 주세요."

"언니, 남편 분과 오래오래 행복하세요."

벌써 오후 1시. 들임의 남편은 아직 소식이 없었다. 올 거라고, 양은 믿고 싶었다. 깊이 잠든 용녀를 지나쳐 그대로 병실을 나가려다, 양은 선녀에게로 돌아갔다.

"저… 오늘 퇴원해요. 그동안 불편을 드려 죄송했어요. 치료를 잘 받으셔서 꼭 나으시길 바랄게요."

물끄러미 바라보던 선녀가 갑자기 오른손을 내밀었다.

"우리, 악수할까?"

잠시 머뭇거리다, 양은 선녀가 내민 손을 잡았다. 따뜻했다.

"나는, 4호가 싫어서 그랬던 게 아니야."

"…네. 건강하세요, 그럼."

인사하며 슬쩍 빼려는 양의 손을 다시 꽉 잡았다 놓으며 선녀가 말했다.

"잘 가요."

가볍기도 무겁기도 한 마음으로 양이 병실을 나가 간호사 데스크를 지나치는데, 한 남자가 17호실로 헐레벌떡 뛰어들어 가며 소리쳤다.

"들임아!"

양과 금희는 서로 마주보며 웃었다.

"다행이다."

"그러네."

양은 천천히 병동을 나섰다. 세하와는 다른 인생으로, 가족과 함께하는 새집으로.

마녀는 떼를 지어 돌아왔다. 새집에 나타난 마녀는 옥탑방의 작고 동글동글한 마녀와는 달랐다. 몸통도 없이 커다란 얼굴뿐인 그들은 양이 화장실에 들어가는 순간부터 매섭게 노려보며 끔찍한 기운을 내뿜었다. 세수를 하다 고개를 들면 메두사의 얼굴을 한 마녀 떼가 거울 속에서 양을 비웃었다. 새집으로 퇴원한 첫날, 어두운 녹색 바탕에 짙은 회색의 타일 무늬가 첫 번째 마녀로 바뀐 지 일주일도 안 돼서 벌어진 일이었다.

화장실의 마녀 떼만 빼면, 새집에서의 생활은 좋았다. 햇볕 드는 거실에서 셋이 함께 먹는 금희표 집 밥은 양을 살찌웠다. 퇴원한 다음날부터 생리가 멎었고 이틀 뒤엔 설사도 완전히 멈추었다. 양은 벌써 다 나은 기분이었다. 이식이 잘 되리란 예감도 들었다. 그래도 조금만 뭔가를 하면 피곤해져서 양은 틈틈이 책만 읽었다. 저녁에는 누워서 1시간 정도 세상이 돌아가는 소식을 들었다. 방문을 넘어오는 나직한 소리를 통해서였다. 수상이 고향집에서 가져온 TV 소리였다. 병원에서 괴로워한 양을 알기에 금희와 수상은 하루에 한 번, 뉴스만 봤다.

저녁 뉴스가 전하는 하루하루는 사건과 사고의 연속이었다. 양이 퇴원한 다음날인 1월 16일, 서울에는 새해 들어 첫 미세 먼지 예비주의보가 내려졌다. 미세 먼지는 하루 사이에 보통 때의 4배까지 치솟았다. 8245만 명의 개인 정보가 잘못 흘러 나가 카드사의 경영진들이 대국민 사과를 했으며, 몇몇이 책임을 지고 자리에서 물러났다. 2년 8개월 만에 고병원성 조류 독감이 발생해 9만 9천여 마리의 오리와 닭, 190만 개의 오리알과 달걀이 땅속에 묻혔다. 중국 상하이에선 외과의사가 사람 간 전염으로 의심되는 조류 독감에 걸려 죽었다. 이달에만 조류 독감으로 인한 8번째 중국인 사망자였다. 공기를 넣어 미끄럼틀처럼 만든 에어 바운스가 주저앉아 맨 아래쪽에 깔린 9세 아이가 중태에 빠졌다. 젖먹이 아기가 잠을 자다가 갑자기 숨지는 돌연사도 7년 새 32퍼센트나 늘었다. 매일매일 새로운 위험이 생겨나 우리를 위협했다. 시한부 판정을 받은 양의 세계가 멈춘 사이에도 세상은 변함없이 굴러가고 있었다.

퇴원한 지 5일 뒤인 1월 20일. 첫 외래 진료가 있었다. 나아진 양의 기분과 달리 무의식은 알았는지도 모른다. 이날 새벽, 어김없이 악몽이 찾아왔다. 언제나처럼 벌레가 달려드는 꿈이었다. 양은 끝없이 달라붙는 벌레 떼에 파묻혀 울부짖다 깨어났다. 이날 피검사 결과, 과립구와 백혈구는 바닥으로 떨어져 있었다. 하얀 눈이 폴폴 내리는 창밖을 바라보는 양에게 심해가 말했다.

"하, 양 씨, 오늘 피 검사 결과는, 과립구가 661, 백혈구가 1,360입니다."

"661이요? 우리 애가 첫 항암 치료를 끝내고 퇴원하던 날의 735보다도 낮네요? 병원 밖에서 생활할 수 있는 기준인 1,000보다 훨씬 낮은데… 당장 다시 입원시켜야 되는 거 아닐까요?"

금희의 질문에 대꾸 없이 심해는 모니터를 보며 자기 할 말을 했다.

"흠. 혈색소는 8.3, 혈소판이 4만 4천으로, 다행히 퇴원하던 날과 거의 같습니다. X-ray 결과를 보니 폐렴도 다 나았네요. 모레까지 3일 동안 오세요. 매일 촉진제를 맞고 다음날에 피 검사 결과를 보지요. 그럼 잘 가세요."

"네."

불안하더라도 심해의 말을 따라야 했다. 양은 주사실의 창가에 쌓이는 눈을 보며 배에 촉진제를 맞았다. 그러자 이번에는 무서울 정도로 과립구가 올랐다. 다음날, 과립구는 6,967로 10배나 뛰었다. 백혈구도 7,810으로 6배나 올라 이러다 정상적인 백혈구 수의 최대 기준인 1만을 넘길까 걱정될 정도였다. 둘째 날, 금희가 걱정스레 심해에게 물었다.

"이러다 우리 애의 백혈구가 다시 16만으로 올라가는 건 아닐까요?"

"괜찮습니다. 혈색소가 8.4에 혈소판도 그대로 4만 4천입니다. 예정대로 두 번 더 맞으세요."

촉진제의 효과가 정확히 백혈구와 과립구만 올렸다는 사실은 놀라우면서도 씁쓸했다. 양의 몸이 약에 맞춰 반응한다는 뜻인 동시에, 스스로는 오를 능력이 없다는 의미로 다가왔기 때문이다.

3번째 진료일. 심해의 예측이 맞았다. 과립구가 5,440에 백혈구도 6,470으로, 촉진제를 2번 맞았지만 오히려 면역력이 떨어지며 안정되는 모양새를 보였다. 혈색소도 8.1로 살짝 낮아진 반면 혈소판은 7만으로 조금 올랐다.

"양호합니다. 혈소판이 오르면, 좋은 겁니다. 오늘은 촉진제만 맞고 가시고 피 검사는 5일 뒤에 와서 하지요."

"감사합니다."

이날 밤, TV에 질병 검사로 인한 방사선 노출이 크게 늘었다는 뉴스가 나왔다. 의료용 방사선은 몸을 통과하므로 몸에 안 남지만, 의료용도 방사선이 세거나 같은 부위를 여러 번 찍으면 유전자가 손상돼서 암 발생 위험이 높아진다는 내용이었다. 수상이 걱정스레 물었다.

"양이도 너무 많이 찍는 거 아닌가? 입원해 있을 땐 일주일에 X-ray 촬영을 두 번이나 하지?"

"두 번이면 다행이게. 매주 정기적인 검사만 그렇지, 열이 오르거나 기침이 날 때마다 한밤중에도 찍으니 일주일에 열 번도 넘게 찍을 때도 있어. 그제도 찍었고."

"아이쿠. 몸에 안 좋아!"

"그럼 어떡해. 검사를 해 봐야 상태를 아는데."

금희와 수상의 안타까운 목소리를 들으며 양은 쓴웃음을 지었다. 시한부 판정을 받은 뒤로 지금까지 찍은 X-ray나 CT 촬영을 모두 더하면 50번도 넘을 거야. 가슴 X-ray 1장을 찍을 때 방사선 노출량이 0.2밀리시버트, 머리와 가슴이나 복부 CT는 10밀리시버트 정도. 일반인의 연간 방사선 피폭 한도는 1밀리시버트로 100밀리시버트에 노출될 경우 1,000명당 5명이 암으로 사망할 수 있다니… 엄청난 모순이지. 몸에 암이 생겨서 방사선 검사를 받아야 하는데, 그 검사로 인해서 다른 암이 생기거나 현재의 암이 더 나빠질 수 있다. 항암제도 마찬가지다. 암을 치료하기 위해 쓰는데 그 항암제로 인해 죽을 수도 있고 2차로 새로운 암이 또 생길 수 있다. 스트레스가 심해서 암에 걸렸는데, 암에 걸렸다는 충격으로 더 큰 스트레스를 받는다. 어쩌겠는가. 이 모두는 누구라도 암 환자가 되면 그저 받아들여야 하는 현실이었다.

다음날인 23일, 양은 금희의 도움을 받아 미뤄 뒀던 화분을 정리했다.

면역력 수치가 올라서인지 피로도 덜했고, 무엇보다 더는 그냥 둘 수 없는 상태였기 때문이다. 양이 키우던 화분 다섯 개가 모두 허덕거리고 있었다. 양은 눈물을 머금고 엔젤윙과 천냥금, 돈나무를 쓰레기봉투에 담아 내놓았다. 내가 나올 때까지, 내 손으로 정리할 때까지 기다려 준 느낌이야. 인삼벤자민과 행복수는 너무 자라 꽉 끼인 뿌리를 고이 꺼내서 큰 화분으로 옮겨 주었다. 이젠 뿌리를 펴고 잘 자라라. 모두들 지금까지 버텨 줘서 고마워. 얼마나 가능할지는 모르겠지만 앞으로도 함께하자. 양은 진심 어린 인사를 건넸다.

털장갑 위에 비닐장갑과 고무장갑을 덧끼고 마스크에 앞치마까지 두른 2시간의 집중은 양에겐 무리였다. 이날 저녁, 일기를 쓰려던 양의 눈에 이상이 왔다. 글자가 흔들려서 제대로 읽을 수도 쓸 수도 없었다. 결국 양은 일기장을 덮고 일찍 잠자리에 들었다. 방문 너머로, 공사 현장에서 크레인이 부러져 2명이 떨어져 죽었고, 미국에선 8세 남자아이가 잠자던 가족들을 깨워 6명을 구하고 불이 난 집으로 다시 들어갔다가 끝내 나오지 못했다는 뉴스가 들렸다. 기자는 말했다. 아이는 연기에 질식해 정신을 잃은 할아버지를 들어 올리려는 듯 꼭 붙잡은 모습이었다고…. 양은 잠이 들었지만 얼마 못 가 깨어나 연두색 액을 토하고 말았다. 내 잘못이야. 약 먹는 시간을 자꾸만 깜빡하고 귀찮아했어. 온갖 잡생각에 사로잡혀 밤잠을 설쳤고. 쉬어야 할 때 몸의 소리에 귀를 안 기울였지. 양은 반성했다.

다음날은 오전부터 다시금 마음을 다잡고 깨끗이 샤워를 한 뒤 하루 종일 책도 안 읽고 자거나 쉬었다. 그러고 나니 몸도 마음도 산뜻해져서, 밤에는 오랜만에 SNS에 들어가 프로필 글도 바꾸었다.

집으로

이날도 방문 너머로는 슬픈 소식이 이어졌다. 이번에는 캐나다였다. 퀘벡 주의 작은 마을에 있는 실버타운에서 불이 나 노인 5명이 숨졌고 30명이 실종됐다는 뉴스였다. 영하 20도까지 떨어진 추위에 물을 뿌린 화재 현장이 얼어붙어 실종자도 찾기 힘든 상황이라고 기자는 말했다. 안타까운 뉴스는 또 있었다. 부상으로 소치 동계 올림픽에 못 나가게 된 쇼트트랙 선수가 팔에 생긴 뼈 암으로 항암 치료 중이라는 보도였다. 이제 양에게는 이 모든 사건과 사고가 남의 일이 아니었다. 이 선수가 죽으면 어떡하지? 양은 문득 두려워졌다. 이때 메시지가 왔다. 려희였다.

"집으로? 퇴원했어? 축하해. 정말 고생 많았어, 언니."

한결과 은혜, 라미, 호수도 곧 연락이 왔다. 1차 항암을 끝내고 퇴원했을 때 세하가 보내 준 응원이 생각나 양은 메시지를 보냈다.

"나, 퇴원했어. 집이야."

세하는 답이 없었다. 어쩐지 거리를 두려는 느낌을, 양은 받았다. 지금의 내 상황을 생각하면 그게 나을지도 모르지. 나는 내 건강에 집중하자. 양이 마음을 정리하고 자려고 누웠는데 전화벨이 울렸다. 대학 친구인 민음표였다.

"양아~ 나야, 음표."

"알아. 술 마셨어?"

"응~ 조금."

"조금이 아닌데, 친구?"

"우리한테 이 정돈 조금이야, 일겠아."

"알지. 하하."

"양아, SNS 봤어. 퇴원했구나. 나 술 마시다가… 네가 너무 보고 싶어서 전화했어. 우리 같이 술 마시던 기억이… 나서… 후."

"응, 그땐 정말 세상에 무서운 게 없었는데, 그치?"

"응… 응, 정말 그랬어. 후후흑."

"음표야… 너, 울어?"

"응, 아니, 응. 너랑 웃으면서 같이 술 마시던 그때가 너무너무 그리워. 그래서… 그래서 그래."

"…나도 그래."

"다 나으면 꼭 다시 술 한잔하자. 약속해?"

"…그래, 그러자."

난 이제 다시는 술을 못 마셔. 안 마셔. 양은 알고 있었지만 울고 있는 음표에게 지금 그 말을 할 필요는 없었다. 양은 다른 주제로 이야기를 돌렸다. 음표는 양이 나온 대학에 남아 직원으로 일하고 있었다.

"음표야, 교수님들은 다 잘 계시지?"

"정우성 교수님께서 날 볼 때마다 네 소식을 물으셔. 네 지도 교수님이셨으니 아무래도 걱정이 많이 되시나 봐. 그래도, 교수님께선 건강해 보이셔."

"다행이다. 건강이 제일 중요하지."

"근데… 마음은 우울하실 거야. 요즘 학교 분위기가 엄청 안 좋거든."

"왜?"

"비판 커뮤니케이션을 가르치시던 도대체 교수님이 작년 겨울부터 아프셨잖아?"

"응, 굉장히 날카로우면서도 비판에 품위가 있으셨지. 우리 학부에 교수님의 팬도 많잖아."

"맞아. 너, 기억나? 중간고사 때 교수님께서 대형 강의실의 맨 앞 의자에 앉아서 우릴 감시하시다간 더 멀리 있는 애들까지 보려고 뒤로 몸을 확 젖히시는 바람에 의자 등받이가 구부러져서 시험을 보다 말곤 다들 웃었잖아. 와, 교수님, 힘이 엄청 세시구나! 건강이 최고시다! 감탄하고 난리였지, 우리. 근데 몇 달도 안 돼 갑자기 뇌종양 판정을 받으셔서 믿을 수가 없었잖아."

"응, 그랬어. 기억난다. 손쓰기엔 늦었다고 했지…. 교수님은 좀 어떠셔? 방송사 기자로 오래 일하시다 뒤늦게 유학길에 오르셨던 분이라, 학위를 받고 돌아와서 결혼한 지 얼마 안 돼 아이가 이제 돌이라고 했던가?"

"응… 교수님… 며칠 전에 돌아가셨어."

"아…."

"응, 결국."

"…그렇구나."

"거기다… 장경자 교수님께서도 이번 가을 건강 검진에서 암 판정을 받으셨어."

"뭐? 늘 빙그레 웃으시던 교수님? 그분은 기업 홍보 쪽이시라 언론 전공인 내가 수업을 들은 적은 없는데 오며가며 마주치면 인사는 드렸어. 그분도 팬이 많으셨잖아."

"응, 인기가 대단하신 분이셔. 근데, 최근에 그분이 갑상선암에 걸렸다는 판정을 받으셔서 따르던 학생들이 울고불고 난리야."

"세상에… 초기야?"

"자세히는 모르겠는데, 초기는 아니라고 했어. 주변 조직을 많이 떼어내야 하나 봐. 목소리를 잃을 수도 있다고 하더라. 그 말에 장경자 교수님께서 엄청나게 힘드신가 봐. 너도 알다시피 장경자 교수님은 체격이 좋으셨잖아? 근데 몇 주 사이에 살이 너무 빠져서 뵙기가 죄송할 정도로 바뀌셨어."

"암이라는 말을 듣는 순간, 충격이 엄청나니까… 거기다 말을 못하게 될 수도 있다면 더… 몸도 마음도 정말 힘드시겠다."

"응… 그래서 네 생각이 더 많이 났어."

"인생은 정말 알 수가 없구나…. 분위기가 무겁겠다."

"우리 학부뿐이 아냐. 너, 정치외교학을 부전공했지? 이선례 교수님 알아?"

"응, 나 그분의 강의를 들었어. 멋있는 교수님이시지. 북한정치 전문가로 방송 출연도 하시고 실탄 사격도 선수 수준이셨어. 가르치던 학생들을 전부 명동에 있는 실탄 사격장에 데려가신 적도 있어."

"와, 역시 멋진 분이구나."

"이선례 교수님이 왜?"

"이선례 교수님께서 학교를 그만두셨어."

"뭐? 이게 전부 무슨 일이야?"

"올해 초에 우리 대학 병원에서 대장암 판정을 받고 치료 중이셨는데, 경과가 안 좋았나 봐. 한동안 항암 치료를 받고 결과를 보러 갔더니, 담당 의사가 암이 주변으로 전이됐다고 하더래. 너무 절망해서서 이젠 죽겠구나 하고 항암 치료도 포기하고 엄청 괴로워하다 너무 아파서 한 달 뒤에 다시 그 의사에게 진료를 보러 갔는데, 의사가 전이 상황에 대한 설명을 하나도 안 하더라는 거야. 그래서, 암이 전이된 부분은 치료가 불가능한가요? 물었더니 그 의사가 그러더래. 전이가 됐다고요? 내가 그런 말을 했나요? 환자 분은 전이가 안 됐는데요. 그길로 바로 진료실을 박차고 나와서 다른 병원으로 옮기셨대. 저런 의사를 어떻게 믿고 내 목숨을 맡기냐면서. 새로 간 병원은 어떤 종교단체에서 운영하는 곳인데, 시설도 최신식이고 병실도 넓은 데다 무엇보다 의사마다 맡은 환자 수가 적어서 굉장히 친절하게 잘 돌봐 준대. 이선례 교수님의 표현으로는, 그 종교 지도자의 얼굴 사진이 방에 크게 걸려 있는 거 말고는 다 좋다셨대."

"하하. 근데 거긴 좀 비싸겠는데?"

"비싸지. 이선례 교수님이 그러셨대. 결혼을 안 하길 잘했다. 내가 번 돈, 죽기 전에 다 쓰고 가리라!"

"하하. 교수님다우시다. 세 분 다… 그런 일이 생길 거라고는 생각도 못 하셨을 텐데… 하긴 나부터가 그렇다."

"…양아."

"작년에, 도대체 교수님께서 아프시던 그때… 마음은 안 좋았지만 지금 돌이켜 보면, 나는 남의 일이라고 받아들였던 거 같아. 그런 일이 바로 내게 일어나리라고는 꿈에도 생각을 안 했어. 나는 젊고 건강하다고 자신했으니까. 몸이 아픈 불행은 다른 누군가에게만 일어나는 비극이라고 착각했던 거야. 내 곁에서 살아 숨 쉬던 사람이 사라졌는데 어떻게 그렇게 무심히 지나쳤을까."

"너만 그랬을까. 나도 그랬어. 사람들은 큰 불행이 내게 닥칠 거라고는 생각지 않아. 1초 뒤에 죽을 사람도. 그렇게 알면서는 두려워서 살아갈 수가 없기도 하고."

"그래, 맞아. 고마워… 알려 줘서. 두 분에 대한 새로운 소식을 들으면 나한테도 말해 줘."

"그럴게. 보고 싶다, 양아."

다음날은 하루 종일 비가 오고 흐렸다. 마음마저 가라앉게 만드는 날씨였다. 밤새 잠을 설쳐서인지 몸이 안 좋던 양은 아무 생각도 안 하려고 낮잠을 많이 잤다. 그사이에 금희와 수상은 이야기를 나누었다. 며칠 뒤면 양의 생일이었다. 과연 이 날을 축하해야 할지 양과 금희와 수상은 판단이 안 섰다. 다른 사람들도 마찬가지였다. 축하인사를 건네야 할지 아니면 무슨 말을 해야 할지, 양과 가까운 사람들일수록 깊은 고민에 빠졌다. 이런 이유로, 일요일의 만남은 초등학교 친구인 한결과 은혜에게, 양에게도 결코 쉬운 결정이 아니었다. 그럼에도 불구하고 모였던 세 사람의 마음과 달리 이날은 처음부터 일이 꼬였다. 두 살배기 아가의 엄마이자 워킹 맘인 은혜가 약속 시간보다 40분이나 늦은 데다, 앉자마자 남편이 아가를 데리고 주변에서 기다리기에 오래 있을 수 없다고 말해 양을 서운하게 했다. 더구나 은혜는 얄미울 정도로 생글생글 웃으면서 자기 딸에 대한 얘기만 계속했다.

"양아, 우리 딸의 사진 좀 봐."

"예쁘다."

"그치?"

"이 사진도, 이 사진도 봐봐. 난 내 딸 사진을 보면 힘나더라. 너한테도 보내 줄 테니 보고 힘내."

한결도 마찬가지였다. 한결은 공무원 시험을 준비하는 늦깎이 수험생의 신림동 생활을 풀어놓았다. 세 사람에게 아무 일도 없었을 때와 같았다. 양은 쓸쓸해졌다. 우리에겐 마지막일 수도 있어. 이러려면 왜 만난 거지? 몸이 안 좋은 양은 금세 피곤해졌다. 집으로 돌아가고 싶었다.

"벌써 1시간이나 지났어. 은혜야, 아가랑 남편이 기다리겠다. 한결이도 가서 공부해야지. 그만 가자."

"괜찮은데… 그럼 양아, 우리가 집까지 데려다 줄게."

"안 그래도 돼. 여기서 가까워. 잘 가고, 와 줘서 고맙다."

"가까워도 같이 가자. 괜찮지, 은혜야?"

"응, 나도 갈래."

양을 가운데에 두고 오른쪽에 한결이, 왼쪽에 은혜가 서서 팔짱을 꼈다. 그렇게 셋이 함께 걸으니 시린 겨울 저녁 공기도 그럭저럭 견딜 만했다. 내가 그동안 내 상황에 너무 빠져 있었는지도 모르겠어. 걷는 사이, 양의 마음이 조금 누그러졌다. 집 앞에 도착해 양이 손을 흔드는데 이번에는 은혜가 말했다.

"양아, 여기까지 왔는데 너희 부모님께 인사드리고 가도 돼?"

"그래, 그러자. 나도 뵌 지 너무 오래됐어."

"…그럴래?"

"응!"

한결과 은혜를 본 수상과 금희는 무척 반가워했다. 금희는 두 사람의 삶에 대해 묻고 들었다. 5분쯤 거실에 둘러앉아 종알거리던 한결과 은혜를 보낸 건 금희였다. 양이 피곤해 보였기 때문이다. 둘을 보내고 돌아서던 금희는 갑자기 쏟아지는 눈물을 참지 못했다.

"우리 양이도… 이런 일이 아니었음 저렇게 건강하게 웃고 떠들었을 텐데."

양은 못 들은 척 방문을 닫고 들어와 숨죽여 울었다. 한결과 은혜가 미웠다. 아니, 자신이 싫었다. 양은 두 사람과의 만남을 후회했다.

그 시간, 양의 집을 나선 한결과 은혜도 울었다. 그들이 자신의 이야기만 늘어놓은 이유는 양을 위해서였다. 마지막일지 모르는 양과의 만남을 앞두고 어찌할 바를 모르던 은혜는 한결에게 전화해 물었다.

"결아, 나 양일 보고 안 울 자신이 없어… 무슨 말을 해도 눈물이 날 거 같아. 어떡하지? 지난번에 양일 만났을 때 너도 이랬겠다, 나 어떡하지?"

"응… 나도 그랬어. 다른 건 잘 모르겠는데, 우리가 울진 말자. 양이의 마음이 더 안 좋을 것 같아. 저번에 양이한테 병의 진행 정도에 대해 물어보니 대답하기 힘들어 했어. 아픈 얘기 말고 다른 얘기를 하면 어떨까?"

이런 고민 끝에 나온 은혜와 한결의 마음을, 양은 알지 못했다.

다음날인 1월 27일에 심해를 만나는 진료가 있었다.

"하, 양 씨? 오늘은 과립구가 771, 백혈구가 1,740이고…."

"771이요? 5일 전까지 촉진제를 세 번이나 맞았는데요?"

"네, 혈색소는 8.5, 혈소판이 10만 8천입니다. 혈소판이 오르는 건 좋은 겁니다. 오늘부터 3일 동안 매일 와서 촉진제를 맞으세요."

"지난번처럼 매일 피 검사하고 진료실에 와서 결과를 보는 건가요?"

"그럴 필요 없습니다. 내일부턴 주사만 맞으세요. 그럼 일주일 뒤에 보지요."

"선생님, 촉진제를 맞고 7천까지 올랐던 우리 애의 과립구가 일주일도 안 돼 10분의 1로 곤두박질쳤는데, 일주일 뒤에 와도 괜찮을까요?"

"괜찮습니다. 잘 가세요."

"환자 분, 나가 계시면 안내해 드릴게요."

병실 밖으로 밀어내듯 간호사가 말했다.

지난번에는 촉진제를 맞고 백혈구가 너무 오를까 의심했다. 이번에는 촉진제를 맞아도 안 오를까 걱정이었다. 심해의 말을 믿고 따르는 수밖에 없었다.

이날 밤, 양은 화장실에 들어갔다 그대로 뛰쳐나왔다. 화장실의 마녀가 아침보다도 더 늘어나 우글거리고 있었다. 덜덜 떠는 양을 본 금희가 놀라서 물었다.

"왜 그래? 무슨 일 있어?"

"그게… 실은, 무서워서."

"뭐가 무서워?"

"…화장실에, 마녀 떼가 있어, 엄마. 나, 화장실에 들어갈 때마다 너무 너무 소름이 끼치고 무서워."

"이게 다 무슨 소리야? 차근차근 말해 봐. 화장실에 뭐가 있다고?"

이제는 솔직하게 털어놓고 도움을 받아야 했다. 양은 금희에게 설명했다. 1차 항암 치료를 받고 퇴원했던 옥탑방의 화장실에서 마녀가 처음 보였다고. 그래도 그때는 작고 동글동글한 마녀였다. 그런데 2차 항암 치료를 마치고 새집으로 퇴원하자 메두사의 얼굴을 한 마녀가 나타났다. 일주일 정도 지났을 때 화장실의 한쪽 면에서만 10개 정도이던 마녀 떼는 이제 화장실 곳곳에서 수십 개의 얼굴로 늘어나 양을 보며 수군거린다. 심지어 조금 전에는 그 중 하나가 꿈틀거리며 소리 내서 비웃는 것 같아 견딜 수가 없었다고, 양은 말했다. 다 듣고 난 금희가 조용히 말했다.

"엄마랑 같이 들어가 보자."

"무서워."

"괜찮아, 어디 있어? 어떤 년들이 우리 딸을 괴롭혀! 썩 나와!"

"저기."

"어디?"

"저기, 왼쪽에서 3번째 타일 안이랑 그 옆부터 주르륵 있고 그 위에도….."

"이 타일 안의 무늬가 그렇게 보인다는 거지?"

"응. 엄마 눈엔 안 보여?"

"…이번에 안심해 교수의 진료에 가면 말씀드리자. 상담을 받아 보는 게 좋을 것 같네."

"엄만 정말 안 보여? 나… 미친 건가?"

"일단… 상담을 받아보자."

"응. 이렇게는 못 살겠어."

서른세 살이 된 생일날, 한동안 줄었던 땀이 다시 비 오듯 나서 몸이 힘든 아침이었다. 이틀째 배에 촉진제를 맞으며 양은 오후를 보냈다.

"많이 아프면 생일을 안 한대."

금희가 누군가에게서 들은 옛말을 수상이 받아들여 이번 생일은 조용히 지나가게 됐다. 어차피 면역력이 너무 낮아 집 밖에 나가기도 어려웠어. 양은 혼자 살며시 축하하기로 하고 교보문고앱에서 새 책을 골랐다. 스스로에게 주는 생일 선물이었다. 한동안 사람들이 계속 죽는 책을 읽고 나니, 아무 생각 없이 즐거운 로맨스 소설을 읽고 싶었다. 새로 나온 책 소개를 눌러보던 양의 눈에 조조 모예스의 《미 비포 유》가 들어왔다.

> 그가 이별을 준비하는 동안
> 나는 사랑에 빠졌다

이 책이야. 표지가 마음에 들어. 양은 바로 주문했다. 기대가 됐다. 그러고 나자 려희를 시작으로 한결과 은혜, 음표, 라미… 세하까지 많은 사람들의 생일 축하 메시지가 와서 양의 저녁을 따스하게 만들었다. 세하는 곧 서울에 오니 보자는 말까지 덧붙여 양을 기대하게 했다. 대양은 이날 응급실까지 다녀왔으면서도 아무런 티도 안 내고 축하 전화를 했다. 서희도 쌍둥이의 목소리를 들려 줬다. 전화기 너머에서 네 살배기 꼬마들은 혀 짧은 목소리로 고모를 위한 생일 축하 노래를 불러 줬다. 모두가 양을 아끼며 뭔가를 해 주고 싶어 했다. 감사할 따름이었다. 기억하자, 이 마음들을. 내가 할 수 있는 최선은 긍정적으로 노력하고 웃는 일! 그러자. 양은 다짐했다.

이날 밤, 금희와 수상이 옆에서 나누는 이야기를 듣고서야 양은 알았다.

"새아가가 쌍둥이를 키우느라 너무 무리해서 목 디스크가 왔대. 응급실에선 상태가 심해서 한 달 정도 입원 치료가 필요하다고 했다는데 애들 때문에 못한다네?"

"당신이라도 가서 도와줘야 하는 거 아닌가?"

"마음은 그런데… 우리도 상황이 안 되잖아."

잠자코 듣던 양이 말했다.

"그런 일이 있었어? 미안하다, 가족들 전부, 나 때문에… 그런데 이런 상황에서 나한테 축하 노래까지 불러 준 거야? 너무 미안하다."

"새아가나 대양이는 자기들보다 너를 더 걱정하더라. 사실 너는 모르지만, 대양인 병원에 와서 널 볼 때마다 매번 울면서 돌아갔어. 그러면서도 네 앞에선 늘 끄떡없는 모습을 보이고 싶어 했고. 이건 대양이가 절대로 말하지 말라고 했는데…."

"나쁜 일이 또 있어?"

"글쎄, 나쁜 일인지 나도 잘 모르겠네. 대양이가 이번 인사이동으로 지점 근무를 나가게 됐대. 대양이가 얼마 전까지 본사의 위기관리팀에서 일했던 건 알지?"

"응. 입사하고 계속 본사에만 배치돼서 매일 야근에다 휴일도 없이 일했잖아. 너무 힘들어하더니, 그래서 그런 건가?"

"그게 실은… 너를 위해서 일부러 지점 근무를 신청한 거래. 너한테 건강한 골수를 주려고. 위기관리팀엔 인원이 적어서 시간을 내기도 힘들고 스트레스도 너무 많이 받는대. 이식하려면 미리 병원에 와서 정말로 골수를 줘도 되는지, 면역력이 약한 너에게 피를 통해 옮길 병은 없는지 건강 검진도 받고 이식 하루 전부터는 입원해서 적어도 이틀 동안 골수를 뽑아야 하는데, 위기관리팀에서는 일이 많다 보니 다른 팀원들에게 미안해서 그렇게 시간을 내기가 어렵대. 지점 근무는 아무래도 휴가를 내는 부담이 덜한가 봐. 무엇보다 너한테 최고로 건강한 상태의 골수를 주고 싶어서 스트레스가 덜한 지점으로 신청했다더라. 술이랑 담배도 끊었대."

"그렇게까지… 했구나. 날 위해."

"주변에서는 왜 한직을 자처하느냐, 승진이 코앞인데 왜 기회를 내던지느냐며 다들 말렸나 봐. 그런데도 대양인 흔들림이 없더라. 너를 살리는 게 최우선이라면서. 엄마인 나도 놀랐어. 1월의 인사이동에서 지점 근무를 발령받고 나서야 나한테도 말하더라. 내 아들이지만 대단해."

"아, 진짜… 나 행복한 빚쟁이다…. 이 빚을 언제 다 갚지?"

"딸, 빚이라고 생각하지 마. 가족이잖아. 게다가 대양이 말로는, 널 위한 결정이었는데 결과적으로는 자신을 위한 선택이 됐다더라."

"그건 또 무슨 말이야?"

"그동안은 매일 일에 치이다 보니, 가족들의 얼굴을 들여다볼 시간도 없었대. 대양이가 일을 끝내고 집에 갈 때 즈음엔 쌍둥이들은 늘 잠들어 있고, 새아가는 온종일 애들을 보느라 지쳐서 얘기는커녕 둘 다 밥도 제대로 못 먹고 각자 쓰러져 자기에 바빴다더라. 그러다 보니 건강에도 조금씩 이상 신호가 오고, 사소한 일에도 새아가와 서로 날카로워지고, 어쩌다 주말에 아이들과 놀아 주려 하면 애들이 아직 어려서 말귀를 잘 못 알아들으니 자꾸만 잔소리를 늘어놓다 또 다툼이 일어나고… 그렇게 버티면서 대양이가 몇 년째 지내 왔던 거지. 요즘 젊은 부부의 이혼율이 그렇게 높다는데… 무엇보다 요즘 젊은 직장인 중에서도 스트레스 때문에 갑자기 돌연사하거나 쓰러지는 경우가 많대. 대양이가 지점으로 옮기니까 아무래도 더 여유로운 마음으로 가족을 대하게 됐고, 새아가나 쌍둥이들과 함께하는 시간도 늘어나서 분위기도 한결 좋아졌대. 원래도 자기는 아무리 일이 많아도 밥을 꼭 챙겨 먹고 소화도 너무 잘돼서 머리만 대면 잔다면서, 지점에 오면서부터는 더 잘 먹고 더 잘 자고 있다며 날 안심시키느라 웃는데, 아찔하더라. 우리 아들이 그렇게 애를 쓰며 회사 생활을 하는지 몰랐어. 부모가 돼서 너희가 이렇게 힘들게 지내고 있었는데, 우리는 가끔 명절에 만나면 왜 더 고분고분하지 않냐며 잔소리나 하고… 온몸이 부서지게 일해서 번 돈을 용돈으로 당연하게 받기나 하고, 가끔은 다른 사람들의 자식에 비해서 해 주는 게 적다고 불평까지 했으니… 부모 자격이 없네."

"아니야, 엄마. 그렇게 생각하지 마. 가족과 나누는 건 기쁨이었어. 많이 드리지도 못했는데 뭐."

"흐흑, 내가 이번 일을 겪으면서 배우는 게 참 많네. 그동안 너무 자만하고 살았던 거 같아. 이 나이에 인생 공부를 처음부터 다시 하게 될 줄은 몰랐어. 난 참 바보처럼 살았구나 싶어. 미안했어, 딸."

따스한 깨달음의 물결이 양을 뒤흔들었다. 감사할 일이 참 많았다. 항암 치료 한 번에 암세포가 잠시나마 0퍼센트로 사라졌다. 대양과 골수가 100퍼센트 일치한다. 아직까진 장기에 큰 문제나 다른 합병증이 없다. 이식 과정만 잘 견디면 된다. 대양이 양을 위해 부서까지 바꾸었다. 거기다 금희가 늘 옆에 있다. 수상 역시 갈비뼈가 앙상할 정도로 이 상황을 온몸으로 함께 겪어 내고 있었다.

약간의 시련에 사람은 휘청거린다. 강한 시련에는 무릎을 꿇기도 한다. 하지만 물러설 곳 없는 시련 앞에서 사람은 더 굳건해지기도 한다. 모두에게 인내와 노력을 요구하는 시간이었다. 절망하거나 쓰러지지 않으면서 단단히 서는 법을 배우자. 나는 혼자가 아니다. 신에 대해서도, 생각을 안 할 수가 없었다. 이 모든 일에 무언가 이유가 있기를 바라는 마음 끝에 다다른, 신의 뜻은 우리가 알 수 없다는 깨우침. 무신론자인 나의 결론이 이렇다니. 양은 일기를 쓰다 슬며시 웃었다.

이날 밤부터 꿈이 바뀌었다. 징그러운 벌레 떼는 여전히 나왔다. 하지만 더 이상 양은 힘없이 당하지 않았다. 벌레 떼는 양의 힘찬 공격에 우수수 쓰러졌다. 다음날엔 어딘지 모를 나라를 신나게 모험하는 꿈도 꿨다. 양은 한밤중에 깨어나 거실로 나가 분갈이 한 화분을 들여다봤다. 인삼벤자민과 행복수가 자리를 잡고 허리를 세우려 애쓰고 있었다. 힘내, 힘내자. 너희도, 나도. 응원의 마음을 담은 물을 한 컵씩 부어 주며 양은 속삭였다.

양이 《미 비포 유》를 읽는 사이, 설날이 다가왔다.

"예부터 집안에 환자가 있으면 제사를 안 지내."

이번에는 수상이 꺼낸 옛말을 따라서 금희가 명절에 쉬게 됐다. 결혼하고 36년 만의 휴식이었다. 제사를 안 지내는 대신 대양이 명절 떡을 사서 혼자 잠깐 들렀지만 양에게 안 좋을지 몰라 현관문 앞에만 잠깐 앉아 있다 갔다. 늘 하던 일을 안 하니 금희로선 몸은 편하지만 마음은 불편한 연휴였다.

호수가 뒤늦은 생일 축하 인사를 한 날도 설이었다.

"생일 축하한다, 양아."

"응? 며칠이나 지났는데?"

"실은, 깜빡했어. 설이라 어머니를 도와서 전을 굽다가 거실에 걸린 달력을 보는데 28일이 눈에 들어오는 거야. 중요한 의미가 있는 날이었는데? 하다가 바로 전화한 거야."

"그렇구나. 헤어진 지 4년이나 됐는데도 기억해 주고, 고마워."

"아니야, 진짜 멍청하다, 나. 작년까진 며칠 전부터 생각했는데, 네게 축하해 줄 수 있는 올해에 잊다니!"

어쩐지 웃음이 나왔다. 백혈병에 걸려 시한부 판정을 받은 헤어진 연인의 생일을, 명절에 전을 굽다가 달력을 보고 떠올렸다니…. 한때 누구의 반대도 무릅쓰고 서로만 보고 달려가던 두 사람이었다. 찰리 채플린

이 말했다지? 인생은 가까이서 보면 비극이지만, 멀리서 보면 희극이다. 아니, 인생은 아주 가까이서 들여다보면 웃긴 비극이다. 너무 웃겨서 눈물이 찔끔 나는 블랙 코미디랄까. 수화기의 저편에는 스스로를 탓하며 미안해서 쩔쩔매는 호수가, 이편에는 이런 혼자만의 생각에 빠진 양이 있었다.

　어느덧 새해도 두 번째 달에 들어섰다. 고향에서 설을 쇠고 돌아가던 일가족 2명이 휴게소에서 차에 치여 사망했고, 대구의 고속도로에서는 차 6대가 잇따라 들이받아 1명이 죽고 4명이 크게 다쳤다. 인도네시아에선 갑자기 화산이 터졌다. 수만 명의 주민이 그곳에 있었다. 400년 동안 조용히 잠자던 화산이 4년 전부터 이토록 아우성칠지, 이젠 안전하다는 정부의 발표를 믿고 고향으로 돌아온 지 하루 만에 이런 일이 벌어질지 누가 알았겠는가. 세계 곳곳에서 사람이 죽어 가는 모습은 양을 우울하게 했다. 얼마 전부터 다시 땀이 늘고 있었다. 눈에 띄게 떨어진 시력도 양의 마음에 걸렸다.

　2월 3일, 외래 진료에서 심해가 물었다.
　"하, 양 씨? 오늘은 어떤가요?"
　"땀이 좀 늘었고, 시력이 좀 떨어졌어요."
　"안과 진료를 잡아드리지요."
　"교수님, 저… 정신과 진료도 잡아 주실 수 있을까요?"
　"정신과, 진료를요? 왜 그러지요?"
　"저… 화장실의 타일 무늬가 자꾸 이상하게 보여서요."
　"어떻게 이상하지요?"
　"마녀의 얼굴처럼 보여요."

"흠. 정신과 진료를 잡아드리겠습니다."

"감사합니다."

"너무 걱정하진 마세요… 오늘 과립구는 1,637. 백혈구는 2,950. 혈색소는 9.3, 혈소판은 8만으로, 양호합니다."

"휴, 그럼 저, 이제 이식받는 건가요?"

"흠. 필라델피아 염색체의 수치가 아직 높아서, 이식을 편하게 하려면 항암 치료를 한 번 더 받는 게 좋겠습니다."

"네? 한 번을, 더요? 지난번에도… 그렇게 말씀하셨잖아요. 한 번만 더 받으면 된다고요."

양의 말에 금희도 덧붙였다.

"교수님, 필라델피아 염색체의 수치는 또 뭔가요? 지금까지는 암세포의 비율만 말씀하셨는데요, 그건 뭔가요?"

"만성골수백혈병의 암세포를 만드는 근본 원인인 필라델피아 염색체의 수치는, 정상인에게선 0퍼센트지요. 하, 양 씨가 처음 병원에 왔을 때는 100퍼센트였고, 1차 항암을 하고 나서 32퍼센트로 떨어졌습니다. 그런데 2차 항암이 끝나고 한 검사에서 31퍼센트가 나왔습니다."

"2차 항암에서 우리 애가 폐렴에, 장염까지 걸려서 죽을 고생을 했는데, 고작 1퍼센트밖에 안 떨어졌다구욧? 어떻게 그럴 수가 있죠?"

"흠. 그럴 수도, 있습니다. 그러니 이식 성공을 위해서 항암 치료를 한 번 더 받도록 하세요."

"아… 교수님, 그렇지만…."

"다음 진료 때 보지요. 잘 가세요."

"나가 계시면 안내해 드릴게요."

간호사의 말에 하릴없이 진료실을 나온 양은 눈물을 흘리고 말았다. 대기실에서 기다리던 사람들이 양을 바라봤다. 누구도 말이 없었다. 나쁜 일이라는 사실을 모두가 알았다. 안내 데스크에 앉았던 간호사가 양에게 다가오더니 부드럽게 물었다.

"왜 우세요? 뭘 도와드릴까요?"

"교수님께서, 흑… 항암 치료를 한 번 더 받아야 된다고 하셔서요… 흐흑."

"아, 그랬구나…. 너무 힘들어서 못 받겠으면, 제가 교수님께 말씀드려 줄까요?"

"아니…에요. 그렇게 해야 이식에 더 좋다는 건, 저도 잘 알아요… 그냥, 이런 상황이… 너무, 화가 나서요. 흑."

"이해해요. 너무 힘들면 교수님께 그렇다고 꼭 말씀하세요."

"네, 감사합니다."

집에 돌아와 구겨진 마음으로 누워 있던 양에게 대양이 전화를 걸어온 시간은 밤 10시 무렵이었다.

"안심해 교수가 항암 치료를 한 번 더 받으라고 했다고?"

"응. 엄마가 말했구나?"

"어. 근데 왜 그렇게 기운이 없어? 의사가 받으라면 받아야지."

"……."

"…우리 회사에도 너처럼 만성골수백혈병의 급성기였던 사람이 있다? 우수한 과장님이라고."

"진짜?"

"어. 너보다 2년 전쯤 판정받고 안심해 교수한테 치료를 받았더라고."

"정말? 신기하다! 나랑 담당 의사도 같다니. 그분… 아직, 살아 계셔?"

"어! 우 과장님은 관해가 안 돼서 항암 치료를 일곱 번이나 받았다? 그래도 이식을 잘 받고 이번 달에는 회사로 복귀도 했다."

"…일곱 번?"

"그래, 일곱 번. 과장님이 내 동생이 백혈병이라는 얘길 어디선가 듣곤 연락을 주셨어. 치료에 대해 궁금한 점이 있거나 힘든 점이 있으면 돕고 싶다고. 일단은 마음만 감사히 받겠다고 했다."

"아, 그분은… 지금, 어때?"

"과장님 말씀으로는 머리카락이 잘 안 나는 거 말고는 괜찮다고 하더라."

"아….".

"우 과장님께서도 씩씩하시니 너도 힘을 내."

"오빠, 그분의 연락처를 알려 줄 수 있어? 그분은 이식 받을 때 필라델피아 염색체 수치가 몇이었는지, 나처럼 1차 항암 치료에 암세포가 다 사라진 사람도 꼭 이식을 받아야 하는지 물어보려고. 7차례나 항암 치료를 받았으면 병원에서 나보다 훨씬 많은 환자들을 봤을 거 아냐."

"이럴까 봐 내가 마음만 받겠다고 한 거야. 선무당이 사람을 잡는다고, 다른 사람의 치료 경험은 그냥 참고 자료다! 의사의 판단을 따라야지! 넌 이제 세 번째 항암 치료잖아. 일곱 번을 받은 사람도 있으니 힘내라고 말한 거지, 그 사람의 말을 듣고 네 상태를 마음대로 판단하라고 말한 게 아니다!"

"선무당? 내가 지금 선무당이라는 거야? 오빠가 항암 치료를 한 번이라도 받아 봤어? 그게 얼마나 아프고 힘든지 알아? 매번 정말로 목숨을 건다고! 근데 어떻게 그런 말을 해!"

"아니, 나는 그런 뜻이 아니라….".

양은 전화를 끊고 폰의 전원까지 꺼 버렸다. 나도 아프기 전이라면 오빠처럼 말했을 거야. 알아, 그게 정답이지. 하지만… 항암 치료는 이성적으로만 말할 수 있는 게 아니야. 겪는 거라고… 온몸과 정신으로. 누가 알겠어, 내 마음을. 양은 너무나 외로웠다.

잠시 뒤 거실에서 금희의 휴대폰이 울리고, 나지막하게 통화하는 소리가 들렸다.

"양이가 너무 지쳐서 그래. 항암 치료가 얼마나 진이 빠지는데… 네가 이해해 줘야지…. 피곤할 텐데 그만 쉬어, 아들."

부모님이 옆에 계셔서 다행이다. 정말 다행이다. 양은 감사하며 잠이 들었다.

다음날, 서울의 아침은 영하 10도까지 떨어져 추웠다. 이날은 안과와 치과, 정신과까지 진료가 잡혀 있었다. 아침을 먹자마자 출발해 찬바람을 뚫고 갔는데도, 대한대학교병원 본관 2층에 자리한 안과 앞은 사람들로 복작거렸다. 30분을 기다려 눈에 대한 기본 검사를 받고 다시 1시간을 기다려 의사의 얼굴을 봤다. 의사는 1~2분 남짓 기계를 통해 양의 두 눈을 들여다보더니 말했다.

"깨끗합니다. 눈에 별다른 이상은 없어요. 다시 안 오셔도 됩니다."

"시력이 떨어진 이유는 그럼 항암 치료 때문일까요?"

"그럴 수 있죠. 안과적 문제는 아닌 걸로 보여요."

"정말 괜찮은가요?"

"네. 다음 환자!"

"감사합니다. 안녕히 계세요."

치과대학병원은 본관의 맞은편에 자리했다. 다시 추위를 건너 치과병원 2층에서 수납을 하고 4층 치주과로 올라가자 의사가 살펴보더니 이 X-ray 사진을 찍고 오라고 했다. 다시 2층으로 내려가 차례를 기다려서 수납을 하고 1층 영상학과로 가서 사진을 찍고 4층 치주과로 돌아가는데 거의 1시간이 걸렸다. 치과에서도 무슨 과든 아픈 사람들이 넘쳤다. 사진

판독 결과, 내려앉듯 잇몸이 아픈 이유 역시 이의 문제는 아니었다.

"당장 치료가 시급한 이도 없고… 정확한 원인을 모르겠네요."

"항암 치료의 영향일까요?"

"글쎄요, 일단은 스케일링을 해봅시다. 치석이 있어요. 치석도 잇몸 통증의 원인이 되니 제거하면 도움이 되겠지요."

"저, 혈소판이 낮은데 괜찮은가요?"

"봅시다, 8만. 정상인에 비해서 많이 낮네요. 스케일링을 해도 피가 나니까, 다음에 혈소판을 맞고 다시 오세요. 오늘은 하기가 조심스럽네요."

결국 안과와 치과에 들렀지만, 해결된 문제는 없었다. 다시금 추운 바람을 헤치고 이번에는 정신과 진료가 있는 암 병원 지하 1층으로 갔다. 정신과 간호사는 먼저 A4 3장 정도의 사전 설문지를 주었다.

"작성하는 대로 주세요. 교수님께서 미리 살펴보시고 진료를 보실 거예요."

종이에 적힌 질문은 직접적이고 구체적이었다.

> 우울한가요? 얼마나 우울한가요?
> 우울한 감정이 하루에 몇 시간씩 계속되나요?
> 일주일에 며칠 동안 우울하다고 느끼세요?
> 우울함을 해결하기 위해 무엇을 하시나요?
> 자살하고 싶다는 생각이 드나요? 얼마나 자주 드나요?
> 구체적인 자살 방법을 생각해 본 적이 있나요?
> 자살하고 싶은 마음이 들 때 무엇을 하시나요?

주어진 보기 중에서 고르기란 쉬운 일이 아니었다. 나, 정신적으로 굉장히 짓눌리고 있구나. 점점 깊어지는 질문들에 답하면서 양은 깨달았다.

대기자라고 해 봐야 서너 명. 이상한 여유가 흐르는 정신과 앞에서, 양은 자신의 마음을 살피며 답을 골랐다. 꼼꼼하게 다시 확인까지 하고 간호사 데스크에 내고 나니 이미 예약 시간인 2시가 지났다.

"저, 제 앞에 몇 명이나 남았나요?"

양의 물음에 간호사는 설명했다.

"사람은 한 명인데, 시간은 알 수가 없어요. 정신과는 다른 과랑 달리 환자가 말하고 싶은 만큼 계속 진료가 이어지니까요."

언제 나올지 모르니 점심을 먹으러 갈 수도 없었다. 3시가 조금 덜 돼서, 드디어 양의 이름이 불렸다. 진료실로 들어가자 40대 초반 정도로 보이는 의사가 양을 맞았다. 양이 쓴 설문지를 보며 고개를 끄덕이는 의사의 구불구불한 머리카락이 어깨 위로 흘렀다.

"안녕하세요?"

"하양 님? 안녕하세요? 반갑습니다."

의사의 따뜻한 인사말에 양은 마음이 살짝 놓였다.

"제가 답한 설문지인가요?"

"네. 자주 우울하고 불면증이 조금 있으시네요? 최근에 어떤, 힘든 일을 겪으셨나요?"

의사는 손에서 설문지를 내려놓고 양의 두 눈을 바라보며 물었다.

"네. 제가 작년 9월에 백혈병으로 6개월 안에 골수 이식을 받아야 산다는, 실은 거기까지 갈 수 있을지도 잘 모르겠다는 시한부 판정을 받았어요. 지금까지 두 번의 항암 치료를 받으면서 이미 4개월이 지났고요. 다행히 1차 항암 치료를 받고 암세포는 사라졌지만 의사들은 일시적인 상태라고 해요. 언제든 나빠질 수 있다고요. 실제로 1차 치료와 2차 치료 결과에서 백혈병의 원인이 된 염색체의 비율은 거의 변화가 없었대요. 그래서 교수님이 항암 치료를 또 한 번 받으라고 하신 상황이에요. 그게 어제고요."

"정말… 힘드시겠어요. 우울하고 잠을 못 주무시는 게 당연한 상황이
네요. 저라도 그럴 것 같아요, 제가 하양 님의 상황이라면요."

"이해해 주셔서 감사합니다."

"별말씀을요. 잘 오셨어요. 수면제를 처방해 드리면, 하양 님께 조금이
라도 도움이 되실까요?"

"네."

"그럼 2주 치를 드릴 테니 드셔 보세요."

"2주면 14일. 14알인가요?"

"네. 더 필요하세요?"

"더 달라면 더 주실 수 있나요?"

"얼마나 더 필요하세요? 한 달?"

"선생님, 절 뭘 믿고 수면제 14알을 한꺼번에 주세요? 자살할 생각이
없다는 내 말을 그대로 믿으세요?"

"…죽고 싶으세요?"

"아니요. 농담이에요."

죽기는 싫어요. 하지만 계속 이렇게 살 순 없어요. 이렇게는 오래 살고
싶지 않아요. 말하는 대신 양은 진심을 꿀꺽 삼켰다. 가슴속이 뜨거워졌
다. 수면제를 손에 넣기란 생각만큼 어렵지 않았다. 이렇게 한 번만 더 오
면, 언제든지 죽을 수 있어. 그러니 일단 지금은 어려운 길을 가 보자. 죽
기는 살기보다 쉬웠다. 삶을 살아 내는 게 지금의 양에게는 훨씬 더 힘든
일이었다.

"그것보다, 실은… 화장실의 타일 무늬가 자꾸만 이상하게 보여서요.
그래서 정신과 진료를 받고 싶었어요."

"어떻게 이상하세요?"

"자꾸만 마녀로 보여요."

"마녀요?"

"네."

의사가 눈빛을 반짝이며 수첩에 손으로 메모를 하기 시작했다.

"마녀라 하면, 어떤 모습이죠?"

"음… 메두사요. 머리에 뱀들이 머리카락처럼 주렁주렁 달린 괴물… 아시죠?"

"왜 그게 마녀라고 생각하셨어요?"

"그냥 보는 순간에 그렇게 떠올랐어요. 마녀다! 라고요."

"'메두사다. 마녀다.'라고 마음에 떠올랐다고요?"

"네. 처음부터 메두사는 아니었어요. 얼마 전에 이사를 했는데, 이전에 살던 옥탑방에서는 화장실 벽 중간에 가로로 길게 띠처럼 들어간 타일의 분홍 무늬가 동글동글한 마녀로 보였었어요. 그래도 그때는 전체 몸집이 한 손에 올라갈 만큼 작고 지팡이를 짚은 약한 모습이라 무섭진 않았어요. 그냥… '이상하다. 왜 저 무늬가 갑자기 마녀로 보일까?'라고만 생각했어요. 1차 항암 치료를 받고 퇴원했을 때 처음으로 하나가 보였는데, 한 달 정도 집에서 머무는 동안 셋으로 늘어났고, 2차 항암을 받으러 입원했을 때 병원 화장실에선 안 나타나서 괜찮을 줄 알았어요. 그런데 2차 항암 치료를 끝내고 부모님께서 구한 새집으로 퇴원했더니, 그날부터 화장실에 다시 나타난 거예요. 병원 화장실은 다 하얀 타일이고 무늬가 없어서 사라졌다 착각했었나 봐요."

"그런데 이번에는 메두사 같은 모습으로 나타났다는 거죠?"

"네. 지금 사는 집의 화장실은 전체에 어두운 녹색 타일이 붙어 있고, 타일마다 짙은 회색의 이상한 무늬가 있어요. 그런데 그 무늬 중 하나가 메두사의 얼굴로 바뀌더니, 일주일도 안 돼서 10개나 늘어나 버렸어요.

너무 끔찍하고 무서워서 화장실에 들어가기도 겁날 지경이에요. 더는 견딜 수가 없어서… 왔어요."

"그럼 지금은 마녀의 얼굴이 몇 개나 되나요?"

"음… 20개는 넘는 것 같고, 30개 정도… 되려나?"

"마녀들이 소리를 내거나 움직이기도 하나요?"

"음… 그건 아니지만, 화장실에 들어가면 다 같이 절 노려보는 기분은 들어요. 저를 비웃는 눈빛으로요."

며칠 전, 마녀의 얼굴 하나가 흔들거리며 내는 비웃음을 들은 듯도 했지만, 양은 말하기를 망설였다.

"혹시 다른 어려운 점은 없으세요? 마음에요."

"마음… 제 마음이 어떨 거 같으세요? 다른 사람들은 하루하루 살아가는데, 저는 매일매일 죽어 가요. 저는 오늘이나 내일, 아님 지금 당장에라도 죽을 수 있다고 생각하고 살아가죠. 내가 죽어도, 사람들이… 지병이 있었으니까, 그것도 백혈병… 더구나 암 말기로 시한부 판정을 받았으니까, 그럴 수도 있다고 말하는 소리가 벌써부터 들리는 듯해요. 잠깐 슬퍼하겠지만 결국 산 사람은 살아가겠죠. 내가 이런 얼토당토않은 상황에 빠졌다는 사실에 너무 화가 나요. 그런데도 탓할 사람이 없다는 게 제일 괴롭고요. 하지만 무엇보다… 누구도 이런 나를, 내 고통을 이해하지 못한다는 사실에 너무너무 외로워요. 가장 친했던 친구들도 이런 저를 앞에 두고 자기들의 얘기만 늘어놓더라고요. 어이가 없었어요. 부모님도 백혈병에 걸린 젊은 딸을 둔 거지, 본인이 제 나이에 백혈병에 걸려 6개월 안에 골수 이식을 받아야만 사는 건 아니잖아요? 특히 아버지와의 관계가 힘들어요. 자꾸만 제 탓을 하셨거든요. 왜 진작 병원에 안 갔냐. 왜 더 빨리 회사를 그만두지 않았냐. 왜, 왜, 왜… 속상해서 그러신 거 알아요. 저도 아버지와 같은 후회가 들었기 때문에 그 말에 더 화가 나는 거 같기도 해요. 밤낮없이 일에만 매여 살던 나. 바쁘다고 병원에 가기를 미뤘던 나. 밥은 잘 안 챙겨 먹고 스트레스를 푼다고 술이나 홀짝거리던 나. 젊으니까 건강하니까 괜찮겠지, 착각하면서 자만한 나. 내가 즐거운 일보다는 남들의 기대에 맞추고 사느라 정작 나 자신을 돌보지 못한 나. 난 참 바보같이 살았구나… 하루에도 수백 번, 수만 번을 반성했어요. 안 그래도 스스로가 죽도록 한심해서 돌겠는데 누가 내 마음을 자꾸 꼬집으면 어떻겠어요? 싫더라고요. 그래서 아버지가 미웠어요. 이번에 알았는데, 사람은 자기 삶을 정당화하려는 경향이 있더라고요. 내가 스스로 아무리 잘못 살았다 해도 남들은 아니라고, 너는 잘 살아 왔다고 말해 줬으면 하나 봐요. 기침이나 재채기만 한 번 해도 제게 옮길까 봐 감기약을 드셔 버리는 부모님을 보면서… 지금은 아버지에 대한 마음이 좀 풀렸는데도 여전히 아버지를 대하기가 어렵네요."

"그렇군요…. 지금 저한테 말씀하시듯이 솔직하게 마음을 열고 이야기를 나누어 보면 어떠세요?"

"아니요. 부모님은 제 몸을 살리기 위해 자신들의 몸이 망가지면서까지 지금도 온 힘을 다하고 계신데, 그런 부모님께 제 마음까지 위로해 달라고는 할 수가 없어요. 그럴 수는 없어요. 친구들은 제가 말해도 진심으로 공감할 순 없을 거고요. 그래서 연락을 다 끊을까 고민 중이에요. 사람들과 연락할수록 마음만 복잡해지고 제 상황이 더 초라하게 느껴져서요. 치료에만 집중하고 싶은데 자꾸만 흔들려요. 제가 좀 별나게 받아들이는 걸까요? 아님 제 자신에게만 너무 빠져 있는 걸까요?"

"아니에요. 젊은 암 환자들의 전형적인 마음과 행동입니다."

양은 놀랐다. 그동안 휘몰아친 이 모든 낯선 감정과 고민이 너무나 평범한 경우에 들어가다니.

"젊은 암 환자의, 전형적인 모습이라고요? 제가?"

"네. 대부분의 젊은 암 환자는, 주변인과 공감을 나누기가 어려워요. 말씀하셨듯이 젊은 사람들은 자신에게는 그런 일이 안 생길 거라 생각하고 건강에 크게 신경을 안 쓰며 살아가죠. 하양 님 본인도 판정을 받기 전에 바로 그런 마음으로 비슷한 생활을 했기 때문에 더 잘 아는 거구요. 자기에게도 일어날 수 있는 불행이라고는 상상조차 안 하면서 그저 안됐다고 생각하는, 동정 어린 시선을 못 견디는 거예요. 사실 하양 님의 친구들로서는 자신과 같은 젊은 사람이, 그것도 가까운 사람이 암과 같이 큰 병을 앓아서 시한부 판정을 받는, 이런 상황을 거의 처음 겪는 데다 현재 자신의 삶과 너무나 거리가 있기 때문에 어떻게 대해야 할지 모르는 경우가 많아요. 어찌할 바를 몰라 흔히 침묵하기도 하죠. 그런 반응에 젊은 암 환자 분들은 회복이 불가능한 상처를 받죠. 다 필요 없다며 연락을 끊어 버리는 경우가 많아요. 함께하니 괴로워서 거리를 두는데, 그래서 더 외로운 혼자가 되는 거죠."

양은 충격을 받았다. 이유뿐 아니라, 그래서 연락을 끊겠다는 나의 선택마저 너무나도 일반적이라니.

"그럼 저처럼 마녀가 보이는 사람도 흔한가요?"

"아니요. 하양 님의 마녀는, 매우 흥미로운 사례입니다."

"…왜 저한테는 마녀가 보이는 걸까요? 꼭 마녀가 아니더라도 다른 뭔가가 보이는 사람이 있나요?"

"글쎄요…. 마녀는 사실, 스스로가 보는 자신의 모습일 수 있습니다."

"제가 보는… 제 모습이라고요?"

"네."

"나를 비웃는, 끔찍한 마녀가요?"

"하양 님은 병이 자기 탓이란 생각에 너무나도 괴로워하잖아요. 그래서 자신을 돌보지 못했던 스스로를 비웃거나… 혹은 지금 자신의 모습이 그렇게 끔찍하다고 여기는 마음일 수도 있습니다. 남들이 하양 씨의 모습을 그렇게 보고 비웃는 건 아닌지 두려워하는 마음이 드러났을 수도 있고요."

꼴좋다. 죽음이 두렵지 않다고 그렇게 자신만만하더니. 젊다고 건강하다고 몸을 막 대하더니. 양은 이런 생각들을 했던 기억이 떠올랐다.

"아… 충격적이에요. 마녀가… 제가 보는, 제 모습이라니."

"그래도 마녀가 움직인다거나 소리를 내진 않는다니 다행이에요. 그러면 환청까지 들리는 경우라 조금 심각해지거든요."

"…그런 게 환청인가요?"

"네. 환청까지 들리기 시작하면, 어려워져요. 아니시니까 다행이에요."

"…네."

"마녀가 보이는 젊은 암 환자는, 의사로서도 매우 관심이 가는 케이스예요. 정말 잘 오셨어요. 제가 드린 수면제를 2주간 드셔 보시고, 다음에 마녀가 어떻게 되었는지 알려 주세요. 기다리겠습니다. 꼭 다시 찾아오세요."

흥미로운 사례, 관심이 가는 케이스라는 의사의 표현이 마음에 걸렸지만, 정신과 의사를 찾아온 보람이 있었다. 털어놓고 나니 적어도 속은 시원했다.

양이 안과와 치과, 정신과까지 다녀와 파김치가 된 2월 4일은 세계 암의 날. 저녁 뉴스에선 전 세계의 암 환자가 급증하리란 연구 결과를 깊이 있게 다뤘다. 2012년에 1,400만이던 암 환자 수가 2030년에는 2,160만으로 54퍼센트나 늘어나며, 암으로 인한 사망자 수는 2012년의 820만에서 2030년에는 59퍼센트가 늘어난 1,300만에 이르리란 예상이었다. 대한민국의 경우도 지난 10년 사이, 암 환자가 2배로 늘어 치료 중이거나 암에 걸렸던 사람이 110만 명에 이르렀다. 매년 새로운 암 환자도 21만 명이 넘게 생겼다. 올해만 해도 나처럼 암을 판정받은 사람이 21만 명이나 있다니⋯. 혼자가 아니라는 사실에 위로를 받으면서도 자신처럼 힘들어 할 사람이 그만큼이나 많다는 사실에 양은 마음이 아렸다. 평생 성인 3명 가운데 1명이 암에 걸린다는 우울한 예측을 들으며, 양은 상상했다. 대한민국에서만 지난 10년 사이에 암을 겪은 사람이 110만 명⋯ 다 모이면 울산광역시의 인구만큼이나 많아. 대한민국 인구를 대략 5천 만으로 보면 46명 중에 1명은 암 환자로서의 경험이 있다는 말이지. 전 세계적으로 인구가 100만이 안 되는 나라도 35개쯤 되니까⋯ 세상에! 2012년을 기준으로 전 세계의 암 환자만 모여도 나라 하나가 만들어질 정도로 어마어마한 숫자였다. 놀라움에 사로잡힌 양의 심장을 움켜쥔 건 이어진 기자의 말이었다.

"암은 생활 습관 탓입니다."

뭐라고? 백혈병은 대부분 원인을 몰라! 특히 만성골수백혈병은 원인을 알 수가 없어서 예방도 불가능하다고 나와 있어. 남자의 경우 담배만 끊어도 암으로 죽을 가능성이 33퍼센트 낮아지고 술까지 줄이면 3퍼센트 더 줄어들며, 여자의 경우 유방암의 18퍼센트와 난소암의 32퍼센트가 저출산과 관련돼 있어 임신과 출산 자체가 암 예방 수단이라는 국립암센터의 분석 결과를 양이 무시하는 건 아니었다. 하지만 이런 단정적인 말은 암 환자들이 자기 탓을 하게 만들 수도 있었다. 양은 더 이상 스스로를 탓하고 싶지 않았다.

하루 종일 칼바람이 몰아친 이날은 입춘이기도 했다. 봄의 시작을 알려 주는 뉴스에 양은 마음을 집중했다. 양재 꽃시장은 200만 송이가 넘는 봄꽃으로 가득했고, 전통시장에는 싱싱한 봄나물이 나왔다. 가게들도 앞다퉈 가벼운 봄옷을 내걸었다. 제주도 한라산의 산기슭에선 하얀 매화가, 남해안 섬에는 빨간 동백꽃이 꽃망울을 터뜨렸고, 한 달이나 이르게 겨울잠에서 깨어난 개구리는 서둘러 짝짓기를 시작했다. 봄이 다가오고 있었다.

이틀이 지나자 추위가 한발 물러났다. 서울의 아침 기온은 영하 5도, 낮 기온은 3도. 예년과 같았다. 풀린 날씨를 핑계 삼아 양은 금희와 수상을 동네 영화관으로 이끌었다. 그제 본 뉴스가 마음에 걸렸다. 50대와 60대의 절반이 아직 청춘이라고 생각하며 남은 인생은 자신을 위해 살겠다고 답했다는 내용이었다. 모델에 도전한 50대, 60대의 들뜬 얼굴을 보다 양은 고개를 돌렸다. 푹 꺼진 뺨에, 부쩍 늙어 버린 수상과 금희가 눈에 들어왔다. 마음이 무거웠다. 즐거운 바깥나들이로 두 사람을 조금이나마 위로하고 싶었다.

> 당신은 언제로 돌아가고 싶나요?
> 스무 살 꽃처녀가 된 칠순 할매

양이 고른 영화는 얼마 전에 개봉한 '수상한 그녀'였다. 할머니와 손녀뻘인 두 명의 여주인공이 손을 맞잡고 정답게 뒤돌아보는 포스터처럼, 금희와 수상이 다시 웃음을 되찾기를 바랐다. 다행히 '수상한 그녀'는 기대 이상으로 따스하고 즐거웠다. 젊음을 되살려 꿈꾸던 삶을 이룰 기회를 코앞에 두지만, 손자의 생명을 구하기 위해 할머니 오말순으로 되돌아가는 오두리를 보며, 더 이상 시간 여행을 안 떠나기로 한 '어바웃 타임'의 팀이 떠올랐다. 결국은 내가 살아온 모든 길이 지금의 나를 이루었어. 만약은 없어. 부모님의 삶도 마찬가지인 거야. 어쩔 수 없는 일을 받아늘이는 법을, 양은 배우고 있었다.

세 사람은 영화를 보고 돌아오는 길에 학림에 들렀다. 양의 눈이 피로해져서 쉬어 갈 필요가 있었다. 눈을 감고 의자에 기댄 양에게 금희가 말했다.

"양아, 눈 감고 들어. 지난 추석 때 만났던 내 친구 가족 기억해? 은순이네 말이야."

"기억나. 나 입원하기 직전에 같이 점심을 먹었던 분들?"

"맞아. 얼마 전에 은순이한테서 연락이 왔어."

"아, 잘 지내신대?"

"그게… 그 친구가 실은 그때 유방암으로 살 확률이 15퍼센트밖에 안 된다는 판정을 받았다더라."

"뭐?"

"이제 죽는다고… 다 정리하고 마지막으로 친정 부모님의 산소에 다녀오자고 내려온 김에 나를 만났던 거더라."

"세상에!"

"네가 아프고 나서… 엄마가 사람들하고 연락을 끊다시피 했잖아. 아무런 연락도 받기 싫어서 모임도 하나도 안 나갔고. 영자 아줌마한테만 말했어. 자주 만나던 친구라 말을 안 할 수가 없어서. 네가 병원에 있을 때 은순이가 몇 번이나 전화를 걸었는데 내가 아예 안 받았거든. 알고 보니 자기가 치료를 받으러 서울에 올 때마다 연락했던 거더라…. 내가 하도 연락이 안 되니까 은순이가 영자한테 전화를 했나 봐. 영자가 은순이한테 실은 금희의 딸이 아프다고 말해 줬대. 영자는 영자대로 조심스러웠나 봐. 얼마 전에야 나한테 이런 얘기들을 하더라. 은순이한테 얼마나 미안한지…. 그래서 내가 연락을 했고 이번 일요일에 만나기로 했어. 은순이 말이, 추석 때 같이 왔던 자기 남편이 네 아버지와 같이 보고 싶다고 했대. 그래서 이번 일요일에 부부 동반으로 보기로 했는데, 다녀와도 괜찮을까? 혼자 있을 수 있겠어?"

"그럼! 당연하지! 꼭 가서 뵙고 와!"

"고마워. 그럴게. 당신도 같이 갈 거지?"

"그러지 뭐. 그나저나 은순 씨가 참 안됐어. 아직 한창일 나이인데."

"그날 전혀 내색을 안 해서 우린 아무도 몰랐잖아. 그날이 마지막이 될 수도 있었는데… 친구라면서 연락도 안 받았으니."

"정말 사람일은 알 수가 없구나…. 며칠 전 뉴스에서 평생 국민 3명 중 1명이 암에 걸린다고 떠들던 말이 정말이었어. 그날, 나는 내가 아픈지도 몰랐던 그날, 함께 모여서 웃으면서 맛있게 오리 백숙을 먹던 엄마, 아빠, 나, 은순이 아줌마와 남편과 따님, 이 6명 중에 1명은 이미 암 판정을 받았고, 내 몸엔 암이 있었던 거잖아요. 예측이 너무 정확하게 들어맞아서 소름이 끼쳐요."

"그러네, 정말! 살수록 그래. 인생은 한 치 앞도 알 수가 없네."

금희는 알 수 없는 인생 앞에서 겸손해지는 법을 배우고 있었다.

이날 저녁 뉴스는 인공 손의 임상 시험이 성공했다는 소식을 전했다. 10년 전에 한쪽 팔꿈치 아래가 잘린 남자가 인공 손을 이식받은 뒤 진짜 손처럼 감각을 느끼며 손가락을 움직이고 팔씨름까지 하는 모습은 양에게 신선한 자극을 주었다. 팔을 잃은 소렌센이 프랑스 파리에서 살아왔을 지난 10년의 시간이 양의 마음을 저릿하게 스쳤다. 10년을 기다려 새 팔을 얻은 사람. 그는 느낄 수 없던 것들을 느끼게 돼서 놀랍다고 말했다. 그가 되찾은 건 팔뿐 아니라 인생이었다. 팔을 잃기 전의 그와 팔을 다시 얻은 그의 삶은 완전히 다르겠지… 새로운 시작. 두 번째 삶. 부활. 양은 소렌센의 얼굴을 보며 이런 말들을 느꼈다.

"엄마, 나도 다시 태어나고 있는 중이라 생각해야겠어. 어쩌면 그동안은 해서는 안 되는 것과 해야 하는 일에 매여서 살아왔나 봐. 자유롭게, 내가 하고 싶은 일을 선택하며 산다고 생각했는데, 내 머릿속의 온갖 금기와 목표를 되짚어 보니 아닌 듯도 해."

"그래, 이제 다 나으면 남들 따윈 신경 쓰지 말고 너 하고 싶은 대로 하고 살았으면 좋겠네."

다시 태어나자. 지금까지의 삶에 얽매이지 말자. 이 삶이 이어지는 게 아니라 두 번째 삶을 시작하는 거라 믿고, 완전히 새롭게 살아 보자. 부활하려면 얼마나 큰 고통과 용기가 필요할지 생각해 봐. 소렌센을 생각해. 려희의 어머님을 생각해. 채송화 할머니를 생각해.

이날 밤, 양은 모든 연락을 끊기로 결심했다. 어두운 생각으로 하는 정리가 아니었다. 사람들과의 대화에 신경 쓰고, 기다리고, 흔들리는 자신이 싫었다. 처음에 시한부 판정을 받고 항암 치료를 시작할 때, 죽는다는, 그럴 수도 있다는 생각이 덮쳤을 때, 아무것도, 누구도 양에겐 의미가 없었다. 지금은 생과, 사람들과 너무나 가까이 있으면서 여러 집착과 감정의 소용돌이에 빠져 오히려 치료를 위한 노력이 비틀거리는 느낌이었다. 비우자. 다시. 이번에는 필라델피아 염색체 비율의 0퍼센트를 목표로 최선을 다해 보자! 내가 할 일이 남았다면 신이 나를 살려 주겠지. 이식이 끝날 때까지, 마음이 잠잠해질 때까지 소통에 대한 유혹에 흔들리지 말자. 양은 다짐하며 SNS에 들어가 글을 남겼다.

연락이 안 돼도 걱정하지 마세요. 그럼 안녕히.

한결과 은혜, 려희와 음표, 라미에게는 따로 메시지를 보냈다. 이제 치료에 집중할 거라고, 그래서 연락이 안 될 거라고, 너희가 아는 내 모습

그대로 기억해 달라고, 내가 잘 지내고 있을 거라 생각해 주길 바란다고, 양은 남겼다.

다음날은 낮 기온이 7도까지 오르며 더 포근해졌다. 밤부터는 전국에 눈이 올 거란 예보가 있었다. 정신과 진료 뒤에도 마녀는 그대로였다. 그래도 수면제 덕에 잠을 푹 자자 몸도 마음도 한결 나아졌다. 마녀가 내가 보는 내 모습이라니…. 이제는 무섭지만은 않았다. 때로는 마녀의 표정이 슬퍼 보이기도 했다. 양은 마녀를 없애기 위해 뭔가를 해야 한다는 부담을 내려놓았다. 내 탓부터 그만두자. 비로소 양은 현재를 평화롭게 받아들일 수 있었다.

2월 7일 금요일. 러시아의 소치에서 제22회 동계 올림픽이 열렸다. 피겨 여왕 김연아를 비롯해 71명의 한국 선수가 소치로 날아가 온 힘을 쏟았다. 스포츠를 좋아하는 수상과 금희는 하루 종일 TV를 봤고, 양은 방문을 닫고 책을 읽었다. 일주일째 잡고 있는 《미 비포 유》를 끝내자. 이날 양의 목표였다. 피로한 눈을 다그쳐 가며 마지막 장을 넘겼을 때, 양은 눈알까지 치밀어 오르는 짜증을 참지 못했다. 오토바이 사고로 사지마비가 온 젊은 남자가 사랑을 이루자마자, 안락사를 택해 죽어? 이런 우울한 끝을 보려고 500페이지가 넘도록 더럽게 두꺼운 책을 읽은 줄 알아? 행복해지는 두 사람을 보고 싶어서 아픈 눈을 비벼 가면서 하루 종일 읽었더니 이렇게 뒤통수를 쳐? 죽음을 앞둔 사람들도 이 책을 읽는다고! 생각 없는 작가야! 예전에 읽은 어느 시인의 에세이까지 생각나 양은 머리털까지 화가 솟구쳤다. 사람이 아름다운 꽃을 먼저 꺾듯이, 신도 어여삐 여기는 사람들을 먼저 데려간다던 말. 물론, 그 시인은 소중한 사람을 잃은 사람들을 위로하려는 마음으로 쓴 글이라며 미리 밝혔다. 하지만 그 말이 과연 위로가 될지는 의문이었다. 꽃을 진정으로 아끼는 이가 아름다운 꽃부터 꺾을까? 있는 그대로를 두고 보는 게 더 오래도록 행복한데? 아름다운 꽃을 먼저 꺾어 제 곁에만 두는 인간처럼 신이 편협할 리가. 당신이라면 그토록 이기적인 신을 과연 용서할 수 있겠는가. 꺾이는 꽃의 입장이기에 양은 꽃을 잃는 사람의 입장이 되어 볼 순 없었다. 죽어 가는 사람들도 당신의 글을 읽습니다, 시인님! 드라마도 마찬가지다. 알콩달콩한 연애 이야기로 잘 나가다가도 시청률이 좀 떨어진다 싶으면 뜬금없이 등장인물이 암에 걸리고, 눈물바다가 되고, 죽는다. 암으로 치료 중인 사람들에게는 드라마 속 암 환자의 죽음이 남의 일이 아니다. 당신들의 창작물로 인해 누군가 절망해서 죽는다면 그건 살인인가, 아닌가. 적어도 미필적 고의에 의한 살인은 아닌가. 나처럼 아픈 사람들도 생각해 줘요, 제발.

하지만 양은 알고 있었다. 양이 가장 화가 나는 이유는, 자신도 《미 비포 유》의 윌과 같은 선택을 했으리라는 사실을 깨달았기 때문이었다. 인공 손의 임상 시험 성공처럼 의학 기술의 발전으로 언젠가는 윌의 사지 마비가 풀릴 수도 있다고 믿고 살리려는 여자 루이자와 사랑하는 여자를 불행하게 만들 수 없어 죽음을 택하는 남자 윌. 양도, 세하가… 호수가, 자신과 달리 건강한 사람을 만나 평범하게 살아가기를 바랐다. 윌은 곧, 나야. 양은 그래서 울었다.

이날 밤 늦게, 세하에게서 만나자는 연락이 왔다.
"누나, 무슨 일 있어?"
"너야말로 바쁜 사람이 어쩐 일이야."
"이번 주말에 서울 가는 김에, 누나를 볼 수 있나 해서."
만나야 할까? 양은 고민하며 물었다.

"너 시간이 언제 되는데?"

"3시에 어때? 나 다음 약속이 4시 반이니까, 1시간 정도 가능할 것 같아."

1시간… 겨우 그 정도 시간을 위해 마음의 평화를 깨야 할까? 아니면 바쁜데도 나를 위해 마음을 냈으니 나가야 할까? 양은 알고 싶어 물었다.

"1시간은 좀 짧지 않아? 조금 일찍 2시에 만나거나 아님 다음 약속을 조금 미룰 수는 없어?"

"아, 그건 어려워. 딱 1시간만 돼서 말한 건데, 그럼 보류. 다음에 보자."

보류? 보류라고? 다음은 없어. 양은 세하에게서 돌아서는 마음을 느꼈다.

"그래."

"별일 없지?"

양에게서 답이 없자 세하가 다시 메시지를 보냈다.

"누나가 바꾼 SNS 글 봤어. 몸이 더 나빠진 건 아니지?"

"그냥, 사람들이 말을 거는 게 싫어서. 안 괜찮은데 괜찮다고 말하기도 지겹고."

"잘했어. 남들이 무슨 상관이야."

"이젠 이해나 배려, 예의 같은 건 버리려고. 내가 연락이 안 돼도 걱정하지 마."

"무소식이 희소식인 거지?"

"나 죽어도 연락이 안 갈 거야. 사람들은 모르게 할 거거든. 그러니까 잘 살아."

4년 전에 양이 얼마나 소중한 존재를 놓고 자신에게 왔는지 세하는 알지 못했다. 그 선택의 무게를 안다면 알기에, 모른다면 모르기에 넌 내 손을 못 잡겠구나. 세하는 앞으로도 모르겠지. 곧 세하는 양보다 나이가 많아질 것이다. 양은 살지 못할 나이까지. 그러다 문득 나를 잊겠지. 이날 밤 두 사람의 대화는 이렇게 끝났다.

일요일. 세하를 만났을 수도 있었을 오후에 양은 혼자였다. 은순 부부와 점심을 하러 나간 금희와 수상의 귀가가 생각보다 늦어지고 있었다. 양이 나쁜 생각을 할까 봐 잠시도 집을 비우기 불안해하던 금희였다. 하지만 눈앞의 은순을 두고 쉽게 일어설 수는 없었다. 겨울의 짧은 해가 기울면서 집안이 어둠에 잠기자, 양은 마녀가 무서워 화장실도 못 가고 방구석에 쪼그리고 앉아 참았다. 차라리 세하를 만날 걸 그랬나? 어차피 세하에게 난 안 보면 그만인 사람이니, 내가 아프다고 힘들다고 죽는다고 해서 눈도 깜짝 안 할 거야. 나도 그냥 그 정도로, 내 상황을 잊기 위해 편하게 이용하면 어때서… 아냐, 그보다 엄마더러 가지 말라고 할 걸 그랬어. 이런 후회에 자꾸만 눈물이 나서, 양은 다른 생각을 하려고 애썼다. 그러자 어두운 뉴스들이 줄지어 떠올랐다. 크레인이 무너져 공사장에서 죽은 사람들. 화재가 난 실버타운에서 숨진 노인들. 조류 독감으로 죽은 중국인들과… 산 채로 묻혀 지금 이 순간에도 가쁜 숨을 내쉬며 죽어 갈 오리와 닭, 깨진 알들. 설에 고향을 다녀오다 차에 치여 죽은 일가족. 화산이 터진 마을의 인도네시아인들. 불행은 얼마나 순간적이고 일상적인 얼굴로 다가오는가. 그들 중 누군가는 암에 걸린 양과 같은 사람을 훨씬 불쌍하게 여겼을지 모른다. 하지만 지금 그들은 죽었고 양은 살아 있다. 그들은 나와는 다른, 그들인가. 아니, 이들은 나다. 자신에게 무슨 일이 일어날지 모른 채 평범한 하루하루를 살아가는 존재라는 점에서, 우리는 모두 같았다.

며칠 전에는 북한의 영변원자로가 폭발할 가능성이 있고, 터지면 서울에도 대재앙이 닥치리란 보도가 나왔다. 영국과 한국의 핵 전문가들은 영변 주변에 10여 개의 핵 시설이 몰려 있어서 연쇄 폭발로 이어진다면 러시아 체르노빌의 10배, 일본 히로시마의 100배에 달하는 피해가 있으리란 분석을 내놓았다. 그럼 다 죽는 거야. 6개월이라는 시한부 판정을 받은 양이 살아오는 동안, 그 6개월 사이에 셀 수도 없는 많은 생명이 사라졌다. 지독한 모순이 아닌가. 양은 자신이 죽을 거라는, 언제든 그럴 수도 있다는 사실을 안다. 그런데 1초 뒤에 자신이 죽을지도 모르고, 어쩌면 그런 양을 불쌍하게 여길 사람들이 양보다도 먼저 죽는다. 양이 이 모두보다 불행한가? 곰곰이 생각하니 울 이유가 없었다. 그래, 이제 알겠어. 우리는 모두 죽음 앞에 서 있어. 언제 닥칠지 모를. 우리는 모두 시한부 환자야. 양은 이제 그 사실을 알았고, 다른 사람들은 모를 뿐이었다.

이날 저녁 뉴스의 중심은 나흘째 이어진 동해안 지역의 폭설이었다. 경상북도에선 130동이 넘는 비닐하우스가 무너졌고, 강원도에는 눈이 1미터 가까이 쌓여 작은 배들이 가라앉을 정도였다. 일본 도쿄에도 45년 만에 기록적인 눈이 내려 하루 동안 11명이 죽고 1,200여 명이 다쳤다. 같은 날, 일본 삿포로에서 열린 눈 축제에는 200만 명이 넘는 사람이 몰려 경제 효과가 4,000억 원이 넘으리란 뉴스도 나왔다. 한쪽에서는 눈이 넘쳐 사람이 죽어가고 한쪽에서는 눈을 모아 사람들이 살아갔다. 눈은 다음날에도 그칠 줄 몰랐다. 강원도 강릉에 내린 눈은 107센티미터를 넘겨 1990년 이래 24년 만의 기록을 세웠다. 강원도와 경상북도에서 눈 피해를 입은 건물이 200동을 넘었고, 166개 학교가 휴업을 했으며 10개 학교가 졸업식과 개학을 미뤘다. 경기도에선 산을 내려오다 눈길에 미끄러진 등산객이 구조를 기다리다 죽었다. 충청북도에선 100건이 넘는 빙판길 교통사고가 났다. 울산에서는 눈 무게에 공장지붕이 무너져 2명이 죽고 4명이 다쳤다. 일주일 뒤 이산가족들이 만날 북한 금강산에도 2미터까지 눈이 쌓여 치우느라 바빴다. 반면 동계 올림픽이 열리는 러시아 소치는 기온이 17도까지 올라가 스키장의 눈이 녹아 선수들이 연습을 못해 발을 굴렀다. 한쪽에는 날이 추워 문제였고 한쪽에선 날이 더워 난리였다.

그러는 사이에도 양을 둘러싼 세상은 굴러갔다. 비타민C가 10그램 이상 포함된 정맥 주사가 암세포를 죽이고 재발도 늦췄다는 미국의 연구 결과가 보도돼 양을 기대하게 했다. 정맥 주사는 아니지만, 양도 매일 10그램의 비타민C를 먹고 있었다. 의료 보험의 적용이 안 되던 선택 진료비와 간병비, 4인실이나 2인실의 입원료가 싸진다는 보도도 나와 수상과 금희를 한시름 놓게 했다. 그러려면 2017년까지 4조 6천억 원이 필요해 매년 3퍼센트 안팎으로 건강보험료를 올려야 하지만 정부는 인상을 최대한 억제하겠다고 강조했다. 이틀 뒤로 다가온 정월 대보름을 앞두곤 견과류를 실온에 두면 곰팡이가 생겨 아플라톡신이라는 1급 발암 물질을 만든다는 보도가 나왔다. 양은 호두나 땅콩, 아몬드를 아예 안 먹기로 했다. 오리고기도 마찬가지였다. 한 달 새 350만 마리가 넘는 닭과 오리가 땅에 묻혔지만, 조류 독감은 아랑곳하지 않고 제주도와 강원도, 경상북도를 제외한 전국으로 퍼졌다. 한국에선 조류 독감이 사람에게 전염된 사례가 없으며, 조류 독감 바이러스는 75도로 5분만 익혀도 죽는다는 정부의 말을 금희는 믿었다. 그러나 조류 독감에 걸린 중국인이 100명을 넘어서고 사망자도 20명을 넘어 치사율이 오르자 더 이상은 양에게 먹이기 불안했다. 중국에 도는 조류 독감은 H7N9형으로 한국에서 확인된 H5N1형과는 달랐다. 그러나 사람에서 사람으로 전염이 된 사례가 나오고 있었다. 중국의 한 외과의사가, 중국을 다녀온 캐나다 여행객이, 중국 옆 베트남에서도. 과학적으로 인과관계가 안 밝혀졌을 뿐인지, 다들 쉬쉬거리는 건지, 정말로 먹어도 괜찮은지 누가 알겠는가. 1차 항암 치료 뒤부터 양의 살을 찌우는 데 큰 공을 세운 오리고기라 해도, 안 돼. 당분간 오리와 닭, 달걀은 금지야. 어쩔 수 없었다. 금희는 시한부 판정을 받은 딸을 둔 엄마였다.

거실에 시신을 두고 7년간 지낸 가족이 발견된 뉴스는 충격적이었다. 간암으로 죽은 남편이 안 죽었다고 믿은 아내는 40대 약사였고, 자녀 셋에 죽은 사람의 누나까지 다섯 식구가 시신과 함께 생활해 왔다. 이건 아니야. 산 사람은 온전히 살아야지. 양은 자기가 죽으면 가족들이 다시 일상을 누리기를 바랐다. 대양은 서희와 쌍둥이가 있으니 어떻게든 지낼 터였다. 나이가 든 수상과 금희가 양은 걱정이었다. 지금부터 정을 떼야겠어. 양은 단단히 마음먹었다.

물론 죽을 경우만 준비하는 건 아니었다. 최고를 희망하되 최악에 대비하자. 아프기 전, 삶을 대하던 양의 자세였다. 이 시간을 넘기고 다시 살아난다면 어떻게 살 것인가. 양에게 깊은 울림을 준 뉴스는 평화 시위에 나선 우크라이나 예술가들의 모습이었다. 반정부시위대가 세운 불타는 타이어 바리케이드. 장갑차로 밀고 들어오는 정부군. 둘 사이에 놓인 말없는 피아노 한 대. 우크라이나의 상징인 푸른색과 노란색이 그려진 피아노에 누군가 앉아 연주를 시작한다… 검은 연기와 불꽃에 뒤덮인 우크라이나의 수도 키예프를 채우는 깊은 평화의 노래. 폐허가 된 충돌 현장에 캔버스를 놓고 역사를 기록하는 젊은 화가. 양은 이들을 보며 조심스레 자신의 미래를 그렸다.

2월 14일. 밸런타인데이에 양은 세 번째로 입원했다. 누군가 사랑할 때 누군가는 아파한다. 누군가 늙고 누군가는 자란다. 누군가는 죽어 가고 누군가는 새롭게 태어난다. 매 순간 이어지는 끊임없는 삶과 죽음. 그랬다. 이게 인생이었다.

4

시한부 환자에게도 삶은 이어진다. 병원에서도 인연은 생겨났다.

다시 돌아온 111병동. 입원 첫날, 양은 시큼한 냄새가 박힌 복도를 돌며 병실마다 내걸린 이름표를 읽었다. 아는 이름이 여럿 있었다. 금희가 마음을 썼던 함복수나 양이 궁금했던 풍경 노부부는 안 보였다. 간호사 데스크에 물었지만 함복수란 이름을 기억하는 사람은 없었다. 시계바늘처럼 돌고 돌던 흥겨운 벨소리를 아는 사람도 없었다. 양은 익숙하면서도 낯선 2인실로 돌아왔다. 이곳은 북향이라 어둡고 좁았다. 하루 병실료는 103,558원. 12,558원인 6인실의 8배가 넘었다. 옆자리의 성자부터, 대부분의 사람들이 6인실을 기다리는 이유였다. 양은 그 줄에 설지 결정하지 못했다. 혼자와 선녀 때문에 힘들었던 기억이 아직 남아 있었다. 여기서 최대한 빨리 나아서 나가자. 3차 항암 치료를 앞둔 양의 목표였다.

입원 이튿날. 항암 치료가 시작됐다. 심해는 물었다.

"이번에도 이틀에 2병씩 총 아라씨 6병을 쓰겠습니다. 하, 양 씨, 궁금한 점이 있나요?"

"지난번에 그렇게 해서 1퍼센트밖에 안 줄었는데, 똑같이 해서 효과가 있을까요?"

"흠. 일단 해 보지요."

"…알겠습니다."

심해는 뭔가 더 할 말이 있는 듯했지만, 안 하던 손 소독만 하고 나갔다. 회진이 끝나기만 기다리던 성자가 TV 소리를 키웠다. 러시아 소치의 동계 올림픽 현장이 화면을 채웠다. 카메라는 수없는 연습 탓에 나이가 들어 버린 종아리를 비췄다. 그래, 쉬운 일은 없어. 오늘 하루, 단 몇 분, 몇 초의 경기를 위해 4년을 준비한 사람들도 있어. 나는 아직 5개월을 달렸을 뿐이야. 젊은 선수의 상처투성이 발을 바라보며 양은 되뇌었다. 이날 밤, 양은 꿈을 꿨다. 세하가 새하얀 눈밭에서 사람들과 함께 스키를 타고 있었다. 잘 지내 보여. 다행이야. 꿈속에서 양은 울면서 웃었다.

항암제가 들어가고 하루가 지나자 몸에 반응이 왔다. 두드러기와 변비의 시작이었다. 지독한 변비는 약 3봉에 끝없는 설사로 바뀌었고, 양은 하루 종일 화장실을 들락거리는 신세가 됐다. 그래도 2인실이라서 다행이었다. 일요일인 이날 아침, 여자 6인실에서는 변기가 막혔다. 그 소식을 듣고 안에서 문을 걸어 잠근 2인실도 있었다. 어떤 균을 가진 환자가 들어올지 어떻게 아느냐는 이유였다. 여자들은 바지를 움켜쥐고 각자 아는 사람이 있는 병실로 달려갔다. 문제는 비빌 언덕도 없고 그렇다고 모르는 사람의 병실에 들어가 화장실 좀 쓰자고 부탁할 깜냥도 없는 사람이었다. 이번이 1차 항암 치료인 40대 여자가 그랬다. 여자는 침대에 몸을 옹송그리고 앉아 막힌 화장실이 뚫리길 마냥 기다렸다. 보다 못한 손전등 간호사가 양의 병실 문을 두드렸다. 양과 성자는 외면할 수 없었다. 부늘거리며 간호사의 도움을 받아 양의 2인실로 찾아온 여자는 문을 열다 그만 찔끔 지리고 말았다. 여자는 파르르 떨더니 그 자리에 선 채로 차라리 눈을 감아 버렸다. 곧바로 부끄러운 소리와 냄새가 복도를 타고 퍼졌다. 똥물이 다리를 타고 흘러내렸다. 설사였다. 여자의 꽉 다문 입술에서 눈물이 새어나왔다. 이제 여자에게 화장실은 더 이상 급하지 않았다. 여자가 손잡이를 놓자, 스르르 병실 문이 닫혔다. 문틈으로 가려지는 여자에게서 양은 자신을 보았다. 병원이 아니라면, 아프지 않았다면 40대의 여자가 절대로 겪지 않았을 일이었다.

이날 오후, 이집트에선 한국인 33명이 탄 버스에 대한 자살 폭탄 테러가 있었다. 성지 순례를 떠난 충청북도의 한 교회 사람들이었다. 교회의 창립 60주년을 기념하기 위해 오래전부터 준비된 행사였다. 이 사고로 한국인 3명과 이집트인 버스 운전사 1명이 죽고 13명이 다쳤다. 현지의 한국인 여행사 사장이 테러리스트를 막아서서 그나마 이 정도였다. 테러리스트는 국경에서 출국 절차를 위해 버스 문이 열린 사이에 올라타려다 돌아서며 폭탄을 터뜨렸다. 다음날 밤에는 경주에서 리조트의 강당 지붕이 무너졌다. 신입생 환영회에 참석했던 대학생 560여 명 가운데 10명이 죽고 100명이 넘게 다쳤다. 50센티미터나 쌓인 눈이 문제였다. 그러나 눈 때문만은 아니었다. 무대가 있던 앞쪽 천장부터 뒤쪽까지 완전히 무너지는 데 10초 남짓. 견딜 수 있는 눈의 무게가 적은 설계와 중간 기둥이 없는 구조가 원인으로 지적됐다. 기자는 지난주, 울산에서 눈으로 지붕이 무너져 사람들이 죽은 공장들도 같은 구조였다고 말했다. 정부는 중간 기둥이 없는 전국의 건물 모두를 안전 점검하겠다며 나섰다. 그런 곳은 최소 3,500여 곳이었다. 그러니까, 어디서든 이런 일이 일어날 수 있었다. 병원뿐 아니라 바깥세상도, 우리가 발 디디고 살아가는 어느 공간도 죽음에서 벗어난 곳은 없었다.

그럼에도 불구하고 사람들의 시선은 동계 올림픽에 모아졌다. 병원에서도 그랬다. 병실마다 TV 소리가 한껏 올라갔고 사람들은 떠들썩하게 응원했다. 이날 저녁에는 여자 쇼트트랙 3천 미터 계주가 있었다. 4년 전, 이해하기 힘든 판정으로 놓친 금메달을 다시 따느냐가 뜨거운 감자였다. 27바퀴를 돌아 심석희 선수가 마지막 역전극을 펼치며 1위로 들어오자, 111병동의 곳곳에서 우렁찬 박수가 터졌다. 환자와 보호자, 간병인, 간호사, 의사가 모두 한마음으로 기쁜 웃음을 나누었다. 이어진 저녁 뉴스에서는 리조트 붕괴 보도를 제치고 여자 쇼트트랙 선수들의 금메달 소식을 첫머리로 방송했다. 8년 만에 되찾은 금메달이니 그럴 수도 있지. 이해하면서도 양은 이상한 기분이 들었다. 옆자리의 성자는 계속해서 채널을 돌려가며 똑같은 경기를 보고 또 보며 박수를 치고 또 쳤다. 성자뿐 아니었다. 밤늦게까지 111병동의 여기저기서 잠들지 못한 사람들이 경기를 보면서 박수를 치는 소리가 이어졌다. 뭔가 안 어울리는 느낌이었다. 당장 내일을 살지 죽을지도 모르는 중환자들이 스포츠 경기에 웃고 우는 모습이라니. 그러니까 환자들도 죽음보다는 삶에 관심이 있었다. 그와 달리 양은 이집트에서 일어난 테러와 리조트 지붕에 깔린 사람들이 자꾸만 떠올랐다. 모두가 누군가의 가족이었다. 점점 내일을 알 수 없는 세상이 되고 있었다. 나으면, 살아남으면, 사랑하는 사람들과 언제나 새롭듯 살아야지. 평범한 일상의 소중함을 잊지 말자. 양은 다짐했다.

입원 일주일째. 항암제가 끝났다. 어디에 박았는지 모를, 분홍색으로 살짝 부어오른 무릎 말고는 괜찮았다. 이 정도면 감사하지. 양이 점심으로 나온 짜장면을 즐기는데, 갑자기 커튼을 뚫고 앙칼진 목소리가 들렸다. 성자였다.

"여보세요? 선생님! 선생님? 내 말씀을 좀 다시 들어 봐요. 예비군 훈련 통지가 또 날아왔어요! 제 아들이 지금 암으로 입원 치료를 받고 있는 거 아시면서 이렇게까정 해야겠습니까? 진단서를 끊어서 가져갈 수가 없다니까요? 네, 네. 물론 군에서도 사실을 증명할 서류가 필요하겠죠. 그래서 냈잖아요! 그런데 이게 벌써 몇 번째입니까! 이제는 부모가 대신 내려갈 수도 없다니까요? 저도 지금 백혈병으로 입원 치료 중이라 남편이 저랑 아들을 돌봐야 해서 자리를 비울 수가 없어요. 아들에다 엄마까지 암에 걸린 팔자도 기막힌데, 그까짓 예비군 훈련이 뭐라고, 뭐라고… 사람을 이렇게… 서럽게 합니까…. 으흐흑."

성자는 결국 울음을 터뜨렸다. 늘 곁에 있던 여동생이 자리를 비운 상태라 성자를 위로하거나 도와 줄 사람이 아무도 없었다. 금희도 수상과 점심을 먹으러 나가고 없었다.

"됐습니다. 제 아들은 못 가요! 병원에 와서 잡아가던지, 직접 진단서를 떼어 가던지 알아서 하세요!"

성자는 전화기를 침대에 내던지더니 한참을 씩씩거렸다. 양이 듣기에는 성자도 진단서를 내야 한다는 상황을 이성적으로는 이해했다. 다만 진단서를 끊으러 갈 수 없는 자신의 처지가 답답해서 소리를 지르는 듯했다. 이곳에서 일어나는 일 하나하나가 모두 직접 겪지 않았다면 알 수 없을 이야기들이었다. 잠시 생각에 빠졌던 양이 다시 짜장면을 먹기 시작하는데, 살포시 커튼이 열렸다. 성자가 평소처럼 사람 좋게 웃으며 항암제의 부작용으로 보름달처럼 부은 얼굴을 내밀었다.

"미안해요. 너무 시끄러웠지? 아유, 내가 열을 받으면 보이는 게 없다니깐? 밥 먹는데 불편했겠어요."

"괜찮습니다. 근데… 식사도 못하셨겠어요…. 속상해서서요."

"말도 말아요. 우리 아들이 암 환자인데 나까정 백혈병에 걸렸다는 거 아닙니까! 남편이 하던 사업이 부도나서 강화도에 쓰러져 가는 집 한 채만 달랑 남았어도, 일본에 유학 간 우리 막내만 보며 버텼는데 그 녀석이 자꾸 아프다고 하더니… 결국 공부를 못 마치고 중간에 돌아왔어요. 검사해 보니까 고환에 암이 생긴 거래요, 글쎄. 생식 세포 암이라는데, 그런 병이 세상에 있는 줄도 몰랐어요, 난. 아들을 낫게 하겠다고 내가 이리 뛰고 저리 뛰다가 갑자기 쓰러져서 응급실로 실려 왔는데, 급성백혈병이랍디다. 처음 병원에 왔을 땐 백혈구 수가 24만이 넘어서 투석하고 난리였어요. 사는 게 하도 지옥이라, 하나님께서 날 어여삐 여기셔서 이제 그만 데려가시려나…. 제발 데려가 주십사 하고 기도했는데, 사람의 목숨 줄이 질긴 건지 나는 모르는 하나님의 뜻이 있으신 건지, 여태 살아 있어요. 그래서, 살아보려고요. 내가 죽고 우리 아들이 대신 산다면야 얼마든지 죽지요. 근데 내가 죽으면 우리 아들도 괴로워서 못 산다는데 어쩌겠어요, 살아야지요. 다행히 난 M2라서 이번 항암 치료만 잘 받으면 이식 없이 낫는답디다. 얼른 나아서 우리 아들을 살려야 하는데, 근데 이놈의 인간들이 왜 이렇게 우리를 괴롭히는지. 그까짓 예비군 훈련이 뭐라고 때마다 전화해서 진단서를 내라고 야단인지! 빚쟁이도 이런 빚쟁이가 없지…. 증빙서류가 필요하다는 건 나도 알아요, 왜 모르겠어요? 나랏일을 하는 양반들이 중간에서 제일 힘들지. 근데, 사람이잖아요! 자기들한테도 언제 이런 일이 생길지 모르는데, 그렇게 빡빡하게 규정대로만 사람을 들들 볶는 건 아니지! 나라고 뭐 내 인생에 이런 일꺼정 생길 줄 알았나? 아고, 내가 또 혼자 수다를 떨었네요. 시끄럽게 군 게 마음에 걸려서 미안하다고 말하려 한 건데, 짜장면이 다 불었네! 얼른 마저 먹어요."

"괜찮아요. 당연히 화가 나시죠. 듣는 저도 이렇게 속상한데요. 하나도 안 미안해하셔도 됩니다."

"아가씨가 보기보다 착하네? 저번에 6인실에서 TV 소리를 가지고 뭐라고 하길래 깐깐하구나 싶었지? 요번에 2인실에서 TV를 보면서도 계속 뭐라고 할까 봐 소리에 엄청 신경을 썼는데. 호호."

"그러셨어요? 하하. 제 귀가 지나치게 좋아서 그래요. 편하게 트세요. 너무 크면 제가 말씀드릴게요."

"나이를 먹어서 그런가, 난 귀가 잘 안 들려서 자꾸 소리를 높이게 돼. 호호."

아직 눈가에 눈물이 달린 채로 아무 일도 없다는 듯 웃는 성자를 보며, 양은 망설이다 말을 꺼냈다.

"저… 실은 제가 1차 항암 치료 때 옆자리 분과 갈등이 좀 있어서 병실을 옮기고 싶었는데, 그때 아주머니께서 저와 자리를 바꿔 주셔서 2인실로 갈 수 있었어요. 인사가 늦었지만, 정말 감사했습니다. 덕분에 마음 편히 치료를 받을 수 있었거든요."

"…설마 6인실의 화장실 옆자리를 말하는 거예요? 성질 나쁜 노인네의 옆자리!"

"하하… 네. 좀 힘든 분이셨죠."

"아, 그 노인네, 별나도 너무 별나서 나랑 우리 동생이 혼쭐을 내 줬는데! 그전에는 아가씨를 괴롭혔나 보네. 너무 못돼서 내가 다른 사람들이랑 같이 쫓아내 버렸어요. 오늘 들었다시피 나도 한 푼이 아쉬운 상황이라… 그때 6인실로 옮기는 건 나한테도 절실했어요. 서로 도움을 주고받았네. 나는 하나님께서 날 보살펴 주셨다고만 생각했어요. 그런데 이제 보니 그때, 하나님께서 아가씨도 구하셨네요? 호호. 근데 그 얘길 왜 이제야? 우리 지난번에 6인실에서 만났는데 진즉 말하지 그랬어요?"

"사실 처음에는 못 알아봤어요. 복도에 앉아계시던 옆모습을 언뜻 본 거여서요. 나중에는, 지혼자 할머니를 이길 만큼 센 분이시니 아는 체하기가 조금… 무서웠어요. 하하."

"호호. 나 나쁜 사람 아니에요. 아닌 건 아니라고 하지만요."

"하하, 말씀 편하게 하셔요. 얼른 식사부터 하시고요. 밥이 다 식었겠어요."

"그래요, 잘 지내봅시다. 이렇게 보호자가 없을 때 얘기도 종종 나누고. 호호."

그러나 두 사람의 커튼콜은 여기서 끝났다. 성자가 4인실로 이동했기 때문이다. 성자 덕분에 양은 6인실과 4인실을 동시에 신청할 수 있다는 사실을 배웠다. 그러면 둘 중 어디에 자리가 나도 선택할 수 있었다. 6인실만 신청하면 4인실에 자리가 나도 알지 못했고, 4인실만 신청해도 6인실의 빈자리는 알 수 없었다. 양은 친해지자마자 성자가 가게 돼서 아쉬웠다. 이런 마음을 아는지 성자가 떠나며 말했다.

"자주 올게요. 4인실에도 놀러 와요."

성자가 떠난 자리에는 자그마한 몸에 부드러운 입매를 지닌 60대 여자가 들어왔다. 다발 골수종으로 자가이식을 받을 사람이었다. 자가이식은 항암제로 핏속의 암세포를 죽인 뒤 깨끗해진 자신의 피를 뽑아서 다시 몸으로 집어넣는 방법으로, 입원 기간은 2주 정도였다. 첫 번째 자가이식을 앞둔 60대 여자는 머리도 안 빠지고 그대로였기에, 여자와 가족들은 자신들이 머리를 다 민 양이나 다른 백혈병 환자의 보호자와는 다르다고 생각했다. 여자는 양의 또래로 보이는 두 딸과 한참 수다를 떨더니, 병실 안에서 전기 포트에 물을 끓이고 과자를 나눠먹기 시작했다. 1시간, 2시간을 기다려도 여자들은 그칠 기미가 안 보였다. 양은 커튼에 대고 조심스레 말했다.

"저… 병실 안에 보호자는 한 분만 계셔야 해요."

커튼 너머에서 과자를 씹던 세 입이 동시에 멈췄다. 잠깐의 침묵이 흐른 뒤에 60대 여자가 말했다.

"응, 미안해요. 내가 여긴 처음이라 병실 규칙을 잘 몰라요. 첫 입원이다 보니 딸들도 걱정이 돼서 나가질 못하고요. 조금만 더 있다 하나를 내보낼게요."

이들이 병실 규칙을 모를 리는 없었다. 격리 병동은 입원할 때 간호사가 온갖 규칙들이 빽빽하게 적힌 종이에 형광펜으로 노란 줄을 그어가며 설명했다. 다 듣고 나면 날짜를 적은 뒤 간호사 본인이 먼저 이름을 쓰고 보호자의 서명까지 받았다. 다 알지만, 양은 대답했다.

"네. 감사합니다."

다시 아작거리며 말소리가 이어졌다. 30분을 더 떠들던 여자들은 목이 마르다며 전기 포트에 새로 물을 끓였다. 이야기가 길어질 듯 했다. 양은 아까보다 조금 더 큰 소리로 말했다.

"병실 안에서는 물을 끓이거나 보호자 분께서 음식을 드시면 안 돼요. 불편하시더라도, 어머님과 다른 환자 분들의 건강을 위해서니 따님들께도 잘 부탁드릴게요."

커튼 너머로 불편한 기운이 출렁거렸다.

"뭐야, 자꾸. 왜 저래?"

"선욱아, 조용히 해라. 응, 그럴게요. 선주는 얼른 과자 치워. 우리가 지켜야 할 또 다른 사항들이 있으면 편하게 말해 주세요."

"아, 네… 젖은 수건을 널거나, 보호자가 병실 안의 화장실을 사용하시면 안 돼요. 나머지는 다 입원할 때 간호사님께 안내받은 대로 하시면 됩니다."

"근데요, 왜 안에서는 물을 끓이면 안 돼요?"

딸 하나가 따졌다.

"저도 전기 포트를 왜 여기서 사용하면 안 되는지는 잘 모르겠어요. 끓이다 사고가 날까 봐 그런 건 아닐까요? 여기 분들은 물을 최대한 살균하기 위해서 포트 뚜껑을 열어 놓고 20분이 넘게 끓이시거든요. 그러다 혹시 화재라도 나면 큰일이라서 그런 게 아닌가 싶어요. 전기 포트는 병동으로 들어오는 유리문 옆 배선실에서 쓰시면 돼요."

"아~항? 그럼 수건은? 수건은요? 젖은 걸 놔두면 습도 조절에 좋지 않나요?"

"습도는 격리 병동에 설치된 공기 정화 장치에 따라서 정확하게 조절되고 있어요. 젖은 수건이 오히려 그 습도에 영향을 주거나, 아니면 잘못해서 곰팡이라도 생길 수 있어 그렇대요. 여기 계신 분들은 다 면역력이 약해서 공기 중에 떠다니는 균으로도 위험해질 수 있거든요. 아, 전기 포트도 끓일 때 나오는 김이 습도에 변화를 줘서 병실에선 사용 금지일 수도 있겠네요."

"근데, 규칙이 있다고 다들 지키고 사나? 다른 방도 다 그래요? 아니면 이 방만 까다로운 건가. 사람이 문젠가. 뭐 이렇게 하지 말라는 게 많아, 여긴?"

60대 여자가 말리는 소리가 났다. 내가 예민한가? 양은 스스로를 돌아보며 말을 아꼈다.

"…규칙이 너무 많죠? 저도 듣기 불편한 소리를 해서 죄송합니다."

"알긴 아네?"

"얘가 정말! 아픈 분한테! 미안해요. 소심할게요. 이세 그만 신욱이는 나가 봐. 이따가 선자랑 교대하고."

선욱이 툴툴대며 나가다 양을 힐끗 노려봤다. 긴 머리를 하나로 묶은 건강한 젊은 여자의 눈초리가 양을 찔렀다. 김연아를 생각하자. 양은 새벽에 동계 올림픽의 쇼트 프로그램에서 1위를 한 피겨 여왕 김연아를 떠올렸다. 온 세계의 눈농자가 들여다보는 데도 흔들림 없이 우아한 연기를 펼친 김연아… 그 강심장을 배울 필요가 있었다.

항암제가 끝난 지 이틀이 지나자 주치의가 말했다.

"오늘부터 촉진제를 쓰겠습니다."

"벌써요? 오늘 과립구가 226, 백혈구가 480인데요? 아직 0도 안 쳤어요."

"3차 항암이라 촉진제를 빨리 쓸 필요가 있습니다. 면역력의 회복이 느릴 수가 있어서요. 항암제를 투입하고 24시간은 지나야 촉진제를 쓸 수 있어서 안전하게 기다렸다 맞는 거라 괜찮아요."

"아… 지난번에는 0이 14일이나 가서 힘들었는데, 이번에는 그럼 좀 빨리 올라갈까요?"

"글쎄요."

촉진제를 맞자 땀이 울컥울컥 올라왔다. 계속 저리던 다리가 심해져서 발 저림 예방약을 받았고, 환자복을 갈아입느라 밤에 잠을 못 이루는 괴로움만 빼면 큰 이상은 없었다. 이렇게 하루하루가 지나가서 면역력이 오르면 집에 갈 수 있겠지. 치료가 잘 돼서 한 달 안에 퇴원할 수 있기를, 양은 바랐다.

옆자리의 60대 여자가 항암 치료를 시작한 지 이틀째. 항암제의 부작용으로 인한 쇼크가 왔다. 해독제를 미리 놨음에도 불구하고, 30분 동안의 항암제 투입이 끝나자마자 일어난 사고였다. 자가이식자의 혈압이 떨어지기 시작했다. 57에 18. 여자는 어지러워하며 헛소리를 했고, 손전등 간호사가 비상벨을 누르자 주치의가 구두를 또각거리며 바쁜 걸음으로 다녀갔다. 의사의 지시에 따라 간호사가 주사를 놓자 그제야 여자는 점차 정신을 차렸다. 그러나 충격 탓인지, 몸에 무리가 온 건지 여자는 다음 날까지 침대에다 오줌을 쌌다. 양도 며칠 전에 소변을 보기 직전에 깨는 꿈을 꾸고 화장실로 달려간 적이 있었기에 자가이식자의 마음을 미루어 짐작할 수 있었다. 자신의 부족함을 알면 타인에게 너그러워진다. 몸이 나으면, 나의 본질을 흔드는 문제가 아니라면 관대해지자. 양은 마음에 깊이 새겼다. 60대 엄마의 오줌에 젖은 침대 시트를 가느라 두 딸이 함께 하루 종일 병실에 머물렀지만, 양은 아무 말도 하지 않았다. 선욱과 선자도 이제 더 이상 병실 안에서 과자를 먹거나 물을 끓이지 않았다. 다행이었다.

일요일에는 펠로우가 와서 기쁜 소식을 전했다.

"하양 씨? 유전자 수치가 13퍼센트로 떨어졌어요!"

"정말요? 언제 검사한 결관가요?"

"이번에 입원하던 날 한 결과예요."

"네? 그럼 2차 항암 치료의 효과가 없었던 게 아니잖아요? 1차 항암 치료 후에 수치가 32퍼센트였는데, 2차 항암 치료가 끝나고 퇴원할 때의 수치가 31퍼센트라서 3차 항암 치료를 해야 한다고 하셨거든요, 안심해 교수님께서요. 그런데 1월 15일에 퇴원해서 2월 14일에 입원을 하기 전까지 집에 머문 한 달 동안 항암제가 천천히 제 할 일을 해 왔다는 뜻이니까… 그럼 이번 항암 치료를 꼭 해야 했던 건가요?"

"그선… 보통 1차 항암에 이어 두 번의 공고 과정을 더 거칩니다. 이식 전에 기본으로 세 번의 항암 치료를 하는 거죠. 하양 씨는 상황이 급박해서 바로 이식을 하려 했지만, 상태가 좋아졌기 때문에 남들처럼 안정시키는 단계를 거칠 시간을 번 거예요. 13퍼센트로 떨어졌으니 이번 항암을 통해 더 떨어지고 있을 거예요. 필라델피아 염색체의 수치, 즉 백혈병의 원인이 되는 BCR-ABL 유전자 수치가 낮을수록 이식 성공률은 높아집니다."

"아… 알겠습니다. 직접 알려 주러 오셔서 감사합니다."

이번에는 유전자 수치를 0퍼센트로 만들어 보자. 양은 남몰래 새로운 목표를 세웠다.

이날 저녁, 러시아 소치에서 동계 올림픽이 막을 내렸다. 대한민국은 금메달 3개, 은메달 3개, 동메달 2개로 13위를 기록했다. 폐막식에 대한 뉴스를 보다, 양은 아차 싶었다. 2월 23일. 이미 거의 다 저물어 버린 이날은 호수의 생일이었다. 따뜻한 하루였기를. 양은 호수의 행복을 진심으로 바랐지만 축하 메시지를 보내지는 않았다. 누구와도 연락하지 않는, 지금 이대로가 좋았다.

월요일, 옆자리의 자가이식자가 갑작스레 병실을 옮겼다. 4인실이나 6인실이 아니라 양의 건너편에 있는 다른 2인실이었다.

"아가씨한테 불편함을 주는 게 미안해서 내가 바꿔 달라고 했어요."

여자는 입매에 어색한 미소를 걸고 말했다. 오줌을 싼 이틀이 부끄러워서 그런가. 양은 추측했다. 그러나 금희는 이 문제로 양을 탓했다.

"네가 자꾸 잔소리를 하니까 간 거 아냐?"

"아니야. 난 옆자리의 아주머니가 침대에 오줌을 싼 날부터는 아무 말도 안 했어."

"안 하긴. 네가 좀 예민해? 진성자 아줌마랑 비교해 봐. 늘 웃잖아. 아무리 아파도 너도 좀 웃어. 웬만한 일은 웃어넘기고."

틀린 말은 아니었다. 성자는 늘 웃고 다녔다. 혼자 있을 때만 잠깐씩 울었는데, 금희는 그런 성자를 알지 못했다. 아들의 예비군 통지를 받던 날에 화내던 성자의 모습도 금희는 보지 못했다. 성자를 보며 양은 알았다. 누군가 강인해 보인다면, 그건 그 사람이 엄청난 시련을 견디며 살아왔다는 반증이었다.

"진성자 아줌마도 울거나 화낼 때 있어. 엄마가 몰라서 그렇지."

암 환자는 왜 밝아야 하는가. 왜 긍정적이기까지 해야 하는가. 울컥하는 진심을 삼키고 양은 이렇게만 말했다.

자가이식자의 자리에는 얼굴이 새카만 여자가 휠체어에 태워진 채로 실려 왔다. 여자는 침대에 눕자마자 약간 쉰 목소리로 자신을 소개했다.

"안녕하세요? 저는 이식하고 숙주 반응이 심하게 와서 3개월간 병원에 있다가 조금 나아서 퇴원했는데, 하루 만에 열이 나고 아파서 다시 왔어요. 잘 부탁해요."

여자는 이식이 끝이 아님을 보여 주었다. 이번에는 잘 지내고 싶은 양이었지만, 이들 가족도 병동 규칙을 잘 알면서 남편과 아들이 함께 들어와 다 같이 떠들고 과자를 먹으며 머물렀다. 참다못한 양은 결국 또 잔소리를 하고 말았다. 지금 내가 텃세를 부리는 건가? 근데 왜 다 큰 어른들이 하나같이 과자를 먹지? 양은 이해가 안 갔다. 같은 행동을 되풀이하지 않았다는 점에서는 자가이식자가 나았다. 옆자리의 사람들 때문에 신경이 곤두서서인지, 양은 얼마 전부터 콕콕 쑤시던 오른 무릎이 못 견디게 아파 왔다. 가만히 있어도 쑤시고, 구부리거나 펼 때는 뼈가 어긋나듯 아려서 제대로 걸을 수조차 없었다. 분홍빛이던 지국은 며칠 사이에 어두운 갈색으로 진해졌다.

"혈소판이 떨어져서일 거예요."

주치의는 설명했다. 이날 양의 혈소판은 1만 3천. 어제부터 콧속에서도 피가 묻어나는 걸 보면 그럴듯했다. 하지만 무릎은 밤이 되자 잠도 못

이틀 성도로 나빠졌다. 피부과 의사가 양을 찾아온 건 밤 10시가 넘은 무렵이었다. 머리가 희끗희끗한 피부과 교수는 양의 무릎을 이리저리 돌려 보고 눌러 보더니, 말없이 돌아섰다.

"선생님! 제 무릎이 왜 이렇게 아픈가요? 무슨 문제가 생겼나요?"

"…주치의에게 말하겠습니다."

알 권리가 있는 환자에겐 노코멘트라니. 주치의나 당직 의사가 안 달려오는 걸로 봐서 심각한 일은 아니겠지. 양은 추측할 뿐이었다.

피부과 의사의 판단은 다음날 아침, 심해의 회진에서 밝혀졌다.

"백혈구의 감소로 인한, 피부 염증입니다. 스테로이드 6알이 처방으로 나왔으니, 드셔 보세요. 6알이면 고용량이고, 스테로이드는 오래 먹으면 부작용이 크니, 통증이 참을 만하면 줄이는 게 좋습니다. 이 정도면 양호합니다. 그리고… 마스크를 잘 쓰세요."

"네."

그러니까, 주치의가 말했던 혈소판의 문제는 아니었다. 그래도 의문은 남았다. 지난 항암 치료에서 가장 낮았을 때의 백혈구 수가 1차 때 690, 2차 때 200이었다. 무릎의 색이 변하고 아프기 시작하던 날부터 어제까지 양의 백혈구 수치는 1천에서 260 사이로, 이전과 비슷한 수준이었다. 심해가 나간 뒤 잠시 남은 주치의에게 양은 물었다.

"백혈구의 수치 자체는 1차나 2차 항암 치료 때에 비해 크게 낮은 건 아닌데, 왜 이번에만 이럴까요?"

"사실… 이런 증상은 급성백혈병에 주로 나타나는 증상이긴 합니다."

주치의는 무서운 비밀을 알려 준다는 듯이 말하곤 서둘러 심해를 따라 갔다. 뭐지? 설마, 다시 암세포가 퍼졌나? 유전자 수치도 확 줄었다는 이 시점에? 흔들리지 말자. 이번에도 그렇고, 주치의들의 말은 가끔 틀린 적이 있었어. 아직 배우는 과정이니까. 교수인 심해의 말을 믿고 나아가는 수밖에 없었다.

이날 오후, 드디어 과립구가 0을 쳤다. 3번째 후폭풍을 맞이하며, 앙은 마음을 단단히 먹었다. 고통은 순간일 뿐, 지나간다. 지나간다. 지나간다. 숨이 조금 찼지만 마스크를 쓰자 나아졌다. 천장에서 내려오는 찬바람 때문이었나 싶어 앙은 이제 계속 마스크를 쓰고 있기로 했다. 앙이 7.7로 떨어진 혈색소 때문에 빨간 피를 맞는데, 커튼콜이 왔다. 보호자들이 자리를 비운 사이였다.

"자나요?"

"…아니요."

"그럼 잠깐 얘기할래요?"

"네, 말씀하세요."

"커튼 좀 걷고 얘기하면 안 돼요?"

"전 괜찮은데요. 답답하세요?"

"그럼요. 얼굴을 보고 얘기해야 좋은데. 내가 힘이 없어서 팔을 뻗을 수가 없네요. 커튼 좀 열어 줄래요?"

지금까지는 사람들이 커튼을 걷으며 말을 걸거나 자신의 말에 앙이 대답을 하면 기다렸다는 듯이 커튼을 열었다. 앙은 그럴 때마다 얼른 마스크를 쓰곤 했다. 그동안 앙에게는 선택권이 없었지만 이번에는 달랐다. 그래서 앙은 거절했다.

"제가 과립구가 0이라서요. 불편하시더라도 이해를 부탁드려요."

상대방의 기분이 나빠도 어쩔 수 없었다. 앙은 사람을 사귀러 병원에 온 게 아니었다. 굶주림에 지친 아프리카 아이처럼 바싹 말라서 두 눈만 댕그란 여자의 까만 얼굴을 마주하기가 두렵기도 했다.

"…그래요, 그럼. 아가씨는 무슨 백혈병이에요?"

"만성골수백혈병이에요."

"그럼 나랑 같네?"

"아! 그런데 이식을 받으셨네요? 저도 이식을 받아야 한대요."

"잘 생각해요, 잘. 나도 원래는 백혈병의 아주 초기라며 이식을 하는 게 좋대서 항암 치료를 한 번 하고 이식을 받았거든요? 이식도 아주 성공적으로 잘됐다고 했어요. 근데 숙주 반응이 와서… 숙주 반응이 뭔지 알죠? 이식의 대표적인 부작용. 내 몸에 넣은 다른 사람의 골수가 들어와서 보니 자기가 원래 있던 몸이 아닌 거야. 그때부터 내 몸을 적으로 보고 안에서 나를 공격하는 거예요. 온몸을 돌아다니며 난리를 치니 장기마다 성한 데가 없어요. 작년 11월에 이식받고 올 2월까지 숙주 반응 때문에 계속 병원에 있다가 3개월이 지나면 좀 나아진대서 퇴원했는데, 하루 만에 열이 나서 다시 온 거예요."

"…힘드시겠어요."

"아가씨, 이식에 대해서는 정말 잘 생각해야 돼요. 4인실에서 내가 만났던 언니 하나도 이식이 잘됐다고 했는데 백 일 만에 다시 입원했어요. 급성백혈병으로 진행됐다 하더라고. 으휴~ 글쎄 어떤 이는 이식받고 아래 위에 이가 전부 다 빠졌다니까? 손톱이랑 발톱이 빠진 이도 있고! 내가 봤어."

이식에 실패한 사람들에 대한 여자의 증언은 계속 이어졌다. 양은 더 듣기가 힘들어 말을 막았다.

"아, 저 좀 피곤해서요…. 자야할 거 같아요. 다음에 또 이야기해 주세요."

"그럼, 그래요."

과연 이식이 답인 걸까? 거부감이 스멀스멀 피어올랐다. 이번 항암 치료가 다 끝나고 유전자 수치를 본 뒤에 결정해도 안 늦어. 소렌센을 생각해. 양은 밀려오는 두려움을 가까스로 몰아냈다.

이날 밤 9시께, 건너편의 2인실에서 호흡 곤란 환자가 생겼다. 의사와 간호사가 전부 뛰어가서 돕느라 간호사 데스크가 빌 정도로 비상이었다. 하지만 매일 9시에 양은 피임약을 먹어야 했기에, 10분 정도 기다리다 비상벨을 눌러 약을 가져다 달라고 말했다. 또 다른 응급 상황이 발생한 줄 알았던 나이팅게일 간호사가 황당하다는 표정을 지으며 양을 쳐다봤다. 옆에서 사람의 숨이 넘어가도, 내가 살기 위한 행동을 거리낌 없이 하게 된 양이었다.

입원한 지 13일째. 과립구가 0이 된 지 3일이 지났다. 백혈구가 180으로 더 낮아졌지만 무릎은 많이 좋아졌다. 스테로이드의 힘은 과연 대단했다. 옆자리 여자가 아침부터 자리에서 물똥을 쌌지만 양은 빵식을 맛있게 먹었다. 잘 먹고 잘 자고 화장실도 잘 가니 이대로 백혈구만 계속 오르면 별 탈 없이 퇴원하겠어. 양은 기대했다. 그러나 예상치 못한 문제가 옆자리에서 생겼다. 여자는 폐에 물이 차서 빼야 하는데, 맞는 혈소판을 구하지 못해 처치를 못 받는 상황이었다. 계속해서 열이 나는 이유도 여전히 찾는 중이었다. 늦은 오후, 드디어 혈소판을 구했다며 알리러 온 간호사가 갑자기 목소리를 낮추더니 여자의 아들에게 메모할 종이를 달라고 속삭였다. 눈을 감고 있던 양은 직감적으로 귀를 기울였다. 슥삭슥삭. 간호사가 종이에 뭔가를 쓰는 소리가 들렸다. 그러다 문득 회미하게 한마디가 들렸다.

"…결핵…."

결핵? 설마 옆자리 사람에게 열이 나는 이유가… 결핵? 세상에! 결핵으로 귀가 먼 들임과 들임의 자리로 옮겼다 결핵이 옮아 세 달 동안 고생했다던 선녀가 눈앞에 가물거렸다. 비밀 대화를 나눈 간호사가 병실을 나가려다 양과 눈이 마주치자 화들짝 놀랐다. 설마 들었느냐고 묻고 싶겠지. 그래요, 다 들었어요. 양은 옆에서 자고 있던 금희를 깨웠다.

이어진 저녁은 분노의 도가니였다. 금희는 기가 막혀 간호사 데스크로 달려갔다. 나이팅게일 간호사가 무슨 일이냐고 묻자 금희는 나지막하게 말을 쏟아부었다.

"우리 애가 지금 과립구가 0인지 3일째예요! 균이 스치기만 해도 감염될 수 있다고 그렇게 겁을 줬으면서, 결핵 환자를 옆에 둔다는 게 말이되나요? 빨리 어떻게 조치를 해 주세요!"

결핵. 이 말에 복도를 지나던 보호자들이 잔뜩 겁먹은 눈으로 금희와 간호사를 쳐다봤다.

"보호자 분, 조금만 진정하세요. 그렇게 크게 말씀하시면, 다른 분들까지 놀라시니까… 아직 확정은 아니에요. 여러 개의 검사 중에, 한 개에서 약하게 균이 나온 건데, 나머지 검사 결과도 봐야, 확정이 되거든요."

"아니, 결핵이 아니면 균이 나올 수가 있어요? 약하든 어쨌든 있는 거 아니에요. 그럼 얼른 격리를 시켜야지. 격리실이 있잖아요?"

새해부터 111병동에서는 격리실을 운영하고 있었다. 지난해 10월, 양의 1차 항암 치료 때 일어난 대한대학교병원의 총파업과 이어진 국정 감사의 영향이었다. 원래 2인실로 사용하던 곳을 용도만 바꾼 정도지만, 환자들에겐 의미가 큰 변화였다.

"지금 9호실이 다 찬 상태예요, 더구나 결핵 환자를 격리실로 보내면, 옆자리의 환자에게 위험할 수 있기 때문에, 결핵 환자는 호흡기 병동으로 보내야 해요. 확진이 나면요. 아직은 나머지 검사 결과를 더 봐야 알 수가…."

"뭐예욧? 그럼 격리실로도 못 보내는 환자를, 지금 과립구가 0인 애 옆에 계속 두겠다는 거예욧? 확진이 나올 때까지 며칠이 걸릴 줄 알고요? 지금까지도 그런 상태로 4일 동안이나 우리 옆에 있었던 거 아니에요? 우리 애까지 결핵에 걸리면 책임질 거예욧?"

"어머님, 일단 진정하시고, 병실로 돌아가 계세요. 네?"

"간호사님의 애가 이런 상황이면 진정이 되겠어요? 우리 애가 잘못되면 내가 가만있지 않을 거예요!"

병실로 돌아온 금희는 티도 못 내고 어찌할 바를 몰랐다. 옆자리 사람들은 아직 양과 금희가 안다는 사실을 몰랐다.

"오빠랑 상의해 봐, 엄마."

양이 속삭였다. 고개를 끄덕인 금희가 병실을 나가 한참 만에 돌아오더니 말했다.

"아버지 옆에서 대양이랑 통화했어. 주치의를 불러서 병실에서 차분하게 말하라더라. 내가 오는 길에 간호사 데스크에다 주치의를 불러 달랬어. 곧 올 거야."

"올까?"

"올 거야."

잠시 뒤, 정말로 주치의가 왔다.

"제가 왜 면담을 요청했는지 아세요?"

"…들었습니다."

"이게 말이 되나요? 제가 간호사를 통해 분명히 말했지만, 우리 아들이 의료 소송 전문 로펌을 알아본답니다. 지금 당장 이 문제를 해결해 주지 않으면 절대로 그냥 넘어가지 않을 거예요. 아시겠어요?"

"안심해 교수님께 상의를 드리겠습니다."

주치의는 겁게 질린 얼굴로 나갔다.

"대양이가 이렇게 말하라더라. 그리고 정말로 알아보겠대."

"아… 괜찮을까?"

양은 옆자리를 손가락으로 가리키며 금희에게 물었다.

"네 걱정이나 해. 며칠 전부터 숨도 차댔잖아."

"그러게. 난 괜찮을까? 그래도 숨이 차서 하루 종일 마스크를 쓰고 있었으니, 그건 잘한 거 같아."

커튼콜 때도 커튼을 안 열었고, 옆자리 여자가 움직이지 못해 화장실을 양이 혼자 써 오긴 했지만, 안심할 수는 없었다. 여자가 온 지 4일이 지났고, 양의 면역력이 0이 된 지는 벌써 3일째였다.

다음날인 금요일 새벽부터, 양에게 열이 나기 시작했다. 이불을 겹겹이 두르고도 추워서 벌벌 떠느라 제정신이 아닌 양에게, 달려온 당직 의사가 다정한 눈빛으로 물었다.

"나, 기억 안 나요?"

"네? 절 아세요?"

의사가 마스크를 벗자 반듯한 외모가 드러났다.

"아! 선생님!"

양의 2차 항암 치료를 담당했던 주치의 연우빈이었다.

"이제 알아보네요. 지난번에도 똑같은 증세였는데 폐렴이었으니, 이번에도 아마 그럴 겁니다. 공격적으로 미리 폐렴 약을 씁시다. 괜찮아질 거예요. 힘내요!"

"네, 감사합니다."

환자뿐 아니라 의사와도 인연이 이어지다니. 당직 의사가 양을 겪어본 우빈이라 다행이었다. 한숨도 못 잔 양은 아침밥을 넘기지 못해 뉴케어를 마셨지만 토하고 말았다. 이런 적은 처음이었다. 주치의는 아침에 추가로 균 검사와 CT 촬영을 지시했다. 뭘 확인하기 위한 촬영이냐고 영상실에서 양이 물어봤지만, 대답해 주는 사람은 없었다. 결과가 나오려면 몇 시간은 걸렸다. 돌아온 병실에서는 옆자리 사람들이 잔뜩 벼르고 있었다. 금희와 양을 향한 눈동자들이 증오로 활활 타올랐다. 뭔가 들은 게 틀림없었다. 그래도 양은 말을 해야 했다. 여자와 가족들은 양이 들어오는 모습이 훤히 보이도록 발치의 커튼을 다 걷어 둔 상태였다.

"저, 죄송한데, 커튼을 좀 닫아 주세요."

"흥! 그런다고 안 옮는 것도 아니고, 이런 일은 병원에서 비일비재한데, 뭘 유난이야!"

살기가 번뜩대는 여자의 말투에 양은 소름이 끼쳤다. 금희가 만만찮은 표정으로 다가가자 그제야 여자의 남편이 손을 뻗어 휙 커튼을 쳤다.

살얼음판처럼 아슬아슬한 분위기가 이어졌다. 1시간이 지났을까. 손전등 간호사가 찾아와 옆자리의 가족에게 말했다.

"잠시 뒤에 호흡기 병동으로 이동할 테니 준비해 주세요."

여자의 남편은 한 발짝도 안 떼겠다는 듯 보호자 침대에 드러누우며 고래고래 소리를 질렀다.

"우리가 왜 가야 됩니까? 아직 확진도 아니라면서! 내가 경찰관이라고. 당신들, 이런 식으로 하면 고소할 거야!"

간호사는 흔들림 없는 태도로 말했다.

"조금 전, 다른 검사에서도 추가로 결핵균이 나왔습니다."

충격을 받은 남편이 멈칫하자 아들이 팔을 걷고 나섰다.

"이번에도 약하게 나온 거 아니에요? 아직 검사도 하나 더 남아 있잖아요! 전체 검사에서 다 나와야 확진이라면서요!"

"이번에는 약하지 않았어요. CT 촬영과 피 검사, 이 두 개에서 나오면 거의 확실합니다. 무엇보다 결핵은 전문 병동에서 빨리 제대로 치료받지 않으면 백혈병이 아니라 결핵으로 잘못되실 수 있어요. 그러니 어머님을 위해서 이동을 준비해 주세요."

남편과 아들이 보호자 침대에 털썩 주저앉는 소리가 났다. 뒤이어 여자의 쉰 듯한 작은 울음소리가 들렸다. 잠시 뒤, 여자는 침대째로 호흡기 병동으로 떠났다.

병실이 조용해지자, 양의 주치의가 찾아왔다.

"다행히… CT 상으로는 결핵이 아닌 것 같습니다."

"그러니까, 결핵 검사를 한 거였네요?"

"…네."

주치의는 기어들어가는 목소리로 대답하더니, 헛기침을 하며 말을 이었다.

"음음. 아침에 한 피 검사에는 이미 결핵에 대한 검사가 들어가 있고, 곧 간호사가 와서 팔에 결핵균 검사를 할 겁니다. 조금 아프시겠지만, 이 검사까지도 괜찮으면 예방 차원에서 결핵 약을 매일 1알씩 드시기만 하면 됩니다."

"검사 3개가 모두 음성으로 나와도 결핵 약을 먹어야 한다고요? 내가 왜 그래야 하죠? 결핵 약은 엄청 독하잖아요! 지금도 폐렴 약을 맞고 있고, 글리벡에, 스테로이드에, 하루에 먹는 약이 20알도 넘는다고요!"

어이가 없어서 양은 마구 소리를 질렀다.

"면역력이 제로인 상태라… 음음, 혹시 결핵이더라도 몸이 반응을 안 할 수도 있어서요."

"안심해 교수님께는, 우리 아들이 한 말을 다 전한 건가요?"

따끔하게 쏘는 금희의 말에, 주치의는 겁난 눈빛으로 말을 더듬었다.

"네? 네… 근데, 그게… 네, 교수님도 아십니다."

"알고 있다는 거죠? 알겠어요. 일단 결과를 보고 말하죠."

주치의가 어깨를 축 늘어뜨리고 병실을 나가자 곧 손전등 간호사가 들어왔다.

"끝이 칼 같은 이 바늘로 양 팔 안쪽의 살을 조금 뜰 거라 많이 아프실 거예요. 그래도 꼭 해야 하는 검사니 조금만 참으세요. 살을 떠서 오른팔엔 생리식염수를 넣을 거고, 왼팔엔 결핵균 검사액을 넣을 거예요. 만약 결핵이라면 왼팔의 이 부분이 빨갛게 부어오르면서 반응을 할 거예요. 오른팔의 생리식염수는 아무런 반응도 없는 게 정상이에요. 왼팔과의 비교를 위해 넣는 거고요, 이렇게 3일, 72시간 동안 상태를 보고 양쪽에 다 이상이 없으면 일단 안심이세요. 자, 그럼 조금만 참으세요. 최대한 덜 아프시게 빨리 할게요."

횟감이 된 기분이야. 양은 회가 뜨인 채로 눈을 끔벅거리는 생선의 마음을 조금이나마 알 것 같았다.

수상과 상의를 하고 깨질 듯한 머리로 들어오던 금희는 병동 앞에서 반가운 얼굴과 마주쳤다. 양의 첫 주치의, 원석이었다. 금희는 자신을 못 알아보고 지나치는 원석의 팔을 덥석 잡았다.

"선생님!"

"누구시죠? 아!"

"네, 저 양이 엄마예요. 잘 지내셨어요? 다른 분원으로 가신다더니 다시 돌아오셨나 보네요?"

"네. 지금은 9층 중환자실에 있습니다."

"아! 저희는 111병동 2호에 있어요. 시간이 날 때 한번 들러 주세요. 우리 양이 선생님을 꼭 다시 뵙고 싶어 했어요."

"아, 네."

대화는 짧았다. 반가워서 웃음꽃이 핀 금희와 달리 원석은 바빠 보였다.

"선생님, 바쁘신 거 같은데… 얼른 가 보세요."

"네, 하양 씨에게 안부 전해 주세요."

병실에 돌아온 금희는 흥분해서 양에게 소식을 전했다.

"양아, 글쎄 내가 누굴 만났는지 알아? 사원석 선생님!"

"뭐? 진짜?"

"그래! 9층 중환자실에 있대. 네가 보고 싶어 한다고 한번 들러달라고 했어."

"응, 보면 정말 좋겠다."

"그러게."

그러나 이날 밤늦도록 원석은 오지 않았다. 원석이 와 주길 바랐던 금희는 무척 실망했다. 이런 상황에서 아마도 원석이 왔다면 양도 기뻤을 터였다. 하지만 이해할 수 있었다.

"엄마, 사원석 선생님은 지금 중환자실에서 돌보는 환자들에게 최선을 다할 거야. 그때 자기의 환자였던 우리에게 그랬듯이. 내가 결핵을 의심받는 상태에서 나를 만나러 왔다가 만에 하나라도 결핵균이 중환자실로 옮겨가면 어떡해. 사원석은 자기 환자들을 그런 위험에 빠뜨리지 않을 의사잖아. 게다가 반대로 중환자실 환자의 어떤 균이 지금 나한테 옮을 수도 있고. 두 가지 경우를 다 생각하겠지. 나라도 안 올 거 같아."

그래도 첫 주치의인 원석이 9층에, 두 번째 주치의인 우빈이 10층에, 지금 주치의가 11층에, 세 주치의가 모두 가까이 있다니 어쩐지 든든한 느낌이었다. 안 그래도 좁았는데, 2인실을 독실처럼 사용하니 좋지 뭐. 짧은 자유를 누리자! 어쩔 수 없는 상황을 받아들이고 양은 책을 폈다. 내전이 벌어진 사라예보의 폐허에서 '아다지오'를 연주한 첼리스트 베드란 스마일로비치와 사라예보에서 활동했던 여성 저격수의 실화를 하나의 이야기로 엮은 《사라예보의 첼리스트》였다. 총알이 날아다니는 보스

니아의 사라예보에서 사람들이 맥없이 죽어 나가는 가운데, 첼리스트는 오늘도 거리로 나가 연주를 시작했다.

토요일 아침, 심해가 아침 회진에서 일반 마스크 차림으로 양에게 가까이 다가와 어깨를 다독이며 말했다.

"양호합니다. 기운 내세요."

그러나 심해가 나가자 간호사가 와서 유독 가스가 나오는 공사 현장에서나 쓸 법한 방독 마스크를 양에게 씌웠다. 병실 앞에는 간호사실에서 가져다 둔 카트도 놓였다. 옆자리는 이때껏 비어 있었다. 양은 꺼림칙한 얼굴로 혈압을 재는 나이팅게일 간호사에게 물었다.

"다른 사람은 안 오나요?"

"네. 당분간, 이 방은 격리됐어요. 저희도, 들어올 때마다, 이 마스크를 쓸 거예요."

"그러면 보호자인 나한테도 그런 마스크를 줘야 하는 거 아닌가요? 결핵 검사를 해 주든지요."

금희의 물음에 간호사는 당황하며 얼버무렸다.

"그게, 저희한테도 이런 마스크는, 하나밖에 안 나왔어요. 저희도, 이걸 카트에 두고, 돌아가면서 들어오는 사람만 써야 하는 상황이라서요. 하양 님이 쓰고 계시니, 건강한 성인인 보호자 분은 괜찮으실 거예요."

"옆자리의 아줌마가 결핵을 의심받았을 때 진작 이랬어야 하는 거 아닌가요? 그 사람에게 이런 마스크라도 씌웠으련요."

간호사는 우물쭈물하다 서둘러 나갔다. 금희는 혀를 찼다.

"나이팅게일이라더니… 건강한 성인은 괜찮으면, 목소리도 제대로 안 들릴 정도로 두꺼운 마스크를 쓰고도 왜 저렇게 급하게 나간대?"

"엄마, 저 사람들은 아예 우리가 이미 결핵에 걸렸을 거라고 생각하나 봐."

"그러니까 말이야. 괘씸한 것들! 만약 내가 밖을 오가다가 다른 환자나 보호자에게 옮기기라도 하면 어쩌려고."

"그러게. 엄마, 당분간 배선실에 가지 마. 열이 나거나 몸이 이상하면 바로 검사를 받아보고."

"이게 무슨 일이야! 지난번에 자가이식하던 아줌마가 사람이 참 좋았는데… 네가 너무 예민하게 구니까 이런 일을 당하는 거 아니야! 아파도 예의를 좀 지켜. 나이 든 사람한테 그러는 거 아니야."

양은 못 참고 발끈했다.

"아파도 예의를 지키라고? 그럼 엄마는 6인실 병실에서 환자 화장실을 쓰려는 지혼자 할머니네 아들이랑 왜 싸웠어? 보호자들이 병실에 우르르 몰려 들어와서 몇 시간이고 앉아서 과자를 먹고, 떠들고, 전기 포트에 물도 끓이는데 그럼 어떡해? 엄마는 그때 없었잖아. 엄마가 있었음 그냥 뒀을 거 같아? 나랑 다르게, 싸웠겠지. 내가 잘못해서 일어난 일이 아니야. 왜 내 탓을 해?"

"차라리 내가 싸우는 게 낫지. 네가 나이도 많은 사람한테 이래라 저래라 하면 사람들이 너를 안 좋게 보잖아."

"나이가 많은 사람은 어린 사람에게 예의를 안 지켜도 되는 거야? 모두가 지켜야 하는 병실 규칙을 얘기하는데 왜 나이 얘기를 하고, 내 탓을 해? 더구나 여기서 사람들이 나를 좋게 보고 안 보고가 뭐가 중요해? 어떻게든 살아남는 게 중요하지!"

죽음을 앞둔 딸에게 예의를 따지는 금희를, 양은 이해할 수 없었다.

72시간의 격리. 다툼의 골은 시간이 흐를수록 깊어졌다.

처음에 그것은 작은 두드림… 조용한 흐느낌 같기도 했다. 첼리스트를 죽이려던 암살자의 마음에 일어나는 변화를 양이 숨죽이며 읽는 동안, 금희는 비현실적으로 차분한 딸의 옆에서 머리가 터질 지경이었다. CT 상으로 괜찮아 보인다지만 의료진은 비상 상태였다. 간호사들은 혈압을 잰다든가 불가피한 일로 들어오더라도 안절부절 못하다 서둘러 나갔다. 나이팅게일 간호사조차 그랬다. 주치의는 아예 그림자도 보기 어려웠다. 손전등 간호사와 인턴 의사만이 양을 배려하며 평소와 다름없는 태도로 들어왔다 나갔다.

오후에 대양이 휴게실로 찾아와 의논하고 간 뒤, 금희는 손전등 간호사를 통해 가만히 안 있겠다고 주치의에게 한 번 더 전달했다. 그제야 주치의가 달려오고 펠로우까지 다녀갔다. 금희와 대양은 정말로 소송을 고민하고 있었다.

"생각할수록 분하잖아! 옆자리의 환자가 결핵이 의심돼서 검사를 할 정도면 안심해 교수나 주치의는 알고 있었을 텐데, 과립구가 0인 환자한테 한마디도 안 해주고! 조심하라는 말이라도 했으면 몰라도, 일이 터지고 나니 다들 나 몰라라 하고 주치의는 아예 코빼기도 안 비추네?"

"그러고 보니… 내가 숨이 찰 무렵, 안심해 교수님이 그랬어. '마스크를, 잘, 쓰세요.'라고. 그게 그 뜻이었나 봐."

"맞아, 기억나! 어이가 없네? 네가 아니라 그 여자에게 마스크를 씌웠어야지! 결핵으로 나오면 내가 여길 엎어 버릴 거야."

하지만 양은 마음을 정하지 못했다. 아마도 의료진은, 알았겠지. 우리가 알게 되면 옆자리 여자가 쫓겨나고 이런 상황이 되리라는 걸. 만약 양이 결핵이라면, 이미 어쩔 수 없는 일이었다. 뒤늦게 화를 내봤자 무슨 소용이 있겠는가. 소송이 끝나기도 전에… 나는 죽을 거야. 이 소송이 자신에게는 아무런 의미가 없다는 사실을, 양은 알고 있었다.

과립구가 0이 된 지 6일째인 일요일. 이날은 심해조차 양의 병실을 뺀 다른 병실만 회진을 돌고 갔다. 모두가 양이 마치 병균이라도 되듯 두려워했다. 손전등 간호사조차 조심스러워하던 이날, 젊은 인턴 의사만이 평소와 다름없이 대화를 건네며 피를 뽑았다. 파란 마스크 차림으로 농담까지 걸며 여유 있게 피를 뽑는 모습에, 오히려 양이 그를 걱정해서 물었다.

"저, 혹시 얘기를 못 들으셨어요? 제 옆자리에 있던 환자가 결핵 판정을 받아서 저도 검사 결과가 나올 때까지 격리 중이에요. 그러니 이 방에 들어오시면 얼른 피만 뽑고 가시고 마스크도 제일 좋은 걸로 끼세요."

"잘 알고 있어요. 저는 건장한 남자라 괜찮습니다. 걱정 마세요."

인턴 의사의 차분한 모습은 양에게 큰 위로가 되었다. 사실 이틀째 마스크 하나를 같이 쓰는 간호사들의 건강이 더 위험해 보이긴 했다.

주말의 조용한 하루가 저물 무렵, 펠로우가 찾아왔다.

"48시간이 지나서요, 피부 반응이 어떤지 확인하러 왔습니다."

"보세요, 두 쪽 다 아무렇지도 않아요."

한참을 자세히 들여다본 뒤에야 딱딱하게 굳었던 펠로우의 얼굴이 한결 부드러워졌다.

"정말 그러네요. 음성, 같아요. 그래도 72시간이 지나고 CT 정밀 판독 결과가 나오는 내일이 돼 봐야 정확하게 알 수 있습니다. 그런데 저… 소송은 정말로 하실 건가요?"

"소송은, 안 할 생각이에요. 걱정하지 마세요."

옆에서 금희가 놀란 얼굴로 양을 쳐다봤다.

"양아, 아직 결론을 안 내렸는데?"

"엄마, 소송을 걸어도 나는 아마 그 끝을 못 볼 거야. 이길지 질지도 모르고. 여기서 계속 치료를 받아야 하는데, 싸우면 제대로 치료도 못 받잖아."

"그래도 너무 억울하잖아!"

"선생님, 걱정하지 마시라고 안심해 교수님께 전해 주세요."

"아아, 네네. 교수님께 그렇게 전하겠습니다!"

양과 금희의 얼굴을 번갈아 보던 펠로우는 기쁜 표정을 감추지 못하며 달려 나갔다. 양은 금희에게 말했다.

"제 의견을 따라 줘요. 난 싸우다가 죽고 싶지 않아요."

잠시 침묵이 흐른 뒤, 금희가 고개를 끄덕였다. 곧 이야기를 전해들은 대양이 양에게 전화를 걸어 왔다.

"나중에 후회 안 하겠나?"

"응."

"그래, 네 결정이 제일 중요하다. 알겠다. 참, 어제 우 과장님이, 기억하지? 우리 회사에서 너처럼 만성골수백혈병으로 이식하고 안심해 교수한테 치료받는, 그분이 너한테 전해 달라고 책을 한 권 줬는데, 다음에 갈 때 갖다 줄까?《금강경》이더라고. 불교를 믿나 봐. 네가 읽고 싶다고 하면 가져다주고."

"지금은 읽는 책이 있어서 괜찮아. 감사하다고만 전해드려 줘."

"알았다. 뭐든 필요하면 전화하고."

"응, 고마워."

이때 어디선가 가느다란 울음소리가 들려왔다. 잦아들듯 이어지는 눈물 섞인 비명은 벽을 타고 꾸준히 넘어왔다. 옆방인 1인실에 머물던 51세 남자의 죽음에 아내가 지르는 통곡이었다. 금희는 견디지 못해 휴게실로 나갔고, 병실에서 떠날 수 없는 양은 눈을 감고 그의 안녕을 빌었다. 부디 고통이 짧았기를. 이제는 편안하기를. 양은 바랐다.

격리된 지 72시간이 지난 월요일 오후. 드디어 비상이 해제됐다. 균 배양 검사와 CT 정밀 판독 결과, 피부 반응에서도 이상은 발견되지 않았다. 그럼에도 불구하고 감염내과에서 두 번이나 매번 다른 의사들이 와서 양의 몸, 이곳저곳에 청진기를 대 보고, 눌러 보고 간 다음에야 주치의가 나타나 말했다.

"운이 좋았습니다! 신기하게도, 감염이 안 된 걸로 보입니다. 그래도 과립구가 낮아서 몸이 결핵균에 반응을 못 하거나 혹은 지금 투여 중인 약 때문에 안 드러나고 억제된 상태일 수도 있기 때문에 폐렴 약을 끊기로 했습니다."

"2차 항암 치료 때, 주치의 선생님께서 폐렴 약은 적어도 2주는 맞아야 효과가 있다고 하셨는데, 끊어도 괜찮나요?"

"지금은 결핵의 확인이 더 중요합니다. 그 약은 폐렴인지 확실치도 않은 상황에서 당직 의사가 자기의 판단대로 처방한 거고요. 지금 주치의는 접니다. 이제 숨쉬기는 편안해 보여요. 그러니 내일부터는 폐렴 약 대신 결핵 약을 예방 차원에서 3알씩 드시면 됩니다."

"3알이요? 1알이라면서요!"

"1알은 효과가 없어요. 3알은 드시는 게 좋습니다."

"언제까지요?"

"6개월은 먹어야 됩니다."

"그 독한 약을 매일 3알씩, 6개월이나 먹으라니!"

금희는 열이 올라서 펄펄 뛰었지만, 할 수 있는 일은 없었다. 살려면 먹는 게 좋다는데 어쩌겠는가. 의사들은 면역력이 0인 양이 결핵환자와 5일 동안이나 같은 병실, 그것도 바로 옆자리에 있었는데 감염이 안 됐을 가능성은 없다고 결론을 내린 듯했다.

이날 저녁부터, 간호사들은 3일째 같이 쓰던 찝찝한 방독 마스크를 버리고 다시 파란 마스크 차림으로 들어오기 시작했다. 그러나 여전히 긴장이 덜 풀린 탓인지 인턴 간호사는 링거대에 촉진제를 걸다가 물건을 떨어뜨리기도 했다. 혈액형이 표시된 가로와 세로가 10센티미터, 두께가 5밀리미터 정도의 무거운 플라스틱은, 하필이면 스테로이드를 먹고 조금 나아진 양의 오른 무릎에 떨어졌다. 당황한 간호사는 미안하다는 말조차 못하고 얼어붙었고, 양의 무릎엔 곧바로 피멍이 올라왔다. 안 그래도 속상하던 금희가 잡아먹을 듯이 소리를 질렀다.

"미쳤어요? 그 무거운 걸 애 무릎에 떨어뜨리면 어쩌자는 거예욧!"

양은 심하게 나무란다고 생각했지만, 금희의 예민함을 이해하기에 가만히 있었다. 더구나 멍든 무릎은 저절로 눈물이 줄줄 흐를 정도로 아팠다.

이런 상황에서 옆자리에 새로 들어온 환자는 태풍의 눈이었다. 노인정은 5년 동안 외래 진료를 받다 입원한 69세의 여자였다.

"환자 분, 배에 8.4센티미터, 허벅지에 2센티미터의 종양이 생겼어요. 제거 수술과 항암 치료가 필요합니다."

주치의의 설명에 보호자인 남편의 부탁이 이어졌다.

"선생님, 우리 아내, 모쪼록 잘 부탁드립니다."

말이 없던 인정은 주치의가 나가자 갑자기 일어나 주섬주섬 환자복을 벗기 시작했다.

"난 수술 안 해요. 내 몸에 그런 게 생겼을 리 없어요. 내기 항암 치료를 왜 받아요? 난 정상이에요. 집에 갈 거야. 여보, 얘들아, 얼른 가자. 내가 왜 여기 있어? 난 싫어."

인정은 도무지 말이 안 통했다. 어린아이처럼 막무가내로 집에 가겠다고 떼를 쓰다 말리는 남편과 아들, 딸에게 소리를 지르고 악다구니를 퍼부었다.

"지금 수술을 안 하시면 죽어요. 그래도 집에 가실 거예요?"

다시 불려 온 주치의에게 이런 소리를 듣고서야 인정은 진정됐다. 가족들은 안심한 동시에 지쳐서 모두 집으로 가 버렸다. 혼자 남은 인정은 병실을 왔다 갔다 하며 혼자서 욕을 하기 시작했다.

"아니, 내가 보기엔 멀쩡한데, 어디에 뭐가 생겼다고 새빨간 거짓말을 하는 거야? 천벌을 받을 거다, 이 나쁜 년! 돌팔이 의사 년! 난 내일 집에 갈 거야. 병실은 또 왜 이렇게 좁아? 암 병동은 널찍하고 호텔 같았는데, 모텔 같은 데다 처박아 두고. 미친놈들. 저렇게 머리도 밀고 아파 보이는 환자 옆에 나를 두면 어쩌자는 거야? 나처럼 멀쩡한 사람을! 죄다 돌은 것들."

인정은 커튼을 완전히 걷고선 물건을 닥치는 대로 후려치고 들이박고 다녔다. 이런 상황을 상상도 못 한 채 금희는 배선실에 가고 없었다. 양은 바로 옆에서 벌어지는 일을 보고도 믿을 수가 없었다. 아무리 생각해도 내 인생은 팔자가 센가 봐. 문제를 피해 가려 해도 희한한 인간들만 와서 자꾸 나를 걸고넘어지니. 나이만 먹는다고 어른이 아니었다. 양이 느끼기에 인정은 정상이 아니었다. 끝도 없는 저주와 폭력에, 양은 커튼이라도 닫아 눈이라도 가리고 싶었다. 하지만 인정은 하얀 커튼을 치려는 양을 막으며 더 사납게 날뛰었다.

"왜, 내가 뭘 옮겨? 왜 커튼을 치고 지랄이야!"

양은 금희에게 메시지를 보낼까 하다가 대신 비상벨을 눌렀다. 예민하다느니 예의를 지키라느니, 그런 말로 또 다투기는 싫었다. 병실에 들어선 손전등 간호사는 양의 도와 달라는 눈빛과 훤히 열린 커튼을 보더니 순식간에 상황을 파악했다.

"환자 분, 여기서는 항상 커튼을 닫아 두셔야 합니다."

놀랍게도 인정은 간호사가 오자 완전히 다른 사람으로 바뀌었다. 생글거리며 양에게 사과까지 했다.

"아유~ 그래요? 내가 몰랐네요. 옆자리 환자 분, 미안해요~ 호호. 아유, 간호사가 아주 친절하네."

그러나 간호사가 나가자마자 여자의 얼굴은 싹 달라졌다. 눈꼬리에 이어 입꼬리까지 조커처럼 올라갔다.

"미친년! 어떻게 알고 왔대? 네가 불렀어? 아유, 그나저나 이 링거는 왜 이렇게 달아 놨어? 제대로 들어가지도 않는구만."

이제는 무서울 지경이었다. 양은 금희가 오기만을 눈이 빠지게 기다렸다. 그러나 배선실에서 돌아온 금희에게 인정의 이야기를 할 사이도 없었다. 금희의 이야기가 먼저였다.

"양아, 의사협회가 파업한대! 14년 만의 파업이래! 원격 진료와 의료 민영화에 반대하는 이번 파업에 의사의 76.7퍼센트가 찬성했다더라. 다음 주 월요일부터 전국의 병원들이 집단 휴진에 들어간대. 종합 병원의 의사들도 동참한다는 소식이 들려. 의사협회에서는 환자들을 위한 파업이라지만 환자들만 또 죽어난다고 보호자들이 벌써부터 걱정이 이만저만이 아니야."

"1차 항암 치료 때는 6년 만에 대한대학교병원이 파업을 하더니, 3차 항암 치료에선 결핵 감염 의심에, 14년 만에 의사협회가 총파업을 하다니. 참 너무하다."

"그러게. 근데 그것보다도, 오늘 내가 배선실에서 누굴 만났는지 알아?"

"누군데?"

"결핵 병동으로 간 여자의 남편."

"그 경찰관?"

"그래! 글쎄 그 사람이, 내가 배선실에서 사람들하고 이야기하고 있는데 들어오더라? 그러더니 날 노려보면서, 옆자리의 환자가 난리를 쳐서 자기 아내가 억울하게 결핵 병동으로 쫓겨났다고, 아내가 잘못되면 절대로 가만히 안 있겠다며 드잡이라도 할 기센 거 있지? 나 참, 기가 막혀서."

"그래서? 엄마는 뭐라고 했어?"

"하도 어이가 없어서, 거기서 맞붙어 싸우기도 그렇고 일단 참았어. 네가 엄마가 싸우는 거 싫다며. 그래서 눈도 안 마주치고 가만히 있다가 그 사람이 나간 뒤에 사람들한테 다 들리라고 큰소리로 말했어. 진짜 양심이 없는 인간이라고. 자기 아내한테서 결핵균이 나왔는데, 끝까지 여기에 있겠다고, 왜 자기들을 결핵 병동으로 보내느냐며 소리를 지르고, 욕하고, 커튼을 훤히 열어 둬서 좀 닫아 달랬더니 그런다고 안 옮을 줄 아느냐, 병원 내 감염은 비일비재하다고 되레 큰소리를 치더라. 그래 놓고 여기 와서 어떻게 저렇게 뻔뻔한 소리를 하느냐, 감히 내 앞에서. 우리 딸이 자기들 때문에 얼마나 마음고생을 했는데. 나도 다른 사람들한테 옮기기라도 할까 봐 배선실도 못 왔다. 근데 여기가 어디라고 와서 저러느냐. 사람들이 듣더니 자기들이 더 흥분하더라. 특히 목포 아저씨는 어디 저런 몰상식한 인간이 있냐면서 나보다 더 화를 내더라고. 친한 사이였는데 저런 사람인 줄 몰랐다면서 이제 배선실에 못 오게 하겠대. 아내가 거기 있으면 자기도 결핵 병동에 드나드는 건데, 누굴 죽이려고 오냐면서. 다들 마음이 똑같지. 내 입장이 돼 봐. 눈이 안 돌아가나."

"그러게…. 참, 그 아저씨도 왜 여기까지 와서 엄마한테 괜히 싸움을 걸어, 걸길. 본전도 못 찾을걸."

그러나 양도, 금희도 알고 있었다. 만약에 입장이 바뀌었다면, 양이 그의 아내와 같은 상황이었다면 금희도 그와 같았으리라는 사실을. 그 점에서는 배선실에 있던 모든 보호자가 같았다.

　의료계에 돌풍이 몰려오는 가운데, 양의 과립구는 8일째 0에서 움직일 생각이 없었다. 격리가 풀린 다음날의 아침 회진. 심해는 이때껏 본 중 가장 밝은 표정으로 웃으며 말했다.

　"하, 양 씨, 매우 양호합니다! 이제 백혈구만 잘 올라가면 됩니다."

　양은 감사의 표시로 고개를 숙였다. 그러나 웃지는 않았다.

　"저, 교수님, 감기 기운이 있고 숨이 조금 차요."

　"흠. 지켜보지요."

　심해의 말은 양을 안심시켰다. 그러나 이틀 뒤의 아침 회진에서 양은 다시 얘기할 수밖에 없었다.

　"선생님, 감기 기운이 나아지질 않아요. 혹시… 감염은 아닐까요? 괜찮을까요?"

　심해는 왜 자꾸 문제를 키우느냐는 말투로 대답했다.

　"괜찮습니다! 이 정도는 다른 사람들도 다 그렇습니다."

　내가 또 너무 예민한가. 교수님이 괜찮다니 그렇겠지. 양은 다시금 믿었다.

　"…네."

　그러나 괜찮지 않았다. 양의 감기 기운은 갈수록 심해졌다. 열까지 이어지자 그제야 심해는 폐 X-ray 촬영과 여러 검사를 지시했다. 피를 뽑는 인턴 의사가 감기 검사와 심전도 검사도 담당해서 새벽에 이어 두 번이나 더 찾아왔다. 결핵을 의심받고 격리된 동안에도 양을 따뜻하게 대했던 그 의사였다. 의사는 심전도 검사를 준비하며 두꺼운 뿔테 안경 너머, 속 쌍꺼풀이 진 눈으로 양에게 물었다.

　"하루에 세 번이나 보니, 더 반갑네요. 궁금한 게 있는데요, 새벽마다 제가 히크만에서 피를 뽑을 때, 느낌이 어때요? 혹시 아프세요?"

"음, 아프진 않은데, 피가 뽑힐 땐 뜨거운 느낌이 들고 수혈을 받을 땐 차가워요."

"앗, 그게 느껴져요? 교과서상으로는 히크만을 했을 때, 환자는 아무것도 느낄 수 없다고 나오거든요."

"음, 궁금하면 히크만을 직접 한번 해 보세요."

"앗, 기분이 상하셨다면 죄송해요."

"아니에요. 교과서의 설명대로 생각하지 않고 물어봐 주셔서 감사해요."

"…하양 님은 가장 힘든 점이 뭔가요?"

"저요? 이 병에 걸린 거요."

"…환자 분들은 어떤 의사가 좋으세요?"

"음, 그럼 선생님께선 어떤 환자가 좋으세요? 의사의 말을 잘 듣는 환자요? 아님… 피를 뽑아야 하는데 대신 근육을 잘못 찌르거나 불량인 주사기가 두 개나 연달아 나와서 피를 한 번 뽑는 데 세 번이나 팔을 찔려도 괜찮다고 말해 주는 환자요?"

말하는 양도, 듣는 의사도 웃었다. 며칠 전 그가 양의 피를 뽑을 때 일어났던 일들이었다.

"하핫. 정말 죄송했습니다."

"일부러 그런 거 아니신데요, 뭐. 아프니까 짜증은 났지만, 이해합니다. 의사도 사람이니 실수할 수 있고, 불량 주사기는 선생님의 탓이 아니니까요, 하하. 음, 그나저나 선생님께서 물어본 질문에 제 나름대로 답을 드리자면요, 저는 환자를 사람으로 대하는 의사가 좋았어요. 의사나 간호사들은 병과 싸우잖아요. 열심히 병과 전쟁을 하는데 그 전쟁터는 다름 아닌, 아직 살아 숨 쉬는 사람이거든요. 우리가 어제까지 이런 일이 생기리라고는 상상도 못한 채 평범한 삶을 살던, 당신들과 같은 사람이라는 사실을 의료진은 가끔 잊는 거 같아요. 우리의 어제는 당신들의 오늘과 같았어요. 그러니 누군가의 가족이자 친구인 소중한 사람으로, 아프니까 더 너그러운 배려가 필요한 사람으로, 완전한 동감은 어렵겠지만 최소한 공감은 하면서 인간적으로 대해 줬으면 좋겠어요."

"아… 소중한 사람으로."

"네. 제가 바라는 건 완벽한 의사가 아니에요. 자신이 완벽할 수 없음을 인정하고 그렇기에 노력하는 의사죠. 선생님께서는 완벽한 의사가 가능하다고 생각하세요?"

"완벽한 의사가… 되고 싶죠. 하지만 불가능하다고 인정합니다. 의학은 완벽한 진리가 아니라 경험을 통한 확률입니다. 확률이란 대다수가 그렇다 해도 그 평균값에 가깝지 않은 케이스도 분명히 존재한다는 뜻이죠. 의사는 자신의 경험과 의학적 확률을 바탕으로 환자를 치료합니다."

"그렇다면 지금 눈앞의 환자가 확률적 평균에서 먼, 그 1퍼센트일 수도 있다는 뜻이잖아요? 경험을 통한 확률이란 언제나 경험하지 못한 사례가 발생할 수도 있다는 뜻이고요? 결국 의학적 확률이란 열린 가능성인데, 왜 대부분의 의사는 단정을 지어서 말할까요? 의사는 신이 아니잖아요? 환자의 몸이 어떻게 반응할지는 누구도 알 수 없고요. 저는… 의사가 신이 아니라는 사실을 스스로 꼭 기억했으면 좋겠어요."

"…맞아요. 의사는 자신의 감정이나 개인적인 상황에도 영향을 받을 수 있는 불완전한 사람입니다."

"의사도 사람이니까… 그러니까 의사도 실수할 수 있죠. 틀릴 수도 있고요. 그런데 의사들은 자신들의 판단이 완벽하지 않다는 사실을 가끔 잊는 거 같아요. 의사도, 환자도 사람이라는 진실을 서로가 잊지 말았으면 좋겠어요."

"네, 의사도 환자도 사람이다. 인간적으로 대해라! 꼭 기억하겠습니다. 솔직하게 말씀해 주셔서 감사드려요. 저… 제 이름은 한그루예요."

"네, 한그루. 선생님의 이름, 저도 기억할게요. 물어봐 주셔서 감사합니다."

그루와의 대화는 좋았지만 다음날까지도 검사 결과에 대한 말은 들을 수 없었다. 이런 경우, 늘 별다른 이상이 없었다. 그런데도 이상하게 숨쉬기는 점점 더 힘들어졌다. 양은 누워 있기가 불편해 낮잠도 자기가 어려웠다. 인정의 성질이 수그러들기는커녕 날이 갈수록 사나워진 탓도 있었다.

"죽일 년! 뭐가 들었을 줄 알고?"

인정은 병원에서 주는 약을 휴지통에 던져 버리는가 하면, 항암 치료를 거부하며 주삿바늘도 뽑아 버렸다.

옆자리가 늘 시끄럽다 보니 양도 금희도 제대로 쉬거나 자지 못해 꼴이 말이 아니었다. 양의 눈에는 다크 서클이 턱까지 내려오고 금희의 왼쪽 눈은 빨갛게 터져 버렸다. 인정의 거친 입은 오래 쉬는 법이 없었다.

"내가 이대로 죽을 거 같아? 어림없다! 어림없어! 난 정상이야. 집에 갈 거야!"

저 사람은 미치광이가 아니야. 죽음이 무서워서 떨고 있는 불쌍한 사람이지. 인정을 4일 동안 지켜본 양은 그제야 이해가 갔다. 그러자 미워할 수가 없어졌다.

"결국 항암 치료를 거부하고 퇴원할 거 같아요. 며칠만 더 참으세요."

손전등 간호사가 말렸지만 양은 금희와 상의해 병실을 옮기기로 결정했다. 인정의 안쓰러운 몸부림을 계속 지켜보기는 힘들었다. 금희가 서둘러 정보를 알아왔다.

"4인실에서 창가 자리의 사람이 곧 퇴원을 하는데 아직 다른 대기자가 없대. 그 옆자리에서 아내를 간호 중인 목포 아저씨의 말이니 틀림없어. 목포 아저씨가 몇 번이나 강조하더라. 4인실로 오면 정말 편하게 쉴 수 있다고. 자기들도 우리처럼 조용한 이웃이 좋으니 꼭 오라고 말이야."

과립구가 0이 된 지 11일째. 양은 4인실의 창가 자리로 옮겼다. 여전히 북향이라 라디에이터가 있어도 밤에는 추웠지만, 마음이 놓여서인지 따듯한 물을 채운 생수통을 껴안은 양과 금희는 정말로 오랜만에 푹 잠들었다. 이날 밤, 풍경 노부부가 양을 찾아왔다. 말수가 적던 안노인이 미소를 지으며 손을 흔들었다. 옆에 선 바깥노인이 말했다.

"우리, 먼저 집에 가요."

어디선가 들려오는 시계바늘 벨소리를 들으며 양은 잘 가라고 손을 흔들었다. 그러다 다리가 저려 깨 보니, 아침이었다. 양이 꿈을 이야기하자, 금희의 표정이 살짝 흔들렸다.

"실은 그 할머니… 중환자실에 있으시대. 오늘내일하시나 봐. 말 안 하려 했는데 네 꿈에 온 걸 보니… 인사하고 싶으셨나 보네."

"아… 그렇구나."

"…참! 우리가 나온 2인실의 네 자리에, 안선녀가 들어왔다더라. 그때 101병동에서 골수 이식을 받았다네? 이번에 이식한 지 6주 만에 재입원한 거래. 열도 나고, 섬망? 정신이 온전치 않은가 봐. 어젯밤에는 간병인이 잠든 사이에 자기 집으로 돌아간다고 복도를 걷다가 쓰러졌더라. 차라리 성질을 부리는 게 낫지, 안됐어."

4인실의 창가 자리는 좋았다. 저 멀리 산까지 보여서 가슴이 트였고, 무엇보다도 조용했다. 여기가 병원인가 싶을 정도로 하루 종일 산속 절처럼 고요했다. 평일 저녁 8시부터 1시간 정도 드라마 타임이 반짝 있었지만 저래서 들릴까 싶을 정도로 TV 소리가 작았다. 주말에는 아예 TV를 보는 사람이 없었고, 9시가 되기 전에 병실의 불까지 꺼졌다. 옆자리의 목포 부부 말고는 3호와 4호의 얼굴도 몰랐지만 상관없었다. 긴장이 풀린 양은 주말 내내 잤다. 오랜만에 버스를 타고 여행을 가는 꿈도 꿨다. 기분 좋게 잘 자고 잘 쉰 덕인지 면역력도 드디어 첫발을 뗐다. 과립구 8. 4인실로 온 지 3일째, 0을 친 지 13일 만이었다.

그사이에 중환자실로 갔던 풍경 노부부의 안노인이 재가 돼서 집으로 돌아갔다. 양이 떠나온 2인실에선 선녀가 집에 간다며 히크만을 잘라야 하니 간병인한테 가위를 가져오라고 들볶고 난리를 치는 통에, 선녀가 히크만을 잡아 뽑기라도 할까 봐 간병인과 간호사들이 초긴장 상태였다. 인정이 왜 저런 정신병자를 자기 옆에 두냐며 병실을 옮겨 달라고 하다가 퇴원해 버렸다는 소식이 들려왔다. 인정이 떠난 자리의 서랍장에선 안 먹고 버려진 약이 수북이 나왔다.

4인실도 안전지대는 아니었다. 양의 옆자리인 1호, 목포 여자는 알 수 없는 이유로 금식 중이었고, 3호 여자도 세면대 앞에서 쓰러져 비상이 걸렸다. 침대로 옮겨진 여자는 곧 깨어났지만 눈빛이 흐리고 말이 어눌했다.

"이번에 2차 항암 치료를 받으면서부터… 2월 19일부터 말이 저랬지, 아마?"

"그전에도 여러 번 쓰러져서 응급실로 실려 왔고."

목포 부부의 대화였다.

여자는 CT에 MRI 촬영까지 받다 다음날 1인실로 옮겨졌다. 금희가 알아보니, 전염성이 강한 균이 나온 데 따른 격리였다.

"격리실이 다 차서 마침 비어 있던 1인실로 보낸 거래. 글쎄, 이 균이 3일 전에 벌써 1차로 확인이 됐다는데, 재차 확인이 되니 이제야 옮긴 거래."

금희의 정보를 바탕으로 양은 주치의에게 캐물었다. 벌써 두 번째가 아닌가. 양에게는 환자로서의 알 권리가 있었다.

"3호 아줌마에게서 균이 나왔다는데, 무슨 균이었나요?"

"아, 그게, 흔한 대장균…인지는 모르겠고… 어떻게 아셨어요?"

"균이 나오면 원래 이렇게 소리 소문 없이 옮기고 마나요? 주변 환자들도 모르게요? 미리 알아야, 아니면 나중에라도 무슨 균인지라도 알아야 조심을 하던지 하잖아요?"

주치의는 대답을 피했다. 111병동에 격리실이 생기기 전까지는, 모든 병실이 차 있을 때는, 양이 머무르는 동안 이곳에 자리가 빈 날은 거의 없었는데, 전염성이 강한 균이 나와도 이런 식으로 쉬쉬거리면서 지나왔으리라는 추측이 가능했다. 환자들은 자기가 왜 결핵이나 폐렴에, 혹은 다른 치명적인 균에 감염됐는지 알지도 못한 채로 결과만 뒤늦게 통보를 받았다. 선녀도 들임에게 그렇게 옮은 게 아닌가. 만약 들임이 결핵으로 호흡기 병동에 보내진 걸 알았다면, 아무리 창가 자리를 탐내던 선녀라도 제 발로 갔겠는가. 늘 대기 환자가 줄을 선 격리 병동의 상황, 면역력이 약해 이곳을 떠나면 치료가 어려운 환자들의 마음을 양이 왜 모르겠는가. 양도 이들 중 하나였다. 그렇다 해도, 당사자인 3호가 이미 격리된 바당에까지 중요한 정보를 자신의 환자에게조차 숨기는 주치의의 태도에 양은 들끓는 분노를 느꼈다. 비겁해. 주치의에 대한 양의 신뢰는 실망으로 바뀌었다.

3호 자리는 알코올로 간단히 소독돼 곧바로 새 주인을 받았다. 새로운

3호는 흰 파마머리의 여자였다. 77세인 노인은 폐렴과 장염, 대상 포진을 앓고 있었다. 의료진은 대상 포진에 특히 관심을 보였다. 젊은 주치의의 표정에 감출 수 없는 호기심이 드러났다. 의사는 노인의 환자복을 들추며 배부터 젖가슴까지 온통 번진 검붉은 대상포진을 빤히 들여다봤다.

"보통 대상 포진은 한 번 앓고 나면 그만인데, 환자 분의 경우는 이렇게 심하게 재발을 했네요. 저희가 좀 사례 연구를 해 봐도 될까요?"

노인은 지친 눈으로 고개를 끄덕였다. 보호자인 아들 부부가 옆에서 초조한 말투로 물었다.

"저희 어머니는 어떤가요? 한 달에 3주씩 아파서 들어오고 계시는데, 치료할 다른 방법이 없나 해서요."

"어머님은 연세가 많으셔서 치료가 어려워요. 항암 치료를 하면 조금 연장될 수 있지만 안 받으셔도 앞으로 두 달이라 큰 차이가 없어요. 항암 치료가 오히려 수명을 단축시킬 수도 있으니 지금처럼 증상이 있거나 견디기 힘들 때마다 입원하는 게 최선이에요."

노인 앞에서 그의 생사에 대한 답을 하면서도 주치의의 눈은 노인의 배에 머물렀다. 어차피 노인의 대답은 중요치 않았다. 의사의 흥미로운 눈빛은 이미 연구를 시작한 상태였다.

양과 금희는 다시 긴장 모드로 바뀌었다. 3호 여자가 알 수 없는 전염성 균으로 격리됐고, 새로 온 3호 노인은 장염에, 폐렴에, 대상 포진까지 앓고 있었다. 뒤늦게 알고 보니, 4호 역시 빈 침대만 덩그러니 남은 상태였다. 4호가 일주일 전에 중환자실로 내려간 진짜 이유는 누구도 알지 못했다. 더구나 목포 여자 또한 장염이 심해서 주치의의 지시로 금식 중인 상황이었다. 파마머리 노인의 주치의가 목포 여자도 담당했는데, 나가는 길에 들러 하는 말을 듣고서야 양과 금희는 알았다.

"오늘이 15일째죠?"

"네. 계속 아무것도 안 먹고 영양제만 맞는데 괜찮을까요? 과립구도 한 달째 0이에요."

"괜찮습니다. 영양제로 몸에 필요한 모든 성분이 들어가고 있어요. 장염에는 다른 약이 없어요. 굶는 게 최고예요."

양도 1, 2차의 항암 치료 때마다 장염에 걸렸지만, 밥을 먹지 말라는 처방을 받은 적은 없었다. 설사가 힘들어서 양이 스스로 밥을 줄이려 할 때도 주치의들은 설사를 하더라도 밥을 먹는 게 낫다며 설득했다. 균이 스스로 다 나올 때까지 설사를 해야 한다고. 그러다 설사가 너무 심해지자 원석은 균이 나올 만큼 다 나왔으니 이제는 사람을 살리자며 멈추는 약을 줬다. 양은 굶으라는 지시가 이상한 처방이라고 생각했다. 하지만 목포 부부에게는 아무 말도 하지 않았다. 양이 겪은 장염과 목포 여자가 앓는 장염은 다를 수 있었다. 나는 의사가 아니니까 말을 아끼자. 그나저나 3차 항암 치료에서는 어째 장염이 안 걸린다 했더니… 결핵을 피해 나왔더니 장염이 기다리는 상황이었다. 2인실에서 경찰관의 아내는 화장실을 아예 못 썼지만 목포 여자와 파마머리 노인, 1인실로 간 이전 3호까지도 모두 양과 한 화장실을 썼다. 양과 금희는 되도록 커튼 안에서만 머무르며, 화장실을 갈 때는 엄청나게 많은 소독약을 변기에 뿌린 다음, 엉덩이를 최소한으로 대고 앉았다가 최대한 빨리 나왔다. 금희는 답답한지 배선실로 자주 나갔다. 다른 도리가 없는 양은 침대에서 책을 읽었다. 암살자와 첼리스트의 운명을 지켜봐야 했다. 어차피 과립구가 낮은 데다 여전히 무릎이 아파서 바깥을 다닐 수도 없었다.

면역력이 움직이면서, 끊임없이 열이 났다. 조금 나아졌나 싶던 숨쉬기도 다시 나빠졌다. 균 검사가 이어졌지만 원인을 찾지 못했다. 양쪽 콧속이 헐고 콧물도 나자 양은 어쩔 수 없이 또다시 심해에게 말했다. 그러나 이번에도 심해는 시큰둥한 표정으로 대꾸했다.

"아무렇지 않아 보이는데요?"

"선생님, 다른 심각한 환자들에 비하면 사소해 보일 수도 있다는 거 알아요. 억울할 정도로, 제가 보기에도 겉으로는 멀쩡해 보이고요. 근데 보기보다 아파요. 심하진 않지만 그래도 나아지질 않아요."

"지켜보지요."

심해는 일요일까지도 회진을 도는 유일한 의사였다. 양과 금희는 께름했지만 심해의 말을 믿고 마음을 놓았다. 안심한 금희가 배선실에 커피를 마시러 간 사이에, 역시 혼자였던 목포 여자의 커튼콜이 있었다.

"아가씨, 바빠요?"

"아니오."

"우리 얘기나 할까?"

"네, 말씀하세요."

드르륵, 커튼이 열리더니 목포 여자의 둥그런 얼굴이 보였다. 그나마 눈썹 문신이 있어서 다행이었다. 속눈썹마저 듬성듬성한 얼굴이 미소를 지으며 말했다.

"아가씨도 이식을 받아야 하는 거 같던데."

"네, 맞아요."

"잘 생각해요. 나도 이식을 받았거든. 나는 골수이형성증후군인데 이식을 받는 게 좋다고 해서 받았어요. 반대로 교수님께선 분명히 이식이 잘 됐다고 했는데, 백 일이 지나서 검사해 보니까 급성백혈병으로 진행됐다는 거야. 그래서 다시 입원해서 항암 치료를 받는 중이에요."

설마, 결핵 병동으로 간 경찰관의 아내가 말했던 사람이 목포 아줌마인가? 양은 물을까 하다 말았다. 그렇다 한들 달라질 건 없었다.

"…힘드시겠어요."

"말도 못하지. 기증자랑 혈액형이라도 같았으면 그래도 고생이 덜할 텐데. 나는 원래 A형이었거든, 근데 이식을 받고 나니 혈액형이 꼬였는지 혈소판은 AB형, 혈색소는 O형을 맞아야 된다는 거야. 그러니 수혈을 받는다고 그게 다 제대로 몸에 쓰이겠어? 나뿐 아냐. 얼마 전까지 이 방에 있던 동생은 이식하고 숙주 반응이 심하게 와서 3달 동안 퇴원을 못했어. 아가씨는 어떻게, 기증자는 구했어요?"

"네, 전 친오빠가 주기로 했어요. 혈액형은, 저랑 같아요."

"아고, 행운이네! 물론 혈액형이 다르다고 다 나 같진 않다는데, 그래도 나처럼 고생할 수도 있으니까."

또 그 얘기다. 운이 좋다는. 양의 상황에선 정말로 안 어울리는 말이지만, 목포 여자의 말이기에 와닿았다.

"말씀을 듣고 보니, 정말 그러네요. 그런데… 식사를 좀 하셔야 힘을 내실 텐데요. 저희 엄마가 매일 그러거든요. 사람은 밥심으로 산다고요. 뭐라도 드셔야 과립구가 오를 텐데요."

"아이구, 못 먹어요. 장염이 심하게 와서, 금식한 지 2주가 다 됐어. 뭘 먹으면, 물만 한 모금을 마셔도 속이 찢어지듯이 아파서 데굴데굴 구를 정도니 어쩌겠어요. 주치의는 아무런 상관이 없다고, 남들도 영양제만 맞고도 다들 때가 되면 낫는다는데, 난 어찌된 게 면역력이 오르질 않아. 과립구도 한 달째 0이라니까? 진짜 아가씨의 말대로 뭘 먹으면 좀 다르려나?"

"한 달이요? 0인 상태를 그렇게 오래, 어떻게 견디세요? 저도 밥을 잘 못 먹을 땐 영양제를 맞기도 했는데, 아무래도 밥을 먹어야 더 잘 오르더라고요. 미음이라도 드셔 보시면 어떠세요?"

"…그럴까?"

"네. 너무 아프시면 억지로 드시지는 마시고요."

이때 양의 커튼이 발치에서도 걷혔다.

"하양 씨, 잘 지냈어?"

성자였다.

"아, 안녕하셨어요?"

"나, 과립구가 백이 넘어서 놀러 왔어."

"와, 축하드려요."

"고마워. 옆 분하고 이야기 중이었나 봐?"

"우린 다음에 더 이야기 나눠요."

목포 여자가 아쉬운 얼굴로 커튼을 닫았다.

"얘기 중에 끼어들어 미안해요~. 하양 씨는 좀 어때?"

"전 이제 과립구 9예요."

"금방 오를 거야. 걱정 마. 아, 그럼 귤 못 먹겠네?"

"네. 근데… 아주머니도 천이 아니고 백이라고 안 하셨어요? 그럼 아직 생과일은 조심하셔야 하는 거 아니세요?"

"괜찮아, 호호. 그보다도 연두 알지? 예전에 6인실에서 하양 씨의 건너편 창가자리에 있던 아가씨."

"네, 알아요."

"이거, 연두가 준 거야. 내가 하양 씨의 자리로 가면서 연두랑 친해졌거든. 폰 번호도 주고받아서 연락을 했는데, 얼마 전에 입원했어."

"연두 씨가 들어왔어요? 항암 치료를 한 번만 받으면 된다고 했었는데요."

"의사가 한 번을 더 받으라고 했나 봐. 3개월 만에 2차 항암 치료를 하러 들어왔어. 하양 씨의 과립구가 더 오르면 같이 놀러 가자."

"연두 씨도 6인실에 있나요?"

"아니. 연두는 6인실에 있다가 내가 거기로 가기 전에 2인실로 옮겼어."

"왜요?"

"지난번에 말이야, 하양 씨가 2인실로 가고 내가 6인실로 갔을 때, 그러고 얼마 안 돼서 연두의 옆자리에 있던 사람이 죽었어. 옆에서 사람이 죽은 것도 젊은 친구한테는 충격이었을 텐데, 이번에 연두가 들어온 자리가 하필이면 5호, 그때 그 자리였나 봐."

"아…."

"연두 아빠의 말이… 연두가 잠도 못 자고 하루 종일 벌벌 떨더래. 죽은 아줌마가 자꾸 보인다면서. 이러다 애를 잡겠다 싶어서 2인실로 옮겼다 하더라고. 하양 씨도 알다시피 6인실 안에서는 자리 이동이 안 되잖아."

"그렇죠."

"근데 지금 옮긴 곳도 편하진 않나 봐."

"왜요?"

"격리실 바로 옆방이더라고. 며칠 전에, 이식 부작용으로 숙주 반응이 엄청나게 심해서 온몸에 발진이 난 여자가 들어왔거든. 피부 전체가 뒤집혀서 온통 물집투성이다 보니 숨만 쉬어도 아파서 비명을 지르는 거야. 그러니 주삿바늘이라도 꽂으면 어떻겠어. 하루에도 수십 번씩 자지러지는 소리가 나니까 미치겠나 봐. 오죽하면 옆에 있던 사람이 퇴원을 해 버렸겠어."

"정말요?"

"응. 여기 4인실에 있다가 균이 나와서 1인실로 격리됐던 사람 있지? 그 사람이 격리실로 보내졌는데 도저히 잠도 못 자고 시끄러워서 못 참겠다며 퇴원해 버렸대. 치료도 덜 끝났는데 말이야. 근데, 그 자리에 우리가 아는 사람이 들어갔더라고."

"네? 누구요?"

"지난번에 우리랑 같이 6인실에 있던 강하늬 말야. 하늬 씨가 히크만을 통해 균이 감염돼서 격리됐더라고."

"아… 다들 고생이 많겠어요."

"그러게. 누구도 앞일을 알 수가 없어. 인생은 참 공평하지?"

성자는 좀 더 이야기를 나누다 웃으며 돌아갔다. 성자가 전해 준 연두의 소식은 양의 마음에 남았다. 그러고 보면 연두는 처음부터 너무 많은 죽음을 봤다. 양이 들어간 자리에 있다 죽은 사람, 채송화 이전에 중환자실로 가 죽은 사람, 양이 6인실을 떠난 뒤에 송화 자리에 새로 와 죽은 사람, 어쩌면 지금은 흔적도 찾기 어려운 함복수까지… 양은 아직까지 눈앞에서 죽음을 본 적은 없었다. 신께 감사하며, 양은 연두를 위해 기도했다.

3월 10일, 월요일. 예고됐던 대로 의사협회의 총파업이 시작되었다. 14년 만의 집단 휴진이었다. 동네 병원의 곳곳에 휴진 안내문이 붙었고 흰 가운을 입은 전공의들은 종합 병원을 떠나 의사협회로 모였다. 2만 8천여 곳의 동네 병원 중 29.1퍼센트가, 1만 5천여 명의 전공의 중 31퍼센트가 이날 파업에 참여했다. 10곳 중 3곳, 10명 중 3명이 파업에 동참한 셈이었다. 76.7퍼센트였던 찬성표에 비하면 다행히 의료대란은 아니었다. 양에게도 병원식이 도시락으로 바뀌었던 대한대학교병원의 파업처럼 와닿지는 않았다. 하지만 저마다 아픈 몸을 이끌고 동네 병원을 찾았다 발길을 돌렸을 사람들의 마음이 남의 일처럼 느껴지진 않았다.

이날만큼은 4인실에서도 정오 뉴스를 틀었다. 14년 만의 파업에 대한 소식이 쏟아졌다. 목포 부부의 대화가 이어졌다. 아내가 물었다.

"그러니까, 왜 파업을 한 거래?"

"원격 진료가 위험하다는데?"

"하긴 의사가 직접 보지도 않고 제대로 진료를 할 수가 있나?"

"뭐 직접 만난다고 크게 다른가? 어차피 와도 3분 진료잖아. 의사는 검사 결과가 나온 모니터를 보다 자기 할 말만 하고 나가라는 걸. 질문할 시간도 없고 질문을 해도 두세 마디로 길어지면 우리 얼굴에 대고 다음 환자를 불러. 나가라는 얘기지. 그걸 하러 아픈 몸으로 지방에서 서울까지 오는 사람들을 생각하면 원격 진료가 뭐가 나빠. 외딴 섬 같은 데 사는 사람들도 큰 병원의 의사들한테 진료를 받을 수 있고 좋지."

"그건 그래. 우리도 퇴원해서 외래 진료를 받을 때는 얼마나 고생했나. 일주일이나 2주일마다 올라와서 검사하고 진료를 보느라 하루가 다 갔어. 나 같은 암 환자한테는 그게 바로 스트레스지. 근데 의료 영리화에 대한 반대는 일리가 있어. 병원이 자회사를 세워서 건강 보조 식품이나 의료 기기를 팔 수 있게 되면, 아무래도 자기네 제품을 환자들에게 권하지 않겠어?"

"지금 나오는 뉴스를 들어 봐. 의사들이 반대하는 이유가 순수해 보이지만은 않대. 3년 사이에 폐업하는 병원이 20퍼센트에서 30퍼센트나 늘었고, 전체 개인 회생 신청자의 40퍼센트가 의사라는 통계도 있다네? 원격 진료를 하면 대형 병원으로 환자들이 몰리는 쏠림 현상이 심해져서 개인 병원이 더 힘들어진대. 원격 의료나 민영화에 대한 반대는 명분이고 진짜 목표는 의료 수가의 현실화라는 뉴스도 나와."

"의료 수가가 그렇게 낮은가?"

"의사들은 의료 수가가 원가의 75퍼센트 수준이라고 하고 정부는 90퍼센트는 된다고 하니, 누구 말이 맞나?"

"아니, 왜 그렇게 차이가 커? 의사들이 거짓말을 하는 게 아니라면 정

428

부가 제대로 돈을 줘야지."

"수가를 1퍼센트 올리려면 매년 3천억 원이 든대. 의사들은 25퍼센트를 올려 달라는데, 그러려면 7조 5천억 원이 든다는 거야. 돈이 늘 문제지."

"으휴, 누구 편을 들어야 하지?"

양도 알 수가 없었다. 다만 의사협회가 24일부터 6일 동안의 전면 파업을 또 예고한 상황에서, 111병동의 의사들은 환자의 옆을 지켜 주기를 바랐다.

이날 오후, 4호 자리에 새 사람이 들어왔다. 열일곱 살의 고등학생이었다.

"나버들 님은 급성골수성백혈병으로 암세포의 비율이 47퍼센트라서 골수 이식이 필요합니다. 기증을 받을 형제나 자매가 있으신가요?"

"우리 애는… 외동딸이에요."

"그럼 골수은행에서 공여자를 찾아야겠네요. 바로 등록하겠습니다."

주치의의 말을 들은 버들의 엄마가 울음을 터뜨렸다. 오히려 버들이 무덤덤한 얼굴로 자신의 엄마를 달랬다. 저 애는 아직 실감을 못하고 있어… 주치의가 하는 말이 무슨 의미인지, 죽음이 주변을 어슬렁거리기 시작했다는 뜻이라는 사실도. 버들 모녀의 모습을 보며 양은 자신이 처음 격리 병동에 왔던 날을 떠올렸다. 버들은 양이 마주한 가장 어린 백혈병 환자였다. 자꾸만 마음이 쓰였다.

"저렇게 어린 나이에 하필이면 이런 병에… 애 엄마의 말이, 남편은 울산에 있는 공장에 다녀서 가끔 주말에만 올라온대. 엄마가 저렇게 마음이 여린데 남편도 멀리 있으니 걱정이네."

"괜찮을까? 너무 어린 친군데, 여긴 다 어른들뿐이라."

"그러게. 근데 최근에 더 어린 남자애도 들어왔다더라. 스물한 살의 여대생하고."

"아… 다들 아직 너무 어리다."

"병은 나이를 안 가리니까."

양은 버들에게 장염을 조심하라고, 화장실에 오고 갈 땐 반드시 변기를 소독하고 나와선 손을 꼭 씻으라고 말해 주려다 참았다. 목포 여자와 파마머리 노인에 대한 선입견을 주는 것 같아 미안하기도 하고, 엄마도 딸도 젊은 사람들이니 입원할 때 받은 교육대로 알아서 잘할 텐데 괜스런 잔소리 같아 조심스럽기도 했다. 금희를 통해서만 손을 잘 씻으라고 전했다. 그러나 결국 버들은 3일 만에 장염에 걸리고 말았다. 이제 4인실에서 장염에 안 걸린 사람은 양뿐이었다.

호흡기내과 의사는 양이 아침 회진에서 울상을 지은 지 며칠이 지나서야 왔다. 양이 감기 기운이 있다고 심해에게 처음 말한 지 일주일 만이었다. 뾰족한 턱 선에 바쁘다고 써 붙인 의사는 대충 번개 치듯 청진기를 대고 숨소리를 듣더니 말했다.

"괜찮습니다. 그럼."

"저, 그런데 왜 자꾸만 숨이 찰까요? 답답해서 누워 있기가 힘들어요."

일어서려고 청진기를 챙기던 의사가 멈칫하더니 고개를 갸우뚱거렸다.

"산소 포화도를 한번 시험해 봐야 하나? 기다려 보세요."

의사가 나가자 곧 손전등 간호사가 커다란 모니터를 단 기계를 밀고 들어왔다. 측정 결과, 양의 산소 포화도는 앉아 있을 때에 98퍼센트, 누으면 95퍼센트로, 누워서 5분이 지나자 92퍼센트까지 떨어졌다.

"정말로 이상이 있네요. 그래도 90퍼센트의 밑으로는 안 내려가서 다행이에요."

손전등 간호사가 걱정스러운 목소리로 말하고 나갔다.

이제는 아무렇지 않아 보인다는 말은 못하겠지. 양은 다음날 아침 회진에서 심해가 뭐라고 얘기할지 궁금했다. 그러나 심해는 별말이 없었고, 열은 계속해서 38도를 넘었다. 이제는 해열제를 먹어도 잘 안 내렸다. 해열제를 1알씩 먹을 수 있는 8시간마다 균 검사가 이어졌고, 양의 두 팔은 주삿바늘 자국 때문에 온통 멍투성이로 변했다. 게다가 주치의가 졸라덱스를 놓으려고 뱃살을 두 번이나 거칠게 움켜쥐는 바람에 양의 아랫배에는 오래도록 지워지지 않을 피멍이 들었다.

호흡기내과 의사가 다녀간 지 이틀이 지났다. 그제야 양은 주치의를 통해 판단 결과를 알 수 있었다.

"호흡기내과의 소견은, 폐 기능의 저하가 의심된다고 합니다. 과립구가 올라가면 폐 기능 검사를 해 보잡니다. 이제부터 24시간 동안 산소 포화도의 체크에 들어갑니다. 엄지손가락에 끼운 이 집게를 빼지 마세요."

24시간이 채 지나기 전에 양의 산소 포화도는 두 번이나 90퍼센트 아래로 내려갔다. 그때마다 모니터에 빨간 불이 들어오며 병실이 떠나가라 기계가 울었고 간호사가 달려왔다. 분위기는 심각해졌다. 금요일, 턱 선이 더 가팔라진 호흡기내과 의사가 다시 다녀간 뒤 양은 주치의의 지시에 따라 CT 촬영에, 특수 혈액 검사에, 균 배양 검사까지 이유도 모른 채 오후 내내 시달려야 했다. 무엇을 확인하기 위한 검사인지, 무엇을 의심하는 상황인지 설명해 주는 사람은 없었다. 특수 혈액 검사는 피를 뽑는 곳부터 달랐다. 정맥이 아닌 동맥을 잡아야 했다. 그루가 와서 양의 오른쪽 손등 아래에 동그란 손소독제 통을 놓았다.

"피부 밖에서도 파랗게 보이는 정맥과 달리 동맥은 바깥에서 안 보이는 안쪽에 숨어 있어요. 양 손목에 주삿바늘을 집어넣어서 찾아야 해요. 최대한 덜 아프게 빨리 할게요."

그루는 긴장한 표정으로 양의 손목에 주삿바늘을 수직으로 내리꽂듯이 집어넣었다. 그러나 동맥이 아니었는지 바늘을 움직여 가며 찾기 시작했다. 그루가 동맥이다 싶어 바늘 끝으로 살짝 찔러볼 때마다 저절로 얼굴이 찡그려질 정도로 욱신거리고 손 전체가 저렸다. 얼마나 지났을까. 주사바늘 주위로 3밀리미터가량 피부가 찢어져 피가 줄줄 흘렀다. 그루가 주삿바늘을 빼며 손을 살짝 떨었다.

"아무래도 제가 못할 거 같아요. 너무 아프게 해드리는 거 같아서…. 동맥 채혈을 잘하는 의사 선생님이 계시니 그분을 불러드릴게요."

얼굴이 하얗게 질린 그루는 고개를 못 들었다. 이런 모습은 처음이었다. 혹시 나 때문일까? 양은 잠시 고민하다 그루를 부르며 고개를 저었다.

"한그루 의사 선생님, 그냥 선생님께서 해 주세요. 제가 참을게요. 제가 했던 말은 신경 쓰지 마세요."

"아프실까 봐, 아프신 게 느껴져서 못 하겠어요."

양의 부름에 얼굴을 들었던 그루는 양과 눈을 마주치자 다시금 고개를 떨궜다.

"괜찮아요. 선생님께서 오늘 제게 못 하시면 다음에 다른 환자에게도 하기 힘들어지실 거예요. 여러 번을 찔러도 괜찮으니 꼭 선생님이 해 주세요. 지금 이 순간만큼은 저를 누군가에게 소중한 사람이라 생각하지 마시고, 그저 이 검사가 꼭 필요한 환자라고만 대해 주세요."

그제야 그루는 고개를 들었다. 양이 그루를 보며 미소를 짓자 그제야 그루도 고개를 끄덕였다.

"그러면 이번에는 꼭 한 번에 뽑겠습니다!"

"네! 선생님만 믿어요."

그루는 양의 두 손목에서 금세 동맥을 찾아냈다. 검사를 끝낸 양의 눈에선 눈물이, 그루의 등에선 땀이, 손목 아래 손소독제 통에는 붉은 피가 흘러내렸다.

"얼른 검사실로 보낼게요. 왜 자꾸 아프신지 꼭 결과를 알아내겠습니다."

"네, 꼭이요!"

"조금만 기다리세요!"

그루는 힘차게 달려 나갔다. 그런 그루를 지나치며 한숨 간호사가 들어왔다.

"후아, 하양 님, 여기 가래 통요. 아시죠? 여기에 가래를 뱉어서 내시면 돼요."

"또요? 가래가 안 나와서 두 통이나 채우려면 너무 힘들어요."

"어제 낸 건 검사에 필요한 만큼의 가래가 없었어요!"

"저… 정말로, 가래가 안 나와요. 일부러 20분 동안이나 기침을 해 가면서 토할 정도로 뱉어도 목에 딱 달라붙은 건지 안 나온다고요."

"아무튼 가짜 가래 말고 진짜 가래를 뱉어내라고요! 후. 안 그럼 기계를 가져와서 목에서 뽑아 버릴 테니까요. 알겠어요?"

짜증스런 말투로 쏘아붙인 간호사는 양의 옆자리로 가 목포 여자를 찾았다.

"후아, 바빠 죽겠는데 도대체 어디로 간 거야?"

혼잣말치고는 컸다.

"화장실에 가셨어요."

양이 대답하자마자 간호사는 화장실로 가서 문을 두드렸다.

"문 좀 열어 보세요."

"안에 사람 있어요!"

간호사인 줄 모르는 목포 여자가 대답했다.

"혈소판을 달아야 하니 문을 여시라고요!"

"아고, 내가 지금 열 수가 없어요. 조금만 이따가 달아 주세요."

"바빠서 다시 올 시간이 없다고요! 빨리 열어요!"

여자는 마지못해 문을 열었다. 옷을 벗고 변기에 앉은 모습이 훤히 보이게 화장실 문을 열어둔 채로 간호사는 혈소판을 달고 나갔다. 양은 차마 볼 수 없어 하얀 커튼을 닫았다. 그러나 곧 커튼이 휙 걷히더니 한숨 간호사가 다시 들어와서 갖가지 주사를 주렁주렁 달았다.

"이게 다 뭐예요?"

"항생제요."

"왜 이렇게 많아요?"

"가래를 안 뱉으니까, 원인을 못 찾아서 5가지 항생제를 전부 때려 붓는 거잖아요! 원인을 찾을 때까지 5가지 항생제를 하루에 총 20봉씩 맞을 거예요."

"하루에 20봉이요? 그걸 제 몸이 어떻게 견디죠?"

"안 그럼 패혈증으로 죽고 싶어요? 이렇게 안 맞으면 패혈증에 걸린다고요!"

간호사는 한숨을 푹푹 쉬며 나갔다. 양은 부들부들 떨었다. 이 모든 상황에 치가 떨렸다. 더구나 항생제 중 하나는 16일 전, 열이 나던 새벽에 당직 의사였던 우빈이 처방했던 바로 그 폐렴 약이었다. 주치의는 양의 결핵 감염을 의심하면서 4일 만에 이 약을 끊어 버렸다. 아픈 사람이 죄인이지. 그래도 이건 너무하잖아? 양은 병원에서 만난 환자와 보호자, 의사와 간호사를 떠올렸다. 사람은 가장 나약한 순간에 자신의 본모습을 드러낸다. 스스로에게도 그렇고, 타인에게도 그랬다. 끝을 알 수 없게 무너지고 있는 지금, 양은 비로소 자신과 타인들의 밑바닥과 마주하고 있었다.

이날 저녁, 심해가 주치의를 데리고 아침에 이어 또 한 번 회진을 왔다.

"하, 양 님, 몸은 좀 어떤가요?"

"교수님, 항생제를 20봉이나 맞아야 한다던데요, 아직 검사 결과가 안 나온 건가요? 뭐가 의심되는지도 모르는 상태인가요?"

"호흡기내과의 소견으로는, 폐포자충의 감염으로 인한 폐렴이 의심됩니다."

"폐포자충이오? 그게 뭔가요?"

"폐포자충은 공기 중에 떠다니는 일상적인 균입니다. 출생 후 아기 때 자연스레 겪고 항체가 생겨서 일반인에게는 아무런 문제가 없지요."

"그럼 폐포자충에 대한 항생제만 맞으면 안 되나요? 왜 이렇게 많이 맞아야 하나요?"

"그게 의심되지만, 확실치는 않습니다. 내일이 토요일이라, 오늘 한 검사 결과가 나오려면 다음 주 월요일은 돼야 하고, 가장 정확하게 확인하려면 기관지 내시경 검사를 해야 하는데, 이 역시 주말이라 불가능합니다."

"그럼 오늘 한 검사 결과가 나오는 월요일 이후에 딱 맞는 항생제만 맞으면 안 되나요? 이렇게 꼭 항생제 폭탄을 맞아야 하나요?"

"흠, 폐포자충의 치료 성공률은 80퍼센트입니다만, 제때 치료를 안 하면 호흡 부전으로 사망에 이를 수도 있습니다."

"그런데도 주말이라서 검사를 못 한다고요?"

"…일단 폐포자충을 포함해 의심이 가는 모든 균에 대한 약을 처방했습니다. 힘들어도 맞아 보세요. 한꺼번에 많은 양의 약물이 들어가다 보니, 몸이 붓고 오줌이 안 나올 수가 있습니다. 그럼 말씀하세요. 이뇨제를 처방해 드리겠습니다."

"제 몸이 이 약들을… 버텨 낼까요?"

"…이번 주말이, 중대한 고비입니다."

심해가 무거운 걸음으로 나간 뒤, 양과 금희는 충격에 잠겼다. 약을 제대로 못 쓰면 숨이 막혀서 죽을 수도 있다면서 주말이라는 이유로 검사를 안 해 주다니. 더구나 폐포자충이 아닐 가능성도 여전히 있었다. 어쩌면 의사들이 처방한 5가지 항생제가 완전히 헛다리를 짚었을지도 모른다. 5가지 항생제 중의 하나는 주치의가 끊어 버린 그 약이었다. 2차 항암 치료 때의 경험과 당시 주치의 처방을 바탕으로 최소한 2주는 맞았으면 좋겠다는 양의 반대에도 불구하고. 주치의의 결정은 심해의 결정에 다름 아니라는 사실을 양은 잘 알았다. 하지만 그 말을 하던 주치의의 고집스러운 얼굴과 말투가 떠오르자 끓어오르는 분노를 멈출 수가 없었다. 그런 양의 눈앞에 주치의가 다시 돌아와 나머지 설명을 이었다.

"하양 씨, 월요일에 전신 마취를 하고 기관지 내시경을 진행하겠습니다."

"전신 마취요?"

"네. 기관지 내시경은 내시경 중에서도 굉장히 힘든 검사라서요."

"그걸, 꼭 해야 하나요?"

"폐포자충이 확실한지 확인하려면 반드시 필요합니다."

"네, 알겠어요. 만약 폐포자충이 맞으면 어떻게 되나요?"

"폐포자충이 맞다면, 다 나을 때까지 퇴원을 못합니다."

"네? 퇴원도 못한다고요? 보통 폐포자충의 치료에 기간이 얼마나 걸리는데요?"

"사람마다 달라서, 기간도 알 수 없습니다. 전 그럼 이만."

도대체 아는 게 뭐야! 그러면서 연우빈 주치의가 처방한 폐렴 약을 끊고, 주사도 제대로 못 놔서 내 배에 피멍이나 들게 하고! 멱살이라도 잡고 싶은 마음을 양은 겨우 참았다. 의사와 싸워서 좋을 건 없었다.

결국 양은 이날 밤늦게 이뇨제에다 산소 호흡기까지 끼는 신세가 됐다. 맥박이 120까지 치솟았고 두통까지 겹쳐서 양은 밤새 괴로웠다. 그런 양을 보며 신경이 곤두선 금희는 거의 잠을 이루지 못했다. 드문드문 잠들 때마다 걱정은 꿈으로 이어졌다. 첫 번째 꿈에서 금희는 양의 손을 잡고 누런 물살을 헤치며 강 한복판으로 하염없이 걸어 들어갔다. 그곳엔 하얀 수선화가 수도 없이 피어 있었다. 수선화 줄기를 손에 쥐고 꺾기 직전, 금희는 꿈에서 깨 몸서리를 쳤다. 오래 전부터 하얀 수선화는 금희에게 죽음을 의미했다. '수선화 필 무렵'이란 영화 때문인지도 모른다. 병에 걸려 죽어 가는 어린 아들과 엄마의 실제 이야기를 바탕으로 만들어진 영화의 원제는 'Go Toward the Light'였다. 그러나 빛을 향해 간다는 뜻과 달리 영화는 너무나 슬펐다. 수선화를 꺾어야 했을까, 꺾지 말아야 했을까. 금희는 수없이 고민하며 양의 상태를 살피다 새벽녘이 다 돼서야 얼핏 잠이 들었다. 이번에는 난데없이 섬뜩한 갈림길이 눈앞에 펼쳐졌다. 한쪽은 사는 길, 다른 쪽은 죽음의 길임이 직감적으로 느껴졌다. 그러나 겉보기로는 똑같아서 어디로 가야 살지 알 수가 없었다. 도저히 발을 떼지 못하는 금희의 앞에 어디선가 본 듯한 여자 둘이 나타났다. 누구지? 찬찬히 살펴보니, 어린 대양과 양을 키우며 살던 옛날 집의 이웃 자매였다. 둘 중 동생은 결혼해서 잘 살았지만, 언니는 남편이 바람을 피우자 농약을 먹고 자살했다.

"이 길로 오세요. 나와 같이 가요."

언니와 동생이 동시에 가녀린 손을 내밀었다. 금희는 동생이 내민 손을 덥석 잡았다. 꿈에서 깬 금희는 어쩐지 이번에도 어떻게든 헤쳐 나갈 수 있으리란 의지가 생겼다. 금희는 양에게 꿈 이야기를 하며 다독였다.

"엄마가 좋은 꿈을 꿨어. 괜찮을 거야. 힘내 보자."

"응."

이날 아침, 파마머리 노인이 아침을 먹고 식판을 내놓으려다가 넘어졌다. 병실 바닥은 온통 음식물로 범벅이 됐다. 간호사가 달려와 치우며 보호자를 찾았지만 노인은 제대로 대답조차 하지 못했다. 입원한 다음날부터 노인은 늘 혼자였다.

"저런 분을 간병인도 없이 홀로 계시게 하다니."

금희는 점심부터 파마머리 노인의 밥까지 들여놓고 내놓기 시작했다. 목포 부부는 주치의와 상의해 점심부터 미음 먹기를 시도했지만 부대끼는 속 때문에 두 숟가락이 한계였다. 이런 가운데 버들마저 장염으로 인한 설사 끝에 결국 금식을 처방받았다. 세 명의 장염 환자들 틈에 원인을 알 수 없는 폐렴으로 의심되는 양이 있었다. 금희는 배선실에서 얻은 모든 인맥과 정보를 모아 6인실로 갈 수 있는 방법을 찾았다. 남들이 보기에는 이번 주가 고비라는 말을 들은 양이 더 중환자일 수도 있었다. 하지만 바로 그렇기에, 금희는 장염의 구덩이에 양을 잠시도 더 둘 수가 없었다. 이 상황에서, 장염까지 걸린다면… 금희는 상상조차 하기 싫었다.

금희가 애쓴 덕에 이날 저녁, 양은 6인실로 이사했다. 5호 자리였다. 미국에서 날아오는 딸의 얼굴을 보기 위해 채송회가 작은 기적을 이뤘던 자리이자, 죽은 사람을 잊지 못한 연두를 2인실로 옮기게 만든 그 자리였다. 병원에서는 같은 자리도 다르게 기억됐다.

다시 돌아온 111병동 6인실에는 양이 아는 얼굴이 많았다. 맞은편 2호에는 성자가 있었고, 오른쪽 창가 자리인 4호에는 1차 항암 치료 때 2인실에서 만난 미자가, 왼쪽 6호에는 역시 1차 항암 치료 때 같은 6인실을 사용했던 원희가 있었다. 모두가 양을 반갑게 맞아 주었다. 간병인도 없이 혼자인 1호 자연애를 빼곤 모두 가족이 옆을 지켰다. 환자들은 서로를 언니와 동생으로 부르고 나이가 비슷한 또래끼리는 말을 놓을 정도로 가깝게 지냈다. TV를 트는 사람은 거의 없었는데, TV를 좋아하던 성자조차 그랬다. 성자는 치질에 걸려 아픈 엉덩이를 들어 올리곤 성경을 읽었고, 나머지 시간에는 주로 사람들과 수다를 떨었다. 방귀를 뀌기조차 조심스럽던 4인실의 고요와는 달리, 사람이 사는 느낌이 나면서도 신경을 긁는 큰소리는 안 나는 편안한 분위기였다.

이날 밤, 오랜만에 세하에게서 연락이 왔다.

"문득 생각이 나서. 힘내고 있는 거지? 나 스키장 아르바이트를 그만뒀어. 서울이야. 그러니 좀 나아지면 언제든 연락해. 또 다른 아르바이트해서 돈 버니까 A부터 Z까지 내가 다 책임질게."

어느새 입원한 지 한 달. 양은 이제는 정말로 집에 가고 싶어졌다.

마음이 놓여서인지 주말을 넘기며 양의 과립구는 608까지 올랐다. 월요일부터는 폐포자충에 대한 먹는 약도 추가됐다. 하지만 열과 기침은 여전했다. 다른 사람들도 열은 났지만, 기침을 하는 사람은 양밖에 없었다.

"죄송…해요, 제가 기침이, 쿨럭, 안 멈춰서요, 시끄러우시죠…, 쿨럭."

양은 옮기기라도 할까 봐 바로 옆자리의 미자와 원희에게 가장 미안했다.

"괜찮아, 아파서 그런 걸 어떡해. 그나저나 좀 나아져야 할 텐데 걱정이네."

"나도 괜차나. 어르 나아."

미자도, 원희도 오히려 양을 다독여 주었다. 나는 이분들처럼 따듯하게 말을 못했을 거야. 옳을까 싶어 신경이 곤두섰겠지. 이분들의 넉넉한 마음을 배우자. 양은 다시 한번 되새겼다. 사실 이번에도 눈에 거슬리는 일은 많았다. 성자는 자꾸만 이런저런 병실의 사람들을 만나고 와선 양의 자리에 불쑥불쑥 들어왔고, 연애는 '불후의 명곡'만 나오면 병실이 떠나가라 TV 소리를 높였으며, 3호 오순애와 보호자인 남편 최 목사는 손주들과 하루에도 몇 번씩 스피커폰으로 영상 통화를 했다. 그러나 양을 가장 신경 쓰이게 한 사람은 미자였다. 미자는 창가에 된장국이나 김치찌개를 담은 냄비를 올려놓고 지냈고, 병원 밖에서 사 온 찐빵이나 팥죽을 먹어 보라며 자꾸만 권했다.

"먹어 봐, 아주 달아."

"전 아직 과립구가 낮아서요, 말씀만으로도 감사합니다."

"다 뜨겁게 익힌 거라 괜찮아. 이거 우리 고향 시장에서 언니가 특별히 사다 준 건데."

"다음에 꼭 먹을게요. 진짜 감사드려요."

정체를 알 수 없는 물에 대한 미자의 믿음도 양을 곤란하게 했다.

"…이렇게 17가지를 넣고 푹 달여서 마셔 봐. 그거 마시고 말기 암이 나았대. 양이도 퇴원하면 꼭 마셔, 알았지? 뭐랑 뭐를 넣는다고?"

"양파랑 연근이랑… 또, 뭐였죠? 너무 많아서 기억을 못 하겠어요."

"걱정 마, 내가 적어줄게."

"그렇게 좋아요? 아줌마는 그 물을 마셔 보셨어요?"

"아니, 난 아직 퇴원을 못했잖아. 병원에서 나가면 꼭 마실 거야."

그래도 양은 잘 받아넘겼다. 어떤 면에서는 사람들의 이런 인간적인 면이 따스하게 느껴져 좋았다. 미자의 보호자인 사촌 언니가 밤마다 환자 화장실을 몰래 사용한다며 금희가 불편해할 때도 양은 모르는 척하자며 달랬다. 양은 산소 호흡기를 끼고 기침을 하는 자신을 안 꺼리는 것만으로도 6인실 사람들에게 충분히 고마웠다. 그러나 이상하게도 금희에게는 다른 사람에게처럼 잘 안 됐다. 양의 기관지 내시경 검사 일정이 화요일로 잡히자, 금희는 안절부절 못했다. 월요일에는 화장실에 들어간 양을 잊고 배선실에 커피를 마시러 가서 양이 나오지도 못하고 쩔쩔매는 상황이 벌어지기도 했다. 금희는 큰일을 앞두면 자꾸만 긴장하고 날카로워져서 오히려 덤벙댈 때가 있었다. 그런 금희의 마음과 고생을 양은 이해했다. 그럼에도 불구하고 자꾸만 하나하나 꼬투리를 잡으며 금희의 부족한 부분을 따지고 마는 양이었다. 성질을 죽이자. 가족에 대한 서운함이나 기대를 줄이자. 다짐해 봐도 다툼은 하루에도 몇 번씩 일어났다. 양의 화는 사실 금희의 도움이 없으면 아무것도 혼자서 할 수 없는 자신과 이런 엿 같은 상황에 대한 분노였다. 어느 순간, 양은 그 사실을 깨달았다. 그래서 양은 자세를 바꾸기로 했다. 차라리 이대로 두자. 어차피 정을 떼야 해. 그래야 내가 잘못돼도 엄마가 살아갈 수 있을 거야. 양의 이런 마음을 금희는 알지 못했다. 최선을 다하는 데도 자꾸만 못되게 구는 양을 이해할 수 없었다. 새벽 버스를 타고 서울로 올라와 격리 병동에 갇혀 느닷없이 시한부 판정을 받은 딸과 기댈 수 없게 무너져 버린 남편을 돌보며 지낸 지 어느새 반 년. 60대 초반이던 얼굴과 몸은 10년은 늙어 버렸다. 지쳐 가는 금희의 마음속에는 양에 대한 서운함이 쌓이고 있었다. 양은 그런 금희를 느꼈지만 그대로 두기로 했다. 양은 좋은 사람이 되기를 포기했다.

6인실에 와서도 가래 검사는 이어졌다. 그러나 양이 뱉는 가래로는 아무래도 부족했는지, 월요일부터 가래 통은 약물을 넣은 호흡기로 바뀌었다. 24시간 내내 산소 호흡기를 쓰고 있어야 하는 환자가 가래를 받으려고 하루에도 몇 번씩 산소 호흡기를 빼고 가래를 뽑기 위한 호흡기에 대고 복식 호흡을 하는 상황이었다. 이날 오후에도 20분이 넘게 다시금 가래를 뱉으려던 양은 정신이 어질해지며 온몸에 솟는 땀을 느꼈다. 반가운 땀이었다. 땀이 사라지면 열이 오르곤 했다. 땀이 나타나자 드디어 열이 내리기 시작했다. 맥박도 정상으로 떨어지며 두통까지 줄었다. 다음날 양의 과립구는 990, 혈색소가 10.2, 혈소판이 8만으로, 양은 안정된 상태에서 기관지 내시경을 받을 수 있었다. 월요일에 받기로 돼 있던 기관지 내시경이 왜 화요일로 미뤄졌는지는 알 수 없었다. 내시경은 처음에 주치의가 말했던 전신 마취 대신 수면 마취를 통해 진행됐다.

양이 다시 정신을 차렸을 때는, 검사가 끝난 상태였다.

"검사가 아주 잘됐어요!"

"잘 해냈어요!"

양을 둘러싸고 있던 검사실의 사람들이 입을 모아 칭찬해 주었다. 병실로 돌아오자 심해와 주치의가 기다리고 있었다. 심해까지 고생했다며 어깨를 두드리자, 양은 처음 겪는 이 상황에 어쩐지 쑥스러우면서도 뭔가 큰일을 치른 기분이었다. 기관지 내시경의 후유증은 모두가 가고 나자 그제야 존재를 드러냈다. 입안이 온통 화끈거렸다. 거울로 들여다보자 혀와 목젖이 시뻘건 상처투성이였다. 특히 온통 피투성이인 목젖에 양은 놀랐다. 기억은 안 난다 해도 정말로 힘들게 버텼구나 싶어 스스로를 안아 주고 싶어지는 양이었다.

폐포자충 약을 먹은 지 3일. 양의 몸은 더 나아졌다. 누웠을 때의 괴로움이 이전보다 덜했다. 심해는 기관지 내시경을 받은 지 하루 만에 나아져 보인다고 말해서 양의 분노를 샀다. 거듭 증상을 호소하던 양의 말을 괜찮아 보인다며 부시하던 심해가 아니었던가. 여전히 폐렴의 원인도 모른 채 산소 호흡기를 낀 신세인 환자에게 의사가 할 소리는 아니었다.

양과 금희를 화나게 하는 일은 또 있었다. 병원 원무과에서 발행한 병원비 청구서였다. 병원 내 감염으로 이 고생을 겪었음을 기록으로 밝혀두려는 양의 요청에 고민하던 원무과가 머리를 짜낸 결과는 한심했다.

"신종 플루 감염? 엄마, 내가 신종 플루에 걸렸던 건가 봐. 하하. 어이가 없다."

"이것들이 미쳤네. 가만히 두나 봐라!"

금희는 주치의에게 득달같이 달려갔다. 주치의가 알아보겠다며 떨떠름하게 대답하고 잠시 뒤, 감염관리본부 직원이 양의 자리로 찾아왔다. 그러니까, 대한대학교병원 안에는 감염관리본부라는 조직이 있었다.

"하양 님? 안녕하세요? 저는 감염관리본부에서 나온 직원입니다. 병원 내 감염으로 불편을 겪으셨다고요? 정말 죄송합니다."

"감염관리본부가 있었어요? 그럼 왜 이제야 나온 거죠?"

"…죄송합니다. 이제라도 무슨 일이 있었는지 알려주시면 저희가 해결하도록 하겠습니다."

양과 금희는 과립구가 0인 양의 옆자리에 결핵을 의심받는 환자가 와서 호흡기 병동으로 옮겨가기까지, 감염 관리가 어떻게 안 되었는지, 어떤 부분이 문제였는지 솔직하게 말했다.

"이런 본부가 있으면서 왜 그렇게 허술하게 대처한 건지, 정말 이해할 수가 없네요."

금희의 말에 감염관리본부 직원은 고개를 숙여 사과했다. 진심으로 미안해하는 모습이었다. 환자의 말을 귀 기울여 듣고 공감하는 태도만으로도 양과 금희의 마음은 어느 정도 풀리는 듯했다. 다음날, 직원은 자기 위의 과장을 데리고 다시 찾아왔다. 한참이나 꼼꼼하게 질문을 하고 답을 들은 과장은 자신이 일을 바로잡겠노라며 돌아갔다. 양과 금희는 기다렸고, 곧 새로운 청구서가 날아왔다.

"감염 감면? 이번에는 제대로 됐네. 근데… 1,750원?"

금희는 눈을 의심했다. 아픈 애의 피부 살을 떠서 결핵 반응 검사를 하고, CT를 찍고, 결핵 예방약을 하루에 3알씩 먹이고 있다. 72시간의 피 말리는 격리 기간을 거쳤고 결핵에 대한 몸의 반응을 낮출까 봐 처방받았던 폐렴 약까지 끊었다. 특수혈액 검사에 기관지 내시경까지 받고 항생제 폭탄을 맞아 고비라는 말까지 들었다. 나아지고는 있지만 양은 아직 산소 호흡기를 끼고 숨을 쉬는 상태다. 다 나아야 퇴원을 하는데 언제가 될지도 모른다. 그런데 뭐? 신종 플루 감염이라더니, 이젠 또 뭐? 앞도 뒤도 없이 감염 감면이라면서 안 내도 되는 돈이 고작 1,750원이라고? 양이 감염관리본부에서 받은 명함으로 전화했지만, 결핵 예방약값 말고는 면제가 불가능하다는 건조한 답변만 들을 수 있었다. 헛웃음이 나왔다. 펄펄 뛰는 금희를 달래려 양은 말했다.

"그래도 엄마, 병원 내 감염이라는 사실은 공식적으로 인정받았잖아. 병원에서 자기들의 잘못을 인정하는 경우는 거의 없을 텐데 말이야. 그로 인해 몇천 원이든 간에 결핵 예방약에 대한 면제를 받았으니, 혹시라도… 나중에 소송을 하게 되면 증거가 될 거야. 일단은 내 몸이 낫는 게 우선이니까, 안심해 교수님과 주치의를 더 곤란하게 하진 말자."

양이 판단하기에는, 지금은 여기까지가 병원이 해 주리라 보이는 한계였다. 방법이 없을 때는 어쩔 수 없다. 인생이 나쁜 패를 쥐어 주면, 그저 할 수 있는 일을 하고 기다리는 수밖에. 이제야 멈추고 돌아가는 법을 배운 양이었다.

하루가 일주일 같고 며칠이 한 달 같았다. 그러나 6인실 사람들 덕분에 양은 앞이 안 보이는 막막한 시간을 묵묵히 견딜 수 있었다. 때로는 이 사람들과 헤어지는 게 아쉬워서 계속 이대로 머물고 싶을 정도였다. 확실히 이번 6인실은 달랐다. 누구든 한 사람이 다른 사람과 이야기를 나누면, 곧 하나둘 다른 사람이 끼어들어 전체가 시끌벅적해지곤 했다. 시작점은 주로 성자나 미자였다.

"나는 하나님께서 나를 여기로 보낸 이유가 있다고 생각해. 나처럼 몸과 마음이 아픈 사람들을 위로해 주라는 뜻이 아닐까."

언젠가 성자가 양에게 말했다. 성자가 여기저기 다른 사람들의 자리로 돌아다니며 말을 거는 이유였다. 양에게도 자주 왔는데, 폐렴이 옮을 수 있으니 조심하라고 말해도 아랑곳없었다.

"폐렴 약을 먹고 있는 거 아니야?"

"네."

"나아지고 있는 거고?"

"네."

"그럼 괜찮아. 고생이 많았겠어."

성자의 말에 양의 눈시울이 뜨거워졌다.

"울지 마. 괜찮을 거야."

"…감사합니다."

"답답하진 않아? 우리 둘 다 병원 생활이 이렇게 길어지는데… 난 이렇게 돌아다니기라도 하지. 양인 매일 침대에만 있잖아."

"괜찮아요. 전 책도 읽고, 여행을 다녀온 곳들을 떠올리기도 해요. 눈을 감고 파리나 체코의 거리를 떠올리면서 걷는 상상을 하거든요. 그럼 그때의 공기, 바람에 흔들리던 거리의 간판들, 제 머리 위에서 밤거리를 비추던 가로등까지 고스란히 느껴져요. 어쩌다 보니 여행을 많이 못 갔거든요. 그래서 큰맘 먹고 대학 때 유럽 여행을 다녀왔어요. 제 인생에서 이제 다시는 비행기를 못 탈 수도 있으니까…. 이렇게 기억할 수 있어 정말 다행이에요."

"부럽다! 난 유럽꺼정은 못 가 봤어. 가방끈도 짧고. 어떤 나라들을 얼마나 오래 다녔어?"

"22일 동안 9개국을 돌았어요."

"이야~ 혹시 여행 사진이 지금 있어?"

"네, 보여드릴까요?"

프랑스 파리, 체코 프라하, 영국 런던, 스위스, 이탈리아, 독일, 오스트리아, 벨기에, 네덜란드… 사진을 보여 주면서 양은 그때로 돌아갔다. 사진 속의 젊은 양은 앞으로 자신의 인생에 어떤 시련이 닥칠지는 꿈에도 모른 채, 손가락으로 V자를 그리며 자신만만하게 웃고 있었다. 사진과, 설명을 하는 양의 얼굴을 번갈아 살피던 성자가 말했다.

"예쁘다. 사진 속 양이가 참 예뻐. 지금도 예쁘지만, 이땐 건강하니까."

그러자 옆에서 미자의 언니가 끼어들었다.

"누가? 양이가? 어디 봐. 아고 곱네. 근데 곱기로는 내 동생 미자가 참말로 고왔지. 피부가 백옥 같았어."

"어디 봐?"

"여기!"

복자가 내민 휴대폰 사진 속 두 자매는 정말로 눈부셨다. 노란 개나리꽃 앞에서 복자가 미자의 어깨를 뒤에서 끌어안은 채 환하게 웃고 있었다.

"와, 미자 아줌마, 진짜 미인이셨네요!"

양의 칭찬을 들은 복자가 신이 나서 다른 사진들을 보여 주자, 이에 질세라 성자의 동생인 성인이 나섰다.

"피부가 비단결 같기로는 우리 언니도 안 빠져! 이거 보라고!"

"우리 엄마는요, 우리 엄마도 얼마나 예뻤다고요!"

사랑에, 연애까지 모두가 아프기 전의 사진을 내밀었다. 양은 지금 이 모습들을 눈에 담으려 노력했다. 이들을 오래오래 기억하고 싶었다.

말로 사람들을 하나로 만드는 성자와 달리, 미자는 마음이 울적할 때마다 노래를 불러 사람을 모았다. 미자가 자기와 이름이 같은 가수 이미자의 '동백 아가씨'를 간드러지게 부르기 시작하면, 은근슬쩍 성자가 노래에 올라타고 순애가 추임새를 넣으며 박수를 쳤다. 저 멀리서 연애가 춤을 추며 달려 나오고 원희까지 혀 짧은 목소리로 따라 부르면 어느새 병실은 웃음바다가 됐다. 한바탕 노래가 끝나고 나면 미자는 찐빵이나 팥죽을 꺼내 사람들과 나눠 먹었다. 그중에서도 가장 인기 있는 메뉴는 미자의 남편이 집에서 만들어 온 떡볶이였다. 모두가 미자의 남편이 오는 날만 기다렸다. 맛있다고 소문이 나 다른 병실에서도 나눠 달라는 부탁이 들어올 정도였다. 과립구만 오르면 반드시 먹어보리라. 양은 별렀다. 함께 먹을 수도, 산소 호흡기 때문에 함께 노래를 부르기도 힘들었지만, 미자의 노래가 시작되면 양은 하얀 커튼을 걷고 투명 커튼 속에서 함께 박수를 치며 웃음을 나눴다. 병원에서 마주하리라고는 상상도 못한, 다시없을 행복한 나날이었다. 양은 그동안 사람 때문에 힘들었던 시간을 모두 위로받은 느낌이었다.

기관지 내시경을 한 지 3일이 지난 목요일 저녁, 주치의가 와서 가래 검사 결과만 알려 주었다.

"폐포자충이 나왔습니다. 이미 치료하고 있으니 괜찮을 거예요."

할 말만 하고 돌아서려는 의사를 양이 불러 세웠다.

"선생님, 오늘 오후에 특수 혈액 검사를 또 했는데, 뭐에 대한 검사인가요?"

의사는 눈에 띄게 당황했다.

"그게, 저기, 기관지 내시경의 결과, 폐에서… 바이러스가 나와서 추가로 검사하는 거예요."

"네? 폐포자충 말고 또 다른 게 나왔다고요? 그게 뭐죠?"

"…지금은 아직 확실하지 않아 말씀드릴 수가 없어요."

주치의는 어정쩡하게 대답하며 자리를 떠나 버렸다. 걱정을 떠안은 양은 인터넷을 검색했다. 류마티스, 경화증 등 사망률이 높은 무서운 바이러스가 잔뜩 나왔다. 양은 조금 찾다가 그만두었다. 어느 쪽인지 알아야 말이지. 의료 지식이 없고 검사 결과도 모르는 양이 할 수 있는 일은 의사가 알려 주거나 병이 정체를 드러낼 때까지 기다리는 수밖에 없었다.

환자의 권리와 책임

대한대학교병원의 모든 화장실 문에는 이런 안내문이 붙어 있었다. 치료에 최선을 다하고, 의료 정보를 제공하고, 치료 계획에 협조하고, 공공질서를 준수하고, 진료비 지불을 성실히 이행해야 할 환자의 책임 면에서 양이 지키지 못하는 부분은 없었다. 책임을 다한 환자는 존엄, 평등, 선택, 비밀 보호, 설명을 들을 5가지 권리를 가졌다. 그러나 변기에 앉아 거기에 적힌 문장들을 바라볼 때마다 그저 화장실 문에 붙은 또 하나의 종이로 보일 정도로, 그 말들의 무게는 현장에서 참을 수 없을 만큼 가볍게 사라졌다. 평등한 치료를 받거나 개인의 비밀을 보호받을 권리는 상대적으로 잘 지켜졌다. 오히려 병원 내 감염 예방을 위해 필요한 정보조차 다른 환자들에게 제공하지 못할 정도가 아니던가. 그러나 환자가 존엄한 인간으로서 예우받을 권리부터는 사정이 달랐다. 의료진은 아픈 사람이 의료의 대상이기 이전에 사람이라는 사실을 자주 잊는 듯했다. 의료진으로부터

질병의 진단과 치료 계획, 결과 및 예후, 진료를 거부하거나 중단 시 대안적 진료에 대한 설명을 들을 권리는 길어야 3분 남짓 이어지는 외래 진료나 병동 회진에서 기대하기 힘들었다. 환자는 치료, 검사, 수술, 입원 등의 의료 행위에 대한 설명을 듣고 시행, 거부 및 중단 여부를 선택할 권리가 있다지만, 그런 권리는 뭐를 의심받는지도 모르고 주삿바늘에 찔려 피를 뽑히고 CT 촬영을 당하는 과정들 속에서 실종됐다.

　양이 보기에 가장 큰 문제는 의료 인력의 부족이었다. 종합 병원의 의사와 간호사는 어쩌면 사명감 없이 해서는 안 되는 극한 직업이었다. 주치의를 포함해 교수까지, 의사들은 환자들의 상태 변화에 따라 밤낮없이 울리는 전화에서 자유로울 수 없었다. 간호사들도 마찬가지였다. 하루 3교대, 8시간의 근무가 끝날 때마다 다음 간호사에게 환자들의 상태에 대한 정보를 전달하는 간호사들의 입은 온 복도를 울릴 정도로 랩을 하듯 빠르고 쉴 새 없이 30분에서 1시간까지 이어졌고, 환자 한 사람을 대할 때마다 장갑을 갈아 끼고 손소독제로 새로 소독을 하느라 간호사들의 손은 늘 빨갛게 부어 있었다. 안심해와 사원석, 손전등 간호사처럼 누가 알아주지 않아도 묵묵히 최선을 다하는 사람들을 보면서 양은, 의료 드라마에 대한 인식이 바뀌었다. 어떤 개인의 남다른 능력이나 사명감, 희생과 노력에 의존해 굴러가는 시스템은 정상이 아니다. 주치의들의 쪽잠이나 피곤에 절은 생활, 간호사들의 살인적인 교대 근무를 종합 병원의 당연한 일상으로 표현해서도 안 됐다. 피곤에 지친 의사와 간호사에게 목숨을 맡기는 환자의 불행이 왜 일상이 되어야 하는가. 병원은 새 건물을 짓고 최신식 기계를 들여놓기 이전에, 스스로도 사람답게 생활할 수 있고 그렇기에 여유를 갖고 인간적으로 환자를 대할 수 있는 의료 인력을, 사람을 늘리는 방향으로 의료 시스템을 바꾸어야 한다. 양의 깨달음이었다. 그렇다고 양이 지금 무얼 할 수 있겠는가. 양은 산소 호흡기를 긴 채 기관지 내시경의 결과를 기다리는 백혈병 환자일 뿐이었다. 그럼에도 불구하고 만약 살아남는다면, 환자로서 의사와 간호사들을 보며 느낀 이런 고민을 다른 사람들과 나누고 싶어. 양은 그럴 수 있기를 바랐다.

다행히 숨쉬기는 차차 나아졌고, 과립구는 2,346을 넘어 2,829까지 올랐다. 혈소판은 8만에서 2만 5천까지 내렸지만, 빈혈이 3일째 수혈을 안받고도 제 힘으로 11.6까지 올라 백혈병 판정을 받은 이래 가장 높았다. 금요일, 아침 회진에서 심해는 말했다.

"수치가 잘 오르고 있습니다. 오늘까지만 촉진제를 맞겠습니다. 촉진제를 떼고 수치가 유지되는지 보지요."

촉진제를 맞은 지 29일 만이었다.

"네! 저 이제 숨쉬기도 나아졌는데, 언제 집에 갈 수 있나요?"

"…다 나아야 갑니다."

말을 마친 심해는 돌아서 나갔다. 퇴원은 멀어 보였다. 양은 더 못 참고 입원한 지 5주 만에 베이비 샴푸로 머리를 감았다.

촉진제를 떼자 과립구는 불안정해졌다. 3,276. 1,879. 3,957. 2,705⋯ 그래도 2천에 가까이 높게 유지되기에 걱정할 단계는 아니었다. 문제는 땀과 폐렴이었다. 가래 검사 중에 돌아온 땀은 열을 잡았지만 밤마다 양도 잡았다. 땀 때문에 잠을 설치거나 땀에 전 옷이 천장에서 내려오는 바람에 식어 떨면서 깨는 날이 이어졌다. 땀이 나는 이유를 모르니 해결할 방법도 의료진은 알지 못했다. 그저 양호하다는 말만 심해는 며칠째 되풀이했다.

"저 사람을 안양호 씨라고 불러야겠어. 매번 그 소리밖에 안 하니."

미자가 웃으며 양을 위로했다. 양이 따라 웃는데 어디선가 나타난 하루살이가 양의 눈앞을 지나쳐 미자의 냄비로 날아갔다. 냄비 뚜껑은 안에 걸쳐진 국자 때문에 살짝 열려 있었다.

"앗! 하루살이가 된장찌개에 들어갔어요!"

"괜찮아."

미자의 반응이 너무 느긋해서 양은 더 이상 말하지 못했다. 대신 미자가 잠들었을 때 금희에게 살짝 부탁했다. 병실을 날아다니는 하루살이가 자신에게 뭔가를 옮길까 봐 거슬려서가 아니었다. 하루살이가 미자에게 균이라도 옮길까 봐 걱정이 되어서였다.

"엄마, 미자 아줌마 말이야, 병원에서 나오는 음식 말고 아무거나 먹고, 지방 장터에서 사온 팥죽을 며칠 동안이나 냉장고에도 안 넣고 그냥 저기 두고 먹어도 괜찮을까? 처음에 2인실에서 만났을 때는 달랐던 거 같은데 왜 바뀌셨지?"

"안 그래도 나도 보호자한테 살짝 조언을 했는데, 그러더라고. 2차 항암 치료를 받을 때까지는 병원에서 하라는 대로 먹지 말라는 건 절대로 안 먹고 철저히 따랐대. 그런데도 관해가 안 되니까, 3차 항암 치료부터는 아예 차라리 먹고 싶은 대로 먹어 버리기로 했다는 거야. 혹시라도… 치료가 안 되면 배라도 부르게 먹고 가라고… 못 먹은 한이라도 남지 말라고 말이야."

아무 말도, 양은 할 수가 없었다. 그저 가만히 고개를 주억거렸다.

어느새 성자에겐 슬슬 퇴원 이야기가 나왔다. 결혼을 앞둔 큰아들이 다녀간 뒤 예비 며느리가 찾아와 성자의 몸 곳곳에 줄자를 들이댔다.

"어머님, 제가 한복집에서 치수를 재는 법을 배워 왔어요. 저만 믿으세요!"

싹싹한 아가씨였다. 성자는 흐뭇한 얼굴로 시키는 대로 이리저리 팔을 들고 몸을 돌렸다. 예비 며느리는 여러 종류의 가발 사진까지 준비해 와 성자더러 고르게 했다. 네 번의 항암 치료로 민머리에 가까운 성자를 배려한 마음씨가 고왔다. 건너편에서 가만히 바라보던 미자가 성자에게 말을 건넸다.

"언니, 이제 날 잡는 거야?"

"그래야지. 퇴원 말이 나오니 이제 큰아들이라도 장가를 보내야지."

"부럽다. 저렇게 살뜰한 며느리도 보고. 난 관해가 안 돼서 집에도 못 가는데. 자식도 없고."

미자의 말에 성자의 예비 며느리가 수줍게 볼을 붉혔다. 성자가 흐뭇하게 웃자 얼굴이 더 동그래지며 병실에 보름달이 뜬 것 같았다. 성자가 위로를 건넸다.

"동생, 이번이 연달아 세 번째 받는 항암 치료지? 이번에는 꼭 관해가 될 거야."

"그랬으면 좋겠어, 정말."

"나도. 나도 과해. 지에 가고 시어."

"우리 엄마도 얼른 관해가 돼서 퇴원하고 싶대요. 맞지, 엄마?"

원희의 말을 사랑이 풀이했다.

"지난번에 세 번째 항암 치료를 받고 퇴원한 지 2주 만에 엄마가 열이 펄펄 끓어서 다시 들어왔거든요. 그때 열이 계속 나는데도 이 정도는 괜찮다면서, 병원에서 다음 환자를 받아야 한다고 퇴원시켰어요. 내 눈에 띄기만 해 봐라, 그놈의 주치의! 뼈도 못 추리게 소각소각 갈아 버릴 거예요!"

"나랑은 반대네? 나는 의사 말을 안 들어서 후회가 뼈에 사무치는데."

연애가 말을 보태자 성자가 물었다.

"동생은 황토방에 있었다고 했지?"

"그랬지. 나는 1차 항암 치료에서 관해가 됐어. 의사가 쉬었다가 2차 항암 치료에 들어가자고 했는데, 도저히 항암 치료를 더 받을 자신은 없고 안 받아도 나을 거 같은 이상한 자신감은 생겨서 외래 진료에서 만난 사람의 소개로 지방에 있는 황토방에 갔어. 자연 치유가 좋다고 해서. 한 달에 500만 원이니까 병원비만큼이나 비쌌지. 그래도 숲속에 있는 황토방에서 풍욕도 하고 청소와 밥도 다 해결되니까 편하고 좋았어. 다들 알다시피 나는 남편이 게임에 미쳐서 이혼했고, 하나 있는 딸년은 제 살기에 바빠서 나 혼자 우두커니 방에 누워 있곤 했으니까."

"거기서 세 달을 살았다 했나?"

"맞아, 세 달. 다 좋았는데, 내 생각에는 밥이 문제였던 거 같아. 완전한 채식이었거든. 고기는 전혀 없이. 한국의 암 환자들은 고기를 안 먹어서 굶어 죽는다는 말을 흘려들은 적이 있는데, 내가 그 짝이었나 봐. 결국 풍욕을 하다 쓰러져서 병원으로 실려 왔지. 암세포가 다시 들끓어서 지난번 2차, 3차 항암에서 관해가 안 됐어. 이럴 줄 알았으면 처음부터 항암 치료를 받지 말걸, 아니다, 의사의 말을 들을걸, 하루에도 수천 번을 곱씹으며 후회해. 《암이 내게 행복을 주었다》라는 책이 있거든. 신장암에 걸렸던 일본 NHK 방송의 PD가 암 생존자와 의사들을 만나고 인터뷰한 내용을 쓴 책이야. 읽다 보면, 암은 자연 퇴축이 충분히 가능하다는 진실을 알게 돼."

"자연 퇴축? 자연 치유랑은 다른 건가?"

성자의 물음에 연애가 대답했다.

"조금 달라. 자연 치유는 병원에서 치료를 전혀 안 받고도 암이 완전히 사라지는 경우만 말한다면, 자연 퇴축은 병원에서 암이 걸렸음을 확인하고 치료를 받은 경우도 포함돼. 다만 의학적으로 효과 있는 치료를 안 받은 경우를 말하지. 배를 열어 보니까 암이 온몸에 퍼져 있어서 그냥 닫았다거나. 그럼에도 불구하고 암이 줄어들어서 병원에서 검사를 해도 암이 거의 안 보이는 상태를 말해. 자연 치유처럼 암이 꼭 완전히 사라지지 않아도 자연 퇴축이라고 보기도 해."

"아, 근데 자연 퇴축이 된 사람들이 있긴 해? 뜬소문은 많지만 실제로는 드물잖아? 난 만나 본 적이 없어."

이번에는 미자가 물었다.

"아니더라고. 나도 이 책을 보고 깜짝 놀랐어! 이 PD가 실제로 자연 퇴축이 된 사람들하고 그런 환자를 겪은 의사를 찾아다니면서 만났더라고. 전 세계적으로 1,000건이래. 예전에는 암 환자 1,000명 중에 1명 정도였는데, 이젠 500명 중에 1명꼴이래. 의사들이 쉬쉬거리지만, 경험이 많은 의사 중에는 자기가 맡았던 환자 중에 자연 퇴축이 일어난 환자를 안 겪은 사람이 없을 정도래. 일본의 큰 병원에서 일하는 의사들이 자연 퇴축이 일어났던 자기의 환자에 대해 솔직하게 인정하는 인터뷰도 나와. 의사 2,000명에 대한 설문조사 결과도 실렸고. 충격적이야."

"맞아요. 게다가 점점 더 의술이 발달하고 있으니 되도록 버텨야 합니다."

대화에 좀처럼 끼는 법이 없던 순애의 남편, 최 목사의 말이었다.

"목사님, 사모님은 이번이 3차 항암 치료죠?"

목사가 고개를 끄덕이자 성자가 다시 말을 이었다.

"대단하세요. 연세도 많으신데 늘 옆에서 챙기시고 사이도 참 좋으시고요."

"내가 간암 투병을 할 때 우리 아내가 지극정성으로 날 돌봐 줬거든요. 우리 아내가 날 살렸습니다. 아내 덕에 5년이 지나 완치 판정을 받았으니, 이번에는 내가 당연히 아내를 돌봐야지요."

"아… 두 분이 다 암으로 고생하시네요."

"내 암은 내가 교만해서 걸린 거였습니다. 투병의 시간을 통해 깨달았지요. 내가 목사로서 가난한 교회를 지키면서 신실하게 살아왔는데 하나님께서 왜 이런 고통을 나한테 주시나 괴로워하다 깨달았습니다. 내가 진정으로 하나님만을 바라보며 살지 못했다는 걸요, 그래서 회개하며 거듭났는데, 이번에 아내가 또 이런 시험에 드는 걸 보니 제 깨달음과 회개가 부족했나 봅니다. 그래서 매일 기도하고 있습니다."

"순애 언니도 성자 언니처럼 항암 치료만 받으면 이식 없이 완치가 가능한가요?"

미자가 물었다.

"의사는 이식을 받으라고 합디다. 골수 은행에 골수가 맞는 사람이 17명이나 있대요. 그러나 우리는 이식을 안 받을 겁니다. 의사한테도 분명히 이야기했어요. 우리는, 종교적인 이유로 이식을 거부한다고요."

"종교적인 이유요?"

성자가 물었다.

"이 병은 우리의 죄에서 비롯되었으니, 하나님만이 낫게 해 주실 수 있다고요!"

"네? 목사님, 하나님께서는 골수 이식을 받고 살라는 뜻일 수도 있지 않을까요?"

종교가 없는 금희가 어리둥절해서 묻자, 목사는 단호하게 고개를 저었다.

"그럴 리 없습니다. 내가 여기서 아내가 항암 치료를 세 번 받는 동안 본 이식실패자가 얼마나 많은지 아세요? 대부분이 다 이식 병동으로 갔다가 간이나 폐, 신장이 망가져서 돌아와 처참하게 죽어 갑디다. 가끔 들리는 저 비명 소리가 뭔지 다들 알지요? 나는 이식받은 사람들의 끔찍한 몰골을 너무 많이 봤어요. 항암 치료는 얼마든지, 다섯 번이고 열 번이고 해도 좋아요. 그러나 이식은 안 합니다. 의학이 점점 발전하고 있어요. 항암 치료만 받으며 기다리다 보면 이식을 안 받아도 되는 방법이 나올 겁니다."

이식 실패 사례에 대한 목사의 끔찍한 증언은 이어졌다. 모두가 할 말을 잃었다. 이식을 받고 잘못된 환자가 많은 건 사실이었다. 하지만 거기까지 가지도 못하고 항암 치료만 받다가 죽어 가는 사람도 많았다.

"목사님, 제 딸처럼 이식을 받아야만 하는 사람도 있으니 나쁜 얘기는 그만해 주세요."

결국 금희가 나서서 부탁하고서야 목사는 굳은 표정으로 입을 다물었다. 미션 스쿨인 대학교 시절, 어디선가 들었던 이야기가 양에게 떠올랐다.

몇날 며칠 동안 비가 억수같이 쏟아져 홍수가 났다. 무릎까지 차오르는 물에 한 남자의 집이 점점 잠기고 있었다. 고무보트를 타고 피난을 가던 사람이 태워 주려 했지만 남자는 거절했다. 물은 더 불어났고, 이번에는 구명보트가 다가와 허리까지 물이 찬 남자를 구하려 했다. 하지만 남자는 또다시 거절했다. 목 위로 넘실거리는 물을 피해 옥상까지 올라간 남자를 살리려 헬리콥터가 날아왔지만, 남자는 끝내 거절했다.

"하나님께서 이 비를 그치게 해 주실 겁니다. 저는 믿어요."

어쩔 수 없이 헬리콥터는 떠났고, 이내 물이 남자를 집어삼켰다. 남자는 죽었고, 영혼이 돼 하나님을 만나 물었다.

"저는 믿었습니다. 하나님께서 비를 내리셨으니 비를 그쳐서 저를 살려 주실 거라고요, 왜… 저를 버리셨습니까."

"그건 네가 생각한 나의 구조 방식이 아니냐. 내가 이 홍수를 내렸다고? 숲을 없애고, 밀림을 죽이고, 북극의 얼음이 녹아내리게 만든 건 바로 너희들이다. 그래도 나는 너를 살리기 위해 고무보트를 보내고, 구명보트를 보내고, 헬리콥터를 보냈다. 왜 안 탔느냐. 이유가 있어 내리는 비를 너로 인해 그치게 할 수는 없었느니라."

기관지 내시경을 한 지 6일이 지났다. 검사 결과, 다른 바이러스가 발견됐다고 들은 지 벌써 4일째였다. 폐포자충이든 뭐든 어느 정도로 어떻게 치료가 되고 있으며, 언제쯤 어느 수준으로 나으면 퇴원이 가능한지에 대해 심해도, 주치의도, 어느 누구도 속 시원히 말해 주는 사람이 없었다. 답답해진 양이 주치의에게 조르고 조른 끝에 드디어 조각난 답을 들을 수 있었다.

"확실치가… 않아요. 폐포자충이 가래 검사에선 나왔는데 기관지 내시경 검사에서는 안 나왔어요. 원래 폐포자충은 가래 검사에서 잘 안 잡히고 나오더라도 아주 양이 적기 때문에 기관지 내시경이 가장 정확한 검사거든요. 그런데 오히려 가래 검사에선 나오고 기관지 내시경에선 안 나왔어요."

"그럴 수도 있나요?"

"…글쎄요, 그렇게 나왔어요. 그래서 일단 있다고 보고 해오던 대로 치료하고 있습니다."

"그럼 기관지 내시경에서 나왔다던 바이러스는 뭔가요?"

"그건… CMV라고… 기관지 내시경에선 나왔는데, 특수 혈액 검사에서는 안 나왔어요. 피에 안 도니 괜찮아요. 아마도 단순히 폐 바깥쪽에 묻어 있었던 게 아닌가… 판단하고 있어요."

양은 주치의를 보낸 뒤 CMV에 대해 인터넷에 찾아보았다. Cytomegalovirus, 거대세포바이러스… 거대세포바이러스로 인한 폐렴의 증상에 호흡 곤란이 있었다. 사망률은 90퍼센트. 예후가 나쁘다고 적혀 있었다. 정말 괜찮은 걸까, 나? 듣고 나니 더 안심이 안 됐다. 이래서 환자에게 말을 안 해 주는 건가. 나 같은 경우엔 의사들도 판단이 참 어렵겠구나. 균의 확인에 왜 시간이 걸리는지, 어째서 환자에게 비밀로 하는지 의사의 입장을 조금은 이해하게 된 양이었다. 그렇다 해도 그사이에 양이 다른 환자들에게 옮길 수 있다는 사실은 그대로였다. 그나마 양은 확진이 나오기 전에도 다른 환자와 이야기할 때면 산소 호흡기 위에다 항균 마스크를 썼지만 대부분의 환자들은 안 그랬다. 자기가 무슨 균을 가졌는지도 모른 채 마스크도 안 쓴 상태로 커튼을 열고 서로 이야기를 나눴다. 성자처럼 양이 폐렴이라는 사실을 알고서도 양에게 놀러오는 사람도 있었다. 성자는 양에게 들르기 전후로 다른 병실을 돌아다니며 아는 사람들을 찾아다니기도 했다. 양이 폐렴에 걸렸다는 사실을 알면서도 양의 자리를 기다리는 사람도 나섰다. 다름 아닌 목포 부부였다. 감염도, 병실도 인생처럼 돌고 돌았다.

양에게 우울증이 온 건 일요일 밤부터였다. 폐포자충으로 인한 폐렴약에 결핵 예방약, 항암제와 피임약, 지혈제 등 온갖 약을 먹으며 병원에 갇힌 지 벌써 38일째였다. 퇴원은 언제일지 가늠조차 안 됐다. 거대세포 바이러스도 의심받았다. 안 우울하다면 오히려 이상한 상황이긴 했다.

양은 특별히 한 가지의 생각을 하는 건 아닌데도, 이런저런 생각에 잠을 이루지 못했다. 찌잉. 또다시 귀가 울렸다. 이날만 해도 세 번째였다. 이번 주 내내 먹먹하던 오른쪽 귀였다. 어제부턴 소리까지 잘 안 들리기 시작했다. 결핵약 때문일까? 그렇다 해도 이 약을 끊을 수는 없었다. 결핵에 걸려 청력을 잃은 안들임이 떠올랐다. 결핵 병동에 다녀와서 이식 끝에 정신을 놓아 버린 선녀도.

세하가… 보고 싶었다. 힘들어, 세하야. 기대고 싶었다. 하지만 그래서는 안 됐다. A부터 Z까지 다 책임지겠다던 약속을 들은 지 10일 만에 양은 딥을 보냈다.

"지키지 못할 약속은 안 해도 돼. 내가 날 아끼는 네 진심을 느꼈다고 생각했을 때마다 넌 금세 돌아섰어."

비난도 아니고 화도 아니었다. 그냥 하고 싶었던 말을, 양은 했다. 어차피 세하는 나를 곧 잊을 거야. 그러자 마음이 조금은 나아졌다. 더 이상 이도저도 아닌 관계로 세하를 만날 생각은 없었다. 어차피 지금의 양에겐 살기 위해 애쓸 시간도 부족했다. 문득 내켜서 연락한 세하의 약속에 다시금 기대하고 흔들리기엔 양은 너무 지쳤다. 이미 양이 이곳에서 만난 많은 사람이 세상을 떠났다. 양에게 소중한 사람들의 의미가 바뀌고 있었다. 지금, 여기, 내 눈앞에 살아 있는 사람들… 살아 있던 사람들… 그들의 이름과 얼굴을 하나하나 떠올리던 양은 새벽녘에 수면제를 먹고서야 겨우 잠들었다.

다음날, 성자가 퇴원했다. 첫째 아들과 예비 며느리가 찾아와 성자를 데리고 갔다. 성자는 싱글벙글 웃으며 인사했다.

"이제 내 인생에서 항암 치료는 끝이야. 항암제도 안 먹어도 된대."

"와, 축하드립니다!"

양은 진심으로 부러웠다. 그러나 성자가 가고 나자, 금희가 안타까운 얼굴로 말했다.

"의사가 계속 이식을 권했다는데… 여동생은 자기 골수를 주겠다고 했고. 그런데도 안 받겠다고 했대. 지금까지 받은 항암 치료만으로도 충분하다면서. 아무래도 아들도 치료 중이니까 치료비 때문에… 그래서 그런 거 아니겠어? 마음이 안 됐어."

성자가 건강하게 오래오래 살아 주기를, 양은 진심으로 바랐다.

성자의 빈자리는 컸다. 병실 사람들 사이의 대화가 눈에 띄게 줄어들었다. 남은 사람들의 상황이 나빠져서 그런 이유도 있었다. 연애는 4차 항암 치료에서도 관해가 안 됐다. 병원에서 더 이상의 치료는 불가능하다는 진단을 내렸고, 연애는 남은 삶을 보낼 곳을 찾아야 했다.

"호스피스에서 일하는 의사가 쓴《죽기 전에 더 늦기 전에》란 책이 있어. 암으로 인한 통증의 97퍼센트는 현대 의학으로 조절할 수 있대. 죽는 걸 어쩔 수 없다면 난 최대한 덜 아프다 죽고 싶어."

연애가 호스피스를 선택한 이유였다. 미자 역시 3차 항암 치료에서 관해가 안 됐다. 미자는 의사의 조언에 따라 미국에서 들여온 신약의 임상 시험에 참여하기로 했다. 새로운 약이 들어가자 미자의 백혈구가 하루 만에 1만을 넘으면서 혈액 수치가 널뛰기 시작했다. 그런데도 미자의 주치의는 이유에 대한 설명도 없이 괜찮다는 말만 반복했다. 미자의 남편과 복자는 불안에 떨었다.

"우리가 바본 줄 아나? 백혈구가 1만이 넘어가는데 뭐가 괜찮다는 거야!"

미자의 남편은 의사들을 욕했지만, 기댈 곳은 이 약과 병원뿐이었기에 의사들 앞에서는 고개를 숙이면서 아내를 잘 부탁한다는 말만 되풀이했다.

순애 역시 항암제의 부작용으로 얼굴이 퉁퉁 부어오르고 오줌이 안 나오는 상태가 이어졌다. 특히 얼굴의 붓기가 심했다. 왼쪽 눈이 찌그러져 안 떠질 정도였다. 목사는 항암 치료를 얼마든지 더 받아도 좋다는 말을 더 이상 꺼내지 않았다.

원희 역시 당뇨 수치가 올라가고 열이 안 잡히면서 퇴원이 불투명해진 상황에서, 성자가 떠난 자리를 채운 사람은 4인실의 버들이었다.

"4인실의 장염 바다를 피해서 6인실로 왔어요."

장염에 걸린 버들의 엄마가 말했다. 밝게 웃는 버들은 씩씩해 보였다. 병원에 들어올 때 풍성하던 단발머리가 숱이 많이 줄어, 보기에 안쓰럽긴 했지만. 버들은 여전히 삭발을 거부하고 병원에서도 아프기 전과 같이 매일 머리를 감고 있었다.

다음날 오전, 멀리 있는 버들의 아빠가 응원의 의미로 보내 준다는 새 가방을 고르느라 버들이 정신이 팔린 사이에 버들의 엄마는 배선실로 마실을 나갔다. 이때 갑자기, 버들에게 호흡 곤란이 왔다. 양은 2인실의 자가이식자에게 왔던 항암제 쇼크를 떠올렸다. 옆에서 미자가 말했다.

"놀라지 마. 항암제의 부작용이야. 항암제를 맞은 첫날, 내게 호흡 곤란이 왔을 때 주치의가 말해 줬어. 항암제를 맞은 사람의 1퍼센트에서 2퍼센트가 심부전으로 죽는대. 항암제를 맞자마자 호흡 곤란이 오는 경우도 있고, 몇 주 뒤에 갑자기 심장이 멎을 수도 있고. 언제 무슨 일이 일어날지 아무도 모르는 거지."

간호사가 달려왔고, 불려온 버들의 엄마는 정신을 못 차리는 딸을 보며 엉엉 울었다. 다행히 곧 버들의 혈압은 돌아왔지만, 병실 분위기는 더 무겁게 가라앉았다. 이런 가운데 원희가 설사를 하며 장염 판정을 받았다.

양은 사람들에게 좀 더 힘이 되어 주고 싶은 마음과 거리를 두고 싶은 마음을 동시에 느꼈다. 두려움을 주며 밀려오는 장염의 위협에서 어서 벗어나고 싶은 희망과 열이 날까 퇴원이 두려운 마음이 공존하듯이.

이날 오후, 그동안 주사로 맞던 폐렴약이 갑자기 하루에 네 번씩 먹는 알약으로 바뀌었다. 이유를 묻는 양에게 주치의는 간단히 설명했다.

"퇴원에 대한 적응 훈련이에요."

갑자기, 퇴원이 눈앞에 보였다.

바로 다음날, 심해는 퇴원을 지시했다. 입원 41일 만이었다. 얼떨떨한 양을 병실 안 모두가 자기 일처럼 축하해 줬고, 사랑과 복자는 111병동 유리문 앞까지 짐을 대신 들어 주고 손을 흔들며 인사했다. 계속 연락을 나누자는 사랑의 말에, 양은 휴대폰 번호를 주고받았다. 성자에 이어 두 번째였다. 잘한 걸까. 병동을 나서는 양의 머리에 이런 생각이 스쳤지만 답은 알 수 없었다. 그저 집에 간다는 안도감만이 양을 온통 채웠다.

4

＊
＊
＊

에필로그

신의
기도

1. 장례식을 치르지 말고 바로 화장할 것

2. 갈색 종이상자에 든 일기장들과 분홍색 스마일박스에 든 내용물, 휴대폰
   USIM도 함께 화장할 것

3. 재는 고향집 돌담 아래 적당한 곳에 벤자민, 행복수 아래 묻어 줄 것

4. 그 외 모든 것은 부모님께

5. 친척들 외 나의 지인에겐 누구에게도 알리지 말 것

2014년 봄
하양의 유언장에서

2

왕벚나무가 때 이른 꽃망울을 틔웠다. 평년보다 13일, 지난해보다 18일이나 빠른 3월 28일이었다. 서울의 3월 벚꽃은 관측을 시작한 1922년 이래 처음이었다. 92년 만이었다. 낮 기온도 23도를 웃돌아 3월의 최고 기온을 기록했다. 초여름 날씨였다. 퇴원한 다음날인 이날, 양이 겨울옷을 정리해야겠다고 느낀 금요일. 병원에서 전화가 왔다.

"안녕하세요? 저는 조혈모세포이식 코디네이터예요."

"이식 코디네이터요?"

"네. 종양 전문 간호사입니다. 다음 주에 건강 검진하고 곧 이식하실 거예요. 공여자인 오빠 분도 검진을 받으셔야 하는데 어떤 요일이 좋으세요?"

양은 깜짝 놀랐다. 이식이 눈앞에 보이자 반가우면서도 덜컥 두려움이 밀려왔다.

"벌써요? 오빠도요?"

"네, 혹시 이식을 통해 하양 씨에게 옮길 수 있는 질병은 없는지 검사합니다.”

“아, 하루면 끝나나요?”

“오빠 분은 반나절이면 되는데, 하양 씨는 1박 2일 동안 입원해야 합니다.”

양은 대양과 의논해 일주일 뒤인 다음 주 목요일로 입원 일정을 잡았다. 대양은 그 다음날인 금요일 오후, 회사에 반차를 내고 병원에 들어오기로 했다. 대양은 양의 이식 때에도 짧으면 3일에서 길면 5일 정도를 입원해 골수를 뽑아야 하기에 최대한 휴가를 아끼기로 했다. 이 시간을 내기 위해 남들이 말리는 자리로 갔구나, 오빠… 난 그렇게 할 수 있었을까? 가족도, 병원에서 만난 사람들도 모두 양이 못나게 굴어도 봐줬다. 고마울 따름이었다.

실은 여기까지도 기적이었다. 끝이 안 보이는 길을 거쳐 양은 이번에도 살아 돌아왔다. 공포는 뒤늦게 밀려들었다. 중대한 고비라는 말을 들었던 그 주말보다, 결핵으로 의심을 받던 그 며칠보다, 집에 무사히 돌아온 지금 느끼는 아찔함이 더 컸다. 그때는 닥친 상황이고 방법이 없으니 그저 최고를 기대하며 최선을 다했을 뿐, 어떻게 별일 없이 무사히 지나가리라 믿었는지 스스로도 신기할 지경이었다. 하루에 약을 30알씩 먹어도, 약 기운에 땀이 비 오듯 흘러도, 화장실의 마녀 떼가 그대로여도 집에 오니 살 것 같았다. 화장실을 갈 때마다 장염이나 대상 포진이 옮을까 조심조심하거나 병실에서 누군가 호흡 곤란이라도 오면 아무 말 없이 서로 눈치만 보던 시간은 또 한 번 지나갔다. 따뜻한 밥과 반찬, 차와 과자와 과일을 언제든 마음껏 먹을 수 있고, 이불이든 소파든 바닥이든 어디든 언제든 눕고 싶은 곳에서 뒹굴 수 있어 양은 행복했다. 그래도 문득문득 병원에 남은 미자와 원희, 목포 부부의 소식이 궁금하고 보고 싶었다. 함께 나눠 먹던 떡볶이도 그리웠다. 집으로 돌아간 성자가 잘 나아서 이제 병원에서는 다시 볼 일이 없기를 양은 기도했다.

3월의 마지막 날에 혈액종양내과의 진료, 이식 코디네이터와의 만남이 있었다. 이날 심해의 진료 전에는 피 검사와 골밀도 검사에 폐 X-ray 촬영까지 받아야 해서 양과 금희는 아침부터 서둘렀다. 암 병원에서는 어디를 가나 여전히 줄이 길었다. 다행히 골밀도와 폐 모두 별다른 이상이 없어 기다린 보람이 있었다. 과립구가 3,214에 혈색소가 10.4, 혈소판이 9만 4천으로 피 상태도 좋았다. 이식 일정은 4월 말로 잡혔다. 심해는 밝은 표정으로 이식 계획에 대해 정성스레 설명해서 양을 기쁘게 했다.

"이식 때는 부설판과 플루다라빈, 에이티지 래빗. 지금까지와는 다른, 골수를 완전히 말릴 정도로 더 센 이식 항암제를 씁니다. 궁금한 점은 없으세요?"

심해가 말하는 항암제가 뭔지, 맞았을 때 후폭풍이 어떨지 알 수는 없었지만, 양은 고개를 끄덕였다. 모르는 게 나을 때도 있는 법이다. 고통은 잠시일 뿐, 지나가는 순간이다. 이식이 잘못돼 격리 병동에 입원한 사람들을 떠올리면 끝없이 막막했다. 하지만 심해를 믿고, 자신을 믿어야 했다.

심해와 달리, 양의 이식 성공률에 대해 자신 있게 설명하지 못하던 이식 코디네이터의 태도는 양을 불안하게 했다. 대신 이식 코디네이터는 이식에 실패할 경우와 숙주 반응에 대한 양의 공포를 깨뜨려 주었다.

"저… 실은 전 지금까지 이식이 잘된 사람을 보질 못했어요. 병동에 계신 다른 분들의 말씀도 그렇고요. 잘된 사람들도 있…죠?"

"물론입니다. 이식이 잘 안 된 사람들만 병동으로 돌아오니 그렇게 보이는 거예요. 이식이 잘 되면 병동으로 안 돌아오죠. 병원 밖의 일상으로 돌아가 잘 지내는 분들이 더 많답니다."

"아! 그 말씀을 들으니 조금 안심이에요. 숙주 반응으로도 고생을 많이 하던데, 저 같은 경우에 숙주 반응이 심할까요?"

"이식을 하기 전까진 알 수 없지만, 하양 님의 경우에는 공여자인 오빠 분과 유전적으로 100퍼센트가 일치하기 때문에 그래도 덜할 걸로 예상됩니다. 장에 오는 숙주 반응의 경우는 형제 사이의 이식에서 30~40퍼센트 정도의 확률로 발생해요. 그 말은, 장 숙주 반응은 형제 이식을 하는 사람의 60에서 70퍼센트에서는 발생하지 않는다는 뜻이죠. 이런 식으로 이식자와 공여자 간에 유전적 적합성이 높을수록 숙주 반응을 포함한 이식 부작용의 가능성은 일반적으로 줄어듭니다."

기분 좋은 만남이었다. 자라나는 두려움에 맞서 끝까지 최선을 다하기로, 양은 마음먹었다.

이틀 뒤, 감염내과 의사와의 진료는 양에게 더욱 믿음을 주었다. 의사는 양을 기억하고 있었다.

"그때 결핵이 의심돼서 제가 병실로 방문했었는데… 몸은 좀 어떠세요? 결핵약은 잘 먹고 계신가요?"

"네. 검사상으론 다 음성인데 그래도 먹으라고 해서 먹고 있어요. 언제까지 먹어야 하나요? 제가 지금 먹는 약이 30알도 넘어서요."

"음, 봅시다. 폐포자충으로 인한 폐렴이 의심돼서 항생제를 먹고 계시고, CMV도 기관지 내시경에서 나왔네요?"

"네. 거대세포바이러스는 피 검사에서는 안 나와서 주치의가 괜찮다고 했는데, 정말로 괜찮은 건가요?"

"네, 혈액 검사에서 안 나왔으니 괜찮습니다. CMV는 단순히 폐 바깥에 묻어 있다가 검사 시에 나온 걸로 보여요. 폐포자충은 지금은 없어졌지만 이번 이식 과정에서 다시 걸릴 수도 있으니 항생제를 유지하는 게 좋습니다. 결핵약은 한 달 뒤에 다시 검사해서 양성이면 9개월간 약을 먹어야 하지만, 음성이라도 예방 차원에서 먹는 게 나을 수도 있습니다."

속이 시원할 만큼 깔끔하고 전문적인 설명이었다.

"선생님, 그런데 병원에서 이렇게 허술하게 감염을 관리해도 되나요? 병원 내 감염에 대해서 의료진들이 다 알면서도 쉬쉬거리고, 결핵을 의심하면서도 간호사들이 마스크는 우리 애만 씌우고 나는 주지도 않고 자기들도 며칠을 여럿이서 마스크 하나로 버티는 걸 보고 정말 실망했습니다."

병원의 감염 관리 시스템에 대한 금희의 문제 제기에도 의사는 얼굴조차 찡그리지 않았다. 변함없이 친절한 미소를 지으며 분명하면서도 시원시원하게 말했다.

"지적하신 대로 문제가 많은 게 사실입니다. 그러니 이 말도 안 되는 상황이 좀 바뀔 수 있게 제발 보건복지부에 의견을 좀 내 주세요."

"보건복지부요? 병원이 아니고요?"

"병원 내 감염이 문제라는 건 모두가 압니다. 병원에서도 해결하고 싶은 숙제죠. 그런데, 병원 내 감염을 관리하고 감독하는 보건복지부에서는 병원 내 감염을 줄이라고만 다그치지 예산은 안 내려 보내요. 그야말로 각 병원에서 알아서 감염을 막으라는 거죠. 그러니 어느 병원에서 적극적으로 나서겠어요. 직접 겪으셨듯이, 격리 병동 내에서 환자를 또 격리하려면 병실 마련도 어려울 뿐더러 마스크 한 장, 장갑 한 장이 전부 돈인데요. 그러니 제발 좀 보건복지부에다가 병원 내 감염 예방을 위한 예산 지원이라도 좀 하면서 문제를 지적하라고 의견을 좀 내 주세요. 정부는 병원이나 의사들이 하는 말은 겁을 안 냅니다. 국민들이 말해야 무서워합니다."

"그런 속사정이 있는지는 또 몰랐네요. 말씀해 주셔서 감사합니다. 꼭 보건복지부에 건의하겠습니다."

"감사합니다. 하하. 그럼 다음 진료 때 또 뵙지요."

의료진에 대한 양의 신뢰가 다시 차오르기 시작했다. 그러나 양의 의식과 달리 무의식은 여전히 악몽을 헤맸다. 새벽에 잠을 깨면 매일 같은 생각, 지나간 일에 매여서 미련스러운 미련에 발목을 잡혔다. 양은 사람들과 연락을 끊길 잘했다고 다시 한번 생각했다. 사람들의 말은 양을 복잡하게 만들었다. 물론 양이 답을 안 해도 계속해서 응원 메시지를 보내는 사람들도 있었다.

"힘내. 꼭 나을 거야."

"언니는 하루하루 더 건강해지고 있어."

그러나 참기 힘든 말이 더 많았다.

"괜찮니? 왜 답이 없어?"

"아직도 병원이야?"

"고민을 털어놓을 수 있는 친구는 너뿐인데, 나한테까지 연락을 안 하니까 서운해. 회사 생활이 너무 힘들어서 네가 더 생각나."

"나 둘째를 임신했어. 이런 일이 없었음 네가 제일 축하해 줬을 텐데."

파이돈들. 양은 소크라테스의 마지막 날을 함께한 파이돈을 떠올렸다. 파이돈은 소크라테스가 독약을 마시자 얼굴을 감싸고 울었다. 그는 소크라테스와 같은 동지를 잃게 된 자기 자신의 불운을 두고서 울었다고 고백한다. 그러니까, 사람들은 타인의 불행을 자신의 입장에서 이해했다. 지금 양이 겪는 고통을 제대로 아는 사람은 없었다. 죽음을 느끼는 자의 고독을 나눌 수 있는 사람도 없었다. 그나마 마음이 편한 사람은 려희, 음표, 라미뿐. 이들 셋만 남은 이유를 양도 정확히 몰랐다. 외톨이로 죽는 전형적인 젊은 암 환자에서 벗어나기 위한 양의 노력이자, 예의나 이해나 배려를 버리고 그저 마음이 시키는 대로 따른 결과였다. 그런데도 사람들은 자신들이 양을 잘 안다고 생각했다. 양이 백혈병에 걸린 사실을 안 알렸다는 이유로 화를 내는 사람까지 있었다. 아프기 전까지, 양은 죽고 싶을 만큼 힘들 때에도 자신을 찾는 사람들의 이야기를 들어 주었다. 조금이라도 위로가 되길 바라며 언제든 기꺼이 시간을 내어 달려갔다. 양이 진 짐이 그들보다 늘 가벼워서는 결코 아니었다. 사람은 누구나 저마다의 슬픔을 지니고 살아가며, 남들에겐 가벼워 보이는 조그마한 등짐도 누군가에겐 세상을 담은 무게로 짓누를 수 있음을 알기 때문이었다. 삶이 죽음의 골짜기로 더는 한 발짝도 뗄 수 없게 양을 내모는 지금, 그들의 대부분은 양이 했듯 옆에 함께 있어 주지 못했다. 그들을 살피느라 정작 자신의 곁을 묵묵히 지키던 사람들에게 소홀했던 양이었다. 뒤돌아보면 너무나 어리석었다. 내 슬픔을 등에 지고 갈 사람까지는 안 바라. 내가 짊어질 짐이니까. 그렇다고 해서… 내게 서운해할 자격을 가진 사람은 없어. 내가 죽으면 사람들은 슬퍼하겠지. 이따금 그리워도 하겠지. 하지만 그들은 결국 자신의 삶을 살아갈 거야. 그렇다 해도, 양은 누구에게도 서운하지 않았다. 양은 서로 그러기를 바랐다.

건강 검진 하루 전, 오후부터 자꾸만 양의 심장이 떨렸다. 긴장해서 두근대는 수준이 아니었다. 양의 심장은 몰아치는 바람을 맞은 마지막 잎새처럼 한참을 파르르하다 잠시 잠잠하다 다시 떨리곤 했다. 문득 미자의 말이 떠올랐다.

"항암제를 맞은 사람의 1에서 2퍼센트가 심부전으로 죽는대. 항암제를 맞자마자 호흡 곤란이 오는 경우도 있고, 몇 주 뒤에 갑자기 심장이 멎을 수도 있고. 언제 무슨 일이 일어날지 아무도 모르는 거지."

100명 중 1~2명은 절대로 적은 수가 아니었다. 미자, 버들, 자가이식자, 건너편 2인실의 남자. 양이 병동에서 보고 들은 호흡 곤란 경험자만 벌써 4명이었다. 금희에게 말도 못하고 양은 참았다. 어차피 내일 병원에 가니 무슨 이상이 있다면 알 수 있겠지. 양은 되도록 별일이 아닌 듯 넘기려 애썼다. 그러자 차츰 괜찮아지는 듯했다.

이식을 위한 건강 검진 첫날. 치과에서 받은 스케일링 말고 특별한 검사는 없었다. 안 가려는 금희를 억지로 집에 보내고 양은 암센터의 단기 병동에서 홀로 밤을 맞았다. 하루 종일 천장에서 찬바람이 쏟아지는 격리 병동과 달리, 이곳은 후덥지근할 정도로 더웠다. 너비는 111병동 2인실의 2배는 됐다. 호텔에서 쫓겨난 기분을 느꼈을 노인정의 마음이 이제야 이해가 됐다. 그 아주머니는 어떻게 되었을까… 가슴이 답답해져서 양은 복도에 놓인 의자로 나와 앉았다. 양의 옆에서는 그 자리에 없는 누군가에게 시한부 선고가 내려지고 있었다.

"환자 분께서는, 폐암 중에서도 선암의 말기로 치료가 어렵습니다. 마지막을 준비하도록 하세요."

살아온 세월이 머리카락에 희끗희끗 새겨진 중년의 아들들에게 그들의 늙은 아버지에 대한 죽음의 선고를 내리는 의사는 20대로 보이는 젊은 의사였다. 얼핏 의사의 아버지뻘로도 보이는 환자의 아들들은 심각한 얼굴로 젊은 의사의 입에서 흘러나오는 어려운 의학 용어들을 이해해 보려고, 그 틈의 어딘가에서 아버지를 실릴 가느다린 희망을 잡으려고 삶에 지친 귀를 기울이고 있었다. 뭔가 잘못됐다고 양은 느꼈다. 나이로 의사를 평가할 수는 없다. 하지만… 이건 아닌 거 같아. 이 환자와 보호자에게도 분명히 담당 교수가 있을 터였다. 죽음이라는, 한 인간과 그를 아끼던 사람들에게 돌이킬 수 없는 결과를 전할 때에는 적어도, 치료의 총 책임자가 환자와 보호자가 알아들을 수 있는 말로 설명을 하고, 마땅히 질문을 듣고, 자신의 판정은 비슷한 상태의 사람들 중 이미 죽은 환자들이 살아남았던 기간의 평균값이므로 아직 살아 있는 이 환자의 몸이 실제로 어떻게 반응할지는 의사인 자신도 결코 단정할 수 없다는, 겸손한 가능성을 알려 주어야 하지 않을까?

누군가에게 내려진 또 하나의 시한부 선고에, 양은 마음이 가라앉은 채로 병실로 돌아왔다. 금희의 메시지가 양을 기다리고 있었다. 금희는 자신을 집으로 보낸 양에게 단단히 화가 나 있었다. 내일 하루 종일 걸릴 검사에 지칠 금희가 밤잠이라도 편히 잤으면 하는 양의 마음을 금희는 이해하지 못했다. 어떤 이유로도 양의 곁을 떠날 생각이 없는 금희를 알았기에, 양은 어쩔 수 없이 냉정하게 말해야 했다.

"엄마가 없는 게 내가 더 편해서 그래."

이렇게 해야만 금희가 가리라 양은 판단했고, 그 예상은 맞았다. 사실이기도 했다. 중요한 검사를 앞두고 마음을 다잡기에는 혼자인 밤이 좋았다.

"엄마랑 있는 게 그렇게 불편해? 집에 와 있으면 내 마음이 편할 것 같아? 네가 편하자고, 아프다고 네 생각만 하는 거야?"

피곤이 몰려왔다. 양은 알 수가 없었다. 나는 지금 병에 집중해서 최선을 다해 나으려고 애쓰고 있어. 사람들은 내게 뭘 더 바라는 걸까. 지금은 아무도 신경 쓰고 싶지 않았다. 자신만 생각하고 싶었다. 양은 답하지 않았다.

이튿날, 이른 아침부터 검사는 이어졌다. X-ray에 CT 촬영, 심전도와 심장 초음파 검사를 받고 나자 오전이 다 갔다. 점심을 먹고 이비인후과에 다녀오자마자 심해가 찾아와 웃는 얼굴로 말했다.

"하, 양 씨, 귀도 코도 깨끗합니다. 심장이 떨린다고 했는데 검사 결과는 이식하기에 큰 문제가 없었어요. 양호합니다. 이식 성공률은 70퍼센트입니다."

심해가 나가자 금희가 말했다.

"10명 중 7명이면 안 낮네! 확률은 숫자일 뿐이야. 네가 그 7명 안에 들면 100퍼센트인 거야. 나는 내 딸이 나을 확률이 100퍼센트라고 믿어! 두고 봐. 1차와 2차 항암 치료 때와 달리 3차 항암 때는 장염도 안 걸렸으니, 이번에 이식 항암 때는 폐렴도 안 올 거야."

긍정적인 금희의 말에 힘입어 양은 웃었다. 이때 야무지게 생긴 간호사가 카트 위에 뭔가를 한가득 싣고 들어왔다.

"이게 다 뭐예요?"

"하양 님? 이식 전 검사를 위해 채혈하러 왔습니다."

"세상에! 이 통들을 전부 제 피로 채운다고요? 저게 전부 몇 개예요?"

"정확하게 세어본 적은 없는데, 음… 30개 정도네요."

"헉! 피를 이만큼 뽑아도 괜찮나요?"

"네. 사람 몸에는 4에서 6리터의 피가 있어요. 자기 체중의 7에서 8퍼센트죠. 매일 1퍼센트의 혈액은 자연스레 몸 밖으로 나가고요, 10퍼센트 정도까지는 빼도 괜찮아요. 그래서 남자는 400밀리리터, 여자는 320밀리리터의 헌혈이 가능하죠. 몸에서 20퍼센트 이상이 빠져나오면 위험해서 수혈을 해야 하는데, 통마다 받을 양은 다르지만 이걸 다 채우면… 10퍼센트는 넘겠는데요? 어지러우면 말씀하세요. 수혈을 해 드릴게요."

"네. 설명을 해 주시니까 안심이 돼요, 감사합니다. 잘 부탁드립니다."

"뭘요, 저도 하양 님의 덕분에 생각해 볼 기회를 얻었어요. 감사해요. 그럼, 시작할까요?"

검사 내용과 필요한 용량이 모두 제각각인 통을 30개 가까이 채우다

보니, 시간이 꽤 걸렸다. 간호사는 다 뽑고 난 뒤에 다시 한번 꼼꼼하게 통들을 확인하고 나갔다. 이때 갑자기 심해가 다시 들어왔다. 얼굴이 잔뜩 굳은 채였다.

"하, 양 씨, 이식 성공률은 50퍼센트입니다."

"네? 아까는 70퍼센트라고 하셨잖아요?"

심해는 눈에 띄게 당황했다.

"내가… 그런 말을, 했다고요?"

"네. 1시간 쯤 전에 들르셨을 때요."

"기억에 없는데… 그럼 정정하지요. 조금 전, 3월 말, 퇴원할 때 받았던 유전자 검사 결과가 나왔습니다. 유전자 수치는 38퍼센트로, 이식 성공률은 50퍼센트입니다."

"네? 38퍼센트요? 그럼 3차 항암 치료를 받으러 들어갈 때의 13퍼센트보다 거의 3배나 나빠진 거네요?"

금희가 깜짝 놀라 끼어들자 심해의 눈썹이 꿈틀거렸다.

"숫자가 3배라고 해서 3배로 나빠졌다고 말할 수 있는 게 아닙니다."

"어쨌든 나빠진… 거죠? 그럼 이식은 가능한 건가요?"

양의 물음에 심해의 눈썹이 힘없이 내려갔다.

"…사실상 이식이 불투명해졌습니다."

"이럴 거면 3차 항암 치료는 도대체 왜 한 거죠? 2차 항암 치료로 13퍼센트로 낮아졌다면 바로 이식을 하는 게 나았잖아요? 이번에 제가 얼마나 고생을 했는데… 선생님도 잘 아시잖아요!"

"…급성기에는 이럴 수가 있습니다. 나아지는 듯하다 갑자기 나빠지기도 합니다."

"그럼… 이식이 불투명하면… 이번에 받은 검사는 다 쓸모없는 걸 한 건가요? 몇백만 원을 들여서요? 퇴원하겠습니다."

"…그래도, 마저 받고 가세요."

"……."

"이럴수록 하양 씨에게 이식은 반드시 필요합니다. 미리 검사해 둔다고 생각하세요."

그렇게 말하고 심해는 돌아서 나갔다. 양과 금희는 할 말을 잃은 채 각자 고민에 빠져 다음 장소로 움직였다. 아직 호흡기내과와 정신과의 진료가 남아 있었다.

호흡기내과에서 1시간이 넘게 폐 기능 검사를 받고 나온 양의 기분은 말할 수 없이 끔찍했다. 입에 기구를 끼우고 의사가 시키는 대로 아무리 열심히 불어도 컴퓨터 화면 속 촛불을 반도 끌 수 없었다. 양의 폐 기능은 확실히 떨어져 있었다. 구겨진 마음으로, 양은 정신과에 들어섰다.

"하양 님? 안녕하세요? 반갑습니다."

"안녕하셨어요?"

다시 만난 정신과 의사는 바빠 보였다. 처리할 서류가 책상에 여럿 쌓여 있었다.

"저한테 처음 오셨죠?"

"저, 기억 안 나세요?"

의사는 양을 알아보지 못했다.

"초진이… 아니신가요?"

의사는 바쁘게 손을 움직여 컴퓨터에 양의 이전 자료를 불러왔다.

"백혈병으로 항암 치료를 받으면서, 어느 순간부터 집 화장실의 타일 무늬가 마녀로 보인다고 말씀드렸는데… 제가 아주 흥미로운 케이스라면서요, 꼭 다시 오라고 하셨잖아요."

"…아!"

의사의 눈이 눈앞의 양이 아닌 모니터의 글들을 허겁지겁 읽어 내렸다. 다른 의사들과 다를 바 없었다.

"이제 기억이 나시나요?"

"네, 기억이 나네요. 어떻게, 그동안 어떠셨어요? 여전히 마녀는 보이시나요?"

의사가 호기심이 가득한 눈빛으로 돌아가 물었다. 그 모습에 양의 가슴 속에서 뭔가가 폭발했다.

"네, 보여요! 선생님이 주신 수면제를 먹어도 하나도 안 사라졌어요! 선생님은 마녀를 없앨 방법 따윈 안 알려 주고 제 정신에 무슨 일이 일어나는지 관찰만 하는 거죠? 의사들한테는 환자들이 전부 사람이 아니라 케이스, 사례니까요! 흥미로운 케이스여야 그나마 관심을 가지죠! 그래도 얼굴조차 기억을 못 하고요! 사람이 아프다고 말을 해도 제대로 듣지도 않아요! 병원에 오는 사람들은 다들 아프다고 하니까 그러려니 하죠. 우리가 겪는 고통에 대해 제대로 알지도 못하면서! 책임을 피하려고 항상 최악의 경우만 얘기하고! 듣는 사람이 얼마나 충격을 받을지, 그래서 희망을 잃고 밤잠도 못 자고 괴로워하다 몸이 더 나빠진다고 해도, 죽는다고 해도… 그럴 수 있다고, 그럴 줄 알았다고, 자기 책임은 아니라 하겠죠."

"…죄송합니다. 많이 힘드신가 보네요. 제게 다시 한번 말씀해 주실 수 있을까요? 이번에는 꼭 기억하겠습니다."

다시 수첩을 펴 든 의사가 양의 두 눈을 바라보고 있었다. 양은 깊게 숨을 내쉬었다.

"죄송해요, 저도. 제가 조금 전에 너무 충격적인 말을 들어서 이성을 잃었나 봐요. 실은 2차 항암 치료를 받은 뒤의 유전자 검사 결과가 1차 항암 치료에 비해 1퍼센트밖에 안 떨어졌다고 해서 3차 항암 치료를 받았거든요. 근데 알고 보니, 실제로는 2차 항암 치료로 19퍼센트나 떨어져서 13퍼센트였고, 오히려 이번에 3차 항암 치료를 받고 나서 38퍼센트로 올라갔다는 말을 들었어요. 그래서 이식이 불투명해졌다고요. 결핵에, 폐렴에… 산소 호흡기까지 끼고 고비라는 말을 들으며 41일이나 병원에 있었는데, 다 쓸모없는 개고생이었던 거죠. 정말로 개고생만 한 거예요! 그런데도 교수님은 급성기의 환자는 이럴 수 있다는 거예요. 하! 의사들에게는 제가 하나의 케이스에 불과한 거죠. 언제든 나빠지면 그럴 줄 알았다, 그럴 수 있다고 말하고, 반대로 좋아지면 자기가 시도한 치료법이 성공한 흥미로운 사례인 거죠. 하지만 전 살아 있는 사람이라고요! 당신들한테는 하나의 케이스에 불과하겠지만 나한테는 목숨이 달린 삶이라고요! 의사들은 너무 자주 그 사실을 잊는 거 같아요. 아니면 어떻게, 그렇게 쉽게 말을 바꿀 수 있죠? 이식 성공률이 70퍼센트였다고 해 놓고 그런 말을 한 기억이 없다고 금방 잡아떼고. 너무하잖아요?"

양이 쏟아 내는 말들을 정신과 의사는 묵묵히 들었다. 의자에서 일어나 병실을 왔다 갔다 하며 한참을 퍼붓던 양은 문득 말을 멈추었다. 이 의사로서는 갑자기 이게 무슨 날벼락이겠나 싶었다. 진상 환자라고 하겠지. 그래도 상관없어. 내가 하는 말들이 안심해 교수에게 그대로 전달됐으면 좋겠어. 이런 생각을 하며 양이 움직임을 멈추자 의사가 천천히 입을 열었다.

"이제… 속이 좀 시원하세요? 제가 정신과 의사라, 할 수 있는 일이 이렇게 들어드리는 것밖에 없어요… 죄송해요. 제가 다 알 수는 없지만, 저라도 정말 화날 거 같아요. 그런 상황에서 저까지 기억을 못하다니… 다시 한 번 사과드리겠습니다."

고개를 숙인 의사를 보자, 양은 심해를 포함한 전체 의사들에게서 사과를 받는 느낌이었다.

"…저도 너무 흥분해서 죄송합니다. 그래도 말하고 나니 속이 후련해요. 선생님께서 들어 주셔서, 진심으로 말씀해 주셔서 감사드려요."

양도 고개를 숙여 사과했다. 그 뒤의 상담은 다시 양이 의자에 앉은 상태에서 차분하게 진행됐다.

"지난번에 상담을 한 뒤로, 모든 사람들과 연락을 끊으려던 마음을 바꿔 세 명의 친구와는 계속 보기로 했어요."

"잘 생각하셨어요. 어려운 용기를 내어 주셨네요."

의사는 양의 결정을 지지해 주었다.

"어쩌면 내게 상처를 준 사람들에게 내 나름대로 벌을 주고 싶은지도 모르겠어요. 사람들과의 관계나 어떤 새로운 모습의 내가 될지는 이식하는 순간부터 고민하려고 했는데, 이식이 불투명해져서… 그래도 선생님과의 대화는 나 자신을 돌아볼 수 있는 기회가 돼서 좋았습니다. 감사했어요."

"조금이나마 도움이 되셨다면 다행이에요. 이젠 절대로 안 잊을 테니 이식을 잘 받으셔서 꼭 다시 찾아와 주세요."

"그럴 수 있으면, 좋겠어요."

다음날 오전, 금희의 휴대폰에 모르는 번호로 전화가 왔다. 심해였다. 심해는 양을 바꿔 달라고 한 뒤 말했다.

"하, 양 씨, CT 검사의 결과, 비장이 거의 정상 크기로 돌아왔습니다! 혈액 검사의 결과는 또 바뀔 수가 있으니, 다음 주에 조금 일찍 외래 진료를 와서 앞으로의 계획을 논의하지요."

"정말요? 네."

"그럼 화요일로 예약을 잡지요. 토요일인데도 의사들이 모여서 하, 양 씨를 위해 이렇게 노력하고 있습니다. 알아주세요."

"네, 감사합니다."

아무래도 정신과 의사와의 상담 내용이 심해에게 전달된 듯했다. 원석이 평생 본 중 제일 크다던, 정상 크기의 3배에 가깝던 비장이 주먹 크기로 돌아왔다니, 일단은 다행이었다. 하지만 아직도 얼마나 많은 변수가 나타날지, 앞으로 어떤 상황이 앞을 가로막을지 모르기에 이어진 주말은 양에게 감정이 폭풍처럼 밀려온 시기였다. 걸핏하면 눈물이 쏟아졌다. 금희와 눈만 마주쳐도, 밥을 먹다가, '불후의 명곡'을 보다가도 눈물이 쏟아졌다. 연애와 원희, 성자와 미자, 순애와 목포 부부가 떠올랐다. 연락처를 주고받은 성자나 원희의 딸 사랑에게 연락해 보고 싶었지만 슬픈 소식을 나누기는 미안했다. 어떻게든 마음을 잡아야 했다. 내일은 라미와의 약속이 있었다.

일요일, 양은 거의 두 달 만에 가족이 아닌 누군가를 만났다. 라미는 사실, 양과 서로의 이야기를 깊이 나누거나 자주 보던 친구가 아니었다. 어쩌다 만나면 이야기가 잘 통해서 즐거운 친구에 가까웠다. 그러나 양이 아프다는 사실을 알게 되자 라미는 양이 부르면 언제든 달려와 주었다. 정신과 의사와의 상담 뒤에 모든 사람들과 연락을 끊으려던 마음을 바꾸었지만, 라미와의 만남에 따라 다시 생각이 바뀔 수도 있었다. 그런 이유로 이날 양이 만난 사람이 라미라 다행이었다. 라미는 편해. 라미를 만나고 나면 양은 어쩐지 위로를 받은 느낌이었다.

오후의 대학로로 찾아온 라미의 머리는 단발머리였다. 어깨 아래로 내려오던 긴 머리를 자른 이유를 묻자, 라미는 머뭇거리다 대답했다.

"실은… 나 수술했거든. 소화가 좀 안 돼서 병원에 갔더니, 뭐가 있다더라고. 큰 병원에 가 보래서 예약하고 한 달을 기다려서 갔더니 내 뱃속에 커다란 물혹이 있다더라. 그래서 배를 열었어. 그러느라고. 그럼 한동안 머리를 못 감을 거 같아서 잘라 버렸지. 후후."

"뭐? 이 친구야, 왜 말을 안 했어?"

"넌 더 힘든 일을 견디고 있는데 뭘. 후후. 오히려 내가 이런 일을 겪어 보니, 네 생각이 더 나더라. 얼마나 힘들까 하고…. 너에 비할 순 없지만, 네 마음이 어떨지 조금이나마 더 이해가 가고. 아래에서 시작된 물혹이 위의 다른 장기들까지 다 닿았을 정도로 큰 데다 모양이 이상해서, 정확한 결과는 완전히 떼 내서 조직 검사를 해 봐야 안다고 했거든…. 그런데 수술 중에 의사가 나와서 우리 가족을 찾더래. 그래서 부모님이랑 동생이 뭐가 잘못됐나 보다 하고 겁나서 갔더니, 내 배에서 꺼낸 물혹을 보여 주더래. 자기 평생 이렇게 큰 물혹은 처음이라면서. 후후."

"내 첫 번째 주치의도 나더러 자기 평생 이렇게 큰 비장은 처음 봤다고 했는데, 친구끼리 뭘 이런 첫 번째도 같으냐. 하하."

양과 라미는 함께 웃었다.

"우리 둘 다 살아서, 만나서, 얼굴을 보고 차도 마시고, 이렇게 이야기도 나눌 수 있어 다행이다. 하하. 아프고 나서 다행이란 말을 이렇게 많이 하게 될 줄은 몰랐는데 말이야."

"응, 그러게. 감사할 일이 많아졌어. 아주 사소한 일상에조차. 우리, 오래오래 보자. 후후."

라미는 다른 일상생활은 괜찮은데 아직은 다리를 들어 어딘가에 오르기가 힘들다며 집 앞까지 바로 가는 버스 대신 중간에 갈아타야 하는 지하철로 발걸음을 옮겼다. 혜화역 계단을 내려가는 라미의 뒷모습을 보며 양은 스스로에게 물었다. 어쩌면 내가 그동안 나 자신에게 너무 빠져 있던 건 아닐까? 누구도 자신을 이해하지 못한다는 외로움과 타인에 대한 거리감은 시한부 판정을 받은 나뿐 아니라 누구에게나 마찬가지일지도 몰라. 양도 자신의 삶을 살아가느라, 아끼던 사람들에게 어떤 일이 일어나는지 알지 못했다. 하마터면 라미를 잃을 뻔했다. 어쩌면 아직도 남았을, 사람들에 대한 서운한 마음을 완전히 씻어 버리기로 양은 마음먹었다. 추적 검사를 잘 받아 라미가 건강하기를 양은 기도했다.

집에 돌아오자 한라봉을 들고 온 대양이 기다리고 있었다.

"아가들을 주지, 왜 우리한테 가져왔어? 미안하게."

"우리도 있어. 제주도에 사는 직장 후배가, 두 박스를 보내 줘서. 달더라."

"이야, 오빠 덕을 또 보네. 고마워. 잘 먹을게!"

수상과 금희, 대양과 양, 네 식구가 모여 함께 밥을 먹는 건 오랜만이었다. 피자에 금희표 떡볶이에, 고기까지 구워 먹으면서 함께하는 시간이 길어지자 서로에게 못다 한 이야기가 하나둘 이어졌다. 양은 말을 하고 들으며 수상에 대한 마음의 앙금이 조금씩 풀림을 느꼈다. 자신의 인생을 아무것도 아니었던 듯, 잘못 살아온 듯 말했던 수상에 대한 실망과 분노는 아직 남아 있었다. 다만 이날 저녁, 양은 자신도 수상의 삶에 대해 존중해야겠다는 생각이 들었다. 우리는 서로의 삶을 살아 보지 못했다. 모두가 자신의 인생을 견디며 살아가고 있었다.

심해와의 진료를 하루 앞둔 월요일 아침. 세하의 메시지가 양을 놀라게 했다.

"아무리 생각해 봐도, 지키지 못할 약속은 하지 않았어. 아프지 않길, 행복하길, 나아서 더 자주 보길 바라는 마음은 진심이야. 과거를 떠올리는 날에는 더 간절히 누나의 안녕을 바라."

아무리 생각해 봐도. 이 말과 메시지가 도착한 아침 8시란 시간에 고민의 흔적이 담겨 있었다. 진심을 느꼈다고 생각할 때마다 늘 돌아섰으니 지키지 못할 약속을 안 해도 된다고 한 양의 말에 대한, 15일 만의 답이었다. 아마도 약속이란 뜻, 안녕이란 말의 의미에 대해 서로가 다른 정의를 내린 듯했다. 하지만 양은 하고 싶던 말을 했고, 세하도 그럴 터였다. 양은 잠시 생각하다 답을 보냈다.

"고마워. A-to-Z 약속, 기억할게. 나도 네가 행복하길 바라."

화요일, 심해와의 진료가 있었다. 진료 1시간 전에 한 피 검사와 지난주의 건강 검진에서 받은 검사들의 결과가 어떻게 나왔을지, 어떤 말을 들을지 몰라 바짝 얼어붙은 양이나 금희와 달리 심해는 밝은 얼굴이었다.

"하, 양 씨, 어서 오세요."

심해의 행동은 평소와 달랐다. 컴퓨터에 영상을 띄우더니 양이 볼 수 있도록 모니터의 방향을 돌렸다.

"자, 이것 좀 보세요."

양의 뱃속으로 짐작되는 화면 속에서 여러 장기들의 모습이 보였다. 하지만 의료 지식이 없는 양으로서는 뭐가 뭔지 알 수가 없었다.

"자, 잘 들여다보세요."

심해는 뿌듯한 얼굴로 모니터와 양을 바라보았다. 몇 분이 지났을까. 양이 아무런 말이 없자 심해가 물었다.

"정상 크기로 돌아온 비장이 보이시지요?"

"비장이… 여기서 어디에 있나요?"

그제야 심해는 양이 영상을 볼 줄 모른다는 사실을 알고 손으로 모니터 화면의 한 곳을 가리켰다.

"이게 지금의 비장입니다. 그리고 이건 처음에 하, 양 씨가 왔을 때 찍은 CT 속 비장입니다. 크지요?"

심해가 열어 준 다른 영상에선 왼쪽에 조그맣게 있어야 할 비장이 척추를 넘어 오른쪽 장기에까지 닿을 정도로 커져 있었다.

"이렇게 크던 비장이, 이렇게 정상으로 돌아온 겁니다."

"아! 정말 컸네요! 감사합니다, 교수님. 그럼 비장이 정상으로 돌아왔으면… 이식 성공률도 다시 높아진 건가요?"

감사의 표시로 심해에게 꾸벅 인사를 하며 양은 물었다. 지금 양에게 중요한 건 이식 성공률이었다.

"…하, 양 씨의 이식 성공률은 여전히 50퍼센트입니다."

"네?"

"50퍼센트가 낮은가요? 나는 낮다고 생각하지 않는데요?"

"50퍼센트면… 높다고 느껴지진 않아서요."

갑자기, 심해의 목소리가 올라갔다.

"하양 씨는 만성골수백혈병의 급성기입니다. 이런 상태의 환자 5명 중 1명이 살아요! 여기까지 온 것도 대단한 거예요! 5명 중 1명에 비하면 지금의 50퍼센트는 결코 낮지 않다고 보이는데요? 이식을 준비하시지요."

사람이 멀쩡히 살아서 앞에 있는데 여기까지 온 것도 다행이라는 말이 할 소린가. 양의 떨리는 어깨를 보고 금희가 옆에서 끼어들었다.

"교수님, 그런데 제가 보기에는 이번에 퇴원하고 나서 우리 양이가 분명히 더 좋아졌거든요. 3차 항암 치료 때는 애가 워낙 고생을 했잖아요, 그래서 퇴원할 때에 유전자 수치가 38퍼센트까지 올라갔더라도 지금 검사해 보면 다시 좋아졌을 거예요. 좀 더 기다렸다가 다시 수치가 낮아지고 이식을 하면 어떨까요?"

심해가 금희를 돌아보며 잔뜩 힘이 들어간 목소리로 말했다.

"유전자 수치는 그렇게 쉽게 바뀌는 게 아니에요!"

금희도 안 물러섰다.

"그래도 제가 보기에는 분명히 다시 좋아졌어요. 다시 피 검사를 해 보면요…."

"그러다 나중에 가서, 지금이라도 이식할 걸 그랬다고 후회할 수도 있어요! 이러다 더 늦어지면 아예 이식 자체가 불가능할 수도 있어요!"

양이 왈칵 눈물을 쏟았다.

"그런데, 선생님… 왜 저희에게 화를 내세요? 갑자기 화를 내시니까… 너무 당황스러워요."

심해의 얼굴에 아차 싶은 표정이 드러났다. 심해는 다시 평소처럼 차분한 목소리를 내려고 애쓰며 천천히 말을 이었다.

"제가, 화를… 냈나요? 그렇게, 느껴졌다면, 미안합니다."

"…저의 경우에 이식 재발률은 어떻게 되나요?"

"하, 양 씨의 경우, 이식하고 재발할 확률은 20퍼센트고, 이식을 안 하면 50퍼센트 이상입니다."

"이식 성공률이 50퍼센트고, 이식이 잘 돼도 재발할 확률이 20퍼센트라면… 좀 고민해 봐야겠어요. 저만이 아니라 저희 오빠의 의견도 들어봐야 하고요… 가족과 상의해서 결정하겠습니다. 시간을 조금만 주세요."

"3일 뒤, 금요일에 다시 보지요."

진료실을 나오자 간호사 데스크 앞에 목발을 짚고 선 20대 남자가 보였다. 어머니와 함께 온 그는 키가 190센티미터는 돼 보였다. 그의 어머니가 반대로 교수의 진료를 받고 나와 의사와 다하지 못한 이야기를 간호사와 나누고 있었다.

"그러니까 우리 아들이 이식을 받고 나서 소아마비가 왔잖아요. 목발을 짚고 다니는데 우리 아들의 키에 비해 목발이 너무 짧아선지 다리가 자꾸 아프대요. 그래서 정형외과의 진료가 좀 빨리 잡혔으면 좋겠고요, 또 요새 기억이 잘 안 난대요. 금방 자기가 한 행동도요. 약을 먹었는지 안 먹었는지 늘 헷갈려 해요."

"기억 장애가 있으시다는 거죠?"

큰 키에 해사한 얼굴을 지닌 남자는 다리가 조금 불편해 보일 뿐, 머리카락도 온전하고 건강해 보였다. 그런데 이식을 겪고 소아마비에, 기억 장애까지 왔다니… 이식을 결정해야 하는 양으로서는 결코 남의 일이 아니었다.

이날 저녁, 심해의 말을 전해들은 수상이 인터넷에서 정보를 찾아 양에게 내밀었다. 만성골수백혈병에서의 유전자 수치에 따른 이식 성공률을 조사한 의학 연구 결과였다. 유전자 수치가 38퍼센트인 상태에서 이식할 경우, 이식 성공률은 심해가 말해 준 50퍼센트보다도 낮았다. 그러니까 그나마 비장이 정상 크기로 돌아오고 다른 장기들의 상태가 안 나쁜 양이기에 심해의 말처럼 높게 봐서 50퍼센트가 나온 듯했다. 안심해 교수가 속한 대한혈액학회에서 낸 책에는 더 무서운 말이 적혀 있었다.

> 가속기의 24퍼센트, 급성기의 66퍼센트가 글리벡 1차 치료에 반응을 보이지 않으며, 가속기의 60퍼센트, 급성기의 93퍼센트의 환자는 처음에는 반응을 보이다가 결국 재발하거나 진행하게 됩니다.

그래서 지난번에 글리벡에 대한 내성이 생긴 게 아닌지 의심했던 거구나. 급성기 환자의 경우, 글리벡에 반응했던 사람들 중에서도 93퍼센트가 결과적으로 병이 나빠진다니… 나 같은 사람 5명 중 1명이 산다. 이식 성공률은 높게 봐서 50퍼센트. 이식이 잘된 듯 보여도 재발할 확률이 20퍼센트. 이식에 실패한 사람들이 겪던 온갖 고통들과… 오늘 본 소아마비와 기억 장애를 안고 살아갈 젊은 사람. 양은 마음을 굳혔다.

"유전자 수치가 그대로라면, 이식을 안 받겠어요."

양의 결정에 금희도 수상도 눈물이 맺혔지만 누구도 다른 의견을 내지 못했다. 대양까지 모두가 양의 의견을 따르기로 했다.

지금까지 유전자 수치를 더 낮추기 위해서 애썼다면, 이제는 더 높아질까 봐 조바심이 나는 판이었다. 양은 우울해지려 할 때마다 셰익스피어의 희극을 읽었다. 특히 와닿은 작품은 《페리클레스》였다. 타이어 성의 페리클레스 왕은 엔타이어커스 왕의 더러운 비밀을 알게 된 죄로 암살자에게 쫓기게 된다. 자신을 죽이려는 전쟁의 위협에서 백성들을 지키기 위해 타이어를 떠나 타서스로, 다시 바다로 나가던 중 폭풍우에 휘말리게 되고 온갖 시련을 겪지만 페리클레스는 한결 같은 마음으로 살아낸 결과 행복을 되찾게 된다. 셰익스피어는 페리클레스의 가족이 가혹한 시련 속에서도 아름다운 마음을 잃지 않아 마침내는 신까지 감동시켰다고 설명했다. 그래, 다시 최선을 다해 보자. 신까지 감동시킬 정도로. 피할 수 없는 운명이라 해도 진심을 다한다면, 바뀔지도 몰라. 0퍼센트. 1차 항암 치료로 암세포가 잠시나마 사라졌다. 13퍼센트. 2차 항암 치료로 유전자 수치가 낮아졌다. 3차 항암 치료로 비장의 크기가 정상으로 돌아왔다. 지금까지 양의 몸은 정말 잘해 주었고 정신은 안 미치고 잘 버텨 줬다. 양은 의료진이 예측하지 못할 만큼 잘해 온 스스로를 믿어 보고 싶었다. 이 선택의 결과가 나쁘다고 해도… 어쩔 수 없는 일이었다. 누구에게나 찾아오는 죽음이 양에게는 지금, 왔을 뿐이다. 죽음은 패배인가. 아니다. 고통이 끝나리란 점에서 죽음은 휴식이기도 했다. 죽음은 인간이 영원히 맞서 싸워야 할 부조리인가. 이제 양의 생각은 달라졌다. 죽음은 지극히 이치에 맞았다. 우주의 모든 존재가 탄생과 소멸을 통해 질서와 균형을 이룬다. 그렇다면 왜 인간만은 죽음을 피해야 하는가. 왜 죽음을 벌로 받아들이는가. 죽음이 없으면 삶도 없어. 죽음이 있기에 생명이 있지. 특히 인간에게 죽음이 없었다면, 지구는 벌써 멸망했을지도 몰라. 그러니 죽음과 겨루느라 힘을 빼지 말고, 지금 내가 할 수 있는 일을 하자.

양은 마음을 굳게 먹고 화장실로 들어갔다. 마녀 떼는 그대로였지만 양은 용기를 내서 마녀들의 얼굴을 바라봤다. 몸의 병인 암세포처럼 마녀 역시 내가 스스로 만들어낸 마음의 병이라면 바꿀 수 있지 않을까? 양은 마녀 하나를 가만히 쳐다보았다. 그저 무늬일 뿐인 타일이 왜 마녀로 보이는지 찬찬히 관찰했다. 수많은 실뱀이 꿈틀거리는 듯 보이는 머리카락, 깊이를 알 수 없이 캄캄한 눈두덩, 비웃듯 말려 올라간 입꼬리… 인식의 기준이 되는 지점들이 있었다. 그 점들을 허물어뜨리면 마녀가 사라지지 않을까? 그러나 이미 마녀가 들어앉은 타일을 평범한 무늬로 깨뜨리기는 어려웠다. 그렇다면 이 점들을 다르게 이어서 그림을 바꾸어 보자. 마녀를 물리치고 나를 지켜줄 수 있는 존재가 뭐가 있지? 한참을 고민하며 양이 바라보는 사이, 어느 순간 마녀 하나가 사라지더니 늑대로 바뀌었다. 단단한 턱과 뾰족한 귀가 자신을 믿으라고 말하는 듯했다. 일단 늑대로 바뀐 무늬는 다시는 마녀로 돌아가지 않았다. 마녀보다 많은 늑대를 불러내야 했다. 이제부터 시작이었다.

목요일. 소화기내과의 진료가 있었다. 1시간이나 기다려 만난 편안한 얼굴의 의사는 건강 검진에서 뽑은 피 검사 중 일부에 대해 설명해 주었다.

"본인이 B형 간염을 앓은 적이 있다는 사실을 알고 계신가요?"

"네? 제가요? 그런 적이 없는데요?"

"그런 적이 있습니다. 여기 유전자 정보에 보면, B형 간염을 앓은 흔적이 약하게 남아 있어요. 건강한 사람은 감염이 되더라도 가볍게 앓고 지나가기 때문에 아마 몰랐을 가능성이 큽니다. 아, 걱정하진 마세요. 스스로 치유되며 이미 항체가 생겼으니까요. 다만 이식 과정에서 몸이 약해지면 다시 활성화가 될 수 있으니 간염 예방약을 먹읍시다. 일단 1년 정도면 좋을 거 같아요."

"1년이나요? 생각지도 못했어요, 간염은요. 제가 정말로 간염을 앓았다고요?"

의사는 부드럽게 웃으며 모니터 화면을 양이 볼 수 있게 돌렸다.

"자, 보세요. 여기 이렇게 길게 적힌 알파벳들이 본인의 유전자 정보예요. 흔히 유전자 지도라고 하죠. 여기를 보면 언제쯤 어떤 질병을 앓았는지 알 수가 있어요. B형 간염의 코드는 이거예요. 보이시죠? 일단 새겨진 코드는 사라지지 않습니다. 항체가 형성됐지만 이식으로 몸이 극도로 약해지면 이전에 앓았던 기억으로 인해 다시 이 코드가 살아날 수가 있어요. 더구나 공여자인 오빠 분도 B형 간염을 앓고 지나간 흔적이 있습니다. 그러니 예방적으로 약을 먹는 게 좋습니다."

"저도 모르는 사이에 제 유전자 정보에는 또 다른 삶의 기록이 쓰이고 있었네요."

"신기하죠?"

나도 몰랐던 삶의 흔적. 몸의 기록이 유전자에 모두 남아 있다니 놀라웠다. 그러니까, 양의 몸은 모두 기억하고 있었다. 제대로 돌보지 못했음에 새삼 미안해지는 양이었다. 믿음이 가는 소화기내과 의사와의 대화 덕분에 이젠 간염 예방약까지 먹어야 할 상황인데도 어쩐지 미리 먹어두니 든든하다는 착각마저 들었다.

이날 저녁에는 다음 주에 만나기로 세하와 약속도 잡혔다. 세하의 느닷없는 연락 때문이었다.

"누나, 나 지금 누나의 고향에 왔는데, 여기에 가 볼 만한 맛집이 있어?"

메시지를 받은 양은 어리둥절해서 전화를 했다.

"너, 어디야?"

"나, 누나네 고향, 시청 앞이야. 누나가 살던 집이 이 근처라고 안 했어?"

"맞아. 근데 거길, 네가 왜… 거기에 있어?"

"나, 아는 탐정님이 누굴 좀 미행해 달라는 아르바이트를 맡겨서. 따라 붙을 대상이 오늘 여기로 내려간다더라고. 사람들한테 사기를 치고 도망치는 수배자래. 그래서 하겠다고 했지."

"미행? 탐정? 이게 다 무슨 소리야?"

"이런 세계가 있어, 누나는 모르는. 범죄자를 잡는다든지 좋은 일을 하는 탐정으로 활동하는 사람들이 늘어나고 있어."

"…신세계구나."

"그래서, 이 근처에 누나가 아는 맛집이 있어?"

"응? 응. 거긴 대학교가 딱 하나인데, 그 정문 앞에 한우불고기덮밥을 잘하는 집이 있어. 나도 부모님이랑 같이 갔었는데 정말 맛있어."

"아, 내가 블로그를 검색해서 찾았던 그 집이구나? 알겠어. 고마워. 나 오늘도 돈 많이 벌었으니까, 누나, 이식 전에 얼굴 보자. A-to-Z 약속 지킬게. 이거 봐, 나 약속을 지키는 사람이라고."

"하하. 알았어. 그럼 음… 다음 주, 월요일에 시간이 어때?"

"좋아. 내가 대학로로 갈게."

"응, 그날 봐."

대화를 끝맺으며 세하는 말했다.

"그때까지 안전하고 건강하고 활기차고 행복하게 지내."

세하와 통화를 끝낸 양은 책장으로 가, 사기만 하고 안 읽은 《두 개의 심장》을 꺼내 들었다. 그러다 옆에 꽂힌 위지안의 《오늘 내가 살아갈 이유》에 눈길이 갔다. 위지안은 세계 100대 대학인 푸단 대학의 최연소 교수로, 추진하던 프로젝트가 정부의 승인을 받자마자 시한부 판정을 받은 서른 살의 중국인이었다. 같은 길을 가는 교수인 자상한 남편에 귀여운 아들까지 낳았지만, 이미 유방암이 온몸에 퍼져 내일을 알 수 없는 여자. 위지안이 남긴 책은 삶의 끝에서 얻은 깨달음들을 담고 있었다. 성공과 남편과 아이까지. 자신과는 비교할 수 없이 많이 이룬 중국인이지만, 양은 안타까운 동질감을 느꼈다. 위지안은 고통에 관한 내용은 되도록 피하겠다며 들어가는 글에서 미리 말했다. 끔찍한 기억을 마주하기 무섭다고 했다. 그러나 군데군데의 표현에서 아픔의 기억이 드러났다. 어쩌면 양이기에 보이는 흔적일 수도 있었다.

> 예전에는 없던 관점 같은 것이 생겨났다.
> 뭐랄까, 삶과 죽음을 동시에 관조할 수 있는 '제3의 관점'이라고 할까.
> 암이 인간에게 미치는 긍정적 요소가 있다면, 바로 이런 부분이 아닐까 싶다.
> 말기 암 환자로 살아가는 사람만 깨닫는 삶의 진실이 있는 것이다.

위지안의 글은 양에게 깊은 공감과 위로를 건넸다. 양은 담담하게 내일을 맞기로 하고 할 말을 정리했다. 내일은 심해와의 만남이 있었다. 그러나 양의 의식과 달리 무의식은 여전히 악몽을 헤맸다. 마녀를 늑대로 바꾼 양이었지만 악몽만은 어쩔 수가 없었다.

금요일, 3일 만에 다시 만난 심해의 표정은 더 어두웠다. 아침에 꾼 악몽 따윈 잊자. 양은 흔들리려는 마음을 잡느라 심해의 책상을 보면서 말을 꺼냈다.

"교수님, 지금은 이식을 안 받기로 결정했습니다. 저희 오빠나 가족들의 생각도 같아요. 교수님께는 정말로 감사드려요. 말씀처럼 여기까지 온

것도… 교수님을 만난 덕분이에요. 정말 감사했습니다."

그냥 듣기에 좋으라고 하는 말이 아니다. 진심이었다. 그러나 양이 말을 끝내고 꾸벅 인사를 하고도 심해는 쉽사리 말을 잇지 못했다. 더 나쁜 일이 생긴 걸까? 고개도 들지 못하는 심해의 표정을 살피며 금희는 초조해졌다. 길어진 침묵에 양이 시선을 들자, 심해가 할 말을 잃은 채 모니터를 보고 있었다.

"교수님?"

"…유전자 검사 결과, 다시 13퍼센트로 낮아졌습니다."

"정말요? 와, 감사합니다!"

그저 기뻐하는 양과 달리 금희는 심해를 쏘아보며 물었다.

"이번 건강 검진에서 나온 결과죠?"

"…네."

"그럼… 이식 성공률도 바뀌는 건가요?"

양의 조심스런 질문에 심해는 조금 힘을 얻은 목소리로 대답했다.

"네. 이식 성공률은 70퍼센트입니다."

"와! 그럼 저, 이식을 하겠습니다."

"알겠습니다. 입원 신청을 하고 가세요."

6주 동안의 3차 항암치료로 개고생을 한 결과가 본전치기라 생각하면 맥이 빠질 수도 있지만, 간이 바닥까지 떨어졌다 올라온 상황이다 보니 양은 그저 감사할 따름이었다. 처음에 만성골수백혈병의 생존율에 대한 기사를 찾았을 때는 85퍼센트의 생존율도 낮다고 보였지만, 이젠 70퍼센트도 해 볼 만한 높은 확률로 느껴지는 양이었다. 확률이란 어떻게 보느냐에 따라서 완전히 다른 의미를 지니기도 했다. 신께 감사를! 최선을 다해 주는 몸에게도 양은 사랑을 날렸다. 내일부터 이어질 대양, 려희, 세하와의 약속을 기다리며 양은 편안하게 잠에 들었다.

토요일. 대양은 양에게 단순한 일에도 뜻밖의 진실이 있을 수 있음을 알려 주었다. 이런저런 얘기 끝에 대양은, 지난번에 가져왔던 한라봉이 실은 제주도의 후배가 아니라 호수의 선물이었다는 사실을 털어놓았다.

"호수가 너한테 전해 달라고 말한 건 아니다. 그냥 두 박스를 가져와서, 한 박스는 네게 가길 바라는 거 아닐까 내가 생각한 거고. 그래서 네게 주겠다고 하니 좋아하더라고. 호수가 줬다는 말은 절대로 안 하기로 약속했으니 너도 모른 척해!"

"응."

대양을 보내고 나서 생각에 잠겼던 양은 오랜만에 호수에게 연락을 했다. 호수를 만나 봐야겠다는 마음이 들었다. 호수는 양의 인생에서 가장 오랫동안 소중했던 남자였다. 처음에 호수는 안 만나도 된다고 말했지만, 다음 주에 보자며 답을 바꾸었다. 양으로선 호수가 자신과의 만남을 안 반기는 이유를 짐작할 수 있었다. 아마도… 이번이 마지막이 될까 두려운 마음일 터였다.

일요일. 려희와의 만남도 즐거웠다. 이제 다시 양은 예전처럼 친구들의 삶에 대해서도 묻고 들었다. 알고 보니, 얼마 전에 첫아이를 낳은 려희는 산후 우울증을 겪고 있었다. 자신이나 아이를 해치는 사람이 있을 정도로 산후 우울증은 때로 위험하다. 양은 려희의 마음을 듣고 다독여 주었다. 끝이 안 보이는 시련도 언젠가는 끝이 난다고, 어쩌면 네가 생각지도 못할 정도로 빨리 그때가 올 수도 있다고, 지금 이 시간은 결국 다 지나간다고. 양은 려희가 이미 가진 것들을, 감사할 일들을 되새겨 줬다. 조금은 내려놓은 표정으로 돌아간 려희가 산후 우울증을 잘 극복해 내기를 양은 진심으로 기도했다.

월요일. 세하는 혜화역 3번 출구 앞에 서 있었다. 세하를 보자 양은 어젯밤에 마무리한 《두 개의 심장》이 떠올랐다. 읽어 보니, 그저 가벼운 책은 아니었다. 심장병으로 죽음에 한쪽 발을 담그고 사는 최재경이 자기가 죽어도 상처받지 않을 사람이라 여겨 송재욱의 곁에 계약 연인으로 머무르기로 한 선택도, 결국 재욱을 사랑하게 돼서 그를 떠나는 재경의 마음도, 지금의 양에겐 아프도록 와닿았다. 두 사람이 서로에 대한 진심을 감추며 끝없이 엇갈리는 모습은, 예전의 세하와 자신을 보는 듯했다. 세하는 왜 이 책의 제목을 SNS의 프로필에 올렸던 걸까. 아는 사람이 죽을지도 모르니 이런 소설에 관심이 생겨서? 아니면… 《두 개의 심장》을 다 읽고 나서도 양은 세하의 마음을 알 수 없었다.

가는 길에 산부인과에서 졸라덱스를 맞았기에 배가 아프던 양이었지만, 아직 자기가 온 줄 모르는 세하의 뒷모습을 보자 장난기가 살짝 일었다. 양은 살금살금 다가가 웃으며 손가락으로 등을 쿡 찔렀다. 놀라서 돌아보는 세하의 손에는 《미 비포 유》가 들려 있었다.

"어, 이 책."

"줄까? 읽기 시작한 지 얼마 안 됐는데, 누나가 달라면 줄게."

두꺼운 책의 앞부분에 세하의 손가락이 끼워져 있었다.

"아냐, 실은 나도 얼마 전에 이 책을 읽었거든. 반가워서 물어본 거야. 너 로맨스 소설을 많이 보네? 《두 개의 심장》도 그렇고."

"…어때? 이 책?"

"음… 나는 주인공 윌의 선택에 이해가 갔는데, 끝까지 읽어 보고 너는 어땠는지 말해 줘."

"알겠어."

세하는 A-to-Z 약속을 지킨다며, 밥과 차는 물론 선물까지 사 주겠다고 미리 말했다.

"난 지킬 수 없는 약속을 안 한다니까! 이젠 취업도 했으니 먹고 싶은 거, 갖고 싶은 거 다 골라. 다 사 줄게."

"정말? 취업을 했어? 그렇다면 이용해 줘야지. 늘 오는 기회는 아니니까!"

양은 세하에게 부담은 안 주면서 사 주는 사람으로서의 기분은 살도록 별과 꽃무늬가 들어간 천 원짜리 볼펜 세 자루를 골랐다. 기분에 따라 골라 쓰면 되니 마음에 들었다. 이날 알게 된 세하의 취업 소식 덕분에 밥을 먹는 동안 그 얘기만 할 수 있어서 좋았다.

"경호원이라고? 너 사회학과 전공이잖아? 왜 갑자기 경호원을 선택했어? 그동안 이쪽으로 갈 거란 말은 한 적이 없었잖아."

"응. 그냥 그렇게 됐어."

"음… 그러고 보면 넌 누군가를 지켜 주는 직업이 잘 어울린다. 따뜻한 정의로움이랄까, 그런 부분이 네겐 있어. 스포츠 관련 자격증도 많고, 수영장 안전 요원에, 스키장 안전 요원에, 공공기관의 청렴도를 조사하는 설문조사원에, 사기꾼을 쫓는 미행 아르바이트까지. 이제 보니 너랑 정말 잘 어울린다, 경호원."

"실은, 나도 회사가 나를 왜 뽑았는지 모르겠어. 내가 생각하기엔, 다른 내세울 장점이 없으니… 아무래도 내 인성 때문인 거 같아."

"응?"

"나의 좋은 인성에 반한 게 아닌가 하고. 하하."

"하하. 인성까지 좋은, 허 경호원님! 축하드립니다! 자, 이건 선물!"

양은 웃으며, 준비해 간 바티칸 모형을 내밀었다. 아프기 직전, 그리스로 출장을 다녀올 때 경유한 이탈리아의 공항에서 산 기념품이었다. 어젯밤, 양은 어쩌면 마지막 만남이 될 수도 있다는 예감에 세하에게 남길 유품을 골랐다. 책상에 올려 뒀던 주먹만 한 바티칸 모형이 마음에 와닿은 이유는, 혹시나 자신이 잘못되더라도 세하가 믿음을 잃지 않기를 바라는 마음에서였다. 할아버지가 세상을 떠나고 기도를 멈추었던 세하가 양을 위해 다시 기도하고 있었다. 이번에 또 같은 결과가 되더라도, 세하가 믿음을 지키기를 양은 바랐다. 나 때문에, 어쩔 수 없는 일 때문에 가까스로 되돌린 세하의 마음이 다시 상처받지 않으면 좋겠어. 죽음은 인간의 힘으로는 어쩔 수 없는 일이니까. 한껏 원망하고 그러다 또 위로받을 수도 있는 대상이 신이라면, 앞으로 세하가 살아가는데 힘이 될 거야. 작은 바티칸이 든 상자의 윗부분에는 메시지를 쓸 수 있는 칸이 그려져 있었다. 양은 정성들여 세하에게 하고픈 말을 썼다.

> 안전하고 건강하고 즐겁고 행복하길

혹시 세하가 어떤 여자를 만나더라도 누가 보더라도 자신이 준 건지 모르도록, 그래서 너무 쉽게 버려지지는 않기를 바라는 마음으로 양은 이름이나 날짜를 안 적었다. 이런 말들, 마음을 담아 양은 세하에게 하얀 바티칸을 건넸다.

"취업 선물, 고마워!"

세하가 그저 취업 선물로만 받아서 다행이었다. 세하는 양을 시한부 환자라고 특별히 다르게 대하지 않았다. 배려 섞인 세하의 적당한 무관심이 양에게 묘한 편안함을 주었다. 밥을 먹고 나자 이번에는 세하가 뭔가를 내밀었다.

"이게 뭐야?"

"비타민 C. 누나랑 나눠 먹으려고 두 알을 가져왔어."

"하하. 고마워. 병원에서 처방해 줘서 내가 매일 먹는 비타민이랑 같은 거다!"

"여기, 독립운동 자금을 댔던 회사잖아. 경영권 세습도 안 하고. 알지?"

"알지. 아침에 먹었지만, 그럼 오늘만 하나를 더 먹어 볼까? 근데 포장의 끝이 다 왜 이래?"

"약을 꺼낼 때 누나가 손 다치지 말라고 내가 미리 접어 왔어."

"고마워. 잘 먹을게."

자신을 생각하며 커다란 손으로 알약 포장의 뾰족한 네 귀퉁이를 어렵게 접었을 세하의 마음은 양에게 깊은 위로를 주었다. 내가 사랑한 사람이, 따뜻한 사람이라서 다행이야. 양은 신께 감사했다.

차를 마시러 가서야 세하는 조심스레 양의 상태를 물었다.

"누나는 지금 어떤 상황인 거야?"

"음… 너는 50퍼센트라고 하면 어떤 거 같아?"

너무 많은 일들이 있었기에 어떻게 말을 꺼내야 할지 몰라서, 양은 밑도 끝도 없이 이렇게 물었다.

"그게 누나의 이식 성공률이야? 나는 50퍼센트라면 절대로 낮지 않다고 생각해."

"앗, 어떻게 알았어? 맞아. 그런데 이식이 잘 되더라도 재발할 확률이 여전히 20퍼센트나 남아 있다면?"

"무슨 생각을 하는 거야! 당연히 이식을 받아야지! 나는 누나가 잘못될 거라고 생각한 적이 없어. 무조건 잘될 거라고 믿어."

사람을 살고 싶어지게 만드는 건, 사람이었다. 양은 천천히 그동안의 일들을 이야기하기 시작했다. 1차 항암 치료로 암세포가 0퍼센트가 됐고, 2차 항암 치료로 유전자 수치가 13퍼센트로 낮아졌지만, 3차 항암 치료에서 결핵으로 의심을 받아 격리되고 폐렴까지 겪으면서 다시 38퍼센트로 올라갔었다고. 이식 성공률이 50퍼센트라고 해서 찾아보니 그것도 좋게 봐서 그 정도였다고. 그래서 이 상태로는 이식을 안 받기로 결정했었다고. 세하는 양이 의료진에게 화가 났던 부분에서 양보다 더 화를 냈고, 양이 울먹이며 이야기할 땐 같이 눈물을 글썽거렸다. 세하의 모습에 양은 더할 나위 없이 따스하게 위로받았다. 현실적이고 이성적이지만 속은 여리고 섬세한 세하에게 자신의 우울한 삶을 들려주는 데 대한 미안함도 들었지만, 양은 깊이 생각하지 않기로 했다. 싫거나 힘들면 만나러 안 오겠지. 언제나 세하의 선택이니까. 두 사람은 곧 다시 보기로 약속했다. 헤어질 때 혜화역으로 내려가려던 세하가 갑자기 오른손을 들더니 하이 파이브를 하자고 했다.

"파이팅이야!"

"응!"

양도 오른손을 들어 마주 댔다. 맞부딪치곤 뗐어야 하는데, 양은 그러지 못했다. 갑자기 감정이 북받치면서 세하가 내민 그 손을 잡고 싶어졌다. 손은 댄 채로 자신도 모르게 손가락을 구부리던 양은 문득 정신을 차리고 서둘러 손을 뗐다. 세하가 자신의 망설이던 마음을, 잡으려던 손가락을 알아차리지 못했기를 양은 바랐다. 내가 죽으면 세하는 아마도 슬퍼하겠지. 슬픔의 깊이를 미리 가늠해 볼 수는 없다. 슬픔은 닥쳐 봐야만 아는 일이다. 하지만 세하는 곧 다시 어깨를 펴고 잘 살아갈 것이다. 그러기를 양은 기도했다.

이틀 뒤인 4월 16일. 양은 가래와 기침 때문에 깼다. 느낌이 안 좋았다. 한참을 뒤척이며 누워 있다 아침을 먹으러 나가니 수상과 금희가 심각한 얼굴로 TV를 보고 있었다. 화면 속에는 바다 한가운데서 멈춰 버린 배가 보였다. 세월호였다.

"사고가 났어. 사람들이 많이 타고 있었대. 빨리 구조돼야 할 텐데."

늦은 아침을 먹는 사이, 세월호는 슬그머니 기울어지더니 옆으로 누워 버렸다. 제주도로 수학여행을 가던 고등학생이 300명도 넘게 타고 있었다는 안타까운 소식을 기자가 전했다. 모두가 뉴스에서 눈을 못 떼는 사이, 오전 11시쯤 세월호는 밑바닥을 드러내며 완전히 뒤집어지더니 서서히 바다 아래로 가라앉기 시작했다. 1시간마다 발표되는 중앙재난안전대책본부의 발표를 들으며 아직 구조되지 못한 사람들의 안전을 바라던 이때, 병원에서 전화가 왔다.

"하양 님? 이식 병동에 자리가 났습니다. 오늘 당장 들어오시겠어요?"

마음의 준비가 다 됐다고 생각했던 양이지만, 어쩐지 바로 대답이 안나왔다.

"오늘 혈액종양내과의 외래 진료가 있으니, 가서 대양이에 대한 건강 검진 결과도 보고 안심해 교수랑 상의하고 해."

금희의 말을 받아들여 양은 입원을 미루고 외래 진료를 갔다. 심해가 밝은 얼굴로 양을 맞았다.

"오늘 입원하라는 전화가 왔는데, 아직은 조금 갑작스러워서 미룬다고 했어요."

"잘했습니다. 서두를 필요는 없지요. 오빠 분의 건강 검진 결과, 이식에는 아무런 문제가 없습니다. 곧 이식 병동에 1인실이 빌 예정이에요. 언제쯤 입원하기를 원하지요?"

심해와 웃으며 이야기를 나누자 이식에 대한 막연한 두려움이 차츰 줄어들었다. 이식을 위한 입원은 일주일 뒤쯤 이식 병동에 자리가 났다는 연락이 오는 대로 들어가기로 했다. 이날 진료를 받으며, 양은 심해와 자신이 의사와 환자로서 서로에게 가지는 신뢰가 오히려 깊어졌음을 느꼈다. 폐렴 때 증상을 호소하는 양의 말을 귀담아 듣지 않다가 갑자기 고비라고 했던 일, 퇴원할 때의 검사 결과인 38퍼센트란 유전자 수치를 보고 당장 이식하라고 다그치며 다시 낮아졌을 거란 금희의 말을 무시하던 일. 이번 경험을 통해 심해는, 의학적 판단을 내릴 때 한 번 더 생각해 보는 의사가 될 것이다. 환자와 보호자의 의견도 좀 더 귀담아 들을 것이다. 자신이 실수할 수 있음을 아는 의사가, 양에게는 필요했다. 양은 오랜만에 가벼운 마음으로 심해와 헤어졌다.

집에 돌아와 TV를 틀자, 병원으로 출발하던 점심 무렵만 해도 생존자가 368명으로 탑승자의 대부분이 안전하게 구조됐다던 정부의 발표가 완전히 뒤집혀 있었다. 이날 밤까지도 대부분의 사람들이 배 안에 갇혀 나오지 못했다. 뉴스에선 배 안의 남은 공기로 인한 생존 가능성을 부여잡았다. 양은 배 안에 갇혔을 사람들을 떠올렸다. 이제 양은 죽음과 마주친 누구에게라도 공감할 수밖에 없었다. 뉴스에서 나오는 모든 사건과 사고는 불행을 맞은 먼 타인의 이야기가 아니었다. 차오르는 물속에서 도움을 기다리며 마지막까지 살고자 애쓸 사람들의 모습이 손끝에 잡히는 듯했다. 양은 몸에 갇혀 버린, 자신과 다를 바 없는 사람들의 영혼이 느껴져서 함께 아팠다. 고스란히 다가오는 동질감으로 몸이 떨려 더 이상 뉴스를 지켜볼 수 없을 정도였다. 제발 조금만 더 버텨 주기를, 제발 어떻게든 한 명이라도 더 살아 돌아오기를⋯ 양은 기도했다.

심해에게 받아온 약을 먹자 기침과 가래는 눈에 띄게 좋아졌다. 그러나 약 기운은 양을 계속 잠 속으로 떠밀었고, 이따금 깰 때마다 들려오는 세월호 소식은 양을 책 속으로 밀어 넣었다. 밤새 너 이상 실아시 구조된 사람은 없었다. 국민들은 공기가 차 있을 배 안의 공간에 희망을 걸었지만, 이틀 뒤엔 그동안 살짝 보이던 뱃머리까지 바다 아래로 가라앉고 말았다. 시간이 흐를수록 생존 가능성은 점점 줄어들고 있었다.

이런 가운데, 호수와의 만남이 있었다. 3년 만이었다. 호수가 먼저 양을 알아보고 다가와서 양도 호수를 알아볼 수 있었다. 살이 쪄서 변한 듯하면서도 익숙한 이상한 느낌… 한때 숱하게 만났지만, 이날은 뭘 먹으러 갈지를 고르지 못해 양의 머리가 터질 지경이었다. 두 사람은 겨우 근처 돈가스집으로 들어가 마주 보고 앉았다. 호수가 입을 열었다.

"오늘 안 봤으면 했는데."

"왜? 날 마지막으로 보는 거 같아서?"

"어. 보고 나면 어쩐지 마지막 같잖아."

"맞아, 마지막으로 보는 거."

마음이 아렸다. 양에게 호수는 늘 물가에 내놓은 아이 같은 면이 있었다. 아프게 해서 미안하다고, 우리가 한 약속을 지키지 못해 정말 미안하다고 말하고 싶었지만, 어색함을 없애려 양은 잔소리만 잔뜩 늘어놓고 말았다. 호수는 조용히 웃으며 듣더니 말했다.

"오랜만에 네 잔소리를 들으니까 좋다."

양은 다시 말없이 밥만 먹었다. 어색해진 분위기는 차를 마시러 가서야 조금 편안해졌다. 그 틈을 타 호수가 뭔가를 잔뜩 내밀었다.

"이게 뭐야?"

"헌혈증하고 헌혈하고 받은 영화 예매권, 그리고… 생일 선물들이야."

차곡차곡 모인 헌혈증은 30장이 넘었다. 영화 예매권 10장과 나비 모양의 목걸이와 귀걸이 세트, 또 다른 목걸이가 예쁜 상자에 들어 있었다. 양은 아무 말도 할 수가 없었다. 그러자 호수가 말했다.

"우리 사귈 때, 가끔 내가 헌혈하고 예매권을 받아서 영화를 보곤 했잖아. 영화도 두 사람의 몫을 끊으려면 비싸니까. 습관이란 게 쉽게 안 바뀌더라고. 너랑 헤어지고도 가끔 대학로에 와서 헌혈을 하게 되더라. 네가 아프다는 이야길 듣고는 2주마다 와서 했고. 백혈병을 치료하려면 피가 많이 필요하고 비싸더라. 헌혈증이 있으면 한 장당 피 1봉으로 바꿀 수 있다고 해서.”

목이 메어 와서 양은 말을 돌렸다.

“…이 목걸이들은 뭐야. 난 귀를 안 뚫어서 귀걸이를 안 하는데 잊었구나?”

헤어진 사람의 생일을 기억하며 혼자 아파했을 호수에게 미안해서, 양은 괜스레 트집을 잡았다.

“아니, 기억하지. 너, 나비를 좋아하잖아. 나비 목걸이가 예쁜데 귀걸이랑 세트로만 팔아서 그냥 샀어. 헤어지고도 네 생일마다 사다 보니… 정말로 주게 될 줄은 몰랐어.”

“…헌혈증은 그냥 네가 가지고 있어. 살다 보면 무슨 일이 생길지 몰라. 나를 봐, 나도 이런 일이 내 인생에 생길 거라곤 상상도 못했잖아. 네 귀한 피를 뺀 거니, 이건 절대로 받을 수 없어. 가지고 있다가 너에게 소중한 사람… 가족이나 너 자신에게 써. 영화 예매권도, 나는 다시 볼 수 있을지 없을지 모르니까, 네가 쓰고. 이 목걸이들은 내가 가져갈게. 나를 위해 샀다니, 네 성격에 다른 사람에게 주지도 못할 거고. 고마워.”

“받아 줘서 내가 고마워.”

호수는 아이처럼 웃었다. 호수가 사 둔 생일 선물은 2개. 헤어진 지 3년째가 되던 작년에는 안 샀구나. 올해는 내 생일날도 잊었고. 그러니까 호수는 양을 잊어 가고 있었다. 오빠의 말이 맞았어. 다시 연락을 하지 말았어야 했다고, 그게 호수에게 나았겠다고 양은 후회했다. 그래도 호수가 가지고 있던 이 목걸이들을 가져왔으니, 그것만으로도 호수의 마음에 남을 짐을 덜어 준 듯해 다행이야. 확실히 정리할 수 있게 해 주자. 어쩌면 이러려고 만났는지도 모르겠다는 생각이 드는 양이었다.

“그나저나, 부모님이 결혼하라고 안 해? 이제 나이도 많잖아.”

"하지. 속도위반도 좋으니 꼬물꼬물한 아기를 데리고 와도 된다고."

"그래, 손주도 기다리시겠다. 얼른 좋은 사람을 만나."

"후… 아무래도 난 결혼을 못할 거 같은데."

"왜 그런 소리를 해! 해야지. 누구보다 행복해질 자격이 충분해, 넌. 좋은 사람이잖아."

호수의 얼굴이 흐려졌다. 분위기가 조금씩 얼어붙었다. 양이 일어서며 말했다.

"오래 나와 있었더니 힘들다. 나, 그만 가야겠어."

호수가 따라 나서며 말했다.

"…너, 무조건 잘될 거야. 나으면 맛집 투어하자."

"나으면, 생각해 보자."

두 사람은 카페 앞에서 인사하고 헤어졌다. 양은 집에 오는 내내 기도했다. 자신과는 비교도 할 수 없이 착한 여자를 만나 호수가 행복해지기를. 아이도 낳고 부모님과도 잘 지내기를. 집에 와서야 양은 호수에게 메시지를 보냈다.

"실은, 미안하다고 사과하고 싶었는데 차마 말이 안 나왔어. 너를 아프게 해서… 정말로 미안해."

마음이 무겁게 가라앉은 양은 세월호 뉴스를 보다 혹시 모를 마음에, 유언장을 써 두었다. 4월 18일이었다.

이어진 주말에 대양이 찾아왔다. 다 같이 꼬리곰탕을 먹고 차를 마시러 간 자리에서 양은 슬그머니 대양에게 유언장을 건넸다. 금세 대양의 눈가가 붉어졌다. 옆에서 금희가 물었다.

"그게 뭐야?"

"아무것도 아니야."

양은 대양에게 눈짓을 하며 둘러대곤 속삭였다.

"오빠만 알고 있어."

"그래, 알았다."

금희는 눈앞으로 다가온 양의 이식에 신경이 온통 가 있었다.

"이제 정말로 이식을 하네…. 여기까지 올 줄 몰랐는데."

"어머니, 무슨 그런 말씀을 하세요. 양이도 있는데요."

"괜찮아. 나라도 그랬을 거야."

우울함을 털어 내며 양은 밝게 말했다. 어젯밤에 읽은 위지안의 글이 떠올랐다. 우리는 절대로 끝까지 혼자가 아니라는 말. 혼자란 생각이 들 때도 내 눈물을 닦아 주고 허전한 가슴을 채워 준 사람들의 기억이 있다는 말. 그래, 내게도 그런 사람들과 포근한 기억이 있어. 인생이라는 차가운 벌판 위에서 내 손을 잡았던 따스한 존재들. 지금 내 옆으로 조금만 고개를 돌려도 엄마와 아빠, 오빠가 있고. 오늘 내가 살아갈 이유는, 지금 살아 있다는 그 자체야. 살고자 했으나 죽어 간 이들을 기억하자. 삶은 인간의 권리일 뿐 아니라 의무이기도 해. 인간을 제외한 다른 생명은 자살하지 않아. 그저 주어진 삶을 견디며 묵묵히 살아갈 뿐이야. 할머니는 죽음이 부를 때까지 인생의 나머지 반을 끝까지 살아 냈어. 양의 할머니라고 어두운 세상을 등지고 싶을 때가 왜 없었겠는가. 하지만 그녀는 크리스천이었다. 신을 믿는 자로서, 그녀는 신이 부를 때까지 자기 몫의 삶을 꿋꿋이 견뎠다. 시련에서 의미를 찾으며, 죽음이란 끝이 보이더라도, 더디더라도, 오늘 또 하루를 살아가며 꾸준히 발걸음을 내딛는 삶. 그것만이 시련에 저항하는 최선의 수단이 아닐까. 죽음은 결코 패배가 아니다. 죽음은 인간뿐 아니라 모든 생명에게 주어진, 공생을 위한 운명이다. 그러니 죽음에 성내어서는 안 된다. 그러나… 누구도 이토록 고통스러운 말기 암 환자의 삶을 다른 이에게 강요할 수는 없다. 치료의 주체는 환자

504

본인뿐이다. 치료를 계속하든 멈추든, 자신의 선택에 따라 죽는 날까지 살아가는 것. 그럼 충분하지 않을까? 양은 그저 마지막까지 삶에 최선을 다하기로 마음먹었다. 비로소 정말로 준비가 된 듯했다. 만나야 했던 사람을 만나고 나니, 이제는 마음이 가벼워진 양이었다.

어느새 세월호에 대한 뉴스 보도는 생존자의 구조에서 선원들에 대한 사법 처리와 선체 인양 쪽으로 넘어갔다. 뉴스를 보는 실종자 가족들의 마음이 어떨지… 양은 상상조차 할 수 없었다. 장례라도 치를 수 있도록, 한 사람이라도 더 가족 곁으로 돌아올 수 있기를 양은 기도했다. 마음에 묻을 순 없어도 땅에라도 묻을 수 있도록. 고맙게도 수색팀은 오래도록 포기하지 않았다. 빠른 물살과 어둠과 맞서며 시간과 다투는 구조를 벌이고 있었다. 양은 그들을 응원하며 자신만의 싸움을 해 나갔다. 심해와의 진료를 하루 앞둔 화요일이 되자, 화장실의 마녀 얼굴은 20개 정도로 줄어들었다. 마녀의 얼굴 중 10개 이상이 늑대로 바뀌었고, 처음부터 늑대로 바뀐 무늬도 10개가 넘었다. 마녀만큼이나 늘어난 늑대가 곳곳에서 양을 든든하게 지켜 주었다. 마녀들은 이제 더 이상 맥을 못 췄다. 양은 희망적인 실화를 찾아서 읽기 시작했다.

《바다에는 악어가 살지》는 어린 소년 에나이아트가 특정한 종족이라는 이유로 받던 생명의 위험을 피해 홀로 아프가니스탄에서 파키스탄, 이란, 터키, 그리스를 거쳐 이탈리아로 새 삶을 찾아가기까지의 이야기를 담은 실화 소설이다. 시련의 갈림길 앞에 설 때마다 착한 마음으로 진심을 다해 이겨 내는 에나이아트의 모습은 그야말로 따스했고, 살아남기 위한 눈물겨운 노력은 양의 마음을 단단하게 해주었다. 양에게 유난히 와닿았던 부분은 더 이상은 버틸 수 없겠구나 싶은 위기의 순간마다 에나이아트를 살리는 신비한 일이 계속해서 일어났다는 사실이었다. 밀입

국하던 아이들을 잡은 이란 경찰은 에나이아트만 그냥 풀어 주었다. 그리스 경찰에게서 달아나던 에나이아트가 우연히 숨어 들어간 집에선 주인 할머니가 좋은 옷과 운동화, 맛있는 음식에 50유로까지 주고 버스 정류장에 데려가 표까지 끊어 주었다. 어떻게 그 집에 에나이아트에게 딱 맞는 크기의 옷과 운동화가 있었을까. 에나이아트도 신기해한다. 이탈리아로 가던 길에서도 마찬가지였다. 사람들은 밀입국자로 보이는 에나이아트를 발견하고도 막거나 경찰에 신고하지 않았다.

> 세상에는 아주 이상하고도 친절한 사람들이 존재하고 있다.

에나이아트의 표현처럼, 그가 위험에 처할 때마다 어리둥절할 정도로 이유를 알 수 없는 사람들의 선의가 있었다. 그러고 보면, 에나이아트뿐 아니라 아우슈비츠 수용소에서 살아남은 빅터 프랭클의 경우도 그랬다. 단순히 운이 좋았다고 말할 수 없고, 우연이라고도 설명할 수 없는, 분명한 방향성을 갖고 이어지는 일들. 어쩌면… 신의 손길이 아닐까?

신을 안 믿던 양이지만, 지금 양의 인생에서도 이러한 일들이 일어나고 있음을 분명하게 느낄 수 있었다. 동네 병원에서 정확한 진단을 받은 지 하루 만에 대한대학교병원의 혈액종양내과에 예약이 됐고, 양을 맡은 교수가 맞춤 치료를 중요시하며 매일 회진을 도는 의사인 안심해였으며, 환자의 마음까지 헤아리고 살리기 위해 최선을 다하는 사원석이 첫 주치의였다. 가속기와 급성기 환자의 경우, 80퍼센트에서 필라델피아 염색체 외에 다른 염색체의 이상이 발견되는데 양은 급성기인데도 다른 돌연변이 염색체가 없었다. 심지어 만성기의 환자 중에서도 골수 이식을 해야만 하는 심각한 돌연변이 염색체가 나타나는 경우가 있는데도. 급성기 환자의 66퍼센트는 글리벡 치료에 반응을 안 보이며, 처음에는 반응을 보이던 급성기 환자의 93퍼센트도 결과적으로 병이 나빠지는데, 양에겐 글리벡이 잘 들었다. 게다가 하나뿐인 오빠와 골수가 100퍼센트 일치하고 혈액형까지 같다니. 지혼자 때문에 병실을 옮겨야 할 때는 6인실로 가야 하는 진성자와 바꿀 수 있었고, 지혼자가 양의 2인실로 오려 할 때는 이미자가 4인실로 가는 기회를 늦추면서까지 양의 옆을 지켜주었다. 22퍼센트이던 암세포의 비율이 1차 항암 치료 뒤 0퍼센트가 됐고, 암세포의 원인이 되는 필라델피아 염색체의 비율이 100퍼센트에서 2차 항암 치료로 13퍼센트까지 낮아졌다. 35센티미터에 가깝던 비장도 3차 항암 치료 뒤에는 정상 크기로 돌아왔다. 1차와 2차 항암 치료 때 사람이 죽은 자리로 들어갔지만 두 번 다 무사했고, 과립구가 0이 된 양의 옆자리에서 결핵 환자가 5일을 머물렀지만 결핵은 양을 그냥 지나쳤다. 더 이전으로 돌아가면 양에게 임신했느냐고 물어봤던 피부과 직원과 비행기 승무원까지. 이 모두는 양의 의지를 넘어선 일이었다. 그래, 내게도 신의 손길이 닿아 있었어. 그러니까 신이 내가 암에 걸리기를 바랐을 리는 없어. 이 시련은 신이 내린 벌이 아니야. 전쟁이나 질병, 세월호처럼… 세상을 슬프게 하는 대부분의 불행은 사람들이 만들어 낸 결과일지도 몰라. 자신들의 손으로 세상을 무너뜨리는 인간들을, 자신의 몸을 돌보지 않고 스스로를 몰아붙이던 양을, 신은 너무나 안타까워하며 바라보고 있었을지도 모른다.

신. 신은 인생의 물결이자 우주의 질서. 우주의 빅뱅론이든 진화론이든, 닭이 먼저냐 달걀이 먼저냐를 따지기 전에 생각해 보자. 모든 존재의 처음을 있게 한 시작점, 무에서 유를 일으켜 분명한 질서 속에서 어떤 방향으로 이끌어 가고 유지하는 최초의 힘이 존재할 수밖에 없다. 이제 신은 양에게 몸의 균형으로, 매 순간 피부로 느낄 정도로 생생하게 다가왔다. 50조 개의 세포로 이뤄진 우리 몸의 균형은 인간의 의지로 가능한 일이 아니다. 그렇기에 깨진 균형을 되찾기 위한 의학적 치료는 항상 작용과 반작용을 함께 일으키곤 했다. 인간의 의지와 노력만으로는 미처 닿을 수 없는 완벽한 균형과 질서. 그러고 보면 모든 생명에 신의 손길이, 숨결이 스며들어 있지 않은가. 하늘을 나는 새의 날갯짓에도, 온갖 수치들이 완벽한 균형을 이룬 결과로 보고 듣고 먹고 다닐 수 있는 우리의 모든 일상에서, 놀이터를 뛰노는 아이들의 건강한 웃음소리까지… 신은 기적을 통해 이미 존재를 드러내고 있다. 그러나 어리석고 나약한 인간들은 조그마한 시련만 닥쳐도 우리에게 주어진 모든 기적을 금세 잊고 온갖 원망의 화살을 신에게 돌리고 만다.

그럼에도 불구하고 여전히 인간에게 희망이 남아 있다면, 어쩌면 신이 인간에게 자유 의지를 준 이유가 여기에 있을지 모른다. 스스로의 나약함과 어리석음을 딛고 인간다운 선택을 하기를 바라는 마음. 신에 의해 모두 결정돼 있다면 우리의 선택에 지금과 같은 의미가 있겠는가. 세상은 지금보다 천국에 가까웠겠지만, 우리는 무엇이 그른지, 무엇이 아름다운지, 심지어 우리가 사는 곳이 천국이라는 사실조차 알지 못했을지 모른다. 건강을, 사랑하는 사람을, 소중한 무언가를 잃는 지옥을 겪고 나서야 비로소 평범하던 일상이 바로 천국이었음을 깨닫듯이. 그렇다면 무엇이 인간을 다르게 하는가. 인간답다는 말은 인간의 신체적 특징을 갖추었느냐가 아니라 인간다운가, 인간다운 존재인가로 판단되어야 한다. 글이나 음악, 그림으로 아름다움을 표현하고 영혼을 나눈다는 점에서, 완벽한 타인 혹은 전혀 이해관계가 없는 무언가를 위해서 사신을 믿고 넘어설 수 있다는 점에서, 인간은 다른 생명과 다르다. 자신이 아닌 다른 존재를 위해 선택하고, 인생의 비와 바람에 흔들리면서도 결국 꽃처럼 피어나는 사람들의 아름다운 영혼을 보라. 우리 인간들이 지금 눈앞에 벌어지는 일들로 서둘러 절망하거나 섣부른 결론을 내리지 말기를, 시련에서 의미를 찾아 스스로의 의지로 살아가기를, 신은 기도하고 있을지도 모른다. 물론 아무리 신의 손길이 이끈다 해도 에나이아트가, 빅터 프랭클이 포기했다면 절대로 살아남을 수 없었다. 인간이 인간의 영역에서 최선을 다해야 하는 이유가 아닐까? 신도 우리를 위해 기도하고 있으리라고, 양은 이제 믿었다.

월요일, 양이 살았던 옥탑방에 들어오려는 사람이 생겼다. 이제 곧 다른 사람이 살게 될 나의 옛집. 양은 새집으로 이사한 뒤 처음으로 가 보았다. 텅 빈 옥탑방은 너무나 낯설었다. 직접 사다 붙인 나비 벽지도 그대로인데, 내가 살 때와는 분위기가 너무 달라. 양이 정말로 여기에 살았던가. 사랑에 대한 환상이 벗겨진 뒤에 헤어진 연인을 다시 본 듯했다. 마치 하나의 인생을 다 살아버린 느낌을, 양은 받았다.

이날 밤, 양의 이 하나가 검어졌다. 이가 빠지려는 건가. 뭔지 모를 불안함은 걱정으로 이어졌다. 그러자 한동안 잠잠하던 악몽이 또다시 양을 덮쳤다.

어딘지 모를 어둡고 좁은 골목에서, 양은 집으로 가는 길을 찾고 있었다. 한참을 헤매다 도로로 나가 멀리서 다가오는 택시를 보고 손을 흔들었는데, 기사가 양을 태우려 속도를 갑자기 늦춘 탓에 뒤를 달리던 차들이 잇달아 들이박으면서 7중 추돌사고가 났다. 차가 우그러지고 피투성이가 된 사람들의 비명이 귀를 찔렀다. 그러나 양은 무심하게 그 옆을 지나쳐 집으로 걸어가기 시작했다.

꿈에서 깬 양은 다친 사람들을 아랑곳없이 지나치던 냉정한 자신의 모습이 무서워 떨었다. 내가 택시를 안 잡았으면 안 일어날 일이었을지도 몰라. 양은 꿈속의 자신을 후회하며 다시 설핏 잠에 들었다.

양이 어릴 때 살았던 고향집 마당에서 수상이 긴 나무 막대기를 쳐들더니 다짜고짜 양을 때리기 시작했다. 양이 팔을 뻗어 막다 보니 수상의 품에서 양과 함께 갔던 놀이동산과 장소들의 입장권이 우수수 떨어졌다. 양은 문득 꿈에서 깨어 멍하니 앉았다가 금희를 불렀다.

"아버지가 널 깨워 준 거야. 악몽이 아니야. 무서워하지 마."

이야기를 들은 금희가 지켜 주겠다며 옆에 눕고서야 양은 다시 잠들 수 있었다.

아침에 일어나자마자 양은 서둘러 치과로 향했다. 예약이 없이 가는 거라 얼마나 기다려야 할지 모르는 데다, 오후에는 혈액종양내과 진료도 있었다. 양의 이를 찍은 사진을 들여다보던 치과 의사가 말했다.

"충치가 조금 있긴 한데… 이상하네요. 치아색은 변했지만 사진상으로는 아무 이상이 없으니 이식에는 지장이 없겠습니다."

의사도 이유를 모른다는 점이 마음에 걸렸지만 그래도 다행이었다. 이날의 피 검사 결과도 그랬다.

"하, 양 씨, 오늘 과립구는 1,918. 혈소판은 4만 5천. 혈색소는 9로 양호합니다."

"백혈구는요?"

"백혈구는, 2,620이네요. 조금 낮긴 하지만 항암 치료를 받을 때는 2천에서 4천의 사이면 괜찮습니다. 지난 11일의 결과와 비슷하게 유지되고 있어요."

백혈구가 2,620에 과립구가 1,918이면 과립구의 비율이 좀 높았다. 과립구는 백혈구 안의 한 부분으로 백혈구의 50에서 60퍼센트를 차지한다. 하지만 교수님이 괜찮다고 하시니 그렇겠지. 양은 의심을 거두고, 입원하라는 연락이 오면 이번에는 바로 들어오라는 심해의 말에 고개를 끄덕였다. 유언장까지, 모든 준비가 끝났다. 다만 기회가 주어진다면, 세하의 얼굴을 한 번 더 보고 싶었다. 지난주 월요일의 만남 뒤로 세하와는 계속 연락을 이어오고 있었다.

"토요일까지는 시간이 있겠지. 날이 맑고 따뜻하니 그 전에 한 번 더 보자."

심해의 말을 전해들은 세하가 말했다.

이날 심해를 만나고 나오던 양은 대기실에서 반가운 얼굴을 만났다. 결핵 소동이 있기 직전 2인실에서 양의 옆자리에 있던 자가이식자였다. 이식이 잘 됐는지 얼굴도 몸 상태도 다 좋아 보였다. 늘 병원에 올 때마다 마음에 걸리던 사람들을 봐야겠다는 생각이 들었다. 보고 싶지만 한편으로는 잘못됐을까 봐 안 찾고 싶은 사람들. 양은 금희와 함께 오랜만에 111병동을 들렀다.

"내가 퇴원한 지 벌써 한 달이 다 됐는데, 그때 계시던 분들이 아직 있을까?"

이런 말을 하며 양이 6인실로 들어섰을 때, 목포 부부가 보였다. 양이 있던 자리였다.

"이게 누구야?"

목포 남자가 반가운 얼굴로 뛰어나왔다.

"잘 지내셨어요?"

침대에 누워 고개를 끄덕이는 목포 여자의 얼굴은 말이 아니었다. 사정을 묻는 금희의 눈빛에 목포 남자가 조용히 속삭였다.

"금식을 한 지 벌써 두 달이 지났어요. 과립구도 여전히 0이고."

"뭘 좀 먹어야 힘이 날 텐데요."

금희와 목포 남자의 이야기를 귀로 들으며 양은 눈으로 병실을 둘러보

왔다. 모르는 얼굴들을 지나 창가에 다다르자 아는 얼굴이 보였다. 미자의 남편이었다. 양은 금희를 두고 창가로 다가갔다. 미자는 완전히 다른 사람이 돼 있었다. 머리가 모두 하얗게 세고 몸이 더 자그마해져 80대의 노인 같았다.

"…신약의 임상 시험에서도 관해가 안 됐어."

맛있는 떡볶이를 만들던 큼직한 손으로 눈가를 훔치며 미자의 남편이 말했다. 잠든 미자는 세상을 다 살아 버린 표정이었다.

"미자야."

"깨우지 마세요."

"하양 씨를 보면 좋아할 텐데."

"그래도요."

양은 알았다. 그나마 잠들어 있을 때가 평화로울 미자였다. 마음이 아려서 도저히 더 보고 있을 수가 없었다.

"이제 그만 가요."

어느새 다가와 금방이라도 울 것 같은 얼굴로 미자를 보고 있는 금희에게, 양은 조용히 말했다. 목포 부부와 인사를 나누고 나서는데, 복도에서 누군가 양을 잡았다. 연두의 아버지였다.

"앗, 안녕하세요? 여긴 웬일이세요?"

"하양 씨야말로, 입원하러 왔어요?"

"아니요, 저는 이식을 앞두고 지난번에 병실을 같이 쓰셨던 분들하고 인사를 나누러 왔어요."

"아, 나는 우리 연두가 3차 항암 치료를 받으러 들어와서."

"3차요?"

"…아무래도 병원을 돌다가 너무 늦게 왔나 봐… 처음에 쓰러져서 실려 간 지역 병원에서 원인을 못 찾는 바람에 좀 헤맸는데… 안심해 교수가 이번에 검사 결과를 보더니 골수 이식을 해야 된대서, 우리 아들이 일단 검사 중인데… 이식은 아무래도 너무 위험하니까 일단은 항암 치료를 한 번 더 받아 보기로 했어요."

연두 아버지의 눈가가 붉어졌다.

"이번에 항암 치료가 잘될 수도 있잖아요. 아니면 연두 씨의 남매 분과 골수 결과를 봐서 이식을 시도해 보셔도 되고요. 저도 하는 걸요."

환자가 아닌 한 인간으로서 양은 위로를 건넸다. 연두가 꼭 나아서, 자신을 버리고 떠난 약혼자보다 행복하게 살아가기를, 양은 바랐다.

다음날인 4월 23일, 수요일.

내일? 아니면 모레? 세하와 언제 볼지, 뭘 먹을지 즐거운 고민을 하던 양에게 전화가 걸려 왔다. 병원이었다.

"오늘이에요. 들어오세요."

그러니까, 그날이 세하와의 마지막이었다. 다음은, 알 수 없었다. 양은 겨울옷을 모두 다림질해서 정리해 두고 화장실의 늑대와 마녀에게도 인사한 뒤 수상과 금희와 함께 집을 나섰다.

"3차 항암 치료 때는 장염도 피했으니, 이번에는 폐렴도 안 걸릴 거야!"

"그랬으면 좋겠다."

금희의 말에 대한 양의 대답 말고는 모두가 말없이 걸었다. 병원에 도착해 이식 병동으로 올라가는 엘리베이터를 기다리며 양은 음표와 려희와 라미, 세하에게 준비한 메시지를 보냈다.

"나 이식 받으러 들어가는 길이야. 그동안 함께여서 행복했다. 웃는 모습으로 나를 기억해 주면 좋겠어. 그럼 잘 지내고 있어."

보내자마자 음표, 려희, 라미에게서 답이 왔다.

"천 퍼센트, 만 퍼센트! 성공을 빌어."

"인사는 나중에 얼굴을 보고 나눠요. 결과는 무조건 성공이에요!"

"지금 갈까? 뭐든 필요하면 언제든지 말해. 네가 부르면 언제든 어디든 갈게."

양이 긴장된 마음으로 이식 병동으로 올라가는 엘리베이터를 타자마자, 휴대폰의 진동이 울리기 시작했다. 세하였다. 양쪽 옆에 수상과 금희가 바짝 붙어 서 있고, 주변에 다른 사람들이 다닥다닥한 가운데 세하의 전화를 받을 수는 없었다. 그러나 양의 삶에서는 언제나, 모든 순간이 마지막일 수 있었다. 조금만 기다려, 조금만. 여러 층에서 사람들이 타고 내리며 엘리베이터가 10층까지 올라가는 1분 남짓이 양에게는 너무나도 견디기 힘든 시간이었다. 엘리베이터에서 내리자마자 양은 수상과 금희에게 먼저 들어가라고 외치곤 옆으로 멀리 떨어져 전화를 걸었다. 하지만 세하는 받지 않았다. 대신 메시지가 날아왔다.

"나 지금 경호 들어가. 온 힘을 다해 응원할게! 다시 보자, 곧."

메시지를 여러 번 읽고 나서 양은 천천히 이식 병동 입구로 걸어갔다. 문득 아침에 꾼 악몽이 떠올랐다.

어두운 지하 승강장. 양은 눈앞에서 지하철을 놓쳤다. 곧바로 다음 지하철이 왔지만, 속도를 늦추는가 싶더니 어찌된 일인지 그대로 지나쳤다. 잠시 뒤 세 번째로 지하철이 도착해서 타는데, 뭔가 이상했다. 서늘한 전등불 아래 전동차의 벽과 바닥에 핏자국이 흩뿌려져 있었다. 주춤하며 물러서는 사이에 문이 닫혔고, 지하철은 출발했다. 달아나야 한다는 직감에 따라 양은 다른 사람들을 찾아 옆 칸으로 넘어갔다. 더 늘어나는 핏자국과 여기저기서 피투성이로 죽어 가는 사람들… 네 번째로 도착한 칸에서 양은 바닥에 가지런하게 뉘어진 사람들을 보았고, 조심스레 그들을 살피는 한 남자와 마주쳤다. 의사처럼 보이는 그가 말했다.

"2명은 죽었고, 2명은 아직 살아 있어요. 빨리 도망쳐요!"

그 순간 양은 그의 입꼬리에 걸린 가느다란 미소를 봤다. 양은 정신없이 달리기 시작했다. 살인자의 웃음이 양을 뒤쫓았고, 어느 순간 장면이 바뀌었다. 양은 어딘지 모를 건물의 비상계단을 뛰어 내려가고 있었다. 끈질기게 따라붙는 살인자의 숨결. 마침내 1층으로 나가는 문을 발견한 순간, 섬뜩한 손목이 양의 목덜미를 낚아챘다. 하지만 양은 힘차게 뿌리쳤고 비상문을 열었다.

악몽이… 아닌가? 다시 생각해 보니, 그래도 조금은 내용이 바뀌고 있었다. 아무리 해도 죽음을 피할 수 없던 꿈에서 결국은 살아남는 꿈으로. 사람들의 죽음은 양의 잘못이 아니었다. 더 이상 흔들리지 말자. 어차피 인생에서 확실한 선택은 없어. 꿋꿋이 내 길을 가는 수밖에. 편안한 마음으로, 비행을 떠난다고 생각하자. 서서히, 이식 병동의 문이 열렸다. 수상과 금희가 기다리고 있었다. 양은 한걸음, 안으로 내딛었다.

3

약속을 지키기 위해 이 글을 썼다.

나는 약속했다. 나의, 당신의, 우리의 이야기를 쓰겠다고.

당신이 어떤 사람이었으며, 고통스런 시련 속에서도 얼마나 최선을 다해 두려움에 맞섰는지, 나와 당신과 우리가 어떻게 함께 울고 웃었는지… 반드시 글로 남기겠다던 약속.

우리의 글쓰기는 신에게 한 내 맹세를 지키는 길이기도 했다.

나는 약속했다. 살아남는다면 글쓰기에 평생을 바치겠노라고.

살았기에 글쓰기는 내게 사명이 되었다.

이따금 혼자일 때면 눈을 감고 당신들의 이름을 하나하나 가만히 불러본다.

함복수, 영원희, 이미자, 진성자, 오순애, 자연애, 나버들…

이제는 고통에서 벗어나 편안할 얼굴이 하나하나 떠오른다.

그사이에 세상을 떠나 버린 당신들의 이름은, 살아남은 사람의 이름과 비교할 수 없이 길다.

당신들이 아니라 왜 내가 살았는지는 나도 모른다.

비로소 닿은 무지의 지.

내가 안다고 생각했던 모든 것에 대해 실은 너무나도 모르고 있었음을, 이제야 오롯이 깨닫는다.

나는 감히 죽음을 안다고 착각했으며, 사랑과 삶에 대해서도 마찬가지였다.

나에게 사랑은, 빛나는 순간을 함께하고 싶은 사람이었다.

그래서였을까? 나는 내게 닥친 불행에서 내가 사랑하는 사람들을 꺼내 주려했다.

삶은 내가 옳다고 믿는 길을 어떻게든 가고야 마는 내 의지의 시험대였다.

나는 인생을 안다고 믿었고, 늘 옳은 길을 가고 싶었고, 내가 해야만 한다며 거침없이 나아갔다.

그러나 늘 옳지는 못했고, 때로는 후회할 길인지 모르고 들어서기도 했으며, 세상에 오직 나만이 할 수 있는 일 따위도 없었다.

이제 나는 안다. 내가 모른다는 사실을.

인간이기에 우리는 누구도 언제나 옳을 수는 없다.

나는 그저 올바른 길을 걷고 있길 바라며, 오늘 내가 할 수 있는 만큼 또 한 걸음을 내딛을 뿐이다.

내게 인생이란, 맑고 푸르던 하늘에 갑작스레 먹구름이 몰려와 소나기가 퍼붓기도 하고,

태풍이 몰아치던 하늘 한편에 구름이 걷히면서 난데없이 무지개가 뜨기도 하는, 1초 뒤를 알 수 없는, 미지의 신세계다.

어쩌면 사랑은… 살수록 더 알 수 없는 인생의 비와 바람을 함께 맞아 주는 사람이 아닐까.

이제는 사랑한다면, 우리 앞에 펼쳐질 모든 날들을 끝까지 함께하고 싶다.

내게 골수를 준 오빠는 놀랍게도 마흔이 넘어서도 여전히 성장 중이다.
매년 키가 더 크고 시력도 조금씩 좋아진다며 즐거워하는 모습을 보면, 기쁘다.

새롭게 알게 된 사람들은 내가 백혈병으로 시한부 판정을 받았던 사람이라는 사실을 상상조차 못한다.
그만큼 내 외모는 평범하다.
때로는 정말로 아팠던 게 맞느냐고, 거짓말 아니냐며 의심하는 사람도 있다.
그러면 나는 웃으며 대답한다. 나도 거짓말이었으면 좋겠다고.
그들은 다시 묻는다. 진짜라면 어떻게 이런 얘기를 웃으면서 하느냐고.
그럼 울면서 할까요? 그제야 사람들은 나의 말을 진실로 받아들인다.

하지만 사람들의 이런 반응과는 달리, 의사와 환자들이 내게 보이는 반응은 비슷하다.
마지막까지 기다려 조심스레 손을 들어야 한다.
내가 말을 꺼내는 순간, 걷잡을 수 없이 무거워질 분위기를 알기 때문이다.
"저는 첫 판정이 급성기인 환자로···."
아니나 다를까. 사람들이 웅성거리며 나를 돌아본다.
멘토링을 진행하던 의사도 고개를 빼서 신기하게 쳐다본다.
그 자리의 모두가 두려워하는 단계의 환자가 바로 나이기 때문이다.

한 의사는 이렇게 말했다.
"혈액종양내과에서 전문의로 일한 지난 10년 동안, 첫 판정이 급성기인 환자는 지금까지 딱 2명을 봤습니다."

다른 의사는 나를 가리키며 다른 환자들에게 설명했다.

"이런 급성기 환자의 10명 중 1명이 삽니다."

이들에게 나는, 쉽게 만나기 어려운 케이스로, 그중에서도 굉장히 드문 확률로 살아 있는 아주 예외적인 사례이자, 참고할 자료가 없어 앞날을 예측할 수 없는 장기 생존자일 뿐이다.

그렇다. 나의 새벽 비행은 아직 끝나지 않았다.

여전히 재발할 확률과 함께 지내는,

언제든 다시 내 목덜미를 낚아챌 수 있는 죽음을 느끼며 살아가는 삶.

어쩌면 아직도 삶은 내게, 눈앞이 안 보이는 캄캄한 어둠의 연속이다.

그러나… 어둠 속에서만 보이는 것들이 있다.

내 눈을 가리던 나 자신을 깰수록 더욱 빛나던 본질들.

아직까지도 나를 위해 계속해서 기도해 주는 사람들.

그렇기에 이 비행도 언젠가는 끝이 나리란 사실을, 이제 나는 믿는다. 그 끝이 어디든, 지금까지와는 다르게 살아볼 기회가 주어졌음에 감사할 뿐이다.

내년 5월이면 골수 이식을 받은 지 7년. 감은 눈 너머로 동트는 하늘이 어렴풋이 느껴진다. 나는 서서히 눈을 뜬다. 나의 사람들과 함께.

2020년 가을
하양

* 〈텀블벅〉 후원해주신 분들 *

J ㅣ 홍동기 ㅣ 홍진우 ㅣ 홍수나 ㅣ 정서윤 ㅣ 박조영 ㅣ y.im ㅣ 김해빛 ㅣ 추미정 ㅣ 한순미 ㅣ 안영숙 ㅣ 정금주 ㅣ 조은경 ㅣ 박원환 ㅣ 이왕우 ㅣ 김유정 ㅣ 고흥석 ㅣ 오성준 ㅣ 한성우 ㅣ 황혜경 ㅣ 이지은 변호사 ㅣ 이수미 ㅣ 음수연 ㅣ 망양 ㅣ 홍춘화 ㅣ 금원인터내셔널 ㅣ 규규규규규 ㅣ 포동이엄마 ㅣ 조성환 ㅣ 양승호 ㅣ 오션 ㅣ 선자 ㅣ 후잉 ㅣ 이주화 ㅣ 소카모노 ㅣ Yeonkyung Son ㅣ - ㅣ Yang JS ㅣ Norwegian Forest ㅣ 주니 ㅣ 김재희 ㅣ 방찬일 ㅣ 정유진 ㅣ 최동기 ㅣ 찬 ㅣ 현경혜 ㅣ 신승현 ㅣ 여현교 ㅣ 김경미 ㅣ 정인옥 ㅣ 윤자영 ㅣ 김미리 ㅣ S ㅣ 왕따구리 ㅣ 신동호(Joe Shin) ㅣ 이재석 ㅣ 한민교육센터장 ㅣ 김경완 ㅣ 양수련 ㅣ 박소해 ㅣ 이창원 ㅣ ark17 ㅣ Kwon young joo ㅣ 최창근 ㅣ 정인희 ㅣ 최은영 ㅣ 김진희 ㅣ 미니쩡 ㅣ 홍지후 ㅣ 희정박 ㅣ 곰양 ㅣ 박진배 ㅣ 쭈니 ㅣ lovekwater ㅣ corcica**** ㅣ 신한라이프 남성복ESL(20년차) ㅣ 강승희 ㅣ 번개 ㅣ 백지원 ㅣ Hacer de bailar ㅣ 김소연소희 ㅣ 송귀종 ㅣ 박재 ㅣ 채현 ㅣ 윤래영 ㅣ 기우 ㅣ 팬텀 ㅣ 혜숙 ㅣ 쏘피 ㅣ 김동숙 ㅣ 이수한 ㅣ 조진희 디자인생선가게,아미북스 ㅣ 한찬희 ㅣ 채제병 ㅣ 하로와하동 ㅣ Bean ㅣ 박영욱 ㅣ 주영 ㅣ 썬 ㅣ 임임